AS FILHAS
DE
RASHI

Maggie Anton

AS FILHAS DE RASHI

Amor e judaísmo
na França medieval

Livro III: Raquel

Tradução de Márcia Frazão

Título original
RASHI'S DAUGHTERS
BOOK III: RACHEL

Copyright © 2009 *by* Maggie Anton
Todos os direitos reservados.

Nenhuma parte desta obra pode ser reproduzida ou transmitida por qualquer forma ou meio eletrônico ou mecânico, inclusive fotocópia, gravação ou sistema de armazenagem e recuperação de informação, sem a permissão escrita do editor.

Este livro é uma obra de ficção. Nomes, personagens, lugares e incidentes são produtos da imaginação da autora ou foram usados de forma ficcional. Qualquer semelhança com pessoas reais, vivas ou não, estabelecimentos comerciais, eventos ou localidades é mera coincidência

Direitos para a língua portuguesa reservados
com exclusividade para o Brasil à
EDITORA ROCCO LTDA.
Av. Presidente Wilson, 231 – 8º andar
20030-021 – Rio de Janeiro, RJ
Tel.: (21) 3525-2000 – Fax: (21) 3525-2001
rocco@rocco.com.br
www.rocco.com.br

Printed in Brazil/Impresso no Brasil

revisão técnica
HELIETE VAITSMAN

preparação de originais
SONIA PEÇANHA

CIP-Brasil. Catalogação na fonte.
Sindicato Nacional dos Editores de Livros, RJ.

A638f	Anton, Maggie As filhas de Rashi: amor e judaísmo na França medieval, livro III: Raquel / Maggie Anton; tradução de Márcia Frazão. – Rio de Janeiro: Rocco, 2012. 14 x 21 cm Tradução de: Rashi's daughters, book III: Rachel ISBN 978-85-325-2728-8 1. Rashi, 1040-1105 – Ficção. 2. Judias – Ficção. 3. Judeus – França – Ficção. 4. França – História – Período medieval, 987-1515 – Ficção. 5. Ficção norte-americana. I. Frazão, Márcia, 1951-. II. Título. III. Título: Amor e judaísmo na França Medieval. IV. Título: Raquel.
12-8136	CDD-813 CDU-821.111(73)-3

Em memória de meu pai,
NATHAN GEORGE ANTON.
Ele, como Rashi,
não teve filhos homens, apenas filhas letradas.

Agradecimentos

á quinze anos, quando comecei a pesquisar a vida das filhas de Rashi na esperança de descobrir se havia alguma lei escondida atrás do fato de terem estudado e usado os *tefilin*, nunca imaginei que acabaria escrevendo uma trilogia sobre elas. Certamente, nunca imaginei que a trilogia *As filhas de Rashi* seria publicada pela maior editora de Nova York e que meus livros se tornariam bestsellers, nem que conquistaria um novo fã a cada dia.

Há muitos responsáveis por essa maravilhosa virada. Estudei com alguns dos mais renomados eruditos do Talmud dos Estados Unidos, mas sou imensamente grata ao rabino Aaron Katz, meu parceiro de estudo e caro amigo desde 2002. Aaron me ensinou tanta coisa que não existem palavras suficientes para agradecer-lhe. Meus livros simplesmente não seriam possíveis sem a assistência dele.

Gostaria também de agradecer a meu editor da Plume, Signe Pike, que leu atentamente cada linha de *As filhas de Rashi, Livro III: Raquel* e sugeriu mudanças para expressar melhor aquilo que eu queria dizer. Sou muito grata ainda a Beth Lieberman, minha editora *freelance*, pelos conselhos e encorajamento que fizeram deste e de meus outros livros aquilo que eu esperava deles, e a Sharon Goldinger, que me ajudou a me tornar uma autora de sucesso. Agradeço também a meu amigo Ray Elsing e a minha filha Emily, por terem gasto tantas horas criticando meus primeiros rascunhos. Cada um deles aplicou os próprios talentos à tarefa, e seus comentários foram inestimáveis.

Por último, mas não menos importante, meu sincero agradecimento e todo o meu amor a Dave, meu marido, que nunca imaginou que a esposa, com um trabalho normal de química, se transformaria numa autora que passaria noites e finais de semana escrevendo, numa autora que viajaria pelo país inteiro a ministrar palestras e seria abordada pelos fãs toda vez em que saíssemos juntos. Mesmo assim, o encorajamento dele nunca arrefeceu. Dave me deu excelentes conselhos para melhorar os primeiros rascunhos, sempre conseguiu encontrar uma palavra que me faltava e suportou inúmeras intromissões de minha vida de escritora em nossa vida pessoal. Sem o apoio dele, certamente eu teria desistido logo de início.

Agora que minha trilogia está finalmente terminada, também preciso agradecer a meus muitos fãs: vocês escolheram *As filhas de Rashi* para seus grupos de estudo, convidaram-me para ministrar palestras em suas organizações, e validaram a minha crença de que as mulheres, principalmente as judias, são ávidas por livros que tratem de heroínas reais e históricas. Seus e-mails me disseram o quanto as filhas de Rashi tocaram suas vidas, como elas ensinaram tantas coisas desconhecidas sobre a história das mulheres judias, e encorajaram a estudar o Talmud. Tentei responder a cada um deles, mesmo aos queixosos.

Embora não tenha planos de escrever *As netas de Rashi*, certamente pretendo continuar a escrever. Atualmente, pesquiso uma nova época e um novo lugar, tendo em mente outro romance histórico, que celebrará uma desconhecida heroína judia. Meus leitores podem esperar por mais amor e judaísmo, desta vez na Babilônia do século IV.

Linha do tempo

1040 Salomão ben Isaac (Rashi) nasce no dia 22 de fevereiro, em
(4800) Troyes, França.

1047 O conde Étienne morre; seu filho Eudes III herda Champagne.

1050 A invenção da ferradura e do arreio torna o cavalo mais eficiente que o boi para arar a terra.

1054 Salomão se dirige a Mayence para estudar com o tio, Simon haZaken.
Sob a regência do papa Leão IX, ocorre o rompimento entre a Igreja Bizantina oriental e a Igreja Romana ocidental.

1057 Salomão se casa com Rivka, irmã de Isaac ben Judá. Deixa Mayence e vai estudar em Worms.

1058 Joheved, filha de Salomão e Rivka, nasce em Troyes.

1060 Filipe I torna-se rei da França; Henrique IV é imperador da Alemanha.
Nasce Miriam, filha de Salomão e Rivka.

1062 O conde Eudes III é acusado de assassinar um nobre; seu tio Thibault ocupa Champagne e força Eudes a fugir e buscar asilo junto ao primo, duque Guilherme (o Bastardo) da Normandia.

1066 Salomão estuda em Mayence com Isaac ben Judá.
O duque Guilherme da Normandia torna-se rei da Inglaterra e passa a ser chamado de o Conquistador.

1068 Salomão retorna para Troyes.

1069 Nasce Raquel, filha de Salomão e Rivka.
Joheved fica noiva de Meir ben Samuel, de Ramerupt.
Isaac (*parnas* de Troyes) torna-se sócio de Salomão na fabricação de vinho.

1070 O conde Thibault casa-se pela segunda vez com Adelaide de
(4830) Bar, uma jovem viúva.
Salomão funda uma *yeshivá* em Troyes.

1071 O rei Filipe casa-se com Berta.
Eudes IV, primeiro filho do conde Thibault e Adelaide, nasce em Troyes.

1073 Hildebrando, monge da abadia de Cluny, é eleito papa Gregório VII.

1075 O papa Gregório anuncia a excomunhão dos sacerdotes casados, suspende os bispos alemães que se opõem ao celibato do clero e ameaça excomungar o rei Filipe.

1076 Nascimento de Hugo, o terceiro filho de Thibault e Adelaide.
O papa Gregório excomunga o rei Henrique, da Alemanha, e indica Rodolfo como novo rei.

1077 Isaac ben Meir nasce em Troyes.

1078 Nascimento de Constança, filha do rei Filipe e Berta.

1080 Samuel ben Meir Rashbam nasce em Ramerupt.
O arcebispo Manasse, de Reims, é deposto pelo papa Gregório; um golpe para o rei Filipe.
O rei Henrique da Alemanha nomeia o antipapa Clemente III.

1081 Nascimento de Luis VI, filho do rei Filipe e Berta.

1083 O rei Henrique ataca Roma, os sarracenos saqueiam a cidade e o papa Gregório foge.

1084 Um incêndio em Mayence é atribuído aos judeus; muitos se mudam para Speyer.
Étienne-Henry, de Blois, filho mais velho do conde Thibault (do seu primeiro casamento), casa-se com Adèle, filha de Guilherme, o Conquistador.

1085 O papa Gregório morre em Salerno.

1087 Morre o rei Guilherme, da Inglaterra.

1088 O inverno traz uma epidemia de varíola.

1089 Morrem Isaac haParnas e o conde Thibault, atingidos pela epidemia.
Quando o conde Thibault adoece, seu filho, Eudes IV, assume o controle de Champagne.
Champagne passa às mãos de Eudes IV. Blois é assumida por Étienne-Henry.

1092 Troyes é assolada por uma epidemia de meningite infantil.
O rei Filipe repudia a rainha Berta e casa-se com Bertrada, esposa do conde Fulk, de Anjou, irritando o papa Urbano II.

1093 Eudes IV morre no dia 1º de janeiro. Hugo, filho de Thibault, torna-se conde de Champagne.
O conde Érard, de Brienne, inicia uma guerra contra Hugo.
O eclipse solar de 23 de setembro na Alemanha é seguido pela fome.

1094 O papa Urbano II excomunga o rei Filipe e Berta.
Champagne sofre uma terrível estiagem no verão.

1095 O conde Hugo casa-se com Constança, filha de Filipe e Bertrada.
No começo de abril, avista-se uma chuva espetacular de meteoros.

1096 Iniciam-se as Cruzadas: quatro comunidades judaicas das terras do Reno são atacadas entre *Pessach* e *Shavuot*.
Ocorre um eclipse lunar no início de agosto.

1097 Os judeus convertidos durante as Cruzadas obtêm permissão para retornar ao judaísmo.
Um cometa é avistado durante as sete primeiras noites de outubro.

1098 Robert de Molesme funda a abadia de Cîteaux e a Ordem Cisterciense.

1099 Os cruzados tomam Jerusalém.

1100 Os judeus retornam a Mayence.
(4860) Luis VI é escolhido rei da França.
Pascoal II é papa, e Teodorico, antipapa.
O álcool é destilado pela primeira vez na Escola Médica de Salerno.

1104 Tentativa de assassinato do conde Hugo.

1105 Salomão ben Isaac morre em 17 de julho; Samuel ben Meir assume o comando da *yeshivá* de Troyes.

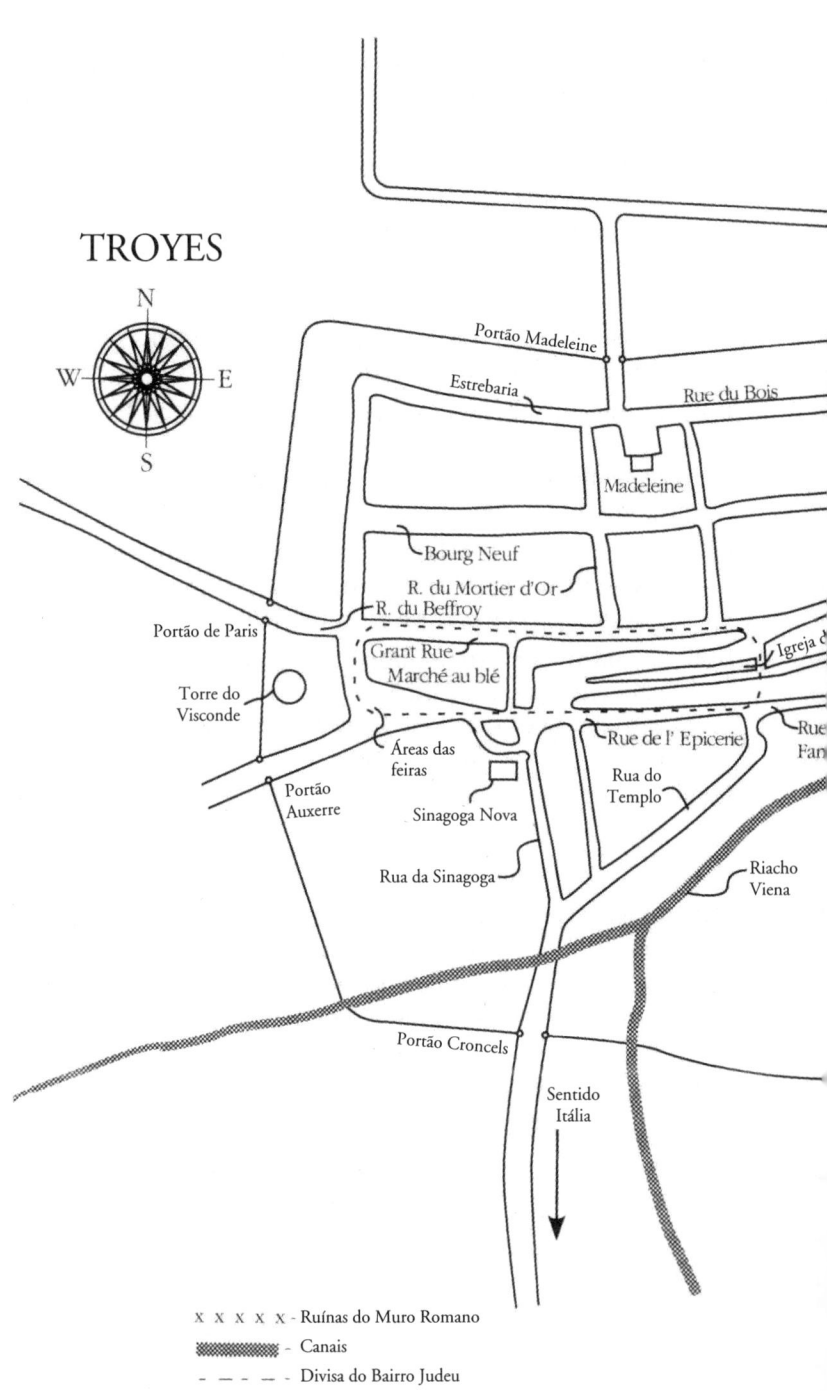

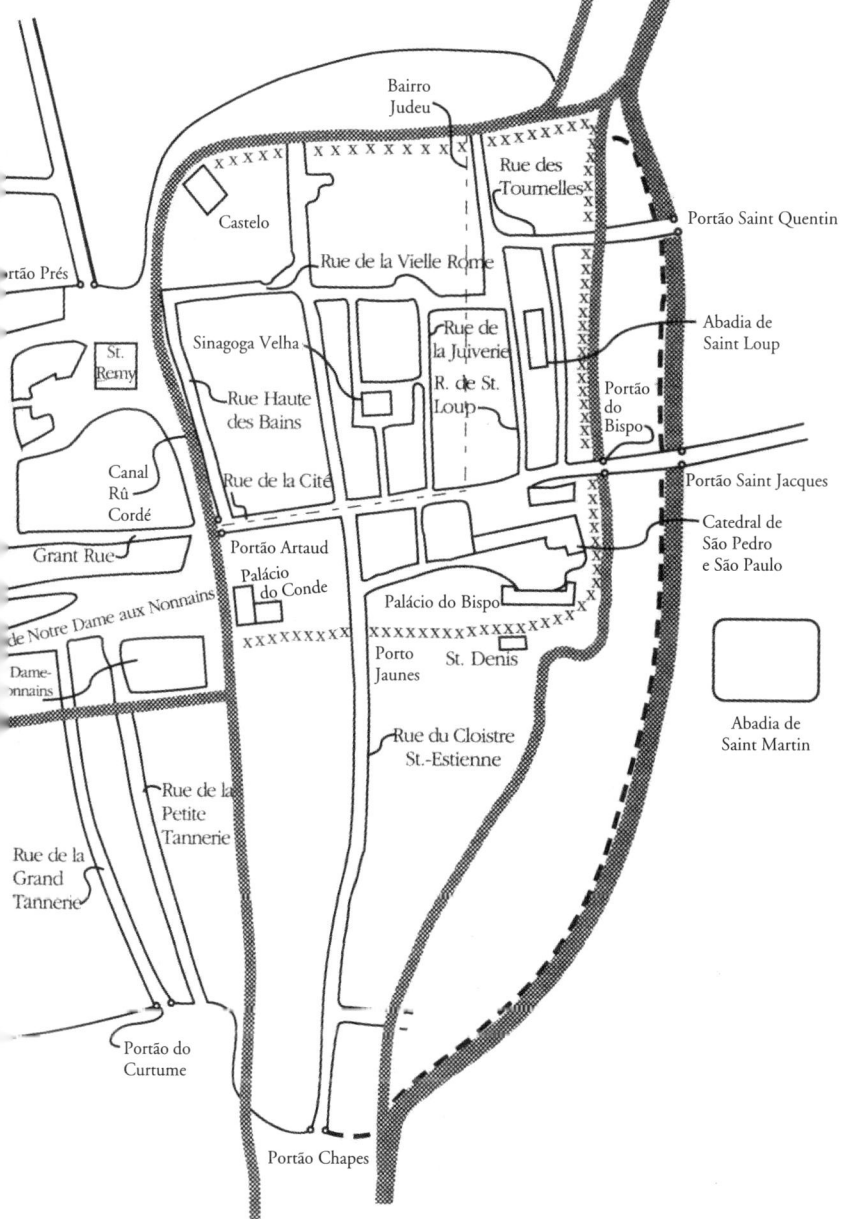

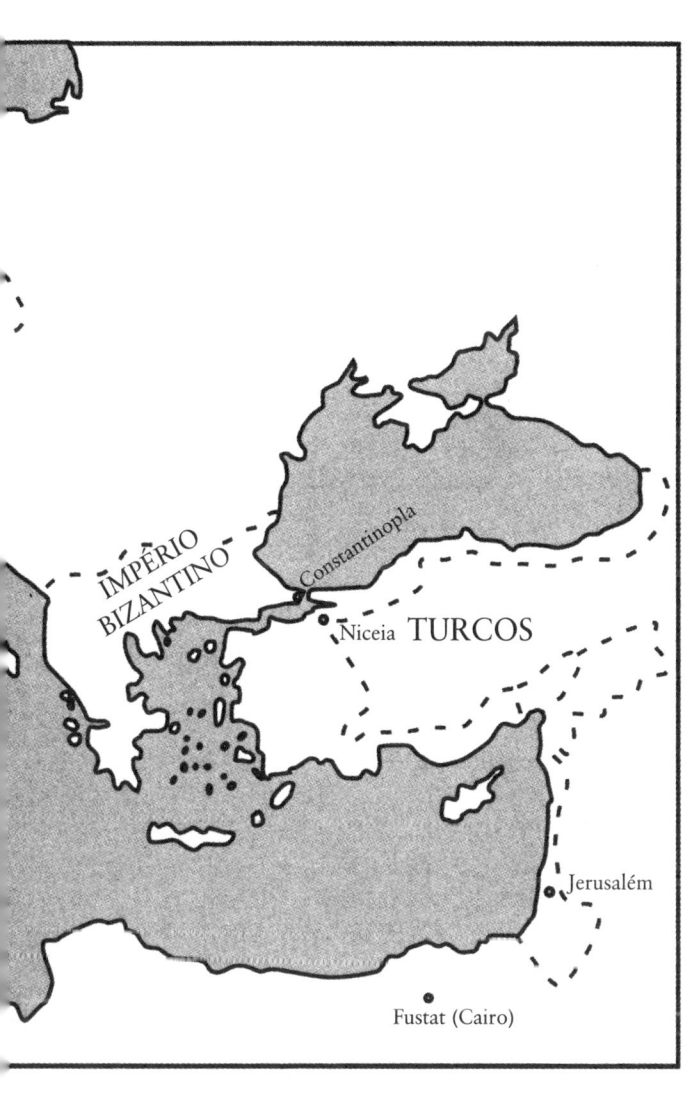

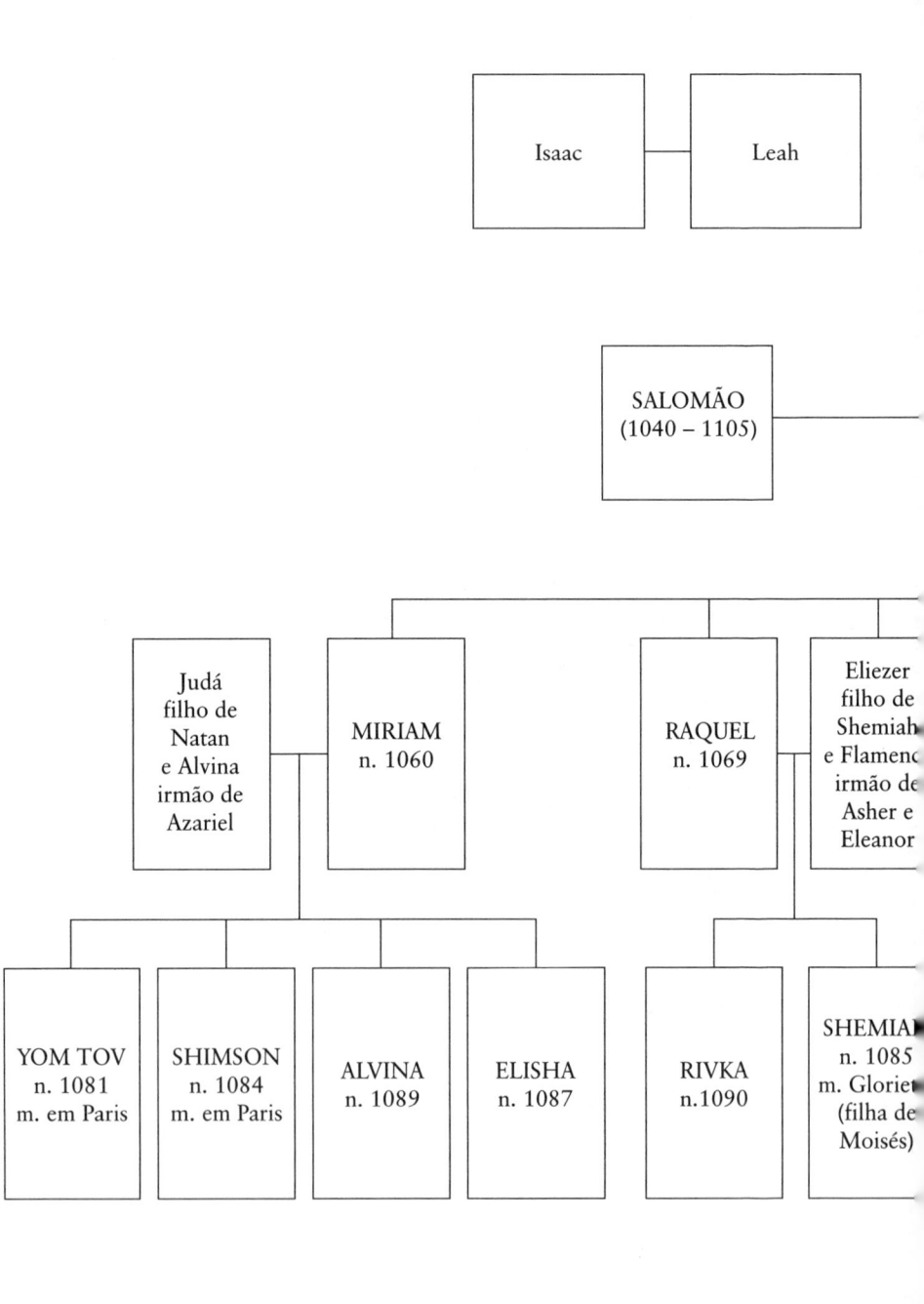

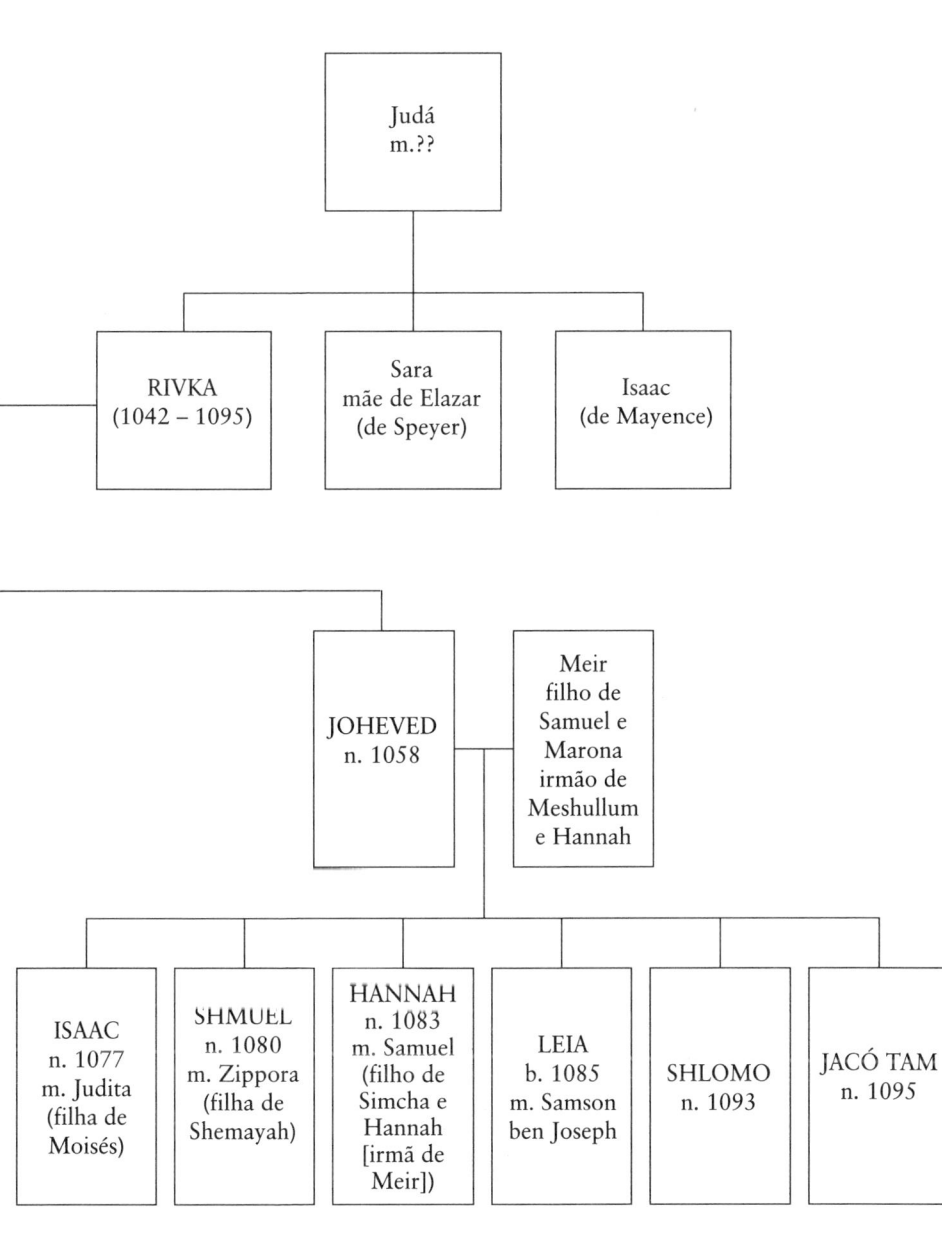

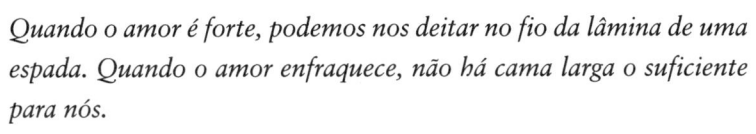

Quando o amor é forte, podemos nos deitar no fio da lâmina de uma espada. Quando o amor enfraquece, não há cama larga o suficiente para nós.

– Sefer Hagada (*O livro das lendas*).

As filhas de Rashi

Livro III: Raquel

Prólogo

s últimas décadas do século XI testemunharam a entrada dos judeus de Troyes, França, numa época de incomparável prosperidade financeira, segurança política e realização intelectual. Fazia muito tempo que nenhum exército invadia a região e a última onda de fome ocorrera cinquenta anos antes. Sob a iluminada soberania do conde Thibault e da condessa Adelaide, as grandes feiras de Champagne atraíam mercadores do mundo inteiro, injetando na economia local recursos suficientes para os duzentos anos seguintes.

Em todos os cantos da Europa, as descobertas e as inovações encontravam-se a pleno vapor. Os eruditos europeus tinham descoberto a filosofia e as ciências gregas então perdidas, que foram traduzidas para o árabe e incrementadas pelos muçulmanos, estabelecendo a era que hoje conhecemos como a Renascença do século XII.

Os judeus que viviam em terras muçulmanas mergulharam com avidez nessa atmosfera de conhecimento renovado, produzindo grandes poetas, filósofos, astrônomos e matemáticos. Em Ashkenaz (Alemanha e França), os judeus afastaram-se dos temas seculares e devotaram-se ao estudo da Torá. Eles estabeleceram, em especial, grandes *yeshivot*, avançadas academias de conhecimento e de debate do Talmud e da lei oral judaica.

Uma dessas *yeshivot*, uma pequena *yeshivá* de Troyes onde começa a nossa história, foi fundada pelo rabino Salomão ben Isaac, conhecido e reverenciado séculos mais tarde como Rashi, um dos maiores eruditos do judaísmo, autor de comentários tanto da Bíblia como do Talmud. Não tendo filhos homens, Salomão transgrediu a tradição e ensinou a Torá a suas filhas, Joheved, Miriam e Raquel. Enquanto sua esposa Rivka se preocupava com a ideia de que nenhum homem se casaria com mulheres tão cultas, Salomão não teve a menor dificuldade em encontrar maridos para as filhas entre os seus melhores alunos. As duas filhas mais velhas tiveram casamentos arranjados. Joheved ficou noiva de Meir ben Samuel, filho de um lorde das redondezas de Ramerupt, ao passo que Miriam concordou em se casar com Judá ben Natan, órfão parisiense cuja mãe sustentara a si própria e ao filho por meio de penhora de joias e empréstimos financeiros para mulheres. Raquel, a filha caçula de Salomão, fincou pé em se casar por amor e assim o fez com Eliezer ben Shemiah, filho de um rico mercador da Provença.

Com a proximidade do término do século XI, a *yeshivá* de Salomão prosperou mais e mais, à medida que mercadores estrangeiros estudavam com ele durante as duas feiras sazonais que ocorriam todo ano na cidade de Troyes. Além disso, estes mercadores enviavam os filhos para que lá estudassem pelo resto do ano, de modo que os jovens, um dia, pudessem conhecer o Talmud o bastante para ingressar na nata da sociedade judaica. Os genros ajudavam Salomão com o número crescente de estudantes, o que lhe dava tempo para escrever e editar os seus comentários, agora considerados de excelência. Além disso, ele e seus familiares trabalhavam na vinícola da família – cuidando das videiras, fabricando vinho e vendendo a bebida estocada em sua própria adega.

Exatamente como as irmãs mais velhas, Raquel continuou a estudar o Talmud com o pai, embora já não houvesse necessidade de manter isso em segredo. Ela deu a Eliezer um filho e uma filha e associou-se com Miriam para estabelecer uma joalheria e uma casa de penhores em Troyes, similar ao negócio que a sogra de Miriam mantinha em Paris. O futuro de Raquel parecia um mar de rosas – afinal, era a filha predileta do pai, adorada pelo marido, e a futura matriarca de uma imensa família de eruditos.

Infelizmente, porém, o destino de Raquel parecia conspirar contra ela...

Parte Um

Um

Troyes, França
Verão de 4851 (1091 da Era Comum, E.C.)

e novo as mãos de Raquel revolveram o interior do baú que guardava os seus mais valiosos pertences, à procura de um pergaminho que enfiara ali umas dez vezes naquela semana. Respirando fundo, ela esperou que as mãos parassem de tremer e depois leu o texto do divórcio condicional.

> Se não retornar após uma ausência de seis meses: [...] eu, Eliezer ben Shemiah, da cidade de Arles [...], na posse do meu juízo e sem nenhuma coação, deixo-a livre e desimpedida, Raquel bat Salomão, que até então é minha esposa[...], para que tenha a liberdade de se casar com qualquer homem que deseje[...] Esta é uma declaração que a deixa desimpedida, um documento de alforria e uma carta de liberdade, de acordo com a Lei de Moisés e de Israel.
>
> Shemayah ben Jacob, testemunha
>
> Moisés haCohen, testemunha

Após uma noite de amor fervoroso, Raquel e Eliezer se despediram com um beijo no último domingo de dezembro, depois do encerramento da Feira de Inverno, e isso significava que o prazo de seis meses terminaria na semana seguinte. Os mercadores já estavam chegando para a Feira de Verão, mas nenhum deles lhe trazia uma carta. Claro que seu marido cabeça de vento não se daria ao trabalho de escrever para avisar que se atrasaria. Será que não lhe passava pela cabeça o quanto ela se preocupava?

Raquel cerrou os punhos, mas se conteve antes de amassar o precioso documento, o seu *guet* condicional.

Uma varíola para Eliezer! Ele não fazia a menor ideia de como ela se sentia, de todos aqueles dias de ansiedade, de todas aquelas longas noites a se perguntar o que teria causado o atraso dele. Seria bem merecido para o marido que ela comparecesse ao *bet din* na quinta-feira, seis meses e um dia após a partida dele, para apresentar o *guet* condicional e se divorciar. Claro que precisaria esperar mais três meses para se casar outra vez, e a essa altura ele teria retornado a casa. Seria então a vez de Eliezer esperar e sofrer enquanto ela decidisse se reconciliar ou não com ele. Era uma ideia estimulante, mas ela ousaria levá-la adiante?

De novo, Raquel respirou profundamente. Talvez ele estivesse esperando o navio que chegaria com sua mercadoria, ou então estava negociando um contrato com alguém que poderia tirar vantagem da pressa dele. Raquel podia imaginar uma dezena de motivos legítimos para o atraso de Eliezer.

Fez uma careta para o papel que tinha nas mãos. Qualquer marido decente, qualquer marido zeloso, faria de tudo para informar à esposa um possível atraso. A raiva lhe subiu novamente à cabeça quando o imaginou fazendo negócios em Maghreb, quem sabe até se divertindo um bocado com alguma vadia local, sem dar a mínima para a esposa fiel que o esperava em casa.

Mas poderia haver uma outra razão para o atraso, e ela tremia só de pensar nisso. E se alguma coisa terrível o tivesse atrasado, alguma coisa que o tornara incapaz lhe escrever? De repente, Raquel vislumbrou as figuras de Shemiah e Asher, o pai e o irmão de Eliezer, tragados pelas águas do rio durante uma tempestade, depois que a barcaça naufragou numa viagem de rotina para Praga, seis anos antes.

Por favor, mon Dieu, proteja meu marido e traga-o são e salvo de volta para mim.

Talvez por sentir a inquietude da mãe, a pequena Rivka começou a se agitar no berço. Rapidamente, Raquel deixou o documento de lado e pegou a filha de um ano de idade no colo. Enquanto se recostava à cabeceira para amamentar, a menininha apalpava a blusa com avidez para encontrar o seio da mãe. Acariciando os cachinhos castanhos da filha, ela disse a si mesma para ser mais paciente. Eliezer nunca perdia a abertura da Feira de Verão. Claro que ele estaria de volta no final da semana. E, quando chegasse, ela o faria jurar que nunca mais se atrasaria sem avisar.

Suspirou suavemente. Pare de se angustiar por causa do Eliezer, disse para si mesma com voz firme. Pense em como você se derrete por dentro com o sorriso de sua filha, em como se orgulha de seu filho Shemiah, apenas com cinco anos de idade e já aprendendo a Torá com tanta rapidez. Calcule o preço que pedirá pelas joias que arrematou no penhor.

Mas nenhum desses pensamentos agradáveis a impedia de se perguntar sobre o que acontecera com o marido.

Eliezer ouviu o trinado dos pássaros lá no alto e agradeceu ao céu por ainda estar vivo. O aroma de alguma coisa cozinhando fez seu estômago vazio se apertar. Sentiu uma câimbra na perna direita, mas não conseguiu se mover quando tentou esticá-la. Eles o tinham amarrado com muito mais força na noite anterior.

Fazia quantos dias que estava prisioneiro ali, amarrado numa árvore em algum lugar de uma floresta da Borgonha? Uma semana, pelo menos. Quando é que alguns mercadores passariam por ali? Seriam mercadores judeus que poderiam resgatá-lo?

Eliezer ouviu um estalo de folhas sendo pisadas e abriu um olho para ver quem se aproximava. Sempre fingia que estava dormindo quando os sequestradores se aproximavam porque dois deles eram mais cruéis que os outros. Felizmente, aquelas botas rotas pertenciam a um dos membros mais jovens do bando, um rapazinho ainda adolescente que lhe trazia água durante o dia.

– Jehan – sussurrou Eliezer enquanto o jovem se abaixava. – Pode afrouxar a corda que prende a minha perna direita? – Jehan deu a entender que não faria nada, e Eliezer acrescentou: – Só um pouquinho, para aliviar a câimbra.

Jehan o ajudou a se sentar e a beber de uma velha caneca de lata.

– Agora não posso. Eles podem ver.

– Pelo menos pode me ajudar a urinar com decência?

Quando Jehan o ajudou a se levantar e erguer a camisa, um homem gritou.

– Ei, o que está fazendo com o prisioneiro?

– Não está vendo? – ele berrou de volta, sussurrando em seguida para Eliezer. – Eu lhe disse que eles estavam espiando.

Eliezer estava tão fraco que mal se mantinha de pé, mas pelo menos isso evitou que urinasse na terra onde estava deitado. A maioria daqueles homens se divertia com a situação incômoda em que ele estava.

– Diga-me, como é que você consegue viver entre esses ladrões?

Jehan inclinou a cabeça, e disse baixinho:

– Além de mim, havia cinco irmãos e irmãs para o meu sustentar com seus parcos recursos. Quando nossa mãe morreu, meu irmão decidiu fugir e o acompanhei. – Ele estremeceu com a lembrança. – O bando nos achou na floresta, perdidos e mortos de fome, e desde então aderimos ao grupo.

Eliezer assentiu com a cabeça. A história de Jehan era similar à de muitos aldeões fugitivos. Sentou-se outra vez, e se pôs à espera. *A primeira coisa que farei quando for resgatado será tomar um bom banho. Isso se um dia eu for resgatado.*

O medo o tomou da cabeça aos pés novamente.

Não faltava muito para o ritual matinal começar. Alguém se aproximaria para oferecer um punhado de toucinho. No primeiro dia, Eliezer educadamente os fez lembrar que os judeus não ingeriam carne de porco, e lhes pediu que trouxessem outra coisa para que pudesse comer. Levaram de volta a carne de porco, mas não a substituíram por outro alimento. E aconteceu a mesma coisa no segundo e no terceiro dia. Por que o torturavam dessa maneira? Mesmo ali na floresta, os homens deviam ter outros alimentos à mão.

No quarto dia, Eliezer estava tão faminto que começou a pensar na possibilidade de comer o toucinho. As *mitsvot* afirmavam a importância da vida e não da morte, e se não se alimentasse logo, morreria de fome. Ele sabia muito bem que alguns judeus ingeriam carne de porco, principalmente quando estavam em tavernas, longe de casa. Ele bem que tentara uma vez, quando a outra carne parecia podre.

Mas Eliezer não era apenas um judeu. Também era um estudioso do Talmud. E não um estudioso qualquer, mas o genro de Salomão ben Isaac, o *rosh yeshivá* de Troyes. Pecar em público, só em caso de vida ou morte. *E se eu não comer alguma coisa, logo será o caso.*

Mal teve forças para virar o rosto e avistar o acampamento inteiro, mas queria ver quem lhe traria o desjejum naquela manhã. *Merde.* Era Richard, um dos mais cruéis do bando, cuja voz grave fez a pele de Eliezer arrepiar.

– Aqui, judeu. – Richard puxou Eliezer pelos cabelos e balançou o toucinho na frente do nariz dele. – Você já deve estar com fome. Prove um pouco deste toucinho quentinho. Foi preparado especialmente para você.

Eliezer poderia se sentir tentado se Jehan tivesse oferecido a comida, mas não daria essa satisfação para aquele torturador. Geralmente virava o rosto, mas dessa vez deu um safanão na carne e cuspiu na mão de Richard.

– Seu desgraçado! – Richard bateu a cabeça de Eliezer contra o chão e o fez ver estrelas. Ele dobrou o corpo na posição fetal enquanto era covardemente golpeado.

Subitamente soou uma voz autoritária.

– Deixe o rapaz em paz. Falei para lhe oferecer o toucinho e depois me dizer como ele reagiu.

– Mestre Geoffrey, ele não quis comer.

– Vi isso, seu idiota.

A posição de Eliezer no chão não o deixou identificar seu protetor. Sua cabeça rodava. Por que os sequestradores queriam matá-lo de fome? Isso não fazia sentido. Se quisessem matá-lo, já poderiam tê-lo feito havia dias.

Eliezer tentou ignorar a dor e avaliar a situação. Ele próprio era culpado por todo aquele desastre. Pouco antes de ter planejado partir de Fustat, soube que um negociante de alúmen chegaria de Damasco a qualquer hora. O suprimento de alúmen no mercado era sempre parco, e o lucro que ele teria na Feira de Verão valeria a espera. O comerciante chegou uma semana depois, e Eliezer se convenceu de que chegaria a tempo de encontrar Raquel na casa deles. Mas as tempestades avariaram o navio que o transportaria junto com as mercadorias pelo mar Mediterrâneo, e as notícias sobre a presença de piratas o mantiveram perto da costa. Quando chegou à casa da mãe em Arles, todos os mercadores já tinham partido rumo a Troyes. Ele só conseguiria chegar lá antes da abertura da feira se fosse a cavalo e deixasse a mercadoria para seguir depois.

A mãe o aconselhou a não atravessar a Borgonha a cavalo porque os bosques estavam infestados de ladinos e bandidos. Com o grande número de mercadores sendo assaltados, o trajeto passou a ser feito em enormes caravanas muito bem guarnecidas. Mas ele estava apressado demais para enfrentar uma viagem segura e demorada pelo rio. Na última vez em que ele se atrasara, Raquel ficou furiosa e o acusou de inconsequente e coisas piores. Se chegasse de viagem depois dos seis meses limítrofes, ela ficaria ainda mais furiosa e poderia se divorciar dele, só para fazê-lo cortejá-la outra vez.

Assim, Eliezer arrendou o cavalo mais veloz de Arles e saboreou sua boa sorte durante os primeiros dias da viagem. Até que os bandoleiros o renderam. Ele lutou o máximo que pôde, mas os homens lançaram uma rede e o arrastaram do cavalo. Em pouco tempo, se viu desarmado e de olhos vendados, e em seguida carregado para um acampamento – onde lhe ofereceram toucinho.

Eliezer gemeu, e as lágrimas rolaram pelo seu rosto. Ele estava naquela situação apenas porque se preocupara demais em não se atrasar. Agora é que não chegaria a tempo em casa. Estava prestes a morrer de fome naquela floresta desolada, e a família ficaria sem respostas. Não fariam a menor ideia do que tinha acontecido com ele.

A silhueta de Jehan surgiu por cima de Eliezer.

– Mestre Geoffrey quer vê-lo. Você consegue andar?

– Só vou saber se você me desamarrar.

Mesmo com a ajuda de Jehan, Eliezer só conseguiu dar alguns passos e depois tombou atordoado. O jovem lhe pediu que esperasse e saiu correndo na direção do acampamento. Como se houvesse outra opção, ele pensou com amargura.

Algum tempo depois, Eliezer ouviu o barulho de alguns homens atravessando o matagal. Jehan chegou primeiro e o ajudou a sentar-se, apoiado no tronco de uma árvore. Em seguida, três homens se aproximaram, entre os quais Richard e um outro que Eliezer reconheceu como sendo irmão de Jehan. Eliezer ainda não conhecia o terceiro homem, mas os outros o olhavam como se ele fosse ordenar alguma coisa e isso evidenciava que era o chefe.

– Nós devemos alimentá-lo, Geoffrey? – perguntou o irmão de Jehan. – Ou prefere interrogá-lo primeiro?

Geoffrey balançou a cabeça para Jehan e o irmão.

– Primeiro o alimentem.

Jehan desamarrou os braços de Eliezer, e o irmão lhe estendeu uma caneca e um prato. Era uma caneca de cerveja, não de água, mas Eliezer bebeu com sofreguidão, sem se preocupar com a qualidade do que bebia. O que tinha no prato parecia peixe, e ele cheirou para se certificar. Também havia um purê, talvez de nabo. Mas não se deu ao trabalho de saber se era nabo ou não. Forçou-se a comer bem devagar; afinal, não sabia quando iria comer outra vez, e, se comesse depressa, poderia vomitar tudo.

Em vez de fazer as perguntas que queria fazer, deu um sorriso forçado e disse:

– Desconfio que não haja pão aqui.

Geoffrey soltou um risinho.

– *Pardonnez-moi*, não há padaria aqui na floresta.
Essas poucas palavras foram suficientes para Eliezer identificar o sotaque de Geoffrey como o de um membro da nobreza.
– Sou Eliezer ben Shemiah, de Troyes. – Ele fez uma ligeira reverência. – Estou certo de que você vai entender se não disser que tenho prazer em conhecê-lo.
– Meu nome é Geoffrey... – o homem hesitou.
– Geoffrey de...? – Eliezer deixou transparecer que reconhecera a posição nobre do homem.
– Fui educado em Saulieu, mas agora sou Geoffrey de Bois. – Ele fez um sinal para Jehan servir mais cerveja.
– Então, Geoffrey de Bois, o que planeja fazer comigo?
– Isso você vai me ajudar a decidir – murmurou Geoffrey. – Minha intenção original era pedir um resgate por você, mas há tão poucos mercadores passando por aqui que estou quase desistindo de fazer isso.
– Claro que ninguém vai aparecer por aqui. Os capangas do duque Odo e seus homens tornaram essas florestas tão perigosas que os viajantes preferem prolongar os dias de viagem a ter que passar por elas.
– Já percebi; e por isso precisava testá-lo.
Eliezer engoliu em seco.
– Testar-me?
– Já estava desconfiado de que você é judeu, e comprovei isso quando recusou o toucinho. Mas precisava saber se você é fiel, se poderia confiar na sua palavra, se você fizesse um juramento.
– Que tipo de juramento quer que eu faça?
Geoffrey o encarou.
– Caso o liberte, quero que você jure que voltará com o resgate, não em dinheiro, mas em alimentos e suprimentos para os meus homens.
Richard deu um salto, com o rosto rubro de raiva.
– Você está louco em acreditar nesse judeu? Se soltá-lo, ele nunca mais voltará.
– E o que sugere que eu faça com ele? – A voz de Geoffrey soou gelada.
– Matá-lo. E vender as joias que estão com ele.
Eliezer empalideceu, fazendo de tudo para não entrar em pânico.

– Você é mesmo um idiota – disse Geoffrey. – O conde de Borgonha só tolera nossa presença na floresta dele porque nunca matamos ninguém, e ele teria uma trabalheira danada para colocar seus homens em nosso encalço apenas porque assaltamos os mercadores. E se tentarmos vender mercadorias visivelmente roubadas como essas joias... primeiro, simplesmente nenhum judeu as compraria porque saberiam que pertencem a outro judeu. Segundo, não fazemos a menor ideia de como encontrar alguém que possa comprá-las, alguém que não delate o "ladrão" para ganhar uma recompensa dos judeus pelo esforço que fez.

Richard embirrou com o tom repreensivo das palavras e se calou. O irmão de Jehan foi mais cruel com ele ao comentar que ninguém ali fazia a menor ideia do valor das joias de Eliezer e que, mesmo que encontrassem um comprador, elas nunca atingiriam o valor do resgate.

– Se não o matarmos, e o libertarmos – rosnou a voz rouca. – O que garante que ele voltará com o resgate?

– Vocês ficam com minhas joias – disse Eliezer. – Ficam como uma garantia do meu retorno. Se vocês não são capazes de vendê-las, sem elas nas mãos, eu também não posso vendê-las.

Enquanto os três homens refletiam, Eliezer se voltou para Geoffrey.

– Você tem a minha palavra. Eu juro que voltarei.

– Bah! – Richard fez pouco caso. – Não se pode confiar na palavra de um judeu.

A mente de Eliezer trabalhou com muito empenho.

– Espere, tive uma outra ideia.

– Fale então – disse Geoffrey.

– E se, em vez de atacar mercadores judeus para mantê-los cativos e receber um resgate, você cobrasse um pedágio para que pudessem passar em segurança pela floresta? Eliezer tomou fôlego antes de continuar, porque sabia que sua vida dependia da habilidade de persuadir aqueles homens.

– Você dispõe de muitos homens. Se forem suficientes para escoltar uma caravana e protegê-la dos capangas de Odo, muitos mercadores pagariam com prazer por esse serviço.

– Claro que eles pagariam – disse o irmão de Jehan. – Este é o caminho mais curto de Marselha até Troyes.

– O duque Odo não gostará de nos ver entre os seus homens e os viajantes, e na floresta que pertence a ele – choramingou a voz rouca e rude.

– Por outro lado, os homens de Odo deixaram de assaltar os peregrinos, e eu também não me importaria em deixar de fazer isso – retrucou Geoffrey. – Ainda mais, se isso significar um lucro para nós.

– Se você propuser dividir uma parte do lucro com Odo, aposto que o duque abaixará a guarda e deixará de incomodá-los – disse Eliezer. – E poderei ser útil para isso. Os membros da corte de Odo costumam frequentar a feira de Troyes, e posso negociar com eles em nome de vocês.

– Não acredite nele. – Os olhos desconfiados do homem cruel se estreitaram. – Esse judeu dirá qualquer mentira para escapar, e depois acabará guiando os homens de Odo direto até nós.

– Deixe-me pensar um pouco. – Geoffrey deu alguns passos e se deteve para dizer algo a Jehan. – Alimente o prisioneiro na hora em que todos comerem, mas esqueça o toucinho.

Salomão ben Isaac andava de um lado para o outro.
– Devo sair para buscá-los? – perguntou Meir, genro de Salomão. – Não queremos que os alunos visitantes esperem muito pela sessão de hoje do Talmud.

A tensão ao redor era palpável, e cada ruído, por menor que fosse, levava os olhos nervosos de Meir a subir a escada que dava na galeria das mulheres. De pé, próximo a ele e à entrada da sinagoga, um mercador se agitou enquanto tirava a capa.

Judá, o segundo genro de Salomão, balançou a cabeça em negativa.

– Meir, a lição de hoje será adiada, logo que Raquel souber das notícias.

Salomão, que aparentava mais que os cinquenta e cinco anos que tinha, olhou para o alto e suspirou.

– Minha mulher está chegando.

Rivka surgiu no topo da escada, amparada pelas netas mais velhas, com seu rosto gorducho e sem rugas, apesar do cacho branco que se insinuava para fora do véu. Alguns segundos depois, as três filhas de Salomão a seguiram.

Joheved, a mais velha, encostou-se pesadamente na balaustrada, e a protuberância reveladora de sua barriga fez Salomão sorrir. Então, ela estava novamente grávida. A perda do bebê, que recebera o mesmo nome de Salomão, dois anos antes para a varíola, devastara a ela e a Meir, e Salomão rezava regularmente por um outro filho que o substituísse. Mas ela quase não sobrevivera ao parto e, como tinha dois filhos e duas filhas, ele já começava a pensar que estava ingerindo alguma poção para esterilidade.

Pelo menos uma boa notícia para compensar a má notícia, ele pensou enquanto observava Raquel e Miriam descendo a escada. Cada qual levava uma menininha no colo, cujos cabelos – de uma, lisos, da outra, cacheados – combinavam com os das mães. Como ele pôde ter gerado duas irmãs tão diferentes? Miriam era esguia, quase magra, se considerado o fato de que era mãe de quatro filhos, e tinha longos cabelos castanho-avermelhados e olhos cor de avelã. Tanto ela como Joheved eram atraentes, mas não chegavam perto da beleza da irmã caçula.

O rosto oval de Raquel era perfeito, e emoldurado por lindos cachos negros tornava-se adorável, mas era impossível não ser capturado pelos estonteantes olhos cor de esmeralda, uma característica acentuada pelas roupas e acessórios da mesma cor que ela usava com regularidade. Em relação à silhueta, ela era roliça nas partes onde a mulher deve ser.

Salomão matutou a respeito e se deu conta de que cada uma das filhas era única. A filha mais velha, lady Joheved de Ramerupt-sur-Aube, administrava um pequeno feudo como se tivesse nascido no seio da nobreza e não na família de um pobre fabricante de vinho. Calma e competente, ela passava a impressão de que não se abalava com nada.

Miriam era caridosa e curiosa – excelentes dons para uma parteira que estava sempre à procura de novas ervas e de novos tratamentos para as pacientes. Raquel quase não tinha conhecido Leia, mãe de Salomão, mas era a única que puxara o lado empresarial da avó. Inteligente e resoluta, não só ajudava a administrar a vinícola da família como também cuidava do próprio negócio de empréstimo financeiro para as mulheres.

Na verdade, Raquel tornara-se a filha predileta de Salomão desde criança, e ele não se importava mais em tentar dissimular esta preferência.

Três filhas e nenhum filho; mesmo assim, Salomão não as trocaria por um filho homem. A qualidade que as três partilhavam igualmente e que mais o enchia de orgulho era a devoção que nutriam pelo estudo do Talmud. Eruditas, elas haviam se casado com homens também cultos, e agora ele tinha seis netos homens.

O devaneio foi interrompido quando Raquel chegou ao pé da escada. Olheiras sombrias ofuscavam a beleza dos olhos verdes, e sua face, geralmente iluminada por um sorriso, estava apagada. Ele sabia o que a estava afligindo, e doía assistir à prova física da aflição da filha.

– Raquel. – Pigarreou Salomão. – Alguém aqui deseja falar com você.

O mercador não perdeu tempo com apresentações.

– Não trago boas notícias para a senhora, dona Raquel. – Fez uma pausa, enquanto ela se amparava no braço do pai por instinto. – Acompanhei seu marido de Fustat até Marselha. Ele me pediu que trouxesse essas mercadorias até Troyes junto com as minhas. – O mercador engoliu em seco e continuou: – Ele disse que estava com pressa e que sairia antes a cavalo.

Rivka tirou o bebê dos braços de Raquel quando a filha empalideceu e suas pernas fraquejaram. Com os olhos rasos d'água, ela fez a pergunta que passava pela cabeça de todos.

– Se Eliezer saiu a cavalo antes, enquanto você transportava a carga, diga-me, por favor, por que ele ainda não chegou aqui em casa?

Dois

Miriam pegou a cesta de parteira.
– Avise-me se sua esposa tiver febre ou começar a sangrar muito.
– Você tem certeza de que não quer passar a noite aqui? – perguntou Simão, o tintureiro. – Ainda há pouco soaram as badaladas das matinas, e estamos na quarta-feira.
– *Non, merci.* – Ela sorriu para o novo pai. – Espero que ainda tenha gente na rua, mesmo sendo tão tarde. E espero que meu marido esteja entre eles.

Ela se lembrou da advertência sobre os demônios exposta no tratado *Pesachim*:

> Ninguém deve sair sozinho na noite de quarta-feira e do *Shabat* porque o demônio Agrat bat Machlat está solto com dezoito miríades de anjos destruidores.

Mas o texto ainda descrevia o encontro entre o sábio Abaye e Agrat mais tarde e, devido ao seu conhecimento da Torá, o sábio foi poderoso o bastante para proibir a passagem do demônio pelas áreas povoadas. Troyes, uma das maiores cidades da França, devia estar a salvo.

Se fosse inverno ou se o tempo estivesse ruim, Miriam teria aceitado a oferta de Simão porque o tintureiro morava no extremo ocidental de Troyes, perto do riacho Vienne Creek. Mas durante a Feira de Verão o conde Thibault reforçava a segurança das ruas da cidade, especialmente das ruas entre os arredores da feira e o Bairro Judeu que eram bem iluminadas e patrulhadas pelos seus homens. Nelas, os mercadores se sentiam seguros para conduzir os negócios até tarde, e os que eram judeus se sentiam à vontade para estudar até altas horas.

– Pedirei a Cresslin que a acompanhe até sua casa. – Simão gesticulou para um dos homens que com ele rezavam por um parto seguro. – Ele mora perto da Sinagoga Velha.
– *Merci* – disse Miriam. – Amanhã estarei de volta.
Depois que o portão do pátio se fechou atrás deles, Cresslin se voltou para ela.
– Então, finalmente Simão tem um filho homem. Ele não chegou a dizer se você realizaria a circuncisão, ou você acha que ele prefere que Avram faça isso?
Ela suspirou. Já fazia uns quatro anos que ela era uma *mohelet*, mas Judá já dissera com muito acerto que, mesmo depois que ela tivesse vinte anos de experiência e milhares de circuncisões realizadas, os homens continuariam argumentando que o *brit milá* era uma *mitsvá* do homem.
– Simão é um tintureiro e precisa ter boas relações com todos os mercadores de tecidos, ainda mais com os estrangeiros, que dificilmente me aceitariam.
– Acho que se você fizer um *brit* na Sinagoga Nova, em plena Feira de Verão, isso só serviria para irritar os forasteiros – ele disse. – Mas um dia eles terão que aceitá-la, afinal Avram não viverá para sempre.
Miriam já ia replicar quando sua atenção se voltou para um tumulto mais à frente.
– Que gritaria é aquela?
Cresslin desceu a rua correndo enquanto Miriam o seguia mais devagar. Ela o perdeu de vista por um momento, e logo o viu correndo de volta. Somente quando se aproximou é que ela notou que não se tratava de Cresslin e sim do seu marido Judá.
Ele a pegou pela mão.
– Temos que levar o Eliezer imediatamente para casa. E também precisamos chamar um médico.
– Eliezer? – Ela engoliu em seco. – Onde ele está? O que aconteceu?
Talvez estejam com ele lá na feira agora. Chegou há pouco tempo ao Portão de Croncels, tão enfraquecido que mal se sustentava à sela do cavalo. Quando os guardas perceberam quem era, eles o enviaram para a Sinagoga Nova para receber socorro. Ainda bem que eu estava lá!
Miriam teve de correr para se manter no mesmo passo de Judá, e alguma coisa lhe dizia que deviam se apressar ainda mais.

– O que há de errado com ele? Está doente ou ferido?
– Não vi ferimento algum, mas isso não significa que não esteja ferido. – Judá apontou para a rua. – Lá está ele.
Miriam avistou dois homens que amparavam outro, subindo com cautela a Rue de la Fanerie na direção da parte velha da cidade. Eles eram seguidos por um quarto homem que carregava um grande alforje.
– Vocês quatro podem trazê-lo – ela gritou enquanto erguia a bainha da saia e agarrava o cesto. – Avisarei a Raquel.
Miriam atravessou em disparada o convento de Notre Dame, passou pela ponte e logo estava no pátio das casas da família. Ela bateu à porta de entrada da casa da irmã caçula com o coração na boca.
Cadê a criadagem, será que estão todos surdos?
A criada mais velha de Raquel gritou em seguida.
– Quem é?
Salomão veio se encontrar com Miriam, enchendo-a de perguntas. Ela entrou correndo pela porta e, ao subir a escada apressada, quase colidiu com Raquel no patamar do lado de fora do quarto.
Antes que Miriam pudesse recuperar o fôlego, Raquel soltou um berro.
– Será que ninguém pode dormir sossegada aqui? Por que você está vagando pela noite em plena quarta-feira? Será que foi atacada pelos demônios?
Miriam correu ao quarto da irmã para pegar uma capa.
– Vista-se logo. Eliezer está em Troyes, e ele está mal.
Raquel olhou apatetada para a irmã por um momento. Depois, pegou a capa com uma das mãos e o braço de Miriam com a outra.
– Leve-me até ele. Agora.
A empregada ainda estava no portão, exibindo os sapatos que Raquel se esquecera de calçar, quando Moisés haCohen, o médico de Troyes, juntou-se às duas irmãs e a Salomão no final da rua. Logo que virou a esquina, Raquel avistou sombras que se aproximavam a distância e, sem se importar com nada, saiu em disparada na direção do amado.

Na noite seguinte, Raquel elevou a voz desanimada enquanto enchia o copo do marido de vinho pela segunda vez.
– Você está realmente pensando em pagar o resgate? – Ela teve de se conter para não gritar. Ele acabara de chegar quase morto em casa, e já queria se colocar em perigo outra vez?

Eliezer serviu-se de uma outra fatia de carne de carneiro.
— Dei a minha palavra de que retornaria com alimento e suprimentos no valor de uns vinte e cinco *dinares*.
— Vinte e cinco *dinares*? Eu achava que o resgate padrão lá das bandas do mar Mediterrâneo era de trinta *dinares*.
Ele acariciou a mão dela.
— Felizmente, Geoffrey parece não saber disso.

Raquel esperara com impaciência enquanto o marido dormia entre o café da manhã e os serviços matinais, e agora a família inteira estava reunida em volta da mesa para saber o que acontecera. Shemiah ouviu o pai narrar sua aventura na floresta da Borgonha de olhos arregalados, enquanto Raquel estava em estado de graça por vê-lo ileso e de volta para ela.

— Claro que uma promessa feita sob tal constrangimento pode ser anulada pelo *bet din* — ela apelou para o pai. — Ele poderia ter morrido se não fizesse a promessa.

— Os bandidos e os piratas não matam judeus como sempre fazem com outras vítimas apenas porque sabem que pagamos os resgates. — Eliezer segurou a mão da esposa. — Raquel, temos que pagar o que prometi. Do contrário, estaremos abrindo um terrível precedente. Além do mais, as joias que ficaram com Geoffrey valem mais que vinte e cinco *dinares*.

— Não me importa o dinheiro. Você foi capturado na Borgonha, e o duque Odo deve nos indenizar por nossas perdas. — Lançou-lhe um olhar de súplica. — Não volte para lá, por favor.

Salomão ignorou a preocupação da filha em relação ao marido. Uma das razões que tornavam as feiras de Troyes tão populares e, por consequência, tão bem-sucedidas, era o fato de que, quando algum mercador era atacado em outra província a caminho de Troyes, o conde Thibault proibia que mercadores da tal província fizessem negócios na feira até que seu soberano ressarcisse o mercador que tinha sofrido o ataque.

— Eliezer só deve voltar para lá quando a Feira de Verão terminar — disse Salomão. — Talvez, a essa altura, o bando de Geoffrey já tenha sido expulso pelos cavaleiros do duque Odo pelos muitos ataques a mercadores.

Eliezer balançou a cabeça em negativa.

— Geoffrey tem muitos homens, e, se Odo quisesse prendê-los, já teria feito isso. Sem falar que Geoffrey não é um sujeito mau, se bem que eu gostaria de ver alguns dos seus homens nas masmorras.

Salomão alisou a barba enquanto pensava.

– Deixe-me lembrá-lo da discussão entre o rabino Meir e sua culta esposa Beruria, que consta no primeiro capítulo do tratado *Berachot*.

Eliezer começou a citar a passagem na mesma hora.

> Vez por outra, alguns bandidos da vizinhança do rabino Meir o deixavam tão aborrecido que ele rezava para que morressem. Beruria, sua esposa, perguntou-lhe então: "Por que está orando?" Ele respondeu: "Porque está escrito (nos salmos): 'Que os pecadores sumam (da terra)'".

Raquel também conhecia o texto e o interrompeu com uma passagem.

– Então, disse Beruria:

> "O que está escrito é 'pecadores'? Pelo contrário, o que está escrito é 'pecados'. E mais, observe o final do versículo: 'E deixaram de ser maus.' Uma vez que seus pecados se foram, eles nunca mais foram maus. Portanto, reze para que se arrependam e nunca mais sejam maus. Ele rezou, e eles se arrependeram."

Eliezer franziu o cenho.

– Não acredito que o senhor esteja dizendo que devo só rezar para que Geoffrey e seus homens se arrependam.

– Mas foi ideia sua que os bandoleiros deveriam cobrar uma taxa aos mercadores para que possam atravessar a floresta em segurança – disse Judá.

Miriam debruçou-se sobre a mesa, mostrando grande interesse.

– Agora você precisa descobrir o valor de um suborno para que Odo deixe os homens de Geoffrey em paz. Depois de tudo arranjado, eles não serão mais bandidos e sim cobradores de taxas.

– E você terá feito um grande serviço para todos os mercadores que saem do Sul em direção a Troyes – disse Salomão.

Eliezer fez uma pausa. Ele estava desesperado quando sugeriu isso. Agora que estava em casa, será que realmente queria recompensar e não punir os bandidos? Mas Beruria tinha razão, e isso o fez suspirar resignado.

– Espero que Geoffrey ganhe mais dinheiro dessa maneira do que roubando.

Raquel fez uma careta.

– E que diferença isso faz? Alguns cobradores de taxas são tão ruins quanto os ladrões.

– Enfim, chegamos a um acordo. – Eliezer olhou no fundo dos olhos de Raquel. – Você então entende por que devo manter minha palavra.

Ela desviou os olhos para Shemiah e a pequena Rivka, cujas vidas poderiam se manchar, se ele quebrasse o juramento. Ela balançou a cabeça bem devagar.

– Mas isso tem que ser feito antes do encerramento da Feira de Verão. Quanto mais rápido reavermos as joias, mais rápido poderei vendê-las – ela continuou expondo os planos, sem falar para alguém em particular. – Vendemos o alúmen e guardamos o resgate muito bem guardado. E depois o levamos até Geoffrey.

– Não você – retrucou Eliezer. – É muito perigoso para uma mulher.

Raquel sorriu com doçura, mas com o olhar firme como o aço.

– Eu não vou deixá-lo fora da minha vista, não depois de passar todas essas noites acordada e preocupada com você.

Salomão levantou-se da mesa e pousou as mãos nos ombros do casal.

– Contrate alguns homens e Raquel poderá ficar na hospedaria da floresta. Você só vai precisar de um dia para pagar o resgate e para explicar os termos de Geoffrey para o duque.

– E se não tiver retornado para a hospedaria antes da *souper*... – Raquel sacudiu a faca no ar com os olhos faiscando. – Contratarei um exército para trazê-lo de volta.

Eliezer balançou a cabeça, retribuindo o olhar apaixonado de Raquel. Durante a viagem, ele tinha sentido uma falta avassaladora da mulher e da intimidade que mantinham na cama, e sabia que ela retribuiria os carinhos com mais paixão se ambos estivessem de acordo.

Além disso, a ideia de voltar sozinho para aquela floresta o apavorava.

Eliezer vendeu o alúmen com muita rapidez e não teve dificuldade em negociar com o mordomo do duque Odo. Enquanto isso, Raquel conseguia um crédito para transformar os vinte e cinco *dinares* em provisões e contratar homens para acompanhá-los. Ele só protestou quando a viu arrumando a bagagem da pequena Rivka, mas ela bateu o pé e alegou que a menininha teria de ir junto porque ainda não estava desmamada.

Em circunstâncias diferentes, a curta viagem até a hospedaria dos viajantes seria divertida e agradável. Mas para Raquel a viagem tornou-se um tormento desde a hora em que chegaram. Os galos ainda estavam cantando quando ela assistiu do portão, com o coração apertado, a Eliezer e seus guarda-costas desaparecerem com a carga no interior da floresta escura. Depois de algumas horas, ela ainda estava ali, de olhos fixos na estrada vazia e iluminada.

– Senhora, por favor... a senhora precisa entrar. Já está passando a hora do café da manhã – anunciou a criada, tirando Raquel de sua vigília.

– É claro, *merci* – ela murmurou e seguiu a moça com relutância para dentro da hospedaria.

Como a pequena Rivka tirava a costumeira soneca matinal, Raquel resolveu estudar um comentário do pai sobre o Talmud enquanto esperava. Mas não houve jeito de se concentrar no texto, mesmo se esforçando muito. *O que Eliezer estará fazendo? Será que já encontrou Geoffrey? Será que vai demorar muito para chegar?* Ela tentava acreditar de todo coração que Geoffrey ficaria agradecido pela ajuda, ignorando o terrível medo de que ele poderia matar Eliezer sem pestanejar tão logo se apossasse dos suprimentos.

Raquel começou a andar de um lado para o outro na sala principal da hospedaria, observando as mesas e os bancos desgastados pelo tempo, o balcão comprido com jarros e canecas em cima, os armários geminados repletos de pratos lascados e a grande lareira de pedra que naquela quente manhã de verão reduzia-se a algumas peças de carvão.

Tudo parecia exatamente igual a quando estivera ali pela última vez dois anos antes. E a quando estivera ali pela primeira vez seis anos antes.

Ela soltou um suspiro. Já fazia seis anos que o pai e o irmão de Eliezer tinham morrido fora dos limites de Praga, quando ela e Eliezer levaram os restos dos dois homens para Arles. Até então, ela ainda não tinha se dado conta do quão imenso era o mundo fora de Troyes. Claro que ela sabia que os mercadores vinham para as feiras de lugares distintos e longínquos, e como outros judeus ela rezava diariamente pela reconstrução de Jerusalém. Mas viajar para tão longe, logo ela – quem poderia imaginar isso?

Para afastar a preocupação com o destino que Eliezer teria, Raquel deixou que os pensamentos voassem de volta aos dias inocentes do segundo ano do seu casamento. A sala da hospedaria estava aconchegante, e, meio sonolenta, ela entregou-se às lembranças. E ao rever o passado se deu conta de que estava mais excitada que nervosa quando partiu com o marido e o pequeno Shemiah em seu colo no dia do encerramento da Feira de Verão, seguidos por duas carroças, uma carregada de peças de lã e outra de barris de vinho do pai.

Na ocasião, o pai estava com os olhos tristes e o rosto crispado de preocupação e foi difícil se despedir dele. Mas ela reprimiu o choro e o abraçou com força. Já casada com Eliezer, seria uma agonia se tivesse de se separar dele por alguns meses.

Cavalgar pela floresta naquele palafrém alugado acabou sendo uma experiência agradável, o trote gentil do animal manteve Shemiah quietinho no colo. Pernoitar na floresta tornou-se ao mesmo tempo excitante e assustador, e na chegada ao rio Saône, onde eles teriam de transferir a bagagem para uma balsa, a água parecia plácida demais para ser perigosa. Mesmo assim, agradeceu aos céus por ter aprendido a nadar com Joheved.

A aflição de Raquel começou quando eles chegaram a Lyon, onde o poderoso rio Ródano se encontrava com o Saône. Naquele ponto, a correnteza era muito veloz e instável para ser controlada pelo homem. Mas Eliezer garantiu que o rio só se tornava ameaçador na primavera. Ela apertou a mão do marido e sufocou o medo dentro do peito; depois que o pai se afogara, era para ele estar mais apavorado que ela.

Passados alguns dias nas águas do Ródano, a navegação tornou-se mais suave. Cada mudança de cenário a fascinava – vastas florestas entrecortadas por vinhedos, lavouras de grãos, pomares e pequenas aldeias. Eliezer se dedicava a estudar o Talmud, e as longas sonecas do filho permitiam que ela estudasse junto com ele. Raquel mal dissimulou a decepção quando desembarcaram na cidade do marido duas semanas mais tarde.

Eliezer não deixou Raquel perceber se ele tinha ou não se chocado com a aparência da mãe. Claro que Flamenca estava de luto tanto pela perda do filho como do marido, mas Raquel quase não reconheceu a matrona gorducha de faces rosadas que estivera em seu casamento no ano anterior. Flamenca estava muito envelhecida:

os cabelos esbranquiçados, o rosto tomado pelas rugas e as mãos delicadas cheias de veias protuberantes. A mulher que antes dançava com muita alegria agora mancava ao caminhar.

A mãe de Eliezer caiu em prantos tão logo o viu, e os dois choraram juntos quando se abraçaram. O pequeno Shemiah aderiu às lágrimas e Raquel engoliu em seco, apavorada com a ideia de que a partir daquele momento Eliezer teria de assumir o comando da família e sustentar a todos. Mas a aflição se dissipou quando Eleanor chegou. A irmã mais velha de Eliezer deixou visível que estava no comando.

– Temos dez dias até o *Rosh Hashana* – disse Eleanor. – Isso nos dá tempo para escolher as mercadorias que o meu marido levará para Sefarad e as que você levará para Maghreb.

Eliezer quase perdeu o fôlego.

– Eu vou para Maghreb?

Netanel, o marido de Eleanor, confirmou com a cabeça.

– E se bons navios aportarem esta semana em Arles, teremos que estar preparados para zarpar tão logo os ventos permitam. – Ele se voltou para Eliezer e explicou: – Nenhum navio navega no inverno; é uma época de muitas tempestades, e os marinheiros não conseguem se guiar pelas estrelas devido ao céu sempre nublado.

Ao lado do marido, Raquel tentava se recuperar da surpresa. Eles teriam de passar o *Iom Kipur* no mar, e a viagem para Maghreb e o caminho de volta os impediriam de retornar a Troyes para a Feira de Inverno. Ela sentiu um misto de excitação e ansiedade. Como as naus não velejavam durante o inverno, eles só estariam em casa depois de *Pessach*.

Eleanor olhou firme para o irmão.

– Netanel estabeleceu contatos de negócio em Sefarad durante muitos anos. Papai tinha associados na Tunísia, e começava a passar esse território para Asher quando... – O queixo começou a tremer, e ela não pôde mais falar.

– Entendi – disse Raquel, empertigada. – Nossa família não pode se dar ao luxo de perder conexões tão valiosas. Eu e Eliezer iremos à Tunísia para assegurar aos clientes do seu pai que tudo continuará igual.

– Vai levar o bebê? – perguntou Flamenca. – Achei que você ficaria aqui conosco.

– Raquel e Shemiah irão comigo para onde quer que eu vá – retrucou Eliezer, dessa vez com uma voz firme.

Raquel suspirou de alívio. A decisão não se limitava a evitar a separação dos dois. Eliezer tinha muito pouca experiência comercial, ao passo que Raquel tinha sido sócia da sogra de Miriam no negócio de joias por muitos anos. Sem a experiência dela, ele ficaria à mercê dos sofisticados mercadores de Maghreb.

Raquel e Eliezer continuaram a desfrutar do encontro familiar até o *Shabat*. Eles se sentavam à mesa de jantar de Flamenca, e Raquel se regalava com alimentos bem diferentes do que até então conhecia. As oliveiras que brotavam na região da Provença forneciam uma grande quantidade de azeite de oliva, e os peixes fritos incluíam variedades oceânicas que ela nunca provara. As frutas cítricas também eram abundantes na região, e muitos pratos eram preparados com a doce polpa da laranja ou com bocados azedos do limão. Havia ainda maravilhosos molhos ricos em azeite de oliva e berinjela para legumes e verduras. E sobremesas apetitosas. Isso fazia Raquel lembrar-se demais do pai que adorava um doce tanto quanto ela.

Decidia-se entre uma outra fatia de bolo de limão ou um doce de amêndoa quando Eleanor anunciou para Netanel.

– Raquel nos ensinou uma bênção linda para a hora de acender o castiçal do *Shabat*. É muito parecida com a de *Hanucá*, exceto pelo fato de que se deve dizer *"ner shel Shabat"* e não *"ner shel Hanucá"*.

Antes que Netanel dissesse alguma coisa, Eliezer retrucou com um rompante.

– O que está dizendo? No Talmud não há um ritual especial para acender o castiçal do *Shabat*, e a lei judaica não permite que se criem novas bênçãos.

O rosto de Raquel ardeu em brasa quando todos os olhos à mesa se voltaram para ela.

– Não é uma nova bênção – justificou-se. – Era sempre dita por minha mãe e minha avó. – Como Eliezer ousara constrangê-la em público? Como se ele fosse o único que tinha estudado a Torá. – E como pode afirmar que não está no Talmud? – ela rebateu. – Você não estudou todos os tratados.

Os olhos de Eliezer faiscaram de ansiedade. O desafio estava lançado.

– Estudei o bastante para poder afirmar que nunca li isso. – Ele pareceu seguro de si. – Considerando a extensão dos debates dos sábios a respeito das bênçãos da *Havdalá* ditas na noite de sábado, não acredito que deixariam de lado uma bênção para o castiçal do *Shabat* durante as discussões sobre as bênçãos ditas na noite de sexta-feira.

Raquel debatia o Talmud com Eliezer desde que ele chegara pela primeira vez a Troyes, e não iria esmorecer só porque eles estavam longe de casa e ali as pessoas achavam que as mulheres não podiam estudar a Lei Oral. Sobretudo naquele momento em que ele agia de maneira tão mandona. Ela tentou imaginar o que o pai diria.

– Talvez porque era uma bênção tão conhecida que os sábios nem precisaram mencioná-la. Aliás, nas referências às mulheres que morrem no parto por não terem respeitado as *mitsvot* femininas, eles incluem o castiçal do *Shabat* juntamente com o *mikve* e a *chalá*, ambos merecedores de bênçãos.

Eliezer esfregou as mãos e abriu um largo sorriso com uma objeção na ponta da língua.

– Os sábios também dizem que o ato de acender o castiçal e de colocar limites para o *eruv* e o dízimo da comida do *Shabat* não requer bênçãos. – Ele citou em seguida uma passagem relevante do Tratado do Shabat.

> Na véspera do *Shabat*, um homem diz três coisas antes de escurecer. Separou o dízimo? Estabeleceu o *eruv*? Acenda o castiçal.

Ora. As mulheres também podem citar o Talmud. Raquel ignorou o olhar espantado da sogra, debruçou-se na mesa e disse:

> Diz Rav Huna: aquele que acende o castiçal com regularidade terá filhos cultos, aquele que zela pela *mezuzá* merecerá uma linda casa, aquele que é consciente do *tzitzit* merecerá belas roupas, e aquele que é consciente do *kidush* merecerá barris de vinho.

Ela abriu um sorriso de orelha a orelha, certa de que derrotara Eliezer.

– *Mezuzá, tzitzit* e *kidush*, todos são *mitsvot* que requerem bênçãos.

Mas o marido não admitiria a derrota tão facilmente.

– Rav Huna se refere à lamparina comum de uma casa. Se a família a mantém acesa, os filhos podem estudar a Torá até tarde da noite. Além do mais, ninguém afirma no Talmud que acender o castiçal do *Shabat* é uma *mitsvá*. Seguramente o Ser Sagrado nunca nos ordenou fazer tal coisa. – Ele cruzou os braços em triunfo. – Acender o castiçal na noite de sexta-feira não é diferente de acendê-lo na quarta-feira ou na quinta-feira, sendo que na sexta-feira deve ser aceso antes do pôr do sol.

Agora Raquel o tinha nas mãos. Ela não se preocupou com os olhares de nítida desaprovação da família dele; não se envergonhava da própria erudição.

– Papai, no entanto, afirma que é uma *mitsvá*, sim. Ele escreve um comentário sobre esta passagem:

> Como está escrito [nos Provérbios]: "Pois a *mitsvá* é o castiçal, e a Torá, a luz." A luz da Torá chega até nós por meio da *mitsvá* do acender das lamparinas no *Shabat* e em *Hanucá*.

– É óbvio, então, que isso requer uma bênção.

Eliezer não podia contradizer o mestre Salomão, e então se inclinou graciosamente diante da esposa.

– E o que diz *rabenu* Salomão sobre essa sua bênção?

– Papai diz que a viu no livro de oração de Amram Gaon, de Bavel, e que Amram a chama de *minhag*, ou "bom costume". Por isso, papai não impede as mulheres de dizê-la.

Ela sorriu de maneira sedutora para o marido. Sob a influência do planeta Vênus, a noite de sexta-feira era tida como particularmente auspiciosa para relações maritais. O embate em torno do Talmud só tornava o uso da cama ainda mais excitante.

Eliezer retribuiu o olhar convidativo da esposa com um risinho:

– Como se algum homem em Troyes pudesse impedir as mulheres de agir livremente. – Ele se voltou para a sua espantada família. – Inclusive, é claro, de estudar o Talmud.

Três

Raquel lembrou-se dos inebriantes dias em Arles e soltou um suspiro. Netanel conhecia as embarcações e, tão logo um dos bons navios atracou no domingo depois das *Selichot*, com a Tunísia como destino, ele providenciou as passagens. Se o vento continuasse estável, poderiam embarcar na noite de terça-feira e zarpar ao amanhecer.

– Não se esqueçam de entrar no navio com o pé direito, nunca com o esquerdo – ele avisou aos dois. – E nada de cortar cabelo e unhas enquanto estiverem no mar, isso também abrange aparar a barba.

– Alguma coisa mais? – perguntou Eliezer.

– Não assoviem; isso atrai tempestade. E nunca embarquem em navios que partam na sexta-feira; isso traz azar.

Raquel arregaçou as mangas com ansiedade.

– Quanto tempo você acha que demora essa viagem?

– Se o vento continuar firme, talvez um mês. Isso me faz lembrar... – Netanel fez uma pausa e estendeu um livro grosso para Eliezer. – É uma tradução árabe da Bíblia, transcrita para o hebraico. Quando chegarem à Tunísia, vocês já estarão entendendo a língua deles.

– *Merci*. – Eliezer meneou a cabeça para Raquel. Os dois conheciam o texto sagrado de cor, e não seria difícil aprender o árabe em suas páginas.

– E já que a Bíblia veio à baila, há diversos versículos do Canto de Moisés no Mar de que vocês devem se lembrar. – Netanel aproximou-se um pouco mais e abaixou a voz. – Para acalmar tempestades, recitem:

E com o sopro de tuas narinas, amontoaram-se as águas.
As correntes pararam como uma muralha.

– E se forem atacados por piratas, que o céu não permita, rezem:

> Os carros e o exército do faraó entraram no mar.
> E o Senhor soprou o vento e o mar os cobriu.
> Secos, os filhos de Israel foram guiados pelas gloriosas águas.

Ao contrário de outros encantamentos que Raquel tinha visto na Bíblia, os que eram extraídos do Êxodo realmente faziam sentido. Mesmo assim, ela sentiu o estômago revirar só de pensar em tempestades e piratas. Contudo, a primeira viagem marítima não foi como imaginara. Foi uma viagem maravilhosa, o pôr do sol era esplendoroso, e grandes bandos de aves marinhas sobrevoavam as águas. A bem da verdade, algumas vezes, a ferocidade do vento leste sacudiu o navio, mas nem por isso a viagem atrasou em demasia, de modo que em seis semanas eles aportaram sãos e salvos na Tunísia.

De repente, uma comoção no lado de fora da hospedaria interrompeu as agradáveis lembranças de Raquel. Ela deu um salto e correu até a janela. *Mon Dieu, por favor, que não seja Eliezer.*

Mas era apenas um grupo de viajantes que apeava no pátio. Pela quantidade da bagagem e o vaivém de servos e guardas, era um grupo de ricos. Pelos aromas que vinham da cozinha, o grupo tinha chegado bem na hora do *disner*.

Raquel foi trocar a fralda da pequena Rivka no andar de cima, e, quando estava descendo, ouviu o dono da hospedaria cochichando com a esposa no saguão.

– A mim não interessa se são ou não peregrinos – sibilou a mulher. – Por que deveriam comer de graça? Isto aqui não é um asilo.

– Mas somos bons cristãos – disse o marido. – Nosso dever é ampará-los na perigosa peregrinação que fazem enquanto estamos seguros aqui em casa.

– Mas é muita gente. Não podemos abrir mão da comida com os negócios correndo tão mal neste verao.

– Sei que não estamos recebendo tantos mercadores como recebíamos antes, e tudo por culpa daqueles bandidos da floresta, mas não é certo cobrar pela comida aos peregrinos. – A voz do homem soou firme.

Quando Raquel entrou na sala principal, os outros hóspedes já estavam sentados, inclusive alguns com cruzes bordadas nos seus

bliauts. Duas mulheres em trajes elegantes, provavelmente proprietárias da bagagem abundante que estava lá fora, sentaram-se à mesa com uma terceira mulher que vestia um hábito de freira. As três acenaram para Raquel, convidando-a para se juntar a elas.
— *Bonjour*, sou Belle Assez, de Troyes. — Raquel achou melhor não revelar sua identidade judia, mas o apelido que Eliezer lhe dera.
— *Bonjour*, sou lady Margaret de Norwood, e esta é minha nora, Jane. — A mulher mais velha tinha um sotaque britânico. — Esta é minha prima, prioresa Úrsula. — Ela apontou para a freira.
Raquel cumprimentou-as com um meneio da cabeça e sentou-se.
— Acabamos de chegar da abadia de Betânia, em Vézelay — continuou Margaret com um ar de orgulho. — E pudemos ver as relíquias de Maria Madalena.
Raquel achou que não tinha escutado direito.
— Perdão, mas Maria Madalena não morreu na Terra Santa? — Ela foi cautelosa ao usar o nome edomita para Eretz Israel.
Margaret empertigou-se no banco, como se prestes a transmitir algo de grande relevância.
— Não é bem assim. Durante as perseguições que se seguiram à morte de Jesus, Madalena se dirigiu à Provença com sua irmã Marta. E lá ela faleceu e foi enterrada, mas um monge resgatou suas relíquias quando a região foi devastada pelos sarracenos e levou-as para Vézelay.
— A história não é tão estranha assim — disse Úrsula. — Afinal, o corpo do apóstolo Santiago foi trazido da Terra Santa para Compostela pelos seus discípulos.
Raquel se voltou para si mesma e para a pequena Rivka. Aquelas peregrinas acreditavam em histórias muito bizarras... Tentou dissimular o enfado, à medida que Margaret expunha a triste história da família e de como se colocara em peregrinação para expiar os pecados de todos eles.
Foi bem mais difícil dissimular a vontade de rir quando a tagarela senhora disse:
— E antes de Vézelay, fomos até Coulombs para Jane cheirar o sagrado prepúcio.
— O quê? — perguntou Raquel, quase sufocando ao reprimir o riso.
— A pele externa do pênis de Jesus — disse a mulher. — Seu aroma estimula a fertilidade e facilita o parto.
Embora absurdo, o tema era tão intrigante que Raquel se viu forçada a perguntar como a tal relíquia fora parar em Coulombs.

– Carlos Magno ganhou de presente de casamento da imperatriz Irene, de Bizâncio, e em troca erigiu a abadia de Coulombs para guardar a relíquia – explicou Úrsula, enquanto Raquel fazia o possível para não rir.

Lady Margaret expressou preocupação pelo fato do seu grupo ter crescido durante a viagem.

– Embora haja muita segurança e a maioria dessa gente pareça bastante piedosa, ninguém pode saber ao certo – argumentou. – Eles devem estar se dirigindo para Roma. Não parecem ter recursos suficientes para uma viagem até Jerusalém.

Raquel olhou com respeito para a viúva. Grande parte dos peregrinos visitava os templos locais, e os que faziam peregrinação mais longa geralmente iam para Compostela ou para Roma, de modo que as estradas que conduziam para estas cidades eram povoadas de monastérios e estalagens devotadas a socorrer os peregrinos.

Margaret deve ter interpretado a expressão de Raquel como interesse, pois se pôs a explicar como se decidira por Jerusalém. Evitar a gentalha que frequentava as estradas para Compostela e Roma era um dos motivos, mas também fora atraída pela grande recompensa espiritual que receberia por uma viagem mais perigosa e pela posição que galgaria quando retornasse da Terra Santa, um lugar que poucos peregrinos visitavam.

Raquel se irritou tanto com o monólogo da mulher que não se conteve.

– Fui a Jerusalém três anos atrás. É realmente uma viagem longa e difícil.

Logo se arrependeu de ter dito isso. Ela passou a ser o centro das atenções. Não podia desapontar a audiência com relatos da triste aparência da Terra Santa – cinquenta anos antes, um terremoto arruinara a maior parte da cidade. Além disso, os turcos tinham deposto os governantes fatímidas quinze anos antes, deixando a cidade ainda mais destroçada, e a isso se seguiram anos de pestilência e fome.

E o pior, décadas de embates entre as comunidades rabínicas de Jerusalém e Ramleh tinham minado as estruturas financeiras a tal ponto que nenhuma *yeshivá* funcionava. Ela e Eliezer se horrorizaram quando constataram que uma pequena sala de estudos em Tiro era tudo o que restara de uma das maiores academias palestinas do Talmud.

Raquel afastou da mente as imagens de Jerusalém em ruínas.

– Não quero falar sobre Jerusalém – disse. – Para melhor apreciar a experiência, não devemos nutrir expectativas.

Fez uma pausa, aliviada por não ter de mentir para aqueles tolos esperançosos.

– Mas posso falar sobre a viagem, sobre o que devem esperar para que possam se preparar melhor – disse quando todos os rostos se voltaram cheios de expectativa em sua direção. – Talvez achem que ninguém seria pecaminoso a ponto de fazer mal aos peregrinos, mas existem estalajadeiros malvados que os roubam enquanto estão dormindo, sem falar nos outros que se aliam aos ladrões que atacam tão logo os peregrinos saem da estalagem. E nem todos que se vestem como peregrinos são o que parecem ser.

– O que podemos fazer, então? – perguntou o capelão de Margaret, aflito. – Somos cordeiros entre lobos.

– Enviem um criado na frente para descobrir os lugares de boa reputação. E sejam bastante cautelosos em relação às pessoas em quem vão confiar na estrada. – Raquel estremeceu. Afinal, Eliezer fora capturado por Geoffrey e naquele mesmo instante poderia estar correndo um sério perigo em meio aos bandidos. Os rostos dos interlocutores se tornaram sombrios diante de sua manifestação de medo, e ela então se recompôs e acrescentou: – Com um pouco de sorte chegarão lá seguros. De onde vão partir?

– Gênova.

Raquel assentiu com a cabeça. Veneza e Gênova eram os portos habituais dos peregrinos. Os navios seguiam ao longo da costa italiana rumo ao Sul, recolhendo água fresca e provisões quando necessário, e deixando para trás os corpos dos que morriam. Os capitães evitavam transportar gente doente, que acreditava que morrer durante a peregrinação era garantia de salvação, e, ainda assim, sempre havia a bordo uns poucos agonizantes. Esta era uma das razões pelas quais Eliezer e Raquel evitavam os navios que transportavam peregrinos.

O grupo já estava assustado o bastante, de modo que ela não se referiu à morte.

– Vocês terão que vender os cavalos antes de chegar ao porto.

Um dos guardas começou a protestar, mas Raquel o calou.

– Nenhum capitão permitirá a presença de animais no navio, e poderão conseguir um preço melhor se não os venderem na última hora. E comprem colchões antes do embarque, do contrário terão que dormir na madeira do piso.

– E como é o interior do navio? – perguntou a criada de Margaret. – Dormiremos todos juntos?
– Os passageiros dormem no convés inferior, em camas feitas para caber um único corpo. Tentem encontrar algum lugar na parte superior do convés, nessa área não fede tanto.

Úrsula mostrou-se visivelmente prática quando perguntou:
– E o que usamos a bordo para nossas necessidades íntimas?
– Levem o próprio urinol, que também será útil nos vômitos provocados pelo enjoo do mar – respondeu Raquel.

Um dos dois cânones vestidos em túnicas brancas e vermelhas cutucou o companheiro.

– O fedor lá embaixo deve ser horrível depois que os passageiros despejam o conteúdo dos urinóis. É o que presumo por nos recomendar a parte superior do convés.

– É melhor nem ir lá embaixo. Os marinheiros também dependuram um cesto sobre a água, onde as pessoas se sentam para fazer suas necessidades. – Ela se encolheu só de lembrar. – É terrível quando se tem que usar esse cesto durante as tempestades.

– As tempestades são comuns no mar? – perguntou o capelão de Margaret com uma expressão preocupada.

– Não mais do que na terra – disse Raquel. Na verdade, o período mais difícil é quando o navio luta com as ondas e os rochedos próximos ao porto. – Se por acaso enfrentarem uma tempestade, rezem o salmo 24 que poderá salvá-los.

A audiência mostrou uma expressão aflita e logo ela se arrependeu de ter mencionado as poderosas palavras da escritura. Ninguém ali parecia conhecer a língua hebraica, e obviamente o procedimento não funcionaria a menos que fosse entoado na língua sagrada. Antes que Raquel decidisse o que fazer, a prioresa a socorreu em latim:

> Do Senhor é a terra, e sua plenitude;
> o mundo e os que nele habitam.
> Porque Ele fundou-a sobre os mares,
> e firmou-a sobre as águas.
> Quem subirá a montanha do Senhor?
> Ou quem ficará no Seu lugar sagrado?
> Aquele que é limpo de mãos e puro de coração...

O grupo se entreolhou com um meneio afirmativo de cabeça, aparentemente compreendendo o latim e aprovando o modo com que as palavras se referiam tanto ao mar como aos peregrinos. Raquel fez o possível para esconder o aborrecimento. Como aqueles hereges que cultuavam o Crucificado se atreviam a considerar Jerusalém a cidade sagrada deles e achar que teriam os pecados perdoados pelo simples fato de ir até lá? E agora os encorajara ao se referir ao Salmo 24. Ela se lembrou do comentário do pai sobre o salmo e se deu conta de que o Eterno não ouviria os Seus salmos entoados por hereges em língua estrangeira. Seu pai evidenciava o fato de que no primeiro versículo *ha-aretz*, "a terra", se refere a Eretz Israel, que pertence aos judeus, ao passo que "o mundo" diz respeito a outras terras e outros povos. E quanto à "quem subirá" e "ficará no Seu lugar sagrado", o pai dizia que, embora todas as pessoas do mundo pertençam ao Eterno, nem todas merecem estar perto Dele.

Graças aos céus, ela só havia mencionado aquele salmo, deixando de lado os muitos outros ditos para proteção nas viagens. Cada um dos 150 salmos possuía um efeito protetor específico. E Raquel os sabia de cor. Sabia que a recitação do Salmo 20 para mulheres em trabalho de parto aliviava as dores, e que o Salmo 126 devia ser inscrito nos amuletos próprios para os partos. Se tivesse sorte, nunca precisaria do Salmo 39, contra maus desígnios por parte do rei, ou do Salmo 73, contra o batismo forçado. Mas o oitavo salmo acalmava o choro das crianças e era muito útil, e também o terceiro, para curar a dor de cabeça. Muitos salmos combatiam o mau-olhado, e muitos outros mais atraíam o amor.

Raquel fez uma careta ao se lembrar dos homens que haviam se enlouquecido por ela à sua revelia – marinheiros que tentaram agarrá-la nos cantos do convés, mercadores que insistiram em lhe mostrar mercadorias em encontros privados, estranhos com uma mensagem que tinham de lhe contar em segredo; enfim, todo tipo de desculpa que os homens inventam para estar a sós com uma mulher. Por que não havia um salmo para espantar o amor? O que mais se aproximava disso era o Salmo 11, próprio para afastar os homens maus.

Ela se voltou novamente para os convivas à mesa, e logo se viu questionada por Úrsula.

– Belle Assez, até agora você só nos advertiu sobre os muitos possíveis perigos. Será que podemos esperar por alguns eventos agradáveis?

Raquel respondeu sem pestanejar:

– No mar, nas noites sem nuvens em que a miríade de estrelas pontilha o céu em todas as direções, é impossível não se maravilhar com a criação. – Ela suspirou ao lembrar-se de como ficara extasiada na sua primeira viagem. – Mas, por outro lado, vocês viram essas coisas, tendo vindo da Inglaterra.

– Durante a breve viagem de travessia pelo canal, o céu era tão nublado que mal podíamos ver o sol ou a lua. – Lady Margaret levantou-se, sacudiu as migalhas de pão da roupa e olhou para os peregrinos com uma expressão séria. – Nossa viagem à Terra Santa é para receber indulgência pelos nossos pecados e não para desfrutarmos da paisagem.

O resto do grupo também se levantou, e logo só restavam na sala Raquel, a pequena Rivka e a guarda do grupo. Um cavalo relinchou lá fora e Raquel correu até a porta. *É o Eliezer – mon Dieu, que seja ele.*

Mas foi Miriam quem entrou pela porta.

– Eu estava nas redondezas, examinando um bebê que Avram circuncidou alguns dias atrás, e achei que talvez estivesse aqui. – Miriam deu um abraço confortador na irmã. – Vi seu cavalo e achei que você gostaria de ter uma companhia.

– Você não tem ideia do quanto estou feliz por vê-la. – Raquel fez um sinal para que a mocinha atendente trouxesse mais comida.

– Não é preciso, já comi.

– Então, vamos lá para cima enquanto Rivka tira uma soneca. Acomodaram-se na cama com a pequena Rivka no meio. Miriam começou a falar para que a irmã se esquecesse do que Eliezer estava fazendo na floresta.

– Você já fez viagens bem longas, Raquel. Mas esta hospedaria é o lugar mais distante de Troyes onde já estive – disse Miriam. – Admiro-a desde que começou a levar Shemiah com vocês quando ele ainda era um bebezinho.

– Um bebê de colo viaja tranquilo, e nunca me passou pela cabeça deixá-lo com uma ama de leite. E, para falar a verdade, não sei o que seria de mim se não o tivesse como companhia nos momentos de enfado na Tunísia.

– Mas não resta dúvida de que viver num país tão estranho é excitante – disse Miriam surpreendida.

Raquel balançou a cabeça com a lembrança. Na verdade, ela ficara fascinada quando eles aportaram na misteriosa cidade estrangeira, sem que lhe passasse pela cabeça que a excitação poderia se tornar tédio e, por fim, evaporar tão logo se visse presa numa armadilha.

– A chegada ao porto foi fascinante, com todos aqueles barcos diferentes sendo carregados e descarregados, mas eu estava preocupada em como entraríamos em contato com os homens que trabalhavam com o pai do Eliezer.

– E o que vocês fizeram?

– Fomos abençoados porque Safik, o assistente mais confiável do pai de Eliezer, foi ao nosso encontro e nos guiou até o apartamento onde o meu sogro morava. Você pode imaginar o quanto fiquei surpresa quando soube que tanto Safik como Dhabi, a empregada da Núbia, eram escravos que agora pertenciam ao Eliezer. E depois me dei conta de que na verdade Dhabi era concubina do meu sogro.

– O pai do Eliezer tinha uma segunda esposa na Tunísia? – Miriam elevou a voz consternada.

A pequena Rivka agitou-se, e Raquel ninou-a carinhosamente. Depois, sussurrou para Miriam:

– Fico furiosa só de pensar na discussão que tive com Eliezer sobre como Flamenca suportava o fato de que o marido tinha uma concubina ou se sequer sabia que ele a traía.

– E o que disse Eliezer?

– Disse que os escravos do pai não eram da minha conta e que a mãe não sofreria se não soubesse de nada.

A última coisa que Miriam queria era ver Raquel pensando novamente em Eliezer.

– Então, além dos escravos, o que mais diferenciava a Tunísia de Troyes? Como passava os dias?

– Visitando outras mulheres. – Raquel soltou um suspiro. A maior diferença, o que mais a irritou enquanto esteve na Tunísia é que as mulheres de lá raramente saíam de casa, a não ser para visitar outras mulheres. Quase não se viam os homens nas ruas com as famílias.

– E você conheceu outras mulheres cultas?

– Nenhuma – retrucou Raquel com um ar de desgosto. – E o pior é que as mulheres de lá só frequentam a sinagoga no *Shabat*. Se Eliezer não precisasse fazer amizade com aquela gente, eu a teria frequentado diariamente e ignorado as consequências. – Em vez disso, ela se enfurnou, frustrada, nas maravilhosas prisões que os homens da Tunísia constroem para as esposas e as filhas.

Miriam mudou de assunto para não deixar a irmã mais irritada.

– Quer dizer que você visitava as mulheres. E como eram as casas dessas mulheres? Como elas viviam?

– Engraçado, no início achei que os judeus possuíam grandes riquezas – disse Raquel. – Eles tinham casas feitas de argila e tijolos com muitos cômodos decorados com luxuosas cortinas e almofadas de seda. Os pratos eram de cobre e latão, e ricas tapeçarias cobriam o piso das casas.

Virou-se para ela e sussurrou:

– Mesmo com toda a minha experiência com joias, fiquei impressionada com a quantidade de ouro, pedras preciosas e pérolas que as mulheres possuíam. E ninguém em Troyes, nenhum conde e nenhuma condessa, possui roupas tão deslumbrantes.

Miriam arregalou os olhos de surpresa.

– E eu que pensava que os judeus de Troyes eram prósperos...

– E somos. Com o tempo, acabei descobrindo que a seda e as pedras preciosas eram mais comuns naquela região que na França e, portanto, menos preciosas do que eu presumia – disse Raquel. – Você acredita que a madeira vale uma fortuna por lá? E que uma simples tigela de bétula vale muito mais que uma de prata?

– Sério?

– Não existem florestas em Maghreb, a madeira serrada é importada de lugares longínquos.

Miriam anuiu com a cabeça.

– Não é de espantar que as pessoas prefiram se sentar em almofadas de seda. Bancos e mesas de madeira devem custar uma fortuna.

– Há uma outra coisa estranha que tem a ver com essa carência de madeira – continuou Raquel. – As mulheres quase não cozinham em casa para a família. Os homens saem para comprar alimentos e trazem pratos quentinhos adquiridos no mercado e nas barracas de comida pronta. O chefe da casa sai às compras com panelas vazias empilhadas, e volta com tudo cheio para a refeição que ele quer.

– Aposto que são as mulheres que servem a comida e lavam as panelas.

– É verdade. E quando eu disse que as mulheres é que fazem compras em Troyes, elas me olharam apavoradas imaginando o perigo que devia ser caminhar livremente pelo mercado. Lá na Tunísia, somente os escravos e as prostitutas se comportam dessa maneira descarada.

Miriam pareceu espantada, e Raquel acrescentou.

– Lá, só as mulheres pobres trabalham para viver, em ocupações como tingir e tecer que podem ser feitas na própria casa, ou então trabalham na casa de *outras* mulheres, costurando ou ajudando

a preparar as noivas no dia do casamento. – Quase caí para trás quando me dei conta do grande número de mulheres que sustentam a família dessa forma, elas passam horas maquiando e penteando as noivas. – Olhou para a irmã como se agradecendo pela companhia e pela conversa despreocupada que ajudava a passar o tempo.
– E o que foi que você viu de mais estranho por lá?
– Humm... Na realidade, um costume que me chocou muito e que não acreditaria que fosse verdade, se não tivesse visto com meus próprios olhos.
– O que foi? – perguntou Miriam, curiosa.
– As judias de lá, e talvez também as do Cairo, não frequentam o *mikve*.
– Impossível. Você deve estar enganada.
– Em vez de frequentar o *mikve*, escute só o que elas fazem. – A voz de Raquel soou com um tom de desaprovação. – Sete dias após o começo das flores, não sete dias após o término das flores, a mulher vai às termas com uma outra mulher que não esteja *nidá*. Ela se banha, e a outra a enxágua com água quente. Depois, vai ao encontro do marido em casa.
– As mulheres jogam água uma na outra? Só depois de sete dias das flores? – perguntou Miriam num rompante.
– Eu ainda estava amamentando o Shemiah, e por isso não fiquei *nidá* enquanto estive na Tunísia. Mas diversas mulheres me pediram que jogasse água no corpo delas.
– Elas não mergulham no rio ou no mar para substituir o *mikve*?
– *Non*, elas não mergulham nem no rio nem no mar. – Raquel desconfiava que nenhuma daquelas mulheres sabia nadar. – Nenhuma sinagoga de lá tem um *mikve*.
Miriam estava de queixo caído.
– E os homens aceitam isso?
– Claro que sim; se não aceitassem, não construiriam uma sinagoga sem um *mikve* – disse Raquel com segurança. Ela e a irmã sabiam que muitas mulheres em Troyes também não recorriam ao *mikve*, principalmente no inverno. Ao final da menstruação, simplesmente se banhavam nas termas. Mas o mais provável é que os maridos não soubessem disso.
A conversa entre as duas mulheres agitou novamente a pequena Rivka. Raquel bocejou porque não tinha pregado os olhos na noite anterior, e Miriam se prontificou a esperar por Eliezer lá embaixo, enquanto ela tirava uma soneca com o bebê.

Raquel aninhou-se junto à filha, e fechou os olhos. Não aguentaria outro inverno como aquele inverno na Tunísia. Uma noite, na cama com Eliezer, a única hora em que os dois podiam ficar a sós, ela lhe disse:
– Não quero voltar aqui no ano que vem. Teremos que vir?
– Provavelmente, não. – Ele acariciou os cabelos dela. – Estou muito impressionado com o trabalho de Safik. Você acha que ele é competente o bastante para tocar o nosso negócio sozinho?
– Safik é muito mais competente que nós – ela respondeu. – Soube que é comum libertarem o escravo depois da morte do amo. Talvez pudesse libertá-lo e torná-lo seu sócio.
– Que esposa esperta! Amanhã mesmo vou propor isso para ele. Ela soltou um risinho.
– Você tem sorte porque a maioria das esposas não estuda o Talmud.
– A sorte não tem nada a ver com isso. Eu deliberadamente procurei a mulher mais inteligente que podia encontrar. – Raquel o olhou com um ar cético, e ele acrescentou: – E a mais bonita.
– Podemos adocicar o trato com ele – ela disse, corando com os elogios de Eliezer. – Liberte Dhabi também, e ofereça-a para Safik como esposa.

Isso resolvia dois problemas. A moça núbia parecia aflita em relação ao seu futuro, já que Eliezer viajava com a esposa e não precisava de uma concubina. Não que Raquel tivesse a menor intenção de deixar uma jovem atraente na posse de Eliezer – e ainda mais depois que o viu olhando para a moça sem perceber que a esposa o via.

Em Ashkenaz, os homens só podiam ter uma esposa de cada vez; era um decreto de Rav Gershom de muitos anos antes. Em Maghreb, por outro lado, os homens podiam ter mais de uma esposa e também concubinas. Raquel sentia um nó no estômago só de pensar em Eliezer com uma concubina em algum lugar distante, e ficou feliz por colocar Dhabi fora do alcance dele. Nunca dividiria o marido com outra mulher, nunca.

Esses desagradáveis pensamentos foram cortados pelo barulho da porta se abrindo furtivamente. Ela se ergueu na cama com o coração disparado e pegou a faca que trazia presa ao cinto. Quem ousara entrar no seu quarto sem bater?
– Quem está aí? – gritou, com o corpo retesado e a faca na mão.

Quatro

liezer se deteve quando viu a faca na mão da esposa.
— Raquel, *mon amour*. Sou eu. Desculpe-me por tê-la assustado. Miriam disse que vocês duas estavam dormindo.

Ela deu um salto da cama e, louca de felicidade, caiu nos braços do marido.

— Não se preocupe, eu não estava dormindo.

Eles se abraçaram, saboreando o cheiro familiar um do outro, e aos poucos o pesadelo da floresta se desvaneceu. Ela suspirou com o nariz enterrado no tecido da camisa dele.

— Teve êxito na sua viagem?

— Total. — Ele brincou com os cachos do cabelo dela. — Geoffrey está ansioso para começar a arrecadar as taxas e ficou impressionado com a porcentagem baixa que o duque Odo exigiu.

— Que alívio! — Ela o abraçou mais uma vez. — Eu estava com medo de que tivesse acontecido alguma coisa terrível com você.

— Eu teria chegado mais cedo se Geoffrey não tivesse saído para caçar. Levei muitas horas para localizá-lo.

— O que foi? — ela perguntou quando o sorriso dele foi substituído por um esgar de dor.

— Ao meu lado havia dois guardas muito bem armados, e mesmo assim as horas de espera na floresta foram quase tão aterradoras quanto a semana que passei com eles. — Ele se encolheu. — Minhas lembranças não me deixarão passar naquela estrada sem temor, mesmo depois que estiver segura.

Raquel acariciou o ombro do marido.

— Então, não passe por lá. No ano passado, nos demos muito bem quando você foi para o Leste e comprou peles para vendermos na Feira de Inverno, e depois também comprou espadas e armadu-

ras para serem vendidas em Sefarad. – O coração dela disparou. Se ao menos pudesse convencê-lo a tomar uma rota que o fizesse ficar mais tempo em casa...
– Foi mesmo. E Sefarad continua sendo um excelente mercado. Infelizmente, as constantes batalhas em Sefarad produziam uma demanda ininterrupta por armas. Fazia sete anos que Afonso, o rei de Castela, tomara Toledo dos mouros, e nenhum dos lados conseguia vencer o outro.
– Talvez você possa mandar uma mensagem dizendo a Safik para levar as tinturas que ele tem para lá. – Raquel quase explodiu de felicidade quando pensou nisso. Seu marido estava são e salvo nos seus braços, e no ano anterior ele tinha dado cabo do seu trabalho em Sefarad com tanta rapidez que deu para passar *Pessach* em casa.
– Boa ideia. – Eliezer acariciou-a, procurando tranquilizá-la. – Ele pode vir com uma das caravanas de inverno. – Deu um passo atrás para olhá-la. – Pelo visto, minha esposa prova mais uma vez que é tão esperta quanto bela.

Naquele outono, ele estava tão ansioso para revê-la e acalmá-la que se apressara em comprar as peles a tempo de voltar para casa no final de outubro, uma semana antes do início da Feira de Inverno. Raquel exultou ao vê-lo, mas o resto da família de Salomão estava com a atenção voltada para os dois novos alunos da *yeshivá*.
A maioria dos novos pupilos não despertava grande excitação, mas Simcha de Vitry e Samuel, além de serem pai e filho, também eram parentes próximos de Salomão.
– Qual é a história deles, Raquel? – Eliezer tinha ceteza de que jamais vira aqueles homens, embora fossem parentes de sua esposa.
– É uma história triste – ela disse. – Hannah, a primeira mulher de Simcha, era irmã de Meir e morreu quando Samuel nasceu. Eu só tinha sete anos quando os vi pela última vez, no funeral dela.
O rosto de Eliezer se entristeceu.
– Pobre Simcha.
– Miriam deve saber mais dessa história. Afinal, ela é parteira – disse Raquel. – Perguntarei a ela no café da manhã.
Além de Eliezer, Judá também não conhecia aqueles homens, e Miriam então relatou a triste história de Simcha durante a refeição.
– Hannah era um pouco mais velha que Meir, a mesma diferença de idade que há entre mim e Joheved.

– Então, Meir devia ser muito chegado a ela – comentou Judá. Miriam sorriu solidária para Eliezer. Ele também havia perdido um irmão.

– *Oui*, Simcha e Hannah eram recém-casados quando Joheved e Meir ficaram noivos. Eu os conheci no banquete, e os via regularmente no *Rosh Hashaná* e no *Iom Kipur* porque moravam em Ramerupt com os pais de Meir.

– Ela morreu no parto? – A frase de Eliezer era mais uma afirmação que uma pergunta.

Miriam assentiu com a cabeça.

– Hannah entrou em trabalho de parto no meio da noite, e Meir cavalgou de madrugada até Ramerupt.

A plateia de Miriam observava-a de olhos arregalados. Ela respirou fundo.

– O útero de Hannah estava bloqueado pela placenta do bebê, e não foi possível conter a hemorragia porque o trabalho de parto já tinha iniciado. Tia Sarah teve que abrir a barriga de Hannah para tirar o Samuel.

Raquel engoliu em seco e apalpou a barriga por instinto. Tinha certeza de que estava grávida.

Eliezer segurou a mão dela com força.

– E o que aconteceu com Simcha depois disso?

– Um viúvo com três crianças pequenas precisa de uma nova esposa, de modo que ele retornou para Vitry e se casou de novo.

– E eles voltaram para visitar a família? – perguntou Judá.

– Eles vieram para consolar a mãe de Meir quando o pai dele morreu.

– Se Simcha estava tão ligado à morte de Hannah, Ramerupt deve ter guardado lembranças terríveis dele – comentou Judá com tristeza.

Raquel revirou os olhos, aborrecida.

– Mas Hannah faleceu há quinze anos. Simcha e Meir precisam dar fim a esse sofrimento, e, além do mais, Samuel nunca conheceu a mãe. Não vejo razão para termos tantos melindres com eles agora.

Miriam e Judá olharam para ela consternados, mas foi Eliezer quem se pronunciou.

– Faz seis anos que papai e meu irmão faleceram, e acredito que nunca deixarei de sofrer essa perda.

– Pretendo dar a Simcha o mesmo tratamento amistoso e sincero que dou a todo parente que chega a Troyes – disse Raquel. – Se o passado dele é tão penoso de se discutir, não trarei o assunto à baila.

– Eu só queria saber o que faz um homem da idade dele querer começar a estudar o Talmud – disse Eliezer.
– O que me pergunto é como papai lidará com ele. – Judá coçou a cabeça. – Não consigo imaginar o Simcha estudando numa classe com alunos de treze anos de idade.

Apesar da apreensão do genro, Salomão colocara Simcha e Samuel na classe dos iniciantes. Quando a Feira de Inverno terminou sem nenhum sinal de que os dois retornariam para Vitry, Shmuel, o filho caçula de Meir, passou a tutelar o tio e o primo na vinícola enquanto podavam as videiras. Simcha e Samuel tinham muito a aprender sobre o Talmud, mas eram imbatíveis quando se tratava de vinicultura.

No último dia da Feira de Inverno, Raquel tremia desamparada no meio da rua, vendo a silhueta de Eliezer desaparecer em meio à neve que caía. No mês seguinte, ele estaria na ensolarada Sefarad. Logo a gravidez avançada de Raquel a reteria em casa, e por isso todo dia ela acompanhava o pai até a vinícola. Era uma oportunidade rara de estar relativamente a sós com ele.

– Papai, detesto quando Eliezer sai de viagem – ela disse. – Queria tanto que ele viesse para *Pessach*, ou pelo menos que estivesse aqui na hora do parto, mas ele precisa ir a Córdoba para encontrar o agente dele.

– *Ma fille*, sei que é difícil para você, ainda mais quando os maridos das suas irmãs permanecem em casa.

– Como posso me acostumar com isso? – Ela se deteve para observar uma videira à frente e cortou alguns galhos errantes. – O senhor ficou longe de mamãe por muitos anos enquanto estudava nas terras do Reno, e vocês eram praticamente recém-casados. Não sentia falta dela? Sei que Eliezer prefere estar comigo a viajar.

Salomão suspirou.

– Minha situação era diferente. Eu adorava os meus estudos na *yeshivá* e, quando vinha para casa por ocasião das festas, mal podia esperar para voltar a eles.

– O senhor amava o Talmud mais que a própria família – ela acusou-o.

– Amo o Talmud *e* amo a minha família. – Deu-lhe um rápido abraço. – Mas eu sabia que ficaria na *yeshivá* por alguns anos, e esperava viver com minha família pelo resto da minha vida.

– Mas Eliezer terá que estar sempre viajando.

– Será? – Salomão se virou para cortar um galho firme que exigiu toda a sua força. Somente a madeira nova era frutífera, de modo que os galhos do ano anterior tinham de ser podados. – Seu marido é o caçula da família; ele tem sobrinhos que possam assumir o negócio mais tarde?

– Acho que sim, mas isso levará anos. – A frustração de Raquel se evidenciou enquanto ela podava uma outra videira.

– Cuidado. Não se esqueça de como o meu pai morreu.

– *Oui*, papai. – Ela ruborizou-se envergonhada. Na infância, o pai sempre a lembrava de que o avô morrera com o sangue envenenado depois de se ter cortado na vinícola.

Ela mudou de assunto.

– Fico feliz por Joheved ter tido um garoto saudável, mas eu queria ter dado o nome Salomão a um filho meu.

Ele sorriu.

– Nada a impede, *ma fille*. O pai de Meir tem dois netos com o nome dele.

– *Oui*, e agora que eles estão estudando aqui, fica confuso ter dois garotos chamados Samuel, mesmo quando um deles prefere ser chamado de Shmuel.

Salomão assumiu um ar sombrio, sua voz ficou embargada.

– O filho de Joheved parece estar muito bem... que o Eterno o proteja. Mas pares são desafortunados, e dar o nome de Salomão a esse menino depois que o outro antes dele morreu de sarampo...

– Ele interrompeu a frase com medo de dizer alguma coisa que provocasse o mau-olhado.

– A meu ver, Miriam fez uma circuncisão maravilhosa. – Raquel rapidamente mudou de assunto.

Ele balançou a cabeça.

– Ela tem competência para a função, mas sinceramente torço para que apareça um homem qualificado em Troyes que seja o nosso novo *mohel*.

Ali estava um assunto que poderiam discutir o dia inteiro.

– Mas o senhor nos fez entrar na *sucá* e dizer o *Shemá*, e foi o senhor que comprou os *tefilin* para nós... e nos ensinou o Talmud. E segundo a *Mishna* as mulheres estão isentas de tudo isso.

Salomão não pôde conter um risinho pela veemência da filha.

– A *Mishna* não faz menção ao estudo do Talmud por parte das mulheres. Mas o tratado *Kiddushin* diz o seguinte:

> O pai é obrigado a ensinar a Torá ao filho... como saber que a mãe também não está obrigada a isso? Porque está escrito [no Deuteronômio]: *v'limad'tem* [você ensina], o que também pode ser lido como *ul'mad'tem* [você estuda]. Portanto, o homem a quem se ordena estudar a Torá, a ele também se ordena que ensine ao filho. E a mulher a quem não se ordena estudar a Torá, a ela não se ordena que ensine.

– O hebraico é escrito sem vogais e assim diferentes palavras podem ser ditas de maneira idêntica, neste caso "ensinar" e "estudar". Os sábios do Talmud faziam comparações exegéticas desse tipo com regularidade.

– Mas com isso se assume que não se ordena às mulheres que estudem a Torá – objetou Raquel.

Salomão sorriu e ergueu um dedo ao argumentar com outra citação da *Guemará*.

> Como podemos saber que não se obriga à mulher estudar e ensinar? Porque está escrito: *v'limad'tem*. Portanto, um filho a cujo pai se ordena que ensine a Torá, a esse filho também se ordena que estude, e uma filha a quem não se ordena que estude a Torá, a ela não se ordena que estude.

– Esse argumento é evasivo, e o senhor sabe disso. – A voz de Raquel se elevou.

– É verdade. A afirmação se apoia na premissa de que a um pai não se ordena que ensine a Torá para a filha. – Ele olhou no fundo dos olhos de Raquel. – Você conhece o texto seguinte tanto quanto eu.

Os dois citaram o texto em uníssono:

> Como sabemos que a outros não se ordena que ensinem para ela? Porque está escrito [no Deuteronômio]: "Você ensinará aos seus filhos [*benaichem*]. E não às suas filhas."

Raquel olhou para o pai com uma expressão séria.

– Papai, por que o senhor ensinou para nós?

– Alguns interpretam *benaichem* com o sentido de crianças, e assim os pais sem filhos homens podem realizar a *mitsvá* de *v'limad'tem*, ensinando a Torá para uma filha.

– Talvez eles ensinem apenas a uma filha? O senhor ensinou para nós três.
– Você e suas irmãs são competentes para estudar o Talmud. Vocês não são frívolas como a maioria das mulheres.
– A maioria dos homens não é melhor.
– Por isso os pais são obrigados a ensinar a Torá para eles – disse Salomão. – Nenhum homem seria capaz de controlar seu *ietzer hara* sem a Torá. É só olhar os senhores edomitas que são violentos e sempre se agridem uns aos outros.
Ela sorriu e apontou o dedo para ele.
– O senhor se esquivou de responder se as mulheres devem fazer as *mitsvot* das quais estão isentas.
– Se as mulheres querem preencher as *mitsvot* dos homens, se isso lhes traz *nachat ruach*, "satisfação espiritual", então é claro que lhes é permitido. – Ele apontou o dedo para a filha com um ar brincalhão. – Como se pudéssemos impedi-las...
– Mas em Maghreb os homens impedem. – A voz de Raquel tornou-se subitamente séria. – O senhor devia ter visto como as mulheres me olhavam quando eu colocava os meus *tefilin*, como se eu fosse um tipo de demônio.
– Cada comunidade tem os seus próprios costumes que com o tempo assumem a força de uma *halachá*.
O colóquio terminou quando eles viram que Simcha se aproximava.
– Com sua licença, *rabenu*. Tenho uma pergunta sobre a aula desta manhã.
Raquel se afastou discretamente, mas até certo ponto de onde poderia ouvir o diálogo entre os dois. O pai tratava as questões de cada estudante com respeito, e por isso os homens mais velhos o procuravam. Ela nunca ouvira Simcha fazer perguntas tolas, e vez por outra ele colocava questões bem interessantes.
Dessa vez, a pergunta de Simcha obteve uma rápida resposta: ele devia ter um pouco de paciência porque a *Guemará* abordaria o tema algumas páginas adiante. Logo diversos pupilos jovens surgiram com uma saraivada de perguntas, e Raquel se deu conta de que eles tinham relutado em interromper a conversa que ela travava com o pai.
Aparentemente, a resposta do pai a Simcha também servia para ela. De alguma maneira, precisava ser mais paciente e tentar não se

tornar amarga como a mãe, que, ao contrário do que dizia o pai, nunca se conformara com o fato de que as filhas realizavam as *mitsvot* dos homens, situação que ela odiava, mas que não podia mudar.

Os dias se passaram e *Pessach* acabou sem nenhum sinal de Eliezer, mas Raquel se manteve firme na esperança de que ele poderia estar de volta por ocasião do parto. E depois que deu à luz um menino no primeiro dia de maio, ela passou a nutrir a esperança de que ele estaria presente no *brit* do filho.

Isso, no entanto, não aconteceu. Foi Salomão que segurou o filho enquanto ela subia na *bimá* para se sentar em uma cadeira finamente entalhada. Eram duas cadeiras. A outra era reservada para Elias, o Profeta; apenas os noivos podiam se sentar ali. A noiva se sentava com seu par, e a expectativa de todos era que logo ela voltaria a ocupá-la com um filho para ser circuncidado.

O pai de Raquel recitou a tradicional introdução paterna.

– Olhe, eis que estou preparado para cumprir a *mitsvá* da circuncisão do meu filho, conforme ordena o Criador, abençoado seja.

Ela suspirou. Olhou para a cadeira vazia e se lembrou de quando Eliezer se sentou nela no dia do casamento. Mas não demorou e se sentiu outra vez feliz: não menos que dez meses depois ela se sentava novamente na cadeira da noiva com o recém-nascido Shemiah no colo. E agora havia mais um filho homem na família.

Raquel ajeitou o bebê no colo com todo zelo, e abriu as perninhas dele. O pai teria preferido que um homem realizasse o *brit*, mas ela estava mais confortável com uma mulher perto das suas coxas. Quando se sentiu mais à vontade, fez um sinal positivo para Miriam que, por sua vez, fez a bênção do *mohel* e pegou a *azmil*, a faca de duas lâminas usada na circuncisão.

Embora Raquel estivesse determinada a se manter de olhos abertos, na hora H, eles se fecharam por instinto. A choradeira do filho é que a fez perceber que não tinha assistido ao *brit milá*, como ocorrera com o de Shemiah. Ela então olhou para baixo e viu que Miriam tomava um gole de vinho e em seguida curvava-se sobre a criança aos berros. Era o procedimento de *motzitzin*, a drenagem do sangue, quando o *mohel*, de acordo com o Talmud, teria de limpar o ferimento do bebê com a própria boca para não ser visto como um inepto e ser descartado.

Agora, Miriam besuntava o corte com uma pomada feita com azeite de oliva e cominho, a mesma que aplicara depois de cortar o cordão umbilical do bebê. Como Eliezer não estaria presente para sussurrar o nome escolhido para Salomão, que em seguida faria a bênção final, Raquel disse mais cedo para o pai que o menino se chamaria Asher. Ao final da cerimônia, lágrimas de desapontamento brotaram nos olhos de Raquel. O cominho que Eliezer importara estava presente, mas ele próprio, não.

Sete dias depois do nascimento do filho, Raquel ainda estava sangrando, mas já não era mais considerada *nidá*. De acordo com a Torá, o sangue tornara-se *dam tahor*, "o sangue da pureza", e agora ela estava liberada para o marido. Os sábios talmúdicos se perguntaram por que a mulher que dava à luz um menino se tornava impura por sete dias, enquanto a que dava à luz uma menina se tornava impura por catorze dias, e eles próprios responderam no tratado *Nidá*:

> Por que a Torá afirma que o *milá* é feito no oitavo dia? Porque isso não pode acontecer quando todos estão felizes enquanto o pai e a mãe estão tristes.

O pai já tinha explicado que, se a circuncisão fosse realizada antes do oitavo dia, no período em que a mulher estava impura, os convidados poderiam se divertir na festa enquanto os pais estariam proibidos de se tocar.

Então, em vez de estar aconchegada em Eliezer, Raquel estava sentada entre o pai e a mãe à mesa do banquete, com o pequeno Asher adormecido em seu colo. Enquanto os hóspedes comiam, bebiam, dançavam e se divertiam, ela tentava sufocar as lágrimas que insistiam em vazar dos olhos. Ela foi socorrida por Miriam que não se lembrava da última vez que tinha visto uma outra mãe tão melancólica.

– Já passaram três horas desde o *brit* do Asher – disse Miriam. – Preciso verificar se ele já urinou.

– Irei com vocês. – Joheved seguiu as irmãs, com o filho de seis meses no colo.

A mãe tinha acabado de chegar à porta de Raquel para se juntar às filhas quando a voz de um homem embriagado berrou lá de fora.

– Você está de parabéns, *rabenu* Salomão. Para um homem que começou sem filhos homens, agora você dispõe de um *minian* de genros e netos.

As quatro mulheres e muitos outros convidados se horrorizaram. Como alguém, mesmo embriagado, era tão imprudente a ponto de elogiar o número de descendentes masculinos de um homem? Tal comentário poderia atrair o mau-olhado e, com isso, reduzir a prole.

– Que demônio é esse que está fazendo isso? – Os olhos da mãe faiscaram.

Elas se esforçaram para ver quem era, mas não o reconheceram. Raquel ouviu algumas vozes no pátio que tentavam calar o estranho. Mas o homem não se calou.

– Claro que estou certo no que digo – ele gritou. – A mais velha tem três, a do meio também. E agora a caçula tem dois. Mais os três maridos. Ao todo, dez machos, o número exato de um *minian*.

A mãe empalideceu, e Raquel mordeu a língua para não gritar a plenos pulmões que ele estava errado e que a conta totalizava onze. Ela avistou Meir, rubro de raiva, abrir caminho entre os convidados, e nessa hora Miriam pegou-a pelo braço e levou-a junto com as outras irmãs para dentro.

Depois de Miriam examinar a fralda de Asher – e ver aliviada que estava molhada de urina –, e de Raquel e Joheved amamentarem os bebês, a calma já voltara à festa.

Ao retornarem ao primeiro andar, se depararam com Meir andando de um lado para o outro.

– Ninguém sabe o nome desse cafajeste – ele praguejou baixinho.
– Parece que ele soube do *brit milá* quando estava na Feira de Maio de Provins.

– Que importa saber quem é ele? – perguntou Miriam.
– Para mim importa.

Joheved segurou a mão dele, próxima da faca presa ao cinto.

– Você não vai desafiá-lo. Quanto menos atenção dermos a ele, melhor.

– Tomara que você esteja certa, mas em todo caso já pedi que Shemayah investigue na Sinagoga Nova.

Raquel concordou com Meir.

– Depois que seu parceiro de estudo descobrir quem é esse sujeito, trataremos de assegurar que os negócios dele em Troyes sejam breves e fracassados. – Aquele bêbado amaldiçoara o filhinho dela e pagaria por isso.

A mãe apontou para o amuleto que usava ao pescoço, dizendo:
– Amém para isso.

No dia seguinte, durante o *disner*, Shemayah relatou com um ar sombrio que o tal camarada era conhecido como Adão, um mercador de Roanne.

– De acordo com o pessoal que o está hospedando, Adão bebeu tanto vinho durante o nosso banquete que não faz a menor ideia do que disse.

Salomão sentou-se à mesa em silêncio enquanto a família aguardava sua decisão. Se lhes dissesse que ignorassem o incidente, eles obedeceriam.

De repente, Judá franziu o cenho.

– Esperem um pouco. Adão de Roanne, esse nome me é familiar.

Salomão alisou a barba de olhos semicerrados.

– *Oui*, eu também já ouvi esse nome... Talvez numa *responsa*.

– Tenho certeza de que nunca ouvi falar dele – disse Meir.

– Então, a pergunta deve ter sido feita quando você estava em Ramerupt e não durante as feiras. – O rosto de Judá se paralisou de tanta concentração. – Lembrei. No ano passado, depois de *Pessach*, o senhor recebeu uma carta de alguém que reclamava de um mercador chamado Adão e que pedia sua opinião legal.

Salomão sacudiu a cabeça em negativa.

– Aquele Adão vivia em Vénissieux.

– Mas o pessoal de Vénissieux disse que ele tinha se mudado para Roanne. – Judá foi até o armário e pegou um pequeno baú. – Aqui estão as *responsa* do ano passado. Acredito que a carta em questão é esta aqui.

Ele estendeu uma folha de pergaminho para Salomão, que leu a carta em voz alta.

– Os judeus de Vénissieux reclamam de um mercador chamado Adão. Ele viaja no rastro de diversos barões e cavaleiros gananciosos que saqueiam as aldeias dos rivais. Adão compra os espólios a preço muito baixo e os revende a um preço bem mais alto, geralmente para as mesmas pessoas que foram saqueadas, ou seja, seus verdadeiros donos.

Raquel fez uma careta.

– Um homem tão inescrupuloso assim é uma ameaça para todos os mercadores judeus. Com tão poucos judeus no país, os edomitas que se deparam com esse tipo de homem acabam pensando que todos nós somos gananciosos.

– Exatamente. – Salomão seguiu a leitura com um tom de voz beirando a raiva. – As atividades de Adão provocaram a ira dos aldeões e de seus senhores, que disseram: "Esse judeu está sempre disposto a pagar pelos bens saqueados, e com isso estimula os nossos inimigos a nos atacarem. Ele é a verdadeira causa dos nossos problemas, e o pior é que pode se movimentar em segurança."
– E que *responsa* deu para isso, papai? O que os judeus de Vénissieux queriam do senhor? – perguntou Miriam.
– Os judeus se sentiram ultrajados porque estavam sendo associados a Adão, que fez muitos deles serem levados ao cativeiro e mantidos como reféns. Eles o colocaram sob *herem* e o baniram, mas o homem simplesmente se mudou para Roanne e continuou a praticar suas patifarias por lá. – Salomão estendeu as mãos em sinal de impotência. – Fui procurado para ajudá-los, mas não havia nada que eu ou eles pudéssemos fazer. As comunidades judaicas são independentes e, se a de Roanne optou por tolerar o comportamento de Adão, apesar de todo o perigo, isso é prerrogativa dela.
Joheved não precisou ouvir mais.
– O que interessa é que os judeus de Vénissieux estão cobertos de razão por terem colocado Adão sob *herem*. E se ele começar a comprar objetos roubados em Champagne? Não vai custar muito para que os nobres comecem a pilhar as aldeias entre si a fim de vender os produtos roubados para esse homem, e aí mesmo é que não teremos paz em Ramerupt.
– Não se preocupe. – Meir acariciou a mão de Joheved. – Faremos denúncias durante os serviços para que todos tomem conhecimento da história dele.
– Adão não é um nome comum – comentou Miriam. – Mas não podemos acusá-lo sem provar que se trata do mesmo homem.
Salomão se voltou para Shemayah.
– Retorne à Sinagoga Nova e descubra se Adão de Roanne já morou em Vénissieux; em caso afirmativo, pergunte se essa comunidade o excomungou.
– *Deve ser* ele mesmo – disse Raquel. – É improvável que haja dois homens malvados com o mesmo nome, e quanto mais cedo esse sujeito sair de Troyes, melhor.
A mãe sussurrou o que todos estavam pensando.
– Eu rezo para que não seja tarde demais.

Uma pontada de medo atravessou o coração de Raquel, e ela aninhou o bebê com força nos braços. Claro que a fé do pai protegeria a família inteira do mau-olhado. No entanto, os demônios odiavam acima de tudo os eruditos da Torá, e aproveitavam qualquer oportunidade para atingi-los. Quando Joheved deu à luz um menino aproximadamente um mês depois de Miriam ter tido seu filho caçula, a má sorte dos pares trouxe o ataque de Lilit. A febre de parto quase matou Joheved, e o filho dela, o primeiro a receber o nome de Salomão, acabou falecendo no ano seguinte. Nem mesmo o conhecimento que o pai tinha da Torá foi poderoso o bastante para salvá-lo; e agora esse conhecimento seria poderoso o bastante para proteger os oito netos homens?

Voltando para casa depois de ter comparecido aos serviços de *Shavuot,* Raquel puxou Joheved para um canto e sussurrou:

– Agora que Adão partiu de Troyes, você acha que ainda teremos que nos preocupar com nossos bebês? Que o Eterno os proteja...

O pequeno Salomão esperneou nos braços de Joheved, e ela mudou o filho de lado. Ele queria andar, mas ela não ia colocá-lo na rua enlameada, repleta de todo tipo de lixo.

– Sinceramente, não sei. Nunca deixo de me preocupar com esse homem. – Ela viu Meir segurar as mãos das filhas e atravessar a rua com cautela, e um sorriso iluminou-lhe a face. – Eu me preocupo com todos os meus filhos.

Ficara provado que Adão de Roanne era mesmo o homem que os judeus de Vénissieux tinham posto sob *herem*, e menos de uma semana depois Troyes confirmava o banimento. Logo cada membro da comunidade recusava-se a falar com ele, mantendo-se sempre a distância, e assim ficou claro que ele não faria negócios na cidade.

Raquel examinou as linhas vermelhas amarradas nos pulsos de Asher para ver se não estavam apertadas; ele estava crescendo com muita rapidez. Embora Adão só tivesse posto o mau-olhado nos membros masculinos da família de Salomão, a mãe providenciou para que todos os seus netos usassem as linhas vermelhas durante aqueles dias.

Ela também fez questão de que Salomão inspecionasse a *mezuzá* da casa de todos eles, mesmo tendo sido confeccionados menos de três anos antes. E toda noite, depois que Raquel amamentava Asher e colocava os filhos mais velhos para dormir, Salomão os abençoava com versos tirados de *Números*, especialmente eficazes na proteção das crianças contra o mau-olhado.

> Que Adonai abençoe e proteja você. Que Adonai se volte com o rosto iluminado para você e espalhe graças sobre você. Que Adonai lhe favoreça e lhe dê paz.

De manhã, antes de irem para a sinagoga, Salomão seguia o conselho que os sábios davam no nono capítulo do tratado *Berachot*.

> Se ele teme o mau-olhado – faça-o colocar o polegar direito na mão esquerda e o polegar esquerdo na mão direita. E ele diz: "Eu, A, filho de B, e semente de José, sobre os quais o olho mau não tem poder. Como está escrito: que eles se multipliquem como peixes." Assim como as águas cobrem os peixes e sobre eles o mau-olhado não tem poder, do mesmo modo o mau-olhado não tem poder sobre os descendentes de José.

Quando Raquel perguntou como o pai sabia que eles descendiam de José e não de qualquer outro filho de Jacó, ele explicou que todo o povo judeu descendia de José e que era possível enganar o mau-olhado com facilidade. Portanto, o encantamento funcionaria a despeito de o homem ser ou não uma semente de José.

Ela gostaria de compartilhar a mesma confiança do pai quando, alguns dias depois, Shemiah se aproximou dela dizendo:

– Mamãe, não estou me sentindo bem.

Cinco

coração de Raquel se apertou.
– Qual é o problema?
– Estou me sentindo quente e minha garganta está doendo. – Shemiah espirrou e escarrou no chão. – E meu nariz não para de pingar.
Ela se abaixou para sentir a temperatura na testa do filho. Estava quente, mas não em brasa.
– Já para a cama. A cozinheira vai preparar uma canja para você.
Por via das dúvidas, Raquel também examinou a testa da filha, mas a pequena Rivka parecia bem. Então, foi saber com Miriam qual era a infusão de ervas que se indicava para casos de febre branda e excesso de catarro.
– Para febre branda, caldo de salsinha, acrescida de sálvia para reduzir o catarro – disse Miriam. – E, se houver tosse, recomendo acrescentar um pouco de água de hortelã. Aliás, tenho uma panela no fogo que acabei de preparar para o Elisha.
Raquel engoliu em seco.
– Elisha também está doente?
– Ele só está quentinho e encatarrado. – Miriam notou que Raquel estava apavorada e procurou demonstrar calma. – Com uma dieta mesclada de alimentos quentes e secos para equilibrar a frieza e a umidade do catarro, acredito que nossos filhos, que o Eterno os proteja, estarão praticamente curados em uma semana.
– Você tem caldo de sobra para Shemiah?
– Claro.
Mas as coisas não melhoraram da maneira que se esperava. No final daquela semana, todos os filhos de Miriam estavam espirrando, tossindo e reclamando de mal-estar. Meir mandou um bilhete dizendo que os filhos dele também estavam doentes, e que teria de

ficar em Ramerupt para ajudar Joheved a cuidar deles. Salomão comentou que naquela semana poucas mulheres tinham comparecido à sinagoga; estavam todas em casa, cuidando dos filhos doentes.

Na casa de Raquel, Shemiah não melhorava nem piorava, e a irmã dele também adoecera. A pequena Rivka ardia em febre e se mostrava tão agitada que Raquel teve de chamar a mãe para cuidar da menina, já que amamentava Asher de três em três horas.

A mãe é que teve o primeiro vislumbre do que se passava com as crianças de Troyes; não era um mero caso do habitual excesso de catarro. Ela estava sentada à mesa de jantar de Miriam, depois de terem terminado a *souper*, e tentava ninar a netinha agitada enquanto Miriam preparava uma panela de um novo medicamento. De repente, elas ouviram uma tosse no andar de cima.

– Miriam, quem está tossindo dessa maneira?

– Não sei ao certo, mamãe. – Ela ergueu a cabeça para escutar melhor. – Tanto pode ser Elisha como Shimson.

Logo depois a tosse recomeçou, se bem que dessa vez parecia ser de uma outra criança. A mãe de Miriam e Raquel colocou a pequena Rivka no berço e subiu correndo pela escada. As filhas a seguiram. Elas chegaram ao quarto dos meninos a tempo de ver Elisha com o corpo dobrado num acesso de tosse. Ele não conseguia parar de tossir e, a cada espasmo, seguia-se um estranho chiado, quando tentava recuperar o fôlego.

Miriam pegou Elisha no colo e tentou acalmá-lo, mas ele continuou tossindo e acabou vomitando depois de uma das tentativas desesperadas de respirar. Raquel chegou a temer que o menino morresse sufocado na frente dela, mas, pouco a pouco, a tosse arrefeceu. Ela começava a relaxar quando viu o horror refletido no rosto da mãe.

– Que o céu nos ajude. – A mãe apertava o amuleto que tinha ao pescoço. – Shibeta retornou.

Depois que voltaram para o primeiro andar, Raquel virou-se para a mãe com os olhos arregalados de pavor.

– A senhora tem certeza?

O queixo da mãe começou a tremer.

– Mesmo que eu viva 120 anos, vou me lembrar daquele som: a tosse horrível que parece durar para sempre enquanto a demônia os estrangula, e a agonia que eles sentem quando tentam recuperar o fôlego depois que ela os solta por um momento.

Miriam abraçou a mãe, que continuou falando aos prantos.

– Vocês e Joheved a enfrentaram com muita bravura e sobreviveram aos ataques noturnos, mas o meu menino não conseguiu. Durante três meses achei que finalmente tinha dado um filho homem para o pai de vocês, mas Shibeta estava determinada a levá-lo. Uma onda de tontura tomou Raquel por inteiro. Shibeta! O único demônio a quem os pais temiam bem mais que a Lilit. Shibeta, aquela que estrangulava as criancinhas no meio da noite. E agora Shibeta estava em Troyes, no pátio de sua própria família.

– Como podemos combatê-la? – Ela não ousou pronunciar o nome da demônia. Conforme temia, os pios esforços do pai não tinham impedido que o mau-olhado a invocasse.

Miriam olhou para Raquel com olhos firmes, incentivando-a a não perder a esperança.

– Shibeta é molhada e fria, como o próprio mau-olhado. Mantenha uma panela de água esquentando na lareira e, quando ela atacar, faça o seu filho inalar o vapor de uma tigela dessa água.

– Você também pode usar uma toalha quente – acrescentou a mãe.

– Nós precisamos ser diligentes em nossas preces – disse Miriam. – E dê bastante caldo aos seus filhos para que Shibeta não os desidrate.

– Ela demora muito para ir embora? – Raquel estava apavorada.

– Talvez uma semana, mas às vezes permanece por um mês ou até por seis semanas – disse a mãe.

Raquel abaixou os olhos para Asher, que dormia em seus braços. Como o protegeria do tal demônio? O nariz entupido do bebê dificultava a amamentação, e o choro irascível era um sinal claro de que não estava obtendo leite o suficiente.

Naquela noite, depois que o pai abençoou os filhos de Raquel, ela implorou que ele ficasse e não a deixasse sozinha com o demônio.

– O melhor é vocês quatro ficarem conosco, *ma fille* – ele retrucou. – Assim sua mãe poderá ajudar.

– *Merci*, papai. Com todos os seus livros sagrados, estaremos bem mais protegidos na sua casa.

Seguiu-se uma intensa batalha. Durante o dia e ainda mais à noite, cerca de três ou quatro vezes em períodos de uma hora, o demônio fazia de tudo para estrangular os filhos de Raquel. A cada manhã, ela se via mais exausta que no dia anterior, e agradecia o fato de que os seus três filhos e os quatro filhos de Miriam estavam vivos para acolher a alvorada.

Contudo, Asher continuava tendo problemas para mamar e se tornava cada vez mais letárgico. Uma noite, logo depois que os sinos badalaram *laudes*, o bebê acordou chorando de fome. Raquel se preparava para lhe dar o peito quando o choro do filho foi cortado por um ataque de tosse ininterrupta com tantos espasmos que não lhe dava tempo de recuperar o fôlego. Ela acendeu a lamparina e correu até a cozinha para pegar uma toalha quente. Colocou-a no rosto do bebê, mas a tosse se manteve e só era interrompida quando ele soltava um muco espesso pela boca. Ela paralisou-se de horror quando os lábios e as unhas do filho azularam e, por fim, o rostinho. Ela começou a gritar.

Momentos depois, o pai e a mãe encontraram-na com o corpo sem vida do filho ainda agarrado ao seio.

À medida que Córdoba se agigantava ao longe, Eliezer antecipava ansiosamente os encontros que teria com os ricos compradores de peles e lãs. Entre eles, havia um anfitrião a quem conhecera enquanto esperava a chegada de Safik com um suprimento de tinturas. O grande conhecimento do Talmud tinha aberto muitas portas para Eliezer na sua última viagem à Tunísia, e ele esperava que em Córdoba também se abrissem algumas portas. Já tinha ouvido falar da cidade o bastante para saber que os salões atrás de suas portas eram ricamente mobiliados e frequentados por homens poderosíssimos nas suas comunidades que bebiam os mais finos vinhos e vestiam as esposas com as mais caras sedas.

Quase uma semana depois, Eliezer conheceu um desses homens, chamado Hasdai.

Hasdai já tinha estudado o Talmud durante o apogeu da *yeshivá* de Kairouan, e as palavras de Eliezer lhe soavam com a doçura de um amor perdido. Quando ele percebeu que Eliezer sabia de cor a maior parte do Talmud, os dois logo firmaram um acordo: Hasdai providenciaria hospedagem e comida para Eliezer que em troca ensinaria o tratado *Berachot* para os dois netos dele. Depois de aprender o *Berachot*, eles passariam para o tratado *Shabat*.

– Mas o *Shabat* é muito difícil para alunos iniciantes – protestou Eliezer. – Sugiro que estudem o *Rosh Hashaná*.

Hasdai balançou a cabeça em negativa.

– É assim que aprendemos o Talmud em Sefarad: primeiro o *Berachot*, e depois, em ordem, os tratados sobre as festas que o acompanham.

– E que tratados eles estudam em seguida?
– A essa altura, preferimos não sobrecarregar nossos alunos com discussões cujas conclusões nem sempre são suficientemente claras, e eles então aprendem a partir da *responsa* dos *geonim* babilônicos – respondeu Hasdai.
Eliezer quase não conseguiu dissimular o choque.
– Mas como aprenderão a tomar decisões legais se não estudarem os tratados referentes às mulheres e aos danos?
– Se eles basearem os veredictos nos escritos de Rabi Hai Gaon ou de Rabi Hananel que enunciaram julgamentos em linguagem clara, não há como errar – disse Hasdai.
Eliezer ficou em silêncio e deixou que o anfitrião entendesse isso como um assentimento. No entanto, era mais do que sabido que em Ashkenaz se estudava o Talmud de um modo adequado, e lá alunos e eruditos debatiam até tornar a lei clara para todos.

Eliezer, a princípio, não se preocupou em saber o que os netos de Hasdai estudavam quando não estavam aprendendo o Talmud, mas com menos de um mês em Córdoba ficou claro que os homens do círculo de Hasdai tinham outros interesses intelectuais além do Talmud. Várias noites durante a semana, Hasdai convidava outros homens para irem a sua casa, ou então ele e Eliezer saíam. As mulheres nunca frequentavam estes encontros onde o diálogo era a principal diversão, e pela primeira vez desde a infância Eliezer se viu incapaz de tomar posição firme entre homens judeus.
Assim, não teve nada a acrescentar a uma fofoca que parecia questionar se um dos cantores locais da sinagoga podia frequentar bordéis, embora vivesse com a esposa (se isso fosse verdade, o sujeito devia ser descartado ou pelo menos aconselhado a ser mais discreto), e a uma outra fofoca sobre um homem que tinha uma das criadas da esposa como concubina (um comportamento deplorável, mas compreensível, porque a esposa tinha parado de engravidar).
Mas ele também não tinha respostas para outras questões, algumas das quais nunca considerara.
Por que a água do mar é salgada e a dos rios não é? De onde os ventos se levantam? Por que todos os homens morrem? Como a Terra se sustenta no meio do ar? Como a voz é carregada pelo vento e a ouvimos? Por que todos os animais precisam dormir?
Os amigos de Hasdai debatiam questões como essas com grande entusiasmo. Nenhum deles conhecia as respostas, mas todos conhe-

ciam os eruditos que as haviam estudado. Também havia questões que pareciam ter respostas, embora eles discordassem sobre qual delas estaria correta. O universo é eterno? O mundo foi realmente criado do nada? Como os corpos celestes atuam sobre o mundo? A natureza obedece a certas leis? E, em caso afirmativo, como o homem pode ter livre-arbítrio?

Algumas autoridades eram citadas com reverência – nomes desconhecidos para Eliezer: Filo, Aristóteles, Platão, Ptolomeu, al-Zarqali, al-Khwarizmi, al-Jayyani, al-Haytham. Os netos de Hasdai deviam estudar as obras de tais eruditos, e Eliezer saía daquelas reuniões ansioso por saber o que os garotos sabiam, o que os amigos de Hasdai sabiam, e o que mais pudesse investigar.

Mais tarde, ao se ver a sós com o anfitrião, fez um tremendo esforço para questioná-lo a respeito sem expor sua terrível ignorância.

– Os garotos estudam Aristóteles em alguma escola em especial?

– Não – respondeu Hasdai, aparentemente sem se espantar com a pergunta. – Temos muitos tutores de filosofia grega em Córdoba.

– E quanto a al-Khwarizmi? – Eliezer escolheu um dos autores árabes.

– Eles estudam matemática com um outro tutor.

Eliezer se deu conta de que a matéria era bem mais complicada que aprender a fazer contas e utilizar o ábaco. De repente, ocorreu-lhe uma ideia.

– A que textos eles recorrem?

Sem dúvida alguma, uma pergunta mais adequada, tanto que Hasdai abriu um largo sorriso de orgulho.

– Vamos, vou lhe mostrar.

Eliezer seguiu o anfitrião para fora do salão e logo para dentro de um recinto anexo que mais parecia um depósito de almofadões e mesinhas apropriadas para grandes reuniões. Hasdai removeu os almofadões para o lado e empurrou a parede que, depois de desimpedida, começou a se mover lentamente. Alguns segundos depois, eles se encontravam num longo e estreito aposento iluminado por uma claraboia.

Eliezer quase engasgou de espanto. As paredes estavam encobertas por prateleiras de livros.

– Os califas de Córdoba acumularam livros para a biblioteca real durante anos e anos – suspirou Hasdai. – Alguns afirmam que ela

continha mais de cinco mil manuscritos escritos em grego, em árabe e até em hebraico... traduções das maiores obras da antiguidade e tratados originais.
– Você disse "continha". O que aconteceu com a biblioteca?
– Quando a cidade se viu ameaçada pela escória analfabeta dos berberes, que é cheia de desprezo pelos mouros, o conteúdo da biblioteca foi espalhado e escondido. Como você deve saber, os mouros dão mais valor à poesia e à filosofia que à guerra. Nós, judeus, salvamos muitas obras hebraicas.
– Incrível. E você conseguiu tudo isso. – Eliezer olhou assombrado para as estantes repletas de manuscritos. A biblioteca de Salomão era quase nada em relação àquela.
– Sim, e também alguns textos árabes, inclusive diversas cópias da obra de al-Khwarizmi, Filo e Aristóteles. Espero que um dia os meus netos e bisnetos queiram ter suas próprias cópias – disse Hasdai. – Alguns amigos meus possuem coleções similares, mas o lugar onde está o resto da biblioteca dos califas permanece um mistério.

Para Eliezer, isso não era um problema. Havia ali livros suficientes para mantê-lo ocupado até *Pessach*, ocasião em que teria de partir, se quisesse chegar a tempo de presenciar o nascimento do terceiro filho. O único problema era por onde começar. Não arriscaria seguir a opinião de Hasdai, pedindo-lhe uma sugestão – ele riu da própria esperteza –, mas com os netos do homem seria uma outra história...

– Falem-me sobre os outros estudos que vocês fazem – ele disse aos garotos depois dos serviços, como se não desse tanta importância ao assunto. – Que matérias vocês preferem?
– Matemática – respondeu o caçula de pronto. – Filosofia é muito chato.
– Isso porque você é novo demais para entendê-la – replicou o irmão mais velho.
– Já estou cansado de Aristóteles. Quero estudar alguém diferente, só para mudar um pouco.
– Mas você tem que entender Aristóteles para depois estudar Abraão ibn Daud, Filo e Salomão ibn Gabirol. – O irmão mais velho parecia repetir o que os professores diziam.

Eliezer já sabia então por onde começar, pelo menos na filosofia. Mas antes que pudesse indagar sobre poesia e ciências, descobriu que precisava saber mais sobre Aristóteles.

– Já estudei a *Metafísica*, a *Política*, a *Ética* e o *De Anima* – reclamou o caçula.
– Está quase acabando a obra dele – disse o irmão. – Só falta ler os textos sobre a lógica.
Eliezer gravou os títulos que acabara de ouvir.
– Então, você gosta de matemática – disse para o aluno mais novo. – Que texto está estudando agora?
– Finalmente, consegui entender al-Khwarizmi. – Os olhos do garoto brilharam. – Ele é incrível. Agora já posso passar para Ptolomeu e al-Haytham.
– Quais são os seus poetas prediletos? – perguntou Eliezer. Os judeus de Sefarad eram fanáticos por poesia, e todos se consideravam poetas.
– Vovô nos disse que só poderemos estudar poesia quando formos mais velhos. – Os irmãos trocaram um olhar de frustração. – As poesias são todas sobre vinho, mulheres e morte.
Eliezer soltou um risinho. Mas a menção às mulheres o fez lembrar-se de Raquel, e junto com ela a vívida lembrança da última noite que os dois desfrutaram. Depois que os garotos saíram para estudar, ele se dirigiu apressado para a rua das prostitutas.

Eliezer mal podia esperar para iniciar os novos estudos. Optou por começar por Aristóteles e al-Khwarizmi e, como suspeitava, encontrou esses textos elementares na biblioteca de Hasdai. Mas logo ficou claro que ele precisaria de um tutor para matemática. O dom que o fazia memorizar as páginas do Talmud era apropriado para Aristóteles, mas resolver equações de segundo grau não era algo que se podia assimilar com uma simples leitura. Considerando que poucos homens debatiam a álgebra, deixou a matemática de lado e concentrou-se na filosofia.
Enquanto ampliava o vocabulário árabe, Eliezer se dava conta de que Aristóteles, que penara para explicar suas ideias com clareza, era bem mais fácil que o Talmud, que tinha um texto deliberadamente obscuro, com a falta de muitas palavras e sem pontuação. Ele passava todo o tempo livre na biblioteca de Hasdai e já conseguia reconhecer os conceitos de Aristóteles quando eram citados em alguma conversa. Também já ousava discordar de alguns deles.
Eliezer conduzia os negócios sem pressa, repelindo os eventuais remorsos pelo fato de que não estaria em casa nem para a celebração

de *Pessach* nem para o nascimento do filho. Ele se convenceu de que precisava permanecer em Córdoba para estabelecer contato com outros mercadores locais, já que muitos só chegavam depois que a navegação no Mediterrâneo era aberta na primavera. No entanto, com o passar do tempo, o sentimento de culpa aumentou, e um belo dia ele anunciou que partiria no domingo seguinte.

– Mas você não pode partir agora. – Hasdai pareceu abalado. – Nem todos os mercadores retornaram, e prometi que daria um grande sarau de vinho em sua honra quando todos chegassem.

– Em minha honra?

Eliezer não poderia insultar o anfitrião, partindo antes do evento. Não se pretendia fazer mais negócios em Córdoba. Raquel entenderia o atraso – era o que ele esperava.

– É claro. Você é famoso, todos querem conhecê-lo.

Eliezer suspirou, e acabou cedendo.

– Diga-me, amigo. Qual é a diferença entre um sarau de vinho e um sarau comum? – Haviam servido vinho em todas as reuniões onde Eliezer tinha estado.

– Ah. – Hasdai sorriu. – Na realidade, o sarau de vinho é um sarau de poesia. É quando celebramos a beleza da natureza ao ar livre em noites quentes de primavera.

– Só espero que você não pense que eu vá fazer uma poesia. – Eliezer também sorriu.

– Não se preocupe. Sei que você viveu entre os judeus de Ashkenaz, onde não se aprecia o intelecto de um homem. Eles têm um cérebro tão impregnado de alho e vinagre que quase não sobra espaço para outras ideias que não sejam sexo e comida, e mesmo assim tentam restringi-las.

Eliezer, que se considerava um provençal, pensou nos judeus germânicos que conhecia e anuiu.

– Talvez você possa sugerir alguns livros de poesia para que eu leia antes do sarau.

– Claro. – Os dois foram até a biblioteca.

– Estou pensando em contratar um barco – murmurrou Hasdai enquanto tirava alguns livros das prateleiras e os colocava de volta. – Um cruzeiro pelo rio Guadalquivir será bastante inspirador.

– Como é que se pode apreciar a natureza à noite?

– Contemplar o céu em todo o seu esplendor e o nascer do sol sobre a relva recém-brotada nos montes é uma verdadeira inspira-

ção. – Hasdai finalmente se decidiu por alguns livros e os estendeu para Eliezer. – Aqui estão eles.
– Eu achava que Samuel haNagid era o vizir de Granada. – Eliezer deu uma olhada nos autores dos livros. – E que Salomão ibn Gabirol era um filósofo.
– Você está certo. Mas eles também são excelentes poetas.

Na semana que antecedeu o sarau, Eliezer alternou poesia e Aristóteles, e memorizou alguns versos sobre vinho e primavera para o caso de ser obrigado a recitar. No dia do evento, Hasdai o levou a um grande estabelecimento fora do Bairro Judeu e não às termas que geralmente frequentavam.

Comparados aos edomitas, muitos dos quais nunca mais entravam na água depois do batismo, os judeus de Troyes eram pessoas asseadas. Lavavam as mãos depois de usar o banheiro, e muitos se banhavam mensalmente. Mas os judeus e mouros de Córdoba, que se banhavam algumas vezes por semana, considerariam os judeus franceses como imundos.

Eliezer seguiu Hasdai pela entrada longa e estreita da casa de banho, chamada de aposento gelado, porque não era aquecida. Eles se despiram e um atendente estendeu-lhes um roupão e um par de tamancos. Eliezer já tinha estado em muitas termas, mas a grandeza daquela o surpreendeu.

O teto abobadado com pelo menos uns doze côvados de altura tinha abaixo balcões em arco e janelas gradeadas que forneciam uma luz difusa. O piso era pavimentado com azulejos de mármore multicoloridos, cada área exibindo um padrão único, e no centro uma fonte alta jorrava água para dentro de uma piscina. Eliezer poderia passar horas ali, escutando o barulho da fonte e admirando cada desenho do piso, mas Hasdai o apressou.

Desceram para outro recinto com muitos cubículos onde homens conversavam, e por fim chegaram diante de uma porta de madeira fechada. Logo que Hasdai a abriu, os dois foram engolfados por uma nuvem de vapor, e em seguida se viram em meio a homens suados e nus no interior de um aposento aquecido. O calor saía de alguns canos no chão, e Eliezer ficou feliz por estar com os tamancos de madeira.

Logo, Eliezer também estava coberto de suor, o que foi um sinal para um homenzarrão começar a massageá-lo. Ele gemeu de prazer quando o hábil massagista comprimiu alguns músculos que ele nem percebera quanto estavam doloridos. Depois que a sessão de massagem terminou com água de sabão vertida sobre o corpo, ele entrou com relutância em uma das muitas banheiras disponíveis. Um outro atendente ensaboou-lhe o cabelo e aparou a barba dele.

Quando Eliezer retornou para o aposento aquecido, Hasdai já estava lá, conversando com amigos que também se preparavam para o sarau de vinho. Nem todos falavam; alguns dormiam estendidos em bancos, e ele se deitou no mais próximo.

– Tenho ótimas notícias para vocês – anunciou Hasdai. – Esta noite, vindo diretamente de Granada, um dos melhores poetas da região nos dará o prazer da sua presença.

– Não vá dizer que é Moisés ibn Ezra? – perguntou um dos homens, entusiasmado.

– Ele mesmo.

Eliezer nunca tinha ouvido falar de Moisés ibn Ezra. Relaxando no banco de madeira quente, entregou-se a uma suave sonolência, enquanto os outros homens falavam do poeta.

Eliezer ouviu a música soar ao longe quando eles se aproximaram da margem do rio, e o coração bateu descompassado de ansiedade. Por fim, nos últimos lampejos da luz do crepúsculo, ele avistou o barco no cais, com a orquestra tocando, enquanto os homens embarcavam. O convés estava coberto de tapetes de lã e almofadas macias de seda, com pequenas mesas espalhadas por toda parte. Um jovem bonito o ajudou a encontrar um lugar para se sentar, e em seguida surgiu um jovem ainda mais bonito que o primeiro e lhe ofereceu um gole de uma grande taça de vinho.

O jovem apertou galantemente a mão de Eliezer enquanto este bebia o vinho, e depois, com um gesto sugestivo, ofereceu a taça para um outro convidado, que elogiou a beleza dele com uma poesia antes de beber. A noite começou com aplausos de todos. Fluíram dos lábios dos homens poesias que exaltavam o vinho e o amor, algumas dirigidas para os jovens servos. Eles se desafiavam entre si com versos sobre os diversos aspectos do vinho – cor, fragrância, sabor – e sobre os muitos sentimentos melancólicos que a bebida desperta. Ao final de cada rodada de poesia e vinho, a orquestra soava, enquanto se serviam frutas e queijos.

Eliezer olhava encantado para um céu que pouco a pouco escurecia e estampava estrelas. Como era diferente a vida em Córdoba, como era urbana...

Antes que os outros convidados se entregassem à fadiga, Hasdai apresentou a grande estrela, o poeta Moisés ibn Ezra, o qual foi imediatamente provido de uma taça de vinho pelo jovem mais bonito entre todos os servos. Moisés, cujo rosto estampava um ar de tristeza, pegou o jovem pela mão e, olhando no fundo dos seus olhos, começou a recitar.

> Esses rios revelam para que o mundo veja
> O secreto amor que guardo em mim
> A paixão partiu o meu coração; ele foi cruel ao me abandonar,
> Um gamo ele é com esguias coxas
> O sol escurece quando o vê acordar.

O jovem corou envaidecido na frente de Moisés, que continuou a recitar o poema que progressivamente se tornou mais sombrio, com o gamo traindo o poeta e finalmente o trocando por outro. Como se para trazer o poema para a realidade, o jovem criado que servia vinho se voltou para Eliezer com um olhar de adoração. Felizmente, Eliezer estava sóbrio o bastante para se lembrar de um poema de Samuel haNagib apropriado para o momento, e bêbado o bastante para não ligar para a desaprovação dos demais convivas.

> Como é requintado o gamo que desperta à noite
> Para o som das cordas da viola e o tinido do tamborim.
> Quem viu o copo na minha mão e disse:
> "Pelos meus lábios, o sangue das uvas flui para você;
> venha beber."
> Atrás dele a lua, fina e curvada,
> Inscreveu no véu da manhã com tinta dourada.

Ninguém torceu o nariz para a falta de originalidade de Eliezer, ouviram-se apenas aplausos. E foi assim que os foliões passaram a noite, cultivando um estado entre o sono e a vigília, enquanto a poesia se deslocava rapidamente entre os prazeres do vinho, a grandeza do céu da noite e a tristeza pela passagem do tempo. A certa altura, Eliezer olhou extasiado para a vastidão escura do céu e se perguntou se as estrelas eram de fato tão vivas, algo como anjos.

A aurora se insinuava quando Moisés entoou um último poema que tirou lágrimas dos olhos de Eliezer.

> Cuidado com os presentes do tempo,
> são venenos que se misturam ao mel para se parecer com doces.
> Iludam-se de manhã com as alegrias dele,
> mas saibam que desaparecerão com o sol.
> Portanto, beber de dia até o sol se pôr,
> lava a prata com luz dourada.
> E beber de noite até o amanhecer,
> faz voar todas as tropas sombrias.

Junto a outros convidados igualmente embriagados, Eliezer e Hasdai seguiram cambaleantes para casa. A tristeza provocada pelo excesso de vinho pesou sobre Eliezer que se meteu debaixo das cobertas, assombrado por uma outra poesia de ibn Ezra – desta vez, sobre uma mulher.

> Ela me roubou o sono, completo desperdício.
> Nunca esquecerei aquela noite em que deitamos em deleite.
> Em minha cama, até a luz da manhã.
> A paixão partiu meu coração; ela foi cruel ao me abandonar.

Ele imaginou Raquel se levantando da cama, a luminosidade da alvorada em seus cabelos cacheados, que desciam soltos pelo corpo nu. Será que ela estava tão sozinha quanto ele? Será que estava pensando nele? Graças aos céus, logo ele estaria de volta. Fazia tempo que se ausentara de casa. No ano seguinte, não se deteria tanto em Sefarad.

Contudo, apesar das boas intenções, na semana que antecedeu a partida, Eliezer se deu conta de que a próxima estadia na primavera de Córdoba seria tão longa quanto a que terminava. As obras de Filo de Alexandria, um judeu, o aguardavam na biblioteca de Hasdai.

Seis

Um risco de fumaça ergueu-se ao longe, e Eliezer apressou o cavalo com um suspiro de alívio. Ele estava confiante de que poderia chegar antes do Shabat na *fondaco*, uma hospedaria-armazém que recebia mercadores viajantes. A fumaça ao longe o deixou ainda mais confiante.

Na chegada aos estábulos, exultou de alegria ao ver que estavam lotados de carroças e animais, uma evidência inquestionável de que outros mercadores se dirigiam para a Feira de Verão de Troyes. Naquele lugar, talvez houvesse um número suficiente de homens para formar um *minian* para os serviços do *Shabat*, todos esperando pelo dia sagrado, quando se proibiam as viagens.

Mas, em vez de se deparar com o habitual burburinho de mercadores em meio a conversas banais, Eliezer foi surpreendido por uma atmosfera tensa e sombria lá dentro. Reunidos ao redor das mesas próximas da lareira, homens de feições sisudas ouviam atentamente o que um homem alto lhes dizia.

Eliezer se acomodou em uma das mesas e pediu uma cerveja com um aceno.

— Por que esse clima tão sombrio? — perguntou para a atendente.

— É pelas coisas que aquele grandalhão que acabou de chegar de Troyes está falando. Parece que há uma peste na cidade.

Uma peste em Troyes? Eliezer estava com o coração na boca, quando do se virou para ouvir o tal homem.

— Jamais me passou pela cabeça deixar um casamento antes dos sete dias de celebração, mas não aguentei ficar mais de dois dias naquela cidade. — O sujeito fez uma careta. — Por todos os lugares por onde passava, dava de cara com uma procissão fúnebre, todas carregando caixões de crianças.

— Varíola?

– *Non*. – O homem alto balançou a cabeça. – Eles estão dizendo que um dos demônios femininos de Lilit invadiu a cidade.
– Ai – murmurou alguém. – Os negócios na Feira de Verão serão terríveis este ano.

Os outros mercadores começaram a discutir estratégias para obter lucro apesar da peste, e com isso Eliezer pôde questionar o convidado do tal casamento em particular.
– Vamos. – Eliezer pegou o sujeito pelo braço. – Diga-me tudo o que sabe sobre essa demônia assassina de criancinhas.

O homem abaixou os olhos assustado, e Eliezer acrescentou rapidamente.
– Por favor, minha família vive em Troyes e estou fora desde a Feira de Inverno.

A expressão dele tornou-se piedosa.
– Pelo que pude saber... e acredite, um assunto terrível como esse é a última coisa que um convidado quer trazer à baila numa festa de casamento... a peste está na cidade há mais de um mês.
– Que tipo de peste?

O homem encolheu-se.
– Tudo o que sei é que essa demônia é mais maléfica durante a noite. Os adultos não foram afetados, e entre as inúmeras crianças atacadas apenas as mais novinhas sucumbiram.
– Tenho dois filhos lá, e minha mulher estava grávida quando parti. – A voz de Eliezer soou trêmula.

O homem inclinou-se, e a voz dele, que já estava baixa, tornou-se um murmúrio.
– Está pensando em violar o *Shabat*? Não direi nada a ninguém se você sair.
– E de que me adiantaria cavalgar até Troyes agora? Seja lá o que tenha acontecido com minha família, já aconteceu. – Eliezer segurou a cabeça com as duas mãos. – E a vida do meu filho ficaria por um fio e talvez até condenada, se eu cometesse tal *averah*.
– Vocês dois, venham, porque o sol já está se pondo – uma voz com um sotaque provençal os chamou. – Já basta de morte e espíritos maléficos. No *Shabat* devemos nos ater a assuntos agradáveis.

Eliezer juntou-se aos outros nas preces de boas-vindas pelo resto do dia, mas, embora tivesse bebido mais vinho do que costumava consumir durante a *souper*, isso não foi o bastante para fazê-lo dormir sossegado. Após os serviços matinais, estava com a cabeça tão atormentada que deixou de lado um debate sobre o Talmud e sentou-se no fundo da sala para ouvir as fofocas trocadas entre alguns homens. Dois negociantes de tecidos de Tours partilhavam avidamente as últimas notícias sobre o rei Filipe e Bertrada de Montfort, de quem o conde Fulk de Anjou se divorciara. Ele ouviu meio por alto quando os homens disseram que o rei Filipe se apaixonara perdidamente pela bela condessa durante uma visita ao conde de Anjou.

– No decorrer de quatro dias, o rei raptou Bertrada, se divorciou da rainha, arranjou o divórcio de Fulk e Bertrada e depois se casou com ela.

O sentimento de Eliezer era de profundo desamparo. Sair em viagem daquele lugar talvez significasse uma sentença de morte para um dos filhos, e ele não podia correr esse risco. Mas na cabeça martelava a imagem de Rivka, Shemiah e o bebê que ele ainda não conhecia; todos sofrendo em Troyes. Os outros homens continuavam discutindo como Filipe, mesmo sendo rei, conseguira arranjar dois divórcios tão rapidamente, sem atrair a objeção da Igreja.

Eliezer estava tão atarantado de preocupação que quase não ouviu quando um homem da Provença perguntou:

– Vocês viram essa Bertrada? Ela é tão bonita como dizem?

– *Oui*, ela é realmente adorável... se bem que só a vi a distância – respondeu um dos mercadores de Tours.

– De fato, Bertrada tem algo especial – disse outro mercador. – Ninguém olha para ela sem querer despi-la de todas aquelas roupas.

– Lá em Troyes tem uma mulher que desperta o mesmo desejo – uma voz áspera soou em tom baixo e confidencial. – A filha do líder da *yeshivá*.

Eliezer ficou de queixo caído quando os mercadores começaram a falar da esposa dele. Embora oscilando internamente entre a fúria e a curiosidade, por fora se forçou a manter uma expressão indiferente.

– E qual é o melhor lugar para se conhecê-la? – perguntou alguém.

– A família frequenta a Sinagoga Velha, lá você pode dar uma olhada nela. Mas o melhor lugar é na casa da família, onde eles vendem vinho. No verão, as mulheres não usam véu dentro de casa e você poderá observar mais de perto a beleza dessa mulher.

– E como ela é?

– Tem cabelos negros e encaracolados, pele clara como creme e olhos que mais parecem esmeraldas – disse o homem com um suspiro. – Claro que é casada, tem poucos filhos, mas o marido está sempre viajando a negócios.

O sangue ferveu nas veias de Eliezer, e ele se agarrou ao banco onde estava sentado para não dar um salto e chamar o sujeito às falas. *Como esse tipo ousa falar de Raquel como se ela fosse uma prostituta?*

– Já comprei o vinho do líder da *yeshivá* muitas vezes – disse um dos mercadores de Tours. – As mulheres que vi na casa dele eram bem comuns.

– Talvez ela estivesse com o cabelo coberto. – Eliezer inclinou-se, na ânsia de ouvir mais sobre a conduta da esposa. Será que Raquel tinha flertado com outros homens enquanto ele estava fora? Teria sido infiel?

– Nenhuma tinha olhos verdes. Tenho certeza disso.

– Não me surpreende que não a tenha visto – disse o homem de voz áspera com uma risadinha. – Essa beleza de Troyes é muito cuidadosa e não fica a sós com homens... a menos que seja um Ganimedes.

– E como conseguiu isso?

– Nunca disse que fiquei a sós com ela. Eu a vi quando estava comprando vinho com meu tio.

– Também ouvi falar da beleza dessa mulher – disse um homem de Chartres. – E fui comprar vinho lá antes de sair de Troyes. Mas a família não estava em casa; os criados disseram que eles tinham saído para sentar *shiva* em algum lugar no campo.

Eliezer engoliu em seco. Joheved e Meir deviam ter perdido um filho. *E meus filhos?* Claro que Raquel não teria ido a Ramerupt se eles estivessem doentes. Mas talvez ela e Miriam tivessem afastado as crianças da cidade durante a peste. Até porque Miriam já tinha mandado os meninos para Paris quando a varíola assolou Troyes. *Mon Dieu* – e se não foi por um dos filhos de Joheved e Meir que a família estava de luto?

As muralhas de Troyes se delinearam ao longe, mas, em vez de ser inundado pela alegria que esta visão sempre provocava, Eliezer se mortificou de terror. O desespero se intensificou quando ele cruzou com um funeral no lado externo da cidade, e um pequeno caixão confirmou o que ouvira na *fondaco*.

As ruas de Broce aux Juifs, o Bairro Judeu, encontravam-se fantasmagoricamente quietas. Uns poucos mascates de rua ofereciam as mercadorias sem gritos, e nenhum comerciante chamava abertamente os clientes que transitavam pela porta da loja. Quase sufocando de medo, Eliezer chegou ao portão do pátio de sua casa, e preparou-se para o que iria encontrar lá dentro.

Um gato miava estirado num banco, e algumas galinhas ciscavam no terreiro, como se fossem os únicos habitantes do lugar. Ele estava lavando as mãos no poço quando a porta da cozinha da casa de Salomão se abriu, e Anna, a empregada, colocou a cabeça para fora. Ela e seu marido, Baruch, tinham chegado à casa de Salomão muitos anos antes, vindos da Romênia como escravos para pagar pela educação de Eliezer e seu irmão Asher na *yeshivá*. Salomão libertou o casal logo depois, antes do nascimento de Pesach, o filho do casal, e desde então a família trabalhava para ele.

Anna avistou Eliezer e começou a chorar.

– Graças aos céus. Finalmente, o senhor voltou para casa. – Ela assoou o nariz e limpou as mãos no avental.

– Cadê todo mundo? – ele perguntou.

– Foram para Ramerupt. – Ela voltou a chorar. – Foram sentar *shivá* para o bebê de Joheved.

O choro de Anna se tornou ainda mais intenso, mas ele tinha de perguntar.

– E minha mulher e meus filhos?

Ela o olhou com uma expressão tão sofrida que o fez na mesma hora se dar conta de que o demônio não poupara a família dele.

– Diga logo, por favor.

Ela ainda chorava quando o portão se abriu e deu passagem para Baruch e Pesach, que retornavam da vinícola. Baruch se aproximou e se apressou em abraçar Eliezer.

– Que você seja reconfortado entre os enlutados de Jerusalém.

Eliezer sentiu as lágrimas inundarem-lhe os olhos.

– Quem morreu? Diga, por favor. Sua mulher não consegue parar de chorar para me dizer.

Baruch respirou fundo.

– Seu filhinho morreu algumas semanas atrás. Shemiah e a pequena Rivka, que o Eterno os proteja, ainda estão vivos.

– Raquel o chamou de Asher – acrescentou Pesach.

– E os outros? – Eliezer temeu pela resposta.

– Shibeta só exigiu dois bebês, o de Meir e o seu. Os outros netos de *rabenu* Salomão foram poupados. – Baruch mal acabara de falar, quando suas feições se endureceram de raiva.

– O que há de errado, papai? – perguntou Pesach.

Baruch fez um sinal para que Anna se aproximasse um pouco mais.

– Lembra daquele mercador bêbado... Adão, acho que se chamava assim... o sujeito que fez aquela confusão toda no *brit milá*?

– *Oui*. Ele teve a audácia de fazer uma piada dizendo que *rabenu* Salomão tinha um *minian* próprio composto de netos e genros – disse Anna de um só fôlego.

– Agora não tem mais – sussurrou Pesach.

– Shh – sibilou Anna, pedindo silêncio. Não era uma intrusa naquela dor, perdera duas filhas na última epidemia de varíola.

– Amanhã é o sétimo dia do luto, portanto ninguém deve tardar na volta para casa – disse Baruch. – Mas acho que mesmo assim você deve estar ansioso para aproveitar o resto da luz do dia para cavalgar até Ramerupt.

Eliezer estava devastado demais para responder e se limitou a assentir com a cabeça.

Baruch seguiu em direção ao portão.

– Anna pode servir alguma coisa para você comer enquanto selo um outro cavalo.

Imerso nas próprias emoções, Eliezer seguiu Anna até a cozinha. Uma pontada de remorso o corroía por dentro. Seu bebezinho, o filho que ele não tinha conhecido, se fora. Mas claro que Raquel se apegara ao bebê: acalentando-o, amamentando-o, fazendo todas as coisas que as mães fazem pelos recém-nascidos. Ela nunca tinha passado pela experiência da morte de um membro da própria família. Ela devia estar com o coração partido. E ele não estava por perto para consolá-la. Eliezer respirou fundo e tentou agradecer pelos dois filhos que tinham sido poupados.

Ele engoliu a comida quase sem mastigar e, depois que saiu do banheiro, Baruch voltou com um cavalo.

– Fico feliz por vê-lo de volta a casa são e salvo – disse o empregado enquanto o ajudava a montar. Adão também lançou um mauolhado em você, e você não pôde tomar as precauções que Meir e Judá tomaram porque não soube disso.

No trajeto para Ramerupt, vez por outra Eliezer detinha o cavalo, colocava o dedo polegar direito sobre a mão esquerda, e o esquerdo, sobre a direita, enquanto recitava:

– Eu, Eliezer, filho de Shemiah, sou a semente de José e o mauolhado não tem poder sobre mim.

Embora a morte dos netos de Salomão tivesse reduzido o número de descendentes masculinos para nove, se o mau-olhado tivesse levado em conta o próprio patriarca, veria que na família restara um número suficiente para compor um *minian*.

À medida que Eliezer se aproximava da propriedade de Meir, uma nova preocupação se somava a seus problemas. Raquel já andava descontente com o tempo excessivo que ele passava fora de Troyes. A ausência dele no nascimento, na circuncisão e no funeral do filho deve tê-la deixado enfurecida.

Ele foi saudado no portão por um jovem bonito e esguio cuja estatura indicava que já tinha passado da puberdade, mas sem a barba que provaria que já era adulto. Apesar da destreza do jovem em ajudá-lo a desmontar do cavalo, ele intuiu que não se tratava de um serviçal.

– Bem-vindo a Ramerupt-sur-Aube, senhor... O jovem fez uma pausa.

Eliezer aprovou a discrição do jovem por não chamá-lo de lorde, mas sem deixar de sugerir que estava diante de um nobre. Deu-se conta de que a sua compleição morena – ainda mais acentuada pelas cavalgadas ao ar livre – revelava a sua origem sulista estrangeira. Geralmente as pessoas se confundiam com isso.

– Lamento dizer que o senhor chegou numa hora ruim – disse o jovem com uma expressão sombria. – O lorde e sua esposa estão de luto.

– Eu sou Eliezer ben Shemiah, o cunhado deles, e acabei de retornar de Córdoba. E você quem é?

– Desculpe-me por não tê-lo reconhecido, mestre Eliezer. Sou Milo de Plancy. Venha comigo. – O jovem fez um pequeno aceno e logo um cavalariço apareceu para se encarregar do cavalo de Eliezer.

– Também tenho que me desculpar por nao tê-lo reconhecido, Milo. Já se passaram dois anos e antes você era bem mais baixo.

– Mas eu devia ter reconhecido o senhor. – Milo parecia prestes a romper em lágrimas. – Devo reconhecer todos os parentes da minha senhora.

Eliezer seguiu Milo até a casa. Joheved e Meir deviam estar muito tristes para deixar o escudeiro deles tão infeliz.

– Étienne é um bom professor? Joheved sempre diz que ele é um excelente mordomo.

– Étienne morreu de hidropisia um pouco antes da Candelária – sussurrou Milo. – Entre sem fazer barulho. A família está orando.

Eliezer esperou que Milo abrisse a porta. Seguramente, o salão de Salomão ficaria apinhado se tivesse de abrigar todos os alunos que estavam ali, mas o grande salão de Meir abrigaria de sobra o dobro de gente ou até mais. Eliezer passou os olhos pelo recinto à procura de Raquel, mas não a encontrou, talvez estivesse encostada na parede e ao lado de Salomão. Não avistou o sogro, mas podia ouvi-lo. Salomão ministrava um *midrash* do Provérbio 31, particularmente apropriado para o luto da família pela morte de dois meninos.

"Quem achará uma mulher virtuosa?" Rabi Meir estava sentado na casa de estudo numa noite de *Shabat*, quando os dois filhos dele morreram. E o que fez Beruria, a mãe? Colocou os filhos na cama e os cobriu com um lençol.

Ao final do *Shabat*, Rabi Meir voltou para casa e perguntou para Beruria: "Onde estão os meus filhos?" Ela respondeu: "Foram para a casa de estudo." E ele disse: "Não os vi por lá."

Beruria estendeu-lhe um copo de vinho para a cerimônia de *Havdalá*, e ele recitou a prece de encerramento do *Shabat*. E de novo perguntou: "Onde estão os meus filhos?" E ela respondeu: "Foram para algum lugar e logo estarão de volta." Ela serviu o jantar, e ele se alimentou, e depois recitou a bênção do final da refeição. Ela então lhe disse: "Mestre, tenho uma pergunta para lhe fazer."

Ele disse: "Faça a sua pergunta." E ela a fez: "Mestre, faz algum tempo que um homem veio até mim e pediu para que guardasse uma coisa para ele. Agora, ele está de volta e quer que a devolva. Nós devemos devolvê-la?" Meir então respondeu: "Aquele que se encarrega de um objeto de alguém deve devolvê-lo ao seu dono." Ela retrucou: "Sem o seu consentimento, eu não poderia devolvê-lo."

E o que fez Beruria? Ela o pegou pela mão e o conduziu ao segundo andar. Levou-o até a cama e puxou o lençol. Tão logo viu os dois meninos mortos sobre a cama, Meir se pôs a chorar e a lamentar: "Meus filhos, meus filhos..."

Beruria então lhe disse: "Mestre, o senhor não disse que devo devolver o que não é meu para o seu dono?" Meir acrescentou: "Adonai me deu e Adonai me tirou." [Jó 1:21]

Assim ensinou Rav Ranina: "Dessa maneira ela o reconfortou, e a mente dele se aquietou. A respeito dessa mulher está escrito: Quem achará uma mulher virtuosa?"

Os soluços de Joheved ecoaram pela sala, e Meir abraçou-a com força. O casal estava em pé e era ladeado pelos filhos Isaac e Shmuel e as filhas Hannah e Leia. Mas onde estava Raquel? Eliezer adentrou no salão e o esquadrinhou com olhos angustiados.

Parou subitamente ao avistar a esposa, e seu coração se partiu. Raquel tinha perdido peso e seus lindos olhos verdes estavam manchados de vermelho. Lágrimas silenciosas escorriam em seu rosto, enquanto ela se amparava em Salomão que lhe afagava o ombro com delicadeza. A garganta de Eliezer se apertou de dor e de culpa. Ele tinha postergado o retorno para desfrutar da vida em Córdoba, e agora o filho estava morto sem que sequer o tivesse segurado no colo.

Fitou Raquel fixamente, até ela erguer a cabeça, e seus olhos se encontraram. Esperava que ela demonstrasse algum prazer ou, pelo menos, alívio quando o visse. Mas Raquel encarou-o com uma expressão tão funesta que no mesmo instante ele se deu conta de que seu retorno tardio o faria esperar muito por um perdão.

Depois de saudá-la com um abraço afetuoso, a que ela retribuiu com uma nítida falta de entusiasmo, ele agradeceu aos céus porque, ao menos, ela não estava *nidá*. Eliezer esperava ser atormentado pela expressão severa e observações cortantes da esposa ao longo da noite, já que pensara nas respostas que lhe daria, mas o fato é que ela se manteve num silêncio de pedra.

Durante a *souper*, Eliezer se mostrou o mais solícito possível, mantendo o copo de vinho de Raquel sempre cheio e servindo-lhe os pratos que ela mais apreciava. Profundamente grato por os filhos mais velhos terem sobrevivido, cobriu-os de afeto, contando histórias engraçadas a respeito de Sefarad para Shemiah, enquanto embalava a pequena Rivka no colo. Nem assim a melancolia de Raquel deu alguma trégua.

Depois da refeição, ele brincou com a pequena Rivka e ajudou Shemiah a rever os estudos, e então se ofereceu para colocar o filho na cama, para que Raquel pudesse cuidar da filha. Aparentemente, a esposa voltara a amamentar a menina depois da morte do bebê.

Por fim, Eliezer entrou no quarto e não se surpreendeu quando viu que Raquel tinha apagado o lampião. Pouco importava, era ca-

paz de fazer o que pretendia em meio à mais completa escuridão. Demorou a se despir, e depois dependurou as roupas nos ganchos presos à parede – ela que se perguntasse por que não estava ansioso para ir para cama depois de seis meses de separação.
De fato, a voz irritada de Raquel ecoou na escuridão.
– Por que está demorando tanto? Você vem ou não vem para a cama?
– Fale baixo. – Ele deixou a cortina cair atrás de si, enquanto subia na cama. – Assim vai acabar acordando a pequena Rivka.
Ele não esperava que Raquel o procurasse, e ela não o procurou. Ele então se virou de lado, acariciou a curva do seio da esposa, deslizou a mão e beliscou o mamilo com carinho.
Raquel tinha prometido a si mesma que não se deixaria seduzir com tanta facilidade, mas a sensação de prazer entre as coxas a fez gemer, de modo que não o deteve quando recebeu mais carícias nos mamilos tesos. *Já faz tanto tempo...*
É a maldição de Eva, a primeira mulher, que comeu o fruto proibido e assim predestinou todas as mulheres de maneira que...

<blockquote>Seu desejo será pelo seu marido, e ele reinará sobre você.</blockquote>

Eliezer introduziu a língua na boca de Raquel que, mesmo irritada com a própria vulnerabilidade, sentiu o fogo entre as coxas se alastrar. Dominada pela paixão, agarrou-se ao pescoço do marido e, por mais que quisesse, não conseguia deter o movimento dos quadris, comprimindo-se contra o corpo dele. Seus lábios deslizaram pelo pescoço dela, e lentamente desceram pelo corpo. Quando alcançou-lhe os seios, a língua dele roçou seu mamilo de um modo tão especial que ela não suportaria se algo não saciasse o desejo que ardia naquela parte oculta do ventre. Ao mesmo tempo, a mente clamava para que ela não lutasse contra o desejo.

Como se estivesse lendo seus pensamentos, a mão dele começou a descer por seu ventre. Ela fechou as pernas na tentativa de resistir, mas foi traída pelo próprio corpo que se abriu quando os dedos dele se aproximaram. Com a respiração ainda mais acelerada, ela soltou um gemido, quando ele acariciou a pele sensível da parte interna das coxas, avizinhando-se cada vez mais da *ervah*, mas sem aí tocar. *Ele quer que eu implore; maldito seja.*

– Por favor – ela murmurou, e se enfureceu pela intensidade do próprio desejo.

Ele sugou-lhe o seio com sofreguidão enquanto tentava apalpar a abertura secreta. Mas a meticulosa exploração deixou-a ainda mais atormentada, e ela choramingou, enquanto uma delicada carícia alimentava sua paixão.

– Por favor – implorou novamente.

Eliezer recolheu as mãos e, em vez de se posicionar sobre o corpo de Raquel, deslizou para fora da cama e ajeitou as pernas dela em sua direção. Ela abriu as coxas, e ele ajoelhou-se no chão diante dela.

– Eliezer. – Ela tentou se erguer, mas ele a fez se deitar novamente.

– Quero que você libere sua semente, primeiro. – A voz dele soou rouca de desejo. – Então teremos outro filho.

Quando se deu conta, ele beijava-lhe os seios outra vez. Logo as mãos substituíram a boca, e seus lábios começaram a deslizar inexoravelmente em direção ao ventre dela. *Mon Dieu, ele vai me beijar lá!*

De repente, os lábios dele atingiram um ponto que fez sua mente girar, e todo o seu ser se concentrou por inteiro no êxtase que isso gerava. Ela gemeu e gritou, e agarrou convulsivamente os lençóis, mas sem conseguir desvencilhar os quadris. Ele manteve os dedos sobre os mamilos, enquanto a lambia com uma língua flamejante, tornando a *ervah* uma fornalha em brasa.

Ela foi transportada para um mundo onde a única coisa que existia era o inferno entre as suas pernas, a fúria de um calor que crescia, até que, subitamente a *ervah* começou a intumescer e pulsar com tal paroxismo de prazer que ela chegou a pensar que explodiria por dentro. Quando não aguentava mais, ela se desvencilhou, ofegante, o corpo latejando, à medida que os espasmos se dissipavam.

Eliezer recuou por um momento, e então voltou a acariciar a parte interna das coxas de Raquel para reacender-lhe o desejo. Ele sabia que devia esperar um pouco mais, no entanto, dar tanto prazer a Raquel era por demais estimulante. Ficou bem atento à crescente excitação dela e, quando percebeu que ela chegava ao auge, se deu conta de que também já estava extremamente excitado. A respiração dela se acelerou, e ele não conseguiu se conter. Puxou as pernas da mulher para a cama, inclinou-se e penetrou-a aos poucos.

O calor úmido da mulher o envolveu e acariciou. Ela soltou um gemido intenso e o enlaçou com as pernas, e isso o fez retroceder para depois penetrá-la até o fundo. Ela gemeu novamente e começou a respirar com mais rapidez, à medida que os movimentos dele se tornavam mais vigorosos.

Logo ela ofegava debaixo dele, seus gritos de prazer cada vez mais altos, à medida que a excitação aumentava. Ele esperava conter o próprio ardor para que ela chegasse ao clímax antes que eles atingissem o zênite juntos. Mas então ela o abraçou com espasmos, e a paixão o forçou a mergulhar o membro inteiro dentro dela com muita rapidez e muito mais vigor.

O êxtase de Raquel irrompeu em ondas, cada uma mais poderosa que a outra, num crescendo que poderia dilacerar-lhe o corpo se por acaso continuasse. Logo ela o ouviu gemendo ao mesmo tempo que a penetrava ainda uma vez, e em seguida ele sucumbiu de exaustão sobre o corpo dela.

Sete

les continuaram enlaçados por um longo momento, sem fazer um só movimento, sem emitir um só ruído. Raquel deleitava-se com o peso do corpo dele sobre o seu, com o doce pinicar da barba em seu ombro, com o perfume do cabelo dele... e, mesmo assim, se pôs a chorar.

– Eu te odeio – sussurrou entre lágrimas e soluços. – Por que não estava aqui quando mais precisei de você?

Eliezer beijou-lhe a face e afagou seus cabelos.

– Odeio ficar longe de você, odeio não ter visto o nosso filho antes do enterro dele, e odeio a ideia de que não poderei fazer nada até que os filhos da minha irmã estejam prontos para assumir o meu lugar. – *E odeio todos os homens que sabem que tenho uma mulher linda que fica sozinha em casa enquanto estou viajando.*

– Deve haver algum trabalho que você possa fazer em Troyes.

Ele suspirou.

– Não me ocorre nada que me faça sustentar tão bem a nossa família.

Raquel fungou. O marido estava certo. A produção de vinho do pai só era suficiente para sustentar a ele e a mãe, e apenas nos anos de boa produção o resto do lucro era dividido entre ela e Miriam. Raquel e a irmã dividiam os lucros do negócio de penhora e empréstimos para mulheres montado por Alvina, a mãe de Judá. Mas Alvina estava velha e, em vez de contribuir para os lucros, agora precisava do suporte delas.

– Eu não vou desistir. Hei de encontrar alguma coisa – ela disse.

– E se essa coisa não for tão lucrativa quanto a que você faz agora, cortarei as despesas.

Eliezer sorriu.

– Belle, nós dois sabemos que você não tem os gostos simples de seu pai e de suas irmãs. Não consigo imaginá-la vestindo *bliauts* toscamente tingidos apenas para poupar dinheiro. E certamente não consigo imaginá-la desistindo das joias, das roupas elegantes e da comida refinada. – Ele também não conseguia se imaginar sem tudo isso.
– Eu sei disso. – Sua voz soou relutante.
– Mesmo que você gaste menos, nem assim poderíamos viver com os mesmos recursos que Miriam e Judá. Eles só têm uma filha para dote, e não sabemos quantas filhas você ainda poderá gerar.
– Judá também herdará os bens de Alvina, enquanto seu pai lhe deixou a obrigação de pagar a *ketubá* da viúva do seu irmão e a da sua mãe. – A *ketubá*, o contrato de casamento da mulher, estipulava a quantia que ela deveria receber por ocasião de divórcio ou morte do marido. Geralmente a quantia era tão vultosa que pouco restava para os filhos do homem.
– Você ainda está zangada – ele disse com um ar triste.
– Não estou mais zangada com você – ela suspirou e deteve-se por alguns segundos. – Eu só queria que as coisas fossem diferentes. Ele se inclinou e beijou-lhe a nuca.
– Lembre-se do que diz o décimo capítulo do tratado de *Eruvin*. Ela fingiu não ter entendido bem.
– Você está se referindo àquela parte em que Rami bar Chama diz:

> Ao homem é proibido forçar a esposa à relação sagrada, conforme está escrito [Provérbios 19]: "Ele que se apressa com seus pés é um pecador."

Eliezer tinha certeza de que a mulher compreendera perfeitamente o que ele acabara de dizer, mas, em todo caso, citou a passagem entre beijos.
– *Non*, o *baraita* segue assim.

> "Ele que se apressa com seus pés é um pecador" refere-se a alguém que realiza e repete a relação sagrada. Mas isso pode ser? Diz Rava: ele que só deseja ter filhos homens deveria realizar a relação sagrada duas vezes.

Raquel se deixou ser puxada para mais perto dele. Se era obrigada a partilhar da maldição de Eva, pelo menos que o fizesse com prazer. Antes de beijá-lo, ela sussurrou:

Não há contradição. Com Rava, a mulher consente, mas no *baraita*, ela não consente.

Ela também desejava outro filho homem.

O sono de Eliezer foi interrompido diversas vezes pela tosse dos filhos, mas Raquel lhe assegurou que aquilo não era nada se comparado ao que ocorrera antes. Shibeta estava enfraquecendo, e eles poderiam voltar para Troyes em um ou dois dias. Quando não estava brincando com os filhos, Eliezer devotava a maior parte do tempo livre à revisão das últimas lições de Salomão. Quando a Feira de Verão abrisse, a seção que Salomão estava ensinando requereria mais esforço que uma simples memorização do texto.

Salomão tinha escolhido o tratado *Shabat*, iniciando com o sétimo capítulo, que descreve os diversos tipos de trabalho proibidos durante o *Shabat*. Ele começava com a *Mishna*:

> Os principais tipos de trabalho são quarenta, afora um: semear, arar, colher, coletar feixes, debulhar, joeirar, capinar, moer, peneirar e assar; tosquiar lã, branquear lã, pentear lã, tingir lã, fiar lã, esticar lã, dar duas laçadas, tecer dois fios, separar dois fios, dar um nó, desatar um nó, dar dois pontos de costura e cortar para costurar; caçar uma gazela, estripá-la, esfolá-la, salgá-la, curtir o couro dela, riscar e cortar o couro, escrever duas letras e apagar para escrever; construir, derrubar construção, apagar fogueira, acender fogueira, martelar e carregar alguma coisa de um lugar para o outro.

– Esses são os trabalhos que os israelitas faziam no deserto para construir o Tabernáculo – ele explicara durante a *souper*. – Qualquer trabalho proibido no *Shabat* deriva desses.

– Desculpe-me, *rabbennu*. – Simcha corou meio sem jeito. – Eu sei que o primeiro grupo de onze tem a ver com a preparação do pão para o altar, e o segundo grupo de treze, com a feitura das cortinas do Tabernáculo, mas não sei ao certo o que cada palavra significa.

– Você não é o único – disse Raquel. – Eu não sei a diferença entre debulhar e joeirar.

– É claro que você sabe. – Eliezer sorriu com um ar sugestivo. – Segundo o seu pai, Onan, para não impregnar Tamar, debulhou dentro e joeirou do lado de fora.

Joheved e Meir se entreolharam, e ele fez um sinal para que ela falasse.

– Debulhar é bater as espigas para separar o grão, e joeirar é lançar o grão para o alto de maneira que as cascas sejam eliminadas e só restem os grãos de trigo.

A propriedade de Meir produzia trigo, além de outros artigos extraídos da criação de ovelhas e da vinícola, e ele então explicou com fluência os doze primeiros termos.

– De acordo com a *Mishna*, branquear a lã é lavá-la, o que fazemos no rio.

Joheved ergueu sua roca, idêntica à das irmãs. Desde pequenas, ela e Miriam fiavam enquanto assistiam às aulas do pai para compensar as reclamações da mãe quanto às meninas estudarem o Talmud.

– Antes de colocar a lã na roca, nós penteamos as fibras paralelas.

– Isso facilita o trabalho com o fuso. – Miriam mostrou como se fazia, tirando um tufo de lã da roca e enrolando-o no fuso. Depois, deixou o fuso tombar, onde ele esticava e apertava o fio à medida que girava. Por fim, enrolou o fio no fuso e recomeçou o processo.

– Por que tingir antes de fiar? – perguntou Judá. – Eu achava que o pano só era tingido depois de tecido.

Eliezer, especialista em tinturas, deu a resposta.

– Hoje em dia, tingimos o tecido por inteiro, mas no passado era comum tingir primeiro a lã.

Em seguida, se colocaram em pauta os termos "esticar" e "dar duas laçadas", mas ninguém se ofereceu para explicar.

– Claro que eles vêm antes de tecer. – Miriam se virou para o pai. – A *Guemará* explica depois?

– Receio que a *Guemará* não ajude muito. – Judá fez a citação de imediato.

> O que são laçadas? Disse Abaye: duas vezes para as laçadas do liço e uma vez em torno do liço.

– O liço? – Raquel fez uma careta. – Agora estou mais confusa que antes. – Ela olhou para o pai com um ar de interrogação.

Salomão alisou a barba.

– Preciso ver como os tecelões trabalham. Só depois de entender o que eles fazem é que poderei explicar isso nos meus *kuntres* de maneira adequada.

– Temos tecelãs entre as nossas clientes – disse Raquel. – Todo ano elas pegam dinheiro emprestado para comprar linho e lã e só pagam quando o tecido é vendido. Quando aparecerem para pagar os empréstimos, perguntarei a algumas se o senhor pode observar o trabalho delas.

À medida que os mercadores estrangeiros chegavam a Troyes e começavam a debater o tratado *Shabat*, Eliezer sentia um orgulho secreto por saber tanto a Torá quanto a filosofia grega. Pensou nos netos de Hasdai e imaginou como seria estudar Aristóteles e Platão ao mesmo tempo que se estudava o Talmud. Alunos como eles colocariam que tipo de questões?

A sessão matinal já estava quase no final quando Salomão tocou no ombro de Eliezer e apontou para Raquel que acenava da porta com nervosismo.

Devia ser algo importante para ela interromper o estudo deles.

– Sua irmã Eleanor está aqui! – Raquel exclamou.

– Ela não podia me esperar em casa?

Como ele, Raquel também estava irritada.

– Foi isso que lhe perguntei, mas ela insistiu para que o chamasse imediatamente.

– Minha irmã insiste em me dizer o que devo fazer e espera que eu obedeça – ele resmungou antes de se entregar a um mutismo irritado.

Eles percorreram às pressas as ruas apinhadas de gente, descartando os mascates que se interpunham no meio do caminho. Entraram correndo na casa e encontraram Eleanor sentada à mesa de jantar, tamborilando os dedos no tampo da mesa.

– Até que enfim você decidiu visitar a maior feira de Champagne – disse Eliezer, beijando-a maquinalmente.

– Nao é por isso que estou aqui. – Ela passou os dedos pela gola do *bliaut*, e se deteve nas pontas puídas. – Nossa mãe está em *Gan Eden* com nosso pai e irmão agora.

As pernas de Eliezer bambearam como se atingidas por um golpe. Mas, em vez de abraçar a irmã para partilhar de uma tristeza mútua, ele se apoiou em Raquel em busca de amparo.

– Quando ela morreu? E como?

Eleanor não aparentava nenhum sinal de pesar.

– No último inverno, de febre.

— Faz seis meses que nossa mãe morreu e só agora você me informa? — Àquela altura, era tarde demais para Eliezer observar a *shivá* ou o *shloshim*; a lei judaica permitia apenas um dia inteiro de luto quando o enlutado tomava conhecimento da morte após trinta dias do ocorrido.
— Eu enviei uma carta para a Tunísia.
Ele lutava contra as lágrimas e a raiva.
— Eu estava em Córdoba. Escrevi para mamãe falando a respeito disso. — Provavelmente ela morrera sem ler sua carta.
Eleanor o fulminou com os olhos.
— Você devia estar em Maghreb. Sefarad é território do Netanel.
— Faço os meus negócios onde e como eu bem entendo.
Raquel não ousou falar. O marido e a cunhada mais pareciam duas pessoas prestes a se estraçalhar que dois irmãos a sentir a morte da mãe. Por que Eleanor estava tão furiosa? Certamente Sefarad oferecia oportunidades comerciais suficientes para os dois homens. E por que Eliezer não tentava acalmar a irmã explicando as razões que o levaram a preferir Córdoba a Tunísia?
— Por que então você está aqui? — perguntou Eliezer. — Obviamente não veio para me prestar condolências.
Eleanor entregou uma folha de pergaminho ao irmão.
— Eis aqui a sua herança, pagável como crédito nas feiras de Troyes.
Eliezer esquadrinhou o documento, e suas feições se anuviaram.
— Mamãe poupou todo o dinheiro que eu lhe mandava.
— Enquanto isso, ela gastava o dinheiro que recebia de nós — retorquiu Eleanor. — Mas eu não devia estar surpresa. Você sempre foi o predileto dela.
— Você sempre cismou com isso. Mas não sou obrigado a ouvir suas acusações dentro da minha própria casa. — Ele se encaminhou para a porta. — Se você não pode sequer me dar as condolências, já perdi bastante da lição do Talmud.
Dito isto, Eliezer se retirou, batendo a porta atrás de si. Antes que Raquel pudesse oferecer alguma coisa para comer ou perguntar se a cunhada tinha um lugar para ficar, Eleanor se ergueu e deixou-a sentada na sala, sozinha.
Então, Flamenca amava Eliezer mais que às filhas e reservara para ele uma fatia maior do testamento; era isso que estava por trás da hostilidade entre os irmãos. Como era triste não poderem nem

mesmo chorar juntos a morte da mãe. Ela devia tomar cuidado para não favorecer Shemiah e negligenciar a pequena Rivka, e devia impedir que Eliezer acabasse fazendo isso.

Foi então que um pensamento alarmante assaltou-a: Será que Joheved e Miriam nutriam os mesmos sentimentos da cunhada, uma vez que ela era a favorita do pai? Ou sentiriam pena pelos muitos anos em que ela fora objeto do ressentimento da mãe?

Eleanor deve ter partido imediatamente de Troyes, já que Raquel não voltou a encontrá-la na cidade. Ela queria falar com Eliezer sobre a desavença que tinha com a irmã, mas ele se recusou até mesmo a mencionar seu nome, e só deixou bem claro que pretendia retornar para Córdoba em janeiro.

Quando ele partiu após *Sucot* para a viagem anual até o Leste a fim de obter peles, Raquel começava a suspeitar de que estava grávida. Depois da morte de Asher os seios ficaram tão intumescidos que ela voltou a amamentar Rivka para se aliviar. A menina se desenvolvia bem com esse leite e, se Miriam continuava amamentando Alvina, seis meses mais velha que Rivka, Raquel também podia amamentar a filha. Durante o verão que Eliezer passou em casa, ela fez o que pôde para não ficar *nidá*, mas isso significava que não podia se basear na falta de menstruação para confirmar a gravidez.

Quando Eliezer voltasse para casa durante a Feira de Inverno, ela já teria certeza. Isto serviria para animá-lo depois da morte da mãe, da mesma forma que a ideia de ter outro bebê no ventre dissipara um pouco a tristeza que ela sentia pela morte do pequeno Asher.

Raquel também estava bastante animada com um plano que poderia possibilitar a permanência de Eliezer em Troyes na maior parte do ano e que o faria ganhar muito mais dinheiro do que já ganhava. O plano lhe veio à cabeça quando conversava com Sibila, uma viúva esguia de meia-idade que pegava dinheiro emprestado com ela e Miriam para financiar um negócio de tecelagem.

Como de costume, quando a Feira de Verão terminou, Sibila apareceu para pagar o dinheiro que tomara emprestado na primavera para comprar linho.

– Eis o que devo, mais os juros – disse enquanto contava as moedas.

– Você se deu bem nos negócios? – perguntou Raquel, enquanto registrava a quantia no livro de contabilidade.

– Melhor que a maioria – admitiu Sibila –, mas não tão bem quanto alguns. O linho está encarecendo, mas sempre há demanda para um linho bem tecido.
– Já pensou em tentar a tecelagem de lã? Rende mais dinheiro que a de linho.
– Eu teria que comprar um equipamento diferente, e não quero contrair mais dívidas. Além disso, a tecelagem de lã é feita em grande parte pelos homens.
– Verdade?
Sibila assentiu com a cabeça.
– A tecelagem é dividida por gênero: mulheres tecem linho e homens tecem lã.
– Os outros negócios com tecidos também são assim – disse Raquel. – Na propriedade da minha irmã, os homens tosquiam as ovelhas, enquanto as mulheres lavam e penteiam a lã, a mesma lã que os mercadores homens compram.
– São sempre as mulheres que fiam, a despeito do tipo de fio com que fiam – acrescentou Sibila.
– Enquanto os homens sempre são tintureiros e comerciantes de tecidos. – Raquel reparou que os homens realizavam as tarefas mais rentáveis. – Sibila, quem controla o processo de feitura de roupas?
A tecelã fez uma pausa para pensar.
– Ninguém sabe. Cada artesão realiza a sua parte de maneira independente, comprando os próprios suprimentos e depois vendendo o produto para um outro, em cadeia.
Raquel sorriu, balançando a cabeça.
– Oh. Quase me esqueci. Preciso lhe pedir um favor. Papai queria ver pessoalmente o processo de tecelagem.
– Você e seu pai são bem-vindos a qualquer hora na minha loja.
Sibila explicou o trajeto até a loja enquanto Raquel anotava automaticamente. Seu pensamento estava em algo verdadeiramente ousado: E se alguém fornecesse todos os suprimentos para os artesãos e pagasse a cada um em particular pelo trabalho? Dessa maneira, todos os lucros iriam para essa pessoa.

Uma mulher entrou tão logo Sibila saiu, e Raquel percebeu que ela esperara que estivesse sozinha. Era uma autêntica dama da nobreza, pelo menos era o que mostravam o traje elegante e os sapatos de bico fino. Estava coberta por um véu, e não passou despercebido para Raquel que ela só o soltou um pouco e não o removeu depois que entrou. Para ocultar a identidade dessa forma, devia ter joias valiosas para empenhar.

– Em que posso servi-la, lady... – Raquel esperou para escrever o nome da nova cliente.

A mulher hesitou antes de sussurrar:

– Marie.

– Ah, outra lady Marie. – Raquel deixou bem claro que sabia que aquele era um pseudônimo. – A senhora gostaria de sentar-se?

Enquanto Marie se sentava pouco à vontade, Raquel reparou que ela estava grávida.

– Vim até aqui porque preciso de dinheiro. – Lady Marie puxou uma pequena bolsa da manga e despejou o conteúdo em cima da mesa.

Raquel aprendera a nunca demonstrar emoção diante das joias de uma cliente, nem admiração nem desapontamento, mas por dentro exultava perante um magnífico jogo de brincos, broche e colar de diamantes. *Quem é essa mulher?*

– Você quer empenhá-las ou vendê-las? – Marie não respondeu e Raquel acrescentou. – Posso pagar mais pela venda do que pela penhora.

– É melhor então vendê-las. – Não havia uma só nuança de arrependimento em sua voz. – Mas devo frisar que essas joias não podem ser revendidas em Troyes. Meu senhor não pode vê-las com mais ninguém.

– Meu marido poderá levá-las para Córdoba. – Raquel fez uma oferta mais baixa do que acabaria pagando, caso Marie fosse uma negociadora esperta. Seria mais difícil barganhar com o rosto da oponente descoberto.

Marie, por sua vez, não pareceu frustrada nem fez uma contraoferta. Encheu a bolsa vazia com as moedas de Raquel (era óbvio que não desejava um crédito na Feira de Inverno), ajeitou o véu e a capa e se foi.

Raquel suspirou. Lady Marie ou não sabia o valor real daqueles diamantes ou pouco se importava com eles. Seria esposa ou amante de um nobre? Provavelmente amante, já que a maioria das esposas, mesmo quando nobres, não se referia ao marido como "meu senhor". O mais provável é que ela tivesse dívidas de jogo, o principal motivo que levava grande parte das clientes ricas de Raquel a empenhar as joias. Se Marie tivesse de pagar a alguém para interromper a gravidez, certamente teria vindo mais cedo.

Salomão achava o processo de tecelagem fascinante e, quando Raquel explicou que havia dois tipos de teares, um operado por mulheres; e outro, por homens, ele fez questão de assistir aos dois. Quando Alette, uma cliente cujo irmão tecia a lã que ela fiava, chegou para prestar contas do seu empréstimo, Raquel acertou para que ela e o pai acompanhassem o trabalho do homem também.

Os dois teares de Sibila eram mantidos no pátio da casa dela. Ficavam próximos um do outro, suspensos dos galhos de uma árvore alta, e suas bases quase tocavam o chão. Não tinham mais que dois cúbitos de largura e eram operados por uma mulher sentada à frente. Um dos teares continha uma grande quantidade de pano tecido, e o outro, uma grande quantidade de fios alinhados paralelamente ao longo de sua extensão, e ambos se mantinham esticados por um peso na base. Havia duas varas suspensas no meio de cada tear que eram perpendiculares aos fios e formavam aberturas por onde esses fios passavam.

Sibila pediu que Salomão e Raquel se aproximassem para que pudessem ver as mulheres que teciam linho. Ela os apresentou para a filha, que estava sentada diante do segundo tear, e os incitou a passar as mãos sobre os fios.

– Estes formam a urdidura. São os fios que suportam o pano e por isso são mais pesados que a trama.

– Trama? – repetiu Salomão.

Sibila exibiu uma bobina com um fio enrolado.

– Isto é a naveta, e passando-a sob e sobre a urdidura é que se tece a trama. – Ela apontou para a filha que manipulava a naveta com habilidade, passando-a de um lado para o outro do tear.

– E para que servem essas varas e essas cordas? – perguntou Raquel.

– São os pentes – disse Sibila. – Os pinos mantêm a urdidura no lugar para que a trama possa se movimentar entre os fios com facilidade.

Ela puxou uma das varas em sua direção e pegou toda a urdidura de fios com essa vara. Manipulou a naveta pela urdidura, soltou a vara e puxou a outra que carregava a outra metade da urdidura em sua direção. Em seguida, fez a naveta voltar para o outro lado e empurrou a trama na direção do chão.

Raquel e Salomão observavam enquanto Sibila repetia lentamente o movimento diversas vezes. No segundo tear, onde a filha de Sibila fazia a mesma coisa com muito mais rapidez, o tecido crescia a olhos vistos.

– Então, esses são os pentes. – Raquel apontou para a vara. – E a corda deve formar as calas.

– *Oui*, essas calas do pente é que separam os fios da urdidura para que a trama se movimente perfeitamente entre eles. – Salomão balançou a cabeça. – Isso é bem mais eficiente que passar a trama entre cada fio da urdidura manualmente.

Raquel examinou o pano quase terminado do segundo tear.

– E o que acontece quando o pano está pronto?

– Ou o vendemos para um tintureiro que o tinge e vende para um mercador de panos, ou mantemos o linho na cor natural e o negociamos diretamente, sem intermediários.

– Agora já sabemos o que são pentes e calas – disse Raquel, enquanto caminhava com Salomão pela rua. – Mas ainda não sei o que significa esticar.

– Acho que é a maneira com que se prende a trama ao tear. Esse passo vem antes das calas, e pude ver os fios da trama esticados por causa dos pesos que eles têm na extremidade.

– Mas não sabemos se atualmente o esticar vem antes das calas. Segundo a *Mishna*, tingir vem antes de fiar, mas atualmente o tingimento vem muito depois.

Salomão suspirou.

– Talvez aprendamos o que é esticar quando virmos o tear de Alette. – Ele olhou para Raquel desapontado, quando ela virou à esquerda, ao chegar à esquina. – Não vem comigo para a vinícola?

– Hoje não, papai. Miriam vai examinar um bebê que fez o *brit milá* com ela, e terei de ficar em casa para vender nosso vinho.

Geralmente por volta de outubro, enquanto a nova colheita de uvas fermentava na adega da família, restava muito pouco vinho do ano anterior. Raquel e Miriam deviam então calcular a quantidade necessária para suprir a comunidade judaica até *Hanucá*, quando era aberta a venda para o novo vinho. Qualquer vinho extra, e havia anos que não sobrava nada, elas vendiam muito caro.

– *Ma fille*, então a verei na *souper*.

Raquel mal teve tempo de ir ao banheiro (graças aos céus, Anna conhecia um lugar secreto perto do rio onde o musgo brotava até no final do verão), lavar as mãos (o demônio Shayd shel Bet-Kisay poderia entrar no seu corpo por meio das mãos sujas) e verificar se as janelas tinham de ser abertas ou fechadas para manter a temperatura adequada, quando ouviu a mãe chamá-la.

– Raquel, você ainda está na adega? Anna disse que o novo despenseiro do conde está vindo aí.

Raquel ajeitou o cabelo, resmungando.

– *Oui*, mamãe; estou aqui.

Fazia três anos, desde a morte do conde Thibault, que Raoul era o despenseiro do jovem conde Eudes, mas a mãe ainda o chamava de novo despenseiro. Apesar dos esforços de Raquel para não ficar a sós com os homens, e muito menos com os cabelos descobertos, esse não era o caminho a se tomar com um funcionário importante.

Nas duas primeiras vezes que Raoul comprara vinho para a mesa do conde, ela e Miriam o serviram de acordo com a alta posição que ele tinha. A terceira visita ocorreu antes do que elas esperavam, quando Miriam estava ausente e ele não só levou mais tempo do que o necessário, como também pagou um preço mais alto que o habitual. Na quarta visita, ele requisitou Raquel e, ao vê-la com as tranças cobertas, perguntou se ela realmente precisava usar o véu dentro de casa.

Raoul passou a frequentar a adega de Salomão bem mais que os outros despenseiros de Thibault, e sempre requisitava Raquel. Ele só cobrava o dízimo de vinho da adega de Salomão, se bem que devia suspeitar de que a família estocava mais vinho em outro lugar. Mas se calou. Em agradecimento, Raquel passou a recebê-lo com as tranças descobertas e um sorriso aberto.

Soaram passos apressados na escada que dava na adega, e Raquel olhou para cima e flagrou a mãe a procurá-la em meio à penumbra do recinto com uma expressão aflita. O rosto de Rivka era a própria máscara do medo, o que Raquel não via desde que Shibeta iniciara o seu ataque.

– *Mon Dieu*, mamãe. O que houve?

– Raoul não está sozinho – sibilou Rivka, agoniada. – Ele está com o conde, em carne e osso.

Oito

aquel engoliu o nó que lhe apertava a garganta. *O que Eudes está fazendo aqui?* Mal teve tempo de ajeitar o *bliaut* quando ouviu os homens no topo da escada, recusando os agrados que a mãe lhes oferecia. Então surgiram dois pares de botas bem polidas nos degraus da escada, seguidas de dois pares de pernas masculinas vestidas por finas e apertadas calças de seda cobertas à altura dos joelhos por *cotes*, um azul e o outro escarlate. Obviamente, Eudes é que vestia a túnica escarlate, a tintura mais valiosa de Troyes. Somente a tintura púrpura de Tiro, extraída das conchas múrex, um marisco raro que habitava as costas do mar Mediterrâneo, era mais cara que o escarlate, mas era difícil encontrá-la fora de Levante.

Raquel estava certa de como se dirigir a um conde, fez então uma pequena reverência e aguardou. O jovem conde tinha cabelos castanhos brilhantes, cortados curtos conforme a moda, e uma barba espessa e muito bem aparada. Apesar dos seus vinte e dois anos, tinha uma aparência de adolescente. Ela o acharia bonito se não fosse pelo sorriso aberto com dentes que mais pareciam uma cerca de fazenda: uma fileira de pedras irregulares.

Pela primeira vez na vida, o sorriso de um homem assustou-a. Eudes olhou para ela com a segurança de um lobo que está prestes a abocanhar uma ovelha distraída. Talvez ele não estivesse com fome naquele momento, mas sabia muito bem o que queria comer mais tarde.

Por outro lado, Raoul nunca se mostrara tão nervoso. Seus olhos corriam entre Eudes, Raquel e os barris de vinho, enquanto o conde zanzava pela adega. Até que ele se deu conta de que Raquel e o conde esperavam pelas devidas apresentações.

– Vossa Alteza, esta é a senhora Raquel, filha de Salomão, o negociante de vinho. – A voz dele soou mais estridente que de costume.

Raquel repetiu a reverência, dessa vez de um modo mais compenetrado.

– Vossa Alteza, é uma honra recebê-lo na adega de minha família. Eudes ainda percorria a adega, como se registrando tudo o que havia ali.

– Raoul me falou que vocês não têm vinho Lagar à disposição. Raquel não queria dar ao conde um tratamento diferente do que dava aos outros clientes.

– É verdade. É o nosso vinho mais popular, apesar de ser o mais caro.

– Não é engraçado que o vinho Lagar que se derrama por si mesmo do tanque e requer menos trabalho que o vinho extraído por prensagem seja mais caro? – ele perguntou.

Raoul permaneceu mudo, mas Raquel encarou o conde.

– Grande parte do trabalho nas vinícolas ocorre nos meses que antecedem a colocação das uvas nos tanques, de modo que a produção do vinho Lagar não é muito menos trabalhosa que a do vinho extraído pela prensagem. – Ela não queria que ele se sentisse ofendido com a resposta e acrescentou com um sorriso. – Mas a verdade é que o comprador se interessa mais pelo sabor do vinho que pelo esforço na sua produção.

Eudes passou a mão pelo cabelo.

– Perspicácia. Eu gosto disso na mulher.

Raquel conteve a tentação de sorrir e dar uma resposta sedutora. Aquele homem era o soberano de Champagne, todos os habitantes da região pertenciam a ele – homens e mulheres. Teria de controlar sua forma de agir com todo cuidado.

Assim, manteve o tom profissional.

– Vossa Alteza gostaria de uma amostra do vinho prensado? Dispomos de algumas que foram extraídas das uvas da nossa própria vinícola e de outras da abadia de Montier-la-Celle.

– O vinho produzido pela abadia não me interessa. Só estou seduzido por sua própria vinha. – O sorriso afetado de Eudes deixou bem claro que ele não se referia ao vinho.

– Mas o nosso melhor produto já se esgotou – ela replicou educadamente. – Por certo, nada mais seria apropriado ao refinado paladar de Vossa Alteza.

– Eu gostaria de provar qualquer coisa disponível na vinícola de vocês. Amanhã você irá cavalgar comigo e levará uma garrafa com o vinho de seu pai. – O convite de Eudes era na verdade uma ordem.

Raoul engoliu em seco, mas Raquel ficou em silêncio enquanto pensava freneticamente numa desculpa.

– Lamento muito, Vossa Alteza, mas não poderei cavalgar com o senhor. – Antes que ele manifestasse seu desagrado, ela sorriu e acrescentou: – Estou grávida e não há cavalo manso o suficiente para cavalgar nessa condição. A melhor égua de tia Sarah morrera anos antes, o que obrigara Miriam a alugar inúmeros animais que ficavam a dever bastante à égua.

– Pedirei a meu mestre de estábulo que encontre o cavalo mais manso de Troyes. – Ele acenou com a cabeça e começou a subir a escada. – Trarei sua montaria quando os sinos badalarem a terça depois de amanhã.

Raquel acompanhou os homens pelo pátio.

– Certamente Vossa Alteza me permitirá fazer minhas preces matinais primeiro – ela disse com doçura.

Eudes fez uma careta.

– E quanto tempo isso leva?

Ela sabia que era melhor dizer a verdade – o conde acabaria por descobrir o horário do término dos serviços.

– Talvez uma hora depois da terça.

– Muito bem – ele disse, batendo o portão atrás de si.

Com o coração acelerado, Raquel soltou o ar que só então percebeu que estava contendo, e encostou-se pesadamente no muro. Eudes pretendia seduzi-la, talvez até no campo, durante a cavalgada. O que poderia fazer para impedi-lo?

Desesperada por um conselho, naquela noite Raquel recorreu à única pessoa com que poderia sempre contar.

– Ajude-me, papai – implorou depois que ele abençoou os filhos dela. – Como posso deixar de pecar com o conde... sem precisar matá-lo ou me matar?

– Sinceramente, não sei o que você deve fazer para escapar da atenção do nosso soberano, mas nossa lei diz que você não precisa matar ninguém para evitar o pecado. – Salomão se esforçou ao máximo para manter o autocontrole e esconder o receio que sentia. Por

mais abominável que fosse a possibilidade de Raquel se deitar com o conde, vê-la morta por contrariá-lo era muito pior. Estava determinado a ser um pilar de força para a filha, e para isso teria de se valer da Torá, a mais poderosa fonte de força.
– Mas o *baraita* do segundo capítulo do tratado *Pesachim* ensina exatamente isso – ela disse.

> Assim como uma donzela noiva pode tirar a vida do agressor para se proteger do estupro, a vítima do assassino também pode se proteger com a morte do potencial assassino. E da mesma forma que se diz que aquele que comete um homicídio deve morrer para não pecar, a donzela noiva também deve morrer para não pecar.

Salomão afagou o ombro da filha.
– Esse texto foi emendado. Da mesma forma que se diz que um homem que mata um outro precisa morrer para não fazer isso, um homem que se deita com uma mulher casada precisa morrer para não fazer isso. Mas como essa mulher não é considerada participante ativa, ela não é obrigada a sacrificar a própria vida – Salomão suspirou. – É um pequeno consolo, mas, se Eudes forçá-la a se submeter, você não terá cometido pecado.
– Se não enfrentá-lo, se me submeter e me deitar com ele, eu me tornarei proibida para o meu marido. – Raquel soltou um gemido. – Papai, o senhor sabe tanto quanto eu que uma mulher que se deita com outro homem durante o tempo de casada está proibida de retomar as relações com o marido. Independentemente de ser adúltera ou divorciada, ela não pode retornar para ele. Só há uma exceção, conforme está dito na *Mishna* do *Ketubot* referente às obrigações do marido para com a esposa:

> Se você for feita cativa, eu a resgatarei e a trarei de volta como minha esposa.

– Embora se presuma que a esposa tenha sido estuprada pelos raptores, é permitido que ela retorne para o marido, que deve trazê-la de volta.
– Tenho certeza de que há alguma coisa a respeito disso na *Guemará* do quarto capítulo do tratado *Ketubot*. – Salomão alisou a barba por um momento. – Creio que você não estudou isso.

Disse Rava: se ela foi coagida de início, mas consentiu no fim... mesmo assim, permite-se que ela volte para o marido.

– Submetendo-me a Eudes, não estarei consentindo de início? – *Non*, isso é diferente tanto para um bandido quanto para um rei. Eis o que essa mesma *Guemará* diz mais adiante:

> Disse Rav Yehuda: é permitido que mulheres capturadas por bandidos voltem para os maridos. Objetaram os rabinos: mas elas levam pão para eles e entregam flechas para eles. Rav Yehuda respondeu que elas os servem por medo. As mulheres são proibidas de voltar para os maridos quando são libertadas pelo bandidos e, mesmo assim, retornam para eles. Isso também se aplica para as cativas de um rei: permite-se que voltem para os maridos.

Salomão segurou a mão da filha e apertou-a delicadamente. Ele precisava transmitir apenas compaixão para ela e não o medo que o atormentava.

– A mulher que o rei escolhe para ser sua concubina também o serve por medo – ele acrescentou suavemente. – Então, mesmo que você se submeta, ainda será permitido que volte para o seu marido quando Eudes se cansar de você... o que rogo para que seja o mais rápido possível.

– Mas os *notzrim* seguem os mesmos dez mandamentos que seguimos. Ao cometer o adultério, Eudes incorrerá num pecado grave. – Os olhos de Raquel brilharam por alguns segundos. Talvez ela pudesse apelar ao pouco de religiosidade que o homem possuía.

Salomão sacudiu a cabeça em negativa.

– Jamais mencione o adultério para o conde. Ele poderia decidir se salvar do pecado tornando-a viúva.

Raquel, que até então reprimia as lágrimas, começou a chorar.

– Então, não tenho escolha. Partirei amanhã para Mayence e lá esperarei por Eliezer.

Durante muitos anos, Salomão temeu que a beleza da filha pudesse colocá-la em perigo, mas nunca imaginou que isso poderia deixar a todos em perigo. Pois se ela rejeitasse Eudes, ou simplesmente o tapeasse com desculpas que o enfurecessem, ele poderia... Salomão

estremeceu, negando-se a pensar em todas as punições terríveis que o soberano de Champagne poderia infligir aos judeus da comunidade.
– Ma fille – ele disse com doçura. – Seguramente, vocês e seus filhos teriam de abandonar Troyes para sempre, e toda a nossa família também teria de fugir.
– Deixando Joheved para trás em Ramerupt, colhendo o que semeei. – Raquel secou as lágrimas. – Pelo menos, posso tentar frustrar as tentativas de Eudes o máximo possível.
– E quando não for mais possível ludibriá-lo... – Salomão fez uma pausa para controlar as emoções. – É melhor se consultar com Miriam para não gerar um bastardo desse homem.
Dessa vez foi Raquel quem apertou a mão do pai.
– Não precisamos nos preocupar com isso. Eliezer já encheu o meu útero.

Raquel dedicou o resto do dia a visitar Moisés haCohen, o médico das cortes de Troyes e Ramerupt, e sua esposa Francesca. Eles deviam conhecer todas as fofocas a respeito da reputação de Eudes com as mulheres, e talvez pudessem aconselhá-la. E os médicos eram confiáveis porque mantinham as confidências em segredo.
– Eudes já tem uma amante, filha de um dos seus vassalos – disse Moisés enquanto servia um copo de vinho para Raquel. – Mas no momento a jovem está em estado avançado de gravidez, o que explica o súbito interesse dele por outra mulher.
Raquel arregalou os olhos. Talvez a misteriosa lady Marie fosse a amante do conde. Não era de espantar que tivesse joias tão valiosas.
– Bah. – Francesca golpeou o ar como se espantando uma mosca. – O conde nunca se contentou com apenas uma mulher.
– É verdade. – Moisés voltou-se para Raquel, balançando a cabeça em negativa. – Você não pode recusá-lo, mas tenho uma ideia que pode retardar os planos dele.
– Diga, então.
– A corte da condessa Adelaide recebeu alguns trovadores da Provença que estão cantando o "amor cortês", uma novidade nos casos entre homens e mulheres.
– Amor cortês? – Raquel fez uma expressão de descrédito. – Nunca ouvi falar disso, e olhe que já estive na Provença.
– Não sei se o amor cortês é popular na Provença, nem sei se existe por lá, mas é a última moda em Troyes. A condessa e suas damas de companhia insistem para que os cavaleiros participem.

– E de que forma essa nova diversão da condessa ajudaria a Raquel? – O cenho franzido de Francesca fez o marido retornar ao assunto principal.

– O amor cortês tem uma série de regras, muito bem elaboradas, por sinal, e a principal é quando o cavaleiro se devota a uma nobre casada, que por sua vez demonstra indiferença para preservar a própria reputação – explicou Moisés. – O código requer que, no momento em que a mulher aceite a corte do homem, ele deve se manter discreto e fiel, a despeito de todos os obstáculos.

– Isso não passa de um conjunto de regras para se cometer o adultério – retrucou Francesca, indignada.

– Eudes terá mais dificuldade para se manter fiel do que eu para fingir indiferença – disse Raquel.

– Exatamente. – O médico sorveu um gole de vinho. – Quando ele perceber que você está familiarizada com o amor cortês e espera que as regras sejam obedecidas, ele será obrigado a honrá-las.

– E se ele quebrar alguma regra, você terá uma desculpa para rejeitá-lo. – Francesca ergueu o copo de vinho com um ar triunfante.

– Mas eu não sou nobre. – O alívio que Raquel demonstrara pouco antes pareceu murchar. – Eudes não se sentirá obrigado a seguir as regras do amor cortês.

– O que importa é que ele é um nobre. E os franco-judeus têm status de cavaleiros. – Moisés fez uma pausa e acrescentou. – Além do mais, sua irmã é nobre, e isso a coloca na classe dela.

– Espero que essas regras não sejam muito complicadas de aprender até amanhã.

– Acredite, é bem mais fácil que o Talmud – ele disse. – Primeiro, o cavaleiro revela a atração secreta que sente pela dama, mas a apaixonada declaração de devoção só provoca a rejeição de uma dama virtuosa. Depois, ele faz diversas investidas com votos de fidelidade e lamentações a respeito do próprio sofrimento, e por fim se dedica à realização de atos galantes para conquistar o coração da dama. Tudo isso deve ser feito com máxima discrição; ninguém, a não ser a dama, pode saber do amor dele.

– E depois? – perguntou Raquel, já desconfiando do desfecho.

– Por último, o casal consuma a paixão secreta, acompanhada de inúmeros subterfúgios para manter a relação no mais completo segredo.

– E como termina esse amor cortês?

— Como qualquer outra paixão. — Moisés pousou o copo vazio sobre a mesa. — Um novo amor substitui o antigo.

Moisés, Francesca e Raquel arquitetaram alguns cenários para o amor cortês durante uma hora, até que a criada entrou na sala e anunciou a chegada do próximo paciente.

— *Merci* pelo vinho e pelo aconselhamento — disse Raquel, enquanto se despedia afetuosamente dos anfitriões. — Ambos foram excelentes.

— Espero que faça bom uso do meu conselho. — A expressão de Moisés se fez sombria. — Nunca se esqueça de que o conde Eudes tem total poder sobre nossa comunidade. Ele pode confiscar propriedades, incendiar vinícolas, estabelecer novos impostos, acabar com nossas posições rentáveis e até nos expulsar daqui, se quiser.

Raquel precisava de um tempo para pensar, de preferência em algum canto onde ninguém a incomodasse. Em vez de voltar para casa, caminhou até a vinícola. Ali, entre filas e mais filas de estacas das parreiras a serem arrancadas e empilhadas, avaliaria as várias estratégias, ensaiando as que poderiam ser mais instigantes para Eudes.

Ela o conduziria a uma feliz caçada de amor cortês, no início rejeitando-o com alegações de virtude e depois lhe impingindo tarefas e mais tarefas, cada qual mais árdua que a outra, até que ele finalmente se entregaria a um novo amor menos exigente. Com um pouco de sorte, a amante anterior lhe daria um filho homem, e ele voltaria alegremente para os braços dela.

Quando Raquel retornou da sinagoga não havia sinal de Eudes, e ela já ia guardar a garrafa de vinho, quando um estranho entrou cavalgando pelo pátio.

— Senhora Raquel? — perguntou.

— *Oui* — ela respondeu.

O homem desmontou e estendeu-lhe as rédeas da montaria.

— Vossa Alteza espera que esta égua seja suficientemente mansa para a senhora. Ele a está esperando no Portão St. Jacques.

Raquel pensou em rejeitar o animal logo de cara, mas depois achou melhor cavalgar um pouco. Ela deixou que o cavalariço a ajudasse a montar e deu algumas voltas pelo pátio para testar a montaria. O animal parecia manso, de modo que ela engoliu o medo e cavalgou pela rua. Graças aos céus, Eudes estava seguindo a regra básica do amor cortês — a discrição.

Ele a aguardava do outro lado das muralhas da cidade, acompanhado por diversos escudeiros e servos. Apontou para a garrafa atada à sela.

– Estou vendo que não esqueceu do vinho.

Ela esperou enquanto ele tomava um longo gole e arrotava de satisfação.

– De fato, é um excelente vinho – ele disse. – Eu nunca suspeitaria de que foi feito na prensa.

– *Merci*. Minha família trabalha muito para produzi-lo.

Eudes tocou o próprio cavalo com o calcanhar das botas e o grupo se pôs em marcha rumo à floresta, com os servos seguindo a distância.

– Talvez você possa me explicar por que este vinho é tão caro se comparado à cerveja. Os dois não são fermentados de frutos do campo?

– Não sou especialista em produção de cerveja, mas de acordo com minha irmã, lady Joheved de Ramerupt, o processo é muito simples – disse Raquel, contente pela oportunidade de fazê-lo lembrar-se do seu parentesco com a nobreza. – A cervejeira simplesmente adiciona grãos de cevada à água, aquece a mistura por algum tempo e depois deixa o cozimento fermentar por uma semana ou duas. Na realidade, qualquer cevada pode produzir uma boa cerveja, ao passo que um vinho de qualidade depende da excelência das uvas cultivadas com este propósito.

– Então o bom vinho depende mais da qualidade da uva que do vinicultor?

– A qualidade do vinho depende de ambos – disse Raquel. – Nenhum vinicultor, por mais habilidoso que seja, produz um bom vinho com uvas ruins, ao passo que um vinicultor ruim arruína boas uvas.

Raquel aproveitou e deu uma olhadela para trás. Para seu infortúnio, as muralhas da cidade já estavam distantes. Se gritasse, só seria ouvida pelos servos de Eudes. O conde estaria mesmo interessado na produção de vinho ou a conversa era uma forma de fazê-la abaixar a guarda? No entanto, quanto mais penetravam na floresta, a folhagem na rica profusão de cores do outono, mais Eudes lhe fazia perguntas a respeito da vinicultura. E parecia ouvi-la com interesse enquanto ela descrevia como podavam as videiras no inverno, direcionavam os novos ramos e aparavam o excesso de folhas que as

sombreavam na primavera, prendiam os ramos em treliças no verão e colhiam as uvas no outono.
Ela estava prestes a explicar como se pisavam as uvas dentro dos tanques, quando Eudes puxou as rédeas do cavalo para uma parada.
– Senhora Raquel, por muitas semanas ansiei por este dia, determinado a lhe dizer que penso continuamente em você. – Ele se virou e olhou nos olhos dela. – Seu amor pode me coroar com um diadema de rei.
Raquel já esperava por esse tipo de conversa, mas mesmo assim se surpreendeu quando ouviu essas palavras saírem dos lábios do conde. Ela se empertigou.
– Mas que estranho falcão é esse que ignora perdizes e faisões para buscar a presa entre os pardais – começou a falar.
Mesmo de coração acelerado, manteve um tom de voz sereno e continuou com a estranha formalidade ritualística do amor cortês.
– Estou honrada por saber que eu, uma mulher humilde, sou digna do amor de um conde, mas temo aceitar um homem de tão nobre família.
As sobrancelhas de Eudes se ergueram em sinal de surpresa, e aos poucos a expressão dele se transformou em respeito relutante.
– Todo homem procura um amor que o atraia. Claro que o voo do falcão é superior quando ele vai atrás de uma cotovia engenhosa do que quando persegue uma codorna gorda que corre em linha reta.
– Mas não é natural que um homem de tão alta estirpe ame uma mulher de uma origem mais baixa, e, se isso acontece, cedo ou tarde ele acabará por detestá-la. – Ela fez o cavalo dar meia-volta e se pôs a cavalgar na direção da cidade.
Eudes rapidamente alcançou-a.
– A excelência do amor que brota do deleite da beleza de uma mulher pertence a todas as classes e não é privilégio de uma estirpe.
Estaria o conde ameaçando-a, ao mencionar o privilégio de uma estirpe? Raquel teve de reprimir o medo para retrucar de modo adequado.
– Sua pressa parece violar um valor do amor cortês porque o amante sensato, ao conversar pela primeira vez com uma dama ainda desconhecida, não deve pedir especificamente por dádivas de amor, mas se mostrar feliz e cortês.
Eudes pareceu levar em conta essas palavras, e os dois cavalgaram em silêncio, enquanto ele elaborava uma resposta.

– Vejo agora que é verdade tudo o que ouvi dizer sobre você, pois sua resposta deixa claro que você é tão sábia quanto refinada em caráter.

– Todavia, eu acredito que diz isso porque pensa que desejo muitíssimo lhe conceder o que me pede. Portanto, há uma boa razão para que suspeite do seu amor. – Raquel sorriu intimamente. *Será que ele realmente acha que poderá me conquistar com esse tipo de conversa?* Eudes não era tão fácil de ser descartado.

– Se os meus sentimentos são muito fortes para resistir, rogo para que a necessidade seja a minha defesa contra a sua acusação de indignidade. Se falho no julgamento do amor, devo procurar o amor de uma mulher de grande sabedoria e valor para remediar o fato.

Eles estavam se aproximando das muralhas da cidade, e Raquel não tinha a menor intenção de atravessá-las ao lado do conde. Ele parecia disposto a participar do passatempo de amor cortês, talvez estivesse até se divertindo com aquilo, e ela não se atreveu a repudiá-lo sem rodeios.

– Ainda sim, pelos seus argumentos, você pode me levar a amá-lo – ela disse. – Há uma outra razão que me impede de fazê-lo. Vamos supor que você conquiste o meu amor. Se isso chegasse aos ouvidos dos outros, minha reputação estaria arruinada. Portanto, é melhor evitar se entregar a um caso do que sofrer tanto depois que será preciso terminá-lo logo após tê-lo começado.

– Só lhe peço para considerar a minha proposta e não rejeitar o amor de um conde, até porque somente um homem de tão alta estirpe está à altura de um amor como o seu.

Raquel se lembrou de como planejara retardar os planos dele.

– A mulher de quem se busca o amor ou deve prometê-lo para o pretendente ou negá-lo de saída. Mas, se ela está em dúvida quanto ao caráter do homem, deve lhe dizer: antes faça boas ações e só depois peça recompensa por elas.

Os sinos da igreja badalaram para anunciar o meio-dia e impediram Eudes de replicar. Pretendendo voltar a pé para casa, Raquel preparou-se para desmontar.

– Espere – disse Eudes. – Fique com o cavalo e amanhã poderemos cavalgar e discutir o assunto outra vez.

– Amanhã é nosso *Shabat*. – Era o primeiro teste. Eudes seria complacente com as limitações da religião de Raquel?

– Então cavalgaremos de novo na segunda-feira de manhã. – Ele se deteve, talvez se dando conta de que tinha sido um tanto autoritário para um amante cortês. – Se gostou do cavalo, peço-lhe que o aceite como uma pequena prova da minha afeição. – Ele sorriu diante de seu ar de espanto. – Espero ter na segunda-feira mais boas ações para o meu crédito.

Raquel assentiu e se despediu dele com um aceno. Perdida nos próprios pensamentos, ela quase passou do seu destino: os estábulos onde o cavalo de tia Sarah costumava ficar. Ela se preocupara tanto com as punições que poderia sofrer por rejeitar o conde que não passara por sua cabeça as recompensas que poderia receber por aceitá-lo. Era só lembrar-se daqueles diamantes que Marie ganhara dele.

Seria tão terrível assim ser amante do conde?

O próprio pai tinha dito que isso não seria um pecado e que Eliezer teria de ficar com ela depois. Mas o que poderia acontecer quando Eliezer retornasse no final do mês? Ela estremeceu enojada – como poderia ficar nesse vaivém entre a cama de Eudes e a do marido?

Nove

Durante três semanas, o conde Eudes cortejou Raquel com intenso fervor. Enviou mais presentes – perfumes, meias de seda, um colar e um par de brincos, ambos de pérolas. Nas diversas cavalgadas que faziam semanalmente, ele surgia com novas declarações de amor, enquanto ela descobria novas formas de desencorajá-lo, mas sem rejeitá-lo de todo. Mas com a proximidade da Feira de Inverno, Eudes se tornando cada vez mais impaciente, e Eliezer prestes a chegar, Raquel se deu conta de que era hora de tomar a decisão que tanto temia.

Quando os dois chegaram ao Portão de St. Jacques ao final da sua cavalgada das tardes, olhou para o conde com o que esperava que fosse uma expressão de adoração.

– Vossa Alteza, sua persistência e sua devoção realmente tocaram meu coração, e estou inclinada a aceitar sua proposta de amor.

– Eu me devotei a servi-la – Os olhos do conde faiscaram de desejo. – Nada me deixaria mais feliz que saber que os meus atos podem obter de você a recompensa que desejo.

Raquel respirou fundo.

– Só quero de você uma ação a mais, uma ação que requer grande nobreza de espírito.

Eudes olhou desconfiado, e ela então o pegou pela mão, algo que nunca fizera.

– Meu marido estará de volta a Troyes qualquer dia desses. Se você conseguir conter sua paixão até o final da Feira de Inverno, se conseguir esconder o seu amor a ponto de me fazer acreditar que ele morreu, então, quando o ano começar, e meu marido já tiver partido, eu serei sua.

– Hoje, sou o mais feliz dos homens. – Ele não tentou dissimular seu ar de triunfo. – Fique tranquila que o seu amor estará seguro comigo. – Inclinou-se para beijar a mão dela, e deixou transparecer que beijaria os lábios em seguida.

Raquel puxou a mão e recuou.

– Bom saber que minha resposta o deixou feliz, mas, para evitar que alguém tenha algum motivo de pensar coisas ruins sobre nós, é melhor que nossa conversa termine por aqui.

Ele tomou um gole de vinho do cantil que trazia preso à sela e ergueu-o num brinde a ela.

– Até o Ano-Novo, minha linda senhora Raquel. Esperarei ansioso para comemorá-lo com você.

Raquel suspirou de alívio e cavalgou na direção de casa. A égua seria deixada no estábulo para que todos pensassem que o animal pertencia a Miriam. Nos serviços da tarde, agradeceu ao Misericordioso por poupá-la por todo aquele tempo, e orou com fervor para que Eudes a esquecesse e nenhuma palavra de sua ligação com o conde chegasse aos ouvidos de Eliezer. Naquela noite, quando Eliezer chegou a Troyes, ela o recebeu com um entusiasmo maior do que quando escapara das mãos dos bandidos na Borgonha.

Com o retorno do marido, Raquel se mostrou ainda mais determinada a aprender como se tornar uma comerciante de tecidos. Não era apenas porque ela sentia sua falta enquanto Eliezer estava fora: os filhos também sofriam com a ausência do pai. A pequena Rivka mal se lembrava dele e Shemiah devia estar aprendendo a Torá com o pai. Se Eliezer continuasse a passar tanto tempo fora de casa, os filhos acabariam por ver em Judá e Salomão as figuras paternas. Mas o que mais amedrontava Raquel era o fato de que a cada viagem Eliezer corria o risco de não retornar.

Assim, Raquel sugeriu a Salomão que fossem visitar a viúva Alette para conhecer o tear dela.

– Se ganharmos o suficiente em Sefarad, Eliezer poderá usar o lucro para comprar o vermelho kermes e o índigo de Maghreb. – Os olhos de Raquel brilharam de excitação. – Os tecidos refinados trazem muito dinheiro, mas também requerem tingimento requintado.

Apesar de sua aflição por a filha estar enganando Eudes, Salomão não pôde conter o riso.

– Se este ano ganharmos um bom dinheiro na vinícola, talvez eu também possa investir no seu negócio.

– Oh, papai. – Ela o abraçou. – Isso seria maravilhoso. E se tivermos uma venda de vinhos excepcional, também poderemos comprar o roxo de Tiro.

Quando chegaram à casa de Alette, viram que Albert, o irmão dela, tecia enquanto o resto das irmãs e as vizinhas fiavam a lã.

– Precisamos de um grupo de oito para fiar linha o bastante para um tear – disse Alette para Salomão.

O espaço de trabalho da casa ficava na sala da frente, e o tear ocupava a maior parte dela. Diferentemente do tear vertical de Sibila, este parecia uma longa mesa. As muitas urdiduras de fios eram puxadas e esticadas no sentido paralelo e ao longo do tear, em direção à extremidade onde Albert estava sentado. No centro, viam-se duas molduras quadradas suspensas de forma perpendicular aos fios. Desses fios saíam pequenos anéis dependurados com um fio de urdidura que passava pelos outros. Albert segurava uma naveta parecida com a que Sibila tecia o linho.

– Para que servem as molduras? – perguntou Raquel, acrescentando em seguida para Salomão. – O Talmud não descreve nada parecido com isso.

– São os quadros de liço – disse Alette. – Os anéis mantêm os fios de urdidura no lugar para que a trama possa se mover com facilidade por entre eles.

Ela gesticulou para o irmão que, por sua vez, pressionou um pedal à base do tear. De repente, uma polia içou um dos quadros de liço e seus anéis levantaram metade da urdidura com ele. Albert passou a naveta por entre os fios de urdidura que estavam erguidos e a metade que restava na parte de baixo. Depois, acionou um outro pedal que fez o primeiro quadro de liço descer, e o outro se elevar.

Ele passou a naveta para o outro lado de imediato, e puxou a trama com força em sua direção. Da mesma forma que ocorrera com o linho de Sibila, eles observaram a lã de Alette se transformar em tecido com um ar maravilhado. Passado algum tempo, Albert fez uma pausa e enrolou a peça tecida numa vara que estava à frente, enquanto Alette desenrolava outros fios de urdidura de uma vara que estava na extremidade do tear.

Salomão sorriu em sinal de aprovação.

– Achei que o tear de Sibila era de qualidade, mas esse aqui é claramente mais avançado.

Albert assentiu com a cabeça.

– Podemos tecer com muito mais rapidez do que o fazíamos no velho tear vertical da minha irmã. Mas este precisa de um homem para trabalhar nele. Primeiro, para puxar a urdidura de fios o máximo possível e atá-los nas varas da extremidade...
– Isso significa que a urdidura de fios tem que ser forte o bastante para suportar a trama e elástica o bastante para esticar no quadro.
– Alette interrompeu a explicação do irmão. – Por isso, preferimos fiar nossos próprios fios, só assim podemos controlar a qualidade.
– Amarrar os fios da urdidura talvez seja o que a *Mishna* entende por "esticar" – sussurrou Raquel para Salomão.
– Meu irmão também é muito útil para erguer o pesado tecido que fica na extremidade do tear quando o pano está terminado. Mas precisamos principalmente dos seus braços compridos para podermos tecer um pano mais largo.
Albert abriu os braços e tocou nos dois lados do tear.
– Posso tentar? – perguntou Salomão.
Albert ofereceu o banco para o velho homem. Salomão pisou nos pedais algumas vezes e se pôs a observar atentamente enquanto um quadro se erguia e depois, o outro, cada qual carregando metade dos fios de urdidura. Ele abaixou o quadro apropriado, pegou a naveta e passou-a com cuidado pela metade da urdidura e em seguida passou-a pela outra metade com a outra mão.
Ele balançou a cabeça lentamente.
– Agora vejo o que você quer dizer.
Albert retomou o posto no tear. Raquel ficou hipnotizada enquanto o via bombeando os pedais, com os quadros de liço subindo e descendo e a naveta passando pela urdidura.
– De que tamanho fica o pano? – ela perguntou.
– De quarenta a cinquenta cúbitos mais ou menos – ele respondeu sem diminuir a velocidade do trabalho.
– E quanto tempo leva para tecer um pano assim?
– Umas duas semanas – disse Alette. – Nossa família produz cerca de vinte peças por ano; vinte e cinco com um pouco de sorte.
– Tenho uma proposta para fazer. – Raquel se dirigiu aos dois irmãos. – Vocês estariam dispostos a tecer para mim se eu fornecesse a lã?
Alette e Albert se entreolharam com um ar intrigado.
– Você compraria todo o pano que seria tecido? – ele perguntou.
Raquel abriu um largo sorriso.

– E vocês não teriam despesas.
– E onde fica o seu lucro? – perguntou Alette.
– Pagaremos pela peça e tiraremos o nosso lucro do pano terminado e tingido.

Enquanto caminhavam de volta para casa, a expressão orgulhosa no rosto do pai deixou claro para Raquel que ele tinha entendido a ideia.

– A propriedade de Joheved pode fornecer a lã, nós e a família de Alette podemos fiar, Albert pode tecer, e Eliezer pode importar as tintas. Depois, pagaremos a um tintureiro pela peça e venderemos o produto final na Feira de Tecidos.

Raquel segurou o braço de Salomão e elevou a voz de excitação.

– E depois contrataremos mais fiandeiras, e mais tecelões, e mais tintureiros, até ganharmos tanto dinheiro que Eliezer nunca mais terá que viajar.

Eudes cumpriu a palavra e deixou Raquel em paz durante o mês de novembro, enquanto Eliezer estava em casa. Ela estava agradecida por ter sido capaz de tirar os problemas com o conde da mente, mas logo surgiram outras preocupações. A mãe contraiu malária e deixou-a responsável pelos muitos convidados que jantavam com Salomão durante a feira. Ela e Miriam também tinham de supervisionar os criados enquanto eles limpavam a prensa de vinho, os utensílios, os tanques e os barris. Por nada no mundo poderiam deixar que sua negligência resultasse em odores indesejáveis.

Além disso, cada faca de poda tinha de ser limpa e afiada, e todas as palhas tinham de ser preparadas para amarrar as videiras na primavera. Mas essas tarefas requeriam pouco esforço intelectual, deixando Raquel vulnerável a uma crescente aflição em relação aos planos futuros de Eudes. Desesperada, solicitou a Miriam que discutisse o Talmud com ela enquanto trabalhavam.

A irmã concordou prontamente.

– Vamos rever a passagem sobre *Hanucá*.

– Achei que você já tivesse estudado essa parte com Joheved.

Miriam ruborizou-se.

– Nós começamos a estudá-la, mas paramos porque eu disse que era muito difícil. Agora, que estou mais experiente, gostaria de ver se é realmente difícil.

– Eu adoraria – disse Raquel, satisfeita por Miriam ter escolhido uma *sugia* tão instigante. – Só li os *kuntres* do papai, e sozinha.

Elas então se voltaram para o segundo capítulo do tratado *Shabat*, e logo iniciaram um debate sobre a ação que constituiria a *mitsvá* de *Hanucá*. Seria, como Raquel argumentava, o ato de colocar o castiçal em algum lugar onde pudesse ser visto para tornar público o milagre? Ou seria o ato de acender a chama?

> Disse Rabi Yehoshua ben Levi: um castiçal aceso para o *Shabat* que ardeu durante o dia inteiro deve ter a chama extinta ao terminar o *Shabat* para ser acesa de novo em *Hanucá*. Está bem se você diz que acender o castiçal constitui a *mitsvá*, mas se o ato de colocar é a *mitsvá*, *ele* deveria ter acrescentado "erga e depois abaixe o castiçal" antes de reacendê-lo.

– Não concordo com Rava – disse Raquel. – Se o ato de colocar fosse algo importante, não haveria necessidade de reacender o castiçal do *Shabat* em *Hanucá*. Bastaria deixá-lo arder e movê-lo para um lugar onde pudesse ser visto.

– A *Guemará* concorda. – Miriam apontou para o texto que encerrava o debate.

> Além disso, já que abençoamos antes de acender, dizendo "*Baruch ata Adonai*... Aquele que nos ordena a acender a luz da *Hanucá [ner shel Hanucá]*", nós concluímos que esse acender cumpre a *mitsvá*.

Raquel assentiu com a cabeça.

– Então, se colocar o castiçal perto da porta fosse realmente uma *mitsvá*, teríamos que dizer uma bênção sobre isso.

– O que não fazemos – disse Miriam.

De repente, Raquel arregalou os olhos.

– Miriam, é daí que se origina a bênção do *Shabat*. As palavras são exatamente as mesmas... Só que no *Shabat* dizemos "*ner shel Shabat*" e não "*ner shel Hanucá*".

– Do que está falando?

– Eu e Eliezer tivemos uma baita discussão sobre isso na casa da mãe dele. – Raquel elevou a voz, excitada. – Ele disse que as mulheres não deviam abençoar o castiçal do *Shabat* porque não há essa bênção no Talmud.

Miriam abriu um sorriso largo.
– E você nem ligou e fez a bênção.
– Claro que fiz, exatamente como vovó nos ensinou. Eu devia ter perguntado ao papai quando voltamos para casa. – Raquel deu de ombros. – Mas isso não importa mais. Já encontramos a bênção dentro do Talmud.
– Mas não é a mesma bênção.
– É quase a mesma. Só há uma palavra diferente. Veja mais abaixo da página. A bênção aparece de novo, só que desta vez a *Guemará* tem todas as palavras, não apenas as finais. – Raquel apontou para a página.

> Disse Rav Chiya bar Ashi em nome de Rav: aquele que acende o castiçal de *Hanucá* precisa fazer uma bênção.

Ela então seguiu a leitura:

> Que bênção ele deve dizer? Ele abençoa: *Baruch ata Adonai...* Aquele que nos santifica com Seus mandamentos e nos ordena a acender a luz de *Hanucá*. Mas onde Ele nos comanda?

– A questão dos sábios de como podemos ter um mandamento que nos obriga a acender a *menorá*, já que *Hanucá* nunca é mencionada na Torá – disse Miriam.
– Eu me lembro disso. – Raquel balançou a cabeça. – Para justificar isso, agora eles nos dão dois versos diferentes da Torá que nos ensinam que as *mitsvot* rabínicas são tão importantes quanto as *mitsvot* bíblicas.
– E que também temos que dizer bênçãos para essas *mitsvot*, tal como para os mandamentos da Torá – acrescentou Miriam.
– Espere, pulamos a parte referente às mulheres. – Raquel retomou a leitura.

> Certamente uma mulher pode acender o castiçal de *Hanucá*. Disse Rabi Yehoshua ben Levi: as mulheres são obrigadas à *mitsvá* da *Hanucá* porque elas estão envolvidas nesse milagre.

– Papai nos falou sobre uma judia que serviu como instrumento da libertação – disse Miriam. – Naqueles dias, as noivas tinham que perder a virgindade com o comandante grego da região. Então, quando a filha do sacerdote ficou noiva, o general exigiu que ela se deitasse com ele. Ela foi à tenda dele, serviu-lhe bastante vinho e, quando ele estava completamente bêbado, cortou-lhe a cabeça. Ao ver que seu general estava morto, o exército fugiu. Raquel não disse nada. A história da filha do sumo sacerdote soou nos ouvidos dela de um modo reconfortante. *Será que Miriam sabe?* Miriam, no entanto, continuou com um ar inocente.

– Ainda me lembro da conversa que tive com Joheved sobre isso. Foi logo depois do noivado dela com Meir, e perguntei-lhe o que faria se o conde Thibault insistisse em se deitar com ela.

– E o que ela respondeu? – Raquel tentou não parecer muito interessada.

– Ela achou que era uma ideia ridícula, principalmente porque Thibault era tão velho quanto a vovó Leia. Então lhe perguntei o que ela faria se tivéssemos um conde jovem, se ela o embebedaria e depois cortaria a cabeça dele.

– E aí? – perguntou Raquel. Ela estava prestes a contar tudo para Miriam. *Afinal, ela me procurou quando Judá quis se divorciar.* Mas, de certo modo, era mais fácil se abrir com pessoas relativamente estranhas, como o médico, do que com a família. Se contasse para Miriam, também teria de contar para a severa irmã mais velha.

– Joheved disse que, se um lorde instituísse tal política, nós teríamos que nos mudar.

– É fácil dizer isso quando você ainda é criança, quando não entende o que significa empacotar todas as suas coisas e se mudar. Raquel falou com tal veemência que Miriam olhou-a com um ar preocupado.

– Não tive a intenção de aborrecê-la. Achei que você queria falar sobre o assunto.

Raquel olhou dentro dos olhos generosos da irmã e suspirou.

– Como você descobriu?

– Você acha que eu não ficaria curiosa com aquele adorável cavalo novo que todos dizem no estábulo que me pertence? – Miriam devolveu a pergunta. – Resolvi segui-la quando me disseram que era você quem cavalgava aquela égua diversas vezes por semana.

Raquel cobriu o rosto com as mãos.

– *Mon Dieu.*

– Raquel, só lamento você não ter se aberto comigo.
– Não fiz nada pecaminoso.
– Sei que não – disse Miriam. – De acordo com o tratado *Ketubot*, uma mulher que é capturada por um rei para se deitar com ele não é uma pecadora.
Os olhos verdes de Raquel faiscaram.
– Mas não me deitei com o conde... ainda. Consegui descartá-lo até o término da Feira de Inverno. – Ela explicou como se valera das artimanhas do amor cortês para enrolar o conde Eudes por tanto tempo.
Miriam franziu a testa, mas depois a expressão se suavizou ao voltar-se para a irmã.
– Você acha que será bom ficar com ele? Afinal, segundo um dos provérbios do rei Salomão, a água roubada é doce, e o pão comido às escondidas é saboroso.
Raquel hesitou. Era uma pergunta que jamais pensaria em ouvir de sua pia irmã, uma pergunta que ela mesma tinha medo de se fazer. Deitar-se com Eudes significava não ter de padecer por meses a fio de desejo e frustração, enquanto o marido estivesse em viagem.
– Talvez... se ele for carinhoso. – Raquel fez uma careta. – Mas detesto pensar que não tenho escolha, e que não posso recusá-lo.
– Se houvesse escolha, aí, sim, seria adultério, e você não faria isso. – A lógica de Miriam era irretocável. – Pelo menos, você não é virgem como a filha do sumo sacerdote.
Raquel estremeceu.
– Graças aos céus.

Elas ainda estavam estudando o tratado *Shabat* quando a família de Joheved chegou para *Hanucá*; ainda assim, Raquel tivera menos tempo para estudar antes. Graças ao judicioso uso do heléboro negro que Moisés haCohen prescrevera, a mãe se recuperara da febre, mas crises de tonteira ainda a afligiam. O momento não poderia ter sido pior. Além dos alunos da *yeshivá*, inúmeros eruditos mercadores estrangeiros também precisaram ser acolhidos durante o festival. Cada uma das oito noites da *Hanucá* exigia um outro banquete, por mais que se esperasse que as mulheres fossem poupadas de trabalhar durante as festas, como uma recompensa pela façanha da filha do sumo sacerdote.

Só quando Moisés haCohen e Francesca chegaram para a *souper* uma noite é que Raquel se permitiu ter uma conversa particular com eles.

– Qual é a fofoca sobre a corte que vocês andam ouvindo? – ela perguntou ansiosa.

Francesca segurou as mãos de Raquel.

– O conde Eudes tem um novo amor, uma das damas de companhia da mãe dele. Portanto, é bem possível que já tenha se esquecido de você.

– Isso não passa de fofoca. – Moisés franziu a testa. – O que sei com certeza é que a antiga amante dele morreu algumas semanas atrás ao dar à luz, e também sei que ele recusou categoricamente quando alguém sugeriu que fosse chamada uma parteira judia.

Raquel vacilou.

– Então, não sabemos se o conde realmente me esqueceu, ou se está obedecendo aos meus desejos. – Será que Eudes tinha deixado a amante morrer para não correr o risco de Raquel saber dela? E ele seria insensível a ponto de assumir uma nova amante com o corpo da outra ainda quente sob a terra.

– O fato de que ele anda cortejando uma outra dama não é mera fofoca – insistiu Francesca. – Ele não tem sido fiel a você.

– Não acho que você podia exigir-lhe isso – advertiu Moisés.

– Vocês três, venham. O sol já se pôs – chamou Eliezer do salão. – Temos que acender o castiçal de *Hanucá* antes que as estrelas surjam no céu.

A família reuniu-se perto da porta de entrada, onde a enorme *menorá* de prata da avó Leia ladeava uma outra de bronze toda ornamentada que Moisés comprara em Bavel quando estudava medicina. Decidida a desfrutar aqueles momentos com o marido e os filhos, Raquel riu quando Eliezer carregou a pequena Rivka nos ombros para assistir enquanto Salomão media o azeite e depois o despejava nos quatro pequenos bojos da *menorá* de prata, três alinhados ao lado um do outro e o quarto um pouco acima. Depois de Moisés repetir o gesto, eles entoaram as bênçãos, acenderam o pavio da vela mais alta e, por fim, as outras três.

Os netos mais velhos de Salomão tinham estudado a *Hanucá*, e ergueram os braços em polvorosa enquanto ele lhes fazia perguntas, todas adequadas à idade.

Para os adolescentes Isaac, Shmuel e Yom Tov, Salomão colocou perguntas cujas respostas se encontravam no tratado *Shabat*.

– Por que colocamos a *menorá* perto da porta?
– Rava afirma que isso é para tornar público o milagre.
– Podemos colocá-la em qualquer dos lados da porta?
– Rav Shmuel afirma que deve ser colocada no lado esquerdo.
– Por quê?
– Com a *mezuzá* dependurada no lado direito, estaremos cercados pelas *mitsvot*.

Para Elisha, o neto de cinco anos de idade, ele perguntou:
– Nossa *menorá* tem quantas chamas? Conte-as comigo.
– Uma, duas, três, quatro – disse o filho caçula de Miriam. Alvina e a pequena Rivka repetiam as palavras dele.
– Estamos em que noite de *Hanucá*?
– Na terceira – responderam Leia e Shemiah, ambos com sete anos de idade, em uníssono.
– Então, por que a vela extra?

Antes que os meninos mais velhos respondessem de novo, Hannah se ergueu para falar. No auge da puberdade, ela era mais alta que seu irmão Shmuel e quase tão alta quanto Isaac.
– A chama da *menorá* é para tornar público o milagre. Não é permitido usá-la para ler ou para iluminar a casa. Por isso, adicionamos uma vela extra, cuja luz pode ser usada por nós.
– Também somos proibidos de usar uma das velas da *Hanucá* para acender uma outra – acrescentou Shmuel. – Para isso usamos essa vela extra.

Salomão voltou-se para Shimson, o filho do meio de Miriam.
– Por que esse festival se chama *Hanucá*?
– *Hanucá* é uma palavra hebraica que significa consagração – respondeu o menino de oito anos. – Depois de vencer os gregos, os hasmoneus tiveram que fazer uma nova consagração do Templo de Jerusalém que tinha sido corrompido pelo inimigo.
– E o que aconteceu quando os hasmoneus começaram a reconsagrar o templo? – Salomão apontou para Leia e Shemiah.
– Só havia azeite disponível para um dia – apressou-se Shemiah em responder, os cachos dos seus cabelos castanhos balançando de tanta excitação. – Mas aconteceu um milagre, e o azeite durou oito dias.

O rosto de Leia se crispou quando o primo roubou-lhe a vez de responder, de modo que Salomão pegou-a no colo e perguntou:
– Mas por que eles precisavam que o azeite durasse oito dias? Ela sorriu para ele.

– Porque eles precisavam de oito dias para fazer mais azeite. Shmuel estava prestes a falar outra vez quando Salomão o interrompeu.
– Já basta de perguntas. Agora é hora de comer. – Os rabinos do Talmud apresentavam diversas razões para os oito dias do festival, mas ele deixaria isso para outra noite.

Todos se dirigiram avidamente para a mesa de jantar.

– Eu tenho uma pergunta para a mamãe – disse Raquel enquanto as criadas traziam as travessas de comida. – Por que sempre temos ganso ou pato em *Hanucá*? São tão caros nesta época do ano...

Apesar da tonteira, Rivka se levantara da cama para partilhar a refeição festiva com a família, e franziu a testa com a pergunta da filha.

– Se você passasse mais tempo na cozinha, saberia que os gansos e os patos são as aves mais gordas e que delas extraímos a gordura para as frituras de todo o inverno. – Com o tempo frio, a gordura estocada durava até *Pessach*.

– No meu tempo de estudante pobre na *yeshivá*, não tínhamos dinheiro para comer ganso em *Hanucá*. – Salomão tentava amenizar a resposta dura da esposa. – Agora que nossa família está mais próspera, quero compensar toda a boa comida que não tivemos.

Eliezer sorriu satisfeito.

– Se não fosse pela gordura do ganso, como faríamos todas as frituras que adoramos comer nessa época, principalmente o maravilhoso *grimseli* que sua mãe prepara? – Ele pegou uma casca da massa frita e mergulhou-a na compota de morango, lambendo os beiços.

– Já que estamos celebrando o milagre da abundância do azeite, nada se encaixa melhor que desfrutar dessas comidas cozidas com ele. – Salomão sorriu para Raquel, sussurrou uma breve bênção e serviu-se de uma travessa de nozes fritas com mel. – E muito obrigado por você ter feito essa sobremesa que eu adoro.

– *Rabenu* Salomão, por que o senhor abençoou a sobremesa? – perguntou Judita, a filha de Moisés. – Eu achava que a bênção do pão se estendia para toda a refeição.

– Você está certa. Mas também abençoamos o vinho pela felicidade especial que nos traz, e assim abençoo essas nozes fritas pela felicidade especial que também me trazem. – Ele levou uma noz à boca e abriu um largo sorriso. – Agora que é noiva do meu Isaac, você deve me chamar de vovô.

Judita corou.

– *Oui...* vovô.

Depois que a *menorá* consumiu todo o seu azeite, a família permaneceu à mesa, cantando músicas de *Hanucá* e lançando charadas uns para os outros. Raquel levou a filha sonolenta para a cama, embalou-a com cantigas de ninar, lembrando-se de Eliezer e Shemiah, rindo divertidos enquanto apostavam nozes num dos tradicionais jogos de *Hanucá*. Ao descer a escada para se juntar a eles, se deu conta de que passara quase a noite toda sem se preocupar com Eudes.

A tranquilidade de Raquel terminou com a visita habitual de Raoul após *Hanucá*, para provar a nova safra de vinho. Esperando-o na segunda-feira após a festa, deixou a sinagoga logo depois do final dos serviços. A safra estava ótima e ela achava que pelo bom relacionamento que mantinha com o conde, Raoul se apoderaria de muito pouco vinho.

A mãe e Anna já tinham saído para as compras, quando Raquel ouviu o portão do pátio se abrir. Espiou da janela da cozinha e se horrorizou quando viu que Eudes e Raoul se aproximavam da porta de entrada.

– Vossa Alteza, que prazer vê-lo aqui – ela mentiu.

As palavras de Eudes não a tranquilizaram.

– Raoul, fique aí e me avise quando alguém se aproximar. – Ele voltou-se para Raquel. – Vamos ver as delícias que me aguardam na adega.

Raquel conduziu o conde pela escada abaixo, com a garganta apertada de medo. Tão logo eles chegaram ao último degrau, ele se aproximou e pegou-a pela mão.

– Meu coração arde de desejo por você. E já que você vale o amor de um conde, não pode abster-se de me amar.

– Mas suas ações provaram que não é merecedor do meu amor. Você deu o seu amor para uma outra.

O rosto de Eudes se tornou sombrio, e ele apertou sua mão a ponto de doer.

– Só segui seu desejo, comportando-me de tal forma que ninguém pudesse suspeitar de alguma coisa entre nós dois.

– Mas não se manteve fiel a mim. Você prometeu esperar até o Ano-Novo. – A garganta de Raquel estava tão apertada de medo que ela mal conseguia falar, e pela primeira vez, em toda a gravidez, a náusea a tomou por inteira.

Eudes pegou-a pelos ombros e a fez olhar para ele.
— Chega dessa brincadeira de amor cortês. Já cansei disso. Se não está disposta a prestar os serviços que tanto agradariam ao seu soberano, pelo menos tome cuidado para não ofendê-lo.

Antes que Raquel pudesse retrucar, ele puxou-a para si e grudou seus lábios nos dela. Raquel tentou sufocar a repulsa e retribuir o beijo, mas Eudes tinha um hálito horrendo. Com todo aquele enjoo, não levaria muito tempo para ela começar a vomitar. Foi salva por Raoul que os chamou do topo da escada.

— Vossa Alteza, a mulher do negociante está voltando com a criada.

Eudes recuou, e Raquel se agarrou ao barril mais próximo, para se equilibrar. Não tinha mais escolha agora, apesar de achar repugnante o toque daquele homem.

— Não tive a intenção de ofendê-lo, Vossa Alteza. Se puder ser paciente até o Ano-Novo, tempo suficiente para o meu mal-estar melhorar, serei a serva mais disposta e obediente que já teve.

— Como prefiro amantes saudáveis e dóceis, esperarei por algumas semanas. — A voz dele endureceu. — Mas, querendo ou não, você irá para a cama comigo no Ano-Novo.

Lá fora, agachado próximo da janela entreaberta da adega, Eliezer tentava conter o ímpeto de correr até a porta da frente e matar o conde. O estranho comportamento de Raquel, tão esquivo e sobressaltado, o fizera procurar Miriam e Salomão. O que eles lhe disseram faria o sangue de qualquer marido congelar, e agora ele tinha a prova de que precisava.

A lei judaica permitia ao homem matar aquele que o perseguisse ou a sua família com más intenções, e o incitava a fazer isso para impedir o estupro de uma mulher casada. Por isso mesmo, a decisão de Eliezer não era a respeito do que fazer, mas como e, mais importante, quando.

Dez

Foi praticamente impossível apagar a lembrança repugnante dos lábios de Eudes colados nos dela. Naquela semana, toda vez que Raquel tremia de prazer nos braços de Eliezer, se convencia ainda mais de que não poderia trair o marido com o soberano. Se aquilo tivesse de acontecer, ela preferiria morrer a ir para a cama com Eudes. Mas por que teria de morrer, se o perseguidor era ele? Por que teria de morrer se, de acordo com o Talmud, deitar-se com um conde não era nem mesmo considerado pecado?

Salomão tinha dito que, da mesma forma que a vítima de um assassino podia se salvar se matasse o seu provável assassino, a mulher casada também podia se salvar de um estupro tirando a vida do seu agressor. A filha do sumo sacerdote não tinha matado o comandante grego em circunstâncias similares?

Mas como ela podia tirar a vida de um homem? Ele só queria se deitar com ela e não feri-la.

Mas se eu não matá-lo, terei que me deitar com ele – e não uma única vez, mas quantas vezes ele quiser, a despeito das coisas horríveis que queira fazer comigo. E quando os outros descobrirem, tanto a minha reputação como a do meu marido e até a do meu pai estarão arruinadas.

Quando o estoque de racionalizações chegou ao fim, Raquel concluiu o seguinte: se não era pecado deitar com Eudes, também não era pecado matá-lo. E ela preferiria ver o conde morto a se submeter a seus abraços. Já tendo optado por isso, decidiu pedir a ajuda de Moisés haCohen.

Ela obrigou-se a esperar até o período da sangria mensal de Judá, quando Eliezer estaria ocupado fechando negócios no final da Feira de Inverno. Enfureceu-se de frustração quando se deu conta de que o médico permanecera no consultório para também fazer uma sangria no pai dela. Por ter mais de cinquenta anos, Salomão geralmente passava por sangrias mês sim, mês não, como o Talmud recomendava, mas, como o mês seguinte, o *Shevat*, não era considerado auspicioso, ele optou por se submeter ao procedimento duas vezes em dois meses e não apenas uma em três meses. Com toda a comida e bebida que consumira durante *Hanucá*, sentia-se forte o bastante para a sangria.

Justamente quando Raquel pensou que teria um momento a sós com Moisés, ele sugeriu que Rivka também se submetesse a uma sangria, já que ela não mais se livrava do excesso de sementes apodrecidas pela menstruação. Talvez a sangria ajudasse a aliviar as tonteiras que a atormentavam. Raquel perambulou pelo pátio até ele aparecer.

– Moisés, preciso urgentemente de seu conselho num assunto particular. – Sua voz estava trêmula. – Não posso correr o risco de ser ouvida e muito menos de ser vista entrando na sua casa.

A sobrancelha direita do médico ergueu-se de um modo engraçado.

– Que bobagem! Você tem todo o direito de me consultar sobre a doença da sua mãe. Lá no meu salão, teremos toda a privacidade de que precisamos.

Tão logo Moisés fechou a pesada porta do consultório, Raquel desandou a falar.

– Preciso de um veneno que tenha efeito rápido e imperceptível.

O médico parou por alguns segundos para pensar no que ouvira.

– A vítima deve morrer imediatamente ou simplesmente se tornar incapaz e morrer mais tarde?

– Isso não importa, contanto que ele não possa me acusar de tê-lo envenenado.

– E para quando precisa disso?

– No Ano-Novo, de preferência um pouco antes.

Moisés cravou os olhos no teto.

– Presumo que se trata de um caso que envolve o assassinato de um perseguidor que lhe quer fazer mal. E também presumo que para chegar a essa conclusão você pesou tudo com muito cuidado.

Raquel balançou a cabeça.

– Pensei até demais. Talvez nem venha a precisar desse veneno, mas preciso tê-lo à mão.

– Primeiro, há muitas questões que devemos discutir, e que preciso lhe explicar. – Até agora, seu rosto não denunciara o menor sinal de apreensão.

– Você vai me ajudar? – ela sussurrou.

– Já que a sua situação é tão calamitosa... Raquel suspirou de alívio.

– Achei que você podia ser um especialista em venenos.

– Nunca ajudei nenhum envenenador. – Ela o olhou com desânimo, e ele acrescentou. – Mas no meu tempo de estudante, em Bavel, me dediquei durante muitos anos aos efeitos dos venenos e seus antídotos. O veneno é a arma preferida dos assassinos de Levante, e todo médico da corte tem que se especializar no assunto. Para sua sorte, pouquíssimas pessoas na França têm esse conhecimento.

Ela estava mesmo com sorte. As habilidades do médico lhe davam uma grande oportunidade de envenenar o conde Eudes sem ser descoberta. Respirou profundamente, e se pôs a explicar o possível cenário.

– Ficarei a sós com um homem e eu mesma poderei ministrar-lhe o veneno, provavelmente no final da tarde.

– Isso quer dizer que haverá comida e vinho.

– Eu levarei o vinho – disse Raquel.

– *Oui*, mas se houver qualquer vestígio de veneno, seu vinho será a primeira coisa a levantar suspeita.

Raquel soltou um suspiro.

– Mas eu também não poderia beber o vinho envenenado e depois receber o antídoto?

– Eu descartaria essa ideia – ele replicou. – Francesca me disse que você está esperando um bebê.

Ela assentiu.

– Para a primavera.

– Talvez fosse melhor oferecer primeiro um pouco do vinho para os criados e depois colocar o veneno na taça dele. Se você colocar veneno na comida dele, terá que lavar a louça depois, e isso vai parecer estranho.

– Precisa ser um veneno fulminante. Se ele morrer nessa noite, o corpo só será descoberto na manhã seguinte.

– Poderíamos usar óleo de poejo. Sua irmã deve tê-lo porque o administra nos casos de gravidez indesejada. Assim, não precisaríamos recorrer a um boticário. – Moisés parou para pensar. – Mas uma dose letal causa uma dor horrível, e ele poderia gritar tão alto que todos na casa ficariam alarmados.

– E que tal arsênico?

– Arsênico é para envenenamento de longo prazo e não é isso que você quer – ele disse. – Deixe-me pensar. Dedaleira, acônito e beladona funcionam, mas são venenos que causam alucinações e convulsões. E você não quer ser ferida por ele.

Raquel pensou por um momento.

– Você tem ópio? – O ópio era um sonífero comum em Maghreb.

– O ópio é uma possibilidade. Mas as pessoas podem questionar o fato de um jovem sadio ir dormir e não acordar no dia seguinte.

– E cicuta? – *Será que não há um só veneno que sirva para esse médico?*

– *Non*. Paralisa os braços e as pernas, mas não a boca. Ele gritaria por socorro.

– O que pode ser então?

– Eu tenho aqui... meimendro. – Moisés balançou a cabeça, satisfeito. – É uma planta conhecida pelo efeito afrodisíaco quando adicionada ao vinho, e ninguém se surpreenderá se um jovem exagerar acidentalmente a dose ao receber a visita de uma mulher.

– Posso sugerir que ele use um pouquinho, e na hora adiciono uma dose abundante na taça de vinho. – Sentiu-se profundamente aliviada. – Ele nunca suspeitará de que não tenho a menor vontade de estar com ele.

– Sugiro que também pegue um pouco do helébor-negro da sua mãe – disse Moisés. – Com toda certeza, a mistura dessas duas plantas o matará. Mas tome muito cuidado para não ingerir o vinho, Raquel.

– *Merci, merci*. – Raquel beijou a mão do médico antes de sair. – Você é um anjo. – *O Anjo da Morte*, ela pensou ao se virar para a porta, *mas ainda assim um anjo*.

O bom humor de Raquel só durou uma semana. Nos últimos dias da Feira de Inverno, ela e Eliezer se encontraram com Nissim, o comerciante de tecidos. Embora intrigado com o plano da esposa de torná-los comerciantes de tecidos, Eliezer não partilhava do mesmo entusiasmo dela. Havia muitas perguntas não respondidas, muitas possíveis ciladas. Além disso, ele não estava certo se gostaria de desistir das visitas a Sefarad. A verdade é que só queria ver a esposa feliz quando aceitou consultar um especialista em tecidos.

O cabelo de Nissim estava mais grisalho do que ruivo, mas ele continuava tão sardento quanto vinte anos antes, quando ofereceu os primeiros cortes luxuosos de lã para a família de Salomão em troca de vinho. A partir daí, passou a comprar o vinho do rabino, e entre os judeus de Flandres, sua terra natal, sempre havia alguém disposto a comprá-lo. Eis por que não lhe desagradou sacrificar um pouco do seu tempo para ajudar a atraente filha caçula de Salomão.

– Nissim, você pode, por favor, nos explicar o que torna alguns tecidos de lã mais valiosos que outros? – perguntou Raquel. Ela precisava entender isso se quisesse que o negócio desse certo.

– Vamos começar do começo – disse Nissim. – Se eu tocar em algum ponto com que já estejam familiarizados, passaremos a outro.

Raquel e Eliezer balançaram a cabeça, embora Raquel mal pudesse conter a ansiedade em ouvir a explicação de Nissim, fosse ou não familiar para ela.

– Todos concordam que a qualidade da lã é de suma importância. A melhor lã para feltragem é a que se tosquia das ovelhas com pelos sedosos, curtos e ondulados, ao passo que as de pelos mais ásperos, longos e lisos são melhores para fios espessos.

Nissim reparou que o casal estava confuso e se deu conta de que superestimara o conhecimento que eles tinham sobre o assunto.

– Existem duas espécies de lã têxtil: a espessa e a mais fina, sendo que esta última é mais valiosa – disse. – Os tecidos que comercializo são todos feitos com fios de lã mais fina.

– Continue. – Eliezer mordeu o lábio aborrecido. Ele achava que Raquel deveria ter se informado um pouco mais antes de arrastá-lo para aquele encontro, mas agora se dava conta de que ela não conhecia o básico sobre a lã.

– Em termos de qualidade, as ovelhas francesas não se comparam às da Inglaterra, de modo que o produto local de vocês já começa em desvantagem – continuou Nissim. – Mas o fato é que as fiandeiras e tecelões de Troyes são tão habilidosos que quase compensam isso.

– Sempre pensei que as ovelhas de Joheved forneciam uma lã sedosa, curta e ondulada. – Raquel estava mortificada por ter de expor sua ignorância para Eliezer. – Pelo menos, é a impressão que me dá quando estou fiando.

Nissim pegou algumas peças de tecido que ainda não tinham sido apanhadas pelos clientes.

– Este escarlate foi tecido com a mais pura lã inglesa. Estas peças azuis misturam a lã inglesa e a flamenga, e estas aqui misturam a lã inglesa e a local. – Ele deixou que Eliezer e Raquel examinassem os tecidos. – E estas vermelhas são totalmente locais.

– Fantástico. – Raquel deslizou a mão suavemente pelo tecido escarlate. – A textura é quase tão sedosa quanto a da seda, se bem que o peso nos faz perceber que é lã.

Eliezer olhou para Nissim com um ar cético.

– Mas algumas peças vermelhas são visivelmente superiores a essas medíocres peças azuis.

– Então, você vê que uma boa lã não é tudo – ele disse. – A meu ver, a habilidade do pisoteador é responsável pelas melhores lãs.

Raquel odiava parecer outra vez uma estúpida, mas não teve escolha.

– Pisoteador? – perguntou, ignorando o bufar irritado de Eliezer.

– Depois de fiada, a lã é pisoteada antes de ser tingida – respondeu Nissim. – Se não for pisoteado, o material logo apresentará rasgões e buracos, ao passo que pisoteado pode durar a vida toda.

– E esse pisoteador faz exatamente o quê? – perguntou Eliezer.

– Depois que sai do tear, os pisoteadores o mergulham dentro de um líquido composto de água quente, terra e urina.

– O quê? – perguntaram Raquel e Eliezer quase ao mesmo tempo.

– Terra de pisoteador é uma espécie de argila que alguns chamam de kaolinite. – Nissim soltou uma risadinha. – Nem imagino por que se precisa de urina, mas, depois que o pano é coberto com esse líquido, os pisoteadores começam a pisoteá-lo.

Eliezer fez uma careta.

– Esse procedimento se assemelha ao pisotear das uvas, só que o cheiro é pior.

– É de fato bem parecido, mas felizmente o líquido não passa da altura do tornozelo do pisoteador – comentou Nissim.

– Entendo que, quando se pisoteia, limpa-se o pano, mas como isso pode fazê-lo durar mais? – perguntou Raquel.

– Limpar o pano é uma parte ínfima do trabalho do pisoteador. Quando se pisoteia no líquido quente, as fibras se entrelaçam como uma esteira e formam o feltro. Dependendo do calor que faz na época, o processo pode levar de três a cinco dias e, no final, o tecido encolhe até a metade do tamanho original. Depois o pano pisoteado é esticado para secar, preso numa enorme moldura por ganchos apropriados para tecidos.

Eliezer coçou a cabeça.

– Então, os pisoteadores levam dias encolhendo o pano para depois tornar a esticá-lo?

Nissim deu de ombros.

– De qualquer modo, o pano precisa ser dependurado e esticado antes de passar para a próxima etapa.

– E tem mais? – Raquel estava de queixo caído. Ela havia pensado que o sucesso estaria quase garantido apenas com o trabalho de Alette e Albert, mas teria de contratar muito mais gente.

– A essa altura, qualquer ruga que se formou no tanque já foi desfeita, e os pisoteadores utilizam o cardo-penteador para fazer a felpa emergir de maneira que possa ser cortada. – Nissim se adiantou às perguntas e imediatamente explicou o procedimento. – O cardo-penteador é uma planta bastante espinhenta que se passa seguidamente sobre o pano esticado para fazer a felpa emergir. Ou seja, os espinhos da planta acabam por puxar as extremidades dos fiapos de lã que são cortadas pelo pisoteador com uma tesoura muito afiada.

Eliezer enlaçou os ombros de Raquel, quando notou que ela estava prestes a chorar.

– Parece tão difícil...

– *Oui*. É preciso muita habilidade para pentear a felpa e cortá-la repetidamente sem estragar o pano, mas, quando o trabalho é feito por um especialista, no final não se percebe a tecelagem original. – Nissim pegou o tecido de lã escarlate. – E a textura fica tão macia quanto a da seda.

– É depois disso que se tinge o pano? – perguntou Raquel esperançosa. Não era de espantar que os refinados tecidos de lã fossem tão caros, o trabalho para produzi-los era extenuante.

Nissim assentiu com a cabeça e voltou-se para Eliezer.

– Nessa etapa, o negociante de tecidos tem de tomar uma decisão vital... que tipo de tintura a qualidade de tecido merece. Como mercador de tinturas, você sabe que mesmo o mais fino tecido vale menos que a tintura vermelha kermes requerida para tingi-lo.

– Como aprendeu tudo isso? – perguntou Eliezer.

– Um dos meus irmãos é tintureiro, e o outro, pisoteador. – Nissim sorriu. – Passei um bom tempo da minha vida nos tanques deles. – Ele

ficou sério. – Vocês dois estão querendo assumir uma tarefa muito ambiciosa, quer dizer, controlar todo o processo de produção do tecido.
– Isso pode ser feito? – Raquel não fez qualquer esforço para disfarçar sua ansiedade. Afinal, seu futuro com Eliezer dependia daquilo.
– Talvez. – Nissim coçou a cabeça. – Embora você tenha a vantagem de contar com Joheved como fornecedora de lã, e Eliezer, de tinturas, desconfio que os melhores pisoteadores talvez prefiram vender o produto do seu trabalho para um licitante melhor que trabalhar para vocês.
– Você nos deu ótimos conselhos, Nissim. Não tem medo de que possamos tirá-lo do negócio? – Eliezer estava sorrindo, mas a pergunta era séria.
– Sinceramente, não. O suprimento de tecidos finos não dá conta da demanda. Quanto mais houver tecidos de alta qualidade em Troyes, mais clientes se acotovelarão para comprá-los. – Nissim esfregou as mãos em sinal de satisfação.

Antes que Raquel pudesse fazer mais perguntas, um cliente entrou na barraca, e ela e Eliezer tiveram de sair deixando-os a sós para tratar de seus negócios. Agora, seria obrigada a suportar a justificada ladainha do marido de que agira com muita precipitação.

– Peço desculpas por ter feito você perder um bocado de tempo esta tarde – ela se apressou em dizer, por achar que assim dissiparia a raiva que ele pudesse estar sentindo.

– Não foi nada. A explanação de Nissim até que foi bem interessante. – Ele sorriu e pegou-a pela mão. Agora que conhecia tudo aquilo que os planos de Raquel envolviam, se dava conta de que ela precisaria de muitos anos para colocá-los em prática, se é que um dia faria isso. Sendo assim, ele teria muitos anos em Córdoba pela frente para aprender tudo que havia para aprender sobre filosofia e matemática.

– Eu não devia ter pedido para você se envolver antes de conhecer um pouco mais sobre o negócio de tecidos. – Embora ela não tivesse planejado chorar para angariar a simpatia de Eliezer (isso sempre funcionava), as lágrimas começaram a escorrer-lhe pelo rosto.

Eliezer enlaçou-a pelos ombros.

– Tudo bem. Sei que você seria muito mais diligente se não estivesse tão envolvida com suas outras preocupações.

– Minhas outras preocupações? – Raquel lutou contra o pânico, prestes a dominá-la. *Ó céus, me ajude se ele estiver sabendo de Eudes.*

– A doença de sua mãe. – Ele abraçou-a com força, desejando que houvesse um jeito de lhe dizer para não se preocupar com o conde. – Naturalmente é difícil pensar em outras coisas quando um membro da família está doente.
– É claro que estou preocupada com ela, e é estafante supervisionar duas casas. – Ela agora chorava de alívio. *Ele não sabe.*
– Sobretudo quando uma das casas é a *rosh yeshivá* durante a feira sazonal – ele concordou. – Se sua mãe não estiver melhor quando o verão chegar, seu pai terá de contratar mais criados. Ele não pode esperar que você continue cuidando de tudo com um filho recém-nascido. – Eliezer acariciou-lhe a barriga.
– Gostaria tanto que você não tivesse de partir semana que vem.
– Prometo que estarei de volta para *Pessach*. – Ele se inclinou e beijou-lhe a sobrancelha. – Pretendo estar aqui quando esse bebê nascer. – *E pretendo estar o mais longe possível de Troyes no Ano-Novo.*

Bem cedo na quinta-feira, 21 de Tevet, data conhecida pelos edomitas como 29 de dezembro, Eliezer saiu de Troyes quase que com todos os mercadores que tinham chegado para a Feira de Inverno. Para não viajar durante o *Shabat* ou iniciar uma nova jornada em dias desfavoráveis como a segunda, a terça e a quarta, os judeus procuravam iniciar suas viagens na quinta-feira ou no domingo. Mesmo os que não queriam partir na quinta-feira acabaram acompanhando Eliezer, uma vez que o domingo seguinte seria 1° de janeiro, dia que os egípcios consideravam de mau augúrio.

Alguns diziam que esse tipo de dia recebera a pecha de maléfico por conta das pragas bíblicas e de outras calamidades ocorridas no Egito antigo. Outros diziam que os astrólogos egípcios, autoridades genuínas no assunto, tinham identificado influências maléficas nesses dias do ano. A despeito da razão apresentada, tanto os judeus como os edomitas os temiam.

E, em Troyes, ninguém temia mais o Ano-Novo que Raquel.

No último dia da Feira de Inverno, ela vestiu o véu e, enquanto a maioria dos homens ainda estava na sinagoga, dirigiu-se à barraca de um mercador de ervas erguida no final do terreno. Lá, comprou uma pequena quantidade de meimendro e de heléboro-negro. Para não despertar suspeitas, também comprou um punhado de artemísia e de gengibre, ervas que seriam úteis a Miriam no seu ofício de parteira. Quando o mercador lhe ofereceu uma boa quantidade de confrey por um bom preço, também o comprou. Em meio a seus filhos e os de Miriam, sempre havia um precisando de unguento.

Isso, no entanto, não impediu que suas mãos tremessem quando ela destrancou o armário onde eram guardadas as valiosas ervas e especiarias da família. *Terei mesmo coragem de fazer isso? Terei sangue-frio para envená-lo?* Uma coisa era esfaquear um homem que ameaçava de fazer o mesmo com ela, mas premeditar um envenenamento...

Na última sexta-feira do ano, Raoul apareceu na adega de Salomão para uma requisição extra de vinho para a festa de Ano-Novo da condessa Adelaide. Mantendo o tom profissional, ele levou Raquel para um canto e passou-lhe um endereço onde ela se encontraria com Eudes no domingo à noite: um endereço elegante, próximo à Igreja St.-Rémy, no lado extremo do canal Cordé.

Só faltavam dois dias. Sentiu o estômago revirar-se. Eudes devia manter aquele apartamento para encontros com amantes, longe dos olhos curiosos da mãe e da corte. Pelo menos, ela não teria de ir para o palácio nem para algum lugar do Bairro Judeu.

Talvez nem precise matá-lo, se conseguirmos manter nosso caso em segredo.

Ela não podia continuar com esses sentimentos atormentando-a. Depois que Raoul concluiu a negociação, Raquel se deu conta de que só uma coisa poderia acalmar-lhe os nervos. A oração. Ela deixou os preparativos da *souper* do *Shabat* para a mãe e Anna e, assim que o sol começou a se pôr, acompanhou o pai até a sinagoga. Ouvindo os homens entoarem os salmos especiais para acolher o *Shabat* (os serviços do anoitecer da sexta-feira eram frequentados por pouquíssimas mulheres), de repente se lembrou de que o Salmo 39 podia ser recitado para impedir a má intenção de um rei.

Furiosa por ter se esquecido de algo tão importante, na hora da *souper* ela pediu licença para sair mais cedo da mesa e se refugiou no seu quarto, onde recitou:

> Observarei o meu comportamento para não pecar com minha língua.
> Guardarei a boca com um freio quando o homem malvado estiver por perto.
> Eu estava muda, silente, sem fala; e o meu tormento aumentou.

Meu coração fumegava dentro de mim, meus
pensamentos ardiam, até que falei de modo bem claro,
Adonai...
Tirai Seus flagelos de mim... Adonai, ouvi meu
lamento, não ignorai minhas lágrimas...

Não importavam todos os problemas que aquele homem ruim estava lhe causando, ela não tinha de questionar nem reclamar da justiça do Eterno e sim rezar para que o edomita malvado fosse punido de um modo que superasse o sofrimento que lhe infligia.

De certa forma, Raquel esperava que o lugar fosse mais opulento, mas lá só havia uma cama, um baú e uma mesa com duas cadeiras – uma mobília bem parecida com a da casa dos pais dela. Para sua consternação, cada travessa à mesa parecia conter alimentos interditos. Ela reconheceu o bacon de imediato, e havia muitos outros tipos de carnes, obviamente cortadas não à maneira *kosher*. O único peixe à vista era a enguia, sobre a qual o pai tinha dito não ser propriamente um peixe porque faltavam as barbatanas e as escamas; portanto, os judeus eram proibidos de ingeri-la.

– Vossa Alteza, trouxe-lhe um vinho especial. – Ela tentou sorrir de modo sedutor. – Temperado com meimendro.

Em vez de retribuir seu sorriso, Eudes franziu as sobrancelhas.

– Beba um pouco primeiro.

– Não posso beber muito. Não se esqueça de que estou grávida.

Ele deu um salto e agarrou-a pela cintura.

– Eu disse, beba! – Pegou a garrafa e levou aos lábios dela.

Ela começou a se debater e foi empurrada de encontro à parede.

– Sua cadela judia! Achou que eu não esperaria por uma traição, e que não sabia que os judeus preferem veneno a um honesto duelo de espadas?

Quando ela tentou gritar, ele a forçou a abrir a boca e verteu o vinho por sua garganta.

– Se isto contém mesmo meimendro, nós dois teremos uma noite excitante. – Ele soltou uma gargalhada.

Os olhos de Raquel abriram-se subitamente, a risada cruel de Eudes ainda ecoando-lhe na cabeça, mas o quarto estava em silêncio e totalmente escuro. Encharcada de suor, ela tateou até encontrar o cortinado da cama e abriu-o. Um fiapo de luz da lua minguante foi suficiente para iluminar seu próprio quarto e ela deixou escapar um suspiro de alívio. *Que sonho horrível*. Saiu da cama, certificou-se de que os filhos dormiam tranquilamente e se apressou em recitar as palavras recomendadas pelo tratado *Berachot*:

> Senhor do mundo, eu e meus sonhos somos do Senhor... Da mesma forma que o Senhor transformou a maldição de Balaão em bênção, que o Senhor transforme todos os meus sonhos em bem.

Tremendo bem mais do que o frio impunha, Raquel decidiu que a primeira coisa que faria de manhã seria procurar o pai, Miriam e Judá – sem dúvida, as três pessoas mais pias em toda a Troyes – para anular aquele sonho. Como um dia disse Rav Huna:

> Que ele procure três pessoas e lhes diga: "Eu tive um sonho bom." Elas então lhe dirão: "Isso é bom e o deixe assim. Que o Misericordioso o transforme em melhor."

Quando ela disse para a família que tinha tido um "sonho bom" – eufemismo do Talmud para pesadelo, Salomão, Judá e Miriam prontamente recitaram o encantamento de anulação.

– Assim como nem todas as ideias são verdadeiras, nem todos os sonhos são reais – acrescentou Salomão, pousando a mão sobre a cabeça de Raquel.

Esperando que o sonho não fosse uma mensagem do céu, Raquel sentia-se tão transtornada que quase não se alimentou durante todo o dia. Era domingo, dia do Ano-Novo, e um único pensamento a consumia: aquele dia egípcio traria calamidade para ela ou para Eudes?

Onze

Quando os sinos da igreja começaram a badalar, Raquel encontrava-se na vinícola com Salomão e Baruch, marcando as videiras improdutivas que deveriam ser substituídas.

Baruch meneou a cabeça em sinal de desânimo.

– Olhem só como as horas passam com rapidez nos dias curtos de inverno. Parece que ainda há pouco era meio-dia e os sinos já badalam a hora nona.

– Não acho que já seja a hora nona. – Salomão franziu a testa, prestando atenção. – Também não me parece que os sinos estejam badalando a hora.

Baruch se deteve para ouvir melhor.

– Tem razão, o som está diferente.

– Está me fazendo lembrar as badaladas de quando o conde Thibault morreu – disse Salomão.

Raquel, que não notara os sinos, voltou sua atenção para o repicar sombrio que ecoava de Troyes.

– Mas a condessa não está doente.

– Com toda certeza, saberemos de tudo durante os serviços do final da tarde. – Baruch se voltou novamente para a videira que estava examinando.

Raquel e Salomão se entreolharam de maneira significativa, e o coração dela palpitou esperançoso. Se a condessa Adelaide estivesse morta, claro que o filho não estaria se esgueirando pelas ruas de Troyes à noite. E se Eudes estivesse morto...

Salomão percebeu a grande expectativa estampada no rosto da filha.

– Raquel, você se importaria de apanhar lá em casa um outro um par de meias para mim? Uma das minhas está furada e isso está irritando o meu pé.

– Com todo prazer, papai. – O olhar que ela lhe lançou era de pura adoração. E também vou descobrir quem morreu.

Agradecida ao fato de estar no trimestre do meio, período em que geralmente a mulher grávida estava com todas as suas forças, ela mal tocava os pés no chão enquanto corria de volta à cidade. Os guardas do Portão Près deviam ter alguma informação sobre o ocorrido; afinal, era o portão mais próximo do castelo.

Ao mesmo tempo apavorada e ansiosa para saber das notícias, Raquel diminuiu o passo quando avistou uma aglomeração perto do portão. E se não fosse ninguém da família que reinava em Champagne? Será que o bispo ou o rei Filipe tinha morrido? Aproximou-se do portão com cautela, o coração palpitando tão alto que os outros com certeza ouviam.

– Ele devia saber que não é bom sair para caçar no dia egípcio – soou uma voz sensata.

– Se ele fosse piedoso como o irmão – comentou um outro homem –, não caçaria num dia do Nosso Senhor e ainda estaria vivo. *Tomara que seja Eudes. Tomara que seja ele.*

Uma outra voz confirmou a expectativa dela.

– Quer dizer que agora temos um garoto de dezessete anos governando Champagne – o homem vociferou com desgosto.

– Não se preocupe. A condessa governará no lugar de Hugo, tal como fez com Eudes.

Aturdida pela realização de suas fervorosas esperanças, Raquel desatou num pranto de alívio, o que fez uma mulher que estava próximo enlaçá-la pelos ombros enquanto criticava os homens.

– Que vergonha, vocês reclamando de Eudes quando deviam estar de luto por ele.

O grupo logo se dispersou, e Raquel disparou para a vinícola, mas voltou atrás e se dirigiu para casa, ao se dar conta de que esquecera de pegar as meias do pai.

No dia seguinte, Guy de Dampierre apareceu para o *disner*, e ela soube de mais detalhes. O cônego, líder da escola da catedral de Troyes, era um convidado regular que sempre aparecia nas segundas ou nas quintas, dias em que se lia uma parte da Torá na sinagoga e depois se discutia à mesa de Salomão. Estes eram também os dias em que os clérigos podiam comer carne.

– Cá estamos nós de volta às pragas do Egito. – Guy esfregou as mãos, ansioso para discutir essa passagem da bíblia reservada para aquela semana. – Refleti muito sobre o problema de Deus ter endurecido o coração do faraó.
– E que problema é esse? – Judá serviu um pouco de vinho para o clérigo. – Nossos sábios têm muita dificuldade com esse texto.
– Se foi Deus quem endureceu o coração do faraó, qual foi então o pecado do faraó e por que ele mereceu ser punido?
Salomão apontou o dedo para Guy.
– Na primeira das cinco pragas, não está dito que "Deus endureceu o coração do faraó" e sim que "O coração do faraó se endureceu". Nosso sábio, Reish Lakish, ensinou o seguinte:

> Só depois que o Eterno faz um, dois e até três avisos ao homem, sem que esse homem se arrependa, é que Ele fecha o coração desse homem para o arrependimento, a fim de aplicar uma punição. E foi isso que aconteceu com o cruel faraó. O Eterno enviou as cinco pragas, e o faraó fez vista grossa, então disse o Eterno: você empinou o pescoço e endureceu o coração, portanto lhe acrescentarei a teimosia.

Judá e Miriam, reconhecendo o texto de Midrash Rabbah, assentiram um para o outro.
– O faraó ignorou as cinco oportunidades para se arrepender, libertar os israelitas – disse Judá. – Só depois que o faraó se mostrou indigno é que o Eterno interveio.
– Essa seria uma excelente explanação se não fosse pelo fato de que antes Deus disse para Moisés: "Farei com que o coração do faraó se endureça para que Meus sinais e Meu poder na terra do Egito se multipliquem" – disse Guy. – Como os sábios judeus explicam isso?
Miriam enrugou a testa.
– Então, o Eterno já sabia o que faria o faraó, e endureceu o coração dele para que fizesse isso e depois o puniu? Isso não parece justo.
Salomão suspirou.
– Depois que o faraó agiu com tanta crueldade, tornou-se claro para o Eterno que ele não se arrependeria de todo o coração – explicou. – Foi então justo que o Eterno tivesse endurecido o coração do faraó para que Seus sinais se multiplicassem, e todos reconhecessem Seu poder.

– Muito bem, papai – disse Judá. – O senhor devia escrever isso no seu comentário sobre a Torá.

Até agora Raquel só acompanhara parte do diálogo; seus pensamentos estavam quase que totalmente ocupados com a morte de Eudes e com a forma talvez milagrosa com que escapara das garras dele. Mesmo assim, quis se certificar de que tinha compreendido as palavras do pai de maneira adequada.

– Então, se o arrependimento de alguém não é possível, o Eterno pode usar essa pessoa como um instrumento para beneficiar outras pessoas capazes de se arrepender, como as de Israel, por exemplo?

Salomão anuiu com a cabeça e voltou-se para Guy.

– O que você acha?

O cônego sorriu.

– Concordamos quanto a isso. Nas nossas escrituras, está escrito:

> Devemos dizer que Deus é injusto? De modo algum. Pois a escritura diz para o faraó: "Eu o entronei com esse propósito, para que Eu pudesse estampar o Meu poder em você e para que o Meu nome fosse proclamado por toda a terra." Portanto, Deus tem misericórdia de quem Ele quer ter misericórdia, e Ele endurece aquele que Ele quer endurecer. Você pode então retrucar: "Por que Deus continua então a nos culpar?" Pois quem consegue resistir à vontade Dele? Mas quem é você, ó homem, para questionar Deus? Deveria a criatura inquirir ao Criador: por que me criaste assim? O ceramista não tem o direito de fazer do mesmo bocado de argila cerâmica para nobres propósitos e cerâmica para propósitos ordinários?

Salomão parecia tão contente que Raquel hesitou em perguntar sobre o que acontecia com as pessoas comuns. Já que Deus conhece de antemão o comportamento de qualquer homem durante a vida antes mesmo do seu nascimento, como um homem como Eudes podia ser culpado e punido por atos pecaminosos, e alguém como o pai podia ser recompensado por atos virtuosos?

Ela estava prestes a fazer a pergunta, quando Miriam se voltou para Guy e mudou de assunto.

– O senhor poderia transmitir as condolências de nossa comunidade para a condessa Adelaide?

Guy ficou sério.

– Claro que sim. – Em seguida, seus olhos começaram a piscar. – Parece que existem algumas perguntas em torno da morte de Eudes.

Raquel engoliu em seco.

– Ouvimos dizer que foi um acidente de caça.

– Quando seu corpo foi encontrado no solo com um ferimento fatal à cabeça, *presumiu-se* que ele tinha sido lançado do cavalo e batido com a cabeça. – Guy arqueou as sobrancelhas, e todos à mesa se inclinaram para ficar mais perto dele.

– E você acha que essa presunção pode estar errada? – disse Salomão.

– Não sei. – Guy serviu-se de mais um pedaço de bolo. – Mas, pelo que ouvi dizer, o ferimento parece mais ter sido causado por um ataque do que por um acidente. Se ele estivesse atordoado pela queda, ficaria mais fácil para alguém pegar um pedaço de pau ou uma pedra e terminar o serviço.

– Mas quem desejaria matá-lo? – perguntou Raquel. *Além de mim.*

Guy deu de ombros.

– Em se tratando desse conde, um grande número de pessoas: o pai ou os irmãos da amante anterior que morreu no parto, outro nobre que cobiçasse as terras dele, algum membro da corte que gostasse mais de Hugo, o irmão dele, e quantos mais poderiam estar em busca de vingança por alguma injúria ou insulto praticado por ele?

– Ou talvez não tenha sido assassinato – disse Miriam. – Se o cavalo dele era arisco a ponto de lançá-lo no chão, o próprio animal pode ter pisoteado sua cabeça.

– Segundo todas as possibilidades, você está certa. – Guy soltou um suspiro. – Mas as pessoas preferem aventar as hipóteses mais torpes.

Uma semana depois, Guy retornou à casa de Salomão.

– Sei que é uma audácia lhe pedir um favor que demandará o seu tempo, mas concluí que, se quero ter um entendimento mais profundo da escritura, preciso consultar a *Hebraica veritas* no hebraico original.

Alegre com a morte de Eudes, Raquel não resistiu a provocá-lo.

– Então, o senhor chegou à conclusão de que a Bíblia não foi escrita em latim?

Sorrindo, ele assumiu o seu lugar habitual à mesa.

– Garanto que muitos colegas meus desconhecem esse fato.

– Se deseja ler em hebraico, vai precisar de alguém para lhe ensinar. – Salomão alisou a barba com um ar pensativo. – E esse alguém deve ser judeu, se bem que, em sã consciência, não posso pedir a um dos meus alunos que se afaste dos próprios estudos.

Para a surpresa de todos, Shmuel, o filho de Joheved, se manifestou.

– Serei o tutor dele, vovô... se, em troca, ele me ensinar latim.

Antes que Salomão pudesse protestar, Miriam também se ofereceu.

– Para mim, será um enorme prazer ensinar-lhe. – Ela o olhou com uma expressão interrogativa. – Isso, se ele não se importar em aprender junto com meus filhos.

– Estou certo de que vocês dois serão excelentes professores – disse Guy. – E seria uma honra ensinar latim para Shmuel. Ouvi excelentes comentários sobre a erudição dele.

Depois que Salomão concordou, Guy combinou um horário de estudo com seus novos professores e se despediu de todos.

Quando o cônego já estava distante o bastante para não poder ouvir, Judá se voltou para o sobrinho com uma expressão de espanto.

– O que se apossou de você quando se dispôs a ensinar hebraico para um *notzrim*?

– Assim poderei aprender latim. – Shmuel olhou para Guy que fechava o portão do pátio às suas costas. – Os *minim* fazem um uso errôneo da nossa Torá para justificar suas heresias, e preciso conhecer a escritura deles para poder refutá-los.

– Amém – disse Salomão.

Em um dia estranhamente quente para o início de março, Guy e Shmuel estavam sentados no pátio de Salomão, enquanto o clérigo tentava explicar uma regra da gramática latina pela comparação com a língua francesa. Os dois estavam tão absorvidos pela aula que não ouviram quando o portão se abriu e se fechou, até que foram interrompidos pela voz enérgica de um velho.

– Guy de Dampierre, se quer que o seu aluno realmente entenda a gramática, você deveria indicar para ele a leitura de *Institutiones grammaticae*, de Prisciano.

Shmuel se virou e se viu diante de dois monges vestidos com túnicas em vermelho e preto. O mais idoso, um homem esquelético de cabelos brancos, que se apoiava no companheiro, era o ancião mais decrépito que Shmuel já tinha visto em sua vida. A tonsura do monge mais novo era completamente castanha, e Shmuel estimou que talvez beirasse a casa dos quarenta.

Guy olhou espantado para os dois monges, antes de erguer-se de um salto para abraçar o mais velho, o que o tinha admoestado. Mas, antes que pudesse dizer qualquer coisa, Salomão saiu apressado pela porta da cozinha.

– Robert, o que o traz aqui? – Salomão deve ter se dado conta do quão soara deselegante e logo tratou de acrescentar. – Claro que estou encantado por vê-lo, mas por que não está em Molesme?

O monge suspirou.

– É uma longa história.

Agora, Rivka, Judá, Miriam e Raquel também estavam no pátio, olhando com um ar apreensivo para os recém-chegados.

– Por favor, entre e conte tudo.

Enquanto Salomão gesticulava para que todos se dirigissem para dentro da casa, Rivka pediu às filhas.

– Raquel e Miriam, tragam aquele vinho especial de Montier-la-Celle para os convidados do seu pai.

Salomão voltou-se para o velho monge com uma risadinha.

– Você escolheu uma boa hora para me visitar, Robert. A safra deste ano da sua velha abadia foi realmente excepcional.

– Robert era o prior de Montier-la-Celle quando passamos a usar as uvas de lá em nosso vinho – disse Miriam para Raquel enquanto enchiam as jarras na adega. – Depois, fundou o seu próprio mosteiro em Molesme; na época, você não passava de uma menininha.

– Ainda me lembro da tristeza de papai quando ele foi embora. Os dois costumavam estudar juntos. Talvez seja por isso que papai goste tanto das visitas de Guy.

– Nunca vi o outro monge – disse Miriam.

O monge mais novo era Étienne, membro da abadia de Robert. Em meio a pão, vinho e queijo, todos ficaram sabendo que Étienne nascera na Inglaterra, estudara em Paris e Roma e voltava para esta cidade, quando se deteve em Molesme.

– Fiquei tão impressionado com a devoção de Robert que resolvi me juntar à comunidade dele – explicou Étienne com um acentuado sotaque francês. – E, quando ele decidiu deixar Molesme por conta da frouxidão que tomava a abadia, resolvi segui-lo.

O salão se encheu de perguntas direcionadas para Robert.

– Frouxidão em Molesme? – Salomão meneou a cabeça sem poder acreditar. – A disciplina rigorosa sempre foi uma de suas marcas.

Judá não conseguia entender como um monastério podia se tornar frouxo, já que os homens nele ingressavam para se devotar de corpo e alma ao Todo-Poderoso. Guy não compreendia como Robert podia simplesmente deixar Molesme, já que ele era o abade. Será que o papa não o faria voltar?

Em meio ao pão e queijo que Rivka insistia que os dois magérrimos monges comessem, Robert explicou que o problema se iniciara dez anos antes, quando o cônego Bruno de Reims tornou-se monge, e Molesme começou a atrair ricos benfeitores. Por fim, a reputação do monastério não só atraiu riquezas indesejadas, como novos membros totalmente inconvenientes: jovens forçados pelos seus patronos a lá ingressar.

Robert censurou-se.

– Se eu fosse mesmo um bom abade, um disciplinador firme, se tivesse rejeitado com energia os candidatos inaptos que a nobreza nos impingia, animando meus monges a se dedicarem rigorosamente às regras beneditinas, aí sim eu seria merecedor de conduzir Molesme. Mas não consegui suportar esses indolentes nem os fiz se transformar.

– E agora, o que pretende fazer? – perguntou Salomão.

– Fundar um outro monastério – respondeu o abade. – Mas primeiro preciso acomodar Étienne em Troyes. Estou convicto de que aqui ele poderá dar seguimento a sua excelente educação.

Étienne ruborizou-se com o elogio.

– Guy escreveu para o abade Robert e o fez ver que aprender hebraico era muito importante, e comentou que, apesar dos meus muitos anos de estudos, a minha total ignorância do hebraico era indesculpável. Nós chegamos à conclusão de que eu não devia trocar o mundo acadêmico pelo monástico enquanto não dominasse a *Hebraica veritas*.

Robert olhou esperançoso para Salomão.

– Quero que Étienne aprenda o hebraico com verdadeiros eruditos, de modo que preciso apelar outra vez para a sua ajuda. Vocês podem lhe ensinar?

Salomão alisou a barba, e Rivka sussurrou no seu ouvido:

– Finalmente temos uma chance de saldar nossa dívida com ele, por ter partilhado as uvas de Montier-la-Celle conosco.

Salomão se voltou para Robert e assentiu com a cabeça.

Guy abriu um sorriso.
– E então, Shmuel, está pronto para um outro aluno? E você, Miriam?
Shmuel deu de ombros.
– Não deve ser mais difícil dar aula para dois do que para um. E com outro professor poderei aprender o latim com mais rapidez.
– Será um prazer ter Étienne presente em nossa aulinha – disse Miriam sorrindo para Guy. – E para você será ótimo ter um companheiro de estudo do seu nível.

Raquel achava que Guy e Étienne levavam a sério seus votos de castidade, no entanto preferiu se manter distante de ambos. Mas, quando os últimos meses da gravidez de Joheved avançaram, Miriam anunciou sua intenção de ir a Ramerupt para ajudar no parto das ovelhas até a hora de o bebê da irmã chegar, e com isso Raquel assumiu as responsabilidades de mestra com certa relutância.

A frivolidade habitual de Guy contrastava com a severidade de Étienne, que se devotava tanto aos estudos que literalmente não se dava conta de que Raquel era uma mulher, e isso a fez pensar que ele era um Ganimedes. No entanto, ela logo se deu conta de que sua paixão pelo conhecimento substituíra o desejo carnal e, numa súbita percepção, também se deu conta de que provavelmente acontecera o mesmo com o pai. *Não é de estranhar que mamãe não tenha sido feliz com ele.*

Raquel já estava gostando de estudar com Guy e Étienne quando a quaresma chegou, forçando-os a suspender as aulas. Em seguida veio a Páscoa e Joheved deu à luz um outro menino, levando toda a família de Salomão a Ramerupt para esperar pelo *brit milá*. Pela terceira vez, Joheved e Meir deram o nome de Salomão ao recém-nascido, novamente privando Raquel de honrar o pai dessa forma.

Depois do *brit milá*, Raquel e Miriam cavalgavam na retaguarda, enquanto a família retornava a Troyes e, a certa altura, Miriam acenou para que a irmã emparelhasse o cavalo com o dela.
– Estou preocupada com Joheved. Ela não devia estar sangrando tanto já passados oito dias do parto.
– Com certeza, você pode fazer alguma coisa para ajudá-la – disse Raquel.
– Já lhe recomendei um sumo de artemísia com sálvia, poejo e sementes de salgueiro, e também uma sopa de malva e beterraba

– retrucou Miriam. – Mas isso não vai resolver se ela não guardar completo repouso.

– Agora que estamos voltando para casa, ela terá tempo de sobra para descansar.

– Raquel não conseguia entender por que Miriam estava lhe dizendo essas coisas.

– Joheved não terá descanso algum se celebrarmos *Pessach* em Ramerupt. Por mais que eu lhe diga para descansar, insistirá em supervisionar os preparativos.

– Então, uma de nós cuidará de tudo no lugar dela.

Miriam balançou a cabeça e, fazendo valer sua autoridade de parteira, declarou:

– O único jeito de impedir que Joheved se levante da cama é celebrar *Pessach* em Troyes, não em Ramerupt, com Joheved como convidada, não como anfitriã.

Raquel, que ansiava por uma alegre semana de festas com Eliezer em Ramerupt, indignou-se.

– Ou seja, mesmo estando grávida, não tenho outra escolha a não ser preparar a minha casa para o festival também?

– A vida de Joheved depende disso – disse Miriam com uma expressão severa. – E não conte com minha ajuda nem com a de nossa mãe. Estaremos ocupadas fazendo o mesmo em nossas casas.

– Mas vocês já fizeram isso, enquanto eu, desde que me casei, passo toda *Pessach* em Ramerupt. – Raquel tremeu só de pensar no extenuante trabalho que teria para remover a infinidade de fermento acumulado na casa durante aqueles nove anos.

Os pratos teriam de ser lavados com sabão, enxaguados em água fervente e em água fria e por fim novamente mergulhados em água quente. As panelas teriam que ser esfregadas com sal grosso e enxaguadas em água fervente, os utensílios de metal (como espetos e tripés) teriam de ser passados pelo fogo da lareira, e as tábuas de madeira para cortes e preparo de massas teriam de ser limpas até que não se visse um único vestígio de *chamets*.

Os juncos teriam de ser descartados – uma tarefa nada fácil – e juncos recém-colhidos deviam ser espalhados nos pisos varridos com esmero. Os alunos do pai dormiam no sótão e, sem dúvida, de vez em quando levavam pão, biscoitos e tortas para lá, de modo que a palha velha teria de ser removida, e o chão teria de ser rigorosamente limpo antes de ser colocada uma palha nova.

– Pare de agir como uma criança mimada, Raquel – sibilou Miriam. – Faremos *Pessach* aqui e, quer você queira ou não, nossas casas terão de estar prontas em poucas semanas. Agradeça por todos esses anos em que Joheved se matou de trabalhar para você se divertir!

Raquel nunca tinha visto Miriam tão zangada, e ruborizou-se de vergonha. *Será que sou mesmo uma criança mimada? É bem provável que sim, só uma criança mimada ficaria choramingando por fazer um trabalho que toda judia em Troyes tem que fazer, ainda mais com a saúde da minha irmã em jogo.* Ela olhou para Miriam que, a essa altura, substituíra a expressão de fúria pela de tristeza.

– Miriam, você acha mesmo que Joheved está correndo perigo?

– Acho que sim, mas rezo para que não.

Quando elas chegaram a Troyes, Raquel juntou-se às criadas na limpeza da casa para os preparativos de *Pessach*. A carroça do coletor de lixo adquiriu uma nova função ao carregar palha velha e juncos para servirem de forragem na vinícola do pai. Junto com as outras donas de casa judias de Troyes, Raquel esperava ansiosamente por um dia de chuva para que pudessem esvaziar o poço de resíduos da cozinha. Tão logo uma chuva transformasse as ruas do Bairro Judeu em fluentes riachos, cada porção de lixo amassada dentro desses poços verteria para as ruas.

Mas, antes que isso acontecesse, a mãe foi acometida por uma crise de tonteiras e caiu de cama, deixando as filhas responsáveis pela limpeza de suas casas e também da dela. Miriam tinha de ir diversas vezes por semana até Ramerupt para examinar Joheved – a qual, que o Eterno a proteja, já estava recuperando as forças e talvez estivesse bem para estar presente no *seder* do pai –, e, com isso, todo o trabalho recaiu sobre os ombros de Raquel, que por sua vez fervilhava de ressentimento frente aos caprichos da vida.

Para piorar ainda mais as coisas, elas descobriram que a fossa do banheiro coletivo estava no limite de sua capacidade. Delimitadas com pedras de modo a fazer o líquido escoar e com uma profundidade capaz de afogar um homem que caísse lá dentro, as fossas levavam muitos anos para encher – tantos anos que Raquel nem se lembrava mais da última vez que a fossa da casa tinha sido esvaziada. Embora a náusea da gravidez fosse uma realidade que ela não podia negar, à medida que o coletor de lixo e seus filhos entupiam a carroça com baldes e mais baldes do vil conteúdo da privada, o fedor que se espalhava pelo pátio – e por todo o quarteirão – era mortificante.

Raquel só se sentiu aliviada quando os homens carregaram aqueles dejetos repugnantes para fertilizar a vinícola. Foram precisos diversos dias de esforço antes de a fossa estar finalmente limpa. Ao longo desse tempo, Raquel engoliu a inveja cada vez que Miriam ia para Ramerupt. Ela oscilava entre a compreensão e a satisfação culpada ao pensar que a mãe, que lhe legara todo aquele trabalho extra, estava confinada na cama e, assim, sofria com aquele fedor insuportável bem mais até que ela que pelo menos saía de casa para ir à sinagoga. Mas na maioria das vezes estava tão ocupada e tão cansada que mal tinha tempo para se entregar a esses pensamentos.

Quando Eliezer chegou a Troyes, três dias antes do início de *Pessach*, ele entrou pelo Portão de Chapes, por onde pouco se transitava, e tomou o rumo de uma taverna das proximidades, situada na periferia da cidade. O lugar era tão mal-afamado quanto a sua clientela, e ele teve de se desviar de duas prostitutas que foram em sua direção. Ansioso por rever a família, passou direto pela mesa de dados e sentou-se em uma outra nos fundos onde abriu seu livro de contabilidade.

Moveu números de uma coluna para outra, somou um tanto aqui, subtraiu um tanto ali, até que os sinos da igreja badalaram a nona, e ele se deu por satisfeito. Na verdade, se Raquel examinasse o livro com atenção, acabaria reparando que uma ou outra mercadoria tinha sido vendida por um preço mais baixo ou comprada por um valor mais elevado, mas estava confiante de que tinha ocultado a discrepância dos quarenta *dinares*. Vinte *dinares* para pagar o que pegara emprestado na Feira de Inverno e mais vinte que tinha em mãos para completar o pagamento do homem que ele estava esperando.

O homem baixinho entrou na taverna exatamente quando o eco das badaladas cessou, o rosto quase tapado por um chapéu, o corpo enrolado numa capa. Depois de lançar um olhar furtivo ao redor, caminhou até a mesa de Eliezer. Mal ele se sentou, Eliezer passou-lhe silenciosamente uma pesada sacola por debaixo da mesa e levantou-se para sair.

O homem, no entanto, lhe fez um sinal, e Eliezer voltou a se sentar. Ele parecia enfrentar uma batalha interior, antes de afinal dizer:

– Não mereço isso. – Deslizou a bolsa de volta para a mão de Eliezer.

– Por que não? – sussurrou Eliezer. – Ele está morto, exatamente como planejamos.

Doze

homem puxou um baralho e estendeu algumas cartas para Eliezer.
– Levei o acônito para os estábulos e, quando me escondi no escuro para ver se havia alguém por perto, entrou um sujeito. – Ele fez uma pausa e descartou uma carta. – De cara percebi que não tinha entrado ali com boas intenções, e isso se confirmou quando ele se esgueirou até a comida do cavalo e misturou alguns grãos nela.
Eliezer pegou a carta que o homem deixara na mesa e descartou outra de sua mão.
– E quem era esse sujeito? Ele o viu?
– Era um outro cavalariço. Esperei que saísse, e por segurança esperei um pouco mais, e só depois é que saí por uma outra entrada. Fui extremamente cauteloso para que ninguém me visse.
– Isso quer dizer que não mexeu na forragem do cavalo?
O homem sacudiu a cabeça.
– Não ousei adicionar seu veneno ao que o sujeito já tinha colocado; se o cavalo amanhecesse adoentado, claro que Eudes cavalgaria com um outro.
– Você merece ser pago, sim. Correu o mesmo risco, fez o mesmo trabalho.
– Não fiz nada além de espiar enquanto um outro fazia o trabalho no meu lugar, o que você me pagou em dezembro é mais que suficiente.
Eliezer estava surpreso. *Um criminoso honesto?*
– Então, nós dois temos vinte *dinares* extras e uma consciência tranquila.
Com o negócio entre ambos concluído, o homem recolheu as cartas.
– Com um pouco de sorte, não nos veremos outra vez.

Quando Eliezer se retirou da taverna, o cavalariço já tinha sumido em um dos inúmeros becos da Rue du Cloître St.-Estienne. Assoviando uma canção alegre, ele partiu em direção ao Bairro Judeu. Apressou o passo quando se aproximou do portão do pátio de Salomão. *Não espere que ela esteja em casa; é provável que esteja na vinícola.* Mas lá estava ela, sentada à sombra da macieira, junto ao filho, os dois filhos mais novos de Miriam, Guy de Dampierre e um outro monge desconhecido. O coração de Eliezer se encheu de orgulho ao ver o filho Shemiah lendo um manuscrito, enquanto os outros ouviam atentamente.

Eliezer deixou o portão bater atrás de si, e, enquanto Raquel se levantava com dificuldade, Shemiah passou o livro para o primo e saiu em disparada para os braços abertos do pai. Raquel demorou um pouco mais para chegar e se aninhou apaixonadamente nos seus braços, enquanto ele a abraçava.

Guy e o monge de túnica negra fizeram uma pausa quando a família passou.

– Pelo visto, nossa aula de hoje terminou – disse Guy com um sorriso no rosto. – Podemos voltar quando o festival daqui terminar?

Raquel assentiu com a cabeça.

– *Oui*, é melhor só voltar depois de *Pessach*.

O monge desconhecido pareceu desapontado, mas não reclamou, e os dois homens partiram.

– Oh, Eliezer – disse Raquel quase sem fôlego quando entraram em casa. – Estou tão feliz por vê-lo de volta. Minha vida tem sido um pesadelo depois que você partiu. Mamãe está doente outra vez, Joheved está muito debilitada para celebrar *Pessach* em Ramerupt, e o trabalho todo caiu nos meus ombros. – *Graças aos céus o meu pior pesadelo morreu em janeiro.*

– E as crianças, estão bem?

– Você pode ver com seus próprios olhos como Shemiah está. – Ela não ousou fazer elogios aos filhos com medo de atrair novamente o mau-olhado. – Quando a pequena Rivka despertar da sua soneca, você verá como ela está indo.

– E o negócio dos panos, como vai? – perguntou Eliezer, surpreso por ela não ter tocado logo no assunto.

– Não tive tempo para sair à procura de pisoteadores.

A irritação na voz de Raquel o fez mudar de assunto.

– Onde está Judá? Trago notícias para ele.

– Encontrou a família de Aaron?
– *Oui*, mas ele não ficará satisfeito com o que fiquei sabendo.
– Conte-me – ela sussurrou.
Antes da partida de Eliezer para Córdoba, Judá lhe pedira que tentasse localizar a família do seu parceiro de estudos na região. Ele estava muito preocupado com o fato de que a viúva de Aaron, sem provas da morte do marido, poderia se tornar uma *aguná*, ou seja, amarrada ao marido e proibida de se casar de novo. Era por isso que Raquel, como outras judias de Ashkenaz, recebera um *guet* condicional, quando seu marido começara a viajar. Mas Judá não sabia ao certo se as mulheres de Córdoba recebiam a mesma proteção.
Eliezer pegou Raquel pelo braço e levou-a para o banco mais próximo.
– Judá acertou quando me pediu que procurasse a família de Aaron em Córdoba. Eles não faziam a menor ideia de que ele estava morto. Achavam que ainda estava estudando o *Talmud* em Ashkenaz. – Eliezer hesitou por alguns segundos. – Aparentemente, circulavam rumores sobre ele com outros homens, de modo que ninguém se surpreendeu quando não voltou para casa, ainda mais com a viagem até Córdoba se tornando cada vez mais perigosa.
Raquel sentiu um nó na garganta.
– Faz dois anos que você viaja para lá e nunca mencionou perigo algum.
– Até este ano, eu pensava que os mercadores estavam a salvo, mas então os berberes retornaram, tomaram Sevilha e ameaçaram Córdoba. Muitos judeus estão se deslocando para o Norte, para Toledo, onde o rei Afonso prometeu segurança para todos os judeus e suas propriedades.
– Isso não faz sentido. Por que os berberes atacariam seus amigos sarracenos e não os espanhóis? – E depois de anos da situação oposta, Raquel se perguntava como os judeus de Sefarad podiam ser perseguidos pelos mouros e encontrar refúgio com os *notzrim*.
– Os berberes são fanáticos. – Eliezer franziu a testa em sinal de desaprovação. – Eles se opõem à falta de fervor religioso dos mouros, alegando que isso levou os mouros a tolerar as sinagogas e as igrejas nas cidades deles, a partilhar as casas de banho com os infiéis e a casar com mulheres judias e edomitas... e muitos outros comportamentos abomináveis. Eles arrasaram todo o Bairro Judeu de Granada.

– E o que você vai fazer? – perguntou Raquel aflita. Enquanto o casal não assumisse o comércio de tecidos, Eliezer continuaria viajando.
– Eu me cansei do sul de Sefarad. Já estou transferindo os negócios para Toledo.
– E estará a salvo lá?
– Afonso prometeu respeitar as diferentes comunidades de Toledo e, afora o fato de o novo bispo ter transformado a principal mesquita em catedral, tudo permanece do jeito que era sob o domínio dos mouros. – Ele sorriu. – Toledo é uma cidade de invernos muito frios. E agora que abriga a corte do rei mais rico de Sefarad, seus habitantes vão precisar de boas peles e lãs requintadas.
– Apesar do perigo que passou, fico feliz por você ter ido a Córdoba e levado a notícia para a família de Aaron. Agora a mulher dele já poderá se casar de novo.
– E já se casou. – Sua voz revelava um profundo desgosto.
– Mas Judá estava tão seguro de que Aaron não tinha dado um *guet* condicional para ela...
– E não deu mesmo. – Ele fez um gesto para não ser interrompido por Raquel. – A esposa de Aaron se converteu ao islamismo e obteve o divórcio na corte deles.
Raquel encarou-o num silêncio aturdido, enquanto absorvia suas palavras.
– Para se casar com um mouro, é claro. – Ela estremeceu.
– Você não está bem. – Ele a enlaçou pelos ombros.
– Eu estou ótima. – Ela afagou-lhe o braço. – E com sua chegada me sinto melhor ainda.
Ela não vinha se sentindo bem, mas atribuía isso ao excesso de trabalho e às preocupações. Agora que Eliezer estava em casa, ela logo voltaria ao normal... com toda a certeza, naquela mesma noite.

Contudo, os dias passaram sem que Raquel melhorasse, um frio lhe percorria os ossos e nunca se dissipava, e ela sentia um crescente desconforto abaixo do umbigo. Após o segundo *seder*, quando se deu conta de que fazia algum tempo que o bebê não se mexia, foi se consultar com Miriam.
– Concentre-se e tente se lembrar – pediu-lhe a irmã. – Quando foi que você sentiu vida na sua barriga pela última vez?
O medo tomou conta dela a ponto de sufocá-la.

– Não consigo lembrar com exatidão... estava tão ocupada em arrumar tudo para a *Pessach* que simplesmente nem prestei atenção.
– Há poucos dias? – perguntou Miriam. – Uma semana? Um mês?
– Talvez uma semana. – *Claro que um mês inteiro, não.*
– E tem tido sonhos ruins, sobretudo com mortos?
Raquel estremeceu.
– *Oui*. – Ela havia sonhado com Eudes na noite que antecedeu a chegada de Eliezer.
– Deite de barriga para cima para que eu possa examiná-la. – Miriam sabia que a essa altura era inútil rezar pela vida do bebê; se estivesse morto, não poderia trazê-lo de volta à vida, e, se estivesse vivo, as preces seriam desnecessárias. Em todo caso, ela rezou.

Os seios de Raquel estavam flácidos e não inchados, e por entre as pernas exalava um cheiro de podre que confirmava o terrível diagnóstico. Apesar disso, Miriam mergulhou a mão na água quente e esquadrinhou a barriga da irmã na vã tentativa de sentir algum movimento lá dentro. Enquanto fazia isso, ela sentiu no hálito de Raquel o mesmo mau cheiro que se exalava da parte baixa do seu corpo.

Não havia dúvidas – o bebê estava morto. Agora, ela precisava saber com a máxima exatidão a data em que ocorrera a morte, pois a mulher que carregava um bebê morto dentro da barriga por muito tempo corria um sério risco. E o perigo aumentava, à medida que o bebê permanecia mais tempo lá dentro.

– Eliezer – ela se dirigiu a ele em particular, depois de ter passado a triste notícia para o casal. – Na primeira noite depois do seu retorno... ahnn, Raquel estava com um cheiro diferente do habitual? – Obviamente, o fedor não lhe passaria despercebido durante a relação íntima entre os dois.

Ele assentiu com a cabeça.

– Pensei que ela andava ocupada demais para tomar banho. – E ele estava tão louco para ir para a cama com ela que não se preocupou com isso.

Miriam não tinha outra escolha, senão confirmar os temores da irmã. Fazia pelo menos uma semana que o bebê estava morto, talvez até mais, já que Eliezer sentira aquele cheiro na noite em que voltou para casa. Só restava então remover o corpo o mais rápido possível.

– Você terá que jejuar durante o dia inteiro – disse Miriam para Raquel que, a essa altura, estava mortificada. – Hoje à noite e amanhã de manhã, lhe darei uma beberagem, e já vou lhe avisando que tem um gosto horrível, para forçar o seu útero a expelir o que há lá dentro.

– E sentirei dor? – Raquel arregalou os olhos de medo.

– Provavelmente bem menos do que sentiria ao dar à luz. – Miriam não conhecia ninguém mais sensível à dor que a irmã.

Ela considerou cada poção que as parteiras administravam em casos iguais e acabou optando pela mistura mais prática de artemísia, absinto e íris moídos e fervidos no vinho. Uma outra mistura, recomendada pela parteira edomita Elizabeth, exigia a fervura de brotos de papoula com um suco de verbena, hortelã e alquemila, e levaria muito tempo para ser preparada. E para Miriam não fez sentido sair à procura de brotos de papoula quando todos os ingredientes para a primeira poção estavam à disposição, apesar de considerar aquele procedimento repugnante.

Acontece que dois dias depois Raquel reclamava de cólicas e do sangue que vertia do seu útero, e o bebê morto continuava lá dentro. Miriam então consultou Elizabeth sobre o uso de um pessário untado com poejo, hissopo e dictamno de Creta.

– Isso, assim como a poção que você usou, funciona muito bem quando o bebê ainda está vivo no útero – disse a parteira mais experiente. – Mas um feto morto requer um medicamento mais forte porque ele não faz qualquer movimento que induza a mãe a entrar em trabalho de parto.

– Um medicamento mais forte poderia matar minha irmã. Ela está muito abatida.

Elizabeth balançou a cabeça pesarosa.

– Então, você tem que tirar o bebê com as próprias mãos ou com ganchos.

Miriam engoliu em seco.

– Nunca utilizei os ganchos do material de parteira que tia Sarah deixou para mim.

– Eu lhe explico o que deve ser feito. – Ela olhou para baixo e acrescentou: – Suas mãos são pequenas, e isso ajuda muito.

Miriam nem fez menção aos ganchos para Raquel, limitou-se a dizer que preferia tirar a criança com as mãos a usar um medicamento mais forte. Aproveitou que a mãe e Joheved estavam doentes e pediu que saíssem do quarto, restando apenas ela e Elizabeth com Raquel. Certa de que a dor seria muito forte para a sensibilidade da irmã, tomou a precaução de sedá-la com ópio. O procedimento se tornaria ainda mais difícil com a irmã se esgoelando.

Lembrando-se de que tinha ajudado a trazer muitos bebês ao mundo, inclusive o conde de Champagne da época, Miriam mergulhou as mãos no azeite e em seguida introduziu-as no canal vaginal da irmã. O coração se apertou, quando sentiu que a abertura estava bloqueada pelo braço do bebê. Raquel, quase inconsciente, soltou um pequeno gemido, mas continuou imóvel quando Miriam verificou a posição do bebê.

– Um braço e um ombro estão no canal vaginal, mas a cabeça está enfiada lá dentro. – Fez-se silêncio, enquanto ela tentava uma manobra e depois outra. – Não consigo empurrar o braço de volta e colocar o bebê numa posição melhor.

– Amarre essa fita em torno da mão e eu seguro a ponta – disse Elizabeth. – Depois você sabe o que fazer.

Miriam assentiu com a cabeça. Elizabeth segurou a ponta da fita com uma das mãos e imobilizou o torso de Raquel com a outra, enquanto Miriam pegava a faca que usava para cortar o cordão umbilical dos recém-nascidos. Embora fosse uma lâmina afiadíssima, Miriam teria de encontrar um jeito de introduzi-la no útero de Raquel e cortar o braço do bebê sem ferir a irmã. Sem outra opção, apoiou a lâmina na palma de sua mão e introduziu-a no canal, concentrando-se para não vacilar quando fizesse o corte. Graças aos céus, Raquel estava sedada e não podia se mover.

Ela respirou profundamente enquanto chegava o mais fundo possível e, com a velocidade e a precisão de sua *mohelet,* cortou o braço e o soltou do ombro.

– Pode puxar agora – disse para Elizabeth enquanto retirava a faca com muito cuidado.

Miriam examinou alguns pequenos ferimentos enquanto lavava as mãos, desviando o olhar do pequeno braço em decomposição que Elizabeth embrulhava com um pedaço de linho. Em seguida, banhou o canal vaginal de Raquel com óleo de limpeza.

– Acho que não cortei muito a minha irmã, já que não estou vendo sangue vivo. – O feto permanecera morto dentro do útero por tanto tempo que o corte do braço não sangrara.

– Ótimo – disse Elizabeth. – Agora veja se consegue empurrar o ombro de maneira a deixar a cabeça em posição.

Miriam fez isso sem dificuldade e, repugnada ao sentir o que sabia ser a carne putrefata do bebê, tirou a mão rapidamente lá de dentro.

O nervosismo de Miriam não passou despercebido para Elizabeth.
– Só um pouquinho mais e tudo estará terminado. Eu mesma faria o próximo passo, se minha mão se encaixasse.
Miriam se recompôs.
– Vamos acabar logo com isso.
Elizabeth entregou a Miriam os dois ganchos, cada um amarrado à extremidade de uma corda de seda.
– Tente na órbita ocular ou debaixo do queixo. Se não encontrar nenhum desses dois pontos, tente no céu da boca ou num dos ombros.
Miriam conseguiu encaixar os dois ganchos, retirou a mão e estendeu as duas cordas para Elizabeth. Já tendo feito a sua parte, começou a andar pelo quarto, enquanto a colega puxava as cordas com muito cuidado para trazer o corpo do bebê.
Quando Raquel recobrou a consciência, seu útero estava vazio, e Miriam a forçava a beber um pouco de cerveja misturada com nozmoscada e matricária.
– Ela precisa tomar uma xícara disso de hora em hora, inclusive durante a noite – disse para Eliezer.
– Era menina ou menino? – ele perguntou.
– Era menino, mesmo assim vocês devem evitar relações até duas semanas depois que ela parar de sangrar – disse Miriam. – Não importa que o sangue do parto seja puro. Raquel precisa de tempo para se curar.
Miriam não queria olhar para o que sobrara do bebê, mas se viu forçada a isso para verificar o sexo dele. Depois que viu que era um menino, precisou de algum tempo até tomar coragem para circuncidá-lo. Por fim, esperou Raquel acordar.
Tão logo passou o efeito do ópio, Raquel perguntou para Miriam o que causava a morte de um bebê no útero.
– Muitas coisas, mas geralmente nunca sabemos ao certo.
– Que tipo de coisas? – insistiu Raquel.
– Falta de nutrientes e alimentação imprópria, como durante os períodos de fome – disse Miriam. – Mas não é seu caso. E também não me parece possível que seu filho tenha morrido porque você se alimentou demais e isso fez mal a ele.
– Para você, qual teria sido a causa mais provável? – Raquel tinha de saber.
– Se a mãe é acometida de súbitos temores, intensa alegria ou dor, ou se tem muitas preocupações, essas emoções fortes podem impedir o fluxo do sangue até o útero para alimentar a criança.

Raquel engoliu em seco. Ela se vira assolada por fortes emoções desde o instante em que fora assediada por Eudes na adega: o medo de ser seduzida por ele, seguido pela agonia de que Eliezer viesse a descobrir esse envolvimento, e depois o terror ao planejar matá-lo, seguido pela alegria e alívio quando soube que o conde tinha morrido.

– Mas tive fortes emoções antes do nascimento de Shemiah com a morte do pai e do irmão de Eliezer.

– Na época, Shemiah já estava completamente formado, mas você passou por muitos problemas durante a gravidez desse bebê. – Miriam segurou a mão de Raquel e abaixou a voz. – Talvez tenha acontecido o melhor. Nem dá para imaginar a pressão que essa criança sofreu com os pensamentos que você ruminava em relação àquele homem cruel.

Sentada na varanda com os pés para o alto, Raquel saboreava o último momento de calor que antecedia o pôr do sol; sentira frio demais enquanto estava doente. Todo o mundo estava na sinagoga naquele oitavo e último dia de *Pessach*. Não se faziam *seders* para encerrar *Pessach*, mas os dois últimos dias, assim como os primeiros, eram feriados. Até Joheved e seu bebê recém-nascido assistiam aos serviços do final da tarde, enquanto Raquel orava em casa.

Miriam insistira para que Raquel ficasse em casa e descansasse por sete dias, como se tivesse dado à luz normalmente. A matricária surtia efeito, e a cada dia Raquel se sentia mais recuperada. Mesmo assim, ainda não estava de todo convalescida; vez por outra, um peso no coração e um aperto no peito a faziam respirar com dificuldade. Suas emoções oscilavam entre a indiferença, a melancolia e a raiva. Graças aos céus, não havia decisões importantes a serem tomadas; ela não conseguia se concentrar no que os outros diziam.

Eliezer estava mais solícito que nunca; ela, no entanto, estranhamente não sentia dor pela perda do filho, apenas um imenso vazio. Sem dúvida, bem diferente da agonia que sentira no ano anterior, quando o pequeno Asher morrera.

De algum modo, a morte do bebê estava ligada a Eudes, e uma parte dela queria se esquecer de ambos o mais rápido possível. Segundo Miriam, a insensibilidade emocional de Raquel podia vir da ação sedativa do ópio, mesmo assim, ela achava estranho o fato de não estar sofrendo.

As reflexões de Raquel foram interrompidas pelo rangido do portão ao se abrir. Quem poderia ser, já que todos estavam nos serviços?

Guy de Dampierre que, é claro, não estaria na sinagoga naquele dia, atravessou o pátio com um sorriso no rosto. Letárgica demais para se levantar, ela esperou que Guy se aproximasse. Mas ele ainda não tinha chegado ao poço, quando a mãe apareceu à porta da cozinha para cumprimentá-lo.

De repente, o estado contemplativo de Raquel se evaporou. A mãe devia ter sofrido uma outra crise de tonteira, só isso explicava a permanência dela na casa num dia como aquele. Raquel sabia que não era certo nutrir ressentimentos, mas não podia evitá-los. Não podia ser mera coincidência o fato de Rivka sempre se sentir tonta quando isso implicava um trabalho extra para Raquel, a filha que o pai mais amava, talvez até mais que a própria esposa.

Se não fossem as tonteiras de mamãe, eu não teria que fazer a limpeza de duas casas para Pessach sozinha, e teria reparado que meu bebê tinha deixado de se mexer a tempo de Miriam salvá-lo.

Logo se sentiu culpada. Toda filha judia devia respeitar e honrar a mãe, ser grata por tudo o que a mãe fazia por ela. A mãe é que a tinha parido e criado, a mãe é que zelara por ela e pelos filhos dela quando estavam doentes, preocupando-se sem cessar com a saúde e o bem-estar dela. A mãe jamais levantara a mão contra ela.

Ainda assim, Raquel sentia a bílis na garganta, cada vez que a mãe reclamava de tonteiras. Mas não tinha tempo para continuar pensando nisso. A mãe e Guy se aproximavam, e pareciam zangados.

– É verdade que vocês não podem aceitar os ovos, o pão e os bolos esta noite? – A voz de Guy se elevou aborrecida. – Achei que hoje era o último dia do seu Festival de Pão sem Fermento.

– Só podemos aceitá-los mais tarde depois que *Pessach* acabar – disse Raquel. – Não podemos aceitá-los agora.

– O assistente do padeiro está com uma carroça cheia lá fora – retrucou Guy. – Pelo menos, ele pode entrar e esperar?

A mãe olhou para a filha esperançosa, mas Raquel negou com a cabeça.

– Durante *Pessach,* o judeu é proibido de manter qualquer partícula de fermento dentro de casa ou consigo mesmo.

Guy virou de costas e já se aproximava do portão quando a mãe gritou.

– Espere. Vou procurar o meu marido.

Raquel não atinou com o que a fez sentir mais irada – a mãe não reconhecer seus conhecimentos da lei judaica ou o fato de ela querer interromper o pai na sinagoga.

Guy se acalmou com isso e voltou-se para Raquel.

– Se não podem manter qualquer partícula de fermento durante o *Pessach*, como então se arranja um judeu comerciante de trigo?

– Ele procura um não judeu confiável que compre o trigo antes do festival e que depois o venda de volta mediante um pequeno lucro.

– E se o não judeu não quiser vender o grão de volta ou pedir um preço muito maior?

– É por isso que tem que ser um não judeu confiável.

Raquel apenas tocara superficialmente nas complexas leis de *Pessach* quando o portão se abriu e o pai entrou pelo pátio.

– Falei que não podíamos aceitar esse presente antes do sol se pôr – ela disse. – Mas mamãe fez questão de chamar o senhor.

Salomão olhou para o sol próximo do poente e alisou a barba. Finalmente, voltou-se para Guy.

– Minha filha está certa quanto ao alimento com fermento. Agradeço-lhe pela gentileza, por perceber o quanto a minha família apreciaria o sabor dos bolos e dos pães depois de uma semana de *matzá* e por não querer que esperássemos muito.

Ele observou uma ruga de preocupação na testa da esposa e suspirou.

– O rapaz pode trazer os ovos e colocá-los naquele canto com sombra, e na hora certa serão utilizados. Mas não posso aceitar nem os pães nem os bolos.

– Então vou deixá-los na casa ao lado – sugeriu Guy. Nem todos os vizinhos de Salomão eram judeus.

– Mesmo que os deixe com um não judeu, como foram designados para mim, vão se juntar às minhas posses – explicou Salomão. – E isso os torna proibidos tanto para mim como para qualquer outro judeu.

Guy revirou os olhos de exasperação.

– Muito bem, mandarei a carroça de volta para a padaria e pedirei que o rapaz volte mais tarde.

– *Merci*, Guy. Ele pode voltar quando vir três estrelas no céu – acrescentou Salomão.

As forças de Raquel retornaram aos poucos, e quando Isaac, filho de Joheved, casou-se com Judita, filha de Moisés haCohen, um mês após o *Lag b'Omer*, ou trigésimo terceiro dia do *Omer*, Raquel dançou no casamento e nas sete celebrações que o seguiram. Depois disso, Miriam se convenceu de que ela já estava forte o bastante para voltar a trabalhar na vinícola. Eliezer preocupou-se, achando que aquilo seria demais para ela, ficar de pé sob o sol ajeitando os ramos das videiras. Mas ela o fez lembrar de que esse trabalho teria de ser feito por quem tivesse experiência, porque o ângulo no qual se colocava o galho para crescer era fundamental para a produtividade.

Raquel entregou-se ao trabalho na vinícola. Lá era poupada das condolências e dos olhares de solidariedade que se seguem ao parto de um natimorto e não surgiam oportunidades para comparações entre o robusto bebê de Joheved e os seus braços vazios. Ela se obrigara a manter a cabeça erguida no casamento de Isaac, dançando mesmo quando se sentia enfraquecida, sem permitir que uma única lágrima brotasse dos olhos, mas sabia o que todos estavam dizendo – palavras de piedade que simplesmente encobriam o próprio alívio por ter sido ela a perder um filho e não eles. Na vinícola, não passava por tais momentos desagradáveis em que tentavam confortá-la, mas acabavam jogando sal na ferida.

Com a aproximação do verão, finalmente as videiras estavam a salvo de uma geada tardia, e o alívio do pai se traduzia em explanações loquazes da Torá para os alunos que o tinham ajudado a podar o excesso de folhas das videiras para melhor expor as uvas à luz do sol. Por volta do fim da tarde, com uma névoa morna a emergir da terra recém-arada, a limpeza e a ordem da vinícola eram uma alegria para os olhos – as estacas em permanente alerta, os primeiros brotos a se aventurar com timidez ao longo das ramagens.

Depois de todas as preocupações com Eudes e com as viagens de Eliezer, e também com o bebê, que perdera por conta dessas preocupações, tudo que Raquel queria era ficar fora de casa, cercada pela vegetação que crescia e mergulhada nos silenciosos raios de sol. Ela sairia em busca de pisoteadores e tintureiros tão logo a Feira de Verão terminasse. A essa altura estaria grávida novamente, e as línguas compadecidas deixariam de matraquear a respeito da pobre Raquel.

Mas nenhuma de suas suposições aconteceu. A Feira de Verão mal começava quando a menstruação de Raquel retornou, e onze dias depois lá estava ela ao pôr do sol, acompanhando Miriam, dentro de uma piscina de um pequeno rio distante que alimentava o Sena. Lá, as duas irmãs mergulharam na *maiim chaim*, a "água viva", um *mikve* natural. Um mês depois, repetiram o processo, e voltaram a repeti-lo nos meses seguintes.

Enquanto aguardava o momento de ser de novo permitida para Eliezer, chegou a notícia de que Érard de Brienne atacara e tomara um dos mais remotos castelos do conde de Champagne. Hugo, irmão caçula e sucessor de Eudes, tinha a maioria de seus homens ocupada na patrulha de suas terras ou na guarda das estradas que levavam a Troyes, e por isso os cavaleiros de Érard renderam sem dificuldade o pequeno esquadrão que guardava o castelo.

Como de costume, a família de Salomão recebeu de Guy de Dampierre as últimas e mais corretas informações.

– Não entendo por que Érard correria o risco de uma guerra por esse pequeno feudo – disse Meir durante o *disner*.

– E por que agora? – acrescentou Joheved. – Já faz alguns anos que Champagne vive tempos de paz.

– Érard está testando o nosso jovem novo conde – comentou Guy. – Ele está esperando que Hugo considere o castelo pouco valioso para uma luta ou se mostre incapaz de retomá-lo.

Salomão pegou uma travessa com guisado e passou-a para os demais à mesa.

– Érard escolheu deliberadamente uma ocasião em que Hugo estivesse em desvantagem.

Guy assentiu com a cabeça.

– Hugo terá que esperar até o término da Feira de Verão para enviar um esquadrão com envergadura para enfrentar Brienne. Isso dá ensejo a que um outro barão, pensando de modo parecido, ataque um outro castelo de Hugo.

– E se o rei Filipe ou o duque da Borgonha também decidirem testá-lo? – A voz de Miriam ecoou o receio de todos.

– Precisamos rezar para que não façam isso – disse Eliezer. – Um ataque assim enredaria o conde Stephen de Bois e talvez até o rei da Inglaterra.

– Não se preocupem. A condessa Adelaide é muito sábia e experiente para deixar que isso aconteça. – Guy sorriu com um ar conspiratório. – Ouvi dizer que ela arranjou o casamento de Hugo com a princesa Constança, de modo que talvez nem precisemos nos preocupar com o rei Filipe.

Raquel ouviu em silêncio, com um crescente desânimo. A maioria dos mercadores de lã não devia ter o conhecimento e a confiança de Guy, e por isso dificilmente se aventuraria a correr o risco de negociar com ela e Eliezer enquanto o problema com Brienne não estivesse resolvido. E o problema poderia se estender por anos a fio, caso Hugo fosse o líder inapto que Érard esperava que fosse.

Para aumentar a decepção de Raquel, suas flores voltaram na véspera de *Selichot*, no sábado que precedia o *Rosh Hashaná*, e ela temeu que talvez não fosse tão fácil engravidar como antes. E, para piorar ainda mais o cenário, naquela tarde ocorreu um eclipse quase total do sol.

Mon Dieu, esse ano já não foi ruim o bastante? Que grandes desastres o Senhor nos reserva para o próximo ano?

Parte Dois

Treze

Toledo, Sefarad
Inverno 4854 (1094 E.C.)

Depois de seguir durante muitos dias o rio Tejo, Eliezer enfim avistou as muralhas de Toledo, e isso o fez sentir uma onda de ansiedade, imediatamente seguida por uma pontada de culpa. Pelo que parecia, o negócio com tecidos demoraria mais do que o previsto por Raquel, o que lhe assegurava tempo suficiente para estabelecer negócios em Toledo; enquanto isso, a infeliz Raquel concordara em não contar com o retorno do marido a Troyes antes do verão.

O coração de Eliezer se apertou de dó pela adorada esposa, tristonha e forçada a trabalhar duro. A saúde da mãe dela piorara consideravelmente logo após o *Iom Kipur*, e, quando ele retornou de Mayence para a Feira de Inverno, a velha mulher estava acamada. Raquel sempre gostara de ser a filha favorita de Salomão, mas agora, além dos próprios deveres, se vira subitamente responsável pela hospedagem dos alunos da *yeshivá* e dos eruditos visitantes. Não que Miriam se recusasse a dividir a tarefa de cuidar da casa dele, mas Salomão sempre pedia que Raquel fizesse isso, e ela não conseguia se negar a atender um pedido do pai.

Parecia a Eliezer que a esposa se transformara depois do aborto. Muitos homens ficariam satisfeitos se as esposas parassem de discutir com eles, mas agora que ela não mais o desafiava ou provocava Eliezer se dava conta de que aquelas batalhas verbais apimentavam o casamento.

A perda do tempero só serviu para exacerbar o declínio das suas relações maritais. Raquel ainda não estava grávida quando a Feira de Verão terminou, e isso significava que nos seis meses seguintes eles só poderiam usar a cama durante as duas semanas entre as imersões dela no *mikve* e quando ela ficasse outra vez *nidá*. De acordo com o tratado *Nidá*, tal procedimento intensificava o desejo do casal.

Disse Rabi Meir: "Por que a Torá torna a *nidá proibida* ao marido por sete dias? Porque, se não fosse assim, ele estaria frequentemente com ela e acabaria por sentir repulsa por ela. Assim, disse a Torá: deixe-a ser impura por sete dias e ela então será tão desejável para o marido como foi sob o pálio nupcial."

Na verdade, Salomão ensinara que, se um marido pudesse ter a esposa sempre que lhe apetecesse, ele perderia o desejo por ela, ao passo que a abstinência forçada o deixaria ansioso por ela como na noite de núpcias. Mas esse não era o caso de Eliezer. A partir do momento em que a *nidá* deixou-a desesperada com o desejo de engravidar, as relações do casal passaram a ser uma obrigação e não um prazer.

Quando ela voltou a menstruar logo após o encerramento da Feira de Verão, ele aventou a hipótese de partir imediatamente. Mas resolveu seguir o conselho do Talmud, segundo o qual o homem deve "visitar" a esposa antes de partir para uma jornada, e assim esperou os sete dias necessários para que ela estivesse de novo limpa.

Dessa forma, ele chegou tão atrasado a Mayence que grande parte das peles de melhor qualidade já tinha sido vendida. Graças aos céus, pôde contar com Samson, tio de Anna, a criada de Salomão. Samson separara algumas coisas para ele, porque Eliezer assumira uma tarefa adicional que o atrasara ainda mais.

Baruch, o marido de Anna, escrevera uma carta para Samson em que revelava sua frustração porque ainda não tinha encontrado uma noiva para seu filho Pesach. Baruch chegou a pedir que Salomão o aproximasse de mercadores que frequentavam as feiras de Troyes, dando a entender que Pesach aceitaria uma noiva com alguns defeitos, mas de nada adiantou. Apesar da fé de Pesach e do conhecimento que tinha do Talmud, nenhum pai judeu queria a filha casada com um trabalhador de vinícola – por mais digno que fosse seu patrão. Não ajudava nada o fato de que os pais de Pesach eram pagãos convertidos, depois de terem sido escravos.

Com todas as jovens que morriam ao dar à luz, o número de homens solteiros era bem maior que o de mulheres. Assim, no auge do desespero, Anna implorou para que o tio Samson permitisse que Dulce, a filha mais velha dele, se casasse com Pesach.

Por conta disso, Eliezer se incumbira de levar Pesach até Mayence, onde o jovem casal poderia se conhecer e, se tudo corresse bem, noivar. Era o mínimo que ele podia fazer para saldar uma dívida que tinha com Samson, o qual não só colocara a vida em risco para levar a notícia da morte do pai e do irmão de Eliezer, como também o acompanhara até Praga para recuperar os pertences pessoais de ambos.

Infelizmente, o jovem Pesach tornou-se uma companhia enfadonha. O rabugento adolescente passou a maior parte da viagem oscilando entre a preocupação de que Dulce o veria como uma péssima escolha para marido, o que já tinha acontecido com outras, e o temor de que ela pudesse ter algum defeito que repugnara outros pretendentes, e desse modo só lhe restava escolher entre uma noiva defeituosa e nenhuma.

Para dissipar as preocupações de Pesach, Eliezer o fez se concentrar na parte do Talmud que ele teria de ensinar no banquete do *erusin*. O conhecimento de Samson era precário, e Eliezer então também se ofereceu para compartilhar um pouco do conhecimento que tinha. Embora Pesach não parasse de resmungar "que banquete de *erusin*?", quando finalmente se viu diante de sua alta e magra pretendida, com a cabeça coroada por duas tranças louras levemente avermelhadas, ele parou de falar de noivas defeituosas. Graças aos céus, Dulce não recusou o noivo e, no dia seguinte, lá estava Eliezer a comprar as roupas novas que Pesach vestiria na cerimônia, algo que em Troyes ninguém se lembrara de fazer.

Samson e a esposa Catarina pareciam prestes a explodir de orgulho no pátio de sua casa diante de tantos eruditos curiosos que queriam ver se o terceiro genro de Salomão ben Isaac era um *talmid chacham* tão bom quanto os outros dois. E Pesach, que adquirira um bom conhecimento na *yeshivá*, se saiu tão bem que Dulce passou a olhá-lo com interesse, em vez de apreensão.

E foi assim que Eliezer saiu de Mayence com um suprimento suficiente de peles de castor, arminho e marta e com sua dívida saldada com Samson, prometendo que ele e Pesach retornariam no ano seguinte para o casamento. Na viagem de volta para casa, o humor dos dois homens era de celebração, e Eliezer então começou a crer que a sorte havia mudado e que, quando chegasse, Raquel lhe diria que estava grávida.

No entanto, mais uma vez, ela estava *nidá*.

Eliezer suspirou de tristeza e então se empertigou na sela. À medida que se aproximava da cidade, Toledo se agigantava, e ele estava decidido a banir da mente todos os pensamentos tristes e deixar apenas os otimistas. Ao contrário do que ocorrera na primeira viagem a Sefarad, dessa vez ele tinha uma apresentação para Dunash, um proeminente mercador judeu da cidade, para quem Hasdai escrevera uma carta na primavera anterior.

Eliezer não conteve o riso quando se lembrou de sua pressa para chegar a Córdoba no ano anterior, ávido por conhecimento e novas ideias que apagassem os pensamentos que giravam em torno da morte prematura do conde Eudes. Não se sentia arrependido pelos seus atos, se decidira repentinamente, tal como acontecera com seu impulso de sair de Troyes tão logo a Feira de Inverno terminasse. Ele estava ansioso para se esconder na biblioteca de Hasdai e se entregar ao estudo de Filo durante seis meses. Finalmente, encontrara um judeu entre os filósofos da antiguidade determinado a reconciliar a Torá com as crenças deles, mas sem receio de rejeitar a tese do grande Aristóteles referente à Criação.

Eliezer estava convencido de que assim que compreendesse Filo não precisaria mais se envergonhar de abrir a boca perante um grupo de judeus sefarditas. No entanto, quanto mais se aprofundava na obra de Filo, mais se dava conta de que ainda havia muito para estudar. Filo insistia que a mais alta percepção da verdade só era possível com o estudo das ciências, o que significava que ele teria que procurar um tutor de matemática.

Alguns meses depois, ele retornou de uma de suas aulas e se desconcertou quando viu Hasdai sentado sozinho à mesa de jantar. É bem verdade que os filhos e a esposa comiam separadamente, exceto no *Shabat*, mas geralmente havia convidados à mesa.

Hasdai estendeu para Eliezer uma travessa abarrotada de frutas secas, a entrada habitual das refeições.

– Fiquei sabendo que você é um excelente aluno de matemática e que consegue resolver as mais difíceis questões de al-Khwarizmi. O que pretende estudar depois?

– Estou pensando em seguir o conselho de Filo e estudar algumas ciências. – Eliezer estava surpreso com o interesse do anfitrião por seus estudos.

– Preciso lhe dar um conselho – disse Hasdai. – Por mais que goste de suas visitas, devo lhe dizer que Córdoba está se tornando cada vez mais perigosa para os judeus. Se quer continuar a fazer negócios em Sefarad, sugiro que se transfira para um lugar mais seguro... como Toledo, por exemplo.

– E por que não Barcelona? – Tentando dissimular o desânimo por ter de começar tudo outra vez em outra cidade sefardita, Eliezer se serviu do segundo prato, peixe com alface e cenouras.

– Ao mesmo tempo que há muitas comunidades no Norte onde um mercador judeu pode prosperar, em Toledo, você poderá estudar astronomia.

– Astronomia? – Os escritos de al-Khwarizmi sobre astronomia eram intrigantes, mas Eliezer não tinha a menor vontade de despender tanto esforço para aprender algo que só os navegadores precisavam saber. Era muito melhor estudar filosofia e impressionar os mercadores que conheceria no seu novo ponto de negócios.

– Não gostaria de saber como os astros se movem no espaço e determinam o futuro?

– Mesmo que um homem fosse capaz de fazer isso, os cálculos seriam terrivelmente difíceis – retrucou Eliezer. Salomão ensinara que tais estudos eram interditos, como, por exemplo, questionar o que antecedera a Criação e o que se sucedia à morte. Mas, em Córdoba, a Criação era um dos tópicos preferidos dos judeus.

Hasdai soltou um risinho.

– Alguns acham que memorizar e compreender o Talmud de ponta a ponta é terrivelmente difícil.

– Supondo que eu queira estudar astronomia, por que deveria fazer isso em Toledo?

– Al-Zarqali de Toledo foi um dos maiores matemáticos e astrônomos de nossa época. Tivemos uma grande perda com a morte dele alguns anos atrás, mas os discípulos deram seguimento à sua obra – Hasdai suspirou. – Ah, que descobertas devem estar fazendo no observatório do mestre...

Eliezer sentiu desejo na voz de Hasdai, e isso lhe aguçou a curiosidade. Qual seria a sensação de estudar com os maiores astrônomos do mundo e aprender aquilo que a maioria dos homens nem de longe suspeitava? Talvez em Toledo viessem a descobrir os segredos dos astros e a compreender os mistérios da Criação. E, se ele estivesse entre esses astrônomos, teria um conhecimento que poucos homens partilhavam.

– Os judeus de Toledo devem estar ricos, agora que Afonso fez da cidade deles a capital – disse Eliezer.

– Não só os judeus – disse Hasdai para encorajá-lo. – Se decidir visitar Toledo, posso escrever uma carta de apresentação para diversas famílias de lá. Assim, não terá dificuldade para encontrar hospedagem... e oportunidades de negócios.

Então, estava decidido. No último dia de Eliezer em Córdoba, enquanto ele arrumava a bagagem nos animais de carga, Hasdai ordenou a um servo que acrescentasse um outro baú à pilha.

– Nenhum astrônomo será capaz de me dizer se nossa cidade estará de pé no próximo ano – disse Hasdai. – Ou se terei bisnetos para desfrutar dos meus livros.

De repente, Eliezer se deu conta do tesouro que havia dentro do baú de Hasdai e, com os olhos rasos d'água, abraçou o velho homem. Era bem provável que não voltassem a se encontrar.

E agora, um ano depois, o mesmo baú estava escondido na carroça, debaixo de rolos de tecidos e peles, enquanto ele atravessava o portão da cidade de Toledo. Junto com os volumes de Filo, Aristóteles e al-Khwarizmi, estava uma bolsa com um magnífico conjunto de joias de diamantes. Raquel lhe contara uma história duvidosa sobre uma amante do conde Eudes que empenhara as joias e falecera antes de poder resgatá-las, e que por isso elas não poderiam ser vendidas em Troyes.

Eliezer deu de ombros. Eudes já estava morto e, se a presenteara com os diamantes, era um pagamento justo para o grande aborrecimento que fizera a família deles passar.

Joheved pôs as mãos nas cadeiras e amarrou a cara para a irmã caçula.

– Pouco me importa se está ocupada ou não, Raquel, você irá comigo e Miriam até a casa de banhos. Não tomo um banho quente desde a Feira de Inverno, e depois de dois meses cuidando do parto das ovelhas, bem que mereço um.

– Ainda não estamos preparadas para o *Purim*. – Por mais que Raquel adorasse um banho quente, não receberia ordens de Joheved.

– Eu e Joheved podemos ajudá-la, assim como Zippora e Judita. – Miriam tentou desanuviar a tensão entre as duas irmãs. – A propósito, Zippora se mostrou tão eficiente nos partos das ovelhas que resolvi treiná-la como aprendiz.

– Pretende fazer dela uma *mohel*? Shemayah ficará furioso – disse Joheved com uma grande dose de prazer. A negociação do noivado de Shmuel e Zippora com aquele homem tinha sido intragável.

– Você terá de achar um jeito próprio de punir Shemayah por ele ter maltratado a esposa e a filha. Só estou ensinando o ofício de parteira para Zippora – retrucou Miriam. – Mas, se ela quiser se tornar uma *mohel* mais tarde, isso será uma decisão dela.

– Levando em conta a maldição que há na família dela, não consigo imaginá-la realizando circuncisões – comentou Raquel.

Brunetta, a mãe de Zippora, também era amaldiçoada, como as outras mulheres da família. Se os seus filhos homens sofressem um corte, poderiam se esvair em sangue e quem sabe até morrer. Foi preciso que muitos meninos da família morressem após a circuncisão para que Salomão os isentasse do rito, e Shemayah não se cansava de culpar Brunetta por só ter lhe dado filhas.

Joheved se aproximou e passou os dedos pelos cachos de Raquel.

– Você é capaz de se lembrar da última vez que lavou o cabelo? E não me venha com a desculpa de que isso não é preciso porque seu marido está viajando.

Joheved estava impressionada com a aparência deplorável da irmã. Raquel sempre fora a mais bonita, mas agora seu cabelo sedoso e brilhante mais parecia um feixe de palha seca. A pele perolada perdera o viço e à luz do sol se mostrava pálida. Embora isso fosse impossível, até seus maravilhosos olhos verdes pareciam ter se transformado de esmeraldas em laguinhos lodosos.

– A última vez que lavei o cabelo não é da sua conta.

Antes que Joheved dissesse alguma coisa que poderia desencadear uma briga de verdade, Miriam pegou Raquel e Joheved pelas mãos.

– Agora que estou de volta a Troyes, preciso me banhar no *mikve* e seria ótimo se minhas duas irmãs fossem comigo.

Claro que Raquel reagiria melhor ao pedido de Miriam do que às críticas de Joheved.

– Está bem então, irei com você. – Pensar no prazer das irmãs dentro de uma banheira de água quente, enquanto ela limpava o pátio, irritou-a ainda mais. – Mas, se mamãe reclamar, a culpa será de vocês duas.

Acomodadas dentro de uma enorme banheira, rodeadas por nuvens de vapor, Raquel se deu o direito de relaxar, enquanto Joheved e Miriam trocavam um olhar de aprovação.

– Agora que Joheved recuperou completamente a saúde, decidimos que nossa família continuará a celebrar o *Pessach* em Ramerupt – disse Miriam.

Antes que Raquel abrisse a boca para falar, Joheved acrescentou:

– Isso quer dizer que você e Miriam não terão mais que trabalhar como loucas para preparar a festa, e posso convidar a família de Zippora e a família de Judita sem trazer mais trabalho para vocês.
– E mamãe? – Raquel encarou as irmãs espantada. Fazia meses que a mãe estava de cama.
– Se mamãe pode sentar numa cadeira, também pode sentar numa carroça. – Miriam sentiu-se culpada por exprimir tal pensamento sobre a própria mãe, mas vez por outra se perguntava se a mãe não exagerava os sintomas apenas para sobrecarregar Raquel.
Raquel pegou um punhado de sabão cremoso e começou a esfregar os cabelos.
– Já falaram com papai?
– Ainda não – respondeu Joheved. – Achamos que seria melhor se nós três falássemos.
O fato de as três estarem se banhando juntas, planejando apresentar uma frente unida para o pai, criou uma intimidade que Raquel nunca sentira com as irmãs.
– Vocês se importariam se primeiro eu perguntar uma coisa?
Joheved estendeu um balde com água limpa para que Raquel enxaguasse o cabelo.
– Pode perguntar.
Raquel respirou fundo.
– O fato de eu ser a predileta de papai incomoda vocês? – Pronto, já tinha feito a pergunta e não podia voltar atrás.
Miriam foi a primeira a falar.
– Antes do seu nascimento, a predileta de papai era Joheved, de modo que nada mudou para mim. E, depois que me tornei mãe, guardo comigo mesma a minha preferência.
– Você tem um favorito? – Isso nunca tinha passado pela cabeça de Raquel para quem a irmã era a mãe perfeita.
– Quando se é mulher e se tem muitos filhos e uma única filha...
– Miriam deu de ombros, com o rosto em brasa.
Elas se voltaram para Joheved, que fixou os olhos na água por alguns instantes, antes de dizer:
– Admito que fiquei ressentida com você durante um tempo. – O queixo de Joheved começou a tremer. – Mas depois nós duas perdemos nossos bebês para Shibeta.
Agora, depois do aborto de Raquel e da infertilidade que se seguiu, o ciúme de Joheved se transformara em pura compaixão. Mas ela não queria ferir ainda mais a irmã caçula com aquelas lembranças.

– Se eu sou a filha que mamãe menos ama – propôs Raquel –, quem vocês acham que ela prefere?

– Não a mim, com toda certeza – respondeu Joheved de imediato. – Ficou muito aborrecida comigo quando comecei a estudar o Talmud e a usar os *tefilin*.

As duas olharam para Miriam, que balançou a cabeça em negativa.

– Acho que nenhuma de nós substituiu o filho que Shibeta tirou dela.

Fez-se um silêncio incômodo, até que Joheved se voltou para Raquel.

– E então, vai se juntar a nós para falarmos com papai?

– Claro. Ele não poderá recusar um pedido de nós três.

Miriam abriu um largo sorriso.

– Eu disse que ela concordaria – disse para Joheved, desviando os olhos para Raquel em seguida. – Também decidimos que você e seus filhos devem voltar com Joheved para Ramerupt depois de *Purim*. O ar do campo lhe fará bem.

– Mas... – Raquel balbuciou um protesto.

– Minha cervejeira tem tantas filhas que nem sabe o que fazer com elas – disse Joheved. – Então me ofereci para trazer duas para Troyes, onde poderão ajudar Anna a cuidar do papai e da mamãe.

– E dos alunos da *yeshivá*. – O humor de Raquel se iluminou. – Papai já devia ter contratado outras criadas.

– Joheved terá outros problemas resolvidos com essas duas meninas em Troyes – disse Miriam. – Elas deixarão de correr atrás do Milo, e ele poderá trabalhar em paz.

Ah, Milo – Joheved suspirou. – Já não sei o que fazer com ele.

– Qual é o problema com ele? – perguntou Raquel. – Pensei que era melhor mordomo que o velho Étienne.

– É um excelente mordomo, e isso é parte do problema. Se fosse um mordomo ruim, eu poderia substituí-lo por outro.

Raquel franziu os olhos confusa.

– Mas, se é um bom mordomo, por que substituí-lo?

Joheved ruborizou-se e desviou os olhos.

– Milo vive dizendo que está apaixonado por mim e que, se eu não retribuir esse amor, ele morrerá. É claro que tudo isso é uma grande besteira, e sinceramente não sei de onde ele tirou essa ideia. Mas, quanto mais lhe digo que isso é impossível, que nunca vou amá-lo, mais determinado ele fica.

– Milo não inventou essa história de cavaleiros que sofrem pelo amor de suas senhoras. – Raquel não tinha outra opção senão explicar o assunto, por mais que lhe evocasse lembranças desagradáveis.

– Isso se chama amor cortês, e parece que está na moda nas cortes francesas. Pelo menos a princípio, o cavaleiro supõe que seu amor não é correspondido.

– Sou uma mulher casada e logo serei avó – disse Joheved. – O amor dele jamais será correspondido.

– Mas, de acordo com as regras do amor cortês, quanto mais você rejeitar o cavaleiro, afirmando que ele nunca terá o seu amor, mais ele se determina a conquistá-la. O que você está fazendo apenas o encoraja ainda mais.

– Você agora vê, Joheved, que Raquel conhece tudo sobre essas coisas – disse Miriam.

Os olhos de Raquel faiscaram.

– Você contou para a Joheved sobre... – Ela se deteve a tempo de evitar dizer abertamente o nome do conde.

– Joheved precisa da sua ajuda. – Miriam manteve-se calma. – Quanto tempo isso poderá levar até que Meir ou qualquer outra pessoa acabe suspeitando e manchando a reputação da sua irmã? E lembre-se de que você ficou sabendo sobre o espelho mágico de Joheved e Meir, e também sobre Judá e Aaron. Por que você seria a única a guardar segredos?

– Agora entendo por que estão ansiosas para que eu vá para Ramerupt – disse Raquel com um tom acusatório para as irmãs.

– Eu quero que você vá para Ramerupt por causa da sua saúde – retrucou Joheved com suavidade. – E ficarei muito agradecida se puder me ajudar a encontrar um jeito de demover Milo dessa ideia ridícula de amor cortês enquanto estiver lá.

Enquanto cavalgava com Joheved pela parte menos arborizada da floresta, a filha aninhada no colo, Raquel sentiu-se realmente em paz pela primeira vez depois de meses. Logo um campo coberto de ovelhas e carneiros surgiu à vista, e Raquel sorriu quando a pequena Rivka gritou de alegria.

– E seu plano de se tornar comerciante de tecidos? – perguntou Joheved. – Vai precisar de lã nessa primavera?

O ânimo de Raquel caiu abruptamente.

– Encontrei alguns tecelões que concordaram em trabalhar para mim e os colegas do tintureiro Simão também concordaram em tingir os tecidos que serão fornecidos por mim, desde que lhes sejam fornecidas a tinta e o alúmen. Mas... – Como ela poderia dizer a verdade para Joheved sem insultá-la?

– Mas o quê?

– Ainda preciso de um pisoteador, talvez até mais de um. – Raquel fitou as ovelhas, evitando os olhos da irmã. – Mas isso é só uma questão de dinheiro. O problema maior é a qualidade da sua lã. Eliezer teria que importar tintas caras que seriam desperdiçadas com panos de baixa qualidade, e todo mundo diz que a melhor lã é a da Inglaterra.

– Oh. – Joheved soou desapontada, não aborrecida. – Importar a lã da Inglaterra signficaria menos lucro para vocês.

– Infelizmente, isso é verdade.

Elas cavalgaram em silêncio até que fizeram uma curva, e Raquel se espantou com um homem que cavalgava na direção delas. Ele acenou, e Joheved resmungou.

– É o Milo. Já lhe disse mil vezes para não fazer isso, mas ele sempre sai para me encontrar. Alega que uma dama deve ter um séquito de cavaleiros para escoltá-la até a casa e que faz isso sozinho porque é o único cavaleiro disponível na nossa propriedade.

Raquel observou atentamente enquanto Milo se aproximava. Não era de surpreender que tivessem de afastar as filhas da cervejeira daquele lugar: o rapaz era muito atraente. Mas o sorriso que ele abriu ao cumprimentar Joheved e o modo com que o rosto dele se iluminou quando ela lhe dirigiu a palavra fizeram Raquel estremecer. Meir era o melhor marido que uma mulher podia querer, mas até quando poderia competir com aquele jovem Adônis? Por quanto tempo uma mulher normal se manteria indiferente às ofertas de amor de Milo? Raquel não fazia a menor ideia de como poderia dissuadi-lo, se a própria Joheved não o conseguira, mas de uma coisa estava certa: não deixaria os dois a sós.

Logo se deu conta de que isso não seria necessário. A própria Joheved fazia questão da presença de uma outra pessoa quando se encontrava com Milo. Embora os dois tivessem diálogos privados na mesa de jantar ou quando cuidavam da contabilidade da propriedade, isso sempre se fazia às vistas de todos da casa.

Com a suspeita de que Joheved não tinha sido bastante incisiva nas recusas, Raquel achou por bem conversar com Milo. Afinal, cozinhara o conde Eudes em banho-maria por meses a fio, e seguramente teria se saído muito bem em rejeitá-lo se ele não fosse o soberano. Mas ali a situação era inversa. Joheved era a senhora da propriedade, enquanto Milo não passava de um reles cavaleiro. Se conseguisse persuadi-lo de que não devia alimentar qualquer esperança, talvez ele desviasse a atenção para uma outra mulher que estivesse disponível para aceitá-lo.

Assim, ela pediu a ele que lhe mostrasse a nova vinícola, esperando ter um pretexto para lhe perguntar que sentimentos nutria por Joheved.

– Milo, o campo parece diferente comparado à última vez que estive aqui para *Pessach*.

– Isso foi há dois anos. – Milo deteve-se para pensar. – A terra que estava plantada com trigo naquela época ficou sem cultivo ano passado, e agora está brotando a plantação da primavera, a ervilha e a cevada, e as terras que estavam sem cultivo...

– Conheço as três rotações do campo – Raquel o interrompeu. – Mas antes a plantação da primavera era de aveia. Agora percebo o que está diferente: quase não há aveia.

– Lembre-se do eclipse do outono passado.

Raquel assentiu com a cabeça.

– Um sinal desse prenuncia desastre para o ano seguinte. Com o inverno ameno que tivemos, achei que teríamos um verão quente e seco e uma parca colheita de trigo, se essa tendência continuasse. – Milo assumiu uma expressão orgulhosa. – Quando discuti isso com lady Joheved, ela resolveu semear os campos da primavera com lavoura de alimentos para humanos e não para cavalos.

A menção ao nome de Joheved era o que Raquel estava esperando.

– Por falar em Joheved... sinceramente, Milo, não sei como lhe dizer isso. – Ela pigarreou, enquanto ele a olhava com grande expectativa. – Minha irmã me disse que você está perdidamente apaixonado por ela, e que, apesar de ter feito de tudo para dissuadi-lo, você teima em tentar conquistar o amor dela.

Milo ficou vermelho como um pimentão e, para a surpresa de Raquel, as lágrimas rolaram dos olhos dele.

– Fiquei encantado com lady Joheved logo que cheguei aqui, e tentei ocultar a minha dor com todas as minhas forças. Porém, quanto mais tentava ocultá-la, mais ela aumentava, até que não consegui mais continuar calado.

– Milo, você não pode nutrir a menor esperança em relação ao amor de minha irmã. – Raquel se entristeceu por causa da cegueira de Milo diante da inutilidade de tal paixão. – Ela se tornaria uma pecadora se mantivesse um relacionamento com outro homem, e ainda mais pelo excelente marido que tem. Meir a ama de todo coração, e ela é igualmente devotada a ele.

– Meu senhor é abençoado pela felicidade de tê-la nos braços. – Os olhos de Milo se estreitaram desafiadores. – Mas a senhora não empregou bem a palavra *amor* para definir a afeição marital que as duas partes de um casal devem sentir um pelo outro. Eu é que sinto verdadeiro amor pela minha senhora.

– Isso que você chama de amor não passa de desejo libidinoso – rebateu Raquel prontamente.

– *Non*. Só desejo servi-la para provar minha devoção.

Raquel respirou profundamente, tentando se acalmar.

– Você condena o amor entre marido e esposa porque eles se abraçam sem medo da censura alheia. Mas este é o melhor tipo de amor, praticado sem pecado e encorajado pelo aconchego de abraços sem fim.

– Qualquer um que foi tocado pelo amor sabe que o amor não existe sem ciúme – disse Milo com segurança. – Mas todo marido que suspeita da esposa pensa que ela é capaz de uma conduta vergonhosa, e se assim pensa sobre a amada, logo o amor dele fenece. Eis por que não pode existir o verdadeiro amor entre marido e esposa.

Parecia que Milo jamais aceitaria que Joheved e Meir se amavam, e já que toda mulher era digna do amor, quem melhor do que Milo para amá-la? Raquel abaixou a cabeça, e os dois cavalgaram em silêncio.

– Raquel – disse Joheved para a irmã mais tarde –, você acredita que o amor de Milo por mim não é carnal? Que ele só deseja me servir?

– Nem por um segundo – respondeu Raquel. – Embora ele possa ter se convencido disso.

– Então, você não acredita que eu possa dissuadi-lo?

– *Non*, receio que não. Não se ele permanecer em Ramerupt.
– Mas ele é um mordomo bom demais para ser despedido – retrucou Joheved. – Além disso, não podemos despedi-lo sem que as pessoas suspeitem que eu sou o motivo. Milo está certo a respeito de uma coisa: seria um escândalo para qualquer marido demonstrar ciúme pela esposa à vista de todos. Isso praticamente corresponderia a uma acusação de adultério.

Raquel sorriu quando lhe ocorreu uma ideia.

– Espera-se que um adepto do amor cortês prove a própria devoção por meio de atos heroicos; e, quanto mais difícil o ato, melhor.

– *Oui*. – Joheved arqueou as sobrancelhas, desconfiada.

– A lã de melhor qualidade é a inglesa, mas não tenho recursos para importá-la. Então, mande Milo à Inglaterra para comprar um carneiro reprodutor e trazê-lo para cobrir as ovelhas no próximo ano.

O rosto de Joheved se iluminou, ao entender tudo.

– Ele ficará fora por muitos meses e durante esse tempo poderá se esquecer do amor que sente por mim. Ou pode ser que não encontre um carneiro realmente bom, e assim terei uma desculpa para repudiá-lo.

Quando Joheved disse a Milo o que queria, insistindo que seu filho Isaac de dezoito anos precisava administrar a propriedade por conta própria, Milo oscilou entre o desespero por estar sendo afastado e o júbilo por saber que sua lady precisava de sua ajuda. Se fosse bem-sucedido, talvez se tornasse merecedor do amor dela. Raquel esperava que ele trouxesse o melhor carneiro da Inglaterra e lhe assegurasse a chance de se tornar uma comerciante de tecidos – não importava se Joheved teria de lidar com um pretendente ainda mais ardente.

Acontece que elas não se deram conta de que Meir também estava tentando solucionar o problema.

Catorze

Salomão franziu a testa com um ar apreensivo.
– Se acha mesmo que Joheved corre o perigo de pecar com o mordomo, o melhor a fazer é mandá-lo embora imediatamente.
– Não posso fazer isso. – Meir se preparou para dar uma explicação igual à que Joheved dera a Raquel. – O ideal é que um lorde se sinta lisonjeado pelo carinho que um cavaleiro dispensa a sua esposa e demonstre total confiança na virtude dela. Se eu não for capaz de fazer isso, pelo menos terei que fingir que ignoro.
– Mas a situação é muito perigosa. Nenhuma mulher aguenta uma tentação contínua. Nem mesmo a minha filha.
– É disso que tenho medo, sobretudo com minhas frequentes permanências aqui em Troyes.
Eles passavam pelo convento de Notre-Dame-aux-Nonnaines quando de repente Meir se lembrou de uma outra tarde de primavera de vinte anos antes, ocasião em que perambulava com Salomão pelas ruas de Troyes enquanto discutiam a rebeldia do *ietzer hara* de Joheved.
Ele também andava preocupado naquela época.
– Às vezes penso em me afastar por um longo tempo para dar uma chance a eles, e ver o que ela faria.
Salomão segurou o braço de Meir com firmeza.
– Absolutamente, não. Nem pense em tal coisa.
– Papai, por que o senhor está tão aborrecido? Ainda não aconteceu nada.
Salomão se deteve para endireitar a meia.
– Fale-me sobre Beruria, a filha de Rabi Hananiah ben Tradion.
Meir tinha certeza de que o sogro tinha uma boa razão para fazer um pedido aparentemente tão incongruente, e obedeceu.

– Além de ser a esposa de Rabi Meir, era uma erudita tão aplicada que estudava trezentas leis do Talmud diariamente. Não era paciente com os estudantes que pareciam tolos, mas demonstrou enorme compaixão por Meir quando o consolou depois que os dois filhos deles morreram. Quando o pai dela continuou a ensinar a Torá à revelia da proibição dos romanos, eles o executaram junto com sua mãe e trancafiaram a irmã dela num bordel.
– Qual é a última coisa que é dita sobre Beruria no primeiro capítulo do tratado *Avodah Zorah*?

Meir vasculhou a memória à procura do obscuro texto.

Beruria disse para Meir: "É uma vergonha a minha irmã dentro de um bordel." Ele então pegou três *dinares* e foi para Roma, pensando que, se ela não tinha feito nada de proibido, aconteceria um milagre. Ele se disfarçou de soldado da cavalaria e disse para ela: "Submeta-se a mim." Ela retrucou: "Eu estou menstruada." Ele disse: "Não me importa." E ela disse: "Mas aqui há outras bem mais belas que eu." Ele então chegou à conclusão de que ela não tinha feito nada de proibido e que dizia o mesmo para todos que ali entravam.
Meir se dirigiu ao guarda que a vigiava e disse: "Me dê essa mulher." O homem replicou: "Eu temo o governo." Ele disse para o homem: "Tome esses três *dinares*. Use-os para subornar e fique com a metade"... E o guarda a libertou. As autoridades ficaram sabendo do ocorrido... pregaram um desenho do rosto de Rabi Meir nos portões da cidade, com a declaração de que quem avistasse aquele homem deveria prendê-lo... Meir fugiu para Bavel. Segundo alguns, por causa disso; segundo outros, por causa do incidente de Beruria.

Meir olhou com um ar apreensivo para Salomão.
– O incidente de Beruria?
Salomão cerrou os olhos e suspirou.
– Aprendi isso com os mestres de Mayence. Isso nunca foi escrito:

Certa vez, Beruria debochou dos sábios porque eles diziam que as mulheres eram volúveis. Meir então lhe disse: "Cuidado! Você pode ser levada a aceitar as palavras deles." Depois, instruiu um dos seus discípulos a tentá-la até torná-la infiel. O discípulo a cortejou por vários dias até que finalmente ela cedeu. Quando o fato se tornou conhecido, ela se enforcou, e Rabi Meir fugiu da cidade por causa da desgraça.

Meir estremeceu. O que havia possuído Rabi Meir para levá-lo a fazer tal coisa? Não era de espantar que essa parte do Talmud não tivesse sido escrita. Salomão o olhou fixamente, e ele se deu conta de que precisava demonstrar que tirara uma lição daquela ignominiosa história.

– Não posso agir como o meu xará agiu, não posso tentar minha esposa a pecar.

Salomão anuiu com a cabeça, e eles retomaram o passeio.

Meir frequentemente se orgulhava dos paralelos que se faziam entre ele e o talmúdico Rabi Meir, em particular pelas esposas eruditas de ambos. Mas agora a similaridade entre eles o deixou apavorado.

Lembrou-se do quanto era difícil dissimular o ultraje toda vez que flagrava Milo olhando para Joheved com um ar sedutor, e sentiu o coração confranger-se de dor por Rabi Meir e Beruria, pelo ciúme do erudito que acarretara terríveis consequências. Não havia outra escolha senão confiar em Joheved e rezar para que a história deles não terminasse em tragédia.

Eliezer liberou os animais de carga e os observou da ponte enquanto se dirigiam para a beira do rio. O curso d'água caudaloso que atravessara quando se dirigia a Toledo se encolhera no seu retorno e se fizera um riacho, mas pelo menos havia um pequeno fluxo de água. Os dois últimos arroios por onde passara estavam secos. Os cavalos bebiam com avidez enquanto ele observava um céu totalmente despido de nuvens. Não tinha chovido uma só gota durante a sua viagem de volta a Troyes, o que normalmente seria uma bênção. No entanto, quando os campos de trigo por onde passava mostravam-se cada vez mais danificados pela estiagem, começou a comprar grãos em todas as propriedades que tinham reservas disponíveis.

Quando chegou à fronteira de Champagne o cenário agrícola era desolador, e os olhares gulosos cravados nos sacos de grãos o fizeram agradecer pelos homens do conde que patrulhavam as estradas. Na última noite fora de Troyes, Eliezer se sentiu desolado enquanto empacotava e escondia o livro que comprara para ler durante a viagem:

uma tradução árabe do *Grande Tratado*, de Ptolomeu. Até que deixasse Troyes novamente, só leria textos escritos em hebraico e aramaico. Ele pensou em Raquel e suspirou. Será que ela o receberia com um sorriso aberto, será que a família dela sofrera algum desastre enquanto ele estava fora? Mesmo que tudo estivesse bem, ela poderia estar no período das flores. Ou pior. Ele fez uma careta ao se lembrar da maldição talmúdica: "Que você retorne de uma viagem e encontre a sua hesitante esposa *nidá*."

Entrou ansioso pelo pátio de Salomão, onde Anna ensinava algumas criadas novas a lavar roupa. Isso era um bom sinal: Raquel já não ficaria tão sobrecarregada pelo duplo trabalho doméstico.

Anna apressou-se em recebê-lo.

– Raquel e os outros ainda estão na vinícola, mas logo voltarão para casa. Está com fome? Posso lhe trazer pão e queijo.

– Eu aguento esperar pela *souper*. – Ele abaixou a voz e perguntou com um sussurro: – E minha sogra?

– Rivka está do mesmo jeito. – A expressão de Anna se tornou séria. – Mas a mãe do Judá está muito doente. Ele partiu com Miriam e as crianças para Paris no mês passado.

– E há algo mais que preciso saber?

Ela abriu um largo sorriso.

– Seus filhos e Raquel estão bem... que o Eterno os proteja. Dois dias atrás ela e Joheved foram nadar juntas.

Eliezer retribuiu o sorriso. As coisas estavam melhor que o esperado. Ela o ajudou a descarregar a mercadoria, e ele teve tempo de sobra para abrigar os animais nos estábulos antes dos serviços do final da tarde. Nos estábulos, encontrou ninguém menos que Elisha, o antigo parceiro de estudos de Judá.

– Então, você também acabou de chegar a Troyes. – Eliezer o cumprimentou com um rápido abraço. – Onde está Giuseppe?

– Ele está procurando uma hospedagem para nós – disse Elisha quando pisaram nas ruas agora bem varridas. – Tínhamos reservado uma hospedaria horrorosa.

Elisha e Giuseppe eram sócios nos negócios. Elisha era de Worms, e Giuseppe, de Gênova. De acordo com Raquel, que parecia conhecer todos os Ganimedes, a relação entre ambos era tanto carnal quanto profissional. Ela também lhe confidenciara que um dia Judá fora objeto da afeição de Elisha.

A lembrança lhe trouxe uma ideia.

– A mãe de Judá adoeceu, e ele foi para Paris com a família. Vocês dois podem ficar conosco até que eles retornem.

– Ficaria muito grato, apesar de ser frustrante não estar com Judá até a Feira de Inverno. – Elisha começou a acenar intensamente, e logo Giuseppe se juntou a eles.

– Que mercadorias você trouxe de Sefarad? – Giuseppe passou o braço ao redor do ombro de Elisha. – Talvez a gente possa adquirir alguma coisa com você.

– O de costume: tintas para tingimentos, pimenta e outras especiarias. Posso oferecer a vocês uma boa quantidade de canela e cominho. Também comprei grãos no caminho de volta.

Elisha se surpreendeu.

– Você tem trigo? Em Worms, o trigo está valendo tanto quanto a pimenta.

– Ainda tenho um pouco de trigo, porém disponho mais de ervilha e cevada da colheita de primavera.

– Não importa. Se não chover logo, você terá um lucro obsceno com esses grãos. – Elisha balançou a cabeça, desconsolado. – Faz seis meses que não chove nas terras do Reno e...

– Não se tem notícia de uma primavera tão quente quanto esta – Giuseppe concluiu a frase de Elisha. – As pessoas já estão preocupadas com a fome.

– Claro que deve haver outros mercadores com trigo.

– Não, se a seca é geral – afirmou Elisha.

Eliezer se lembrou do eclipse do outono anterior. Em Troyes, o sol só ficara parcialmente encoberto, mas na Alemanha tinha sido um eclipse total.

– É melhor descobrir onde há bastante trigo e mandar imediatamente alguns compradores para lá. Se for um lugar distante que nos impeça de ter o trigo aqui até o final da Feira de Verão, pelo menos teremos uma boa quantidade para vender na Feira de Inverno.

– Enquanto a feira não acabar, eu e Giuseppe não teremos dinheiro para investir – disse Elisha. – Mas, se você injetar algum capital, nós encontraremos trigo.

– E depois dividiremos os lucros – acrescentou Giuseppe.

– Fechado.

O ânimo de Eliezer se inflamou quando ele viu Raquel de pé no portão, aparentemente à espera dele. Ele acelerou o passo quando ela caminhou em sua direção e logo os dois corriam para se abraçar.

– Senti tanta saudade – sussurrou Raquel entre beijos.
– Quanto tempo nos sobra antes dos serviços da tarde?
– Com toda certeza, ainda nos sobra muito tempo. – Raquel o empurrou na direção da escada. – Joheved está cuidando das crianças.

Tão logo eles fecharam a porta do quarto, Raquel já estava em seus braços, ao mesmo tempo beijando-o e despindo-o. Ela já abrira o *bliaut* e a camisa, que logo estavam no chão. Eliezer nem se preocupou em descalçar as meias, mergulhou na cama e fechou o cortinado.

Raquel se mostrou igualmente insaciável naquela noite, na manhã seguinte e nos dias que se seguiram, até que duas semanas depois as flores chegaram. Eliezer se preparou para o retorno do humor sombrio da mulher, mas ela continuou estranhamente animada.

– Você está incrivelmente feliz para quem tem que dormir com sua própria roupa de cama – ele disse enquanto ela calçava lentamente as meias, quando se vestiam de manhã.

Ela soprou um beijo para ele.

– Miriam fez de estar *nidá* algo bem menos desagradável para mim.

– Como?

– O mais importante é que não preciso imergir naquele *mikve* horroroso e escuro da sinagoga. Pelo menos não faço isso na maioria dos meses. – Já esperava um olhar preocupado do marido e continuou: – Miriam me mostrou um lago adorável na floresta. É discreto, com uma margem de areia, e depois que papai explicou que se trata de um *mikve kosher*, muitas de nós nos banhamos lá quando não está frio.

– Você terá que me mostrar esse lugar. – Ele imaginou algo e sorriu para ela. – Talvez possamos usá-lo juntos no *Rosh Hashaná*.

– Talvez – ela disse. – Miriam também me mostrou como usar o *mokh* quando estou florida. É bem menos incômodo do que usar apenas a *sinar*.

– Suponho que sim. – O clima de flerte que se apossara de Eliezer desvaneceu quando a mulher começou a falar sobre os aparatos menstruais.

– Creio que foi ideia de Joheved, com toda aquela lã sobrando. Mas ela não sabia se seria permitido durante o *Shabat*, já que poderia ser visto como algo sendo carregado e não vestido. Ela discutiu isso com papai.

Carregar itens de um lugar para o outro era um trabalho proibido no *Shabat*, mas é claro que vestir fosse o que fosse era permitido.

Eliezer ponderou que o *mokh* se alojava à entrada do útero da mulher e concluiu que podia ser aceito, mesmo sendo uma inovação.

– Se isso torna as coisas mais fáceis para a mulher que está *nidá*, acho que deveríamos ser mais compreensivos – ele disse.

– Não que Joheved se preocupe com isso – disse Raquel. – Ela não fica *nidá* desde que o pequeno Salomão nasceu. Acho que foi o último filho dela.

Eliezer agradeceu em silêncio à cunhada. No último verão, Raquel ia para cama mais cedo quando estava *nidá*, mas agora ela e Joheved ficavam até tarde da noite, quando ele e Meir retornavam das sessões de Talmud. Ao pensar nisso ocorreu a Eliezer que alguma coisa parecia estar incomodando Meir. Vez por outra, lhe pedia que repetisse o que alguém acabara de dizer e mal prestava atenção nas perguntas dos alunos.

– Eu também estou feliz porque Milo logo voltará com um novo carneiro inglês para Joheved – ela continuou. – Isso tem que ser o mais rápido possível, senão será tarde demais para um novo rebanho em setembro.

– É estranho que algo assim a deixe feliz – ele disse.

Raquel começou a explicar a situação em Ramerupt.

– Sei que não teremos uma lã de melhor qualidade com muita rapidez, mas poderemos reservar os carneirinhos com um pelo melhor para serem reprodutores, e com o tempo teremos uma lã merecedora das tintas kermes e índigo.

Eliezer suspirou. *Então era isso que impedia Meir de se concentrar no Talmud.*

– O que fará Joheved quando Milo retornar, já que você tem tanta certeza de que ele retornará?

– Oh, não tenho a mínima ideia de como resolver isso. – Raquel abriu um sorriso, porém não disse mais nada.

Eliezer sorriu com o ar confiante dela. Mesmo que Milo trouxesse o carneiro que enchia Raquel de expectativas, seriam necessários anos para que seu plano se cumprisse. E, mesmo assim, se ela encontrasse um pisoteador competente – tudo isso significava que ele não corria o risco de ter de sacrificar os estudos de astronomia em Toledo.

Por ora, Eliezer era um aluno da escola de al-Zarqali, um astrônomo iniciante, é claro, mas Eliezer sabia que ele logo estaria no topo. Como parceiro de estudo, e bom amigo, estava Abraham bar

Hiyya, filho de Nasi de Barcelona. Em se tratando de astronomia e matemática, Abraham era brilhante. Ligeiramente mais novo que Eliezer, também não tinha muita paciência com aqueles com menos intelecto. No entanto, como compreendeu que a ignorância de Eliezer decorria de uma falta de vivência do assunto, e percebeu que o parceiro aprendia a matéria com rapidez, Abraham se dispôs a estudar com ele. Em outras circunstâncias, Eliezer teria se exasperado com uma parceria desigual, mas Abraham era até mais ignorante do Talmud do que Eliezer da astronomia.

Abraham estudara a lei judaica com o rabino Isaac Alfasi, autor do estupendo código legal *Sefer ha-Halachot*. Eliezer ficou chocado ao tomar conhecimento de que, em vez de fazer seus alunos estudarem o Talmud, Alfasi transcrevera, *verbatim*, as conclusões talmúdicas haláchicas, e omitira as discussões em torno delas.

Por pouco não houve um confronto entre Eliezer e Abraham quando este declarou desnecessário o estudo do Talmud porque, alegava, todas as decisões e leis essenciais estavam contidas no trabalho de Alfasi. Mas depois que Eliezer citou-lhe alguns trechos talmúdicos selecionados, provando a importância de haver estudiosos cujo conhecimento do Talmud fosse suficiente para elaborar novas leis, Abraham riu e concordou com ele. Que os judeus franceses e alemães se concentrassem exclusivamente no Talmud... Quanto a ele, pretendia estudar os astros.

Eliezer ainda estava sorrindo quando Raquel terminou de se vestir e desceu com Shemiah e a pequena Rivka. Uma menina e um menino. Agora que tinha cumprido a *mitsva* da procriação, ele estava dispensado de ter outros filhos. Raquel talvez ansiasse por mais um bebê, porém ele não queria. Sem passar por novas gestações, Raquel poderia voltar a viajar na companhia dele. Metade do ano em Troyes, para as feiras, metade em Toledo – seria um arranjo perfeito.

Subitamente, outro pensamento o animou. Milo com certeza observaria como o trigo crescia bem nas terras que atravessava em seu retorno da Inglaterra.

Na expectativa do banho ritual noturno e da retomada das relações com Eliezer, Raquel voltou cedo da vinícola. Deparou-se com uma grande quantidade de convidados inesperados enchendo o pátio. Reconheceu Samson de Mayence: era impossível esquecer o gigante ruivo. Mas o grupo incluía três mulheres cobertas por véus, um jovem e várias crianças.

Joheved correu para ela logo que Raquel fechou o portão.
– Você teria lugar para a família de Samson na sua casa?
Raquel resmungou consigo mesma. Poderia instalá-los no quarto das crianças, mas nesse caso Shemiah e Rivka teriam que compartilhar o quarto dela.
– Vou hoje à noite ao rio para o banho ritual, lembre-se. Não há outro lugar onde eles possam ficar?
– Todos os lugares estão lotados pelos estudantes da *yeshivá*. E, graças ao seu marido, Elisha e Giuseppe estão na casa de Miriam.
– Joheved parou e pensou mais um pouco. – E se os seus filhos dormirem com os meus?
– Acho que está bem. – O muxoxo de Raquel logo transformou-se em curiosidade. – O que a família de Samson está fazendo em Troyes?
– Vieram para o casamento de Pesach. – Joheved viu a expressão de surpresa de Raquel e levantou a mão para afastar perguntas. – Há uma grave escassez de trigo em Worms, de modo que Samson decidiu fazer o casamento aqui. Estou tão feliz por ver Catarina de novo!
– Pensei que ela jamais voltaria – sussurrou Raquel. Joheved e Catarina, a filha do fabricante de pergaminhos, eram amigas de infância. Mas Catarina mudara-se para Mayence depois de converter-se ao judaísmo e casar-se com Samson.
– O irmão dela, e todos os que trabalharam na oficina dele, morreram há anos. Algumas das peles usadas por eles estavam contaminadas – Joheved disse, percorrida por um arrepio de temor. – Graças aos céus a doença que os contaminou não veio de nenhuma das nossas peles. Além do mais, faz quinze anos que ela deixou Troyes. Ninguém vai se lembrar dela.

Em uma semana, a visita de Catarina seria motivo de gratidão por parte de Raquel. A não ser para assistir aos serviços religiosos, Catarina não saiu do pátio de Salomão. Anna e a cozinheira de Miriam faziam as compras, mas Catarina insistiu em ajudar com as outras tarefas domésticas, compartilhando-as com as filhas e a nora. Com isso, Raquel ficou livre para se concentrar na vinícola e nas clientes que compravam joias.

Baruch e Samson concordaram em adiar o casamento por um mês, para aguardar o possível retorno de Judá e Miriam. De qualquer modo, Samsom parecia preferir estender sua estadia em Troyes e aguardar a chegada de mais comerciantes de grãos. Ele obviamente

dispunha de crédito para comprar trigo pelo escorchante preço pedido pelos comerciantes.
– Ele está se saindo muito bem no negócio de peles – Eliezer explicou a Raquel. – Com seu tamanho e seu conhecimento de armas, não precisa contratar mercenários para proteção. Como fala a língua dos eslavos, seus antigos compatriotas confiam nele. E nunca vi ninguém capaz de beber tanto quanto ele e ainda se manter sóbrio.
Ela riu.
– O que é uma tremenda vantagem ao negociar preços.

Raquel acabara de ocultar sua caixa de joias atrás de um tonel de vinho na adega quando um barulho nas escadas a assustou. Olhou para cima e descobriu Joheved a observá-la.
– Você estava aqui – suspirou Joheved, aliviada, ao descer correndo as escadas. – Procurei você por todos os cantos.
– O que houve? Judita entrou em trabalho de parto?
– Ainda não. – E Joheved olhou-a em pânico. – Milo voltou. E trouxe dois dos melhores carneiros que já vi. O que devo fazer?
Não fosse pela ansiedade da irmã, uma exultante Raquel a teria abraçado.
– Não se preocupe. Vou explicar o que fazer quando chegarmos a Ramerupt. Quero ver esses carneiros.
Transcorreram duas semanas frenéticas, contudo, antes que Raquel tivesse a chance de visitar os novos animais. A família de Miriam retornou da *shiva* pela mãe de Judá pouco antes do *Shabat*, o que foi uma sorte porque Judita deu à luz um menino apenas três dias mais tarde. Sob a supervisão de Miriam, Zippora foi uma parteira perfeita.
Joheved não iria embora de Troyes antes do *brit mila* do neto, que Miriam só relutantemente concordou em fazer. Embora já realizasse circuncisões há sete anos, ela jamais se habituara aos olhares hostis que a acompanhavam toda vez que subia à bima carregando seus instrumentos de *mohel*. Miriam não pretendia que suas ações fossem vistas como um desafio à comunidade; pretendia apenas cumprir a *mitsva*. Assim, no período das feiras, exceto se a mãe o solicitasse especialmente, ou se o bebê fosse membro da família, Miriam deixava que o ritual fosse cumprido por Abrão, o *mohel* que o havia treinado.
Samson e Baruch marcaram o casamento dos filhos para terça-feira, quando a lua ainda estaria entre cheia e nova. Mas Raquel estava tão impaciente para ver os carneiros que, ao ficar *nidá* de novo,

convenceu Eliezer a ceder a enorme cama de dossel de ambos para que os recém-casados a usassem na semana de núpcias. Depois da cerimônia, ela e Joheved iriam para Ramerupt.

Eliezer não precisou de muito para ser convencido. Como previra, Milo relatou que passara por campos férteis de trigo na Picardia, perto da fronteira flamenga, local que Eliezer estava disposto a alcançar a tempo da colheita. Elisha e Giuseppe já tinham partido para a região, com seus fundos ampliados por Samson e Miriam. Habilidades talmúdicas se faziam necessárias para renegociar a sociedade original e simples de Eliezer e Elisha de modo a satisfazer não mais duas, mas cinco partes. Seria preciso levar em conta a quantidade distinta de capital fornecida por cada investidor, ademais de outros fatores: os compradores de trigo provavelmente não retornariam com quantidades ou qualidade equivalentes do produto e os que seguiriam no rumo oeste a fim de comprar grãos não eram os mesmos que o vinham vendendo nas terras do Reno.

– Você tem certeza de que não quer vender sua parte em Troyes? – perguntou Eliezer a Miriam.

– Posso esperar pelos preços mais altos em Mayence e Worms. E prefiro que nosso trigo siga para onde as pessoas de fato precisam dele.

– Você quer que eu traga de volta o seu lucro ou prefere que o use para comprar mais peles?

– Acho que deveria investir nas suas peles. – Ela balançou a cabeça com uma expressão admirada. – Isso está se tornando um processo complicado.

Eliezer sorriu.

– Isso não é nada comparado aos contratos que firmei em Maghreb. Lá, negociamos com dezenas de sócios e há eventualidades tais como o naufrágio de um barco em tempestades, investidas de piratas, pagamento de resgate de sócios em viagem ou oportunidades de lucro que se apresentam em alguma viagem.

– Agora entendo por que os eruditos do Talmud se tornam os melhores mercadores.

Joheved não tinha mandado qualquer mensagem para avisar da sua chegada, mesmo assim Milo foi encontrá-las à entrada da propriedade. Parecia tão feliz por vê-la, tão orgulhoso de si, que Raquel não pôde deixar de sentir pena dele. Uma vez que Joheved seguira

o conselho da irmã, aquela podia ser a última vez que ele cavalgava com sua dama amada.
Devido à insistência de Raquel, eles pararam onde os carneiros estavam pastando.
– Realmente, são criaturas maravilhosas – ela disse, depois de alisar a lã dos carneiros. – Você tem certeza de que não são parentes?
– Isso seria muito improvável – disse Milo. – Um deles vem de um rebanho de Gales, e o outro, de Midlands.
Raquel não fazia a menor ideia de onde ficavam esses lugares, mas aceitou a palavra de Milo.
– Você prestou um grande serviço para minha irmã. Estou certa de que ela o recompensará.
– Não mereço nenhuma recompensa senão saber que servi bem a minha senhora.
O rosto de Joheved empalideceu, enquanto ela arqueava ligeiramente a sobrancelha para Raquel, que mal podia esperar para que seu plano frutificasse.

– Como pôde dizer para Milo que eu o recompensaria? – perguntou Joheved, quando elas se vestiam para a refeição da noite.
– Só quero ver em que encrenca você me meteu.
– Na *souper* desta noite, só estaremos nós três à mesa do segundo andar, os outros criados lá embaixo? – perguntou Raquel.
– *Oui*.
– Isso quer dizer que não conseguirão nos ouvir, mas que ficaremos à vista deles o tempo todo?
– *Oui*.
– Então, aplicaremos em Milo o teste decisivo. Prepare-o, dizendo que o considerará desmerecedor de sua afeição, se o rosto dele expressar aquilo que ele sente quando eu falar com ele. – Raquel acariciou a mão da irmã. – Confie em mim.
Joheved pensou em não concordar, mas não lhe restou outra opção a não ser permanecer em silêncio enquanto Milo as escoltava até a mesa.
– Siga as minhas instruções – cochichou Raquel no ouvido da irmã.
Foi difícil mas Milo manteve uma expressão serena quando Joheved lhe transmitiu as instruções de Raquel.

– A senhora tem uma nova prova para mim?
– Minha irmã explicará tudo para você – disse Joheved. – E ficarei observando atentamente as suas respostas.

Raquel ficou impressionada com a rapidez de raciocínio de Joheved.

– Milo, todos nós sabemos que o homem acaba desdenhando aquilo que consegue obter com facilidade.

O rosto de Milo se iluminou de esperança e logo se acalmou.

– *Oui*... quando a posse de alguma coisa boa é adiada pela dificuldade de consegui-la, nós a desejamos com mais força e não poupamos esforços para conservá-la.

– Que bom que estamos nos entendendo – disse Raquel. – Minha irmã foi categórica quando o proibiu de amá-la, mas você persistiu. Ela então lhe deu uma difícil tarefa para testá-lo, e agora deve reconhecer que sua realização superou todas as expectativas dela.

– Dê-me uma nova tarefa ainda mais difícil.

Raquel se regozijou ao ver que Milo aparentava falar de algo corriqueiro, embora com palavras apaixonadas. Pelo que parecia, o plano daria certo.

– Para obter o amor da minha irmã, você tem que prometer que será obediente às ordens dela.

– Para mim será um grande prazer prometer tal coisa – ele disse.

– E, se violar sua promessa, você perderá completamente o amor dela – Raquel o avisou.

– Que os céus não permitam que eu faça tal coisa.

– Então, se realmente ama a minha irmã e deseja protegê-la de qualquer difamação, você precisa parar com toda essa conversa de amor, com todas essas demonstrações de ternura. Seu comportamento não deverá refletir qualquer sinal de afeição, além da lealdade que ela espera de todos os criados.

Ele voltou-se para Joheved, reprimindo as lágrimas.

– É isso mesmo que a senhora espera de mim?

Se Joheved nutria alguma simpatia por Milo, ela escondeu isso muito bem.

– Ordeno que dissimule todos os seus esforços para ganhar o meu amor – ela disse com um tom firme. – E também ordeno que demonstre que deixou de me amar.

– O que a senhora me pede é muito doloroso, mas suportarei com paciência e obedecerei.

Raquel prendeu a respiração, na expectativa de que Joheved mostrasse algum sinal de carinho por Milo, alguma coisa que o encorajasse a manter a promessa. E sua irmã superou as expectativas.

– Em gratidão pelo excelente serviço que me presta – Joheved estendeu o braço –, você pode beijar a minha mão.

Milo caiu de joelhos e acolheu a mão de Joheved. Talvez tenha se demorado um pouco mais enquanto lhe beijava a mão, mas o fato é que agiu como se estivesse beijando a mão de qualquer outra lady. Ele não reagiu nem mesmo quando Joheved brandamente lhe apertou a mão.

Quinze

Eliezer estava determinado a conversar com Meir antes de partir para Picardy. O cunhado andava mais distraído que nunca desde a volta de Milo, mas Eliezer estava certo de que tinha a cura para tal inquietação – isso se Meir confiasse nele.

Felizmente, as sessões noturnas de estudo tornavam-se mais longas à medida que a Feira de Verão caminhava para o encerramento, e uma noite Eliezer sugeriu que dessem uma parada numa taverna em meio ao caminho de volta para casa.

– Para que ir correndo para casa, para nossas camas vazias? – disse enquanto colocava cerveja no copo de Meir.

Ele tomou a cerveja com um longo gole e fixou os olhos no copo vazio com um ar de desamparo.

– Minha cama pode estar vazia, mas me pergunto se a da minha esposa também está.

Eliezer encheu de novo o copo de Meir. A cerveja facilitaria a conversa.

– Nossas esposas não estão dormindo em camas vazias esta noite. – Ele sorriu diante do ar perplexo de Meir. – Claro que estão dividindo a mesma cama em Ramerupt.

– Sua mulher é tão bonita e você passa tanto tempo fora... Não se preocupa com ela?

– Com a possibilidade de que tenha um amante? Nunca – mentiu Eliezer.

– Nunca? – Meir pareceu duvidar.

– E não só porque minha mulher é pia e temente a Deus. – Eliezer debruçou-se sobre a mesa e sussurrou: – Eu a deixo tão feliz na cama que sei que jamais desejará outro homem.

– Eu me sentia assim quando era mais jovem, mas já estou beirando os quarenta. Agora tenho que me preocupar com os homens bem mais novos que eu.
– O seu novo mordomo? Meir assentiu com um ar sombrio e partilhou o conselho que recebera de Salomão. Será que Rabi Meir sentira o mesmo temor? De que estivesse velho demais para satisfazer Beruria?
– Nosso sogro é um homem sábio, mas não é um tipo de sabedoria que dê prazer a uma mulher. – Eliezer sorriu com um ar malicioso para Meir. – Posso lhe ensinar algumas coisas que não estão no tratado *Kallah*. E quando Joheved experimentá-las, esteja certo de que nunca pensará em outro homem.

Os novos carneiros mostraram tanto vigor com as fêmeas que Joheved contou para as filhas que o velho reprodutor seria morto. Com tanta gente celebrando o Ano-Novo na casa de Salomão, seria necessário um animal daquele porte para alimentar a todos.
– Vamos comer a cabeça do carneiro, mamãe? – perguntou Leia.
– Traz boa sorte comer a cabeça de um animal: *rosh* no *Rosh Hashaná* – disse Joheved.
– E comemos carneiro para nos lembrarmos do sacrifício de Isaac, um sacrifício impedido pelo Eterno, enviando um carneiro no lugar de Isaac – disse Hannah com um tom repreensivo para a irmã caçula. – Já se esqueceu da leitura daquela seção da Torá no segundo dia de *Rosh Hashaná*?
– Sei muito bem que lemos sobre Abraão e Isaac no segundo dia e sobre Hagar e Ismael no primeiro – retrucou Leia. – E também sei que comemos carneiro no *Rosh Hashaná* e galinha no *Iom Kipur*. Eu só queria saber se vamos comer a cabeça inteira, com os chifres presos nela.
Joheved parou para pensar. Fazia tanto tempo que não preparavam um carneiro.
– Seria incrível, não é mesmo? – O carneiro velho tinha chifres longos e enrolados.
– Mas se cozinharmos o chifre não o deixaremos arruinado para ser *shofar*? – perguntou Hannah ansiosa.
– E para que precisaríamos de um novo *shofar*? Já temos muitos – disse Leia. – E todo ano papai sopra o mesmo e velho *shofar*.

– Hannah, você está certa, se cozinharmos o chifre, ele não poderá ser um *shofar*. Mas poderíamos cozinhar a cabeça sem os chifres e, na hora de servi-la, amarrá-los no lugar. – Joheved voltou-se para a filha caçula. – Leia, mais dia, menos dia, seus irmãos e primos vão querer ter o próprio *shofar*.

– Também posso ter um, mamãe? – A voz de Hannah soou tímida. – Por favor.

Joheved engoliu em seco e olhou nos olhos suplicantes da filha, olhos castanhos como os de Meir e não azuis como os dela (um detalhe que desapontara Meir). Hannah já estava mais alta do que ela, quando isso tinha acontecido? Joheved observou furtivamente as filhas. Embora os traços semelhantes deixassem claro que eram irmãs, Leia ainda era uma criança enquanto Hannah estava prestes a se tornar mocinha.

– Para que você quer um *shofar*?

– Para soprar – sussurrou Hannah.

– Você devia ouvi-la, mamãe – disse Leia. – Ela o sopra bem alto. Não é como o sopro do Shmuel que faz um som como se ele estivesse soprando com o nariz. Ela é melhor até que o papai.

Hannah fulminou a irmã com um olhar, exigindo que ela se calasse, mas Leia continuou.

– Verdade, mamãe. Já a ouvi soprar uma porção de vezes.

Joheved percebeu o choque e o medo estampados no rosto de Hannah, e voltou no tempo, ao momento em que sua mãe a flagrara usando os *tefilin* do pai. Ela estava então com doze anos, a mesma idade de Hannah. Não lhe restou nada a fazer senão balançar a cabeça resignada.

– Já que é Elul e seu pai não está aqui hoje para soprar o *shofar*, que tal soprá-lo para nós?

Como Hannah permaneceu grudada no chão, Joheved se dirigiu até um armário do saguão principal.

– Você tem preferência por algum ou pode soprar em qualquer um? Como Hannah se manteve calada, Leia respondeu por ela.

– Ela pode soprar qualquer um. Eles soam de um jeito diferente.

– Que tal este aqui? – Joheved selecionou um *shofar* ao acaso.

Joheved não estava certa se Hannah iria pegá-lo, mas finalmente a filha agarrou o chifre de carneiro, segurando-o como se estivesse cheio de um líquido que poderia entornar. Leia saltitava de excitação, enquanto esperavam Hannah levar lentamente o *shofar* até a boca. Joheved prendeu a respiração e rezou: *Por favor, mon Dieu, permita que ela faça um som claro e forte.*

A princípio, o sopro soou hesitante, uma tossidela, seguida de respingos de saliva. Então Hannah respirou fundo e tentou novamente. Dessa vez, o *shofar* vibrou um toque de clarim que ecoou nas vigas da casa, um som claro e doce que fez as lágrimas escorrerem dos olhos de Joheved.

Os criados vieram da cozinha e olharam curiosos ao redor em busca da fonte daquele som. Milo surgiu pela porta principal, postando-se rapidamente ao lado de Joheved.

– O que foi isso?

Antes que ela pudesse responder, Raquel falou da escada:

– Isso foi surpreendente. Eu não sabia que você conseguia soprar o *shofar*, Joheved.

– E não consigo. Foi a Hannah.

– Sopre outra vez – pediu Raquel.

Leia correu até o armário e voltou com um chifre de carneiro ainda mais longo que o primeiro.

– Sopre neste aqui.

A ampla audiência da sala suspirou de admiração quando uma outra nota perfeita – mais grave que a primeira – soou até silenciar por inteiro.

– Pegue os outros, Leia. – Os olhos de Raquel cintilavam de ansiedade. – Vamos ouvir todos.

Hannah olhou para Joheved com uma expressão interrogativa. Ela sorriu e acenou para Leia que já se dirigia para o armário. A cada toque de um novo *shofar* a audiência de Hannah exultava em oohs e aahs, até que Milo gesticulou para os criados, indicando o caminho da porta:

– Todo mundo de volta ao trabalho. A diversão terminou.

Joheved deu um abraço apertado em Hannah.

– Escolha o *shofar* que você quiser. Mesmo que seja o mais novo de todos.

– Mal posso esperar para que Meir e o papai a escutem – disse Raquel.

– Ela é melhor que qualquer outro da nossa família.

– Hannah devia soprar o *shofar* na sinagoga. – Leia batia palmas excitada.

– Só os homens podem soprar o *shofar* na sinagoga. – A voz de Joheved soou fria.

Leia exibiu uma expressão decepcionada.

– Mas por que, mamãe? Ela é melhor que qualquer homem de lá.

– *Oui*, Joheved – disse Raquel com um sorriso insolente. – Explique a ela.

Foi Hannah quem respondeu à irmã.

– Não se lembra daquela *Mishna* que estudamos? Aquela que diz que mulheres, crianças e escravos são isentos da *mitsvá* do *shofar*?

– Mas ela também diz que as crianças podem soprar para praticar – protestou Leia.

– Só os meninos, já que precisam se exercitar para cumprir o mandamento quando se tornam adultos. – Joheved olhou para Raquel com um sorriso pálido nos lábios. – Talvez seja melhor estudarmos o que mais o Talmud diz sobre os mandamentos que as mulheres estão isentas de cumprir.

Raquel retribuiu o sorriso de Joheved.

– Qual seção você tem em mente? – No Talmud, havia diversas discussões sobre o assunto.

– Vamos à fonte, estudando o tratado *kidushin*.

– Você acha que suas filhas estão prontas para ler uma *sugia* tão complicada?

– Por favor, mamãe, deixe a gente estudar a *Guemará* com a senhora e a tia Raquel – disse Hannah, puxando a manga da mãe. – Já estamos prontas.

– Eu e Miriam tínhamos quase a mesma idade delas quando papai começou a nos ensinar e foi difícil – disse Joheved. – Mas talvez as meninas nos acompanhem se estudarmos juntas.

– Faz alguns anos que estudei esse tratado com Eliezer, e acho que posso me lembrar dos *kuntres* do papai. – Raquel assentiu com a cabeça. – Será interessante e diferente estudá-lo com outra mulher.

– Tenho uma cópia dos *kuntres* do papai, não vai precisar forçar a cabeça para se lembrar de nada – disse Joheved com orgulho. – Ele me deu quando me mudei para Ramerupt, para que não me esquecesse dos estudos.

– Primeiro vamos rever a sétima *Mishna* do primeiro capítulo – disse Raquel, os olhos brilhando de ansiedade.

Os homens são obrigados a cumprir todas as *mitsvot* positivas ligadas ao tempo, e as mulheres, não. Tanto os homens quanto as mulheres são obrigados a cumprir todas as *mitsvot* positivas que não estejam ligadas a datas específicas. Todas as *mitsvot* negativas ligadas ou não a datas específicas são obrigatórias tanto para os homens como para as mulheres.

Ela voltou-se para as sobrinhas.
– Querem fazer alguma pergunta a respeito desta *Mishna*?
Hannah ergueu a mão de imediato.
– A Torá não menciona essas *mitsvot* positivas ligadas ao tempo. Por que então as mulheres estão isentas delas?
Antes que continuasse, Raquel interrompeu-a.
– Leia também quer fazer uma pergunta.
– Afinal, o que são *mitsvot* positivas ligadas ao tempo?
– Muito bem, Leia. Essa é a primeira pergunta que nossos rabinos fizeram – respondeu Joheved. – A *mitsvá* positiva ligada ao tempo é a que precisa ser feita em datas específicas. Por exemplo... – Ela esperou para que as filhas dessem um exemplo.
– Soprar o *shofar* – disse Hannah de pronto. – Nós o sopramos no *Rosh Hashaná*. E ficar na *sucá* durante a colheita, e acender a *menorá* da *Hanucá*...
– Cada *mitsvá* que fazemos nas festas – interrompeu Leia.
– Mas as mulheres não foram isentas de *Pessach* – frisou Raquel.
– E também do *Shabat*. – Como as sobrinhas reagiriam a esta contradição?

As meninas pareceram inseguras, e Joheved abriu os *kuntres* do pai.
– Vamos ver como a *Guemará* responde às perguntas de vocês. Lerei junto com Raquel, mas podem nos interromper quando tiverem alguma dúvida. – Ela sorriu para Leia. – Veja, sua pergunta é a primeira coisa que aparece aqui:

> O que são as *mitsvot* positivas ligadas ao tempo? *Sucá*... *shofar*... e *tefilin*.

– Mas o *tefilin* não é usado numa data específica – objetou Hannah.
– Os *tefilin* são usados somente durante o dia – explicou Raquel.
– Por isso, são considerados ligados ao tempo. – As meninas assen-

tiram, sem muito entusiasmo, e ela acrescentou: – Agora, veremos como a *Guemará* encara um problema como este:

> Mas essa regra é sempre verdadeira? As mulheres são obrigadas porque temos *matzá* [em *Pessach*] e regozijo [nos três festivais] que são *mitsvot* feitas em datas específicas. E também há o estudo da Torá... o qual não é ligado ao tempo e mesmo assim as mulheres são isentas disso.

– De fato, hoje há mais *mitsvot* positivas ligadas ao tempo que devem ser cumpridas pelas mulheres: comer *matzá* e beber quatro copos de vinho em *Pessach*, ler a *Meguilá* em *Purim*, acender o castiçal em *Hanucá* e observar o *Shabat*... mais do que proibições – disse Raquel com um sorriso, lembrando-se da discussão calorosa que travara com Eliezer sobre a mesma *sugia*.

– Então, como pode ser uma regra o fato de que as mulheres são isentas dessas coisas? – perguntou Leia.

Joheved mostrou o que Salomão tinha escrito:
– Embora a *Mishna* ensine que em geral as mulheres são isentas das *mitsvot* positivas ligadas ao tempo e obrigadas a cumprir as que não estão ligadas ao tempo, não há nada que indique que isso seja uma lei absoluta.

Raquel assentiu.
– Hannah, agora a *Guemará* abordará a sua pergunta.

> E de onde sabemos isso? [que as mulheres são isentas das *mitsvot* positivas ligadas ao tempo]. Isso se deriva dos *tefilin*. Pelo fato de serem isentas do uso dos *tefilin*, as mulheres também são isentas de todas as *mitsvot* positivas ligadas ao tempo.

Raquel deu um risinho quando as sobrinhas deixaram entrever que começariam a reclamar.
– Estou vendo que vocês estão cheias de perguntas para fazer, mas antes vamos terminar a passagem.

> A isenção dos *tefilin* está ligada ao estudo da Torá. Como as mulheres estão isentas do estudo da Torá, elas também estão isentas dos *tefilin*.

– Nós sabemos disso porque o verso do Deuteronômio que recomenda que os homens ensinem a Torá aos filhos, *benaichem*, e não às filhas, é seguido imediatamente pelo verso a respeito dos *tefilin*. Portanto, está aí a ligação que os nossos sábios fazem.

– O vovô diz que devemos traduzir *benaichem* como filhos homens e não como filhos em geral. – Hannah soou com um esgar de amargura. – Mas isso não é justo. Não só estamos isentas do estudo da Torá como também de todas essas outras *mitsvot*.

– Estar isenta de alguma coisa não significa que você não possa fazê-la. – Joheved tentou soar de um modo encorajador. – Só significa que você não é obrigada a fazê-la.

– Espere até continuarmos a leitura, Hannah – disse Raquel. – Vocês verão que a *Guemará* se esforça para que as mulheres sejam obrigadas a cumprir as *mitsvot* positivas ligadas ao tempo.

Por certo, o sábio seguinte rejeitou a conexão do *tefilin* com o estudo da Torá, argumentando que os *tefilin* podiam muito bem ser comparados à *mezuzá* porque o verso sobre a *mezuzá* era seguido pelo verso sobre os *tefilin*.

– Isso pode significar que as mulheres são obrigadas aos *tefilin* da mesma maneira que são obrigadas à *mezuzá* – retrucou Hannah triunfante.

– Ou pode sugerir que uma mulher está isenta da *mezuzá*, e talvez de todos os mandamentos positivos – disse Raquel, sondando a reação das sobrinhas frente a essa ideia perturbadora.

Hannah e Leia se mostraram sombrias, e Joheved apontou o dedo para Raquel.

– Para o papai é impossível que as mulheres sejam isentas da *mezuzá*, já que a *mezuzá* prolonga nossas vidas – disse Joheved. – Ele argumenta que ninguém em sã consciência poderia pensar que as mulheres não desejam a vida tanto quanto os homens.

Raquel deu uma risadinha.

– Se papai está certo, as mulheres deveriam ser obrigadas a estudar a Torá, já que esse estudo nos dá vida e longevidade.

Joheved olhou para a irmã como se entregando os pontos.

– Você e papai podem debater isso até a chegada do Messias. – Então voltou-se para as filhas e disse: – Memorizem o que estudamos hoje para continuarmos amanhã.

Foi preciso uma semana para que as filhas e netas de Salomão percorressem o complicado debate sobre as trinta objeções e as respostas. Elas ficaram animadas quando a voz anônima da *Guemará* se mostrou determinada a derrubar a regra que isentava as mulheres de cumprir as *mitsvot* positivas ligadas ao tempo.

Era preciso provar que as mulheres estavam realmente isentas da *sucá*, a qual se compara a *Pessach*, mas logo surgiu o argumento de que, em vez de derivar a isenção dos *"tefilin"*, podia-se derivar a obrigação de cumprir as *mitsvot* positivas ligadas ao tempo da expressão "regozijo nos festivais". Cada vez que um argumento era rejeitado, seguia-se um outro argumento.

Aproximava-se o momento em que todos teriam de retornar a Troyes para *Rosh Hashaná*, quando elas retornaram abruptamente para a *Mishna*:

> Tanto os homens quanto as mulheres são obrigados a cumprir as *mitsvot* negativas, ligadas ou não ao tempo.

Hannah e Leia se entreolharam, surpreendidas. Aparentemente, terminara o debate sobre as mulheres e as *mitsvot* positivas ligadas ao tempo.

– Então, apesar do grande esforço para acabar com isso, nossa *Mishna* continua de pé – concluiu Joheved. – Portanto, as mulheres são isentas das *mitsvot* positivas ligadas ao tempo.

– Mas podemos cumpri-las, se desejarmos. – A voz de Hannah soou com firmeza. Naquele ano, ela sopraria o *shofar*, não para a irmã caçula na floresta, mas para toda a família em Troyes.

Contudo, quando a família de Joheved chegou ao pátio de Salomão com o velho carneiro atrelado ao cavalo de Meir, a determinação de Hannah arrefeceu. Os parentes de Samson ainda estavam por lá, bem como o primo Samuel e seu pai, Simcha. Volta e meia, os pais de Judita apareciam para ver o neto e checar a saúde de Rivka, e Zippora e sua mãe, Brunetta, também visitavam a casa com frequência. Logo Hannah se deu conta de que toda aquela gente estaria presente na refeição do *Rosh Hashaná*, uma audiência muito maior do que imaginara.

Assim, ela não fez qualquer menção ao *shofar* quando foi servida a refeição do meio-dia: guisado de carneiro com abóbora e alho-poró, picles de beterraba e peixe frito com cabeça, seguido pela majestosa cabeça de carneiro com os chifres atados.

Salomão explicou que era um cardápio parcialmente ditado por dois diferentes tratados do Talmud:

No início do ano, a pessoa deve se preparar para comer abóbora, funcho, alho-poró, beterrabas e tâmaras.

– Assim como alguns desses alimentos são doces e outros crescem com rapidez, que também possamos desfrutar um ano doce, em que nossos bens e nossa sorte prosperarão.

Mas um semblante tristonho traía suas palavras de esperança, pois Rivka estava agora tão enfraquecida que não podia sentar à mesa, nem mesmo para a festa.

– Não temos tâmaras – disse Miriam. – Por isso, acentuamos a doçura com compota de framboesa e torta de maçã e mel.

No final da refeição, Meir se levantou, e Joheved estendeu-lhe o chifre que adornara o prato principal. Como Rivka estava muito doente para comparecer aos serviços, Joheved pediu que Meir soprasse o *shofar* para ela.

– Mamãe sempre aguardou com ansiedade a hora de ouvi-lo.

Cético em relação a um chifre que lhe era estranho, Meir o examinou com cuidado e depois disse a bênção.

– *Baruch ata Adonai...* Aquele que nos ordenou a ouvir o som do *shofar*.

Sorveu um gole de vinho e levou o *shofar* aos lábios. Pouco habituado a um chifre diferente, quando o soprou, o som mais parecia vir de um burro do que ser um chamado para a contrição. Limpou a garganta e molhou os lábios para uma outra tentativa, mas o resultado não foi melhor.

– Acho que manterei o meu velho *shofar*. – Ele estendeu o novo chifre para Shmuel.

Shmuel deu o melhor de si, mas Raquel teve de admitir que, ainda assim, era como se o sobrinho estivesse soprando pelo nariz. Ela olhou para Joheved e meneou a cabeça na direção de Hannah. Era frustrante e decepcionante insistir em tais tentativas quando à frente, sentada à mesa, havia uma verdadeira virtuose. Além do mais, já que Rivka estava isenta da *mitsvá* do *shofar*, não importaria se uma garota o soprasse.

Joheved hesitou, e a impaciência de Raquel aumentou. Ela tirou o *shofar* das mãos de Shmuel e o entregou para a sobrinha.

– Hannah, deixe-nos ouvir o seu sopro.

Hannah ruborizou-se até a raiz dos cabelos e voltou-se para Meir.

– Eu posso, papai?

Meir olhou para Joheved que balançou a cabeça e o fez concordar. Mas, antes que a garota encaixasse o *shofar* nos lábios, Salomão se levantou e lhe disse:

– Você pode soprar o *shofar*, se quiser, mas não pode fazer a bênção.

Joheved ergueu-se para enfrentá-lo.

– Mas como ela poderá cumprir a *mitsvá* sem dizer a bênção?

– Você sabe perfeitamente que as mulheres são isentas do *shofar* – falou rispidamente. – E como isso não lhe foi ordenado, ela estaria mentindo se dissesse "nos ordenou" durante a bênção.

O queixo de Hannah começou a tremer, e Meir, tendo de escolher entre apoiar o mestre ou a esposa e a filha, colocou-se do lado delas.

– Mas Michal, a mulher do rei Davi, fez a bênção quando usou *tefilin*.

Sem causar surpresa a ninguém, Shmuel ficou do lado de Salomão. Ele estava naquela idade em que os pais estão sempre errados.

– Se não lhe foi ordenado, a bênção não tem sentido, o que é proibido.

– Mas se não há Levi algum na congregação, o Cohen que fez a primeira bênção por ocasião da leitura da Torá deve abençoar de novo. – A voz de Judá não poderia ter soado com mais serenidade. Quando a Torá era lida na sinagoga, as primeiras leituras eram reservadas aos Cohens e aos Levis, famílias descendentes do antigo templo dos sacerdotes.

– Se há alguma dúvida quanto a dizer o nome do Eterno em vão, não aprendemos no tratado *Berachot* que se deve voltar atrás e repetir a oração quando se está no meio da *tefilá* e não se está seguro de ter dito todas as bênçãos? – perguntou Raquel.

A visão de toda a família, inclusive a filha predileta, alinhada e o confrontando, era a gota que faltava para Salomão. Ele deu um murro na mesa, e todos tiveram de segurar os próprios pratos.

– Isso é pior que uma bênção inútil de uma mulher dizendo "nos ordenou"... isso é *hilchul hashem*, ou seja, uma profanação do nome de Deus.

Fez-se silêncio no recinto até que Miriam tomou a palavra suavemente.

– Gente, é *Rosh Hashaná*. Ninguém quer que a Corte Celestial nos reserve brigas para o próximo ano.

Todos se entreolharam com um ar culpado e, por fim, Eliezer ergueu o copo de vinho.

– Não posso imaginar nada melhor para nossa família no ano que vem do que passarmos juntos o ano inteiro, discutindo a Torá.

Enquanto os outros trocavam brindes similares Raquel se debruçou sobre a mesa e sussurrou para Miriam.

– Por que papai está tão zangado? Há anos que usamos os *tefilin* e dizemos bênçãos.

– Como pode ser tão cega? – cochichou Miriam. – A colheita da uva foi um desastre, e mamãe passou o ano todo doente. Claro que ele tem que estar aborrecido.

Olhando para o pai trêmulo do outro lado da mesa, tentando controlar a própria raiva, ela foi tomada de vergonha. Claro que o calor e a seca, que haviam tornado o trigo tão escasso, também dizimaram a vinícola, e com isso restaram mais passas que uvas. E a doença da mãe piorava a olhos vistos.

Ela caminhou até a cadeira onde o pai estava sentado e o abraçou.

– Não se preocupe, papai. Eu e Miriam teremos lucros mais do que suficientes com a venda de trigo e poderemos compensar a péssima safra de vinho. – Ela dirigiu-se a todos em seguida. – Hannah não precisa dizer a bênção do *shofar*. Meir já fez isso.

Salomão acariciou a mão da filha e suspirou.

– Embora se permita que as mulheres cumpram as *mitsvot* ligadas ao tempo e que possam ouvir o *shofar*, soprá-lo é uma responsabilidade do homem tal como é o homem que deve realizar as circuncisões.

– Mas, papai – Miriam iniciou um protesto.

– Obviamente, a mulher pode e deve mesmo realizar o *brit milá*, se não houver um homem competente à disposição – continuou Salomão. – Mas não é o nosso caso em relação ao *shofar*, muitos homens aqui são capazes de soprá-lo.

Ainda com o braço em torno do pai, Raquel sussurrou:

– Pobre papai. Deve ser difícil ter filhas e netas que se recusam a deixar que os homens assumam todas as *mitsvot* masculinas.

Ele se limitou a dar um longo suspiro.

Raquel rezou para que, apesar de todo o tumulto, a *kavaná* de Hannah a fizesse soprar aquele *shofar* com maestria. E independentemente da prece ter sido atendida ou desnecessária, o fato é que Hannah soprou maravilhosamente bem o novo *shofar*. A audiência suspirou extasiada quando ela terminou a complicada série de sopros do *Rosh Hashaná* com uma nota clara e longa que esvaeceu aos poucos. A exibição de Hannah suscitou uma reclamação de Shmuel.

– Entendo que seja permitido que uma mulher possa soprar o *shofar* para uma outra, mas, e se um homem estivesse passando na rua e ouvisse? Obviamente, se convenceria de que era um homem soprando para cumprir a sua *mitsvá*.

– E se ele ouvir um asno zurrar e achar que é você soprando o *shofar*? – Anna rebateu. – Ele também acharia que cumpriu a *mitsvá*.

Quando todos pararam de rir, iniciou-se uma discussão em torno do cumprimento de uma *mitsvá*, de quem podia cumpri-la em favor de um outro e sobre a necessidade da intenção. Dessa vez, ninguém se zangou, e a tarde transcorreu prazerosa.

Naquela noite, as três filhas de Salomão se deitaram felizes com os maridos. De acordo com os rabinos, o *Rosh Hashaná* marcava a época em que a estéril Sarah concebera Isaac, e a adorável e também estéril Hannah concebera o profeta Samuel – por isso, nesse dia, as histórias dessas mulheres eram lidas na sinagoga. Portanto, o uso da cama era considerado uma *mitsvá* especial.

Miriam e Judá não desfrutavam uma noite de intimidade desde a quase letal gravidez de Alvina. Acontece que Miriam não estava *nidá* e pôde se aconchegar em Judá, antecipando prazerosamente o Ano-Novo e adormecendo nos braços dele. Depois de ensinar a língua hebraica para crianças e alguns *notzrim* por anos a fio, ela finalmente conquistara suas primeiras pupilas. Durante o treinamento para parteira, Zippora lhe pedira que continuasse os estudos da Torá que iniciara com Joheved. Claro que Miriam concordou e logo Brunetta, Francesca e muitas outras mulheres se juntaram a elas.

Raquel também estava de muito bom humor. Não só Eliezer dissipara uma situação difícil para que Hannah pudesse soprar o *shofar*, como também Salomão mostrara uma carta que recebera sobre Adão de Roanne, o mercador bêbado que lançara um mau-olhado no seu filho Asher. O vagabundo seguira os capangas do duque Odo em uma de suas típicas pilhagens a fim de comprar os itens pilhados, mas não retornara. Ninguém testemunhara o desaparecimento de Adão, mas circulavam rumores de que fora assassinado ou por alguém que tivera os bens saqueados ou por algum cavaleiro ganancioso que lhe pedira um preço mais alto do que ele estava disposto a pagar.

A carta era da esposa de Adão, reivindicando o seu direito de viúva de se casar novamente e de receber a *ketubá* da propriedade do marido que lhe cabia. Ela argumentava que, se ele estivesse vivo, o sequestrador teria pedido um resgate, o que não tinha acontecido.
— E o que respondeu para ela, papai? — perguntou Raquel.
— Geralmente sou solidário aos apelos de uma mulher cujo marido morreu sem testemunhas. Se há uma única testemunha, mesmo que seja uma mulher, tendo a aceitar esse testemunho e liberá-la para um novo casamento.
— Mas se o homem estava numa batalha, e se não retornou nem foi capturado, ele só pode ter morrido — disse Raquel. Sem dúvida alguma, Adão encontrara o fim que merecia, e, com sua morte, a maldição que jogara na família de Salomão poderia ser mudada.
— Como Adão tinha muitos inimigos, talvez tenha desaparecido para evitá-los — retrucou Salomão. — Nessas circunstâncias, não posso aceitar a morte dele sem uma testemunha.
— E quanto à viúva... quer dizer, a esposa dele?
— Ela também desfrutou das pilhagens por muitos anos e, se tivesse desaprovado o comportamento do marido e quisesse se separar, já teria tido tempo suficiente para iniciar o divórcio. — A voz de Salomão soou com firmeza. — Portanto, ela que sofra agora as consequências.
Raquel apreciou a resposta do pai, mas pensou que Adão estivesse provavelmente morto, que tivesse sido eliminado no campo de batalha. Sentiu então um enorme prazer em imaginar o corpo do homem esmagado pelas patas dos cavalos dos guerreiros de Odo e enterrado de forma ignóbil em alguma cova, em retribuição pelas mortes dos filhos dela e de Joheved. No entanto, não disse nada. Aquela época do ano não era adequada para ostentar o quanto ela era inclemente.

Dezesseis

No Ano-Novo, as emoções de Joheved eram tanto de tristeza como de alegria. Pouco antes de se deitar, foi examinar a mãe que estava no quarto dos doentes e ficou feliz por vê-la acordada. Era de se esperar que alguém que comia tão pouco quanto ela estivesse muito magra; no entanto, a camisola parecia apertada em seu corpo inchado.

– *L'shana tova*, mamãe. – Joheved inclinou-se para beijá-la. – Como está se sentindo?

– Cansada, sempre cansada. – Rivka segurou a mão de Joheved com seus dedos inchados. – Acho que este será o último ano que ouvirei o *shofar*. Fico feliz por Meir ter tocado tão bem; cheguei a imaginar que os anjos o tocavam para me receber no *Gan Eden*.

Joheved tratou de esconder as lágrimas e sentou-se à cabeceira da mãe. Será que devia dizer que Hannah é que tinha tocado? A mãe nunca se conformara em ver as filhas usando *tefilin* e estudando o Talmud; por que então aborrecê-la naquela hora?

– Fico feliz por ter ouvido.

A mãe retribuiu com um débil sorriso.

– Não diga nada ao seu pai, mas acho errado que as mulheres sejam isentas de ouvir o *shofar*. Não toma muito tempo e, de um jeito ou de outro, todas nós estamos na sinagoga nesse dia, e no *Rosh Hashaná* a vida também devia ser realçada para as mulheres, não apenas para os homens.

– Também acho. – Joheved rememorou os muitos anos que passara com as mulheres lá na galeria, de como elas clamavam e oravam durante os serviços para que o Misericordioso se lembrasse delas e dos filhos, e para que o Ano-Novo fosse de paz e prosperidade.

– Talvez eu não tenha outra chance e por isso quero lhe pedir perdão antes do *Iom Kipur* – disse a mãe em meio à respiração ofegante.

– Claro que a perdoo, mamãe.
– Mas ainda nem ouviu o motivo do meu pedido de perdão. – Rivka acariciou a mão de Joheved e apertou-a com força. – Quero que me perdoe por ter brigado tanto com você e sua irmã quando estudavam o Talmud. Vocês duas são moças muito boas, e o estudo nunca as prejudicou. Aliás, talvez até as tenha protegido de Lilit.
Joheved enxugou as lágrimas que lhe escorreram pela face. Fazia meses que a mãe não mencionava isso.
– Talvez a senhora tenha razão.
– Quer dizer que você me perdoa?
Joheved abraçou a mãe.
– Perdoo, sim. E peço-lhe perdão pelos problemas e as dores que lhe causei.
– Os filhos existem para trazer problemas e dores para as mães, especialmente as filhas. Mas eu a perdoo... E diga a suas irmãs que também as perdoo.
Joheved tomou uma decisão. Ela não podia deixar a mãe morrer sem saber que Meir não tinha soprado aquele *shofar*.
– Mamãe, não foi Meir que soprou o *shofar* para a senhora. Foi a Hannah.
A mãe soltou um risinho.
– Seu pai deve ter ficado uma fera.
– *Oui*, e como. Mas depois, como sempre, foi se acalmando.
– Agradeço aos céus por ele ser assim. Caso contrário, eu não teria conseguido viver com ele.
A mãe fechou os olhos e mergulhou num silêncio profundo. Joheved observou os lentos movimentos do peito da mãe por um momento, e em seguida saiu do quarto sem fazer barulho. Meir aguardava por ela no saguão.
Ele sorriu e sussurrou:
– Depois que ouvi a notícia sobre os novos carneiros, decidi ir até Ramerupt para ver com meus próprios olhos. Achei que devia revitalizar o seu espelho especial enquanto estivesse lá.
Fazia vinte anos que o espelho mágico de Joheved tinha salvado seu casamento, abrindo caminho para o nascimento do primeiro filho do casal. Ela olhou para ele e sorriu. Ele a fitava com a mesma expressão que, mesmo depois de tantos anos, a fazia arder de desejo.
Ela então corou e sussurrou:

– Não acho que você precise de magia para fortalecer o seu *ietzer hara*, mas, em todo caso, repetir não faz mal algum.

Naquela noite, tudo aconteceu como se Meir tivesse acabado de chegar de uma longa viagem, pois ele e Joheved se despiram rapidamente e caíram nos braços um do outro com sofreguidão. Ele acariciou e massageou as costas nuas da esposa, enquanto se beijavam com avidez. Logo depois, as mãos dele escorregaram até os seios dela, acariciando os mamilos, enquanto suas línguas se confundiam. Embora ela já esperasse por isso, o primeiro jorro de desejo a fez estremecer, e, como ele não parava de brincar com seus mamilos intumescidos, os gemidos de prazer se intensificaram. Agora, os lábios dele roçavam em seu pescoço, e o fogo que se acendeu no ventre a fez crispar-se nos braços dele.

Os movimentos sensuais de Joheved colados à virilha de Meir, junto aos pensamentos do que ele planejava fazer em seguida, logo o deixaram inteiramente excitado. Ele a deitou na cama e se estendeu ao lado, os beijos forçando a cabeça dela contra os lençóis, enquanto lhe acariciava os seios.

Joheved não pôde esperar nem mais um segundo. Puxou a mão de Meir até seu ventre que ardia de desejo. Ele parou de acariciar-lhe o mamilo e começou a beijá-lo, enquanto corria a mão pelas coxas abertas de Joheved, e carinhosamente alisou-lhe a vulva. Ela retribuiu com outros gemidos de prazer.

Ele continuou afagando a vulva até que sentiu os dedos molhados. Mas, em vez de penetrá-la quando a viu ardendo de paixão, voltou-se para uma pequena protuberância que era o ponto onde ela se mostrava mais sensível. Com o dedo indicador, começou a fazer círculos ao redor do montículo, observando com prazer a respiração de Joheved se acelerar, e os quadris se comprimirem de encontro à mão dele.

Ele então retirou a mão, já sabendo que ela esperava ser penetrada, e sorriu pela surpresa que ela mostrou quando ele se ergueu e arrastou-a para a beira da cama, até deixar as pernas dela para fora. Depois, se ajoelhou ao pé da cama e colocou as pernas dela sobre seus ombros.

Joheved ergueu o torso, apoiando-se nos cotovelos.
– Meir! O que está fazendo?
– Só quero lhe dar prazer. – Ele começou a massagear-lhe a vulva, enquanto ela voltava a se deitar.

Com as pernas de Joheved abertas à frente, Meir passou a fazer carícias nos lábios da vagina, enquanto se curvava para atingir com a língua o ponto sensível que acariciara com os dedos pouco antes. Eliezer lhe tinha dito que era um ponto difícil de ser encontrado, mas os repentinos gemidos de Joheved deixaram claro que o atingira. Tomando cuidado para não excitá-la em demasia, tratou de variar a técnica. Circulando o ponto com a língua, movendo-a de um lado para o outro com vigor e logo com mais delicadeza, ouvia Joheved ofegar e gemer, procurando perceber o que lhe dava mais prazer. Enquanto explorava as profundezas úmidas do canal vaginal com os dedos, ele experimentava com o olfato e o paladar o aroma e o gosto dela.

Joheved, por sua vez, sentia-se incapaz de qualquer outra reação a não ser se entregar ao prazer vertiginoso que a boca de Meir lhe proporcionava. Quem poderia imaginar que seu corpo fosse capaz de tantas sensações? Ondas das mais requintadas emoções percorriam seu corpo, à medida que Meir modificava os seus esforços. Cada vez que ela estava a ponto de explodir de paixão, ele fazia uma pausa e iniciava algo novo. Ela tanto ansiava desesperadamente pelo clímax como rogava que ele não parasse nunca mais.

De repente, Meir se deu conta de que Joheved estava prestes a gozar. A sofreguidão da língua acabara por fazer o ponto secreto da mulher se arredondar e intumescer como uma pérola. Os lábios vaginais estavam inchados e cheios, da mesma forma que os mamilos ficavam depois que eram acariciados. Ele comprimiu a mão contra os músculos no interior do útero, e esperou pelas contrações.

De repente, os gemidos de Joheved atingiram um clímax, enquanto ela era tomada por seguidas ondas de êxtase. Fora de si, ela o agarrou pelos braços e os apertou com frenesi, mas ele se esforçou e manteve a boca no mesmo lugar, só recuando depois que o corpo dela se descontraiu.

Ao abrir os olhos, Meir se congratulou por ter se esquecido de apagar a lamparina. Admirado, fitou as partes mais íntimas de Joheved que cintilavam e pulsavam como o miolo de uma maçã banhado ao mel. Nunca tinha visto nada tão erótico e excitante, e seu membro reagiu no mesmo instante. Logo começou a acariciar as coxas dela com doçura, e foi beijando-lhe a pele, aproximando-se mais e mais do ponto entre a perna e o torso.

Joheved jazia na cama exausta, o coração descompassado, concentrada na escala decrescente dos espasmos de prazer. Estava certa de que passaria horas sem conseguir se mover. Os seios e a *ervah* ainda pulsavam, quando os lábios de Meir pousaram na sua perna com tanta suavidade que ela chegou a pensar que era imaginação. Mas, à medida que a sensação se movia coxa acima, o desejo aflorou tão intensamente que ela nem se deu conta de quando agarrou Meir, fazendo-o deitar sobre ela.

Outras delícias a esperavam. Meir mal acabara de penetrá-la quando Joheved se viu mais uma vez no zênite, desejando ser penetrada cada vez mais no fundo e com mais rapidez. Quando atingiu um novo clímax, ele descobriu, pela primeira vez, que era capaz de se conter enquanto o útero se convulsionava ao redor do membro. Quando começou a se mexer novamente dentro dela, permitiu-se saborear plenamente a sensação, certo de que, quando a paixão estivesse a ponto de tomá-lo por inteiro, seus movimentos vigorosos a levariam a também liberar a semente dela.

Ao final de tudo, Joheved deixou-se ficar languidamente nos braços de Meir, o coração batendo descompassado, o corpo coberto de suor. Como era possível que, após vinte anos de casamento, pudessem descobrir algo tão novo e maravilhoso?

De alguma maneira, ela encontrou forças para se mover e beijá-lo nos lábios.

– *Merci beaucoup*. Foi magnífico.

Ele soltou um risinho e disse:

– Não tem de quê.

Como Raquel previra, Eliezer retornou a Troyes para a Feira de Inverno com um lucro da venda de grãos que seria mais do que suficiente para cobrir os prejuízos de Salomão pela péssima safra.

– Tive sorte de sair de Mayence intacto – ele lhe disse naquela noite. O trigo estava escasso e estabelecemos o nosso preço, mas os compradores ficaram descontentes pelo que tiveram que pagar.

– Eles deviam ter agradecido por vocês terem algum trigo. Se não fosse o carregamento de vocês, a fome teria sido bem pior.

– A maioria não viu assim. Ficaram furiosos, dizendo que nos aproveitávamos do sofrimento alheio para ganharmos mais dinheiro.

Raquel sacudiu os cachos com impaciência.

– Provavelmente achavam que vocês deveriam doar o trigo, sem se importar com as dificuldades e as despesas que tiveram para consegui-lo.

– Isso não tem lógica – disse Eliezer. – Havia tanto rancor pelo fato de os judeus estarem explorando a fome dos "bons cristãos" que achei melhor passar por Worms no meu caminho de volta de Praga para não ter que encarar novamente as pessoas de Mayence.
– Aposto que o bispo cobrava bem mais caro pelo trigo dele.
– Claro que sim, mas ninguém se queixava do bispo... pelo menos, não abertamente.

Ao notar que Raquel se calara, Eliezer aproveitou a oportunidade para confidenciar o que havia pensado durante o caminho de volta para casa. Puxou-a para si e disse baixinho com um tom sedutor:
– Belle, odeio me afastar de você. Vamos juntos para Toledo.

O coração de Raquel palpitou de alegria.
– Mas, e as crianças?
– Shemiah deve ficar para continuar seus estudos e, se você quiser, poderíamos levar a pequena Rivka conosco.

Raquel voltou atrás no tempo até as primeiras viagens deles e lembrou-se do seu constrangimento por eles terem de partilhar o mesmo quarto e, muitas vezes, a mesma cama com Shemiah. Também lembrou-se da ocasião em que deixara Shemiah com a mãe de Eliezer e ele não a reconheceu na volta.

– Não sei – ela disse lentamente.
– Você só vai ficar fora por alguns meses. – Ele puxou-a para junto de si. – Miriam pode cuidar das suas clientes e ajudar na vinícola. Afinal, você assumiu todas as responsabilidades da sua irmã quando ela foi para Paris no último verão.
– Não quis dizer que não sei se quero ir com você. – Ela olhou para ele e sorriu. – Morro de saudade de você toda vez que nos separamos; o que não sei é se devemos ou não levar a pequena Rivka.
– Isso você pode decidir quando chegar a hora. – Ele se inclinou para beijá-la.

Mas Raquel já tinha tomado uma decisão. Se não engravidasse até o final de *Hanucá*, deixaria a filha com Miriam e acompanharia o marido uma semana depois do encerramento da Feira de Inverno. A pequena Rivka já estava com quase quatro anos, não se esqueceria com tanta facilidade da mãe.

Para evitar o mau-olhado, Raquel achou melhor ficar a sós com Miriam para revelar seus planos.
– Claro que seus filhos podem ficar comigo. Alvina sofreria muito se não tivesse Rivka para brincar com ela – disse Miriam. – Rivka

pode começar a aprender a ler e escrever comigo, enquanto você estiver viajando.

Raquel deu um abraço efusivo em Miriam.

– *Merci*, você é a melhor irmã do mundo. – Mesmo estando a sós, abaixou o tom de voz e acrescentou: – Talvez a maldição de Adão não atinja regiões distantes como Toledo, e poderei engravidar.

Miriam sorriu com um ar de malícia.

– Já deve ter sido anulada, senão teria chegado até Ramerupt. Joheved está esperando um novo bebê para este verão – sussurrou.

– Então é por isso que ela tem ido mais cedo para a cama em vez de estudar o Talmud conosco – comentou Raquel. – Mas tem certeza disso? Achei que ela já não menstruasse.

– Eu sou parteira; sei o que estou falando. Mas, por cautela, não comente com ninguém, por favor.

Meir sabia que sua mulher estava grávida. Quando Joheved começou a vomitar de manhã e a comer como uma louca na primeira semana da Feira de Inverno de Troyes, ele calculou que chegaria um novo filho logo depois de *Shavuot*.

É claro que seria um filho homem. Joheved tinha sido a primeira a liberar a semente. E se a qualidade de uma criança refletia a qualidade do ato da concepção, conforme ensinava o Talmud, seguramente o filho seria um *talmid chacham*. Meir, no entanto, preferiu se calar, guardando consigo a certeza maravilhosa que o aqueceria nas noites frias do outono bem mais que qualquer lareira.

A cada noite que Raquel acendia uma outra vela na *menorá* de *Hanucá*, mais a ideia de ir para Toledo a incomodava. Oito anos haviam se passado, mas ainda se lembrava da última vez que tinha estado lá. Isolada em casa como qualquer mulher sefardita, sua única companhia era o pequeno Shemiah. Bem verdade que toda noite Eliezer se deitava com ela, o que era um poderoso consolo, e que não precisava alimentar preocupações quanto à segurança por ele estar num lugar distante. O preço que pagaria desta vez por tais prazeres seria a preocupação constante com o pai e com a saúde da mãe, a impossibilidade de estudar o Talmud com as irmãs e se distanciar dos filhos por seis meses.

Mas, quando a menstruação de Raquel chegou na véspera do dia marcado para a partida, ela deixou de lado as preocupações e arrumou a mala. Naquela noite, dormiu abraçada com a pequena Rivka, e no amanhecer do dia seguinte se viu assolada pela culpa quando viu a filha chorar e protestar enquanto ela e Eliezer se juntavam ao grupo dos mercadores judeus que rumavam para Sudoeste.

No meio do caminho, um grupo de peregrinos que se dirigia a Santiago de Compostela juntou-se à caravana, permitindo a Raquel a companhia de outras mulheres, que fizeram com que deixasse de se sentir uma raridade entre tantos homens. Eles tinham acabado de cruzar os Pirineus, felizmente sem a surpresa de nevascas eventuais, quando ela se deu conta de que os seus sete dias de impureza haviam terminado. Como o frio intenso a impedia de mergulhar em algum rio, ela e Eliezer abandonaram os outros e tomaram o rumo de Saragoça. Claro que devia haver um *mikve* na enorme comunidade judaica daquele lugar.

Enquanto desfrutava o prazer de estar na suntuosa casa de banho que abrigava o *mikve*, recebendo uma massagem para aliviar os músculos doloridos depois de tantos dias de montaria, Raquel fazia planos para os seis meses de estada em Sefarad. Talvez dessa vez as coisas corressem melhor. O pai lhe dera uma cópia do tratado *Nedarim*, um dos poucos sem os comentários dele, instruindo-a para que lesse cada página com atenção e anotasse o que ele deveria comentar. Isso a manteria ocupada durante o dia.

O Bairro Judeu estava apinhado de refugiados que haviam escapado dos ataques dos berberes ocorridos no Sul, mas Dunash, o habitual anfitrião de Eliezer, ainda dispunha de espaço na sua casa localizada na Calle Del Angel, a principal via pública. Lá, como em outras casas de Toledo, não se viam janelas nos muros brancos voltados para a rua, e a porta de entrada se abria para um corredor que virava à direita, de modo que os transeuntes curiosos só tinham a visão de uma parede branca.

De pé no saguão azulejado da entrada, Raquel sabia que a austeridade exterior da casa era uma fachada e que os cômodos interiores se abririam para um pátio central. O magnífico pátio de Dunash não tinha nada a ver com o espaço exterior bastante utilitário da casa de Salomão. As paredes eram cobertas de trepadeiras floridas, e um caminho serpenteava por entre arbustos e árvores frutíferas até chegar à fonte central que vertia água dentro de uma piscina redonda. Era um caminho salpicado de bancos, e Raquel se imaginou sentada ali e embalada pelo borbulho prazeroso da fonte, enquanto estudava o tratado *Nedarim*.

Ela prendeu a respiração enquanto esperava para conhecer os aposentos, torcendo para que dessem vista para o jardim. O apartamento era pequeno e só dispunha de dois cômodos. Um quarto minúsculo sem janelas e uma sala de estar que dava para o pátio. Suspirou de alívio, eles poderiam entrar e sair do apartamento sem precisar atravessar os aposentos da casa principal.

Os dias seguintes foram paradisíacos. Como fevereiro era o mês em que as chuvas mais castigavam Toledo, o aguaceiro diário impediu Raquel de estudar no jardim, mas Eliezer voltava para casa um pouco depois do pôr do sol, e os dois passavam boa parte daquelas noites longas na cama grande. Isso, no entanto, era uma das poucas coisas que faziam juntos. Afora no *Shabat*, homens e mulheres faziam as refeições em grupos separados, e na sinagoga entravam por portas diferentes. Dentro da sinagoga, os bancos das mulheres ficavam escondidos atrás de uma parede que só dava vista para o santuário por entre uma pequena grade.

No primeiro *Shabat* do casal em Toledo, o fim de tarde estava claro, e Eliezer levou Raquel para ver um dos pontos turísticos mais interessantes da cidade: o relógio de água de al-Zarqali. Localizado numa enorme praça de frente para o rio, o relógio era feito de mármore e decorado com pinturas de homens e elefantes em tamanho real. Sob o brilho do sol, era deslumbrante, ela teve de admitir.

– Está vendo aquelas duas bacias? – Eliezer apontou para dois grandes recipientes marcados por inúmeras linhas paralelas. – Al-Zarqali projetou o relógio de modo que pudessem encher e esvaziar de acordo com o crescer e o minguar da lua.

– E daí? – Ela não viu nada de extraordinário nisso.

– Os canos debaixo da praça desembocam no rio. Quando a lua nova aparece no horizonte, a água flui por dentro das bacias vazias com um volume cuidadosamente calculado para que cada bacia contenha um quarto de uma sétima parte de água pela madrugada, e ao pôr do sol uma metade da sétima parte para completá-las. A água flui dessa maneira durante uma semana. – Ele fez uma pausa, olhando-a com um ar de interrogação.

– É quando as bacias se enchem até a metade – disse Raquel admirada ao se dar conta de que o estranho mecanismo do relógio era mais surpreendente do que a aparência indicava.

– Durante os sete dias e sete noites seguintes ocorre o mesmo processo até que as duas bacias se encham completamente, junto com o

aparecimento da lua cheia no céu. – A voz de Eliezer soou ainda mais animada. – Em seguida, na décima quinta noite do mês, durante a lua minguante, as bacias passam a esvaziar diariamente a metade de uma sétima parte da água até...
Raquel completou a frase de Eliezer.
– Até ficar pela metade no vigésimo primeiro dia do mês e completamente vazia quando a lua atinge a vigésima nona noite.
Ele a conduziu até um outro mecanismo menor que estava nas proximidades.
– Por meio de válvulas e bombas inteligentemente projetadas, este relógio enche e esvazia no decorrer do dia, de modo que podemos ver as horas com exatidão, se compararmos o nível da água nas marcas pintadas.
Ele apontou para os recipientes já quase vazios.
– Veja, só temos umas duas horas para voltarmos para casa antes do sol se pôr.
– E só mais cinco dias até a lua cheia – acrescentou Raquel. Ela deteve-se fitando Eliezer. Suas flores, que costumavam chegar por volta do décimo dia do mês, ainda não tinham chegado.
Mas ela não disse nada e apenas perguntou:
– Esses relógios de água são de fato surpreendentes, mas foram feitos para quê?
Eliezer pensou que ela queria saber como tinham sido feitos e começou a explicar.
– O relógio foi construído para que a água vertesse numa velocidade constante, e seu mecanismo foi então calibrado para medir a passagem do tempo.
– Notei isso – ela o interrompeu. – Mas o que eu quero saber é por que alguém faria todo esse esforço para ver as horas, quando basta esperar que os sinos da igreja badalem?
– Mas eles só badalam de três em três horas.
– Por que eu precisaria saber quando é uma hora da tarde? – Ela olhou de relance para o relógio. – Ou que faltam duas horas para o pôr do sol? E se por algum motivo quisesse, qual é problema de se usar o relógio solar?
Como se para responder à pergunta, o sol foi coberto por uma nuvem, e Eliezer olhou para ela com um ar triunfante.
– Com um relógio de água, você pode saber as horas tanto num dia nublado como de noite.

Raquel ainda não via grande necessidade de saber a hora de modo tão preciso, mas obviamente Eliezer achava isso importante.
– Mas por que fizeram o grandão? Claro que eles têm calendários aqui.
– A chegada da lua nova indica um novo mês para os sarracenos, mas, quando o céu está nublado, eles recorrem ao relógio de água de al-Zaqali. – De repente, as nuvens escureceram, e ele acrescentou, pegando-a pelo braço: – É melhor a gente voltar para casa.
Ela tentou se lembrar do caminho que tinham percorrido para chegar à praça e, embora tenha reconhecido alguns trechos, o labirinto de ruas suplantou seus esforços. A única rota que ela fazia sem se perder era a pequena distância entre a rua principal e a casa onde se hospedava. Quanto tempo teria de viver em Toledo para conhecer as ruas da cidade?
Os primeiros pingos de chuva começaram a cair sobre o chão de pedras da rua, e Eliezer apressou o passo. Mas o pensamento de Raquel ainda estava na praça.
– Por que se preocupa tanto com as horas?
– Porque quem estuda e observa o movimento dos astros no observatório de al-Zaqali precisa medir o tempo com precisão. Os relógios de lá são tão precisos que registram as menores frações da hora.
Raquel ficou tão chocada que precisou de um tempo para falar.
– Você está estudando astronomia? O que houve com seus estudos do Talmud?
– Aqui em Sefarad o conhecimento do Talmud não é suficiente para se considerar um homem culto – ele se defendeu. – Os espanhóis veem o homem que não conhece filosofia, matemática e astronomia como um ignorante.
– Mas no Talmud há tudo que qualquer homem precisa saber, os temas seculares pontuam o estudo da Torá. – *O que essa gente fez para que o meu marido substituísse o conhecimento da Torá pelo de astronomia?*
Eliezer balançou a cabeça em negativa.
– *Non*, no sétimo capítulo do tratado *Shabat*, diz o Rabi Shimon ben Pazzi em nome do Rabi Yehoshua ben Levi:

> Sobre aquele que sabe calcular os solstícios e os movimentos planetários, mas não o faz, está escrito: eles não se voltam para a obra do Eterno nem consideram a obra

das mãos Dele. Disse Rabi Samuel ben Nahmani em nome de Rabi Yohanan: como sabemos que uma pessoa tem a *mitsvá* de calcular os solstícios e os movimentos planetários? Pelo que está escrito: porque esta é a sabedoria e o conhecimento aos olhos do povo. E o que é sabedoria e conhecimento aos olhos do povo? É a ciência de calcular os solstícios e os movimentos planetários.

Raquel, no entanto, só via o conhecimento que Eliezer tinha da Torá sendo drenado como a água do relógio de al-Zarqali, para ser substituído pela filosofia, matemática e astronomia dos estrangeiros. Eliezer percebeu que ela não estava convencida.

– Belle, eu não estou desistindo do Talmud. Como disse o Rabi Elazar ben Chisma no *Pirkei Avot*:

> As leis referentes a oferendas de aves e à *nidá* são *halachot* essenciais. Astronomia e geometria são especiarias da sabedoria.

– A Torá é como o pão... é preciso tê-lo. Mas sou o tipo de pessoa que precisa de especiarias que acompanhem o pão – ele concluiu.

– Mas se você se alimentar apenas de especiarias, morrerá de fome.

A discussão foi interrompida abruptamente quando o céu desabou, e eles tiveram de correr para casa, a fim de escapar do aguaceiro. Mesmo assim, as roupas estavam encharcadas quando entraram no apartamento, e, depois que se despiram às pressas, a conversa deu lugar a um modo mais agradável de aproveitar o que restava daquela tarde de tempestade.

No dia seguinte, Raquel saiu para explorar os arredores, mas, por duas vezes, teve de pagar para um garoto da rua levá-la de volta a Calle del Ángel. Depois de algumas entradas acidentais em ruas onde as mulheres não eram bem-vistas, ela descobriu que a melhor maneira de sair da vizinhança era acompanhar funerais. Infelizmente, a morte não fazia distinção entre homens e mulheres.

O cemitério judeu situava-se fora da cidade, e com isso a maioria dos cortejos fúnebres passava pela Calle del Ángel, a caminho do Portão Judeu na saída norte de Toledo. Raquel podia ouvir as lamentações e os cantos dos salmos de um cortejo fúnebre a se aproximar, e tinha tempo de vestir uma capa negra e segui-lo. Quando o rito terminava, seguia alguém que estivesse voltando em direção à rua dela.

O estranho é que todos os enlutados se vestiam de preto, o que não lhe tirava da cabeça que aquilo mais parecia um cortejo de monges e freiras. Em nenhum outro lugar se vestiam roupas especiais para os funerais. Esse era um costume em Toledo, que, com uma população de cinco mil judeus, dispunha de funerais o bastante para fazer das roupas pretas uma necessidade.

Um outro costume estranho de Toledo era o enterro dos mortos enrolados em suas mortalhas, o que dispensava os caixões. Na primeira vez que avistou um cortejo fúnebre com o corpo carregado no alto, Raquel se deteve e olhou horrorizada. Uma leve garoa delineava claramente o corpo de uma mulher sob a mortalha colada a ele. Contudo, o mais pertubador eram todos os objetos de valor depositados no túmulo. Ela não sabia o que era pior: mulheres enterradas com suas joias ou homens enterrados com seus livros. Claro que os judeus de Toledo precisavam estudar menos os temas seculares e mais o Talmud; os sábios se opunham fortemente à prática do desperdício.

No dia da lua cheia, com um céu tão claro que ninguém precisava consultar o relógio de al-Zarqali para saber a data, as flores de Raquel chegaram. Naquela noite, Eliezer voltou para casa de madrugada, e no dia seguinte, uma sexta-feira, ele a fez lembrar que as mulheres de Sefarad não frequentavam a sinagoga quando estavam *nidá*.

Raquel se enfureceu.

– Nem mesmo no *Shabat*? – Não era preciso perguntar por quê. De qualquer forma, a razão não importava.

– É a tradição daqui.

– Mas eu sou estrangeira. – Ela sorriu timidamente. – E como saberão que estou *nidá*?

– Se você comparece aos serviços diariamente e, com o passar do tempo, não demonstra sinais de gravidez, obviamente alguém acaba notando. Mas o que importa é que nós dois sabemos e não temos o direito de violar as regras daqui.

O tom da voz de Eliezer deixou bem claro que ele não permitiria que ela o acompanhasse na manhã seguinte. Raquel fingiu concordar e continuou na cama, esperando que ele saísse para os serviços. Com a casa vazia, ela se vestiu e correu até a Calle del Ángel, onde não teve de esperar muito até que um grupo de mulheres e crianças bem-vestidas passasse por ali em direção ao morro. Como ninguém lhe era familiar, ela seguiu atrás.

Toledo tinha pelo menos umas doze sinagogas; ela poderia ir a uma diferente a cada *Shabat* em que estivesse *nidá*, e ninguém ficaria sabendo, desde que voltasse para casa antes de Eliezer.

Raquel achara que as mulheres retornariam pelo mesmo caminho depois dos serviços, mas se deu conta de que se enganara quando elas se viraram para subir ainda mais o morro. Talvez tivessem planejado comer na casa de alguém depois dos serviços e poderiam demorar muito até voltar para casa. Ela entrou em pânico e desceu o morro correndo, rezando para encontrar o caminho de volta. Como estava confiante de que as mulheres a levariam de volta a Calle del Ángel, não tinha prestado atenção no caminho. Além disso, era *Shabat* e ela não tinha levado moedas para pagar um guia.

Já passava do meio-dia quando enfim chegou ao seu endereço, desesperada para trocar o *mokh* e a lã do *sinar*. Eliezer já devia estar em casa e, obviamente, não acreditaria se lhe dissesse que saíra para uma voltinha.

Ela entrou no pátio, preparando-se para uma outra discussão com o marido. Mas, antes que pudesse se sentir pronta para tal, duas figuras se levantaram de um dos bancos e caminharam em sua direção. Uma delas, Eliezer, mas a outra...

Mon Dieu. O que Milo está fazendo aqui?

Dezessete

Milo deu um passo à frente com uma expressão de solidariedade.

– Minha senhora lady Joheved me fez vir até aqui. Senhora Raquel, sua mãe está muito doente e quer vê-la... antes de morrer.

Raquel cambaleou para trás. Milo levou alguns segundos para se dar conta de que Eliezer não poderia ampará-la e pegou-a pelo braço.

– A senhora poderá partir amanhã?

Raquel olhou para Eliezer com ar de interrogação e os olhos cheios d'água. Levaria uma semana até ela poder imergir na água, e era tempo demais para esperar. A não ser que Eliezer partisse com ela, não poderia se despedir dele nem com um abraço.

– Preciso ficar em Toledo – disse Eliezer, olhando-a com desconsolo. – A caravana de inverno que vem de Maghreb ainda não chegou.

Raquel assentiu quase sem forças. Estava claro que teria de retornar para Troyes, por mais que quisesse ficar ao lado do marido.

Eliezer voltou-se para Milo.

– Você terá que escoltar a minha esposa para mim, mas não faço ideia de como poderá se hospedar e ao mesmo tempo proteger a ela e à sua reputação. – A possibilidade de Milo dividir o mesmo quarto com Raquel era impensável, mas seria muito perigoso se ela dormisse sozinha.

– O pai de minha lady me deixou preparado para essa eventualidade. Recomendou diversas comunidades judaicas que encontraremos no caminho de volta onde teremos hospitalidade, especialmente no *Shabat*, e também tenho em mãos uma lista de conventos.

– Conventos? – Raquel arqueou as sobrancelhas de surpresa.

– *Oui*. A maioria possui acomodações para damas. E a senhora não precisa se preocupar com os alimentos proibidos porque todos os bons cristãos estão se abstendo de carne por causa da Quaresma.

– Pelo visto, o retorno de vocês dois foi cuidadosamente planejado – disse Eliezer, tomado por sentimentos conflitantes.

Embora não lhe agradasse a ideia de que Raquel fizesse uma viagem em companhia do jovem e bonito mordomo, restava-lhe o consolo de que Milo estava tão apaixonado por Joheved que não tentaria seduzir a irmã dela. E se por um lado ele sabia que sentiria muita falta da doce companhia da esposa, por outro se sentia aliviado pelo fato de que poderia passar noites a fio no observatório sem precisar se culpar por negligenciá-la. Assim, quando chegasse *Shavuot* e ele tivesse de partir, ele e Abraham bar Hiyya já teriam feito observações detalhadas do céu com resultados suficientes para provar que as órbitas planetárias de Ptolomeu não eram corretas.

Agasalhada por peles, Raquel partiu com Milo no início da manhã seguinte. A égua que Eudes lhe dera não teve dificuldades em acompanhar o ritmo do cavalo de Milo, de modo que os dois viajantes percorreram uma extensão de terra maior do que a percorrida por ela e Eliezer na ida para Toledo. Não foi difícil encontrar hospedagem de judeus em Sefarad e na Provença, mas, na travessia de Aquitânia, Raquel se viu obrigada a também pernoitar em conventos.

Estranhamente, nas estradas havia um número maior de clérigos que de judeus, tantos que quase todas as mesas de uma hospedaria estavam ocupadas quando Raquel e Milo chegaram para comer. Em meio ao fedor de peixe cozido e a um recinto abarrotado de homens que nunca tomavam banho, Raquel não tinha o menor ânimo de ficar.

– Em todas as viagens que fiz, nunca vi uma peregrinação com tantos homens da Igreja acompanhados de seus retentores – reclamou Raquel quando eles finalmente encontraram um lugar à mesa.

– Já tinha me deparado com muitos no meu caminho para Toledo – ele disse. – O papa Urbano convocou um concílio para o início de março em Piacenza.

– Deve ser importante.

Milo deu de ombros.

– Compartilhei as minhas refeições com clérigos e leigos a caminho de Piacenza, e ninguém espera nada fora do habitual... a esposa do rei Henrique reclamará dos casos amorosos do marido, algumas heresias serão condenadas, o falso papa Clemente e seus aliados serão denunciados, e Urbano renovará a proibição de que os padres recebam pagamento por batismos e enterros. O item mais interessante da agenda será a presença dos embaixadores do rei Filipe que tentarão contestar a excomunhão do rei por ter se casado com Berta.

Raquel não se interessou por nenhum desses tópicos. Serviu-se de um pouco mais de comida e refugiou-se nos próprios pensamentos. Joheved não enviaria Milo até a distante Toledo se a mãe não estivesse seriamente doente. Ou tudo não passava de uma outra prova para afastar Milo de Ramerupt? *E se o Anjo da Morte levar mamãe antes da minha chegada?*

Raquel se perguntava se ficaria aliviada ou desapontada por perder o funeral da mãe quando Milo se levantou da mesa.

– Está começando a nevar – ele disse. – É melhor selarmos os cavalos e sairmos daqui o quanto antes.

Enquanto cavalgavam rumo ao Norte, eles olhavam para o céu com aflição, temendo que um repentino escurecimento anunciasse uma nevasca.

– E se fôssemos para Limoges em vez de Clermont? – sugeriu Milo.

– De jeito nenhum – disse Raquel, estremecendo. – Na ocasião em que um monge mau e mentiroso acusou os judeus de uma conspiração com os sarracenos para destruir algumas igrejas de Jerusalém, o bispo de Limoges insistiu na conversão dos judeus e depois expulsou os que não tinham se convertido.

– O convento de Aubeterre fica fora de Clermont – ponderou Milo. – Podemos parar lá se não chegarmos à cidade antes do anoitecer.

Sabiamente, ele não mencionou os rumores em torno da destruição da Igreja do Santo Sepulcro. Os sarracenos tinham destruído a estrutura, mas alguns acreditavam que os franco-judeus os haviam instigado a fazer isso. Milo ouvira de algumas pessoas que os judeus de Orleans eram os responsáveis. Mas isso ocorrera cerca de cinquenta anos atrás. A Igreja do Santo Sepulcro já tinha sido reconstruída, e os peregrinos continuavam a cultuá-la.

– Milo, aprecio muito todo esse seu esforço, indo até Toledo para me trazer sã e salva para casa. – Raquel achou melhor mudar de assunto. – Você prestou um outro grande serviço para a minha irmã.

Ele mostrou-se cauteloso.

– Sou o mordomo da sua irmã, o meu dever é cumprir todas as solicitações dela.
– Nós dois sabemos que sua devoção ultrapassa o mero serviço.
– Se a senhora está tentando me induzir a quebrar o meu voto, afirmo-lhe que não terá sucesso. – Ele lançou-lhe um olhar gélido.
– Peço desculpas, Milo. Não tive intenção de testá-lo. – Ela logo ficou arrependida. – Estou tão preocupada com mamãe que me esqueci.
Para afastar as preocupações dele, ela mudou de assunto outra vez.
– Tomara que não neve muito. – No dia seguinte seria sexta-feira, e ela não tinha a menor intenção de passar o *Shabat* num convento.

Não choveu nem nevou enquanto eles se dirigiam para o Norte, mas o lodo e a lama retardaram a marcha dos cavalos, e Raquel não teve outra escolha a não ser se parar em Chapes na tarde de sexta-feira. Lá, entregou-se à frustração de se saber próxima de Troyes e impossibilitada de chegar à cidade antes do domingo.

Milo, no entanto, não estava preso à lei judaica.
– Seu cavalo é mais resistente que o meu. – Ela instigou-o. – Cavalgue até Troyes e avise a minha família que não tardarei a chegar.
– Irei o mais rápido que puder – ele prometeu. – E voltarei depressa com notícias de lá.

Raquel se afligia com a perspectiva de um *Shabat* angustiante, seu único consolo era a certeza de que a égua descansaria o bastante para aguentar o final da jornada. Seus anfitriões estavam acendendo os castiçais, quando ela ouviu o ruído dos cascos de um cavalo lá fora. Já estava caminhando até a porta quando esta se abriu, e Milo surgiu com um semblante iluminado de alívio.

Antes que ela fizesse a temida pergunta, ele disse:
– Sua mãe está muito doente, mas continua viva.
Raquel voltou a sentar-se, lágrimas de gratidão escorrendo-lhe pela face. Na manhã seguinte, fez uma refeição ligeira, mas se recusou a se apressar nas preces matinais que incluíam uma longa oração pela saúde da mãe. Ela e Milo já estavam na metade do caminho para Troyes quando a chuva começou a cair, e a marcha dos cavalos ficou mais lenta, por conta do caminho enlameado. Pareceu-lhe uma eternidade até que ouviu os sinos da igreja soarem ao longe e seu estômago roncar clamando por comida.

Ainda chovia quando eles entraram na cidade, por isso Raquel não se assustou ao encontrar o pátio da família totalmente vazio. Entrou apressada pela cozinha dos pais ao mesmo tempo que se livrava da capa.

– *Mon Dieu!* – exclamou uma das criadas novas, olhando-a como se ela fosse um fantasma.

Uma outra mocinha agarrou Raquel pela manga, impedindo-a de sair da cozinha.

– Que hora para voltar – murmurou.

Raquel se desvencilhou da moça e, aterrorizada pelo que poderia encontrar, correu até o quarto da mãe e o encontrou vazio.

– Onde ela está? – gritou Raquel para as assustadas criadas.

Milo estendeu a capa para Raquel.

– As criadas me disseram que está sendo enterrada. Se a senhora se apressar, talvez chegue ao cemitério a tempo. Preciso retornar a Ramerupt para cuidar das coisas enquanto meu lorde e minha lady estiverem guardando luto aqui.

Raquel estava anestesiada demais para protestar quando Milo praticamente a empurrou porta afora. A mãe estava morta? Impossível. Milo não a tinha visto viva no dia anterior? Ela se voltou para o céu: o Anjo da Morte não podia ter esperado só mais um dia?

As ruas do Bairro Judeu estavam vazias, e todas as janelas, fechadas. Não podia ser apenas pela chuva, as pessoas deviam estar no funeral de sua mãe. Ela que nunca teve dinheiro para financiar viagens de negócios ou para fazer polpudas doações de caridade; ela que nunca bajulou as mulheres ricas e poderosas da comunidade. A mãe sossegada e pia, que nunca saía de casa a não ser para frequentar os serviços e fazer compras para as refeições. Mesmo assim, aonde mais todo mundo poderia ter ido?

Raquel patinou nas pedras enlameadas das ruas, agradecida por ainda estar com as roupas de viagem. *Mon Dieu* – as roupas. Ela terá de fazer *kriá*, rasgar as vestes para demonstrar sofrimento. O pai ensinara que o enlutado que não fazia *kriá* era punido com a morte. Ela ocultou-se num vão de porta, tentando se lembrar de um *baraita* do tratado *Moed Katan* que explicava como se devia fazer *kriá* para um dos pais.

Para os mortos em geral, mesmo que se esteja vestindo dez camisas, rasga-se apenas a externa. Para o pai e a mãe, deve-se fazer *kriá* com todas... tanto homens como mulheres. Rabi Shimon ben Elazar diz o seguinte: primeiro a mulher rasga a camisa de baixo e a vira para trás, depois ela rasga a roupa externa.

Fora de casa e debaixo da chuva, Raquel não pretendia seguir as recomendações de Shimon ben Elazar, ainda mais que no *Moed Katan* os sábios também ensinavam:

Para os mortos em geral, pode-se alinhavar o rasgão após a *shivá* e costurar por inteiro após o *sheloshim*, mas para o pai e a mãe, pode-se alinhavar após o *sheloshim*, sem nunca costurar o rasgão por inteiro. Contudo, a mulher pode alinhavar imediatamente (após o funeral) em razão de sua compostura.

Isso se contrapunha claramente à afirmação de Shimon ben Elazar, uma vez que a mulher que tem a camisa rasgada sob as vestes não precisa alinhavar as roupas de imediato para salvaguardar a compostura. E também estava claro que Raquel não podia chegar ao enterro da mãe com as roupas intactas. De pé, o que era exigido pela lei judaica para fazer *kriá*, pegou a gola do *bliaut*, respirou fundo e o rasgou quanto pôde.

O ruído do rasgão da roupa deixou Raquel petrificada. Ela sentiu as pernas faltarem ao se dar conta de que, assim como a roupa fora cortada e nunca seria reparada, a mãe também tinha sido cortada para sempre de sua vida. Com as lágrimas escorrendo pelo rosto, ela rasgou a blusa de baixo, cobriu-se com a capa e subiu apressada a Rue de La Cité em direção ao Portão Près que dava no cemitério judeu.

Os sapatos e as meias estavam ensopados quando ela alcançou o funeral e soluçou de alívio por ver que as pessoas ainda estavam orando. Gritou alto o suficiente para fazer com que os que estavam mais atrás se voltassem curiosos, e logo o caminho se abriu para ela. Por entre os pingos da chuva e as próprias lágrimas, ela mal conseguia enxergar, mas se deu conta de que seu filho Shemiah a conduzia para junto do túmulo.

A chegada de Raquel interrompeu o centro do serviço fúnebre, a Justificação do Julgamento. Com a confusão, o *hazan* hesitou e continuou em silêncio, enquanto ela se jogava aos prantos nos braços do pai. Miriam e Joheved se juntaram ao abraço no mesmo instante.

Os quatro se entregaram ao pranto até que finalmente o pai olhou em volta e percebeu que todos estavam esperando. Com a chegada de uma das três principais enlutadas, o *hazan* assentiu em silêncio e iniciou o rito. Ele voltou-se na direção de Jerusalém, e Raquel prendeu os soluços para recitar os versos do Deuteronômio que afirmavam a retidão da disposição do Criador da humanidade, junto com o *hazan,* a família e toda a comunidade.

> Ele é a nossa rocha, Sua obra é perfeita; porque todos os Seus caminhos são justos; Deus é a verdade e não há Nele a injustiça, justo e reto Ele é... Grande em intenção e poderoso em ações, Seus olhos estão abertos para todos os caminhos dos homens...

Durante a *shivá,* os enlutados diriam essa prece três vezes por dia nos primeiros sete dias de luto.

Enquanto o cortejo fúnebre se preparava para sair do cemitério, Raquel abaixou-se, pegou um punhado de lama e grama, inalou o odor de terra e o jogou por cima dos ombros enquanto recitava as palavras dos salmos:

> Eles florescerão como a grama no campo.
> Pois todos nós somos pó.

Quando todos os presentes tivessem feito o mesmo, a alma da mãe receberia permissão de deixar o corpo, embora estivesse impedida de retornar para casa com os enlutados. De acordo com o tratado *Sanhedrin,* aqueles que eram enterrados debaixo de tempestades tinham a expiação garantida, e assim Raquel estava confiante de que a mãe, que tinha poucos pecados para expiar, logo encontraria a paz no *Gan Eden.*

No interior do pátio da família havia vasilhas de água para que a comunidade lavasse as mãos, uma outra precaução para impedir a entrada das *ruchot* na casa. Os enlutados eram proibidos de calçar sapatos, e Raquel deixou de bom grado as botas enlameadas na porta, junto ao calçado das irmãs. Ainda que ela não tivesse estado por perto quando a mãe deu o último suspiro, pelo menos tinha regressado a tempo para o funeral.

Parecia impossível que todos os que tinham estado no funeral coubessem na casa, mas ninguém ousou sair do cemitério diretamente para casa porque as *ruchot* poderiam segui-los. Assim, os visitantes se espremeram dentro da casa de Salomão para comer e esperar que as *ruchot* desistissem e partissem. Eles observaram em silêncio enquanto as filhas de Rivka ingeriam a refeição da consolação, pratos preparados pela comunidade porque os enlutados eram proibidos de se alimentar com o que havia na própria casa.

Sem nenhum apetite, Raquel estava em jejum desde o café da manhã. Mesmo assim, imitou Joheved e Miriam quando elas pegaram ovos cozidos. Um dia, Salomão explicara que os enlutados comiam ovos após o funeral porque os ovos são redondos e não têm boca – redondos como tudo que vem à vida e sem boca como os enlutados que aceitam em silêncio o julgamento do Eterno.

Raquel se esforçou para engolir o ovo, e depois disso Miriam se aproximou para abraçá-la.

– Estou muito feliz por vê-la aqui em casa.

Os judeus aprenderam com Jó que ninguém deve se dirigir aos enlutados até que um deles fale primeiro, de modo que as palavras de Miriam sinalizaram o que as visitas aguardavam. Seguiram-se palavras de pêsames e consolação pelo ambiente.

Raquel só conseguiu ficar a sós com as irmãs quando o sol já tinha se posto, e os filhos já estavam na cama. No seu antigo quarto do segundo piso, as três filhas de Rivka não estavam de todo prontas para partilhar sentimentos em relação à morte da mãe, mas havia outros assuntos menos penosos para conversar.

– Parti no mesmo dia que Milo chegou a Toledo. – Lágrimas de frustração rolaram pelo rosto de Raquel. – Nem assim consegui chegar antes de mamãe morrer. As estradas estavam terríveis, e claro que eu não podia viajar no *Shabat*.

– Nós entendemos – disse Miriam suavemente. – Milo já nos contou.

Raquel voltou-se para a irmã mais velha.

– Você terá que fazer alguma coisa para recompensá-lo, Joheved. Eliezer não estava muito satisfeito por eu viajar sozinha com ele, mas, apesar de todas as oportunidades, Milo não se insinuou em nenhum momento para mim. E sempre procurou os lugares mais seguros para ficarmos.

– Sei muito bem que ele não espera qualquer recompensa, mas falarei com Meir sobre isso.

– Estávamos preocupadas com a possibilidade de que ele não a encontrasse – disse Miriam. – E de que você não chegasse aqui em casa a tempo.
– Mamãe sofreu nos últimos dias? – perguntou Raquel com medo da resposta. Sentia vergonha tanto por não ter estado ao lado do leito de morte da mãe como pelo alívio que sentiu por conta disso.
– *Non* – respondeu Joheved. – Ela esteve praticamente inconsciente nas últimas semanas.
– Mas recobrou a consciência quando Milo voltou e deixou uma mensagem para você. – Miriam voltou-se para Raquel que a olhou com ansiedade. – As últimas palavras de mamãe foram um pedido para que você cuidasse do papai.
Raquel engoliu em seco.
– Ela deve ter pedido a mesma coisa para vocês.
Joheved balançou a cabeça em negativa.
– Ela me pediu que eu interrompesse o luto para celebrar o nascimento do meu bebê, e, se fosse menino, que eu e Meir preparássemos banquetes para o *brit milá* tão suntuosos quanto os dos outros netos.
– Ela me pediu que não adiássemos o noivado de Yom Tov por causa dela – disse Miriam.
– O noivado de Yom Tov? – Raquel olhou admirada para a irmã. O que mais acontecera enquanto ela estava fora?
– Muitas famílias se aproximaram de nós em nossa estada em Paris no último verão – continuou Miriam. – Azariel, o irmão de Judá, fez algumas investigações e depois convidou Yom Tov para passar *Pessach* com ele para que pudesse conhecer algumas possíveis noivas.
– Shmuel irá com ele – disse Joheved. – Eles levarão barris do nosso vinho e vão garantir que a bebida é *kosher*. – Fechou o rosto de leve e suspirou. – Será o meu primeiro *Pessach* sem todos os meus filhos reunidos.
Raquel trocou um olhar furtivo com Miriam, que devia ter se lembrado do terrível *Pessach* que passara sem os filhos, retidos em Paris por terem contraído sarampo. Miriam, no entanto, estava pensando na mãe.
– Nós temos que nos preparar para o crescimento dos nossos filhos e aceitar o fato de que um dia irão embora. – O queixo de Miriam começou a tremer. – Será nosso primeiro *Pessach* sem mamãe.

– Será o primeiro *Pessach* de papai sem mamãe desde o dia em que se casaram – acrescentou Raquel, confusa por a mãe tê-la escolhido para cuidar dele. Será que a mãe afinal aceitara o fato de que Raquel ocupava um espaço especial no coração do pai? Claro que não passara pela cabeça da mãe que Joheved e Miriam o negligenciariam. Ela suspirou. Talvez a mãe quisesse garantir que ela não retornaria a Toledo após o *shloshim* para ficar em Troyes com o pai.

Joheved bocejou.

– Se não se importa, Raquel, preciso dormir. Eu e Miriam velamos o corpo de mamãe a noite toda.

Raquel sentiu uma outra pontada de culpa e deixou as irmãs à vontade para que fossem dormir. Ela também estava exausta, mas antes precisava ver o pai. Ele estava no primeiro piso e aparentemente bem, sendo confortado por Judá, Yom Tov e Shmuel, enquanto Meir conversava com Samuel e Simcha de Vitry. Ela se deteve quando ouviu uma menção ao Talmud. Qualquer coisa para adiar o momento de ir para cama e ficar imaginando o que estaria por trás das assombradas últimas palavras da mãe.

– Vocês sabiam que a Justificação do Julgamento vem do Talmud? – perguntou Meir.

– Não é do Deuteronômio? – retrucou o sobrinho.

– Só o início, mas a razão de o recitarmos nos funerais e durante o luto vem do tratado *Avodah Zarah*.

Depois que Salomão falara a respeito do destino trágico de Rabi Meir e Beruria, Meir leu uma das primeiras páginas da *Guemará* e soube como os pais de Beruria tinham morrido.

Simcha debruçou-se sobre a mesa.

– Conte para nós... quer dizer, se não for muito longo.

– Com todo prazer – disse Meir.

> Eles (o tribunal romano) trouxeram Rabi Hanina ben Tradion e lhe perguntaram: por que você se ocupa com a Torá? Ele respondeu [citando o Deuteronômio]: "Porque Adonai, meu Deus, me ordenou." Eles então o sentenciaram a ser queimado, a mulher a ser assassinada, e a filha a ser enviada para um bordel.

– Não Beruria, esposa do Rabi Meir, mas a outra filha do Rabi Hanina – esclareceu Meir de imediato, quando notou a expressão de choque dos dois.

Quando os três saíram, eles declararam a retidão do julgamento Divino. Hanina então recitou: *Ele é nossa rocha, Sua obra é perfeita, pois todos os seus caminhos são justos.* A esposa dele continuou: *Deus é a verdade e não há Nele a injustiça, justo e reto Ele é.* E a filha citou: *grande em intenções e poderoso em ações, Seus olhos estão abertos para todos os caminhos dos homens...* Disse então o Rabi: quão grandes foram esses três justos ao citarem no momento certo esses três versos que afirmam a submissão à justiça Divina.

Simcha e Samuel, que haviam perdido as amadas esposas no parto, suspiraram de tristeza diante dos insondáveis caminhos do Eterno. Raquel se arrastou até o segundo piso para tentar entender as próprias perdas.

Uma semana depois, no final da *shivá*, ela já não sabia se o pai precisava mesmo de cuidados. Os netos lamentavam a perda de Rivka muito mais que ele, e se o pai derramara alguma lágrima, o fato é que passara despercebida a Raquel. Obviamente, a dor de Salomão não era intensa a ponto de impedi-lo de ensinar o Talmud.

– Trinta dias é muito tempo de inatividade para os meus alunos – ele declarou. – Mas, como esta casa encontra-se em luto, evitaremos alegrias tais como o estudo da Torá porque segundo o décimo nono Salmo:

Os preceitos de Adonai são retos e alegram o coração.

Os alunos se mostraram confusos, e Salomão continuou:
– Por isso, nossos Sábios permitem que o enlutado estude os textos sagrados mais tristes... os livros de Jó, das Lamentações e de Jeremias, ou então as passagens do Talmud que no tratado *Moed Katan* lidam com o luto e, no tratado *Gittin*, com a destruição do Templo.
Salomão escolheu um não enlutado, o órfão Samson ben Joseph, para ler uma *Mishna* do terceiro capítulo do *Moed Katan*.

Eis o que é proibido para os enlutados: trabalhar, tomar banho, usar perfume, ter relações maritais e calçar sapatos.

Salomão olhou para todos os presentes.
– Esta *Mishna* suscitou alguma dúvida? – Diversas mãos ergueram-se, e Salomão apontou para o aluno mais velho.
– Quem é precisamente um enlutado? – perguntou Simcha de Vitry. – Lembro que houve uma questão sobre o luto de Meir por sua irmã.
Salomão assentiu com a cabeça e dirigiu-se à turma de alunos.
– Será que um dos nossos alunos mais novos faria o favor de recitar a parte do Levítico em que o Eterno fala para Moisés a respeito do morto e da contaminação dos sacerdotes?
Hannah se prontificou, antes que algum menino pudesse falar.

> Fala aos sacerdotes, os filhos de Aarão, e dize-lhes: o sacerdote não se contaminará por causa de um morto entre o seu povo, salvo por um parente mais chegado – sua mãe, seu pai, seu filho, sua filha e seu irmão, e também por uma irmã virgem muito próxima a ele e que ainda não teve marido.

Talvez Salomão não esperasse ouvir uma voz feminina, mas nem por isso demonstrou desprazer e assentiu com a cabeça novamente.
– Esses são os parentes pelos quais devemos guardar luto, abstendo-nos das atividades proibidas pela nossa *Mishna*.
Alguns pupilos de Salomão o olharam de um modo questionador, pois ele estava guardando luto por Rivka, embora Moisés não mencionasse a palavra esposa. Ele então se dirigiu aos alunos para resolver a dúvida.
– Os sábios interpretam a expressão "um parente" como "sua esposa", e também incluem a irmã casada que não tenha se mudado para um lugar distante.
Salomão calou-se, e Meir acrescentou:
– Nós também guardamos luto por aqueles por quem nossos parentes estão de luto. Portanto, como ao homem se obriga guardar luto pela esposa, e a ela, pelos pais dela, ele também guarda luto pelos sogros.
– Aplicam-se as mais severas restrições a quem guarda luto por um genitor – continuou Salomão. – Isso nós também aprendemos no *Moed Katan*:

Para os mortos em geral, pode-se ou não descalçar os sapatos; para o pai ou a mãe, deve-se descalçá-los... Para os mortos em geral, pode-se cortar os cabelos após o *shloshim*; para o pai e a mãe, só depois que os amigos reclamarem de sua aparência. Para os mortos em geral, pode-se participar de uma festa após o *shloshim*, para o pai e a mãe, somente após doze meses.

Todos os olhares se fixaram em Joheved que talvez tivesse de celebrar um *brit milá* em alguns meses. Ela, Miriam e Raquel estavam de acordo de não participarem do debate sobre o Talmud, limitando-se ao papel de meras observadoras.

– Os sábios discordam sobre se isso inclui banquetes que acompanham uma *mitsvá* como casamentos e circuncisões – disse Judá.

– Alguns permitem que os enlutados participem; outros, não.

– No caso da minha esposa... – Salomão fez uma pausa, e Raquel notou que as lágrimas cintilavam nos olhos do pai. – Ela, em particular, solicitou que nossas filhas celebrem qualquer *mitsvá* que ocorra na nossa família.

A dor de Salomão contagiou Raquel cujos olhos também lacrimejaram. Ela se via em meio a sentimentos contraditórios referentes à morte da mãe: dor, culpa, ressentimento, alívio. Mas o que mais a atormentava era entender se a mãe queria recompensá-la ou puni-la ao nomeá-la responsável pelo pai.

Dezoito

aquel não conseguiu distinguir se as batidas que a tinham acordado vinham da porta do quarto ou lá de fora, e continuou deitada na cama, atenta a um possível novo barulho. Sua filha Rivka e a sobrinha Alvina, que eram inseparáveis tanto de noite como de dia, estavam deitadas ao lado, e dormiam tão tranquilas que Raquel não pôde reprimir a vontade de dar um beijo na testa da filha.

Toc, toc, toc... dessa vez se deu conta de que eram batidas à porta. Levantava-se para vestir a camisa, quando o pai sussurrou no saguão de entrada.

– Raquel, acorde.

– Qual é o problema, papai?

Já se tinham passado quase três meses desde o falecimento da mãe, e Raquel ainda não notara nada que indicasse que o pai precisava dela. Depois de ter passado *Pessach* em Ramerupt, ela decidiu ocupar o seu antigo quarto na casa dos pais até que Eliezer voltasse para casa, o que ela esperava que fosse o mais rápido possível.

– Nada importante... acho eu. – A voz de Salomão soou mais aflita. – Coloque o manto e venha comigo até lá fora.

Raquel não podia imaginar o que o pai teria visto de tão interessante naquela noite sem lua, mesmo assim o seguiu escada abaixo até a varanda. Baruch e Anna já estavam lá, olhando para o céu, e parecia haver outras pessoas diante da casa de Miriam.

Quando o pai olhou para o alto, Raquel fez o mesmo, e engoliu em seco, ao ver uma estrela cortar o céu.

– *Baruch ata Adonai...* Cuja força e poder preenchem o mundo – ela recitou a bênção talmúdica pronunciada quando se avista *zikim*.

Ao primeiro meteoro, seguiram-se outros, depois o céu se manteve do mesmo jeito por um instante e logo surgiu um outro meteoro que desapareceu rapidamente. Para Raquel, não teria dado tempo de contar até cinco, quando uma nova estrela irrompeu no ar, e, por vezes, havia várias no céu ao mesmo tempo.

Ela quase não conseguiu se afastar dali quando os sinos badalaram matinas, porém na noite seguinte o céu mostrou-se ainda mais incrível. Na terceira noite, todos os estudantes da *yeshivá,* assim como os filhos de Raquel, estavam lá fora, no meio da noite, maravilhados com a chuva de estrelas no céu.

– O que significa isso? – todos se perguntavam, porque, seguramente, era algum presságio sobre o futuro.

Judá encolheu os ombros.

– No *Berachot*, os sábios questionam:

> O que significa *zikim*? Disse Shmuel: para mim, os caminhos do Céu são como as ruas de Nehardea [onde ele residia], salvo pelo jorro de estrelas em relação às quais sou ignorante.

– Portanto, se Shmuel, o grande astrônomo babilônico, não os compreendeu, como poderíamos compreendê-los?

– Na hora em que Rabi Hiyya morreu, caíram pedras de fogo do céu – disse Salomão. – Talvez elas acompanhem a morte dos eruditos, um evento que não podemos prever com certeza.

– Meu pai me contou que viu estrelas parecidas quando Guilherme o Bastardo invadiu a Inglaterra – disse um aluno normando.

– Então, foi um bom augúrio para os normandos ou um mau augúrio para os ingleses derrotados? – perguntou-lhe Miriam.

– Talvez tenha sido um presságio da grande batalha.

– O tratado *Sukkah* aborda alguns augúrios – disse Salomão.

> Quando há eclipse do sol, isso é um mau augúrio para os edomitas; quando há eclipse da lua, isso é um mau augúrio para Israel. Pois o calendário de Israel segue a lua, e o dos edomitas, o sol.

– Mas como as estrelas podem se mover assim de repente? – perguntou Raquel. Ela sabia que Eliezer estava estudando astronomia e pesquisara o assunto no Talmud. – Certamente estão fixas em algum lugar, como diz o *Pesachim*:

> Segundo alguns sábios judeus, a esfera é fixa, e as constelações giram, mas outros sábios afirmam que a esfera gira e que as constelações estão fixas nela.

– Dessa forma, as estrelas não mudam de posição nas suas constelações, seja qual for o sábio que esteja correto.
– Talvez seja como diz Rav Huna – sugeriu Judá.

> *Zikim* são vistos quando o firmamento mais profundo é rasgado, e a luz do nível superior aparece pela fenda.

Ninguém que observasse o céu conseguiria imaginar como o firmamento poderia se rasgar, mas o certo é que algo assim pressagiava mais o mal que o bem.
Salomão tentou encerrar a discussão com palavras reconfortantes.
– Não se preocupem. Nossos sábios também dizem no tratado *Sukkah*:

> Quando Israel cumpre a vontade do Eterno, não teme tais augúrios; conforme está escrito [em Jeremias]: "Não desanime devido a presságios celestiais – que outras nações se desanimem com isso."

Na quinta-feira, Guy de Dampierre jantou com Salomão, e o diálogo girou em torno da escritura e não da chuva de estrelas. Guy e Étienne já dominavam os textos hebraicos mais simples e estavam ávidos para se aventurar nas proféticas palavras de Isaías.
Raquel trocou um olhar furtivo com o pai, que sutilmente balançou a cabeça em negativa.
– Isaías é um dos profetas hebreus mais difíceis – disse Salomão para Guy. – Além de muitas palavras obscuras, Isaías é pontuado de alegorias. Preferiria que vocês o estudassem com Shmuel, que tem um latim à altura da tarefa.
Isaías era o profeta cujas palavras eram sempre deturpadas pelos *notzrim* para justificar o culto ao Crucificado, e Raquel tinha certeza de que o pai queria que Guy e Étienne debatessem o tema com um especialista no assunto. De fato, o pai se desculpou por ter de retornar para os alunos e acabou deixando Guy nas mãos dela.
– Talvez eu possa ajudá-los com os Salmos – disse Raquel enquanto se dirigia à adega para inventariar o vinho que sobrara de-

pois da *Pessach*. Ela rogou aos céus que Guy e Étienne não se sentissem ofendidos. – A poética hebraica dos Salmos pode ser traiçoeira, mas nenhum outro texto se iguala em beleza.

Guy se iluminou de imediato.

– Então não deixarei de trazer o meu Livro de Salmos para nossa próxima aula.

– Deixar a leitura de Isaías para depois e aprender os Salmos talvez valha a espera – comentou Raquel. – Meus sobrinhos ainda estão em Paris e não retornarão antes da Feira de Maio de Provins, quando muitos mercadores estão na estrada. Nesse meio-tempo, Shmuel estará em Paris estudando com alguns dos seus eruditos.

– Ou seja, aprenderá o latim com os melhores – disse Guy, seguindo Raquel pela escada da adega. – Hoje em dia, é mais sensato viajar com uma caravana, as estradas em torno de Paris estão infestadas de bandoleiros, e os criminosos de sangue nobre são os piores.

– E nada pode ser feito para reforçar a trégua proposta pelo papa?

– Talvez sim. As queixas apresentadas em Piacenza encorajaram o papa Urbano a propor um novo concílio em Clermont no outono.

Raquel fez uma pausa para marcar um barril vazio.

– Outro concílio da Igreja num espaço de tempo tão curto?

– Urbano deu seis meses para Filipe se livrar de Berta, e, se o rei fizer isso, sua excomunhão será mudada em Clermont. Sem falar que os embaixadores do imperador Alexius querem a ajuda de Urbano na luta contra os turcos que ameaçam Bizâncio.

– Se o papa conseguir persuadir alguns dos nossos gananciosos barões a trocar os campos locais de batalha pelos do Oriente, ele prestará um serviço tanto para a França como para Alexius. – Raquel, no entanto, duvidava que o papa fizesse isso.

– Talvez seja isso que a chuva de estrelas esteja prevendo.

– Você é um otimista, Guy. A maioria das pessoas teme uma catástrofe.

– Deixe as pessoas pensarem o que quiserem, mas é bom lembrar que o nascimento do nosso Salvador foi marcado por uma nova estrela. – Guy sorriu para Raquel. – Talvez um dos meteoros seja um presságio para a sua família: o nascimento de um grande erudito aqui.

Raquel franziu a testa.

– Sei que você está brincando, mas a brincadeira pode atrair o mauolhado para minha família.

– É claro. Desculpe. – Ele se dirigiu para a porta da adega. – Devo começar por algum salmo em particular? Ou é melhor começar pelo primeiro?

– Escolha os seus preferidos e começaremos por estes.

Embora fosse reconfortante acreditar que o bebê de Joheved e Meir poderia ser o grande erudito anunciado pelos meteoros, a maioria dos judeus concordava, de um modo pessimista, que tamanha chuva de estrelas só poderia ser o presságio de um desastre. Raquel, no entanto, tinha certeza de uma coisa: Eliezer estava estudando com os melhores astrônomos de Sefarad, mais cultos, inclusive, que o grande Shmuel de Nehardea, e, se eles tinham decifrado o significado de tal fenômeno, ele lhe contaria.

Segundo os cálculos de Joheved, o bebê nasceria em meados de junho, porém Miriam não quis se arriscar e pediu à irmã mais velha que se mudasse para Troyes no início do mês. Um pedido que se revelou uma sábia decisão, pois em menos de uma semana Joheved deu à luz o sexto filho, o quarto menino. Apesar da idade avançada, o parto transcorreu com menos dores e menos sangramento que os anteriores.

Raquel não deixou de se lembrar do pobre Milo, que devia estar desesperado por notícias a respeito da saúde de Joheved.

– Hoje o tempo está tão bom que estou pensando em dar uma cavalgada até Ramerupt – ela disse para a irmã. – Quero ver a diferença entre a lã das novas ovelhas e a dos últimos anos.

Joheved entendeu a preocupação da irmã.

– *Merci*. Só assim Milo será capaz de se concentrar na supervisão da tosquia das ovelhas.

– Não se preocupe se eu não estiver de volta até o pôr do sol. Não acredito que Eliezer chegará por agora e, como os meus dias de pureza estão terminando, pretendo mergulhar naquele lindo arroio da sua propriedade.

– É uma pena que a cavalgada até lá seja tão exaustiva. – Joheved fez uma pausa para mudar o sonolento recém-nascido de peito. – Eu adoraria mergulhar lá quando terminarem os meus sete dias de impureza do parto.

– Pelo menos, o tempo está quente e você poderá mergulhar no Sena – comentou Raquel. – Eu e Miriam podemos lhe mostrar alguns regatos isolados nas redondezas, não tão bons como em Ramerupt, mas razoáveis.

Apesar dos muitos *mazikim* que diziam habitar os rios, e do conhecimento de que nenhum demônio sobrevivia à água pura do *mikve* da sinagoga, tanto Raquel como as irmãs e grande parte das mulheres judias de Troyes ainda preferiam realizar a primeira imersão do pós-parto em rios da cidade. Felizmente, a maioria dava à luz na época quente do ano.

Raquel saiu logo após o *disner* e, à medida que cavalgava pela floresta, se perguntava se daria a boa notícia para Milo de imediato ou se o provocaria, perguntando primeiro pelas ovelhas, para só depois anunciar o novo filho de Joheved. Ainda não tinha chegado a uma conclusão, quando ouviu um tropel de cavalo se aproximando.

Milo viera encontrá-la a cavalo e, antes que ela dissesse alguma coisa, ele perguntou:

– Que notícia a senhora traz da minha lady Joheved?

Ela não teve outra saída senão responder.

– Esta manhã minha irmã deu à luz um novo filho, em completa segurança... que o Eterno proteja a ambos.

A expressão de felicidade e alívio no rosto de Milo fez com que Raquel se envergonhasse por ter pensado em deixar o anúncio da boa notícia para depois. Mas rapidamente ele recuperou o controle e perguntou:

– Posso fazer alguma coisa pela senhora? Gostaria de tomar alguma coisa?

– Agora não – disse Raquel. – Se for possível, gostaria de ver a lã das novas ovelhas.

– As ovelhas estão sendo tosquiadas, e para mim será um prazer lhe mostrar a diferença na qualidade da nossa lã. – Milo corou ligeiramente de orgulho. – Poderá comprovar por si mesma a superioridade da lã que obtivemos das crias dos novos carneiros.

Ele fez o cavalo dar meia-volta e guiou-a até um campo onde tinham represado um riacho para formar uma grande piscina que naquele momento abrigava inúmeras ovelhas contrariadas. Algumas mulheres as esfregavam na beira da água com o sabão marrom, feito de gordura e cinzas, produzido na propriedade de Joheved a cada inverno. Depois, elas as faziam entrar na água onde alguns homens aguardavam.

Dentro da água, os homens enxaguavam as ovelhas tirando toda a sujeira, enquanto as empurravam para a parte mais funda, forçando-as a nadar até o outro lado. As ovelhas limpas ficavam a secar no sol, dando a Raquel a impressão de estar diante de um imenso campo de dentes-de-leão gigantes. Uma a uma, eram depois levadas até os tosquiadores, que trabalhavam com muita rapidez. Era tarefa barulhenta, com as ovelhas balindo de um lado, e os homens berrando do outro.

– Leva mais tempo lavar a ovelha primeiro – gritou Milo para ser ouvido em meio à barulhada. – Mas a lã limpa é mais valiosa que a suja.

Eles cavalgaram até um barracão com pilhas de rolos de lã. Raquel examinou as diferentes qualidades e, apesar de inexperiente, pôde constatar que a diferença entre a lã daquele ano e a do ano anterior era gritante.

– Marquei as fêmeas que são crias dos novos reprodutores para que não cruzem com os pais – ele disse.

Ela balançou a cabeça.

– Isso é maravilhoso, Milo. Podemos esperar uma lã da mais alta qualidade no ano que vem.

Raquel ficou observando a tosquia das ovelhas por mais algum tempo – um processo quase hipnótico –, até que uma gota de suor escorreu pelo seu rosto e lhe fez lembrar que ainda teria de mergulhar. Solicitou a uma criada de Joheved que a levasse até o lago e montasse guarda enquanto se banhava. Raquel chegou suando em bicas ao pequeno lago solitário com uma beirada coberta de musgos macios, e esperou apenas que a mocinha se afastasse para logo se despir e entrar na água.

– Ah... – suspirou de prazer depois do primeiro mergulho. Joheved encontrara um lugar perfeito.

Ela deu umas braçadas ao redor do lago para mostrar a si mesma que ainda sabia nadar, e mergulhou uma segunda vez. Depois de emergir, se pôs a boiar de barriga para cima, enquanto ouvia o canto dos pássaros e olhava as formas que os galhos das árvores faziam no ar.

De repente, os pássaros silenciaram, e Raquel teve a sensação de estar sendo observada. Cobriu os seios com os braços e se levantou para ouvir com mais atenção, mas nada soava nem se mexia. Continuou imóvel e atenta por mais alguns instantes antes de dar o último mergulho.

Já voltara à tona e balançava a água dos cachos quando o lago agitou-se com um mergulho surdo. Alguém tinha mergulhado enquanto ela ainda estava ali – e esse alguém era um homem.

Ela entrou em pânico e tentou se afastar o mais rápido possível ao mesmo tempo que chamava pela criada. Mas o homem foi mais rápido e agarrou-a pela mão. Ela começou a se debater na água, mas o homem era mais forte e pegou-lhe o rosto de modo que ficassem cara a cara.

Era Eliezer!

– O que... o que você está fazendo aqui? – Ela gaguejou, surpreendida. Não sabia o que mais desejava fazer: bater nele ou beijá-lo.

– Quase morri de medo.

Ele diminuiu a distância entre os dois e tomou-a nos braços.

– Não aguentei esperar por você. Quis fazer uma surpresa.

– E fez mesmo – ela disse, jogando água nele.

– Uma surpresa agradável, eu espero.

Ele abriu um sorriso maroto, e a ela não restou outra saída senão retribuir o sorriso.

– Mais do que agradável. – Ela o puxou pela cabeça e o beijou.

Apesar da água fria, Raquel sentiu o calor do corpo dele contra o seu, e num instante a paixão do abraço dele despertou-a. Ela se agarrou a ele, enquanto suas mãos acariciavam-lhe os seios e depois deslizavam por suas coxas. Logo os dois corriam para a beira do lago onde se deitaram na aveludada cama de musgo.

Mais tarde, ainda deitada, ela se apoiou no cotovelo e olhou enlevada para o marido, que cochilava ao lado. Nunca tinha visto Eliezer despido à luz do dia. Admirou aquele corpo carnudo e bem torneado com pernas de tirar o fôlego. Seria imaginação ou o peito dele estava mais peludo do que na época em que se casaram? Inclinou-se para acariciá-lo, mas hesitou. Lembrou que talvez ele tivesse cavalgado o dia inteiro e o deixou descansar por mais algum tempo.

Será que Adão e Eva ficavam assim no *Gan Eden*?, ela se perguntou enquanto observava as nuvens flutuando no céu, embalada pelo canto dos pássaros. Eliezer se mexeu, e ela inclinou a cabeça, encontrando o sorriso dele.

– Ficou me observando muito tempo? – perguntou Raquel.

– Cheguei aqui um pouco depois de você. A criada me reconheceu e concordou em não avisá-la. – Ele abriu ainda mais o sorriso. – A única forma que encontrei para não mergulhar imediatamente foi observá-la; você estava tão sedutora.

– Você viu todos aqueles *zikim* logo depois de *Pessach*? Iluminaram o céu daqui por mais de uma semana.

– Vimos alguns durante umas noites, mas nada de extraordinário.
– Você está estudando astronomia – ela o lembrou. – O que significa uma chuva de estrelas como aquela?
– Ao contrário dos eclipses e dos movimentos dos planetas, não podemos prever os *zikim*. – Ele ia acrescentar que por isso ninguém podia determinar o que pressagiavam, mas notou que Raquel se desapontou e preferiu dizer: – Claro que devem pressagiar algum acontecimento, só não sabemos se bom ou mau.
Ela pensou na conquista da Inglaterra pelos normandos.
– Talvez bom para uns e mau para outros.
– Exatamente.
Eliezer estava visivelmente de muito bom humor e o lugar onde estavam encorajava a intimidade, então Raquel se atreveu a fazer uma pergunta que a atormentava cada vez mais.
– Você ficaria desapontado se eu não pudesse mais ter filhos?
Ele arregalou os olhos de surpresa.
– Nem um pouco. Já cumpri a *mitsvá* da procriação com Shemiah e Rivka.
– Tem certeza disso? Não sente inveja de Meir?
– Joheved quase morreu de parto. – A voz dele tornou-se séria.
– E olhe só o coitado do Simcha, seu filho Samuel, e tantos outros viúvos. – Ele ergueu o queixo dela e olhou no fundo dos seus olhos.
– Eu nunca vou passar por uma tragédia assim.
Sua expressão era tão sincera que Raquel não conseguiu falar. Mas deitados e nus ao ar livre, eles não podiam se entregar à tristeza. Eliezer deslizou a mão ao longo do torso de Raquel com languidez.
– Além do mais, nunca deixarei de apreciar a sua beleza, já que uma sucessão de gestações não vai estragá-la. – Ele continuou apreciando a beleza dela, e não apenas com os olhos.

À alegria de Miriam pelo parto tranquilo de Joheved seguiu-se o alívio de realizar o *brit milá* bem antes que os mercadores estrangeiros tomassem a comunidade. Feliz, ela cuidava da horta quando um garotinho entrou hesitante pelo pátio, conduzindo uma vaca prenha por uma corda.
– Aqui é a casa de Salomão, o erudito? – ele lhe perguntou.
– *Oui*, sou filha dele. – Miriam olhou para a vaca e para o garoto, e se perguntou o que ele poderia querer com seu pai. – Ele está na vinícola; em que posso ajudá-lo?

– Esta vaca é um presente de agradecimento de Guy de Dampierre por toda a ajuda que a família do mestre Salomão tem dado para ele.

Anna, que tinha espichado a cabeça para fora da porta da cozinha quando o portão se abriu, caminhou na direção deles.

– Uma vaca para o mestre Salomão?

Miriam e o garoto assentiram, e o rosto dela se iluminou.

– Eu é que ordenhava quando era menina na minha Romênia.

– Anna arrancou um punhado de capim e ofereceu para o animal. – Adoraria cuidar dessa vaca.

Assim, algum tempo depois, foi Anna que, com um ar inocente, alertou Salomão sobre um problema que se avizinhava.

– A vaca está sem leite – ela informou para toda a casa. Ao observar o desapontamento e o olhar de suspeita estampado no rosto de todos, acrescentou: – Não há nada de errado com ela. Ela é jovem e engravidou pela primeira vez. Guy deu para vocês um duplo presente: uma vaca e um bezerro.

– A vaca nunca engravidou? – Salomão enrugou a testa. – Você tem certeza?

– Acho que sim, mas podemos perguntar para o vaqueiro.

Quando o rapazinho confirmou a afirmação de Anna, o rosto de Salomão se anuviou, e ele se pôs a alisar a barba.

– O problema é que, de acordo com a Torá, todo primeiro filhote macho deve ser consagrado ao Criador – disse Miriam. – Mas já que não podemos mais sacrificar os filhotes machos no Templo, eles devem ser mortos.

Raquel se voltou para Meir.

– Você deve ter esse problema a cada ano com alguns carneirinhos. Você os mata?

Meir balançou a cabeça em negativa.

– Vendemos para o Milo uma parte de cada ovelha que emprenha pela primeira vez. Ele não é judeu e não está sujeito à lei dos primogênitos. E, quando vendemos os carneirinhos, ele recebe uma parte da venda.

– Eu também poderia vender uma parte da vaca – disse Salomão. – Pois se um não judeu possuir uma parte da mãe, o macho primogênito não é consagrado.

Dessa forma, a parteira Elizabeth tornou-se coproprietária da nova vaca. E quando o animal deu à luz um novilho, ela ficou feliz por vender a sua parte da vaca para Salomão em troca do filhote. A posse da sua própria vaca trouxe novos benefícios para a família de Salomão. Além do leite fresco para o café da manhã das crianças, Anna usava a ordenha da tarde para fazer um queijo adocicado e cremoso que combinava maravilhosamente com pão recém-assado. Além disso, o estrume da vaca era excelente para o solo da horta.

Embora Eliezer tivesse assegurado com veemência para a esposa que se contentava com dois filhos, toda vez que Anna ordenhava a vaca ou Joheved amamentava o pequeno Jacó, nome do avô de Meir, Raquel suspirava ao lembrar-se de como tinha sido reconfortante voltar a amamentar Rivka no próprio peito após a morte de Asher. Claro que, se pudesse, ela enfrentaria uma outra gravidez. Mas, se estava estéril, teria de ficar grata pelos filhos que possuía.

Já tendo passado pela primeira etapa dos estudos da Torá, Rivka agora atormentava a todos na casa com perguntas, especialmente Shemiah, o irmão mais velho. Vez por outra, ele demonstrava conhecimento com respostas eruditas, sobretudo quando Raquel ou Eliezer estavam presentes. Mas, na maioria das vezes, ele a ignorava, preferindo discutir a *Mishna* com Shimson. Raquel tentava não interferir nas briguinhas dos filhos e agradecia aos céus por eles terem tantos primos como companhia.

Apesar das inúmeras especulações a respeito do significado da chuva de estrelas, nos seis meses seguintes se concretizou uma previsão que não tinha nada a ver com o céu. Como Guy previra, naquele outono, o papa Urbano presidiu o concílio da Igreja em Clermont, na terceira semana de novembro. Mas a atenção de Troyes estava voltada para outra coisa. Na metade da Feira de Inverno, em 28 de novembro, o conde Hugo casou-se com a princesa Constança da França, com toda a pompa que um casamento real demandava. O casamento da filha acabou sendo a desculpa que o rei Filipe precisava para ignorar o evento em Clermont, durante o qual, uma vez que ele não tinha esboçado o menor desejo de se separar de Berta, o papa reafirmou sua excomunhão.

O primeiro aviso que a família de Salomão recebeu sobre outros acontecimentos em Clermont foi dado por Guy, que apareceu inesperadamente para a *souper* na semana final da Feira de Inverno.

– Eliezer – disse Guy com um tom sério que gelou o coração de Raquel. – Aconselho-o veementemente a adiar a partida de Troyes.

Todos os ouvintes se voltaram para Guy quando Eliezer perguntou:
– Por quê? O que houve?
– No seu último dia em Clermont, em meio a um campo aberto, abarrotado de nobres e clérigos, o papa Urbano fez um discurso extraordinário. – Guy se calou por alguns segundos, com uma expressão de assombro. – Primeiro, ele censurou os cavaleiros que quebraram a Trégua de Deus e atacaram sem dó nem piedade peregrinos, clérigos, mulheres e mercadores. Acusou-os de travarem guerras injustas entre eles próprios, de se destruírem mutuamente, movidos apenas pela cobiça e o orgulho, e disse em seguida que eles mereciam a danação eterna.

Raquel olhou para Guy com curiosidade. O papa já tinha repreendido as guardas por tais crimes, mas o tom de espanto de Guy mostrava que havia alguma coisa nova envolvida.

– Depois, ele se pôs a falar de Jerusalém, o centro do mundo, e de como os amaldiçoados turcos invadiram os seus confins e os despovoaram pela espada, a pilhagem e o fogo. O papa descreveu como os altares santos foram destruídos e como os cristãos foram submetidos a uma impronunciável degradação e servidão. Exortou os cavaleiros, os mais valentes soldados descendentes de invencíveis ancestrais, a não se degenerarem e a se lembrarem do valor dos seus progenitores.

– E o que queria deles? – perguntou Salomão com a voz carregada de temor.

– Que deixassem de lado querelas e guerras para entrar na estrada do Santo Sepulcro a fim de tomar a Terra Santa e submeter aquela raça cruel de infiéis – respondeu Guy. – Depois o papa Urbano proclamou que os cavaleiros não deixassem que os seus bens e o amor por suas famílias os impedissem de empreender essa peregrinação santa, pela qual receberão a remissão dos pecados e a garantia da glória no Reino Celeste.

Guy balançou a cabeça em assombro.

– Ao ouvir essas palavras, a multidão começou a gritar em uníssono: "É a vontade de Deus. É a vontade de Deus!" O papa então disse que aqueles que iam empreender a guerra santa deviam costurar uma cruz no peito para que todos vissem, e logo os homens começaram a rasgar as próprias roupas para fazer a cruz.

– Faz um mês que isso aconteceu – disse Eliezer. – O que houve desde então?

– O papa tem pregado pela França inteira, esvaziando as terras do rei, enquanto Filipe continua excomungado. Além disso, sur-

giram pregadores itinerantes, atraindo bandos de peregrinos e de camponeses ingênuos.
– Mas você disse que o apelo do papa foi dirigido apenas aos cavaleiros.
– Meir se perguntava se os homens do conde André de Ramerupt também participariam.
– Era a intenção do papa, mas o negócio se alastrou a tal ponto que escapou das mãos dele, e agora pobres cidadãos e aldeões estão vendendo suas posses para se abastecer para a jornada. Meu tio tem sido assediado por homens e mulheres à procura de sua bênção de bispo.
Joheved trocou um olhar aflito com Meir.
– Espero que esses pregadores não seduzam muitos dos nossos aldeões a partir. Eles não sabem nada de guerra, e dificilmente sobreviveriam.
– O papa prometeu a salvação eterna para todo aquele que morrer em peregrinação – disse Guy. – E como um incentivo adicional, quem empreender essa guerra santa estará isento do pagamento de dívidas.
– As dívidas desses homens serão descartadas? – perguntou Raquel com desânimo, ao pensar nas mulheres que tinham apanhado dinheiro emprestado com ela.
– Pelo tempo que durar a peregrinação, *oui* – respondeu Guy. – E tem mais: os que se devotarem à retomada de Jerusalém podem usar a jornada para substituir todas as penitências.
– Então, todo tipo de canalha se juntará à peregrinação – disse Eliezer, reconhecendo o perigo que tais multidões indisciplinadas representariam.
– Esse grupo de cavaleiros e soldados com sanção oficial iniciará a jornada em agosto, rumo a Constantinopla, onde se encontrarão com as tropas de Alexius – explicou Guy. – Mas os tais pregadores impacientes exortaram seus seguidores a iniciar a jornada imediatamente, e temo que milhares de peregrinos francos, cerca de dez mil, virão em nossa direção.
– E o que faremos? – sussurrou Miriam, horrorizada.
– Acho que vou adiar minha partida para Toledo, até que esses peregrinos tenham atravessado Champagne rumo ao Oriente – disse Eliezer.
Raquel apertou a mão dele por debaixo da mesa, e suspirou aliviada. No entanto, como o resto da família, perdeu o apetite para continuar a degustar a *souper*.

Dezenove

— Quanto tempo falta para esses peregrinos partirem? – Eliezer socou a mesa em sinal de frustração. – Já faz meses que se agrupam em torno de Troyes, vivendo em nossas terras, aterrorizando mulheres e crianças. Eles que partam logo para Jerusalém. Para mim, chega!

– Não há nada que possamos fazer quanto a isso; é melhor continuar com nossa discussão talmúdica. – Judá estava determinado a fazer Eliezer aceitar sua interpretação do tratado *Kiddushin*. O texto era complicado e poderia desviá-los dos problemas que os atormentavam. – Você não pode afirmar que a obrigação da mulher de comer a *matzá* em *Pessach* deriva da lei do Deuteronômio que a obriga a se reunir anualmente para ouvir a leitura do rei da Torá. É por isso que as mulheres devem ser isentas das *mitsvot* positivas ligadas ao tempo.

Eliezer recusou-se a capitular.

– Continuo afirmando que a obrigação da mulher de se reunir deriva da sua obrigação de comer a *matzá*. – Ele torceu as palavras de Judá. – Pois sem os versos a respeito da *matzá*, poderíamos dizer que a obrigação de um menino é mais forte que a de uma mulher, até porque ele cresce para cumprir *a mitsvá*. No entanto, ordena-se a mulher a ingerir a *matzá*, e a criança, não.

– Sendo assim, você está de acordo comigo. Se as mulheres são obrigadas a ingerir a *matzá*, e as crianças, não, então, se os menores devem frequentar a assembleia, a mulher, que recebe um tratamento mais estrito, também deveria – disse Judá. – Ainda assim, essas duas *mitsvot* não ensinam que as mulheres são obrigadas a cumprir outras *mitsvot* positivas ligadas ao tempo.

Eliezer suspirou irritado.

– Embora revelem que as mulheres não são isentas dessas *mitsvot*, no momento não consigo pensar em outro argumento melhor.

Judá olhou assustado para o companheiro de estudos. Para Eliezer concordar com tanta facilidade, não restava dúvida de que a vida dos judeus em Troyes estava muito estressante.

– Confesso que também não me ocorre uma outra refutação. – Nem mesmo o Talmud conseguia afastar a mente deles da ameaça que os espreitava fora das muralhas de Troyes.

O debate sobre o Talmud terminara, e Eliezer segurou a cabeça com um ar de desespero. Já tinham se passado dois meses desde que Guy o convencera a ficar para trás quando os outros mercadores partiram no final do ano, e nada indicava que ele poderia partir. Durante esses dois meses, um enlouquecido pregador de Amiens, chamado Peter o Ermitão, exortava os *notzrim* a se juntar a ele para libertar Jerusalém dos infiéis, alegando que o Espírito Santo estava com eles e que eles integravam o exército de Deus.

Multidões se reuniam ao redor de Troyes, acampadas no campo e na floresta, os com mais sorte, abrigados nos celeiros. Até então, os peregrinos não tinham feito grandes estragos, mas isso porque a condessa Adelaide fornecera provisões, em parte por caridade cristã e em parte por temer que houvesse pilhagem na cidade.

No entanto, cada judeu da cidade sabia que uma turba dos supostos peregrinos investira contra a comunidade judaica de Rouen, gritando:

– Aqui estamos nós, indo em direção ao Oriente para atacar os inimigos de Deus, tendo que cruzar grandes distâncias quando os judeus estão diante dos nossos olhos, os judeus que hostilizam Deus bem mais que qualquer outra raça.

Sendo assim, Eliezer ficou afastado por meses a fio dos estudos de astronomia, uma situação que se tornou intolerável no eclipse da Lua de fevereiro que não pôde ter a sua passagem medida. Mas como ele poderia partir com o país infestado de idiotas armados que davam ouvidos a coisas como àquele burro falante chamado Peter o Eremita?

Um sussurro insistente de Anna interrompeu sua reflexão indignada.

– Eliezer, há um homem aqui que está dizendo que o conhece.

Ele notou que ela estava apavorada, mas antes que pudesse perguntar sobre a aparência do sujeito, ela acrescentou:

– É um desses peregrinos.

Eliezer e Judá deram um salto e a acompanharam até lá fora, onde Baruch e Pesach encaravam o sujeito de cima a baixo.

– Pode dispensar os seus guardas. Não pretendo ferir ninguém – disse o homem, encarando os dois criados de Salomão. – Mestre Eliezer, sou eu, Jehan, do bosque da Borgonha.

– Jehan, que bom vê-lo outra vez. – Eliezer nunca o teria reconhecido. O jovem parecia mais bem alimentado do que antes e também estava um pouco mais alto. – O que está fazendo aqui?

– Estou de viagem para Jerusalém. Os outros homens de Geoffrey também estão.

– O que eu quis dizer é o que você está fazendo aqui na cidade? – disse Eliezer.

– A princípio, os guardas não queriam me deixar passar pelo portão da cidade. Eles não estão permitindo a entrada de ninguém, a não ser os que têm dinheiro para fazer compras, mas nem esses podem permanecer muito tempo aqui.

– Mas deixaram você entrar – comentou Judá.

– Só porque Geoffrey estava comigo, e eles viram que se tratava de um cavaleiro.

Eliezer balançou a cabeça, esperando que Jehan dissesse o que queria dele.

– Geoffrey e todos nós precisamos da sua ajuda – disse Jehan. – Ele está esperando fora do Portão Près.

Judá pegou a capa.

– Irei com você.

– E eu também – disse Baruch, agarrando um pedaço de madeira que tanto podia ser um cajado como uma arma.

Eliezer já desconfiava do que Geoffrey queria, mas esperou com paciência enquanto o seu velho raptor explicava que se arrependera do banditismo e passara a oferecer segurança para os que cruzavam o bosque da Borgonha em troca de uma taxa.

– Mas os meus homens não foram talhados para ser cobradores de pedágio – disse Geoffrey. – Sentem falta do tempo em que eram homens de ação.

Eliezer assentiu com a cabeça.

– Então, vocês se juntaram ao exército de Peter.

– E o que poderia ser melhor? – perguntou Geoffrey com um sorriso nos lábios. – Em vez de sermos condenados pelo nosso espírito de luta, seremos recompensados espiritual e materialmente.

– Os saques serão bem melhores quando chegarmos a Jerusalém. – Os olhos de Jehan cintilaram de entusiasmo. – E os que morrerem no meio do caminho logo ascenderão ao Paraíso.

Geoffrey franziu a testa.
— Mas ainda temos uma longa estrada pela frente, e a maioria dos peregrinos de Peter mal tem comida para o dia a dia, imagine então para uma jornada até Constantinopla.
— É claro que a coisa vai ficar difícil — disse Eliezer calmamente.
— Ainda mais com tantos camponeses entre vocês.
— Peter quer que todos participem. — O tom da voz de Geoffrey deixou bem claro que ele não partilhava essa visão.
— E se conseguirem mais suprimentos? — perguntou Eliezer. — Peter se colocará a caminho?
— Creio que sim, mas primeiro é preciso falar com ele.
Eliezer lançou um olhar de interrogação para Judá, que prontamente assentiu com a cabeça.
— Você pode arranjar um encontro entre nós o mais rápido possível? Depois que tivermos entendido quais são as necessidades dele, os líderes da nossa comunidade chegarão a um acordo sobre como provê-las.

Salomão, Bonfils haParnas e os outros líderes judeus endossaram avidamente os esforços de Eliezer para a partida de Peter.
— Quanto mais cedo essa gente partir, melhor — disse Bonfils. — O comércio na cidade vai de mal a pior. Metade dos lojistas fechou as portas por medo e a outra metade pela falta de mercadorias para vender, já que muito poucos fornecedores estão entrando na cidade.
— Não precisa dizer o que já sabemos — disse Avram, o *mohel*. — A questão é quanto podemos oferecer.
— O mínimo possível — interrompeu-o Leontin.
— Mas não tão pouco a ponto de enfurecer o homem — disse Moisés haCohen.
— Devemos oferecer só dinheiro? — perguntou Salomão. — Ou provisões, como alimentos, cobertores e animais?
— Se algum estábulo quiser se livrar de cavalos e carroças velhas, essa é a melhor ocasião para fazer isso — disse Leontin. Ele e os outros reconheciam que poucos peregrinos conseguiriam chegar a Jerusalém, e que menos ainda retornariam.
— E também roupas e cobertores usados — acrescentou Avram.
— Antes de oferecermos seja o que for, é melhor checar o que eles querem. — Bonfils era um mercador experiente, conhecido por nunca dar o preço primeiro. — Pode ser menos do que estamos dispostos a pagar.

– Se vocês permitirem, meu genro poderá conduzir as negociações – disse Salomão com a aprovação de todos. – Ele é um hábil negociante, e os peregrinos confiam nele.

– Além disso, tem um aliado no campo deles – disse Moisés.

Mas não mencionou o que todos estavam pensando... qualquer um que negociasse com Peter estaria arriscando a vida, e Eliezer teria a proteção do pequeno grupo de soldados de Geoffrey.

Segura na montaria, Raquel ficou boquiaberta com a multidão de peregrinos agrupados. Tendas e carroças estavam espalhadas até onde a vista alcançava, e crianças brincavam em meio ao esterco de cavalos e bois.

– O que essas crianças estão fazendo numa peregrinação até Jerusalém? – cochichou para Miriam, que cavalgava emparelhada com ela. – Serão mortas pelos sarracenos... quer dizer, as que não forem pegas para escravos.

Miriam franziu a testa.

– Os *notzrim* acreditam que até as crianças estão infectadas pelo pecado original.

Como acontecia a cada final de inverno, Miriam estava em Ramerupt para ajudar no parto das ovelhas. Raquel tinha aprendido com Meir um caminho secreto pela floresta que evitava os peregrinos e ligava Ramerupt a Troyes, e o utilizava regularmente para visitar as irmãs. A cada viagem, ela se mostrava ainda mais curiosa para ver o carismático eremita e seu acampamento, quem sabe dar uma olhada no famoso burro cujos pelos do rabo custavam uma fortuna na cidade. Eliezer já tinha estado lá diversas vezes porque as conversações com o líder ainda estavam em andamento, mas sem nunca permitir que ela o acompanhasse. Ele dizia que não era seguro para uma mulher, mas garantia que ele não corria o menor perigo.

O ritmo dos partos se reduzira e, como Miriam teve um tempo livre para descansar, Raquel a convenceu a ir ver os peregrinos. Afinal, era uma visão histórica que não podia ser perdida, e elas estariam a salvo nas montarias. Além disso, segundo Eliezer, havia muitas mulheres entre os peregrinos e nada de ruim acontecera a elas. Ele também dissera que as negociações estavam praticamente no fim e que felizmente os campos estariam vazios por volta do *Purim*.

– Olhe só. – Raquel apontou para uma abertura nas árvores. – Aquelas crianças estão pretas que nem fuligem.

– Seus pais são carvoeiros. – O coração de Miriam se apertou, enquanto os observava, os mais pobres entre os pobres, se aproximarem do campo com os braços carregados de carvão para vender.
– Meir permite que diversas famílias extraiam o sustento da floresta.
– Os carvoeiros dariam ótimos peregrinos. Eles não têm nada a perder, e a vida não poderia ficar pior.
Miriam lançou-lhe um olhar de censura e virou o cavalo na direção das crianças. Alguns anos antes, ela avistara algumas criancinhas como aquelas, mas os criados do conde André a impediram de ajudá-las. Mas hoje ninguém a impediria.
– Aonde você vai, Miriam? Espere – gritou Raquel.
Era tarde demais. Miriam já tinha alcançado as crianças, tirara a bolsa da manga e começava a distribuir moedas.
– Pare. Não dê nada a elas – gritou Raquel, mas foi ignorada por Miriam. – Se você começar a distribuir esmolas, logo surgirão outras crianças também querendo.
De fato, em poucos minutos, as duas irmãs se viram cercadas por um mar de rostinhos imundos e pequenos braços esticados. Era impossível mover os cavalos sem atropelar as crianças mais próximas, e logo as menores foram afastadas pelas maiores, uns adolescentes assustadores. Raquel jogaria o cavalo em cima deles sem pestanejar, mas não podia deixar Miriam, que parecia paralisada de medo.
De repente, ouviu-se um grito masculino.
– Ei! O que está havendo aí? Abram caminho. Caiam fora.
O bando de mendigos se dispersou, enquanto Miriam e Raquel olhavam agradecidas para um cavaleiro grisalho, montado a cavalo.
– Eu bem que falei para que ela não fizesse isso – disse Raquel.
Mas o cavaleiro olhava fixamente para Miriam enquanto coçava a cabeça.
– Eu conheço você – ele disse suavemente. – Você é a irmã de lady Joheved. É a segunda vez que a salvo.
– Flaubert – sussurrou Miriam. Ela parecia ter visto um fantasma. – Não tenho palavras para lhe agradecer.
– E você deve ser a terceira irmã. – Ele se dirigiu a Raquel com uma careta. – Mas que diabo se apossou de duas judias para saírem em cavalgada entre esses bons peregrinos? Vocês têm ideia do problema que poderiam causar?
Raquel permaneceu em silêncio, morrendo de vergonha, porém Miriam o questionou.

– Estou vendo que sua veste está portando a cruz. Você se juntou a Peter ou está se preparando para partir mais tarde com os outros cavaleiros?

– Estou com Peter. – A ira de Flaubert foi substituída pela admiração. – Jamais conheci alguém tão impregnado pelo Espírito Santo. O povo o enche de presentes, mas ele dá tudo para os pobres. Peter só se alimenta de peixe e vinho, tal como o nosso Salvador, se veste com uma simples túnica de lã sem mangas e anda descalço. Quando ora, é como se o nosso Salvador falasse por intermédio dele. – O rosto do homem brilhou ao se recordar disso.

– Você será uma grande ajuda para ele. – Raquel queria consertar a besteira que fizera. – Soube que não há muitos cavaleiros com ele.

– Nada me dará mais satisfação do que morrer a serviço dele.

– A grande maioria só quer riqueza e glória – comentou Miriam.

O tom compreensivo de sua voz deve ter tocado em alguma parte do velho guerreiro cujos olhos se encheram de lágrimas.

– Faz muito tempo, desejei uma mulher da corte do meu lorde, uma mulher com cabelos cor de fogo. – Ele suspirou. – Mas eu não tinha terras nem habilidade suficiente para fazer fortuna nos torneios. Eu sabia que jamais nos casaríamos; mesmo assim, pensando apenas no meu próprio prazer, eu a seduzi.

Miriam arqueou as sobrancelhas num súbito despertar de entendimento. Ele tinha sido o amante de Rosaline. Mas ela se limitou a dizer:

– E aquele pecado o faz merecer a morte.

– Eu a engravidei e depois a abandonei. – Flaubert piscou os olhos para afastar as lágrimas. – Soube mais tarde que ela morreu tentando se livrar por conta própria da gravidez.

– Sinto muito. – Miriam não tinha mais nada a dizer. Apesar de terem se passado muitos anos, ela ainda se lembrava da frustração e do desespero depois de ter sido chamada para atender Rosaline, e descobrir que o estado da jovem não tinha solução.

Flaubert se endireitou na sela.

– Nenhuma outra penitência pode remover essa mancha da minha alma. Até aqui, o melhor que eu podia esperar se resumia a milhares de anos no purgatório em vez da eternidade no inferno. Mas Peter me garantiu que aqueles que se juntarem a essa guerra santa para libertar Jerusalém dos infiéis que a poluíram podem substituir a peregrinação por todas as penitências, tanto deste mundo como do outro. E se salvarão de imediato os que morrerem na jornada.

Talvez se dando conta de que falara muito, Flaubert se ofereceu para acompanhá-las até Ramerupt. Mas, tão logo se distanciaram do campo, Miriam insistiu em dizer que ela e Raquel podiam prosseguir sozinhas. Depois que o cavaleiro sumiu da vista, ela contou a triste história de Rosaline para Raquel, que estremeceu de desgosto ao ouvir.

– Então, de acordo com as crenças dessa gente, Flaubert, a causa de todo esse sofrimento, morre numa batalha a caminho de Jerusalém, em vez de em alguma rixa local, e vai direto para o Paraíso – Raquel vociferou chofre. – Enquanto a pobre Rosaline arde no inferno durante toda a eternidade.

Naquele ano, os judeus de Troyes celebraram *Purim* mais aliviados que felizes, já que Peter e seus seguidores tinham partido dos arredores poucos dias antes da festa. De repente, Raquel se viu proprietária de vários teares, entre os quais o modelo horizontal de Albert, já que ele e outros tecelões da região venderam os seus pertences para se juntar à peregrinação. Ela também adquiriu o equipamento de alguns pisoteadores, se bem que não fazia a menor ideia de onde poderia encontrar profissionais capazes de manipulá-los.

Milo, por outro lado, desistira de ser um cruzado. Não gostou do que tinha visto entre os peregrinos e se recusou a deixar a família do seu lorde desprotegida. Um belo dia, Meir reparou nos olhares que Milo lançava para uma das criadas mais bonitas da propriedade. Bastante irritado por não ter tido essa ideia antes, ele percebeu que, com uma única ação, poderia recompensar o fiel mordomo e também esfriar a paixão que ele nutria por Joheved. Na mesma hora, ele sugeriu a Milo que se aconselhasse com o pai, investigasse as damas de companhia disponíveis nas cortes de Troyes e de Ramerupt... fizesse o que fosse preciso para arranjar uma noiva antes que o ano terminasse. Milo exultou de gratidão porque a ordem de Meir significava que, depois de casado, ele permaneceria como mordomo da propriedade até envelhecer ou alguma enfermidade forçá-lo a se aposentar.

Quando Peter finalmente partiu rumo à Alemanha, muito mais rico do que quando chegara, graças à generosidade dos judeus de Champagne, ele levou uma carta para os judeus da região do Reno. Além de exortá-los para que fossem igualmente generosos, a carta apontava para o perigo da presença de um sem-número de peregrinos fanáticos, ávidos por matar os infiéis.

Enquanto Eliezer preparava a bagagem para a viagem de volta a Toledo, Raquel era invadida por uma mistura de sentimentos. Embora, sob o ponto de vista financeiro, fosse bom que ele tivesse tempo para completar a viagem, ela desejava ardentemente que ele continuasse em Troyes. Mas Eliezer não podia esperar para deixar os peregrinos para trás.

– Embora eu pudesse transitar entre eles sem ser incomodado – ele estremeceu só de se lembrar –, havia uma animosidade latente, murmúrios sobre por que os judeus circulavam livremente pela terra depois de terem assassinado o Crucificado.

– Você foi muito corajoso em conduzir as negociações para que eles partissem. Estou orgulhosa de você.

– Eu não imaginava que os francos pensassem assim – ele disse. – Graças aos céus, os espanhóis não compartilham essas ideias tacanhas.

– Mas não se esqueça de que há anos eles lutam contra os sarracenos. – Ela também estava surpresa com a recente virada dos acontecimentos.

– Eu temo pelas comunidades judaicas de Ashkenaz – disse Salomão enquanto ele e Raquel assistiam à partida de Eliezer. – E pelos judeus de Sefarad.

Mas os judeus de Mayence não estavam temerosos e enviaram uma resposta para a carta: "Fizemos a nossa parte e decretamos um jejum, pois estamos profundamente temerosos por vocês. No entanto, não temos motivos para temer por nossa integridade porque não ouvimos um único rumor a respeito da peregrinação."

Salomão fez uma careta perante a ignorância dos seus camaradas eruditos e aconselhou os alunos a estudarem o tratado *Taanit*, que lida com os dias de jejum. Talvez os esforços deles pudessem ajudar aos seus irmãos alemães.

Raquel, por sua vez, começou a rezar o Salmo 88 à noite, o encantamento para salvar uma cidade ou uma comunidade. Ela não conseguia atinar como esse texto se encaixava para tal propósito, uma vez que as palavras do autor do salmo eram assustadoras e pareciam mais uma praga sobre os judeus que uma prece em benefício deles.

> Que minha prece chegue até a Tua face e que os Teus ouvidos se inclinem ao meu clamor. Minha alma está repleta de problemas... Por Tua causa os amigos se afasta-

ram de mim; Tu me fizeste repugnante para eles... Por que me rejeitas, Adonai? Por que escondes de mim a Tua face?... Teus terrores me reduziram ao silêncio. Eles me rodeiam a cada dia como uma enchente; de todos os lados, eles me sitiam.

A aflição de Salomão aumentou quando Peter preferiu não se dirigir imediatamente para Jerusalém e começou a pregar pelas terras do Reno, culminando com um comício em Colônia, durante a Páscoa. Mas o eremita não permaneceu para organizar os novos recrutas. A tarefa ficou nas mãos de outros homens, menos pacíficos, que, em vez de seguir o eremita para o Sul, ao alcançar o Danúbio, rumaram desordenadamente para o Norte, de volta às terras do Reno.

Os rumores se multiplicavam como moscas sobre o esterco por todo o Bairro Judeu de Speyer:
– Basta pagar para eles como os judeus de Trier fizeram com Peter o Ermitão... – sirva ao rei da Babilônia e viva.
– Mas eles dizem que quem mata até mesmo um único judeu terá todos os pecados perdoados.
– O bispo Johann não permitirá que isso aconteça. Ele nos protegerá.
– Contra quantos deles? Ouvi dizer que mataram mais de trinta judeus em Metz. Ninguém esperava a chegada deles, e a comunidade foi pega de surpresa; isso não acontecerá aqui.
– Eles chegarão a Speyer em uma semana. Só querem dinheiro para o pão; se dermos, eles nos deixarão em paz.
– Não, eles só estão esperando pelo *Shabat*, quando todos nós estaremos na sinagoga; eles querem nos capturar juntos, para sequestrar nossas crianças e criá-las como hereges.
Elazar, sobrinho de Salomão, filho da irmã de Rivka, não sabia em qual história acreditar, se é que alguma era confiável. Em todo caso, ele era um homem prudente. Assim, quando o rabino Moisés aconselhou aos judeus orar cedo no *Shabat* e voltar rapidamente para casa, Elazar foi um dos primeiros a terminar a prece e sair.
Quando os outros homens que moravam nas casas em torno do pátio dele retornaram (as mulheres tinham ficado em casa para orar), eles trancaram o portão, as portas das casas e as janelas, colocando ainda barricadas em tudo. O sol mal tinha se erguido acima dos mu-

ros do pátio, quando Elazar teve de interromper o canto dos Salmos por causa dos gritos irados que soavam ao longe. Os inimigos tinham encontrado a sinagoga vazia e saíram enfurecidos a tumultuar a rua. Aterrorizado, Elazar se abraçou com os familiares e orou.

Embora não tivessem visto nada além de sombras difusas, eles ouviram a barulheira da batalha lá fora. Não demorou muito para que novas vozes, plenas de autoridade e ordens de comando, se misturassem aos gritos da furiosa turba. Aos gritos seguiu-se o troar do aço contra o aço e os berros de dor. Durante o tempo todo, Elazar esperou apavorado pelo arrombamento do seu portão, já que ouvia o barulho da madeira a se quebrar.

Mas o seu pátio permaneceu intocado e, com o passar das horas, a batalha arrefeceu. A noite não trouxe o sono nem para Elazar nem para a esposa, e eles não ousaram sair de dentro de casa nem mesmo para pegar água. Somente com o silêncio da madrugada ele abriu a porta para o irmão da esposa cuja família partilhava o pátio com eles.

Primeiro, o homem abraçou a irmã, e depois, Elazar.

– Louvado seja o Eterno. Nossos inimigos se dispersaram. Os homens do bispo Johann os colocaram para correr.

A esposa de Elazar chorou de alívio.

– Louvado seja o sagrado nome Dele.

– Mas onze judeus não retornaram em tempo para casa e foram mortos – ele acrescentou. – O bispo está furioso. Prendeu os piores do bando e cortou as mãos deles para avisar que não toleraria nenhuma violência contra os habitantes da cidade.

– O bando foi embora? – sussurrou Elazar quase sem acreditar no que acabara de ouvir.

– Quando viram que não teriam vez com o exército de Johann, eles fugiram.

– Que direção eles tomaram? – Um pensamento horrível passou pela cabeça de Elazar, cujo filho estava estudando numa *yeshivá* em Worms.

O medo anuviou o rosto do homem.

– Para o Norte.

Elazar jogou a capa sobre os ombros e agarrou a espada.

– Se eu não passar pela estrada do rei, consigo cavalgar até Worms sem ser visto para avisar a comunidade e trazer o meu filho para casa.

Quanto mais os gritos se intensificavam no pátio, mais Elisha desejava de todo o coração estar em Troyes com Giuseppe e Judá ou em qualquer outro lugar que não fosse Worms.

Ele tinha cometido um terrível engano. Quando chegaram as notícias sobre as mortes em Speyer, os judeus de Worms não conseguiram decidir o que fazer. Alguns quiseram permanecer em casa, defendidos por barricadas, deixando que as autoridades os defendessem. Outros optaram por aceitar a oferta do bispo de se refugiar no palácio dele. Sendo assim, a comunidade judia se dividiu em dois grupos.

Esse foi o meu primeiro erro, pensou Elisha com amargura. A família dele devia ter ido com o bispo. Em seguida, veio o segundo erro, o de acreditar nos burgueses. Seus vizinhos edomitas pareceram tão seguros, garantindo-lhe que protegeriam sua família – uma vez que ele deixara seus pertences de valor sob a guarda deles. Oh, promessas ilusórias, vazias.

Não demorou muito e os saqueadores estavam nos portões da cidade, milhares deles, muito mais que o esperado. Carregavam um cadáver pela cidade, gritando:

– Vejam o que os judeus fizeram com nosso camarada. Eles o ferveram e despejaram a água da fervura em nossos poços para nos envenenar.

Todos os moradores que ouviram isso e eram capazes de empunhar uma espada se juntaram a eles, berrando com fúria.

– É hora de vingar o nosso Salvador, que foi assassinado pelos ancestrais dessa gente. Não deixaremos ninguém escapar, nem mesmo um bebê no berço!

Agora, com o inimigo no portão de Elisha, os mesmos vizinhos que juraram proteger a família dele tinham simplesmente desaparecido. Ele não tinha a menor dúvida do que aconteceria em seguida; espiara para fora de uma janela no andar de cima, e isso foi o bastante. Petrificado pela visão, assistiu angustiado enquanto uma jovem família do outro lado da rua era assassinada dentro de casa. Primeiro, o corpo do marido, que vertia sangue pelos muitos ferimentos, foi jogado no lixo. Depois, a esposa foi arrastada para fora pelos cabelos, e seus gritos foram cortados por uma espada cravada no seu peito. Por último, vieram os dois filhos do casal, empalados juntos numa lança, com os pequeninos membros ainda se mexendo. Elisha ainda teve de suportar um outro horror quando os assassinos começaram a estripar os cadáveres nus e jogar fora as partes do corpo. Ele fechou os olhos e se afastou da veneziana da janela. Gritos vindos de outras ruas reverberavam em seus ouvidos, enquanto ele vomitava no urinol do quarto.

Ele então lutou contra a náusea e se levantou, movido por uma força moral que o invadiu da cabeça aos pés. Sua família não seria estripada como carneiros.

– É melhor morrer pela mão do Eterno que pelas mãos dos inimigos Dele – disse para a sua aterrorizada esposa.

– Por favor, Elisha, isso não – ela implorou, tremendo de medo.

– Diga aos hereges que aceitaremos o Crucificado. Só assim nos deixarão em paz.

– O quê? – ele gritou. – Trocar a unidade do Eterno por um ídolo degradante? Negá-Lo e desonrar o Seu Divino Nome? Como pode cogitar tal pecado quando um golpe nos garantirá o nosso lugar no *Gan Eden*?

A esposa de Elisha recuou e se pôs a chorar.

– Então, mate-me primeiro. Não suportarei ver a morte dos nossos filhos.

Eles trancaram os dois filhos mais velhos num outro cômodo. Depois, Elisha pegou a faca mais comprida e mais resistente da cozinha e, com lágrimas escorrendo-lhe pelo rosto, começou a afiá-la. Uma faca para o abate *kosher* não pode apresentar qualquer imperfeição na lâmina que retarde a morte do animal. A esposa não tirava os olhos dele, movimentando os lábios em silenciosa oração. Até que ele se deu por satisfeito com a lâmina que estava impecavelmente afiada. Olhou para a esposa, e eles se fitaram por alguns segundos, reunindo a força necessária. Por fim, ela assentiu com um movimento quase imperceptível de cabeça.

– Por favor, perdoe o pecado que eu estou prestes a cometer contra você, bem como todos os pecados que cometi contra você no passado. – Ele fungou, enquanto combatia as lágrimas. – Eu poderia ter sido um marido melhor.

– Eu o perdoo por todos os pecados praticados contra mim – ela sussurrou com uma voz tão rouca que ele mal pôde ouvir. – Você foi um bom marido.

Caminhou até ele e beijou-lhe a testa, depois se dirigiu ao berço e pegou o filhinho.

– Eu gostaria de morrer com meu bebê nos braços.

Então, ela deitou a cabeça no tampo da mesa e afastou os cabelos, deixando o pescoço à mostra. Eles se entreolharam em silêncio por um momento que pareceu uma eternidade; logo ela fechou os olhos e, decidida, disse lentamente o *Shemá*.

– Ouve, ó Israel, Adonai é nosso Deus. Adonai é Único.

Elisha soube então o que a esposa queria que fosse feito e, quando ela disse a palavra final, obrigou a mão trêmula a se firmar e cortar-lhe a garganta; então, antes que o bebê escorregasse para o chão, também cortou a garganta do pequenino.

Como se em sonho, Elisha observou enquanto o sangue da mulher e do bebê formava uma piscina no solo. Seus sentidos pareciam extremamente apurados: sentia o coração bater como um trovão no peito; experimentou o gosto das lágrimas e do suor misturando-se nos lábios; inalou o fedor azedo do vômito que manchara a manga da camisa. Lá fora, a gritaria atingia o clímax.

Batidas fortes à porta tiraram Elisha do estado de transe. Ele tinha de chegar o mais rápido possível ao quarto dos filhos antes que a porta fosse arrombada. Limpou a faca na manga e checou a lâmina. Graças aos céus, ainda estava perfeita.

Olhou pela última vez a mulher e o filhinho, e entrou no quarto onde o jovem Judá e a pequena Miriam estavam encolhidos num canto.

– Papai... – A garota atirou-se nos braços dele. – O que está acontecendo? Por que o senhor está chorando?

Que explicação ele poderia dar?

– É hora de nos juntarmos aos nossos santos ancestrais no *Gan Eden*.

Qual das crianças sacrificaria primeiro?

Judá, que tinha nove anos, deve ter percebido o que estava acontecendo porque rapidamente empurrou uma arca contra a porta fechada.

– Já entendi, papai, não vou chorar.

– Rápido, então. Ajude-me com sua irmã. – Elisha mantinha a faca escondida às costas.

– Feche os olhos, Miriam, e diga o *Shemá* que você costuma dizer na hora de dormir – Judá pediu à menina. – Ir para o *Gan Eden* é como ir dormir.

Para o alívio de Elisha, a filha obedeceu, depois que ele lhe deu um beijo de boa-noite. Ela jazia sobre os lençóis empapados de sangue quando ele se voltou para o filho que o encarava de olhos arregalados, tremendo de medo. Judá era grande para a idade que tinha e, se saísse correndo, Elisha não conseguiria pegá-lo a tempo.

– Judá, sente-se aqui comigo, recitaremos juntos o *Shemá* – ele disse suavemente. De repente, sentia-se extremamente cansado.

O filho percorreu todos os cantos do quarto com olhos aterrorizados, como se à procura de uma saída para escapar, mas logo respirou fundo e caminhou em direção ao pai. No meio do caminho, os joelhos fraquejaram, e Elisha correu para ampará-lo. Eles ficaram juntos por alguns instantes, com o braço apoiado um no outro, até que Elisha ouviu o estrondo inconfundível dos machados que golpeavam a madeira da porta do quarto para arrombá-la.

Tremendo violentamente, Judá deitou-se na cama ao lado da irmã, e procurou manter a cabeça firme na beira enquanto recitava o *Shemá*. Elisha fez a última palavra do filho se calar com um corte rápido e certeiro, e em seguida deitou-se ao lado do menino.

Enquanto os machados arrebentavam a porta do quarto, Elisha titubeou ao pensar o quanto seu amado Giuseppe sofreria.

– Não se preocupe, meu querido Giuseppe. Nós nos veremos de novo no *Gan Eden*. – Ele afirmou a sua fé no Deus Eterno e enterrou a lâmina coberta de sangue no próprio peito.

Vinte

om a voz trêmula, Samson voltou-se para o rabino Kalonymus, o líder da comunidade judaica de Mayence.
– Rabenu, eu não nasci na Casa de Jacó. Se eu morrer santificando o Santo Nome, qual será o meu quinhão?

Aprisionado no palácio do bispo Rothard com a família e outros judeus que tinham fugido dos asseclas sanguinários do conde Emicho, Samson apertou a espada que portava à cintura.

O rabino pousou a mão sobre o braço de Samson.

– Sentará conosco e com o resto dos verdadeiros convertidos em nosso círculo no *Gan Eden*, junto com Abraão Avinu, o primeiro convertido.

Ao ouvir isso, Samson deu um soco na parede de pedra com tanta força que partiu a argamassa em diversos pedaços.

– Não esticarei o meu pescoço para ser abatido como um boi. Pretendo morrer como o meu xará, levando comigo o inimigo.

Seguiram-se murmúrios de aprovação, até um dos anciões gritar:
– Isso é bom para você, um homem treinado para a luta. Mas e o resto de nós? A intenção do bispo era nos abrigar sob os domínios dele, mas agora há milhares de soldados e gente da cidade atacando seu portão. O Eterno já decidiu; não seremos salvos.

– Oh, Todo-Poderoso! – exclamou uma mulher. – Onde estão os Seus milagres alardeados pelos nossos pais? O Senhor não nos tirou do Egito? – Ela rompeu em pranto. – E agora o Senhor nos deixa à mercê do poder dos nossos inimigos, inimigos que podem nos destruir.

O grupo se pôs em silêncio quando o rabino Kalonymus começou a falar.

– Apesar dos subornos que pagamos, os moradores nos traíram e abriram os portões da cidade para o conde Emicho e seu exército, um exército tão numeroso quanto os grãos de areia da praia. Mas defenderemos o Eterno com todo o nosso fervor, e, se necessário, com a morte. Coloquem seus escudos e empunhem suas armas, jovens e velhos, e juntem-se a mim na batalha.

– Papai, por que nos odeiam tanto? – perguntou Jacó para Samson em meio ao rumor das espadas desembainhadas.

Ainda impressionado com a raiva contra ele e Eliezer quando os dois entregaram cereais para as pessoas famintas da cidade, Samson balançou a cabeça com tristeza.

– Não sei.

Amnon, o rabino italiano que visitava a irmã para passar a *Shavuot* com ela, ergueu a espada no ar.

– Tenham coragem. Seremos mortos pelos nossos inimigos apenas por um momento, e com a espada, a mais branda das quatro mortes. Depois, residiremos para sempre no *Gan Eden*.

Os homens de Emicho entraram no pátio do palácio no terceiro dia de *Sivan*, data para a qual, no passado, Moisés dissera aos Filhos de Israel que se preparassem, pois assim eles estariam puros para receber os Dez Mandamentos. Os soldados do bispo Rothard ficaram tão abismados com o avanço da multidão que saíram em fuga.

– Ó Israel, escuta, Adonai é nosso Deus; Adonai é Único! – gritaram os judeus em uníssono enquanto partiam para cima dos oponentes. O pátio ressoou o confronto dos metais e os berros da batalha, e, algum tempo depois, os gemidos dos moribundos.

– Proteja Catarina e as crianças – gritou Samson para o filho Jacó. Depois, posicionou o escudo e, com o coração acelerado no peito, olhou com sofreguidão para o ponto onde causaria um grande estrago.

A maior parte dos judeus mais velhos e umas tantas mulheres não se intimidaram e investiram contra os saqueadores. Armados apenas com facas, eles se esforçavam ao máximo a fim de ferir o inimigo; no entanto, mesmo que abatessem muitos inimigos antes de tombar, restariam milhares de outros lá fora para substituir os abatidos.

Abrindo caminho em meio ao combate, Samson se dirigiu ao portão. Se encontrasse um posto fortificado, poderia abater os inimigos no momento em que entrassem. Um rastro de cadáveres se fazia atrás dele, à medida que seu longo braço amputava os membros daqueles cuja imprudência os fez erguer a espada contra ele. O sangue corria pelas suas veias à medida que sua memória era inundada pelas lembranças das batalhas que travara na juventude contra os mongóis. Naquela ocasião, ele também se viu na posição de um contra muitos. Fique na retaguarda, disse para si mesmo. Não continue golpeando um homem até que esteja morto, desarme-o e rapidamente passe para outro.

As pilhas de corpos que estrebuchavam aos gemidos se avolumavam em torno de Samson, e mesmo assim um grande número de inimigos ainda atravessava o portão, fora do alcance da sua espada mortal. Era como se aqueles demônios não tivessem fim. Ele olhou para o alto, agradecendo a estrela da sorte por sua estatura que lhe permitia ver por cima de todos os outros.

Embora ainda houvesse alguns focos de luta, no plano geral o pátio parecia um matadouro. Cadáveres jaziam espalhados por todos os cantos, e nuvens de moscas voavam aos zumbidos ao redor dos que foram mortos primeiro. Samson sentiu um arrepio de triunfo ao se dar conta de que muitos desses eram soldados de Emicho, mas o coração se apertou quando viu corpos de mulheres e crianças.

Catarina! Onde estava Catarina?

Avistou o filho, ruivo e alto como ele, em meio aos que ainda lutavam nas proximidades de uma muralha mais distante. Onde estavam Catarina e as crianças atrás dele empunhando facas. Abrindo caminho em meio à turba, tomando cuidado para não escorregar nas pedras empapadas de sangue, ele, por fim, alcançou a família.

– Rápido, todos. – O rabino Kalonymus de algum modo se fez ouvir em meio ao tumulto. – Sigam-me lá para dentro.

De repente, uma porta se abriu, e enquanto Samson, Jacó e os poucos judeus que ainda empunhavam espadas defendiam a retaguarda, os sobreviventes do ataque inicial de Emicho escapuliram para dentro do palácio. Seguiram o rabino por um labirinto de salas e saguões, por fim adentraram na fortificada sala dos tesouros do bispo. Samson fechou a pesada porta atrás de si e deixou que as barras caíssem.

Eles estavam a salvo – por ora.

Catarina jogou-se nos braços de Samson enquanto os sitiados sobreviventes soltavam suspiros de alívio. Mas quando olharam em volta e se deram conta dos que faltavam, as lágrimas rolaram-lhe dos olhos. O número se reduzira a menos de um décimo daqueles que antes ocupavam o pátio. Eles choraram em silêncio, reprimindo a angústia e rezando para que o inimigo continuasse ignorando aquele esconderijo.

Na manhã seguinte, antes do amanhecer, um dos padres responsáveis pela sala do tesouro sussurrou por entre uma minúscula janela.
– Kalonymus, você está aí? Eu trouxe água. Vocês devem estar mortos de sede.

O rabino reconheceu a voz como de alguém em quem podia confiar, mas o jarro era largo demais para passar pelas barras da janela. Eles então improvisaram um tubo por onde pudessem beber, e aplacaram a sede por um tempo. E assim, o pequeno grupo remanescente daquilo que um dia tinha sido uma grande comunidade judaica, aterrorizado e enfraquecido pela fome, continuou escondido na sala do tesouro até o anoitecer. Depois que a noite caiu, o padre voltou com água, mas dessa vez também com uma mensagem do bispo.

– Rothard deseja muito salvar vocês, mas se viu forçado a fugir e não tem mais forças para salvaguardá-los – disse o padre. – O Deus de vocês os abandonou. Assim, ou aceitam o batismo ou assumem os pecados dos seus ancestrais.

– Foi lançado um decreto contra nós e já não podemos ser salvos.
– Kalonymus apoiou-se pesadamente contra a parede. – Precisamos de um tempo até amanhã para responder.

Mas o rabino não precisava perguntar aos seus seguidores o que fazer. O rabino Amnon falou por todos:

– Não cabe a nós questionar os meios do Eterno. Ele nos deu a Torá e por ela ordenou que nos deixássemos ser assassinados pela santificação do seu Santo Nome. Quão afortunado é aquele que cumpre a vontade Dele. Esse não só merece a vida eterna, sentado entre os justos, como também troca um mundo de trevas por um mundo de luz, um mundo de pesares por um mundo de regozijo, um mundo fugaz por um mundo eterno. – Amnon sentou-se em uma das mesas, pegou um pergaminho e uma pena e começou a escrever.

Catarina correu os olhos pelo recinto trancado, abafado e impregnado pelo fedor da latrina improvisada em um dos cantos, e seu coração se contrangeu. Cairam numa armadilha, eram como peixes presos numa rede. Era tarde demais para ela e para qualquer outro aceitar a oferta do bispo. Nenhum deles sairia vivo daquele lugar.

Na manhã seguinte, não foi o amistoso padre que surgiu à janela e sim, para o horror de todos, um dos homens de Emicho. Não demorou muito para que se ouvissem passos pesados no teto, e os remanescentes daquela que um dia tinha sido uma poderosa comunidade judaica se entreolharam com uma chama desafiadora a arder nos olhos. Era o fim, mas seria um fim nos termos deles.

As mulheres gritaram pragas pela janela, xingando e insultando o inimigo.

– Vocês acreditam em quê, num cadáver pisado? – Catarina provocou-os.

– No desgraçado, no abominável filho do adultério – berrou sua vizinha.

A irmã do rabino Amnon era uma das mais exaltadas.

– Jamais trocaremos o Eterno por um abominável nazareno, sujo e crucificado, repugnante na sua própria geração, um bastardo, o filho de uma menstruada.

As mulheres celebraram quando esta última blasfêmia exortou a ira dos soldados que se encontravam lá fora.

– Não podemos esperar mais! Nossos inimigos estão se aproximando! – disse Asher, um aluno da *yeshivá*, desnudando o pescoço. – Agiremos como Abraão Avinu agiu com seu filho Isaac, oferecendo-nos para o Senhor do Céu. Quem tiver uma faca que me sacrifique.

Quando todos deram um passo para trás, tomados pelo choque, Amnon lançou um olhar suplicante para Kalonymus, que vagarosamente aprovou. O rabino italiano examinou a própria espada, certificou-se de que a lâmina estava afiada, e recitou a bênção do ritual de abate. Então, enquanto todos, com exceção de Samson, desviavam os olhos, cortou a garganta de Asher e cravou a espada no próprio peito.

Eles ainda estavam paralisados pela visão do sangue a jorrar dos dois cadáveres quando um repentino estalo no telhado os fez olhar para o alto e se deparar com uma saraivada de flechas. Samson saltou para cima de uma mesa e ergueu o escudo para proteger os que estavam embaixo. Investiu violentamente contra o inimigo no telhado, obrigando os arqueiros a recuar.

A irmã do rabino Amnon implorou para os que tinham facas.

– Não poupem seus filhos porque serão capturados pelos não circuncidados e terão que seguir a heresia deles.

Em instantes se viu rodeada por um frenesi de matança: maridos abatiam as esposas, pais sacrificavam os filhos; amigos matavam amigos. O sangue de todos se misturava no chão.

Catarina olhou para os filhos, imóveis como estátuas, e se assombrou por a família ter resistido viva até aquele momento. Subitamente Jacó tombou a seus pés, ferido no ombro por uma flecha. Catarina ergueu os olhos em busca do marido e soltou um gemido amargo quando viu que o corpo dele estava cravado de flechas.

– O Senhor tolerará isso, ó Eterno, e permanecerá em silêncio perante o nosso extremo sofrimento? Que o sangue dos seus servos seja rapidamente vingado!

Rapidamente, ela deu fim à agonia de Jacó e depois voltou os olhos para um buraco no telhado por onde a luz entrava.

– Oh, Anjos do Céu, já houve um sacrifício tão grande desde a época de Abraão?

Com o coração pesado como chumbo, ela cortou a garganta dos filhos, um a um. Depois, aninhou o pequeno Salomão nos seios e deu fim àquela vida que lhe dera tanta alegria por tão pouco tempo. Por fim, a criança caiu dos seus braços quando ela foi atingida nas costas por uma flecha que a fez tombar sobre os filhos.

Samson só sentiu uma picada quando a primeira flecha cravou na sua coxa. A segunda flecha rasgou um dos lados do torso, mas ele ignorou a dor lancinante e seguiu na luta, determinado a manter o escudo erguido até que não restasse nenhum judeu que precisasse de proteção. Uma terceira flecha esfolou o rosto dele, mas logo uma outra atingiu a panturrilha e fez sua perna se curvar.

– Que filhos do adultério são vocês para acreditar naquele que nasceu do adultério? – ele esbravejou para os agressores. – Mas eu, eu creio no Deus eterno. Nele acreditei até hoje, e Nele acreditarei até o instante em que minha alma me abandonar. Se me matarem, minha alma descansará no *Gan Eden*, mas a de vocês arderá no fogo do inferno.

Uma sucessão de flechas atingiu-lhe o corpo e acabou por derrubá-lo sobre o piso de madeira. A agonia o martirizou até que subitamente o tormento esvaeceu, e o espaço ao redor foi banhado por uma luz incrivelmente brilhante. Vestida de branco, com o corpo resplandecente, Catarina acenou para ele. Sorrindo atrás dela, também vestidos de branco, estavam os filhos, seu velho mestre Jacó e, às costas dele, o próprio Abraão Avinu. Todos o chamavam e lhe davam boas-vindas, encorajando-o a se juntar a eles.

Samson deixou a espada escorregar da mão.

Ao retornar para Troyes com especiarias e tinturas de Toledo, Eliezer sentiu que havia alguma coisa errada tão logo entrou pelo Portão Auxerre. O clima de excitação era sempre palpável à medida que a Feira de Verão se aproximava. Mas agora não havia a calorosa recepção dos guardas e o terreno da feira estava muito quieto, embora arrumado com esmero. E onde estavam os outros mercadores? A abertura da Feira de Tecidos estava marcada para o fim da semana. Será que os rumores sobre os ataques aos judeus de Speyer e Worms eram verdadeiros? Eliezer balançou a cabeça com descrédito. Mesmo que este fosse o caso, os motins em Rouen no último inverno não tinham perturbado a Feira de Inverno. Ainda assim, ele apressou o passo. Estava quase na hora do *disner* e certamente algum dos convidados à mesa de Salomão saberia das últimas notícias.

A ansiedade aumentou quando Raquel correu para recebê-lo e o abraçou com alívio e não com paixão.

– Oh, Eliezer, graças aos céus você está em casa. – As lágrimas escorriam pelo rosto dela. – Eu estava tão preocupada.

Antes que Eliezer pudesse perguntar por quê, Salomão e Judá se aproximaram e o fizeram perceber que tinha acontecido alguma coisa terrível. Era difícil dizer qual dos dois parecia mais infeliz; ambos tinham perdido peso e havia olheiras profundas em torno dos olhos inchados. Judá nunca se mostrara tão desolado desde a morte de Aarão, e Salomão parecia pior do que quando Rivka faleceu. Raquel se manteve abraçada a Eliezer e se recusou a deixá-lo enquanto ele se lavava. Desesperado por informações, mas aterrorizado com o que poderia ouvir, ele os acompanhou em silêncio até o salão.

Miriam foi a primeira a falar, aparentemente era a única que conseguia fazer isso sem cair no pranto.

– Acabamos de receber uma carta terrivelmente aflitiva do primo Elazar.

Eliezer olhou-a sem entender, até que ela acrescentou:

– O filho de tia Sara, aquele de Speyer.

Eliezer relaxou um pouco. Obviamente, o primo Elazar estaria bem o bastante para poder escrever sobre a situação.

– Segundo ele, uma horda de peregrinos fanáticos, liderada pelo conde Emicho de Lorraine, que os ossos desse homem se transformem em pó, atacou o Bairro Judeu de Speyer no oitavo dia de Iyar – disse Miriam. – Os homens do bispo Johann conseguiram proteger a maioria dos judeus, então a horda de homens cruéis rumou para Worms.

Judá estava tremendo, e ela esforçou-se para pegar-lhe a mão.

– O primo Elazar diz que lá os judeus não tiveram tanta sorte. Emicho levou poucos dias para chegar a Worms, atraindo aldeões pelo caminho com a promessa de pilhagens e a garantia de que todo aquele que matasse um judeu teria os pecados perdoados.

Judá começou a chorar, e Miriam se deteve para consolá-lo, deixando Raquel continuar.

– Pelo que ele sabe, metade da comunidade judaica permaneceu em casa, e o restante abrigou-se no castelo do bispo. Quando escreveu a carta, tinha ouvido dizer que apenas os que ficaram em casa haviam morrido. Ele não soube nada sobre o destino daqueles que se refugiaram com o bispo. – A expressão dela era mais de medo que de esperança.

– Qual é a data da carta? – perguntou Eliezer.

– Vinte de Iyar. Quase um mês atrás. – O rosto de Raquel se contraiu. – Mas até agora nenhum mercador de Worms apareceu em Troyes, e nenhum de Speyer, nem de Mayence.

Eliezer olhou fixamente para Judá e Salomão, que mal tinham tocado na comida. *Não é de estranhar que estejam tão perturbados.*

– Giuseppe estava aqui quando recebemos a carta – disse Miriam. – Ninguém conseguiu impedi-lo de galopar até Worms depois que ele ouviu as notícias.

– Mas o fato de que os mercadores das terras do Reno ainda não estejam aqui não significa que tenha ocorrido uma tragédia por lá – disse Eliezer. – Claro que ninguém se atreveu a sair com os homens de Emicho pelos arredores, da mesma forma que não pude sair de Troyes enquanto os peregrinos de Peter estavam aqui.

– Isso é verdade. – Salomão suspirou de alívio e pegou um pedaço de pão. – E nós escrevemos para eles para avisá-los do perigo.

– Mesmo assim, vou jejuar nas segundas e nas quintas até a volta de Giuseppe. – Judá cruzou os braços sobre o peito.

Raquel duvidava que voltaria a ver Giuseppe e o cavalo dela, mas preferiu não externar seus temores. Nem o fato de que fazia apenas quatro meses que ocorrera um eclipse da lua. Sentindo-se impotentes para salvar os irmãos das terras do Reno, ela e as irmãs se entregaram ao estudo do tratado *Taanit*, o qual se referia à obrigação dos jejuns para evitar as secas e outros desastres. Isso, no entanto, só serviu para aumentar os temores dela quanto ao destino dos judeus da Alemanha.

Logo elas chegaram à sexta *Mishna* do capítulo 4, que explicava os dois jejuns mais sombrios do calendário judaico: jejuns que os judeus de Troyes observariam em poucas semanas e que diziam respeito a uma série de calamidades que atingiram Israel.

> Cinco eventos atingiram os nossos pais no dia dezessete de *Tamuz* e no dia cinco de *Tishá Be-Av* [o nono de *Av*]. No décimo sétimo dia de *Tamuz*, as Tábuas se quebraram, as oferendas diárias foram interrompidas, os muros da cidade [Jerusalém] foram derrubados, Apostumos queimou a *Torá*, e um ídolo foi colocado no Templo. No *Tishá Be-Av*, decretou-se que os nossos pais estavam impedidos de entrar na terra, o Templo foi destruído pela segunda vez, Betar foi tomada, e a cidade foi arrasada. Na chegada de Av, só havia dor.

Para o benefício de Hannah e Leia, que sempre que podiam ouviam a mãe estudar o Talmud, Joheved leu um dos *kuntres* de Salomão que esclareciam esses trágicos eventos, que lugubremente ameaçavam refletir os de Worms.

– Foi no décimo sétimo dia de *Tamuz* que Moisés desceu do Sinai e viu que Israel pecava com o bezerro de ouro, um fato que o levou a esmagar as tábuas dos Dez Mandamentos.

Leia olhou confusa para a mãe.

– Como é que os rabinos sabem em qual dia Moisés quebrou as Tábuas? – Ela era muito jovem para entender a razão da tristeza dos adultos, e Joheved esperava manter as coisas assim.

– Ouçam como a *Guemará* explica isso – disse Miriam.

> A Lei foi dada em *Shavuot*, no sexto dia de *Sivan*, e Moisés subiu o Monte Sinai no sétimo dia, como está escrito [no Êxodo]: "Ele chamou Moisés no sétimo dia." Adiante está escrito: "Moisés ficou no monte por quarenta dias e quarenta noites" – os últimos vinte e quatro dias de *Sivan* e os dezesseis primeiros de *Tamuz*. Portanto, Moisés desceu e quebrou as Tábuas no décimo sétimo dia de *Tamuz*.

– Os rabinos também deduziram que os espiões retornaram a Moisés no *Tishá Be-Av* com terríveis avaliações – acrescentou Raquel. – Isso fez com que o Todo-Poderoso decretasse que os Filhos de Israel deveriam vagar no deserto por quarenta anos antes de entrar em Eretz Israel.

– Papai diz que Betar foi uma das maiores cidades judias que restaram depois que os romanos destruíram Jerusalém – disse Joheved. – A cidade resistiu e lutou durante cinquenta anos antes de cair.

Raquel estremeceu ao comparar mentalmente Betar com Worms e Mayence, cidades que cairiam em questão de dias e não de anos.

Foi Hannah, que com certeza não ignorava os fatos ocorridos nas terras do Reno, quem fez a pergunta que também ocupava a cabeça dos mais velhos.

– Por que todas essas coisas terríveis continuam acontecendo conosco?

Quando as terríveis notícias dos acontecimentos no Leste chegaram a Troyes, o terreno da feira estava praticamente desocupado. Por volta do décimo sétimo dia de *Tamuz*, muitos judeus choravam a morte dos parentes do Reno e, quando Giuseppe retornou e se jogou nos braços de Judá a chorar como uma criança, quase todos já sabiam que acontecera o pior. A comunidade do primo Elazar, em Speyer, fora a única a resistir aos saqueadores de Emicho. Em Worms, o bispo não conseguira salvar os judeus que se esconderam em seu castelo nem proteger os que permaneceram em suas próprias casas.

– Fui até a casa de Elisha, que a virtude dele nos proteja. – Giuseppe tremia enquanto narrava os fatos aos assustados familiares de Salomão. – O lugar foi totalmente saqueado.

– Talvez a família dele tenha conseguido escapar – disse Judá em tom de desespero.

O queixo de Giuseppe começou a tremer de tal forma que ele mal conseguiu falar.

– Havia muitas manchas de sangue no chão da casa... muitas manchas.

– *Mon Dieu*. – Miriam começou a chorar.

– Localizei um dos sobreviventes. – Giuseppe obrigou-se a continuar. – Alguns judeus do castelo aceitaram se macular com as águas fedorentas dos hereges para poder enterrar os corpos que jaziam nus pelas ruas. Duas semanas depois, voltaram para enterrar o resto.

A cor fugiu do rosto de Salomão.

– Nossa gente de Worms, a *yeshivá*, meus colegas de lá... tudo destruído.

– Você tem certeza de que Elisha está morto? – Judá se agarrou a uma possível esperança. – Talvez ele estivesse fora de casa.

– Ele estava em casa para *Shavuot*. – Giuseppe enlaçou Judá pelos ombros na tentativa de consolá-lo. – Falei com o homem que o enterrou.

– É verdade o que estão dizendo sobre Mayence? – perguntou Eliezer, esperando com todo ardor que os rumores fossem falsos.

Giuseppe limpou as lágrimas e anuiu com a cabeça.

– Toda a comunidade de Mayence... mais de mil almas pias... massacrada. A última notícia que ouvi foi que os canalhas estavam se aproximando de Colônia.

– Adonai, nosso Deus! O Senhor está exterminando os remanescentes de Israel – gritou Salomão, citando o profeta Ezequiel. – Todas as grandes *yeshivot* acabaram. – Ele enterrou o rosto nas mãos e caiu em prantos.

Raquel pousou a mão no ombro do pai.

– Nem todas, papai. Sua *yeshivá* ainda está aqui.

No dia que antecedeu *Tishá Be-Av*, os membros da casa de Salomão sentaram-se em silêncio no chão para fazer a última refeição frugal, em meio ao sofrimento avassalador que os abatia. Como enlutados, Raquel e Eliezer comeram ovos cozidos, como prato que fora preparado, e legumes e frutas sem molho. Salomão e Judá se alimentaram apenas de pão, água e sal.

Os rituais foram os mesmos, mas naquele ano a observância de *Tishá Be-Av* não foi nem um pouco parecida com a de antes da calamidade nas terras do Reno. Nos anos anteriores, muitos judeus trabalharam nos seus ofícios, realizando as lamentações, sem realmente senti-las intensamente. Afinal, a vida em Troyes era boa, e a destruição do Templo ocorrera quase mil anos antes. Algumas lágrimas eram vertidas, e por volta do meio da tarde todos estavam mortos de sede, depois de jejuar num longo dia de calor, mas os negócios continuavam mesmo sem o dinheiro circular de mão em mão.

Nesse ano, quando Raquel entrou na sinagoga no final da tarde e viu-a despida de qualquer ornamento, até a arca despojada das suas decorativas cortinas, ela encolheu-se ao pensar nas sinagogas da Alemanha totalmente saqueadas e nos seus frequentadores assassinados. Raquel tirou os sapatos, reclinou-se no chão e, com a visão de muitos pés descalços ao redor, não conseguiu apagar a terrível imagem dos judeus nus que jaziam no chão das sinagogas alemãs.

Quando as orações finalmente terminaram, e o líder do serviço – não o *hazan* porque ele cantava maravilhosamente – começou a cantar as Lamentações, foi impossível ouvir os versos que descreviam a destruição de Jerusalém sem lamentar os mortos de Worms e Mayence. Em voz baixa, Joheved traduziu o texto para as mulheres, com palavras que Raquel jamais imaginara que poderiam descrever uma cidade de Ashkenaz.

> Ai, a cidade está vazia de suas gentes.
> Ela se tornou como uma viúva...
> Todos os seus amigos a traíram; tornaram-se os seus inimigos...
> Quando o povo tombou pelas mãos do inimigo, ninguém a socorreu...
> Quando os inimigos a olharam e festejaram a sua queda...
> Por essas coisas eu choro com os olhos cobertos de lágrimas...

Gemidos de dor emergiram tanto de homens como de mulheres, ameaçando se sobrepor às vozes dos leitores, e tanto Joheved como o homem que fazia a leitura lá embaixo tiveram de fazer pausas, quando eles próprios eram invadidos pela tristeza. Raquel chorou de um modo que não chorava desde que o seu bebê Asher tinha morrido. No entanto, o terrível texto das Lamentações seguiu em frente:

> Lá fora as espadas trazem o luto, interno como a morte...
> Jazem por terra, nas ruas, jovens e velhos.
> As minhas donzelas e os meus jovens tombaram pelo fio da espada...
> Ninguém sobreviveu nem escapou... Nossos inimigos nos massacraram.
> Pânico e armadilha por todos os cantos, morte e destruição.
> Os meus olhos derretem-se em lágrimas pela ruína do meu povo.

Os versos finais de conforto que exortavam o Eterno a retomar o Seu povo e renovar os dias deles foram ofuscados por uma sequência de *kinot*, poemas fúnebres e sombrios, cada um mais melancólico que o outro. Depois de cantarem a última nota lúgubre, os fiéis levantaram-se lentamente e, com os olhos vermelhos e cabisbaixos, seguiram para a rua. Então, sem sequer uma palavra de despedida, arrastaram-se para casa.

Nos serviços da manhã seguinte, a consternação de Raquel tornou-se ainda mais forte do que quando rezara em casa despojada dos *tefilin*. Outra vez os sapatos foram tirados e todos se sentaram no chão; outra vez se ouviram os aparentemente intermináveis *kinot*, compostos com a intenção explícita de machucar o coração e entristecer a alma; outra vez as lágrimas da congregação brotaram copiosamente, enquanto pranteavam a destruição de Jerusalém e o martírio de Mayence e Worms.

Depois do hino fúnebre de encerramento, os judeus de Troyes não se dirigiram para suas casas e sim para o cemitério, onde ficariam até que soasse a hora dos serviços da tarde. A família de Salomão agrupou-se em torno do túmulo de Rivka, onde Salomão comentou os *kuntres* sobre as Lamentações e Jeremias. Como em toda casa de luto, esse era o único estudo da Torá permitido no *Tishá Be-Av*. Mas a tradição de não terminar uma sessão de estudo com um texto triste estava tão arraigada que não podia ser violada, mesmo em dias tristes como aquele.

Então, ao explicar o primeiro verso das Lamentações, "Ela se tornou como uma viúva", ele enfatizou a palavra "como".

Isso não denota uma verdadeira viúva. Pelo contrário, denota uma mulher cujo marido partiu para uma jornada, mas que pretende retornar para ela.

Nem as palavras dele, nem as do profeta Isaías cujas consolações eram lidas a cada *Shabat* entre o *Tishá Be-Av* e o *Rosh Hashaná*, trouxeram qualquer conforto para Raquel. Os sábios ensinavam que Jerusalém fora destruída pelos pecados dos judeus, pelas desavenças infindáveis entre eles. *Mas que pecados tinham cometido os pios judeus de Worms e Mayence?*

O horror de Raquel se intensificou quando o décimo quinto dia de *Av* trouxe um outro eclipse da Lua, em vez de um dia de grande felicidade como descrito no final do tratado *Taanit*.

Vinte e um

No começo da Feira de Inverno, a *yeshivá* de Salomão recebeu um número incomum de novos alunos, a grande maioria, jovens quase adultos que estudavam em Mayence e Worms e que, por um acaso da providência, estavam celebrando *Shavuot* fora das cidades, quando os homens de Emicho as atacaram. Mas a maior parte deles, consumida pela dor e raiva, tinha dificuldades para estudar, e Salomão, em vez de se orgulhar pelo número crescente de alunos que chegavam, se viu de coração partido porque aqueles alunos o faziam lembrar-se da perda sofrida pelo seu povo.

Ainda mais tristes eram as cartas que demandavam *responsa*, trazidas por mercadores de comunidades que nunca tinham escrito para ele.

– O que há de errado, papai? – perguntou Raquel suavemente, quando observou que ele chorava enquanto lia uma dessas missivas.

– Esta carta veio de Roma. – Salomão segurou a cabeça com as mãos.

– Mas é uma honra que judeus de tão longe reconheçam sua sabedoria e busquem seu conselho.

– *Ma fille*, por acaso tenho mais sabedoria agora do que tinha no ano passado? – Ele enxugou as lágrimas. – Só estão me consultando porque os eruditos com mais conhecimento morreram.

Raquel suspirou e pousou a mão no ombro do pai. Melhor que ninguém, ela devia saber o quão devastadora tinha sido a perda para o judaísmo.

Eliezer e Pesach acabavam de retornar da viagem que faziam até o Leste a cada outono em busca de peles. Devido à insistência de Dulcie, eles tinham parado em Mayence para ver o que havia restado, se é que restara alguma coisa da casa da família dela.

– O Bairro Judeu foi saqueado. – Eliezer mal conseguia dissimular a indignação. – A única coisa que Pesach tinha trazido para Dulcie era uma carta escrita por um dos mártires que morrera no castelo do bispo junto com os pais e os irmãos dela.

– E ainda há judeus em Mayence? – perguntou Raquel consternada. Ela recusava-se a aceitar a amplitude da destruição da comunidade.

– Somente alguns *anusim* que disseram que não lhes restou outra opção a não ser abandonar a fé.

– Então, a academia talmúdica não será reconstruída.

Ele balançou a cabeça em negativa.

– Provavelmente, não em Worms.

– Oh, Eliezer. – O queixo dela começou a tremer. – Foram tantas *yeshivot* que desapareceram.

Os turcos tinham esvaziado as academias talmúdicas da Babilônia que um dia haviam sido grandes, os beduínos tinham destruído o distrito judeu do Cairuão, e as poucas escolas restantes na Andaluzia fechavam à medida que os berberes forçavam os judeus a fugir.

Mas Salomão e os judeus de Troyes estavam perturbados demais com os próprios problemas para se preocupar com o destino de comunidades estrangeiras. Amaldiçoar os saqueadores assassinos, agora distantes, era uma pálida saída para a raiva que sentiam pela destruição dos judeus alemães, e ninguém, pelo menos publicamente, ousava admitir a frustração que sentia por Deus ter deixado aquilo tudo acontecer. E assim esses sentimentos foram substituídos por discussões sobre como lidar com os judeus que tinham cometido apostasia quando confrontados com a escolha entre o batismo ou a morte. Com o fim da ameaça, muitos *anusim* estavam ansiosos para retornar ao judaísmo, e alguns queriam que os filhos estudassem na *yeshivá* de Salomão.

Contudo, nem todos queriam aceitá-los.

As filhas e os genros de Salomão refletiam os diferentes aspectos do veemente debate de Ashkenaz – um judeu deveria preferir a morte a violar a proibição da Torá em relação à idolatria? Para a irritação de Salomão, eles discutiram na vinícola durante as três semanas necessárias para que as uvas fermentassem em vinho.

Joheved se mostrava inflexível com a visão de que a morte era a única alternativa aceitável para a apostasia, e que os judeus das terras do Reno deviam ser louvados pela recusa de violar a lei judaica.

– Diz-se claramente no oitavo capítulo do tratado *Sanhedrin*:

> Todas as transgressões da Torá – se dizem a um homem para pecar porque ele não será morto, ele deveria pecar e não se deixar ser morto. Salvo por crimes de idolatria, relações sexuais proibidas e assassinato.

Ela bateu o pé no mosto efervescente, jogando metade do vinho do tanque em cima das filhas.

– Se esse fosse o caso, não haveria um único judeu vivo, e o judaísmo teria deixado de existir. – Raquel não estava disposta a deixar Joheved ensinar-lhe o Talmud. – Pois o *Sanhedrin* também diz:

> É verdade que ele prefere morrer a cultuar ídolos? Mas Rabi Yishmael ensinou: se dizem a um homem para cultuar ídolos e assim não ser morto, onde aprendemos que ele deveria cultuá-los e não ser morto? No Levítico, onde está escrito: "Você manterá as Minhas leis, pelas quais os homens devem viver." Isso significa viver, não morrer.

Meir, que pisoteava uvas com os filhos num tanque próximo ao de Joheved, concordou com a esposa, citando um outro trecho do texto, enquanto Shmuel batia o pé em sinal de aprovação.

> Você pode pensar dessa maneira até em público, mas também está escrito no Levítico: "Não profaneis o meu santo nome, e serei santificado entre os filhos de Israel." Isso está em concordância com Rabi Eleazar.

– Portanto, em vez de renunciar publicamente às leis de Moisés, o judeu deve morrer para santificar o Santo Nome, como fizeram os mártires de Worms e Mayence... que o mérito deles nos proteja.

Eliezer, que dividia com Judá o mesmo tanque de uvas, se apressou em virar a pá de uvas onde pôde se apoiar para refutar Joheved.

– Você nos diz que é melhor morrer que cometer um assassinato. Neste caso, como justifica os judeus de Mayence e Worms que preferiram matar os próprios filhos e se matar em seguida a fingir um culto ao Crucificado?

– Se fossem capturados, os filhos deles seriam criados como hereges – retrucou Joheved.

– Isso não justifica o assassinato deles. – Raquel afundou o pé no emaranhado de uvas e hastes com tanta força que as ondas se propagaram pelo tanque que ela dividia com Miriam.

Miriam se viu no meio da discussão das duas irmãs. Embora preferisse morrer a ver os filhos abandonarem o judaísmo, não conseguia se imaginar matando-os para impedir isso.

– Mas, se os seus filhos fossem capturados, não seria mais prudente se submeter aos hereges e se manter secretamente leal ao Eterno? – perguntou. – Dessa maneira, você ficaria com seus filhos e os faria seguir as leis de Moisés.

– Talvez a visão do Rabi Yishmael seja adequada para a maioria dos judeus. – Judá também assumiu o caminho do meio. – Todavia, um erudito que serve de exemplo para o povo devia ser mantido no alto padrão do Rabi Eleazar.

Mas quem era Judá para dar esse conselho? Ele, um *talmid chacham*, não se dispusera, até com certa sofreguidão, a manter uma relação sexual proibida quando seria preferível morrer a fazer isso?

– Isso é um absurdo. – A voz de Eliezer se elevou, irada. – Se todos os eruditos morrerem, quem ensinará a Torá quando outros judeus se arrependerem?

– Mas, se os eruditos cultuarem o Crucificado publicamente, mesmo que tal culto não passe de fingimento – Joheved sacudiu a pá na direção de Eliezer –, os judeus ignorantes acreditarão que os eruditos realmente cometeram a idolatria e seguirão o exemplo.

Os olhos de Meir faiscaram de raiva.

– Nenhum *chacham* verdadeiro profanaria publicamente o Santo Nome. Ele morreria primeiro, como o Rabi Akiva.

Os alunos e vizinhos de Salomão que estavam em outros tanques se espantaram com a aspereza do debate entre seus familiares. Normalmente, a feitura do vinho era uma tarefa agradável, com muita cantoria e brincadeiras, e dessa vez, depois de passado um ano com chuvas nos momentos certos, a colheita teria de ser vista como motivo de celebração.

– Você não vê que ao optar pelo martírio os eruditos alemães levaram todo o conhecimento que tinham da Torá a sucumbir junto com eles? – Raquel ergueu as uvas na direção de Meir e pisoteou-as em seguida. – Em vez de seguir o exemplo de Rabi Akiva, devíamos ser como Rabi Yohanan ben Zakai, que escapou de Jerusalém e negociou com os inimigos romanos para salvar sua *yeshivá* em Yavneh.

– O que não quer dizer que os *anusim* não possam retornar ao judaísmo. – Miriam mexeu o conteúdo do tanque para amenizar a violência da fermentação, esperando que suas palavras gentis pudessem surtir o mesmo efeito na família. – Eles podem se arrepender da idolatria, desde que se mudem para algum lugar onde a Igreja não possa achá-los.

Judá disse em voz alta aquilo que muitos outros judeus de Troyes estavam pensando.

– Mas como acolher esses *anusim* sem castigo, se eles covardemente se macularam nas águas turvas dos hereges, enquanto seus irmãos se imolavam e se sacrificavam pelo Santo Nome?

Durante toda a discussão, Salomão não disse uma única palavra, mas a cada momento o rosto dele se tornava mais rubro. Por fim, bateu a pá na borda do tanque com tanto furor que fez a madeira estalar.

– Basta! Nenhum de nós faz a menor ideia de como agiria, que os céus nos protejam, se tivesse a lâmina de uma espada à garganta. Nenhum de nós tem o direito de julgar o que um outro judeu faria em tais circunstâncias.

Ele olhou furiosamente o pátio agora em completo silêncio, submetendo todos a sua vontade.

– Qualquer judeu que peque, a despeito da gravidade de tal pecado, não deixa de ser um judeu – ele continuou. – Qualquer judeu que demonstre um remorso sincero e um arrependimento genuíno é recebido de volta a sua antiga posição.

Fechou os olhos, e os outros membros da família também fecharam.

– Todos vocês sabem que é proibido fazer o penitente recordar antigos pecados. Não tolerarei que alguém da minha comunidade faça isso.

Nem mesmo o pronunciamento de Salomão deteve a contenda; ela simplesmente saiu do seu campo de visão ou encontrou novos temas.

As filhas de Salomão passaram a discutir a quantidade de talos adstringentes que deveriam ser deixados nos tanques para acrescentar sabor e acidez, uma discussão seguida por entreveros a respeito de quando remover os sedimentos do novo vinho. O vinicultor deveria esperar um tempo para que o sabor do vinho ganhasse maior complexidade; no entanto, tempo demais produziria um desagradável sabor fermentado. Elas discordaram em relação à quantidade de claras batidas em neve a ser vertida no vinho de modo a clareá-lo, sem o fazer perder suas características. E mal uma das filhas de Salomão abriu as janelas da adega para que a temperatura elevada não acelerasse a fermentação, outra delas fechou-as para que a fermentação não cessasse com o frio.

Quando Eliezer retornou a Troyes para a Feira de Inverno, variações das opiniões que ouvira nos tanques de vinho agora circulavam na feira ou eram sussurradas na sinagoga. Levando em conta que Meir condenara os convertidos, Salomão passara para Judá a responsabilidade de entrevistar os estudantes oriundos das terras do Reno que pretendiam estudar na sua *yeshivá*. Judá mostrava a Eliezer os textos que Salomão pretendia ensinar naquele inverno quando um homem careca de meia-idade, acompanhado de um adolescente, entrou no salão um tanto hesitante. Havia algo de familiar nos dois, mas Judá tinha certeza de que nunca os vira antes.

– Este é meu filho, Gedaliah ben Daniel – disse o homem em hebraico com um sotaque alemão. – Moramos em Colônia durante muitos anos, mas ainda não sei se continuaremos lá. Enquanto isso, eu gostaria que ele ficasse em Troyes para estudar na *yeshivá* de vocês.

Eliezer olhou para os dois com interesse. Provavelmente eram sobreviventes do massacre, talvez até *anusim*.

Judá reagiu com espanto. Seu primeiro parceiro de estudos, Daniel ben Gedaliah, era daquela cidade. Olhou para o homem quase careca e de bochechas caídas à procura de uma pista do jovem com quem estudara em Worms e por quem nutrira um amor desvairado.

– Os novos alunos são bem-vindos aqui – disse, aproximando-se e apertando a mão de Daniel. – Sou Judá ben Natan, genro do *rosh yeshivá*. – Observou atentamente a reação do homem.

Daniel olhou de soslaio para Judá e coçou a cabeça. Então, ficou boquiaberto.

– Judá ben Natan, de Paris? Que estudou em Worms vinte anos atrás? É você mesmo?

Judá sorriu e estendeu-lhe os braços.

– Não mereço uma acolhida tão calorosa. – Daniel abaixou os olhos de remorso. – Especialmente de um *talmid chacham* como você. Eu cometi um grande pecado.

Judá chamou todos para a mesa.

– Sentem-se e tomem um pouco de vinho. – Ele trouxe uma garrafa e copos da cozinha.

Eliezer ficou impressionado quando viu que Judá não serviu o vinho e estendeu a garrafa para Daniel, enquanto se ocupava em limpar uma sujeira imaginária de um dos copos. Segundo a lei judaica, os judeus eram proibidos de beber o vinho oferecido por um não judeu e por isso Salomão só empregava criados judeus. Sem dizer uma palavra, Judá deixava claro para Daniel que ainda o considerava um judeu, a despeito do pecado que tivesse cometido.

– Muito obrigado. – O tom de Daniel transmitiu sua gratidão não apenas pelo copo de vinho. – Os últimos seis meses têm sido um pesadelo.

Antes que Daniel pudesse continuar, a porta da frente se abriu, e Miriam e Raquel entraram exaustas depois de terem passado uma tarde inteira ajeitando e estaqueando videiras na vinícola. O árduo trabalho de puxar as ramas e estaqueá-las em fileiras devia ser completado antes que as videiras fossem podadas.

As duas mulheres se sentaram exauridas enquanto Judá fazia as apresentações e Eliezer se dirigia à cozinha para pegar mais copos.

– Estou mortificado pela minha transgressão – disse Daniel. – Mas sinto uma forte necessidade de contar para vocês o que aconteceu em Colônia.

– Você terá em nós a audiência mais compreensiva que poderia ter. – A voz de Miriam soou repleta de sinceridade.

Os outros assentiram com a cabeça e puxaram os bancos para mais perto; enfim, poderiam ouvir o relato de uma testemunha ocular em vez de rumores.

– Na véspera da *Shavuot*, soubemos que as comunidades de Worms e Mayence tinham sido dizimadas. – A voz de Daniel não transpareceu emoção. – Então procuramos alguns *notzrim* conhecidos para nos esconder enquanto o inimigo saqueava nossas casas, destruía a sinagoga e profanava os rolos sagrados da Torá. – Ele respirou fundo. – Mas ainda estamos vivos.

– Ouvimos dizer que Colônia teve o mesmo destino de Worms e Mayence – disse Raquel abruptamente.

– Até então isso ainda não tinha acontecido. – Daniel prosseguiu com a descrição de como o arcebispo dividira a comunidade, dispersando-a pelas sete das suas cidades mais fortificadas.

– Ficamos escondidos no campo por quase um mês – disse Gedaliah.

Daniel começou a tremer, e Judá sentou-se a seu lado e afagou-lhe o ombro.

– Um dia, o padre apareceu esbaforido e, aos berros, avisou que os homens de Emicho estavam chegando e que devíamos segui-lo até um novo esconderijo. O resto dos habitantes da cidade estava com ele e nos exortaram a acompanhá-los, dizendo que nos protegeriam. Ele afundou a cabeça entre as mãos e se calou.

Gedaliah continuou a contar a história do pai.

– Eles nos cercaram e nos conduziram como carneiros na direção do rio. Antes que pudéssemos perceber, já estávamos de pé no meio da água, enquanto o padre dizia alguma coisa em latim e nos marcava com o sinal do mal.

Os olhos de Daniel rogaram por perdão.

– Quando o inimigo chegou, estávamos reunidos na beira do rio, tremendo como cachorros molhados. O padre disse para Emicho que os ossos dele apodreceriam entre as pedras se não nos deixasse em paz, porque já estávamos batizados.

– Foram feridos pelos homens dele? – perguntou Raquel atônita. Ele negou com a cabeça.

– Depois disso, retornamos para Colônia. Lá, soubemos que a maioria dos outros judeus tinha se jogado nas águas do Reno... inclusive o meu irmão.

Daniel fez uma pausa para controlar a emoção.

– Ele e seu parceiro de estudos se gostavam de tal maneira que não suportariam se apenas um deles morresse. Escalaram a torre mais alta, beijaram-se, abraçaram-se e pularam no rio de mãos dadas.

Judá engoliu em seco, e Miriam segurou-lhe a mão com carinho. O irmão de Daniel optara por morrer nos braços de outro homem e recebia admiração pelo ato e não condenação.

Gedaliah então concluiu.

– Das sete cidades para onde o arcebispo nos enviou, apenas Kerpen mostrou-se capaz de proteger os judeus.

– Sua cidade também salvou os judeus – disse Raquel. – Todos que saíram de Colônia e foram para lá sobreviveram.

– Nós profanamos o Santo Nome, merecemos morrer. – O rosto de Daniel tornou-se uma máscara de dor. – Como Ele pôde permitir que gente sem valor como nós vivesse, enquanto os judeus pios eram assassinados?

– Nenhum de nós é capaz de sondar os caminhos do Eterno – disse Eliezer. – Não cabe a nós decidir quem vale ou não vale.

– Sua comunidade não reassumiu a lei de Moisés depois que o inimigo partiu? – perguntou Miriam. – E vocês se arrependeram no *Iom Kipur?*
– Minha família, sim. – O rosto de Daniel iluminou-se com o apoio de todos.
– Mandar Gedaliah a uma *yeshivá* é uma prova de lealdade à lei de Moisés – disse Judá, abraçando Daniel. – Já está quase na hora dos serviços do final da tarde. Por favor, acompanhe-nos no culto.
Raquel e Eliezer ficaram para trás enquanto os outros se retiravam.
– Não compreendo os hereges – ela sussurrou. – Em dado momento, os judeus são vistos como os infiéis que assassinaram o Crucificado, e, no outro, sem que tenha havido uma única mudança em nossas crenças, somos bem acolhidos apenas porque mergulhamos na água deles.
– Mesmo que Emicho não tenha atacado os *anusim*, duvido que os homens dele os tenham abraçado – comentou Eliezer com um ar sombrio. – E desconfio que, mesmo que os *anusim* se esforcem em provar que abandonaram a velha fé, sempre haverá alguém da Igreja que não os verá com bons olhos e os estará investigando e espionando.
– Neste caso, eles nunca estarão a salvo. Que maneira horrível de viver.
Eliezer balançou a cabeça. Até então, sua família estava a salvo em Troyes. Mas por quanto tempo? Ele estava quase convicto de que, se o exército de Emicho tivesse atacado a comunidade judaica de Troyes, a proteção do inexperiente conde Hugo seria irrisória. Talvez fosse melhor se as aspirações de Raquel de se tornar produtora de tecidos não se realizassem. Só assim poderiam se mudar para Toledo e ficar seguros.

Raquel fez as contas no final de novembro e se desesperou com a possibilidade de não poder montar o negócio de lã. Logo as ovelhas de Joheved estariam fornecendo uma lã da mais alta qualidade, mas onde encontraria alguém para tecê-la? Os dois teares horizontais continuavam intocados na adega. No entanto, ela precisava se sair bem: com todos aqueles peregrinos nas estradas, as viagens de Eliezer tornavam-se cada vez mais perigosas.
A fiandeira Alette aparecera para pegar dinheiro emprestado no início da Feira de Inverno, prometendo pagá-lo no encerramento da feira, e Raquel fizera o empréstimo, embora a lã tecida por Alette

nunca daria o mesmo lucro da lã tecida por Albert. Acontece que um mês depois Alette estava de volta e, a julgar pela sua postura desanimada enquanto caminhava pelo pátio, ela queria pegar outro empréstimo e não saldar a dívida.

– Oh, senhora Raquel, não sei o que fazer – disse Alette choramingando enquanto Raquel calculava mentalmente quanto deveria poupar para poder pagar um tecelão. – Albert voltou ontem para casa, mas o estado dele é lastimável.

Albert... já está de volta a Troyes?

– Como isso foi possível? Ninguém conseguia ir até Constantinopla e voltar com tanta rapidez, quanto mais a Jerusalém.

– Não sei. Ele se recusa a falar desde que voltou. Já estou até me perguntando se ainda será capaz de falar. Só fica deitado na cama. E voltou mancando de um jeito horrível.

– Eu quero vê-lo.

Raquel deu um salto e pegou a capa. As duas desceram apressadas pela rua que estava um gelo, Raquel quase sem prestar atenção no que Alette dizia. Que diferença faria se Albert estivesse mudo? O importante era saber se ele ainda era capaz de tecer.

Quando chegaram, Alette chamou pelo irmão e abriu a porta bem devagar para não assustá-lo.

Albert estava sentado perto da lareira com os olhos fixos no fogo, e não se voltou para a irmã quando elas entraram.

– Eu trouxe uma visita para você – anunciou Alette com um tom de voz artificialmente animado. – A senhora Raquel.

Albert se virou com uma expressão vazia.

Pelo rosto descarnado e os olhos apáticos, Raquel deduziu que devia ter sofrido um trauma na peregrinação.

– Fico feliz por você ter voltado. Alette disse que está com a perna machucada.

Para sua surpresa, ele esticou a perna e puxou a calça para cima. Ficou evidente o motivo da aflição – a perna dobrava com um ângulo estranho um pouco abaixo do joelho. A fratura devia ter acontecido no início da jornada; a pele não estava descolorada.

– Oh, Albert – lamentou Alette. – Está doendo muito? Vou chamar o médico.

Albert balançou a cabeça com veemência, embora a fratura malcuidada devesse doer muito.

Raquel suspirou aliviada por ver que Albert era capaz de se comunicar.

– Você acha que poderá manobrar os dois pedais outra vez? – perguntou-lhe. – Se não puder, é melhor deixar que o médico o ajude. Sua família vai morrer de fome, se você não voltar a tecer.

Albert mexeu o pé da perna quebrada para cima e para baixo com cautela e fez uma careta.

– Seu tear está na minha adega. Quer exercitar um pouco lá? – sugeriu Raquel.

Ele balançou a cabeça em negativa e apontou para o espaço vazio onde o tear ficava. Alette olhou para ele em dúvida e disse:

– Você acabou de voltar. Talvez seja melhor dar um tempo para recuperar as forças.

Albert fez uma careta, balançou a cabeça em negativa outra vez e apontou seguidas vezes para o espaço vazio no salão da irmã. Ela se voltou para Raquel e deu de ombros, como se não lhe restasse outra saída senão concordar.

– Pedirei a um carroceiro que traga o tear – disse Raquel. Quem sabe exercitar a perna machucada ajudasse a curá-la. Talvez fosse até melhor que ele não pudesse falar. Afinal, depois de ouvir as histórias aterradoras sobre o destino dos judeus, ela não estava tão convicta de que conseguiria ouvi-lo.

Alette, entretanto, não pressentia nada de terrível por trás da mudez repentina do irmão.

– Claro que ele quebrou a perna no início da jornada – disse, depois que entregaram o tear. – Como não conseguia acompanhar os peregrinos, eles o deixaram para trás para se curar. Depois, ele acabou manco e, como era impossível alcançá-los, resolveu voltar para casa.

Albert nem assentiu com a cabeça nem esboçou qualquer sinal de que a explicação da irmã estava certa. Em vez disso, apertou a mandíbula e se pôs a trabalhar no tear.

O primeiro indício do que tinha acontecido com Albert e com outros seguidores de Peter o Ermitão surgiu de um refugiado que bateu à porta de Raquel uma semana antes de *Hanucá*. Ela estava preparando os filhos para dormir, e Eliezer já ia retornar à Sinagoga Velha, para a sessão noturna de Salomão. Ele acabara de sair da latrina, quando Baruch o chamou do portão do pátio.

– Eliezer, que bom que você ainda não saiu. Aquele peregrino que esteve aqui na primavera passada... está de volta. Você quer vê-lo ou ofereço a *souper* para ele e depois o mando embora?

– Por favor, mestre Eliezer, por favor, ajude-me. – A voz em pânico pertencia a Jehan. – O senhor é a única pessoa que me restou no mundo. Geoffrey, meu irmão, todos os outros... estão todos mortos.

Surpreso, Eliezer parou imediatamente. Que diabo Jehan estava fazendo de volta a Troyes? Ele percebeu que não poderia simplesmente ignorar o pobre camarada. Jehan lhe tornara o cativeiro suportável, e talvez até lhe tivesse salvado a vida. E se o jovem era o único sobrevivente da horda que esteve acampada fora das muralhas de Troyes na última primavera, Eliezer precisava saber o que tinha acontecido.

– Tudo bem, Baruch. Ele pode ficar no sótão por enquanto. – Eliezer pousou o braço nos ombros de Jehan. Notando que ele estava pele e osso, conduziu-o para dentro da casa.

Logo que ouviu uma voz masculina estranha, Raquel desceu e, ao olhar as roupas rasgadas e os cabelos compridos e despenteados de Jehan, correu até a cozinha para pegar um pedaço de pão e uma generosa porção de ensopado. Eliezer, dividido entre estudar e ouvir a história de Jehan, decidiu esperar que o jovem enchesse a barriga. No ritmo em que Jehan devorava a comida, não seria uma espera longa.

Raquel, por sua vez, não pôde evitar um misto de curiosidade e temor. Depois que ouviu a última frase de Jehan, brotou-lhe a esperança de que aqueles homens cruéis, responsáveis pela destruição das comunidades judaicas do Reno, tinham sido aniquilados. O que causara o silêncio de Albert não parecia ter afetado a Jehan: o jovem cuspiu a história com a mesma rapidez com que engolia as colheradas de ensopado.

– Mestre Eliezer... o senhor nem imagina... as desgraças que passei. – Jehan tentava comer e falar ao mesmo tempo. – Perdi a conta... das vezes... em que tinha certeza de que seria assassinado.

– Por favor, comece do começo. – Raquel encheu novamente seu copo de vinho. – Não precisa engolir a comida tão depressa. Não sobreviveu a todos esses perigos para morrer engasgado com um naco de pão logo agora que está a salvo.

– A salvo. – Jehan percorreu a sala com os olhos. – Até que enfim estou a salvo. – Olhou para a lareira como observasse algo muito distante.

Vinte e dois

— As coisas começaram bem. – Jehan lançou um olhar guloso para o pão, e Raquel cortou uma boa fatia para ele. – Estávamos abastecidos de provisões e Peter tinha dinheiro de sobra para comprar mais. As aldeias que atravessamos a caminho do Danúbio eram generosas, e atraíamos outros peregrinos em nosso rastro. Logo éramos tantos que as cidades já não conseguiam nos alimentar, e assim começaram os relatos de roubos no acampamento e de saques pelo país.

Raquel e Eliezer se entreolharam, aflitos.

– Quando chegamos a Praga, o dinheiro de Peter já tinha acabado. Alguns teutões quiseram atacar os judeus de lá, mas Geoffrey não teve nada com isso. A tentativa não foi bem-sucedida porque, em vez de presas fáceis, os teutões se defrontaram com cerca de quinhentos judeus armados acompanhados de mil soldados do duque.

Jehan sacudiu a cabeça como se para repelir a lembrança enquanto Raquel se enchia de orgulho pelo fato de que, pelo menos em algum lugar, os judeus tinham revidado e venceram o inimigo.

– Deixamos Praga correndo e de mãos vazias. À medida que nos dirigíamos para os Bálcãs, tornava-se cada vez mais difícil esmolar comida dos camponeses e acampar em suas terras. A maioria das cidades simplesmente se fechava para nós, e, para piorar ainda mais a situação, as passagens nas montanhas estavam infestadas de bandidos que pilhavam com muita avidez.

Ele soltou um suspiro pesado.

– Eu, Geoffrey e outros cavaleiros estávamos logo atrás da infantaria e por isso fui um dos primeiros a chegar a Belgrado. As notícias sobre o número do nosso contingente e sobre o nosso desespero devem ter chegado antes de nós porque o lugar estava deserto. Fazia semanas que a maioria de nós não se alimentava e resolvemos

formar bandos para saquear a cidade, a fome me serviu de desculpa – ele disse, abaixando os olhos de constrangimento.
– Ficamos furiosos ao ver as lojas de Belgrado vazias e incendiamos a cidade. Até agora, não sei como fui capaz de participar de uma barbaridade dessas. – Jehan olhou para os anfitriões, como se a implorar por perdão. – Até então, escapávamos incólumes de tudo, apesar dos muitos danos que causávamos, e começamos a nos sentir acima da lei. Uma sensação que terminou em Nis, onde éramos aguardados por um batalhão de soldados do imperador que nos escoltaria até Constantinopla. O comandante distribuiu alimentos, mas, mesmo assim, os teutões recomeçaram as pilhagens.

Jehan respirou fundo.

– Alguns dias depois, eu estava colhendo nozes e morangos silvestres quando ouvi um trovão ao longe, embora o céu estivesse totalmente limpo. Cavalguei para fora do bosque e, quando cheguei à borda, avistei os peregrinos que, aos berros, pegavam seus pertences e voltavam correndo pelo caminho que fizéramos. De repente, todas as tropas de Nis nos atacaram e, antes que me apercebesse, meu cavalo estava correndo para o bosque, enquanto eu me agarrava nele, só pensando em salvar minha preciosa pele.

Jehan fixou os olhos na lareira.

– Na manhã seguinte, fiz o mesmo trajeto que tinha feito no dia anterior, mas não havia mais acampamento e sim um campo de batalha. Cadáveres espalhados por todos os lados... mulheres, crianças, bichos... com chacais e urubus por cima. As carroças estavam destruídas; as louças, quebradas; os recipientes de comida, abertos e derramados. Pouco a pouco, outros sobreviventes foram saindo do bosque, inclusive Geoffrey e Peter o Ermitão. O que eu mais queria na vida era voltar para casa, mas tinha que honrar os votos do peregrino.

– O que houve com seu irmão? – perguntou Eliezer. – E com o resto dos homens de Geoffrey?

– Não consegui encontrar o corpo do meu irmão, e não o vi mais. – Jehan fungou, contendo as lágrimas. – Nós, os sobreviventes, e não éramos muitos, catamos tudo que ainda estava intacto e tomamos o rumo de Sofia, onde o imperador nos abrigou. Com o tempo, outros peregrinos vindos da França e da Itália se juntaram a nós, mas, segundo os boatos, a maioria dos peregrinos alemães tinha sido morta pelo exército húngaro.

Raquel e Eliezer se entreolharam, excitados. Já teria o Todo-Poderoso se vingado dos assassinos do Seu povo?

– Por acaso ouviu os nomes de alguns desses líderes alemães? – ela perguntou. – Será que havia entre eles um conde Emicho?

– Tenho certeza de que era um deles. – Jehan vasculhou a memória em busca de outros nomes. – Também havia um padre, Folkmar, e um monge, Gottschalk, se não me engano, e outros mais.

– E o que houve depois? – perguntou Raquel. Uma onda de raiva contra os peregrinos alemães a fez querer saber mais detalhes sobre a derrota deles.

– O imperador Alexius ordenou que esperássemos pelo contingente principal de cavaleiros que estava para chegar, mas Peter se recusou. Os franceses e alemães estavam em disputa pela liderança e pela divisão da pilhagem, de modo que ninguém estava com a menor vontade de esperar pelos outros cavaleiros que participariam da partilha.

Jehan balançou a cabeça com indignação.

– Então, todos juntos, agora acrescidos de uns oitenta mil homens, cruzamos o canal de Bósforo rumo a Niceia. Estávamos acampados a cerca de um dia de distância a cavalo da cidade quando circularam rumores de que os alemães e os italianos tinham tomado Niceia e a estavam saqueando. Os franceses se enfureceram e dispararam como loucos na direção da cidade, seguidos pelos alemães e os italianos que achavam que os franceses queriam ser os primeiros a se apropriar dos saques.

– E depois? – Eliezer perguntou, ao notar que Jehan hesitava.

– Os rumores tinham sido espalhados pelos turcos, cujo exército aguardava de emboscada na estrada de Niceia. – Jehan fez uma pausa, a testa crispada de dor. – Foi uma derrota completa. Os turcos trucidaram todos os homens e só pouparam os que se renderam e se converteram ao Islã. Capturaram as mulheres e as crianças do acampamento como escravas... quer dizer, as que ainda não tinham se jogado ao mar. Escapei no lombo de um cavalo até um castelo dos arredores, junto com Geoffrey e alguns outros.

Os olhos de Jehan refletiam cada vez mais terror.

– Não tínhamos nem comida nem água, e logo os turcos armaram um cerco. Depois de três dias no calor... vocês não fazem ideia de como aquele lugar é quente em agosto, mais quente que um forno... estávamos com tanta sede que bebíamos a nossa urina e sangrávamos os cavalos para beber o sangue. A última coisa que me lembro é de estar deitado numa sombra à espera da morte. Eu estava inconsciente quando os soldados do imperador nos socorreram.

Jehan suspirou, lançando um olhar resignado para os anfitriões.
– Quando acordei em Constantinopla, a nossa peregrinação tinha acabado. O imperador Alexius disse para os poucos sobreviventes que vendessem as armas e voltassem para casa. Eu pensei em Troyes, uma cidade próspera, pensei que, se vivesse em Troyes por um ano, seria um homem livre e não um aldeão andarilho.

Raquel olhou para Eliezer, mortificada pelas atrocidades contidas na história de Jehan. Não só dez mil judeus haviam morrido nas terras do Reno, mas aparentemente cem mil peregrinos tinham perdido a vida naquela jornada maluca.

– E o que pretende fazer agora que chegou a Troyes? – perguntou Eliezer.

– Encontrar um trabalho – respondeu Jehan. – Deve haver trabalho de sobra depois que tantos homens saíram em peregrinação e não retornaram.

A solução surgiu subitamente na cabeça de Raquel, e ela não conteve um sorriso sedutor.

– Gostaria de aprender a tecer?

Na manhã seguinte, Jehan acompanhou Raquel até a casa de Alette e, enquanto batia à porta, ela agradeceu aos céus por ouvir o barulho do tear horizontal em plena atividade. Alette se surpreendeu ao vê-la de volta tão cedo e olhou intrigada o jovem esquálido e maltrapilho (pelo menos, Raquel o tinha feito lavar as mãos e o rosto) ao lado da patroa.

A reação de Albert foi surpreendente. Começou a tremer fortemente enquanto ele e Jehan se entreolhavam boquiabertos. Por fim, Jehan disse:

– Nunca pensei que o veria de novo.

Albert engoliu em seco, fechando a boca até então aberta. E sussurrou.

– O que está fazendo aqui?

Alette rompeu em lágrimas, enquanto Jehan contava sua história outra vez. Albert retornara de Belgrado depois de ter quebrado a perna na correria dos peregrinos que fugiram dos soldados de Nis. Ele se arrastara sozinho até a mata onde Jehan o encontrou.

Instigado pelo interrogatório delicado de Raquel, Albert confirmou que o grupo indisciplinado de homens de Emicho tinha sido uma presa fácil para o exército húngaro. No caminho de volta, ele cruzara o campo de batalha e viu que os alemães saqueavam os cadáveres. Eram lembranças terríveis que ainda lhe davam pesadelos. Raquel murmurou algumas palavras de conforto, mas por dentro queria gritar de alegria. Para completar essa felicidade, Albert aceitou Jehan como aprendiz de tecelagem, depois que soube que Raquel dispunha de um outro tear para o jovem.

– Será que devíamos contar para todos que Emicho e seus homens tiveram o castigo que mereciam? – disse Raquel para Eliezer naquela noite. – Ou é melhor esperar por um outro testemunho?

– É melhor ficarmos calados, por enquanto. Se as histórias de Jehan e Albert são verdadeiras, logo as notícias chegarão a Troyes.

Ela suspirou.

– Eu gostaria de contar para o papai. Ele tem estado muito melancólico depois que soube das mortes dos judeus do Reno.

Perdido nos próprios pensamentos, Eliezer hesitou.

– Ninguém falará sobre isso, mas não consigo entender a extensão dos pecados que eles cometeram para que o Todo-Poderoso fechasse os olhos e os entregasse ao fio das espadas.

O choque fez Raquel se calar por um momento. Os pios mártires de Worms e Mayence não deviam ter cometido pecados tão grandes a ponto de merecer tal punição; era vergonhoso pensar dessa maneira. Mas Jerusalém não tinha sido destruída pelos pecados e, principalmente, pelos ódios infundados dos seus habitantes?

– Papai reclamou algumas vezes que eles ergueram muitas barreiras em torno da Torá, proibiram o que era permitido e tornaram o judaísmo oneroso para o povo – ela disse. Será que isso seria um pecado tão terrível assim?

Eliezer assentiu com a cabeça.

– Já o ouvi dizer muitas vezes que qualquer idiota pode proibir por ignorância, mas que é preciso um *talmid chacham* que conheça a lei para governar com rigor.

– Ele escreveu isso nos *kuntres*. – Raquel lutava com as emoções conflitantes que revolviam dentro dela; não era de espantar que todos evitassem o assunto. – É difícil acreditar que merecessem a morte por conta disso, mas o Eterno é um juiz rigoroso e de um jeito ou de outro eles deviam ser culpados.

– Meir e Shmuel disseram que os pios do Reno eram inocentes, aos quais foi concedido o privilégio de santificar o Santo Nome para

provar ao mundo que estávamos dispostos a morrer pela nossa fé da mesma forma que os peregrinos também estavam pela heresia deles.
– E o que você disse? – perguntou Raquel com um ar apreensivo. Ela sabia que sua resposta os teria provocado.
– Não disse nada. Pesach estava presente, e eu tinha lido a carta que trouxemos de Mayence que foi escrita por um mártir que morreu com Samson e Catarina. – Eliezer piscou para afastar as lágrimas. – Depois da leitura, não havia muito a dizer.
– E o que estava escrito na carta?
– Espere um pouco, preciso me lembrar com exatidão das palavras. Eram palavras muito poderosas. – Ele pensou por um momento e se pôs a falar lentamente:

> Permita-me relatar o poder deste dia santo, aterrador e repleto de horror; hoje o Seu Reino será exaltado. Os anjos estão assustados e tomados pelo medo e o tremor enquanto proclamam: eis o Dia do Julgamento! No *Rosh Hashaná* foi inscrito e no *Iom Kipur* foi selado:
> Quantos irão morrer e quantos irão nascer; quem irá morrer e quem irá viver no seu tempo predestinado, e quem, antes do seu tempo; quem pelo fogo e quem pela água; quem pela espada e quem pela besta; quem pela fome e quem pela sede; quem pela tempestade e quem pela peste; quem por estrangulamento e quem por apedrejamento; quem irá descansar e quem irá vagar; quem se aquietará e quem se afligirá; quem estará em paz e quem estará em tormento; quem empobrecerá e quem enriquecerá; quem será deprimido e quem será exaltado.

Ele se deteve e respirou fundo:
– Havia mais coisa, mas não consigo lembrar com exatidão.
Raquel engoliu em seco, por demais admirada para conseguir falar. Depois de alguns segundos, sussurrou:
– Não precisa lembrar mais, já disse o suficiente.
– A carta está assinada pelo rabino Amnon, mas Dulcie disse que não se lembra de nenhum Amnon que resida em Mayence.
– É um nome italiano, talvez ele estivesse lá para *Shavuot*. – De repente, um terrível pensamento lhe ocorreu. – Espero que papai não tenha ouvido quando você leu isso. Ele já está melancólico demais.
– Ele não só estava lá, como fez uma cópia da carta.

– Suponho que seria difícil manter palavras tão contundentes longe do alcance dele – ela suspirou.
Eliezer segurou a mão de Raquel.
– Essa carta não deixou o seu pai infeliz. Ele disse que conhecia uma prece igual, a não ser pelo último verso que dizia assim: "Contudo, a prece, o arrependimento e a caridade evitam o severo decreto."
– Certamente os judeus alemães praticavam tudo isso – disse Raquel.
– Talvez então Meir e Shmuel estejam certos.
– Oh, Eliezer, não quero estar aqui quando os outros peregrinos retornarem – ela disse com um gemido. – Não quero morrer pelo fio de uma espada. – Teria sido isso que o eclipse de agosto anunciara?
– Então, você e as crianças precisam ir para Toledo comigo. – Eliezer tomou-a nos braços. – Seu pai pode se virar sem você por uns poucos meses.
Ela aninhou-se junto dele.
– Tomara que sim. – Que alívio poder escapar de toda essa conversa sobre peregrinos, massacres e *anusim*.

A segunda noite de *Hanucá* caiu num sábado e, em conformidade com a tradição de muitas gerações de Troyes, a família do vinicultor Salomão celebrava degustando pela primeira vez a nova safra de vinho. Para a perplexidade dos peregrinos, que haviam desertado de terras devastadas por anos a fio de seca, as chuvas daquele verão tinham sido abundantes, e a colheita, exuberante. A comunidade de Salomão esperava um produto da mais alta qualidade, e reuniu-se ansiosa no pátio de sua casa para prová-lo.
Salomão tomou um gole do novo vinho e fez uma careta.
– Qual é o problema, papai? – Raquel olhou aflita para as irmãs. Será que de alguma forma aquelas brigas todas tinham arruinado a safra?
Salomão balançou a cabeça como se para clareá-la.
– Não há nada de errado com o vinho. Foi uma súbita dor de cabeça. – Ele apoiou-se no ombro dela. – E também estou me sentindo um pouco zonzo.
– Os últimos seis meses foram muito difíceis – disse Miriam suavemente. – Não é de estranhar que o senhor esteja exausto.
– O senhor não precisa ficar aqui para celebrar – disse Joheved. – Manteremos os convidados entretidos para que possa se deitar mais cedo.

– Talvez eu esteja mesmo exausto – ele disse devagar. – Não estou me sentindo bem.
Raquel o pegou pelo braço.
– Eu o ajudarei a subir a escada, papai.
Ele tropeçou em alguns degraus, mas chegou até a cama sem nenhuma queda.
– *Merci, ma fille*. Por cuidar de mim.
Raquel sentiu uma pontada de culpa pela decisão de passar os próximos seis meses em Sefarad com Eliezer.
– *Bonne nuit*, papai. Durma bem. – Ela se inclinou para beijar-lhe a testa.
Quando chegou mais perto dele, Salomão viu a imagem dela separada em duas partes. Piscou algumas vezes para apagar a imagem dupla, mas Raquel e sua gêmea continuavam à frente. Ele fechou os olhos para fugir daquela estranha visão, e, quando os reabriu, tudo estava escuro. Raquel apagara o lampião.
Ela desceu até o primeiro andar e se viu em meio a uma grande comoção. As pessoas falavam alto, gargalhavam, davam vivas. Caminhou na direção da algazarra e lá estava Guy de Dampierre de pé, ao lado de Judá, respondendo às perguntas do grupo. *O que possuiu Guy para que viesse a nossa festa de Hanucá?*
Ela soube a resposta tão logo ele abriu a boca.
– O relato me foi passado por uma fonte confiável – ele insistiu. – Não há dúvida da sua veracidade.
– Tem certeza de que Emicho não escapou? – perguntou uma voz incrédula.
– Ele e seus seguidores foram dizimados – gritou Guy para ser ouvido em meio à música. – Pouquíssimos homens escaparam, e já estaríamos sabendo se Emicho tivesse sobrevivido.
– Quando foi isso?
– No final do verão, se não me engano.
Murmúrios de espanto se propagaram entre os presentes, e Meir começou a cantar a "Canção do Mar de Moisés", a música cantada pelos israelitas depois que o exército do faraó se afogou.

> Tua mão direita, Adonai, gloriosa em poder
> Tua mão direita, Adonai, esmaga o inimigo
> Em Tua grande excelência, Tu aniquilas Teus inimigos.

Guy reconheceu a letra em hebraico, e disse.

– Por isso, a mão do Senhor ergueu-se contra os falsos peregrinos, que cometeram o pecado da impiedade quando mataram os judeus e cuja culpa se manifestou em sua derrocada. Pois o nosso Senhor é um justo juiz e ordena aos homens de má vontade a suportar o jugo da fé cristã.

Raquel subiu correndo para contar a maravilhosa notícia ao pai. Ficaria emocionado quando soubesse que os comentários dele sobre aqueles versos do Êxodo realmente procediam.

– Quando o Todo-Poderoso ergue Seu braço direito com grande excelência, Ele esmaga todos os inimigos – o pai ensinara. – E quem são os inimigos Dele? Aqueles que se levantam contra Israel.

– Papai – ela sussurrou. – Guy de Dampierre veio aqui para vê-lo. Ele trouxe notícias incríveis.

A única resposta que soou da cama de Salomão foi um ronco contínuo. Não querendo acordá-lo de um sono tão profundo, Raquel voltou para o pátio.

Salomão subiu a escadaria de mármore brilhante. *Felizmente, o rico benfeitor desta yeshivá atraiu alunos cujo conhecimento brilha tão intensamente quanto a sua fachada.*

No topo da escadaria, acenando-lhe, estava Shimon ben Yochai, seu amigo da época em que a *yeshivá* de Troyes se estabeleceu. Ben Yochai portava uma coroa de ouro e pérolas.

– Salomão, eu já o esperava. Finalmente, poderei lhe ensinar todos os segredos da Torá oculta.

Salomão não pôde responder, pois um outro homem juntou-se ao grupo e o fez engasgar de alegria. Era Jacó ben Yakar, seu primeiro professor de Talmud em Worms, que portava uma coroa de ouro cravejada de pedras preciosas. Por estranho que pareça, Salomão não achou inusitada a presença desses homens mortos havia pelo menos uns vinte anos.

Jacó ben Yakar segurou o braço de Salomão.

– Deixemos que o nosso recém-chegado se encontre primeiro com os outros – ele disse para ben Yochai.

Os dois companheiros de Salomão o acompanharam por um dossel arqueado, tecido por videiras douradas com cachos de uvas peroladas. Eles chegaram a um enorme jardim impregnado pelo aroma de centenas de roseiras. Havia árvores carregadas das mais variadas frutas, algumas jamais vistas por Salomão, e debaixo de cada árvore homens coroados, sentados junto a mesas douradas, estudavam a Torá. Os frutos de uma das árvores cintilavam como estrelas, e, embora nunca os tivesse encontrado, Salomão soube que entre os homens sob aquela árvore estavam os mártires Amnon e Kalonymus, de Mayence.

Chegaram a uma enorme mesa sob uma majestosa amendoeira em flor, onde Salomão reconheceu Eliezer haLevi, seu velho professor de Mayence, e Isaac ben Judá, o irmão de Rivka. Eles o cumprimentaram calorosamente e apontaram para um lugar vago.

Salomão sentou-se, e os outros eruditos se apresentaram: Hai Gaon, de Bavel; Elijah ben Joseph haCohen, do Eretz Israel; Elhanan ben Hushiel, de Cairuão; Samuel haNagid, de Granada; e, o que fez Salomão quase perder a fala, *rabenu* Gershom ben Judá. Os homens não pareciam muito felizes, e Salomão se deu conta de que todos lideravam academias talmúdicas destruídas nos últimos cem anos.

Por mais impressionante que Salomão estivesse achando tudo o que havia em sua *yeshivá* celestial, pois era exatamente onde se encontrava, o que mais o surpreendeu foi o fato de que à frente de cada um à mesa havia uma cópia dos seus próprios *kuntres*. Quando eles se prepararam para retomar os estudos, *rabenu* Gershom olhou atentamente para o alto, como se alguém tivesse falado com ele. Os outros também emudeceram, ouvindo com atenção alguma coisa que Salomão não conseguia escutar.

Por fim, Hai Gaon se levantou e se dirigiu a Salomão:
– Sua vinícola recebeu um plantio recente, ainda requer um vinicultor experiente para conduzi-la. Você deve voltar para cuidar dela.

Elhanan ben Hushiel, a quem Salomão reconheceu por também ter redigido comentários do Talmud, acrescentou:
– Você precisa terminar os seus *kuntres*, revisá-los de modo que os alunos de outras *yeshivot*, e não apenas os seus, também possam aprender.

– Mas não há mais outras *yeshivot*. – As lágrimas rolaram dos olhos de Salomão, que chorou pelo conhecimento perdido e por ter de deixar aquele lugar maravilhoso.

Rabenu Gershom sorriu e disse uma última frase que estimulou a alma de Salomão.

– Depois de você, haverá.

Na manhã seguinte, Raquel foi acordada pelas batidas de Joheved na porta.
— Acorde. Há algo muito errado com papai — gritou. — Ele não consegue falar nem se levantar da cama.

Raquel disparou para fora do quarto junto com Miriam. Atravessaram o pátio em disparada seguidas por Judá e Eliezer. Encontraram Salomão acomodado na cama com os olhos desfocados, e Raquel orou apressada em agradecimento por não encontrá-lo completamente sem sentidos.

Mas logo ficou com o coração apertado quando o pegou pela mão e sentiu que o braço dele parecia um peso morto. Embora ele tentasse falar, só conseguia balbuciar algumas sílabas. Passado algum tempo que pareceu uma eternidade, Baruch chegou com Moisés ha-Cohen, e passou uma outra eternidade enquanto a família de Salomão aguardava na cozinha o resultado do exame do médico.

O rosto de Moisés estava sério, quando ele desceu a escada.

— Ele foi atacado por um poderoso demônio, e está além da minha capacidade saber quem vencerá a batalha.

Raquel caiu em prantos enquanto o médico continuava.

— O pai de vocês está com o lado direito paralisado e com a fala confusa. Não posso fazer muita coisa a não ser abençoá-lo para corrigir eventuais desequilíbrios que beneficiem o demônio. — Por pior que estivesse o doente, Moisés sempre tinha uma palavra de encorajamento. — Mas é um bom sinal que ainda esteja vivo... que o Eterno o proteja.

As filhas e os genros de Salomão se entreolharam com um ar sombrio, mas com determinação. Eles sabiam como combater demônios: não haviam se saído bem quando Joheved padecera de febre do parto?

— Podemos levar papai para o meu quarto? — perguntou Joheved.

— A *mezuzá* que ele escreveu quando eu estava doente ainda está no batente da porta.

O médico balançou a cabeça em negativa.

— Por enquanto, não.

— Graças aos céus o escriba Mordecai não sairá daqui enquanto a Feira de Inverno não terminar — disse Miriam. — Na segunda-feira de manhã, lhe pedirei para preparar uma nova *mezuzá* para o quarto do papai. — A *mezuzá* só podia ser escrita em dois dias da semana e em dois horários em particular: na segunda-feira, na quinta hora após o nascer do sol, e na quinta-feira, na quarta hora.

– Papai não pode mais ficar sozinho, nunca – disse Judá para todos. – Dois de nós devem ficar ao lado dele o tempo todo, estudando ou rezando.

– Aprendi durante as minhas viagens com um estudioso dos segredos da Torá que cada Salmo tem um fim protetor – disse Eliezer enquanto todos o olhavam com expectativa. – Obviamente, quem estiver cuidando dele deve rezar o nonagésimo primeiro Salmo contra os demônios, mas, pelo que me lembro, o objetivo específico do terceiro e do décimo terceiro Salmos é de expulsá-los. Não é, Raquel?

Raquel se limitou a balançar a cabeça em assentimento, com as lágrimas escorrendo pelo rosto. *Os demônios devem estar querendo levar o papai sem que ele termine os* kuntres.

Para neutralizar tal possibilidade, ela recitou de imediato o terceiro Salmo, o qual também era eficaz no combate às dores de cabeça.

Muitos são aqueles que me atacam...
Mas Tu, Adonai, és um escudo ao meu redor...
Eu me deito e durmo e acordo de novo porque Adonai me protege
Eu não temo a miríade de inimigos que estão contra mim.

Meir vestiu a capa.

– Vou pegar o rolo da Torá na sinagoga.

– Quando a mamãe ficou doente, o senhor disse que eu era muito jovem para jejuar – disse Shmuel. – Mas ninguém vai me impedir de jejuar pelo vovô, nem mesmo em Paris.

Joheved abraçou o filho.

– Não haverá comida nesta mesa, a não ser no *Shabat*, até que papai possa comer conosco.

Raquel fazia o trabalho de dona da casa desde a morte de Rivka, mas estava tão perturbada por um pensamento que lhe martelava a cabeça que não se importou quando a irmã mais velha usurpou esse papel. *E se a morte de papai for o evento ruim que o eclipse lunar previu para os judeus?* Aterrorizada, passou para o décimo terceiro Salmo, que refletia o pensamento que lhe passava pela cabeça com mais precisão.

Até quando se levantará o inimigo contra mim?
Olhai, ouvi-me, ó Adonai, meu Deus.
Iluminai os meus olhos com a vossa luz para que eu não adormeça na morte...
para que o meu inimigo não exulte quando eu cair.
Contudo, confio em vossa fidelidade.
Meu coração exultará pelos benefícios que Vós me destes.

Raquel tinha ido para Sefarad quando a mãe estava doente, e a mãe morrera. Seu coração gelou quando ela se lembrou do desejo final da mãe – que fosse ela a cuidar do pai. Por mais que confiasse na fidelidade do Todo-Poderoso, por mais que quisesse estar com Eliezer em Toledo, não sairia do lado do pai enquanto ele não se recuperasse por inteiro.

Sentiu que Eliezer a olhava e, quando se entreolharam, ela se deu conta de que ele tinha chegado à mesma triste conclusão.

Parte Três

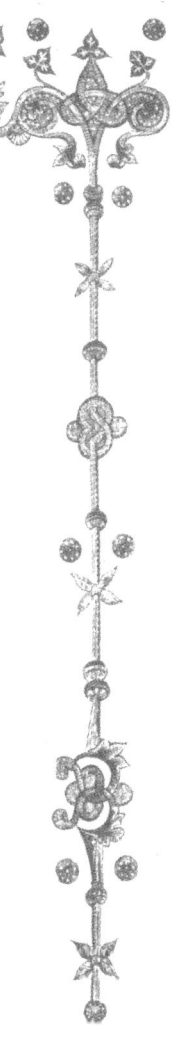

Vinte e três

Toledo, Sefarad
Primavera 4859 (1099 E.C.)

A brisa suave da primavera devia ser uma doce carícia, mas Eliezer estremeceu quando pegou as duas cartas de Raquel. Fazia três meses que a tinha visto pela última vez. *Qual das duas ela havia escrito por último?* Ele nunca pensou que um dia agradeceria ao papa Urbano por ter disseminado o fervor pela peregrinação entre os fiéis. Mas com a guerra bloqueando a rota para Jerusalém, enquanto os aliados do papa Clemente combatiam os aliados de Urbano em Roma, Santiago de Compostela, na Galícia, tornara-se a mais nova escolha como destino de peregrinação.

As viagens de ida e de volta de Eliezer até Sefarad agora eram feitas com mais segurança devido ao aumento do tráfego nas estradas. Ele também gostava de receber a correspondência pelas mãos dos peregrinos que atravessavam Toledo para admirar a magnífica catedral erigida pelo rei Afonso no lugar de uma antiga mesquita. Quase sempre chegava uma carta de Raquel antes da Páscoa, período muito popular entre os peregrinos, e às vezes chegava uma outra carta no final de maio. Mas dessa vez duas cartas o aguardavam na sinagoga.

Eliezer engoliu em seco, temendo que acontecimentos nefastos tivessem forçado Raquel a escrever duas cartas em um curto período de tempo. Uma delas estava com menos avarias de viagem, o que talvez indicasse ter sido escrita mais recentemente, e ele então rompeu-lhe o selo com sua faca.

"Querido marido, não se preocupe", começava a carta, enchendo Eliezer de aflição. "Estou em Paris para o casamento de Yom Tov. Um viajante está de viagem para Toledo e me apressei a escrever esta carta antes que ele parta. A saúde de papai melhorou muito, e isso nos permitiu passar *Pessach* aqui com a família de Judá. Talvez fosse um demônio menos poderoso do que aquele que atacou papai dois anos atrás, ou então a nova *mezuzá* ofereceu mais proteção, de qualquer forma o fato é que a fala dele está melhorando cada dia mais. A mão direita continua enfraquecida, e por isso eu e Simcha escrevemos as *responsa* para ele. Ele dita os *kuntres* para Judá e Miriam, enquanto Meir e Shemayah administram a *yeshivá*."

Eliezer deu uma olhada geral na página, mas não havia mais nada importante. Raquel investigara os mercados parisienses de tecidos e descobrira que de fato Troyes apresentava os melhores panos. A carta terminava com votos de que os negócios estivessem prosperando, Eliezer estivesse bem, e que ela logo pudesse ver seu adorado rosto. Eliezer suspirou. Como desejava contemplar aquela face tão amada assim como todo o seu corpo. Abriu a segunda carta, escrita meses antes da primeira.

"Querido marido, escrevo com a mão trêmula e o coração pesado. Conforme anunciado pelo eclipse lunar do mês passado, papai foi atacado por um outro demônio, ou quem sabe até pelo primeiro, uma vez que os sintomas são iguais. Perdeu todo o progresso que conseguira com a recuperação da fala, e não move o braço e a perna direita. Mas, depois de termos testemunhado a espantosa recuperação anterior, rezamos para que recupere a saúde e a força. Que o Eterno o cure e o proteja. Quanto ao herege que lançou o mau-olhado em papai, que seus ossos apodreçam na terra."

A partir daí, a escrita continuava com uma pena diferente e letras ligeiramente menores: "Chegaram poucos viajantes no início da estação e, enquanto os esperava, nutri a esperança de que papai viesse a convalescer e eu tivesse boas notícias para lhe dar. Mas quase não houve melhora. Já desconfio de que não poderemos comparecer ao casamento de Yom Tov em Paris, após o *Purim*, mesmo que esperemos pelo final da reprodução das ovelhas em Ramerupt para viajar com a família de Joheved."

Eliezer franziu a testa. O que ela queria dizer com aquelas linhas sobre o herege que trouxera problemas para Salomão? Ele sempre primara pelas boas relações com os edomitas. Mas Eliezer teria de esperar para descobrir. Quanto ao pressentimento de Raquel de que o recente eclipse lunar anunciara uma ameaça para o pai dela, Eliezer estava convicto de que a catástrofe posterior ocorreria em Eretz Israel. Até então, os cavaleiros francos, que viviam às turras e não conseguiam se unir em torno de um líder, estavam encalhados no cerco à Antioquia. Infelizmente, Eliezer já tinha visto o suficiente no Levante para saber que tanto os turcos como os fatímidas e os sarracenos locais recuariam, cada grupo na esperança de que o outro combateria o exército de peregrinos. Assim, fatalmente Jerusalém cairia nas mãos de Edom, um desastre certo para os judeus.

Eliezer sacudiu a cabeça como se para afastar o pensamento e retomou a carta de Raquel.

"Segundo Moisés haCohen papai é forte e logo estará melhor – que o Eterno o proteja", continuava a carta. "Moisés também abordou comigo a possibilidade da união de Shemiah com Glorietta, sua filha caçula. Não faço objeção porque Shemiah parece encantado pela garota, mas a decisão terá que esperar até a sua volta. Enquanto isso, eu permiti a viagem dos nossos filhos com Miriam para Paris."

"Joheved está triste porque Shmuel terá que ficar lá até o verão para estudar com o monge Victor depois que Zippora retornar a Troyes. Minha irmã achava que Shmuel poderia desistir de estudar com os edomitas depois que Robert e Étienne fundaram uma nova abadia em Cîteaux na última primavera. Até entendo que um estudante do Talmud possa deixar a mulher em casa, mas não consigo entender o que Shmuel vê de tão interessante nos ensinamentos edomitas, assim como não entendo por que papai e Meir permitem que ele deixe a *mitsvá* da procriação para depois por causa desses estudos. E também não entendo por que Meir permite que a filha caçula fique noiva antes da mais velha, e que Samson ben Joseph, o neto do nosso antigo *parnas*, se case com Leia e não com Hannah."

Raquel encerrava a carta exortando-o a rezar o terceiro, o décimo terceiro e o nonagésimo primeiro salmos contra os demônios, com Salomão à cabeça, acrescentando votos de saúde e sucesso nos negócios e a garantia de que desejava muito revê-lo.

Eliezer releu as duas cartas com o coração apertado. Durante os últimos três anos, os esforços de Raquel para encontrar um pisoteador tinham sido infrutíferos, e a cada ano ele nutria ainda mais esperança de que ela acabaria aceitando que os dois passassem metade do ano em Toledo e a outra metade em Troyes.

Mas Raquel não deixaria Troyes antes que Salomão tivesse recuperado a saúde, e como isso poderia acontecer depois do último revés? Na verdade, Eliezer não conseguia se imaginar sem a mulher ao lado: ele morria de saudade durante aqueles terríveis seis meses em que se separava dela. Será que ele não podia fazer nada senão esperar até a morte de Salomão?

Quanto às queixas de Raquel sobre os estudos de Shmuel em Paris, Eliezer compreendia mais do que ninguém a atração pelo conhecimento secular. Passados quatro anos, ele finalmente dominava Ptolomeu e Aristóteles a ponto de entender a diferença entre os dois sistemas astronômicos. E agora, depois de um sem-número de observações e cálculos, ele quase partilhava a opinião de Abraham bar Hiyya de que os dois eruditos da Antiguidade talvez estivessem equivocados.

Com a premissa de que a criação precisava ser tão perfeita quanto o Criador, Aristóteles afirmou que o cosmo consistia numa série de esferas perfeitas com a Terra ao centro, e que o Sol, a Lua, as estrelas fixas e os planetas moviam-se em torno de uma Terra imóvel com uma velocidade uniforme. Ao contrário de Aristóteles, depois de observar meticulosamente o movimento do céu, Ptolomeu afirmou que o universo não seguia o modelo dele.

Ambos concebiam as estrelas fixas como firmemente presas à esfera celestial que se estendia para além de Saturno, o planeta mais distante. Mas Ptolomeu postulava um modelo próprio para o movimento dos planetas. Relutando em abandonar o sistema de círculos e esferas perfeitas de Aristóteles, Ptolomeu concebeu que cada planeta fazia uma órbita em torno de um ponto em um pequeno círculo chamado epiciclo, o qual por sua vez fazia um grande círculo ao redor da Terra. O movimento da Lua era mais complicado e requeria um sistema triplo de órbitas.

Eliezer tinha a sensação de que devia haver uma outra explicação bem mais simples. Embora um admirador da grande erudição de Ptolomeu e de Aristóteles, ele não partilhava a fé absoluta dos outros estudantes pelas afirmações dos eruditos da antiguidade. E agradecia ao Talmud por tal ceticismo, uma vez que no nono capítulo do tratado *Pesachim* uma *baraita* ensinava:

> Os eruditos de Israel afirmam que a esfera é fixa e as estrelas se movem; os eruditos de outras nações afirmam que a esfera se move e as estrelas estão fixas nessa esfera...
> Rav Acha bar Yaakov objeta: talvez as esferas se movam [de maneira independente] como a porta e o lintel.

Eliezer tinha tantas interrogações. E se Rav Acha e os sábios estivessem certos? E se as estrelas e os planetas se movessem de maneira independente, cada qual em sua própria esfera? Que tipo de observações e cálculos teria de fazer para provar ou não provar a sua ideia? A cada inverno, ele chegava a Toledo com a certeza de que naquele ano encontraria as respostas.

Contudo, sem uma prática contínua, logo a matemática e a astronomia eram perdidas. Toda vez que Eliezer regressava, antes de examinar o que Abraham tinha feito na sua ausência, ele desperdiçava semanas preciosas para reaprender a matéria que apreendera sem dificuldade no semestre anterior. Só depois de investigar meticulosamente o trabalho de Abraham é que Eliezer se aventurava com passos seguros na próxima etapa. Por fim, quando estava prestes a formular uma nova descrição de como os planetas e as estrelas fixas se moviam, já era hora de retornar a Troyes.

Se ao menos ele não fosse obrigado a ficar fora por tanto tempo... Pesach agora lidava com os antigos negócios de Samson com tal maestria que Eliezer não precisava mais viajar até Praga ou Kiev para negociar peles. Pesach gostava de viajar e preferia o status de comerciante de peles ao de trabalhador de vinícola; seria fácil para o jovem trazer as peles para Toledo e retornar para Troyes com especiarias e tinturas fornecidas por Eliezer. Shemiah estava para fazer quinze anos e logo estaria pronto para viajar com Pesach. Eliezer não tinha dúvida de que com a inteligência que tinha o filho aprenderia sem dificuldade o que ele próprio sabia, e com o tempo assumiria o controle dos negócios. Neste caso, Eliezer se dedicaria de corpo e alma ao estudo da astronomia.

Um plano maravilhoso – exceto pelo fato de que Raquel não deixaria Troyes.

– Com sua licença, Eliezer. – Era a voz de Dunash, seu anfitrião. – Alguma notícia ruim de casa?

Eliezer se deu conta de que sua expressão infeliz tinha feito Dunash suspeitar do pior.

– Nada disso. Meu sogro estava doente, mas agora está melhor. É que as cartas da minha esposa reavivam a saudade que sinto dela.

– Já que estamos falando de mulheres... – Dunash hesitou e pigarreou. – É prejudicial a sua reputação frequentar bordéis. Já estão comentando isso.

Eliezer se controlou para não acabar dizendo que os outros deviam cuidar da própria vida.

– E o que é que eles querem que eu faça? Que passe a viver como um monge?

– Arranje uma outra esposa – retrucou Dunash. – Ou uma concubina.
– As leis de Rabi Gershom proíbem ao homem ter mais de uma esposa. – E Raquel jamais concordaria.
– As leis de Rabi Gershom se aplicam apenas em Ashkenaz. A maioria dos homens daqui tem diversas esposas. – Dunash sorriu diante do ar cético de Eliezer. – Talvez não diversas esposas, mas sempre uma ou duas concubinas.
– Isso é mais aceitável do que frequentar bordéis? – protestou Eliezer. Uma prostituta só aliviava as suas necessidades e pronto. Uma esposa demandava atenção e ligação emocional, responsabilidades que ele não tinha a menor vontade de assumir. As queixas de Raquel em relação às suas viagens já eram desagradáveis o bastante; ele não precisava de outra esposa em Toledo choramingando por ele ter de passar muito tempo em Troyes.

Dunash assentiu com a cabeça.

– Levando em conta que sua mulher voltou para a França, você não teria que se preocupar com que as duas mulheres se dessem bem.

– Supondo, apenas supondo, que eu queira arrumar uma concubina – disse Eliezer devagar, a mente considerando a questão. Afinal, uma concubina não exigiria o mesmo nível de comprometimento que uma esposa, o que não incomodaria muito a Raquel. Não que cogitasse a hipótese de pedir permissão a ela. Seria melhor que a esposa não soubesse para não sofrer. – Seria preciso comprar uma no mercado de escravos como se faz com qualquer outro criado?

– Primeiro veja se alguma das minhas criadas lhe apetece – sugeriu Dunash. – Além de muito trabalhadeiras, são de plena confiança da minha esposa aqui em casa.

Na mesma hora, o *ietzer hara* de Eliezer lhe forneceu uma imagem mental de Gazelle. Uma bela núbia de calorosa disposição, Gazelle era a moça responsável pelos aposentos de Eliezer. Uma concubina em casa, disponível a todo instante, certamente seria mais conveniente que prostitutas contratadas. E, se Raquel o visitasse, Gazelle poderia retomar a função de empregada doméstica.

– Já que mencionou isso, uma das suas criadas me interessa. – Eliezer torceu para que o rubor da face não transparecesse. A ideia de possuir duas mulheres se tornava cada vez mais atraente.

Dunash deu uma risadinha.

– Deixe-me adivinhar... Gazelle.
– Como sabia?
– Minha esposa não gostou nem um pouco quando a comprei no ano passado, e deixou bem claro que não toleraria uma concubina sob o nosso teto – respondeu Dunash. – Mas Gazelle é tão trabalhadeira que minha mulher reluta em vendê-la. Ela escalou Gazelle para servi-lo na esperança de que você a achasse atraente.
– Não posso ficar com uma mulher que você comprou para si mesmo.

Dunash suspirou.

– Gazelle foi uma fantasia passageira de um homem envelhecido e, depois de considerar o assunto, concluí que prefiro paz dentro da minha casa. Uma esposa em Toledo e uma concubina em Valença é mais do que suficiente para mim.

Eliezer ergueu as sobrancelhas em sinal de curiosidade. Ele sabia que Dunash tinha uma posição na corte de Afonso (os judeus espanhóis não favoreciam nem cristãos nem muçulmanos e se valiam dessa neutralidade para obter empregos de diplomatas e cortesãos), mas raramente o anfitrião comentava suas atividades oficiais.

– Como é que Valença está reagindo à administração de El Cid?
– Eliezer tentou parecer indiferente. Valença era uma cidade costeira que devia ser um porto seguro enquanto os berberes atacavam Granada. – Ele é mesmo o herói que as histórias contam?

– Em geral, esses grandes guerreiros são péssimos administradores, mas El Cid governa Valença com competência, atraindo tanto os edomitas como os mouros para servirem na administração – disse Dunash, pigarreando. – Oficialmente, é claro, El Cid governa em nome de Afonso, mas sempre agiu por conta própria. Tenho gostado de negociar com ele.

– Você fala como se essas negociações não fossem continuar.
– El Cid já está com quase sessenta anos. Quem sabe quem irá governar depois dele? – disse Dunash. – Mas chega de política. Esta noite posso mandar Gazelle para você?

– Preciso pensar um pouco mais – disse Eliezer. No entanto, seu *ietzer hara* sabia que, se não fosse naquela noite, em breve Gazelle estaria na cama dele. Afinal, por que teria de sofrer quando Raquel é que tinha decidido permanecer em Troyes em vez de ficar com ele em Toledo?

Alheia ao perigo que rondava seu casamento, Raquel assumiu um ar de enfado quando a serenidade da adega de Miriam foi quebrada por uma furiosa briga conjugal que ocorria lá fora entre Shemayah e Brunetta. Miriam e Zippora interromperam o trabalho de seleção das plantas medicinais, e Zippora empalideceu ao reconhecer a voz do pai. Shemayah exigia aos berros que a esposa saísse da casa da filha, onde estava desde que Zippora sofrera um aborto alguns meses antes.

As palavras de Brunetta não chegaram até o porão, mas obviamente se recusara a atendê-lo porque a briga continuava.

– Mamãe não quer voltar para o meu pai, e já estou boa há algumas semanas – disse Zippora. – Ela está saturada dele.

A raiva de Shemayah cresceu enchendo o ar de pragas, até que ele foi interrompido pelo grito de Brunetta.

– Você não pode me amaldiçoar, seu patife. Já sou amaldiçoada.

Epítetos voaram de um lado para o outro e, a certa altura, Brunetta provocou o marido.

– Então se divorcie de mim; escreva um *guet* para mim. Aceitarei de bom grado.

– Não darei esse prazer para você, sua bruxa... nunca! – À resposta, seguiu-se um breve silêncio, cortado pelo barulho do portão que se fechava, enquanto Brunetta descia aos tropeções em meio à escuridão da escada do porão. Lágrimas rolaram em seu rosto quando ela se jogou nos braços da filha.

Miriam fez uma careta.

– E pensar que um *talmid chacham* como Shemayah é capaz de recusar o divórcio para a esposa com a única intenção de aumentar o sofrimento dela...

– Não é por isso que ele não me dá o *guet* – disse Brunetta em tom amargo. – O que ele não quer é pagar a minha *ketubá*. É o que ganho por ter casado com um homem pobre. – Quando um homem morria ou se divorciava da esposa, ela recebia uma *ketubá* de duzentos *dinares*, antes de qualquer credor e antes mesmo dos filhos.

– Mas, mamãe – disse Zippora. – Que necessidade a senhora tem de uma *ketubá*? Papai já proveu o meu dote, e a senhora ainda tem o dinheiro que o seu pai lhe deu.

De mãos nos quadris, Raquel encarou Brunetta com firmeza.

– Se não se incomodar de esquecer a *ketubá*, você pode iniciar o divórcio. Em seguida, *o beit din* o obrigará a escrever o *guet*.

– Ninguém pode obrigar aquele homem a fazer qualquer coisa, nem mesmo uma corte de sete juízes.

Miriam sorriu confiante.

– Seu marido fará isso quando o *beit din* o ameaçar de *herem*. Se for excomungado, Shemayah nunca mais poderá ensinar a Torá e será impedido de entrar em qualquer sinagoga. Nenhum judeu se dirigirá a ele nem irá tolerar a presença dele.

– Não sei se sou forte o bastante para encará-lo na corte – retrucou Brunetta. – E o que as pessoas dirão?

– Dirão que a senhora já devia ter feito isso há muito tempo – disse Zippora com firmeza. Depois, suavizou o tom. – Não se preocupe, mamãe. Eu e Shmuel sempre lhe daremos guarida. Quem mais cuidaria dos meus filhos enquanto faço o meu trabalho de parteira?

– É claro que você será forte o bastante – disse Miriam. – Afinal, faz tempo que está estudando a Torá comigo, e certamente já se nutriu com uma grande dose de força com isso.

– E você não terá que enfrentar sozinha o *beit din* – acrescentou Raquel em apoio. – Nós iremos com você.

Na quinta-feira seguinte, o *bet din* de Troyes reuniu-se sem o seu eminente líder ou genros, impedidos de julgar casos que envolviam parentes. Mas não era necessário conhecimento profundo porque a questão era simples.

– Por que a senhora quer se divorciar do seu marido? – perguntou gentilmente um juiz para Brunetta.

Ela se concentrou para manter a voz firme e alegou o que todas as mulheres alegavam.

– Acho este homem repulsivo. Não posso mais viver com ele.

Os outros juízes assentiram com a cabeça. O juiz que ocupava temporariamente o papel de líder fixou os olhos no preocupado Shemayah, e declarou:

– Ninguém precisa dividir o mesmo cesto com uma serpente. Esta corte requer a Shemayah que escreva o *guet* para sua esposa Brunetta e o entregue em mãos.

Raquel trocou um olhar aflito com Joheved, que estava na cidade para acompanhar o caso. Fazia muitos anos que Shemayah era parceiro de estudos de Meir, mas Joheved não gostava dele desde que o conheceu, quando ele expressou sua desaprovação às mulheres que estudavam a Torá. A crueldade com que tratava Brunetta por não lhe ter dado um filho homem, como se a pobre mulher não tivesse

sofrido o suficiente pelos filhos homens que sangraram até morrer, só servira para deixar Joheved ainda mais enfurecida.
Shemayah, no entanto, sorriu em triunfo.
– Já que ela desistiu de reivindicar a *ketubá*, o *guet* será redigido agora mesmo, com esta corte por testemunha. – Ele apresentou uma folha de pergaminho, uma pena e um frasco de tinta.
O escriba só pegou os itens depois que um dos juízes esclareceu que o pergaminho e a tinta pertenciam de fato a Shemayah e não tinham sido um empréstino de ocasião. O escriba gravou as doze linhas paralelas de praxe, bem como a data, os nomes das testemunhas, o lugar onde o *guet* era redigido, o domicílio de Brunetta e o domicílio de Shemayah.
Depois, todos na sala esperaram que Shemayah enunciasse alto e bom som as afirmações requeridas.
– Este *guet* é escrito por mim, para Brunetta de Troyes, natural de Provins...
Por fim, o escriba indicou que estava pronto para redigir de novo, e Shemayah se voltou para a pretendente ao divórcio e enunciou as palavras *harei at muteret lekol adam*, ou seja: que você seja permitida para todos os homens.
Depois que as testemunhas assinaram o pergaminho pronto, Meir o inspecionou com atenção e em seguida o passou para que Judá o inspecionasse. A menor irregularidade invalidava um *guet* e, embora Meir não quisesse admitir que seu melhor amigo fosse capaz de tamanha crueldade, não lhe passava despercebido que Joheved suspeitava que o ódio de Shemayah por Brunetta o faria recorrer ao seu vasto conhecimento da lei judaica para cometer um pequeno, mas significativo, erro – um erro que faria a mulher pensar que estava divorciada quando não estava. Dessa forma, se Brunetta se casasse novamente, cometeria o pecado de adultério.
Meir, no entanto, não encontrou erro algum, tampouco Judá. Eles estenderam o documento para os juízes, e um deles o colocou amavelmente nas mãos estendidas de Brunetta. Joheved, Miriam e Raquel soltaram a respiração ao mesmo tempo. Sem dúvida, o suspiro de alívio de Zippora foi ouvido pelo pai, mas ele ignorou ostensivamente o grupo de mulheres que abraçava sua ex-esposa enquanto abandonava a sala da corte.

Uma semana depois, Shemayah foi embora, a casa foi alugada com toda a mobília, exceto os livros, e Shmuel foi chamado de Paris para ajudar o pai na *yeshivá*. Um mês depois, Meir recebeu uma carta de Orléans: Shemayah era o novo *rosh yeshivá* de lá e ficara noivo de uma mulher no *Lag B'Omer*.

– Humm, que cheiro delicioso. – Raquel inalou o ar com prazer.
– Alguém está assando um bolo para o noivado de Leia?
– É claro que não, sua boba – respondeu Hannah. Desde que o pai e Guy de Dampierre estreitaram os laços de amizade, a confeitaria do bispo passou a fornecer as tortas e os bolos para a família. – Estou assando um bolo especial para o primeiro dia de escola do meu irmão Shlomo, em *Shavuot*, já que devem ser assados por uma virgem.
– O quê? – disse Raquel espantada. Apesar dos seus muitos anos de estudos do Talmud, nunca tinha ouvido falar de tal tradição.
– Eu também nunca tinha ouvido falar nisso até que Meir sugeriu que Shlomo passasse a frequentar a escola na cidade. – Joheved suspirou. – Eu queria ensinar ao meu filho, mas a administração da propriedade, os preparativos para o banquete do noivado de Leia na próxima semana e os cuidados com os filhos da Judita e com o pequeno Jacó me deixaram exausta.

Judita começou a ter sangramentos no meio da sua terceira gravidez, de modo que Miriam a confinara na cama.

– Claro que você está exausta, Joheved – disse Miriam. – A maioria das mulheres de quarenta anos encerra a atividade de se levantar no meio da noite para cuidar de bebês.
– Meir insiste que eu encontre tempo para estudar com Hannah e Leia – disse Joheved com orgulho. – Mas acho que Shlomo é muito novinho para se separar da família.
– Será bom para Shlomo ter amigos da idade dele na cidade – comentou Raquel.
– Ainda bem que não estou menstruada, pois quem assa os bolos de *Shavuot* deve estar *tahor* (ritualisticamente limpa). – Hannah estava ansiosa para ensinar às tias.

O semblante de Raquel se anuviou. Ela também estava entre uma menstruação e outra, o que queria dizer que talvez estivesse *nidá* quando Eliezer retornasse para casa nas semanas seguintes. Para dissimular o desânimo, ela perguntou a Hannah sem pensar.

– Se diz que já teve suas flores, por que sua irmã mais nova logo terá um marido, e você, não?

O rosto de Hannah se avermelhou, e Miriam interferiu rapidamente, antes que Joheved explodisse.

— Não precisa ser rude, Raquel. Já estamos cansadas de saber que o último desejo de Joseph no leito de morte foi que seu filho Samson se casasse com uma das netas do papai. E como Leia gosta do menino, ela pode muito bem se casar com ele.

— E como Hannah não gostou de nenhum dos pretendentes que apareceram, ela pode muito bem continuar solteira. — O tom de voz de Joheved deixou bem claro que ela não estava feliz com a situação.

Raquel não resistiu e deu uma espetada na irmã.

— Talvez sua filha tenha recusado todos esses pretendentes porque está esperando por algum em especial.

Para o espanto de Raquel, os olhos de Hannah se encheram de lágrimas, e seu rosto se avermelhou como um pimentão. Joheved ficou boquiaberta por ver que Raquel tocara no ponto certo de maneira inadvertida, e Miriam se apressou em abraçar a sobrinha.

— É um dos alunos do papai? — perguntou Miriam com tato. Claro que não era nenhum dos mercadores.

Quando Hannah assentiu com a cabeça, a raiva de Joheved se dissipou.

— Não se preocupe. Faremos esse moço tímido saber que para nós será um enorme prazer tê-lo em nossa família. — Claro que nenhum aluno de Salomão deixaria escapar a chance de se casar com a neta dele.

— Ele já faz parte da nossa família — sussurrou Hannah.

Raquel olhou de soslaio para Miriam. Será que Hannah se apaixonara por Yom Tov, e agora sofria por vê-lo se casar com outra em Paris?

Joheved sorriu.

— Por acaso é o seu primo Samuel ben Simcha?

Hannah sorriu com timidez e assentiu.

— Claro que ele a pediu em noivado — disse Miriam. — Já perdeu duas esposas, uma no parto e outra num incêndio, e deve ter achado que Meir não aprovaria porque a filha poderia ser a terceira.

Raquel lançou a Miriam um olhar sagaz.

— Isso só prova que Hannah deve ser a *bashert* dele. — Segundo uma *baraita* do tratado *Taanit,* quando uma mulher ou um homem se casava e morria precocemente, era porque o parceiro tinha sido escolhido no céu para um outro parceiro.

Joheved correu até Hannah e abraçou-a.

– Meir ficará empolgado quando souber que a linhagem da irmã dele continuará por intermédio de você, filha. – Ela abriu um largo sorriso. – Mal posso esperar para contar-lhe.

– Mal posso esperar para ver a cara de Samuel. – Raquel sorriu com o rubor da sobrinha. – Ainda me lembro de como ele a olhou quando você soprou o *shofar*.

– *Mon Dieu*, os bolos. – Hannah correu até um pote que estava na lareira e espetou a massa do bolo com uma vareta.

Miriam aproveitou a oportunidade para poupar a sobrinha de mais embaraço.

– Hannah, além de ser assado por uma *tahor* virgem, o que há mais de especial nesses bolos?

– Enquanto preparava a massa, recitei a seguinte prece: "Faço esses bolos para Shlomo, filho de Joheved. Que ele cumpra a vontade do Eterno que está no Céu, que ele se abra para o estudo da Torá e não se esqueça de nada que aprender."

Joheved sorriu radiante, imaginando o noivado de uma filha na Feira de Verão, e o da outra, na Feira de Inverno. Ambas se casariam em seis meses, mas evitariam a má sorte de quando duas irmãs se casam no mesmo ano.

– Antes de colocar os bolos no fogo preparado com lenha de videiras, peguei sumo de uva e escrevi os santos nomes Arimas e Avrimas em cima e a expressão "doce como o mel" embaixo. – Orgulhosa do próprio conhecimento e excitada pela súbita boa sorte, Hannah sorriu para as tias. – Vocês se lembram do terceiro capítulo de Ezequiel?

– Foi uma boa coisa cultivarmos uvas – disse Joheved com os olhos cintilando. Samuel ben Simcha era muito competente na vinícola, e por isso mesmo uma pessoa valiosa para se ter em Ramerupt.

– Quando é que Shlomo começa a comer esses bolos especiais? – perguntou Raquel. – Presumo que fará isso. – Ela sabia que os meninos pequenos iniciavam a educação judaica formal em *Shavuot*, mas, sem um irmão que tivesse passado por esse rito de iniciação, só estava familiarizada com os rituais universais e gerais da celebração.

Shavuot era a festa em que os judeus celebravam o recebimento da Torá no Monte Sinai. Era um dos três festivais de peregrinação celebrados em Jerusalém quando o Templo Sagrado ainda estava de pé. Mas a observação de *Shavuot* não era tão complicada como os outros dois festivais: *Pessach*, com um elaborado *seder* e difíceis restrições alimentares, e Sucot, com a construção de cabanas e a obrigação de residir nelas por uma semana.

Shavuot, celebrado durante dois dias, mais parecia uma extensão do *Shabat*, e se destacava pela recitação dos Dez Mandamentos durante os serviços da festa. Mesmo assim, a maioria dos alunos da *yeshivá* passava esse breve feriado em casa, em geral imediatamente seguido por um noivado ou um casamento. Por conta de uma peste que acontecera entre os alunos de Rabi Akiva, os judeus evitavam celebrações entre *Pessach* e *Shavuot*, uma tradição reforçada pelas recentes tragédias ocorridas nas terras do Reno durante os mesmos meses. Por isso, sempre havia casais a fim de se casar imediatamente após o final do período de luto aliviado.

Naquele ano, Leia e Hannah estariam entre esses casais.

Vinte e quatro

Naquele ano, *Shavuot* chegou tão tarde que Eliezer teria de celebrar o festival durante a viagem de retorno para Troyes. Mas estava determinado a não deixar a astronomia de lado, por mais que a família de Salomão pudesse se opor aos estudos seculares. Com muito cuidado, ele empacotou o novo astrolábio, dividido entre a euforia porque poderia fazer observações no céu de Troyes e a aflição porque não sabia como Raquel reagiria quando visse o instrumento que lhe custara grande parte dos lucros do casal. Ibrahim ibn Said al-Wazzân, o criador dos melhores astrolábios do mundo, é que o tinha confeccionado.

Era impossível praticar a astronomia avançada sem um astrolábio, um modelo da esfera celestial que consistia em duas placas circulares de bronze que giravam de modo independente em torno uma da outra. Uma das placas era gravada com gradações do tempo; e a outra, com um mapa detalhado do zodíaco que identificava as estrelas mais importantes. Um astrônomo experiente podia então medir com precisão o tempo da noite ou do ano, bem como a posição dos objetos celestes, e dessa maneira computar as partes do céu visíveis em diferentes horários. Como também podia determinar a altitude de um objeto além do horizonte e a latitude atual dele.

Abraham bar Hiyya gostou da decisão de Eliezer. Grande parte das observações astronômicas era realizada em faixas estreitas de latitudes em torno do mar Mediterrâneo, e medições do céu do distante norte, como Troyes, por exemplo, acrescentariam dados muito importantes ao conhecimento vigente.

– Quero que você anote os movimentos dos planetas com muita atenção – ele disse para Eliezer. – Principalmente de Mercúrio e Vênus.

– Por quê? – perguntou Eliezer. Abraham estampou um olhar de secreta presunção. – Isso o ajudará a prever a vinda do Messias? –

A maioria dos rabinos proibia esse tipo de especulação, mas não seria isso que iria deter Abraham.

– Talvez, mas essa não é a minha principal motivação. Eliezer arqueou uma sobrancelha.

– Será que finalmente você poderá discernir se o que gira é a Terra e não a esfera celeste? – Esse era um dos projetos especiais do amigo.

Abraham balançou a cabeça com um sorriso.

– Ptolomeu admite que o movimento celeste parecerá sempre o mesmo, não importando se é a Terra ou a esfera que gira.

– Deve haver alguma forma de determinar a verdade.

– Um dia, nós dois descobriremos isso – disse Abraham. – Mas Vênus e Mercúrio não serão necessários para isso.

– Você esperava que a observação da posição desses planetas de uma latitude diferente lhe permitiria determinar se eles fazem uma órbita em torno do Sol – disse Eliezer, abrindo um sorriso de triunfo.

Abraham anuiu com a cabeça.

– Os astrônomos de Toledo notaram que às vezes esses dois planetas parecem se mover atrás do Sol, o que é bem improvável, se nós pensarmos que suas esferas são as mais próximas da Terra. – Ele segurou Eliezer pelos ombros. – Faça uma viagem segura, meu amigo. E preste uma particular atenção nas posições dos planetas nas *tekufot*.

Já sozinho, Eliezer ponderou por que as posições dos planetas nas *tekufot*, os pontos de virada do Sol, eram tão importantes. Ele estaria em Troyes por ocasião de três dessas viradas: no equinócio de outono, no solstício de verão e no solstício de inverno. Só esperava que o céu não estivesse nublado nessas noites.

Na manhã de domingo, no primeiro dia de *Shavuot*, três gerações da família de Salomão levantaram-se com toda disposição quando os sinos da igreja badalaram prima. Era um maravilhoso dia de primavera, perfeito para exibir as roupas de feriado. Apesar do clima quente, Meir enrolou Shlomo em uma capa grande e o carregou até a sinagoga.

– Ele não pode caminhar como sempre faz – informou Rivka para Raquel em tom solene. – Poderia topar com um cachorro ou um porco no meio do caminho – acrescentou a filha baixinho para deixar claro que isso seria péssimo.

Na sinagoga, um menino aguardava ao lado da família, e logo um outro se juntou a eles. O último a chegar foi o mestre Levi, a quem

Raquel reconheceu como um dos medíocres eruditos locais que eram sempre criticados por Eliezer. Levi conduziu os novos pupilos para uma saleta, onde pegou um por um no colo para mostrar uma placa de cera com o alfabeto hebraico escrito por cima. Na vez de Shlomo, a família esticou o pescoço para assistir.

Primeiro, o professor leu o alfabeto a partir do início, e Shlomo repetiu cada letra em voz alta; a seguir, eles recitaram as letras de trás para frente e, por fim, diversas letras em combinações emparelhadas. Depois que Shlomo terminou, Levi lambuzou a placa com mel para ser lambida pelo menino. Em seguida, distribuíram-se bolos e ovos e, depois que o professor recitou as palavras escritas em cima deles, os três meninos o imitaram antes de comer o segundo doce de recompensa.

Finalmente, o professor fez os meninos recitarem depois dele.

– Eu o conjuro, *Potach*, Príncipe do Esquecimento, a remover o coração insensato de mim e atirá-lo na montanha mais alta, em nome dos santos nomes de Arimas, Avrimas, Arimimas.

Eram palavras mais difíceis que as dos bolos, mas, depois que cada pupilo repetiu o encantamento de maneira correta, Levi distribuiu nozes e frutas secas enquanto explicava que ser levado pelos familiares para a escola pela primeira vez era igual a Moisés recebendo a Torá no Monte Sinai. Depois disso, ele liberou todos para que se juntassem à congregação que iniciava os serviços no santuário. Shlomo acompanhou Meir e os parentes masculinos até o primeiro andar com orgulho.

Somente o pequeno Jacó seguiu com as mulheres para a galeria. Uma criança tímida que falava muito pouco, os irmãos e os primos o chamavam de Jacó Tam, ou seja, Jacó, o Simplório, exatamente como era descrito o Jacó bíblico. Claro que nunca o chamavam assim quando Meir ou Joheved estavam por perto, mas Raquel sabia que as outras crianças o viam como um pateta. Miriam dizia que tal condição era mais comum entre os bebês que nasciam de mulheres maduras, o que deixava Raquel aliviada por ter parado de parir quando ainda era jovem.

Ela queria voltar para casa para verificar o banquete de *Shavuot* que seria servido na volta da sinagoga, mas a iniciação de Shlomo não tinha terminado. Levi agora conduzia as famílias dos novos pupilos até as margens do rio Sena, onde explicou que o estudo da Torá era como a corrente contínua das águas do rio que nunca paravam. Raquel sentiu uma pontada de tristeza pelo sobrinho quando se apercebeu de que, a partir dali, ele passaria o dia inteiro dentro de uma sala de aula. Para Shlomo, não haveria mais aulas na vinícola.

Como a *nidá* se estendia por doze dias a cada mês, Eliezer sabia que era grande a chance de Raquel estar proibida para ele a qualquer momento. Mesmo assim, não conseguiu esconder sua decepção quando chegou a Troyes e ela relutantemente se deteve, em vez de correr para os braços dele. Questionou-a com os olhos. Com sorte, talvez ela já estivesse no final dos seus dias proibidos.

Mas, ao se encontrarem sozinhos no segundo andar, ela revelou com um ar triste que teriam de esperar mais uma semana. A revelação que fez a seguir foi bem mais perturbadora.

– Precisamos que você dê aula na *yeshivá* neste verão. – Ela olhou para ele em súplica. – Os estrangeiros ainda não estão entendendo o que papai fala, e ele está sem forças para ensinar dia e noite durante a Feira de Verão.

– O que houve com ele? Na carta, você disse que um demônio o atacou e que um herege lançou-lhe um mau-olhado.

Raquel mordeu o lábio.

– Sei que para nós é um bom negócio vender o vinho do papai por um preço mais alto do que realmente vale, mas depois que Moisés haCohen curou um nobre com um vinho judeu, os edomitas fazem questão de comprá-lo, mesmo quando estão sem dinheiro.

Eliezer revirou os olhos à espera do que viria a seguir. Era uma velha queixa da esposa.

– Um barão de Sens comprou uma garrafa e prometeu pagar durante a Feira de Inverno, depois que vendesse o gado – ela disse. – Mas, na hora de pagar, o mentiroso alegou que tinha combinado pagar o preço do ano anterior, que obviamente era mais barato.

– E as pessoas preferiram acreditar na palavra dele e não na do seu pai? – Seria desastroso para Salomão perder o respeito dos edomitas.

– Papai se convenceu de que o sujeito não admitiria nada e o desafiou a jurar. – Raquel balançou a cabeça em sinal de desgosto. – Fomos com o sujeito até a porta da igreja, e ficamos esperando que saísse e admitisse a verdade.

– E o que houve? – Eliezer perguntou ansioso.

– Quando o padre colocou uma relíquia em frente a ele, o vigarista sacou uma moeda de prata e começou a jurar – ela disse. – Claro que papai desistiu na mesma hora.
– E permitiu que o herege pagasse o menor preço?
– Papai ficou tão furioso que pensei que ia explodir. – Ela estremeceu só de lembrar. – Resolveu que nunca mais lidaria com os *minim* em situações em que poderiam ser levados a dar dinheiro para beneficiar a Igreja.
Eliezer assentiu com a cabeça.
– Se ele aceitasse um juramento baseado nela, talvez isso também desse alguma validade à heresia do homem. É o que aprendemos no tratado *Sanhedrin*:

> Não farás juramento em nome de um ídolo nem obrigarás aos outros jurar em nome dele... É proibido estabelecer uma parceria com um idólatra a fim de que esse idólatra não se torne obrigado a jurar pelo ídolo.

– Papai não considera os *notzrim* idólatras.
– Talvez devêssemos quando se tratar de juramentos – ele disse.
– Mas espere um pouco. Por que o herege lançaria um mau-olhado no seu pai, se ele ganhou o caso?
– Não sei. Só sei que papai ficou aborrecido durante semanas, e, quando a Feira de Inverno terminou, e o vigarista partiu, papai foi atacado. Quem mais iria nutrir uma inimizade por ele?
– Ninguém. Ele é muito respeitado pelos *notzrim* eruditos. – A última coisa que Eliezer queria no seu primeiro dia em casa era uma mulher aborrecida. – E por falar em eruditos, por que precisam que eu dê aula na *yeshivá*? Pelo que sei, Meir e Shemayah estão no comando dela.
Raquel balançou a cabeça em negativa.
– Meir sofreu uma queda do cavalo depois de *Shavuot* e machucou as costas. O doutor recomendou que ficasse de cama pelo menos por um mês.
– E o que houve com Shemayah? – Isso não era justo. A última coisa que Eliezer queria era assumir o papel de *rosh yeshivá*.
Ela mencionou o divórcio de Brunetta.
– Suponho que não haja chance alguma de Judá assumir – ele disse com um tom de resignação.

– Judá jamais desafiaria o seu *ietzer hara*, assumindo um lugar de autoridade sobre os alunos – ela o lembrou. – Sem falar que precisa ajudar o papai a terminar os *kuntres*; é uma das poucas pessoas que conseguem entender o que papai diz.
– Como poderei dar aulas neste verão e ao mesmo tempo conduzir meus negócios? Não se esqueça de que também tenho que negociar um acordo de noivado com Moisés. – A frustração de Eliezer cresceu ainda mais. Quando teria tempo para fazer a pesquisa astronômica?
– Eu cuido do Moisés. Digo-lhe que você aceita a união entre Shemiah e Glorietta, e que mais tarde firmaremos o verdadeiro acordo. E Shmuel pode ajudar na *yeshivá*. Ele se tornou um *talmid chacham* genuíno e até poderia conduzir a *yeshivá* sozinho, caso aceitassem um *rosh yeshivá* de dezenove anos.
– Preciso pensar no assunto – ele murmurou. – Primeiro quero falar com seu pai. – Será que Salomão estava tão debilitado como Raquel dizia? Ou isso não passava de mais um plano da esposa para mantê-lo em Troyes?
– O currículo ainda não foi escolhido, Eliezer. – A voz dela soou doce como o mel. – Você poderá ensinar o tratado que quiser.

No dia seguinte, Eliezer descobriu com tristeza que Raquel não o enganara nem exagerara nenhum detalhe dos problemas. Uma breve visita a Meir o convenceu de que o cunhado estava incapacitado. A agonia do pobre homem era tanta que não encontrava uma posição que o deixasse mais confortável, e em meia hora Eliezer ouviu mais impropérios do que costumava escutar em um mês de viagem. E depois de uma refeição com Salomão, durante a qual teve a sorte de decifrar uma de cada três palavras ditas pelo sogro, admitiu com desalento que os estudantes estrangeiros não entenderiam nada que o erudito dissesse.

A única coisa boa é que Raquel estava tão ansiosa por agradá-lo que não só não reclamou da compra do astrolábio, como até mostrou interesse pelos seus estudos de astronomia, ou pelo menos fingiu que se interessava.

– Deve haver um meio de se provar que a esfera celeste gira e que a Terra não se movimenta – disse Raquel devagar, enquanto tentava imaginar a situação. – Ou o contrário.

– Nos dois casos, o céu pareceria idêntico – argumentou Eliezer, curioso pela resposta da esposa.

Ela se deteve para pensar.

– Seria mais fácil a Terra girar do que as estrelas se movimentarem com tanta rapidez pelo céu.

Ele tinha de admitir que isso fazia sentido. Mesmo assim, prosseguiu com algumas objeções que tinha ouvido.

– Mas, se a Terra girasse, as pessoas e os animais não voariam para fora dela? E se estivesse em constante movimento, uma flecha atirada ao céu não cairia a certa distância atrás do arqueiro?

Ela lançou-lhe um olhar fulminante.

– As pessoas e os animais não voam para fora de um barco em movimento, e, quando se atira alguma coisa para o ar durante uma viagem de barco, essa coisa cai aos pés de quem atirou.

Eliezer arregalou os olhos, respeitoso.

– Mas, se a Terra girasse tanto, as estrelas e os planetas, assim como o Sol e a Lua, não pareceriam se mover no céu na mesma velocidade?

– Não necessariamente. Rav Acha bar Yaakov não sugeriu que cada planeta se move de maneira independente? – A voz de Raquel soou com um toque de frustração. Por que Eliezer fazia todas aquelas perguntas?

– Como então você pode assegurar que ele está certo? Que evidência prova que a Terra gira e não as estrelas?

– Não sou astrônoma. – Ela se cansou do assunto. – Diga você.

– É isso. – Ele quase a agarrou pelos ombros de tão empolgado, mas se conteve a tempo. – Neste verão, ensinarei astronomia na *yeshivá*.

Raquel se surpreendeu. *Mon Dieu*, o que ela havia provocado?

– Ensinarei a partir do primeiro capítulo do *Rosh Hashaná*, a Santificação da Lua Nova – ele disse. – Ali pelo final da Feira de Verão, os alunos do seu pai saberão como o Sol se move, como a Lua se move, e todos os segredos do cálculo do calendário.

A apreensão de Raquel se converteu em entusiasmo; dessa vez, ela é que precisou se conter para não fazer contato físico.

– Oh, Eliezer, eu sempre quis saber como se estabelece o calendário. Nem papai conhece os cálculos secretos; ele sempre se guiou pelas tábuas de Mayence.

A excitação desapareceu, quando se lembraram da comunidade devastada, e ele suspirou.

– Por isso mesmo, é mais do que necessário que aprendam isso comigo.

A cada tarde, Eliezer resumia suas aulas na *yeshivá*, aparentemente em prol do cunhado acidentado, porém mais para a esposa e as irmãs dela. Raquel e Joheved mantinham-se ocupadas com a roca e o fuso, enquanto Miriam, a única bordadeira hábil entre elas, trabalhava no bordado das mangas e da gola do vestido de noivado de Leia. Eliezer esperou enquanto as mulheres se acomodavam com seus trabalhos artesanais, e depois começou.

– De acordo com *rabenu* Salomão, o Eterno criou o calendário, conforme escrito [em Gênesis]:

> Disse o Eterno – haja luzes no céu para dividir o dia e a noite; e que o seja pelos sinais e as estações, e pelos dias e anos.

Raquel assentiu.

– Papai diz que a palavra "estações" denota que os nossos festivais ocorrem em datas e meses determinados – disse. – Portanto, se havia dias, anos e meses na Criação, obviamente o calendário começa aí.

– Acho que os quatro componentes listados no verso se referem às quatro criações celestes – disse Meir. – Sinais são eclipses trazidos pelo Sol, ao passo que estações ou festivais se ligam ao ciclo da Lua. Os dias se estendem de uma aparição de estrelas até a seguinte, e o ciclo completo de quatro *tefukot* constitui um ano.

– Possivelmente – disse Eliezer. – Embora todos concordem que o mês se estende de uma lua nova até a seguinte, os rabinos discordam quanto ao que constitui um ano – continuou. – Como é dito no primeiro capítulo do tratado *Sanhedrin*:

> Rebi diz que conta 365 dias para um ano completo [de aluguel], o número de dias de um ano solar. Mas os Sábios dizem que ele conta doze meses, e se o ano é intercalado, o ano se estende[um mês] para ele.

Miriam fez uma pausa para enfiar uma linha de outra cor na agulha.

– O que então constitui um ano? Qual deles está certo?

– Ambos estão certos – disse Eliezer, sorrindo. – O ano solar, tempo para as *tekufot* completarem os seus ciclos, é de 365 dias, como diz Rebi.

Ele voltou-se para Raquel e pediu-lhe que explicasse quando as quatro *tefukot* ocorriam, em que época do ano o Sol fazia o giro no seu trajeto.

– A *tekufah* de *Nissan* ocorre na primavera, pouco antes de *Pessach*, e a de *Sivan*, no verão, no início da Feira de Verão – ela disse. – As outras duas são em *Sucot*, no outono e no inverno. – Recusou-se a dizer que os hereges celebravam o nascimento do Crucificado no solstício de inverno.

– Excelente. Um ano lunar também é o tempo que vai do primeiro dia de *Nissan*, o primeiro mês, até o retorno seguinte de *Nissan*. Como ensinam os sábios, um ano contém doze meses, e cada qual corresponde a uma das constelações do zodíaco.

Raquel o surpreendeu.

– Um dia, papai nos disse que a constelação de *Nissan* é o Carneiro, para o sacrifício da *Pessach*, e que a de *Tishri* é a Balança, para o julgamento que recebemos nesse mês, no *Iom Kipur*.

Antes que divagassem discutindo as outras constelações, Eliezer perguntou:

– Quanto tempo dura um mês, então?

Joheved ergueu uma das sobrancelhas para o que lhe pareceu uma questão simples.

– Às vezes vinte e nove dias; e outras vezes, trinta. Como diz a nossa *Guemará*:

> Se o *Beit Din* quiser, ele faz um mês ter vinte e nove dias; e se quiser, trinta dias.

– Isso porque um mês, o tempo que se estende entre uma lua nova e a seguinte, tem realmente vinte e nove dias e doze horas – explicou Eliezer. – Mas nossos rabinos decretaram que não poderíamos ter metade de um dia em determinado mês e metade no outro.

Ninguém fez perguntas, e ele continuou.

– No calendário lunar, a Lua estará na mesma fase e no mesmo dia do mês, é por isso que *Pessach*, o décimo quarto dia de *Nissan*, sempre ocorre na lua cheia. Mas 12 meses lunares somam apenas 354 dias, e com isso os feriados ocorrem 11 dias antes nas estações de cada ano.

– Mas, sendo assim – protestou Raquel–, passados dez anos *Pessach* seria no inverno.

– E a Torá afirma que *Pessach* deve ser na primavera – relembrou Joheved.
– Então, é por isso que às vezes temos dois meses de *Adar* – disse Meir. – Para manter *Nissan* na primavera. – *Adar* era o mês que antecedia *Nissan*.
– Exatamente. – Eliezer cumprimentou o cunhado. – Nossos Sábios exigem que, se o Sol não atingir sua *tekufah* de primavera, o equinócio vernal, por volta do décimo sexto dia do mês que sucede *Adar*, esse mês seja declarado *Adar II* em vez de *Nissan*.
Os outros tinham aprendido isso no Talmud e o deixaram seguir em frente.
– Depois que destruíram o Templo Sagrado, as regras de intercalação foram estabelecidas por um concílio de sete rabinos, o *Sod ha-Ibur* – disse Eliezer. – Mesmo assim, o *beit din* aguardou testemunhas que confirmassem o aparecimento da lua nova.
– Segundo a *Guemará*, eles calcularam o calendário para comprovar se as testemunhas estavam certas – disse Raquel enquanto adicionava lã na roca. Ela era capaz de fiar com quase a mesma rapidez de Joheved, que apanhara mais lã um pouco antes.

Eliezer esperou que terminassem o primeiro capítulo do tratado *Rosh Hashaná* para compartilhar o segredo do calendário.
– Com o tempo, os edomitas tornaram perigoso o envio de mensageiros de Eretz Israel até a Diáspora para anunciar o novo mês. Foi quando Hilel II permitiu que se tornassem públicas as regras da intercalação.
A audiência se empertigou e concedeu-lhe toda a atenção enquanto ele continuava.
– Há quatro critérios para determinar o calendário.
– Conheço dois deles – disse Meir, enquanto se mexia na tentativa de encontrar uma posição menos dolorosa no assento. – *Pessach* deve ser na primavera, e o mês deve começar na lua nova.
– Isso mesmo, Meir. O calendário precisa combinar os aspectos solares e os lunares – disse Eliezer. – Como o ano solar tem 365 dias e um mês tem 29½ dias, precisamos de um ciclo que contenha tanto um número completo de anos como um número completo de meses. Há muito tempo, os astrônomos babilônios estabeleceram um ciclo viável de 19 anos, ou 235 meses. Eles descobriram que, se alternassem meses de 29 e 30 dias, cada mês sempre começaria na lua nova.

– Por isso *Elul* tem vinte e nove dias, e *Tishri* tem trinta – disse Miriam. – E por isso, quando temos dois *Adar*, o primeiro é cheio; e o segundo, deficiente.

– Presumo que o *Sod ha-Ibur* calculou em que ponto do ciclo de dezenove anos esses meses extras deveriam estar – especulou Joheved.

– *Oui*. Adicionamos sete vezes um segundo *Adar* num período de dezenove anos – disse Eliezer. – Nos anos três, seis, oito, onze, catorze, dezessete e dezenove.

Miriam se debruçou na mesa com enorme curiosidade.

– Em que ano estamos agora?

– Estamos no ano catorze, portanto houve dois *Adar*.

Raquel estava calada, imersa nos próprios pensamentos, quando de repente franziu a testa e encarou o marido.

– Você disse que os meses se alternam entre vinte e nove e trinta dias, mas este ano tanto *Heshvan* como *Kislev* foram cheios.

– E no próximo ano ambos serão deficientes – ele a provocou de volta. – Isso nos leva para a terceira e a quarta regras.

Todos na sala se calaram de expectativa. Inúmeros judeus conheciam o ciclo de dezenove anos e como adicionar um *Adar* extra, mas era chegado o momento das regras mais complicadas, as regras secretas.

– Como Miriam nos relembrou, *Elul* é sempre um mês deficiente, com vinte e nove dias – disse Eliezer. – Contudo, nossa *Guemará* menciona o *beit din* tornando *Elul* cheio, com trinta dias, como um favor.

> Qual é o favor? Separar o *Shabat* de *iom tov* (feriado) para os legumes e verduras. Disse Rabi Acha bar Chanina: separar o *Shabat* de *Iom Kipur* para os mortos.

Meir explicou.

– Isto quer dizer que eles arranjaram um dia entre o *Shabat* e o *Rosh Hashaná*, quando os alimentos frescos podiam ser preparados para o feriado, ou entre o *Shabat* e o *Iom Kipur*, de modo que aqueles que viessem a falecer na tarde seguinte não ficassem desenterrados por dois dias.

– Portanto, nós manipulamos o calendário de maneira que nem *Rosh Hashaná* nem *Iom Kipur* caíssem numa sexta-feira ou num domingo – disse Eliezer.

– Entendi. – Raquel assentiu com ar de quem compreendera. – Se algum dia santo caísse um dia antes ou um dia depois do *Shabat*, teríamos dois dias consecutivos nos quais não se poderia comer nem fazer funeral.

– O que seria um sofrimento para todo mundo – completou Eliezer o pensamento da esposa. – Mas, em vez de mudarmos o tamanho de *Elul,* como fez o *beit din*, hoje mudamos *Heshvan* ou *Kislev*, às vezes acrescentando um dia extra em *Heshvan*, tornando-o cheio e não deficiente, e outras vezes encurtando *Kislev* de trinta dias para vinte e nove dias.

– E qual é a quarta regra? – perguntou Raquel. Claro que as outras três já eram suficientes.

– Está baseada na seção da *Guemará* que debate o *molad*. – Eliezer respirou fundo antes de continuar. Reservara a regra mais complicada para o final.

– Ai – Meir soltou um gemido. – Compreender o *molad* é mais doloroso que minhas costas.

O *molad*, o nascimento da lua nova, era o momento exato da conjunção entre o Sol e a Lua. No entanto, devido ao brilho do Sol, nesse momento a Lua está invisível, o que complica a determinação do início da lua nova. O tema era obscuro até para o Talmud e requereu um dos mais longos comentários de Salomão.

– Não é tão difícil – insistiu Eliezer. – Voltemos a nossa *Guemará* onde Rav Zeira diz o seguinte:

> A lua [próxima do *molad*] não é visível em Eretz Israel por vinte e quatro horas... seis horas da lua nova e dezoito da lua velha.

Eliezer tentou refrear sua impaciência, quando quatro rostos confusos o encararam.

– Visualizem o céu no pôr do sol do *Rosh Hashaná*. Como a lua nova está escondida atrás do Sol, uma primeira lasca da lua nova é observada imediatamente após o pôr do sol, quando o céu escurece, mas isso só por um breve espaço de tempo, até que a própria lua se põe.

Ninguém refutou, e ele continuou.

– Lembrem-se, a lua nova não pode ser vista em Jerusalém até que tenham passado pelo menos seis horas desde o *molad*... – Ele fez uma pausa para todos refletirem. – Então, em qualquer *molad* que ocorra de dia ou mais tarde, ninguém será capaz de ver a lua antes do dia seguinte.

Miriam falou rápido, para mostrar que entendera.

– Porque seis horas depois a Lua já terá se posto.

– Exatamente. – Ele sorriu aliviado quando os outros também assentiram. – Já que o *Rosh Hashaná* só pode começar depois que a lua nova de *Tishri* é vista em Jerusalém, nós atrasamos o *iom tov* em um dia, se o *molad* ocorrer depois do meio-dia.

– E se esse dia calhar de ser um domingo, uma quarta ou uma sexta-feira, precisamos atrasar mais um dia – acrescentou Meir. – Do contrário, *Rosh Hashaná* e *Iom Kipur* poderiam ocorrer imediatamente antes ou após o *Shabat*.

– No ano que vem, o *molad* ocorrerá no *Shabat*, às duas horas da tarde, e assim a quarta regra posterga o *Rosh Hashaná* para o dia seguinte. – Eliezer esperou que alguém continuasse o raciocínio.

Foi Joheved quem falou.

– Mas a terceira regra diz que o *Rosh Hashaná* não pode cair num domingo, de modo que sobrepomos um dia adicional para cair na segunda-feira. – Ela sorriu para os outros. A essa altura, todos sabiam que o próximo Ano-Novo seria celebrado na última segunda-feira de setembro.

– Por isso, tanto *Heshvan* como *Kislev* serão deficientes no ano que vem para compensar os dois dias de postergação do *Rosh Hashaná* – disse Raquel, orgulhosa da própria compreensão.

Naquela noite, depois que Eliezer ensinou Raquel a determinar o *molad* de qualquer lugar com o astrolábio, ela lhe perguntou:

– Já que você é astrônomo, diga-me: o quanto é exato esse ciclo? O *Sod ha-Ibur* cometeu algum erro?

Eliezer balançou a cabeça, abrindo um sorriso.

A parte lunar é bem acurada; após seiscentos anos, o *molad* calculado só estará uma hora fora da verdadeira conjunção – ele suspirou – Mas o calendário solar ganha um dia a cada 224 anos.

– Não se preocupe. – Raquel sorriu-lhe sedutora. – Levará dez mil anos para que um mês venha a ser desativado, e a essa altura haverá um novo *Sanhedrin* em Jerusalém para consertar isso.

Ele enlaçou-a. Fazia três dias que a esposa tinha mergulhado no rio Sena, e ele não estava nem um pouco preocupado com o que aconteceria dali a dez mil anos. Abraham bar Hiyya determinara a vinda do Messias para muito antes disso.

Vinte e cinco

As chuvas pesadas do outono açoitavam as janelas, e lá fora o vento uivava, mas a adega de Salomão estava aquecida e perfumada pelo odor da fermentação de uma nova safra de vinho. Raquel agradeceu mentalmente pelo fato de a tempestade ter desabado depois de *Sucot*, poupando a família de uma infeliz escolha entre abrigar-se numa *sucá* encharcada ou deixar de realizar a *mitsvá*. Depois que o tempo abrisse, ela e as irmãs poderiam voltar à vinícola para recolher as tiras de palha e as estacas das videiras, mas, por ora, permaneceriam na adega para limpar o equipamento utilizado na produção do vinho e afiar as facas de poda.

– O que a está aborrecendo, Joheved? – perguntou Miriam enquanto devolvia uma faca para a irmã mais velha. – É a terceira lâmina que você afia e que não fica boa.

Curiosa pela resposta de Joheved, Raquel reprimiu o ressentimento por Miriam ter devolvido as facas que ela também não afiara direito sem se preocupar com o que a estava aborrecendo. Não que quisesse compartilhar seu desânimo com o fato de o pisoteador recomendado por Albert ter-se revelado menos competente que o esperado – e muito menos a frustração porque Eliezer passaria mais um inverno e uma primavera em Toledo.

Joheved suspirou.

– Não sei o que fazer com Shlomo. Ele não quer ir para a escola.

– Ele não quer estudar a Torá? – surpreendeu-se Raquel, quase deixando a faca cair. – O xará do papai?

– Estou morrendo de vergonha. – Joheved pestanejou para afastar as lágrimas.

– Talvez Shlomo não goste da escola... ou do professor. – Miriam olhou para Raquel. – Judá odiava o professor quando criança, mas isso não o impediu de se tornar um *talmid chacham*.

– Talvez sinta saudade da família – sugeriu Raquel na tentativa de ser mais útil. – Ou pode estar ressentido porque os irmãos e os primos estudam em casa.

– É claro que a preferência dele era estudar em casa – retrucou Joheved. – Acontece que Meir está ocupado com a nova *yeshivá*, e agora estou com menos tempo, com todos aqueles garotos morando conosco.

As dores na coluna de Meir ainda o atormentavam e o impediam de fazer as cavalgadas regulares entre Ramerupt e Troyes. Isso fez Salomão dividir a *yeshivá*: os alunos mais jovens estudariam em Ramerupt com Meir, e os mais velhos permaneceriam em Troyes.

– Eu adoraria ensinar Shlomo, mas quase não dou conta das mulheres que estão aprendendo comigo. – Miriam ergueu a faca para inspecionar a lâmina, se deu por satisfeita e pegou uma outra. – Nunca me passou pela cabeça que as minhas aulas da Torá se tornariam tão populares.

– Por que Hannah não ensina a ele? Não se casará antes de *Hanucá* – disse Raquel. – E se engravidar logo, Leia pode substituí-la.

Para a surpresa de Raquel, Miriam concordou.

– Shlomo está só começando a estudar a Torá, Joheved. Claro que suas filhas são competentes para dar aulas para ele.

– Podemos tentar isso para ver se ele se anima a estudar mais. – O tom de Joheved expressou mais dúvida que esperança.

Algumas semanas depois, Joheved irrompeu pela cozinha do pai pouco antes do *disner*, com o rosto brilhando de excitação. Dirigiu-se a Raquel que provava um ensopado, e abraçou-a.

– Serei sempre grata a você por ter sugerido que Hannah desse aula para Shlomo.

Raquel deixou a colher de lado e abriu um largo sorriso.

– E ele deixou de odiar os estudos?

– *Oui*, é verdade. Agora, está se saindo bem – disse Joheved. – Mas não é por isso que estou aqui. É o Jacó.

– O que tem o Jacó? – A preocupação crispou o rosto de Salomão.

– Já está falando. E não palavras esparsas, mas sentenças inteiras. – Joheved abriu um sorriso e se pôs a falar mais rápido. – Ele ficava sentadinho enquanto Hannah e Shlomo estudavam, até que um belo dia Shlomo errou um versículo, e ele o corrigiu. Eu lhe fiz algumas

perguntas e descobri que ele tinha compreendido todas as aulas semanais da Torá e memorizado quase todos os versículos.
Todos olharam para Joheved com uma expressão maravilhada.
– E isso não é tudo – ela continuou com orgulho. – Vocês deviam estar lá para ouvir as perguntas do Jacó. Na semana passada, quando Hannah fazia um comentário sobre a Arca de Noé, ele quis saber por que Noé não tinha tido filhos quando jovem, como todas as pessoas normais, e só teve depois que já estava com quinhentos anos de idade.
– Meir deve estar aliviado – comentou Miriam.
– Ele nunca duvidou da capacidade do nosso filho. – Joheved ruborizou-se sem motivo aparente.
Ela engravidara de Jacó logo depois que Meir começou a "beijar aquele lugar", como um prelúdio para a cama. Como o Talmud ensina que a qualidade de uma criança é proporcional à qualidade de sua concepção, Meir lhe garantira que o menino seria mais brilhante que os irmãos. Joheved desfrutou um prazer sem igual, mas não teve a mesma confiança do marido. E agora reconhecia que ele estava certo.
Ela reparou que o ensopado estava quase fervendo e pegou uma colher da mesa para mexê-lo.
– Espere, Joheved. – Raquel não teve tempo de segurar o braço da irmã. – Essa é a colher do leite... a que Anna usa para fazer o queijo.
– Oh, não. – Joheved retirou a colher de dentro do ensopado com o rosto em brasa, e a colocou num recipiente com água e sabão. Virou-se então para o pai. – O que faremos, papai?
Raquel franziu a testa.
– Não me digam que teremos que jogar fora o ensopado! – Quando é que Joheved colocaria na cabeça que Raquel é que estava no comando da cozinha do pai?
Salomão alisou a barba. A lei judaica requeria uma estrita separação entre leite e carne. Pratos à base de carne nunca eram servidos à mesa com pratos à base de leite, e os utensílios utilizados para um nunca eram utilizados para outro sem uma rigorosa lavagem. Suas filhas o olharam com ansiedade à espera de uma decisão.
– Quando foi que Anna usou essa colher pela última vez? – ele perguntou.
– Se não me engano, na manhã de ontem – respondeu Miriam.
– Ou talvez anteontem.
Salomão balançou a cabeça.

– Nesse caso, vou permitir o ensopado, a colher e a panela porque... – Ele deteve-se para que primeiro as filhas chegassem a suas próprias conclusões. – E o mais importante, há sessenta vezes mais carne na panela do que leite na colher. Além disso, a colher não foi usada nas últimas vinte e quatro horas. – Ele sorriu para Joheved. – E não podemos dizer que você usou a colher para tornar o ensopado mais saboroso.

Raquel o abraçou com um suspiro de alívio, e ele acrescentou:
– Mas para evitar futuros problemas, é melhor lavar a colher em água quente antes que alguém a use de novo.

Envergonhada por sua negligência, Joheved voltou a falar do filho.
– Na lição sobre o sacrifício de Isaac desta semana, Jacó nos perguntou por que Abraão não havia mencionado o sacrifício do filho para Sara e se ela havia morrido depois por isso.

– Então, o meu neto mais novo é realmente Jacó Tam. – Os olhos de Salomão cintilaram de prazer enquanto ele anotava mentalmente a pergunta de Jacó para respondê-la em seu comentário da Torá. Mas o tom da frase continha um aviso arrepiante.

As crianças brilhantes podiam inflamar a inveja dos demônios. O melhor é que todos continuassem a chamar o garoto de Jacó o Simplório para confundir os maus espíritos e protegê-lo da inimizade deles.

Joheved tapou a boca, e seus olhos refletiram terror por ter colocado o filho em risco.

– Esqueçam, não é nada importante. – Ela mudou de assunto. – Vamos comer.

– Adoro receber notícias dos meus sobrinhos mais novos Shlomo e Jacó Tam – disse Raquel, enquanto trazia o pão para a sala. – Que o Eterno os proteja.

Joheved passou os olhos pela mesa estranhamente vazia, onde apenas Simcha e seu filho Samuel sentavam-se na extremidade dos homens.

– Onde está Shmuel? E os outros alunos?
– Estão na minha casa – respondeu Miriam. – Hoje, seu filho e Judá tiveram um debate sobre a Criação, e os alunos estavam ansiosos para assistir ao desenlace.

A família de Salomão mal acabara de abençoar o pão, quando as badaladas dos sinos da igreja cortaram o ar. Eles se entreolharam intrigados; os sinos já haviam soado para anunciar o meio-dia. Algum tempo depois, os sinos de todas as igrejas de Troyes estavam badalando e, quando os últimos ecos silenciaram ao longe, Guy de Dampierre surgiu na cozinha com uma expressão bem mais extasiada que a de Joheved ao chegar.

– Recebemos notícias maravilhosas. – O cônego fez uma pausa para pegar um pedaço de pão. – Os francos derrotaram os turcos e tomaram Jerusalém. O empreendimento do papa Urbano foi bem-sucedido.

Pareceu uma eternidade até que Miriam quebrou o silêncio de assombro.

– Então, é por isso que todos os sinos estão badalando.

Ele meneou a cabeça e voltou-se para Salomão, ansioso para ouvir a opinião do erudito judeu.

– Que pena que Urbano morreu antes de poder celebrar o evento.

– O brando e elaborado comentário de Salomão ocultava o que realmente pensava, já que não desejava se indispor com o clérigo.

Guy estava excitado demais para perceber o desânimo da audiência.

– *Oui*. Morreu apenas catorze dias depois de Jerusalém cair, mas tenho certeza de que, a essa altura, ele está celebrando no Céu.

Raquel não teve outra escolha senão colocar um prato à mesa para Guy, que tagarelava sem dar trégua.

– Quem imaginaria que os peregrinos se sairiam bem, sobretudo depois que o conde Étienne voltou em fuga do cerco de Antioquia? E quem acreditaria que Raymond de Toulouse e Godfrey de Bouillon, os dois, rejeitariam a soberania sobre Jerusalém, recusando-se a assumir o governo da cidade onde Jesus padeceu?

Salomão passou um prato de picles de alho-poró para Guy.

– Isso não me parece coerente com o que conheço de Godfrey de Bouillon.

– Godfrey declarou que jamais usaria uma coroa de ouro no lugar onde Cristo usou uma coroa de espinhos.

Raquel estremeceu ao ouvir a palavra Cristo, uma palavra que significava "Messias" e que os judeus evitavam usar.

– Quem é que está então governando Israel agora? – perguntou Joheved, apenas por educação.

Guy abriu um sorriso que as irmãs reconheceram como o prenúncio de uma fofoca.

– Aparentemente, a recusa de Raymond não passou de uma simulação, uma demonstração de piedade para que os outros nobres o fizessem assumir o trono. Mas, em vez disso, os nobres se voltaram para Godfrey, que assumiu a liderança não como rei, mas como "Defensor do Santo Sepulcro". Furioso, Raymond retirou o seu exército e partiu para sitiar Trípoli.

– O conde Étienne deve estar mortificado com as notícias. – Raquel colocou mais ensopado no prato de Guy.

– Ouvi dizer que Adèle está infernizando a vida de Étienne, acusando-o de covardia – disse Guy. – Mesmo ele tendo passado três anos em peregrinação rumo à Antioquia.

– Ao contrário do seu irmão Hugo, que nunca colocou os pés fora de Champagne – comentou Joheved.

Miriam se voltou para Guy.

– Você acha que Hugo devia ter ido? – Filipe, o segundo filho da condessa Adelaide, morrera recentemente depois de uma longa doença, e mãe alguma gostaria de ver o último filho vivo embarcar numa empreitada tão perigosa. – Quem governaria Champagne se ele morresse por lá?

– Acho que Adelaide fez bem em mantê-lo aqui, um irmão em peregrinação já era o bastante. Mas isso não vai impedir que o povo chame os filhos de Thibault de covardes.

Raquel balançou a cabeça. Fosse qual fosse o sentimento dos judeus de Troyes sobre a queda de Jerusalém, eles também se envergonhavam quando o soberano era ridicularizado como um covarde.

Guy, cujo entusiasmo subitamente murchara, esvaziou o copo de vinho e encontrou uma desculpa para se retirar.

Logo que ouviu o portão do pátio se fechar, Raquel se voltou para Salomão. Ele estava imóvel, perdido nos próprios pensamentos. Certa de que a visita de Guy afundara o pai de volta na tristeza pelas *yeshvot* destruídas nas terras do Reno, vasculhou a mente atrás de algo para distraí-lo.

– Papai, Eliezer ouviu um rumor de que um dia Godfrey de Bouillon veio se consultar com o senhor. É verdade?

Todas as cabeças se voltaram para Salomão, que deixou escapar um suspiro.

– Na verdade, era um enviado do duque, Godfrey de Esch-sur-Sûre, e não ele próprio.

– O que ele queria? – Simcha perguntou.

– Queria que eu viajasse para Lorraine, que eu escrevesse uma carta solicitando às comunidades judaicas de lá que fossem generosas ao abastecer os cavaleiros dele para a peregrinação – disse Salomão, sem conseguir evitar o tom amargo.

– Mas o senhor não saiu de Troyes – ressaltou Miriam.

Salomão balançou a cabeça em negativa.

– Passei a me ausentar toda vez que o mensageiro de Godfrey aparecia aqui, e, com o tempo, ele acabou me deixando em paz. – Ele suspirou novamente. – Não que isso tenha feito alguma diferença. Godfrey mostrou-se perfeitamente capaz de extorquir dinheiro sozinho, inclusive um baú de prata do *parnas* de Mayence.

– O senhor desafiou Godfrey de Bouillon sem consequências desastrosas. – Samuel olhou respeitoso para Salomão. – O senhor não teve medo?

– Não achei que o duque viria a Troyes para me punir – disse Salomão. – O conde Hugo jamais permitiria tal violação do seu território. É só lembrar como combateu Érard de Brienne durante cinco anos por um pequeno castelo.

– Graças aos céus, enfim essa guerra acabou sem envolver Ramerupt – comentou Joheved.

– De todo modo, agora não preciso mais me preocupar com uma possível punição de Godfrey – disse Salomão. – Como soberano de Jerusalém, dificilmente ele retornará à França.

Enquanto os outros especulavam se os edomitas seriam melhores governantes de Jerusalém que os turcos, se levaria muito tempo para que os sarracenos os expulsassem de lá e quais as consequências de tudo isso para os judeus, Salomão alisava a barba em silêncio.

Samuel então perguntou com um ar ingênuo.

– *Rabenu*, o que acha de tudo isso?

– O que disse? – Salomão pareceu embaraçado, como se tivesse sido flagrado cochilando na sinagoga.

Samuel repetiu a pergunta e, para a surpresa de Raquel, o pai retrucou.

– Eu estava aqui pensando na discussão que Judá e Shmuel travaram sobre a Criação. E em como vou ter de revisar o meu comentário da Torá.

– Revisá-lo? – repetiu Miriam. – Mas por quê? – Tratava-se de um comentário do Talmud que o pai ainda não tinha terminado.

Antes que ele pudesse responder, Judá e Shmuel entraram seguidos pelos alunos.

– O senhor vai reescrever o seu comentário da Torá? De novo? – Judá olhou para o sogro sem acreditar.

– Mas o senhor tem se esforçado tanto para terminar os *kuntres* antes... – Shmuel foi interrompido por Joheved, que pigarreou de forma ostensiva e calou as palavras do filho, antes que mencionassem que o avô tinha pouco tempo de vida.

– Sei que não me resta muito tempo de vida. – A expressão severa de Salomão silenciou possíveis protestos. – Mas Miriam, os *minim* vão usar a conquista de Jerusalém para provar que o Eterno nos abandonou e também para provar que o Eterno se aliou a eles no novo Israel.

A sala se encheu de murmúrios irados.

– Nunca.

– Preciso dar instrumentos ao nosso povo para responder aos hereges que baseiam a apostasia deles na Torá – continuou Salomão. – Nem todos os *anusim* se arrependerão, sobretudo depois disso, e será ainda mais difícil convencer aqueles que conheciam o judaísmo e o rejeitavam.

– Ainda mais quando os *minim* justificam a sua fé corrompida com a nossa Torá – disse Joheved com os olhos faiscando.

– Seu comentário da Torá precisa se concentrar no sentido mais evidente e literal do texto – disse Shmuel, já entusiasmado pelo projeto. – Ainda que os hereges possam descartar o nosso *midrash*, não poderão ignorar o significado claro das palavras do Eterno.

Salomão olhou no fundo dos olhos do neto.

– Shmuel, você tem estudado com os *minim* tanto aqui como em Paris por anos a fio. Se há algum judeu que entende os clamores deles e pode me ajudar a refutá-los, esse alguém é você.

Em seguida, voltou-se para Raquel.

– E você, *ma fille*, ensinou hebraico tanto para Guy como para Étienne Harding. Não acredito que não tenha ouvido as interpretações que eles fazem da escritura. Suas irmãs podem se concentrar no tratado *Nedarim* enquanto você me ajuda.

Por fim, desviou o olhar para o genro.

– Judá, você deve continuar a editar os meus *kuntres* do Talmud. Não podemos interromper todo esse empenho.

– O senhor não precisa revisar o seu comentário da Torá de cabo a rabo – disse Shmuel. – O Gênesis deve ser sua prioridade, já que a justificativa para as heresias básicas dos *minim* encontra-se na Criação: o pecado original, a Trindade, a queda dos anjos.

Raquel anuiu com a cabeça.

– O foco também deve estar em Isaías, e não podemos nos esquecer dos Salmos. Os hereges imaginam e inventam mais referências ao Crucificado nesses dois livros do que em todos os outros.

Quando Eliezer e Pesach retornaram da viagem que faziam a cada outono para comprar peles, Raquel tentou persuadir o marido de como era importante para o pai investir seu tempo na revisão dos comentários da Torá, mas nada induziria Eliezer a lecionar na Feira de Inverno. Para ele, era uma questão de tempo para que a produção de códigos suplantasse o estudo do Talmud em Ashkenaz, como ocorrera em Sefarad. A pequena *yeshivá* de Salomão nunca seria capaz de recuperar todo o conhecimento perdido nas terras do Reno.

– Neste verão, perdi oportunidades comerciais vantajosas enquanto assumia o lugar do seu pai – disse. – Não posso me dar ao luxo de repetir as perdas. – Ele também não conseguira manter o mesmo ritmo nos cálculos da astronomia e agora teria de perder tempo reestudando-os.

Normalmente Raquel teria interpretado isso como mais uma reclamação de como o seu grande plano de produzir tecido em Troyes fora por água abaixo. Mas alguma coisa no tom da voz dele, um desespero oculto, mesclado com raiva e ressentimento, a interrompeu. Ele se saíra bem nos negócios feitos no Leste, ela não estava *nidá* quando ele chegou, e ainda havia o casamento de Hannah para comemorar. Mesmo assim, era como se a felicidade dele estivesse muda.

E quando Judá sugeriu que Elisha e Rivka formariam um lindo casal, ela flagrou uma faísca de medo nos olhos de Eliezer, antes que ele e Judá se abraçassem com aparente alegria.

– Há alguma coisa errada, Eliezer? – perguntou Raquel quando os dois se deitaram. Geralmente ele caía no sono logo depois do ato sagrado, até mesmo no inverno, quando as noites eram longas, e os dois iam cedo para a cama. Mas a respiração entrecortada confirmava que ele ainda estava acordado. Alguma coisa o pertubava.

– Você tem que ir comigo para Toledo. – A súplica soou com mais urgência do que antes. – E as crianças também.

– Mas tenho que ajudar papai com os Salmos. E Shemiah está começando a entender a *Guemará*. Você não pode interromper os estudos do nosso filho agora. – Ela elevou a voz, alarmada. – Aconteceu alguma coisa na viagem. O que foi?
– Os edomitas capturaram Jerusalém.
– E o que isso tem a ver com nossa ida para Toledo?

Eliezer se apoiou em um cotovelo para encará-la.
– Raquel, o grande derramamento de sangue não foi uma anormalidade. Sob o disfarce das gentilezas, os edomitas nos odeiam, e logo, logo o que aconteceu em Mayence e Worms acontecerá em Troyes e Ramerupt.
– Como pode acreditar em tal coisa? – De qualquer forma, ele estava falando sério, até porque a chamara de Raquel e não de Belle.
– A Igreja e o rei Henrique condenaram os saqueadores assassinos com toda veemência. E todos estão de acordo que eles receberam a punição que mereciam quando o exército húngaro os massacrou.

Ele suspirou.
– No início, achei que era minha imaginação, que o sofrimento e a raiva estavam afetando minha interpretação dos fatos. Mas outros judeus também acham que as mudanças observadas por mim em Ashkenaz são reais, embora sutis.
– O que há de tão diferente?
– Antes, quando eu viajava para o Leste a cada outubro, sobretudo depois de um inverno rigoroso e uma safra sofrível, os comerciantes locais me recebiam bem, ávidos para comprar meus grãos e me vender peles. Eles não pareciam se importar com o fato de que eu era judeu, e eu tampouco me importava por eles não serem.
– E agora, porque os turcos já não governam Jerusalém e o povo está faminto, de repente todo mundo passa a nos odiar?

Ele parou para refletir melhor sobre quando e como as coisas tinham começado a mudar.
– Foi acontecendo aos poucos, após o grande derramamento de sangue, e não apenas comigo, como também com outros mercadores. Alguns moradores agora olham para os judeus com suspeita e repugnância. Não conseguem entender como uma pessoa normal prefere se matar e matar os próprios filhos a cultuar o Crucificado. Correm rumores em Mayence de que ou somos demônios ou somos ligados ao diabo, e por isso nunca mais voltei lá.

Raquel estremeceu por dentro. Se os edomitas começassem a acusar os judeus de desumanidade, as leis feudais deixariam de ser aplicadas, e eles perderiam todos os direitos. Talvez tivesse sido por isso que o barão tentara enganar o pai no último inverno.

– A suspeita e a repugnância também têm uma contrapartida – continuou Eliezer. – Toda vez que encontro um burguês alemão, não consigo deixar de me perguntar se não é um daqueles que abriram os portões para os homens de Emicho. Ou se não faria isso, se uma oportunidade se apresentasse.

– Isso é terrível. O medo e a suspeita de ambos os lados acabarão por se alimentar a si mesmos.

– Nada disso ocorre em Sefarad – disse Eliezer. – Judeus, mouros e espanhóis de Toledo se dão bem. Poucos ouviram falar do grande derramamento de sangue.

Raquel respirou fundo na tentativa de se acalmar.

– *Notzirim* e judeus se dão muito bem em Troyes, mesmo quando o preço dos grãos aumenta. Não vejo razão para que isso mude só porque Jerusalém substituiu um governante estrangeiro por outro.

– Claro que Eliezer estava errado quanto à aversão aos judeus em Troyes. Sem a comunidade judaica, não haveria feiras, e sem as feiras, a prosperidade acabaria.

– Para mim, o problema é outro, Raquel. Até aqui, são os judeus que monopolizam o comércio entre Edom e Levante – disse Eliezer baixinho, como se revelasse um grande segredo. – Nossa sobrevivência depende da prática de comprar os produtos dos *notzrim* por um preço barato para revendê-los com algum lucro aos sarracenos, e depois comprar os produtos dos sarracenos por um preço também barato e revendê-los para os *notzrim*.

– Não tente me ensinar. Compro e vendo há mais tempo que você.

– Só queria me fazer entender.

– Já entendi. Aonde quer chegar?

– Até aqui, colocamos os preços no patamar que bem entendemos, apenas porque ninguém conhece nossos custos. Mas, supondo que os edomitas não sejam expulsos de Eretz Israel de imediato, logo descobrirão que os judeus pagam muito barato pela seda e as especiarias que eles compram por um preço elevado. – Eliezer fez uma pausa para que Raquel digerisse suas palavras. – E quando venezianos e lombardos se derem conta da nossa margem de lucro, quanto tempo acha que levará até que os barcos deles comecem a transportar não só mercadorias como peregrinos?

– Mas os *notzrim* mal conseguem se comunicar entre si – ela protestou. – Como poderão negociar com os sarracenos? – Todos os judeus conheciam o hebraico, e isso era uma grande vantagem para viabilizar o comércio judeu.

– Se o lucro for bom, eles rapidamente irão se entender. – Antes que ela esboçasse alguma objeção, ele acrescentou um outro argumento. – E se os *notzrim* tiverem a opção de escolher entre comprar de nós ou de outros *notzrim*, de quem você acha que eles comprarão?

O coração de Raquel se apertou ao pensar no futuro dos filhos.

– Os edomitas não se transformarão em mercadores da noite para o dia; talvez os sarracenos acabem se unindo e os expulsem antes que isso aconteça.

Pelo que Eliezer tinha visto dos mouros, isso era improvável.

– Será tarde demais. Quando os francos souberem do baixo custo de nossas mercadorias, eles se indignarão por terem pago tão caro por elas.

– Mesmo que esteja com a razão, e não estou dizendo que está, por que eu e as crianças teríamos que ir com você agora? – Ela sabia que ele ainda não tinha uma boa resposta para isso. – Por que não esperar uns poucos anos, até que Rivka se case, e Shemiah termine os estudos? – *E que papai esteja no Gan Eden.*

– Como gosto de discutir com você. – Ele se inclinou e começou a beijar-lhe o pescoço. – Quero que vá comigo este ano porque não consigo viver sem você – ele sussurrou, enquanto acariciava os seios dela.

Com a respiração acelerada, Raquel entregou-se ao prazer que as mãos e os lábios de Eliezer lhe proporcionavam. Não se deu ao trabalho de refutar o último argumento dele – não aquilo que o *ietzer hara* dela desejava.

No dia seguinte, desabou uma tempestade, e Raquel insistiu para que Salomão não saísse porque estava muito frio, argumentando que ela e Rivka rezariam com ele dentro de casa. Enquanto esperavam pelo retorno dos homens, Raquel ajudava Rivka a fiar, contando-lhe os planos que traçara com Eliezer.

– Você nem imagina as coisas maravilhosas que verá na viagem, Rivka. – Ela abraçou a filha.

– Mas eu e Alvina já começamos a estudar a *Mishna* – protestou Rivka.

– Posso lhe ensinar a *Mishna*. – Assim, Raquel teria alguém com quem estudar, enquanto Eliezer estivesse fora. Ela se voltou para

Salomão. – O senhor não deve se cansar muito enquanto estivermos fora, papai.

– Não se preocupe, *ma fille*. – Salomão estendeu-lhe a mão sadia.

– Com a ajuda de Shmuel, posso revisar os *kuntres* e dar conta das minhas obrigações de *rosh yeshivá*. Você só precisa se preocupar com o que iremos comer em *Hanucá*.

– Quero que me prometa que o senhor não vai passar muito tempo na vinícola, sobretudo quando o tempo estiver ruim – ela disse com um tom alarmado. O demônio atacara o pai no ano anterior logo após a Feira de Inverno.

– Eu prometo. Deixarei a maior parte da poda para Baruch, Pesach e Samuel.

Ela suspirou, desviou a atenção para o fuso de Rivka e se deu por satisfeita com a qualidade do fio de lã da filha. Não havia jeito de manter o pai afastado da *yeshivá* e da vinícola.

– Sentirei saudade de você – ele continuou. – Mas o lugar de uma mulher é com o marido. Já me ajudou bastante ao me mostrar os salmos que precisam da minha atenção; agora pode descansar com Eliezer em Toledo, enquanto os reviso.

– Não vou descansar em Toledo, papai. Eu e Rivka estudaremos juntas e escreverei outros comentários sobre o *Nedarim*. – Enquanto Eliezer passa a noite toda no observatório e metade do dia dormindo, pensou consigo mesma, cogitando novamente se devia ou não partir. Será que ela queria que os filhos o vissem devotando o tempo aos estudos seculares e não à Torá?

Antes que pudesse decidir se dividiria as apreensões com o pai, a porta se abriu, e as silhuetas de Miriam e Joheved se delinearam em meio à neve que caía lá fora. Amparavam-se como se precisassem uma da outra para se manter de pé. Lágrimas escorriam pela face de Joheved, e o rosto aflito de Miriam estava branco como a neve sobre o véu.

Raquel se apressou em fechar a porta atrás das irmãs.

– *Mon Dieu!* O que houve?

Miriam estendeu uma carta como se fosse um rato morto.

– É do Yom Tov.

Salomão deu uma olhada no pergaminho com as mãos trêmulas. Em seguida, passou a folha para Raquel e abriu os braços para confortar o desespero das filhas.

Rivka correu para o lado da mãe, e Raquel começou a ler ainda mais apreensiva. Yom Tov garantia para a mãe que estava bem antes de se desculpar pelas notícias ruins, mas ele sabia que ela gostaria de ser avisada.

O inverno levara a varíola para Paris.

Com todo o tráfego intenso entre Paris e Troyes durante a Feira de Inverno, era questão de dias, talvez semanas, para que a varíola também chegasse ali. Observando o horror das irmãs, Raquel começou a tremer. Shemiah e seus primos mais velhos tinham sobrevivido ao último surto, mas as crianças mais novas estariam vulneráveis: Jacó Tam e Shlomo, de Joheved, Alvina, de Miriam, e...

Raquel abraçou Rivka com força, como se uma possível tragédia acenasse à frente. *E a minha filha.*

Vinte e seis

nquanto em Troyes uma criança atrás da outra era atacada pela varíola, Raquel passou o mês de janeiro ansiosa, observando a filha em busca de possíveis sinais de piora. Depois que receberam a notícia de que a varíola tinha chegado a Paris, cessaram as conversas sobre a viagem de Raquel para Toledo. Rivka teria mais chance de sobreviver se adoecesse em casa, e claro que a mãe deveria estar ao seu lado para cuidar dela. Somente a poda das vinhas junto com o pai e Shmuel, quando eles discutiam a revisão do comentário de Salomão sobre o Gênesis, conseguia afastar a mente de Raquel da aproximação da peste.

Salomão se mostrou inflexível quanto à intenção de que sua primeira questão fosse dirigida aos hereges.

– Shmuel me disse diversas vezes que os eruditos deles se perguntam por que a escritura se inicia com uma narrativa da Criação, e de fato o nosso próprio sábio Rabi Isaac afirma que a Torá devia ter se iniciado com o primeiro mandamento dado a Israel.

Delicadamente, Raquel cortou um galho que havia se estendido na direção do centro da planta.

– E como o senhor responderá a eles?

– Quando as nações apontarem o dedo para Israel, dizendo "Vocês são ladrões que tomaram a terra de Canaã à força", Israel retrucará: "Toda a terra pertence ao Eterno, Aquele que a criou e a deu para quem Ele bem quis."

– Mas os *minim* não poderão argumentar que agora Ele a dá para eles?

Salomão jogou um outro galho recém-podado na pilha atrás dele.

– Só quando Ele quis, Ele deu a terra para Canaã, e também quando Ele quis, Ele a tomou deles e a deu para nós.

– Mas o sentido pleno do texto não é mostrar a ordem da Criação, mostrar que o Eterno criou primeiro o céu e a Terra – disse Shmuel.
– O texto mostra que no início da Criação a Terra não tinha forma e que só havia escuridão.
– Todas as forças da natureza foram criadas no primeiro dia e ativadas depois, na hora certa. – Salomão esfregou as mãos, como se lavasse em relação àquele assunto. – Quem quiser explorar isso mais adiante, pode recorrer ao *Sefer Yetzira*.
Raquel se dirigiu ao mesmo tempo para o pai e o sobrinho.
– Que outras refutações vocês farão para *os minim*?
Shmuel respondeu.
– O segundo verso afirma:

O *ruash* de Elohim flutuava sobre as águas...

– Como *ruash* significa "vento" ou "espírito", eles tomam isso como uma demonstração do Espírito Santo, a parte da falsa Trindade deles. Mas obviamente *ruash* se refere ao vento que reuniu a água em duas áreas, uma em cima e outra embaixo, da mesma forma o Eterno fez o *ruash* dividir o mar Vermelho para que os israelitas o atravessassem por um caminho seco.
Salomão balançou a cabeça em assentimento.
– Infelizmente, os *minim* também veem uma referência à Trindade deles nessa passagem:

O Eterno disse: "Nós faremos o homem à nossa imagem."

– E o que o senhor lhes dirá? – perguntou Raquel. – O texto está literalmente no plural.
– O que demonstra a humildade do Eterno. Ele consultou o conselho celestial antes de criar outros seres à Sua imagem – explicou Salomão. – Embora não O tenham ajudado a criar o homem, e ainda que a utilização do plural dê uma abertura aos hereges para a rebelião, o verso não suprime o ensinamento da conduta própria... segundo a qual o maior deve se reunir com o menor em casos que afetem a ambos.
– E como uma refutação aos hereges – continuou Shmuel –, está escrito imediatamente após este verso:

O Eterno criou o homem a Sua própria imagem... macho e fêmea Ele os criou.

– Ele, e não *eles*. – Shmuel cruzou os braços sobre o peito com uma expressão triunfante.

Raquel aplaudiu.

– E quanto aos anjos, os habitantes do Céu?

– Por que está escrito "dia um" [número cardinal], quando todos os outros dias são referidos como "um segundo dia, um terceiro dia, um quarto dia" [números ordinais]? – perguntou Salomão. – Porque naquele dia o Criador era o Único Ser no Seu mundo. Os anjos só foram criados no segundo dia.

– Mas o sexto dia não é chamado de "um sexto dia" como os outros – ela ressaltou. – Está escrito "o sexto dia".

Salomão sorriu para a filha.

– Isso ensina que toda a Criação se pôs à espera de *Shavuot*, o sexto dia de *Sivan*, ocasião em que Israel receberia a Torá.

Shmuel não se conteve e acrescentou:

– Na verdade, toda essa seção relativa aos seis dias da Criação foi escrita para antecipar o mandamento:

> Lembre o *Shabat* e o mantenha sagrado... pois em seis dias o Eterno fez o céu e a terra.

– Por falar em sexto dia... – A voz de Raquel soou mais séria. – Como o senhor rebaterá a heresia do pecado original?

Salomão estremeceu.

– Shmuel, de que forma os hereges explicam o que houve com Adão e Eva?

– Em Paris, eles ensinam que Adão nomeou os bichos três horas depois da criação dele, e que a mulher comeu o fruto proibido e o ofereceu para Adão na quinta hora, e que eles foram expulsos do *Gan Eden* ali pelo final da oitava hora – respondeu Shmuel. – Como o versículo que segue a expulsão deles afirma que Adão conheceu Eva e a engravidou, os *minim* consideram os filhos deles e todas as crianças que nasceram desde então como manchados pelo pecado original.

Salomão se voltou para Raquel.

– Fale-nos o que Rabi Yohanan bar Chanina ensina no tratado *Sanhedrin* sobre esse dia.

– O senhor se refere ao final do quarto capítulo? – Salomão assentiu com a cabeça, e ela deixou a poda de lado para relembrar o texto.

O dia tem doze horas. Na primeira hora foi coletada a primeira poeira de Adão; na segunda, a poeira tornou-se massa sem forma; os membros dele surgiram na terceira hora; na quarta hora a alma adentrou por ele; ele ficou de pé durante a quinta hora e na sexta nomeou os bichos. Eva se tornou o par dele na sétima hora; durante a oitava hora os dois foram para cama e os quatro desceram.

Raquel fez uma pausa e explicou em seguida.

– Isso significa que os dois, Adão e Eva, usaram a cama e que depois ela deu à luz dois filhos, Caim e o irmão gêmeo, perfazendo então quatro.

– Correto – disse Salomão enquanto cortava pequenos galhos da videira. – Por favor, continue.

Na nona hora ele recebeu a ordem de não comer o fruto da árvore [do conhecimento], porém ele pecou e o comeu na décima hora; ele foi julgado na décima primeira hora e expulso na décima segunda.

Raquel silenciou por um instante, e logo seu rosto se iluminou numa expressão de entendimento.

– Adão e Eva tiveram os filhos antes de pecar.
– Exatamente – disse Salomão. – Minha refutação apontará que em Gênesis "o homem conhecera" está escrito no mais-que-perfeito, enfatizando que Adão conhecera Eva antes dos fatos mencionados, antes de terem comido o fruto proibido e de terem sido expulsos do *Gan Eden*. Dessa maneira, tanto a concepção como o parto dos filhos do casal vieram antes.

Shmuel retirou um galho que tinha crescido demais.

– Isso refuta totalmente a heresia. A descendência de Adão, nascida antes dos pecados dele, não está manchada pelo ato dele e não requer expiação alguma.

Na esperança de que o ar puro de Ramerupt pudesse repelir os efeitos da varíola, Raquel mandou Rivka para a casa de Joheved no final de janeiro. A isso se seguiu uma semana angustiante, em que Shlomo e depois o irmão caçula começaram a se queixar de dores de cabeça e nas costas.

Tão logo lhe informaram que os meninos estavam com febre, Raquel abandonou o trabalho da poda e saiu em disparada para a casa da irmã.

Alguns dias depois, justo no momento em que Joheved notava pequenas manchas vermelhas na língua de Shlomo, Rivka e Alvina anunciaram que estavam muito cansadas para sair da cama e com muita dor na barriga para conseguirem tomar o café da manhã.

Uma simples examinada nos olhos congestionados da filha foi o bastante para congelar o sangue nas veias de Raquel, por mais que procurasse enganá-la, dizendo que ela e a prima logo estariam melhor. Determinada a não sair do lado da filha, Raquel levou-a para a própria cama. Mas a mentira esperançosa acabou se tornando realidade: o mal-estar das meninas desaparecia, à medida que as erupções apareciam nas bocas. Embora a febre de Alvina se elevasse de um modo alarmante à medida que as manchinhas vermelhas se espalhavam pelo corpo, a febre de Rivka era branda, e, para alívio de Raquel, as meninas se sentiam tão bem que passaram as duas semanas seguintes às gargalhadas, procurando no corpo uma da outra a erupção, entre as muitas, que mais se parecesse com um outro umbigo.

A essa altura, as pústulas de Shlomo estavam secando, e o apetite retornava, à medida que a febre cedia. Jacó Tam se recuperou com mais rapidez, as feridas secaram antes das do irmão. Rivka sarou por último e, embora as crianças não tivessem escapado das marcas da doença, Raquel agradeceu aos céus porque só havia cicatrizes nos pés e na parte baixa das pernas da filha, portanto fora da vista.

Um mês depois que Shlomo caiu doente, os pais de todos os cantos da região de Troyes soltaram um suspiro de alívio abafado porque a epidemia de varíola se revelava branda. A cada dia, quando a Torá era lida nos serviços, mais crianças, junto com os pais daquelas que ainda não conseguiam falar, levantavam-se para recitar a *gomel*, a prece de agradecimento recitada quando se pisa pela primeira vez numa sinagoga após escapar de um perigo.

Finalmente, era a vez de Rivka recitar as palavras que não diria novamente até o dia em que sobrevisse. – Que o Eterno a proteja.

– *Baruch ata Adonai...* Aquele que concede boas coisas ao indigno, e que para mim tem concedido toda a bondade.

Raquel se juntou ao coro da congregação, respondendo com alegria.

– Amém. Ele que lhe concedeu toda a bondade, que Ele continue a lhe conceder toda a bondade. *Selah.*

Enquanto a leitura da Torá seguia em frente, com Joheved fazendo a tradução para as mulheres, Raquel se lembrava das vezes em que havia recitado a *gomel*: depois do nascimento de cada um dos filhos, depois que se recuperou do parto do natimorto e depois daquela terrível tormenta no mar em que o barco quase naufragou. Seus olhos se encheram de lágrimas com a imagem de Eliezer abraçando-a com força no convés, como se ambos estivessem dispostos a morrer nos braços um do outro.

Será que ele estava bem? O que estaria fazendo em Toledo naquela hora? Claro que devia estar preocupado com Rivka, ainda mais sem saber se a filha estava morta ou viva. Mais do que nunca, ela tinha de encontrar um pisoteador para que o marido não precisasse mais viajar. Todos achavam que seu plano de ser uma grande comerciante de tecidos era inútil, que ela devia aceitar a derrota e se contentar com os tecelões. Mas dessa maneira continuaria separada de Eliezer, e isso ela não podia aceitar.

Por volta do início de março, o clima de celebração era geral, e o calendário judaico fornecia a desculpa necessária. Faltava menos de uma semana para *Purim*.

Isaac, tão grato como os outros jovens pais, arranjou um jeito de celebrar *Purim* duas vezes. Enfatizou que, de acordo com a lei judaica, os que viviam em cidades amuralhadas observavam *Purim* no décimo quinto dia de *Adar*, enquanto os que viviam em cidades comuns celebravam no décimo quarto dia. Os alunos de Meir rapidamente concluíram que tinham o direito de participar de duas festas de *Purim*, a primeira, em Ramerupt, e a segunda, em Troyes, e não perderam tempo em comunicar isso para os colegas mais velhos.

Salomão chegou adiantado para não ter de viajar durante o Jejum de Ester. Seus olhos se encheram de lágrimas quando ele avistou os netos e bisnetos mais novos correndo para recebê-lo, todos sãos e salvos do surto de varíola.

– Abençoado seja o Misericordioso, o Rei do Universo, Aquele que os fez vir para nós e não para o pó – recitou a bênção aramaica que era lançada naquele que se recuperava de uma doença grave enquanto abraçava as crianças.

No dia seguinte, o corpo discente de ambas as *yeshivot* estava na recitação anual do Livro de Ester em Ramerupt para ouvir como a bela rainha persa revelou sua identidade judaica ao rei e salvou o próprio povo da aniquilação. Concluída a leitura, com o maléfico Haman enforcado no cadafalso que ele mesmo planejara para o herói Mordecai, todos se prepararam para os banquetes e as bebidas da festa.

Isaac e Shmuel, com as mantas de pele do lado do avesso, passaram boa parte do anoitecer de quatro, carregando crianças nas costas e brincando de correr atrás delas. Quando a lua já estava alta e as crianças foram para a cama, alguns alunos sacaram os dados para uma noite de jogo. Durante o dia, a diversão se restringiu ao jogo de bola, arremesso de ferraduras e a corridas pelo pátio; a música e a dança ficariam para a noite seguinte em Troyes.

Tal como Salomão, Meir estabeleceu limites no jogo com seus alunos.

– Será embaraçoso tanto se eu perder para eles como se eles perderem para mim.

– Acho que será divertido espiar o jogo – sussurrou Raquel para Joheved. – Temos estado tão ocupadas com papai.

Em menos de uma hora, Raquel tinha aprendido vários tipos de jogo de dados. Estava prestes a avisar Shemiah de uma aposta imprudente quando Joheved puxou-a pela manga.

– Por que assistir quando podemos jogar? – Ligeiramente bêbada, ela empurrou Raquel para dentro da aconchegante cozinha, onde Miriam aguardava com Zippora, Judita e as netas de Salomão.

Para a surpresa de Raquel, Joheved dispôs seis dados sobre a mesa.

– Vocês não fazem ideia da quantidade de dados que Milo confisca dos aldeões que brigam por causa de apostas. – Abriu um largo sorriso e acrescentou. – Esses aí são os poucos que restaram para nós.

– O que vamos jogar? – perguntou Rivka com um tom ao mesmo tempo inibido e excitado. Pela primeira vez, permitiam que ela e Alvina ficassem acordadas até depois da hora de as crianças irem para cama.

– Vamos começar pela Marlota – respondeu Raquel. – É um jogo bem simples.

Joheved deu uma cutucada em Judita.

– Eu lhe disse que ela sabia.

Raquel estendeu três dados para Judita e os outros três para Zippora.

– Vocês vão jogar os dados alternadamente até que cada uma atinja um total entre sete e catorze. Esse total será a marca de vocês.

– As duas assentiram, e ela continuou: – Depois, continuam jogando os dados até que uma atinja a própria marca e ganhe, ou atinja a marca da outra e perca. E aqui do nosso lado cada uma de nós apostará em quem irá vencer.

Elas começaram a rolar os dados e continuaram rolando até que, a certa altura, Miriam se voltou para Hannah e reclamou:
– Esse jogo demora muito até que alguém ganhe. Vamos jogar xadrez e deixar os dados para os outros.
– Por favor, mamãe. – Leia levantou-se de um salto e pegou a mão da mãe. – Posso ir buscar o tabuleiro de xadrez da vovó Marona?

Joheved tirou uma chave do molho que trazia preso ao *bliaut*.
– Não se esqueça de trancar a despensa, quando sair.

Leia retornou com uma enorme caixa ricamente ornamentada e, por um momento, os dados foram deixados de lado enquanto ela arrumava as peças de prata e marfim no tabuleiro. Quando Joheved fez um sinal positivo, Alvina e Rivka examinaram o rei minuciosamente detalhado com sua espada desembainhada e os cavaleiros montados a cavalo. Mas os pequenos elefantes eram as peças prediletas das meninas, de modo que aguardavam avidamente que fossem capturados, para que pudessem brincar com eles até que se iniciasse uma nova partida.

Os dados foram lançados outra vez com entusiasmo, e quem não estava jogando agora fazia apostas tanto para o jogo de Marlota como para o de xadrez.

Miriam e Hannah estavam quase sem peças, quando Meir espiou pela porta.
– Hora de ir para cama. – Ele não conteve um bocejo. – Já passa da meia-noite.

Com relutância, as mulheres concordaram em continuar a partida de xadrez no dia seguinte. Afinal, teriam de acordar cedo para a leitura matinal da *Meguilá* e o banquete que a seguia, se pretendiam voltar para Troyes a tempo de repetir tudo o que tinham feito na noite seguinte.

O mês que separa *Purim* de *Pessach* passou devagar. Miriam e Raquel fizeram algumas viagens de Ramerupt até Troyes; Miriam, para atender uns poucos partos prematuros; Raquel, para negociar com os compradores tardios de vinho que sempre apareciam antes de *Pessach*. Embora Miriam se preocupasse com uma possível recaída de Rivka e Malvina, era impossível mantê-las dentro de casa. Especialmente nos ensolarados dias da primavera, quando o campo estava cheio de carneirinhos saltitantes.

Mesmo sentindo-se culpada por negligenciar o *Nedarim*, Raquel não resistiu ao prazer de assistir à brincadeira da filha com os carneirinhos. Rivka já estava com quase dez anos e logo deixaria os folguedos infantis de lado. Ela então decidiu acompanhar Milo enquanto ele checava a qualidade da lã dos cordeiros.

– Nossa experiência está dando certo – ele disse, deslizando a mão por vários animais. – A lã melhora a cada ano que passa.

Quando Raquel reagiu ao comentário com um pálido "*oui*", ele mostrou-se intrigado.

– Isso tudo é para a senhora. Não está feliz?

Ela não viu por que esconder a verdade.

– Contratei dois homens que me pareciam pisoteadores competentes e logo os demiti. Mas a lã tosquiada não poderá ser tingida sem que eu tenha ao menos um pisoteador.

– É claro que a falta de um homem não será assim tão crítica para o seu sucesso – ele retrucou.

– Parece que a corporação de pisoteadores de Troyes está determinada a boicotar o meu objetivo. Eles controlam a lã de qualidade superior e, se Eliezer não fosse um importador de tintas, seria impossível encontrar um tintureiro para trabalhar comigo, porque os pisoteadores ameaçariam boicotá-lo.

Milo fez então uma pergunta que deixou Raquel sem fala por um momento.

– A senhora acha que isso acontece porque é mulher ou porque é judia?

Ela engoliu em seco e respondeu:

– Presumo que seja porque sou mulher. Afinal, há muitos judeus no mercado têxtil. Mas por que me fez essa pergunta?

Milo franziu a testa.

– Quando cheguei a Ramerupt, nunca ouvi nenhum comentário de desprezo por lorde Meir estudar em livros estranhos e não frequentar a igreja. Os outros lordes só se queixavam do bom tratamento que ele dava aos aldeões.

– E depois as coisas mudaram? – Raquel tentou manter um tom neutro, lembrando-se das preocupações de Eliezer.

– Acho que sim. Às vezes, ouço algumas coisas no mercado: como os monges foram espertos ao aumentar o preço dos cereais depois da safra ruim do ano passado e que um mercador judeu está se dando bem. – Ele deu de ombros. – E muitas outras críticas também.
– E o que diz a eles?
– Nada. – Lançou-lhe um olhar de censura. – Ainda mantenho o meu juramento a lady Joheved.

Bem conveniente, Raquel pensou, mas preferiu perguntar:
– Você teme pela segurança dela? – Não era o motivo que o impedira de sair em peregrinação?

– Eu temi, sim, quando todos aqueles peregrinos armados e raivosos chegaram aqui com Peter o Ermitão – ele admitiu. – Mas agora só me sinto ansioso. Antes, quando ouvia algum barulho à noite, presumia que eram animais inofensivos do mato, mas agora já não sei se o que há lá fora é perigoso ou não.

– Meu marido também está preocupado – ela confidenciou. – Ele quer que a gente se mude para Toledo.

– Talvez seja melhor. – Milo falou com um ar tão sério que Raquel sentiu um arrepio, apesar do dia ensolarado.

Mas ela não aceitou a recomendação. O perigo dos peregrinos armados estava na estrada e não na região de Troyes. Se Eliezer ficasse na cidade, ele estaria a salvo.

Uma carta de Raquel aguardava Eliezer na sinagoga. Ele a leu e depois leu mais duas vezes antes de fechar os olhos e recitar a bênção pelas notícias alvissareiras.

– *Baruch ata Adonai...* Aquele que é bom e faz o bem.

Também agradeceu aos céus por Salomão ter escapado de outro ataque de um demônio. No ano seguinte, talvez as preocupações de Raquel em relação à saúde do pai se aquietassem, de modo que ela e as crianças pudessem passar *Pessach* com ele em Toledo.

Ao voltar para seu apartamento, Gazelle o informou de que Abraham bar Hiyya o esperava. Quando o corpo cheio de curvas da moça chegou ao final do saguão, Abraham suspirou e sussurrou:

– Grande é aquele que consegue se desvencilhar das paixões mundanas e cuja única aspiração é o serviço e a adoração do Altíssimo, e pequeno é aquele que luta com os apetites da carne, mesmo que acabe saindo vitorioso.

Eliezer aceitou a crítica implícita do amigo.

– Não precisarei mais de uma concubina quando minha esposa vier morar comigo. – Gazelle o satisfazia nas necessidades físicas e nunca reclamava da ausência dele, mas ela não era Raquel.
– Não quis ofendê-lo – disse Abraham. – Eu estava falando de mim mesmo. Recebeu notícias da sua esposa?
– Recebi uma carta esta manhã. – Eliezer se aproximou para abraçar Abraham. – Parece que a nossa filha e as outras crianças da família da minha esposa sobreviveram à varíola... que o Eterno continue a protegê-las.
– Eu também tenho notícias – anunciou Abraham. Embora sabendo que o amigo esperava por uma pergunta imediata, Eliezer não se conteve e fez uma brincadeira.
– Depois que ouviu como ensinei os segredos do calendário lá em Troyes, você decidiu dedicar o seu próximo livro à intercalação.
– Abraham estava sempre na metade da escrita de algum tratado.
– É uma excelente ideia – retrucou ele. – Começarei a escrevê-lo tão logo termine "Forma da Terra". Agora, vamos ao observatório. Quero que você conheça alguém.

Eliezer não soube ao certo se o amigo estava caçoando dele, mas certamente estava de bom humor. Eles percorreram com tanta pressa o labirinto de ruas de Toledo que mal conseguiram conversar, até que chegaram ao destino.

Abraham bateu três vezes numa porta fechada, que se abriu devagar, e os dois entraram. Um homenzinho moreno estava debruçado sobre uma mesa coberta de páginas de cálculos, como se para escondê-las, embora o recinto estivesse vazio. Abraham percorreu o saguão com olhos atentos, o que era desnecessário, porque naquela hora qualquer pessoa civilizada de Toledo estava sentada à mesa de casa para a refeição do meio-dia, e em seguida, aparentemente se dando por satisfeito, fechou a porta atrás de si.

– Quero lhe apresentar Ibn Bajjah. – Abraham apontou para o mouro, que fez uma ligeira reverência para Eliezer. – Está de volta de Bagdá depois de muitos anos de estudos e se interessou bastante pelas observações que você tem feito.

Ibn Bajjah rodeou a mesa e apontou para um dos manuscritos.

– Sem dúvida alguma, o sistema planetário de Ptolomeu está incorreto. Conforme demonstro aqui, é mecanicamente impossível que uma esfera física se movimente com uma velocidade uniforme em torno de um eixo que não passa pelo centro.

Abraham balançou a cabeça em aprovação, e Ibn Bajjah passou para uma outra página.

– Este tratado discute a precessão dos equinócios, e nele proponho um modelo de trepidação, bem diferente da precessão simples e uniforme de Ptolomeu.

Eliezer inclinou-se para olhar mais de perto, mas, antes que terminasse de ler a primeira sentença, Abraham o puxou pela manga.

– Olhe só isso. – Uma nova página abriu-se perante Eliezer.

– Parecem os meus resultados. – Eliezer olhou melhor e se deu conta de que os pequenos caracteres não tinham sido escritos por ele. – Mas este diagrama de círculos não é meu.

– Acrescentei suas observações às minhas – disse Ibn Bajjah. – E calculei um modelo aperfeiçoado do movimento lunar.

Até então, a preocupação de Eliezer era arrumar um pretexto para sair dali e continuar a debater com eles durante o *disner*. Mas, à medida que examinava os cálculos e os diagramas de Ibn Bajjah, tentando discernir como as diferentes fórmulas correspondiam aos diferentes movimentos da Lua, a comida perdia importância.

– Isso é fascinante – ele disse por fim, enquanto balançava a cabeça devagar. – Você se importaria se eu estudasse isso com mais atenção?

– Estude o quanto quiser e não se acanhe em apontar as falhas. – Abraham pousou a mão nos manuscritos. – Mas não os retire desta sala e tranque a porta ao sair.

Durante a semana seguinte, Eliezer se apressou em terminar os negócios para poder se dedicar exclusivamente às anotações astronômicas de Ibn Bajjah. Enquanto copiava os cálculos do mouro, verificava o que estava exato e apontava alguns pequenos erros. Cada vez que os três se reuniam, ele enchia Ibn Bajjah e Abraham de perguntas sobre o novo modelo, a fim de assegurar um entendimento completo.

Algum tempo depois era junho, hora de Eliezer voltar para Troyes. Abraham e Ibn Bajjah esperavam aplicar o modelo lunar deles aos planetas internos.

– Nosso progresso será lento sem você aqui – reclamou Ibn Bajjah. – Você não poderia voltar mais cedo, logo após o Ano-Novo de vocês?

– Deixe o seu sócio representá-lo na Feira de Inverno – Abraham tentou persuadi-lo. – E depois, ele pode encontrar você aqui para coletar as tintas.

Eliezer balançou a cabeça de frustração. A questão não se resumia à competência de Pesach.

– Eu sentiria muita falta da minha família.

– Então traga a família para cá. – Abraham ergueu a mão para que Eliezer não o interrompesse. – Eu sei. Seu filho tem que continuar os estudos do Talmud. Mas sua esposa e sua filha podem vir com você.

– Já fiz de tudo para trazer Raquel para Toledo, mas o pai dela não está bem. – Ele soltou um suspiro resignado. – Na última vez em que ficou aqui comigo, a mãe morreu enquanto ela estava fora.

– O lugar da esposa é com o marido e não com o pai. – A voz de Ibn Bajjah revelava censura.

Abraham mostrou-se igualmente reticente.

– Você sabe muito bem que uma mulher casada só tem o dever de respeitar os pais e não de honrá-los. Além do mais, você mesmo disse que sua esposa tem duas irmãs que moram perto do seu sogro e podem cuidar dele.

– E você sabe muito bem que não posso obrigar a minha esposa a se mudar – retrucou Eliezer prontamente. – Isso está escrito na *ketubá* dela.

Ibn Bajjah revirou os olhos, como se não fosse importante o que acabara de ouvir.

– Se não pode obrigá-la a se mudar para Toledo, deixe-a na França e arrume outra esposa.

Eliezer fez uma careta. Para Ibn Bajjah era fácil dizer aquilo; ele tinha esposas em Bagdá e Toledo.

– Eu tenho uma concubina aqui, mas não é a mesma coisa.

– Que benefício traz uma esposa, se ela não pode viver onde você vive? – perguntou Abraham bar Hiyya. – Mas claro que você pode encontrar um jeito de convencê-la a se mudar sem precisar obrigá-la.

– Por que ser tão ligado assim a essa esposa? – cochichou consigo mesmo Ibn Bajjah. – Uma mulher é tão boa quanto qualquer outra.

Antes que Eliezer pudesse responder, o rosto de Abraham se iluminou.

– Você não precisa obrigar sua esposa a se mudar. Diga-lhe que só pode ficar em Troyes durante o verão, e deixe bem claro que quer que ela fique com você aqui. E ela que decida.

Dois meses depois, enquanto cruzava os Pirineus, a Provença e o norte de Champagne, a cada noite, Eliezer anotava o movimento da Lua e dos planetas internos. Ao mesmo tempo, a cabeça fervilhava de frustração ao pensar que Abraham e Ibn Bajjah faziam experiências e aperfeiçoavam os cálculos dos novos modelos sem a presença dele. Quem saberia o quanto eles teriam avançado quando ele retornasse? E quanto tempo precisaria para alcançá-los? Os dias tornaram-se mais longos, e sua decisão fortaleceu-se. Ficaria em Troyes apenas durante os Dias Temíveis. Raquel que o acompanhasse até Toledo – ou não. Ela que decidisse.

Vinte e sete

— Aoheved, pode me dizer o que achou do comentário que escrevi? – Raquel colocou o fuso em cima do banco ao lado. – Procurei me lembrar de nossas conversas quando estudamos essa seção antes do meu casamento.

Na maioria das vezes, Raquel estudava o *Nedarim* com Miriam. No entanto, Miriam estava atendendo uma mulher em trabalho de parto, e Joheved estava em Troyes para *Shavuot* e decidira permanecer na cidade durante o *Shabat*. Como estava à espera do convite da irmã, Joheved sacou do cinto uma parafernália para fiar e assentiu. Raquel então leu o texto do Talmud:

> Eles perguntaram a Ima Shalom por que os filhos dela eram excepcionalmente maravilhosos. Ela respondeu: ele [o marido] não conversa comigo nem no início nem no final da noite, mas à meia-noite. E quando conversamos, ele revela um *tefach* e esconde um *tefach*, e isso como se estivesse sendo forçado por um demônio. Quando lhe perguntei a razão disso, ele respondeu: "Para que não lance o meu olhar sobre outra mulher."

– Eu me lembro dessa passagem – disse Joheved. – É no segundo capítulo.

– *Oui*. Eis como explico: "conversar" refere-se às relações maritais e, de acordo com o que aprendemos no tratado *Berachot*, *tefach* é a extensão da pele que um homem expõe quando urina.

Joheved assentiu.

– Talvez seja melhor esclarecer que o marido revela e esconde um *tefach* das roupas de Ima Shalom, até que fiquem nus. Se não fizer isso, algum aluno poderá pensar que o homem deve realizar o ato sagrado vestido, só deixando exposta a pequena extensão de pele necessária.

– Boa ideia. – Raquel puxou um bom punhado de lã da roca e o enfiou no topo do fuso, depois o ergueu e o deixou descer. Esperou que o fuso descesse por inteiro, torcendo e esticando a fibra à medida que descia, e depois enrolou o fio no eixo.

– Gostei do que escreveu sobre ele parecer estar sendo forçado por um demônio: que ele se move com *koach*, ou seja, com "grande poder".

– Miriam achou que talvez isso quisesse dizer que ele realiza o ato debaixo de uma coberta para que nenhum demônio possa vê-los – disse Raquel.

Joheved esboçou uma careta, enquanto Raquel pegava uma quantidade maior de lã e começava a fiá-la até obter um fio comprido. No entanto, ela apenas disse:

– Não há problema algum em colocar as duas explicações.

– A passagem seguinte é que realmente requer uma boa explicação:

> Aqueles que se rebelam e aqueles que transgridem – esses são os filhos do medo, filhos de uma mulher forçada, filhos do ódio... filhos de uma mulher trocada, filhos da raiva, filhos da bebedeira, filhos de uma mulher cujo marido pretende se divorciar dela.

– Mas talvez eu tenha me estendido demais na redação.

– Concordo que seja importante explicar a diferença entre o medo de uma mulher que é intimidada a permitir o ato sem o desejar e o medo de uma mulher que é forçada fisicamente ou estuprada – disse Joheved.

– E se um homem odeia a esposa, pouco se importa com os sentimentos dela, e age da mesma forma que age com uma prostituta – acrescentou Raquel. Depois, voltou-se para Joheved. – Você acha necessário que eu diga que o homem que tem uma mulher trocada tem duas esposas, e que vai para a cama com uma pensando que está com a outra?

– *Oui*. E também que raiva não quer dizer que o casal se odeie, e sim que eles tiveram uma briga antes do ato.

Raquel corou.

– Não estou certa quanto a isso. Alguns casais podem ter mais prazer nas relações que ocorrem depois de uma briga.

– O que me pergunto é se a bebedeira se refere ao marido ou à esposa – disse Joheved. – Teremos que perguntar para o papai.

– Papai diz que uma outra falta que pode gerar filhos ruins é quando um dos parceiros está adormecido.

Joheved começou a rir.

– Um dos parceiros adormecido? Seguramente, isso só pode se referir à esposa.

Raquel também riu.

– O que papai quis dizer é que o homem não deve ter relações quando está exausto a ponto de perder o interesse pela esposa. Isso pode torná-lo ressentido com ela.

Quando Raquel se levantou para deixar o fuso descer, torcendo a lã até obter um fio tão grosso quanto uma lagarta cabeluda, Joheved não se conteve.

– Por que fiar um fio tão grosso? Vai gastar toda a lã e só terá a metade do comprimento da que eu fiei.

Em vez de se encrespar, por ser pega fazendo algo errado, Raquel replicou calmamente.

– A maioria dos fiadores, como você, também acha que, quanto mais longo o fio, melhor. Mas um fio fino é muito fraco para os fios de urdidura e só servem para a trama. – Ela balançou a cabeça. – Se a família das tecelãs e a minha não fiassem assim, nunca teríamos fios suficientes para os nossos teares.

Joheved pareceu subitamente intrigada.

– Fale mais sobre isso.

– Os fios de urdidura que cobrem toda a extensão da casimira precisam ser fortes para aguentar a pressão do tear.

– Claro – Joheved assentiu lentamente. – E para aguentar o material inteiro.

– Nós torcemos diversos fios juntos quando não temos um bom número de fios grossos para fiar.

– Mas talvez isso não seja eficaz.

– *Oui* – disse Raquel. – É uma perda de tempo tanto para quem fia os fios finos como para quem os torce para uni-los.

Joheved pegou um pouco de lã e, meio desajeitada, tentou fiar um fio mais grosso.

– Oh, céus. Se tiver que pensar no que estou fazendo, não serei capaz de estudar o Talmud e fiar ao mesmo tempo.

A conversa foi interrompida quando o portão se abriu e Zippora entrou.

— Levou quase um dia e uma noite inteira, mas o filho caçula de Menachem nasceu saudável – ela anunciou, bocejando em seguida.
— Podem se preparar para o *brit* na semana que vem.

Joheved apressou-se em ajudar a nora exausta, enquanto Raquel se animou ao perceber que, pela primeira vez, estudava o Talmud com Joheved sem a presença de Miriam. E Joheved a tinha tratado de igual para igual.

Uma semana antes da abertura da Feira de Verão, Raquel recebeu uma mensagem de Guy que dizia que um grupo de peregrinos tinha chegado da Espanha. Todo aquele que queria fazer uma peregrinação tinha de obter permissão dos seus bispos, o que significava que Guy era muito bem informado do trânsito dos peregrinos.

Correu até o albergue e lá um padre corpulento olhou-a com lascívia, antes de lhe entregar uma pilha de cartas com os nomes dos destinatários escritos na língua hebraica. Uma das cartas tinha a letra do marido dela e estava endereçada a Shemiah, conforme um costume de Sefarad, segundo o qual os nomes das mulheres nunca eram mencionados na correspondência.

Raquel passou os olhos rapidamente pela curta mensagem, que dizia que ele se atrasaria, mas não explicava a razão.

— O senhor sabe se o homem que escreveu esta carta estava doente? – perguntou.

— Não o vi, mas, quando a esposa dele me entregou a carta, me assegurou que ele estava bem – respondeu o padre. – Para o caso de algum familiar ou amigo perguntar.

— A esposa dele? – Raquel se esforçou para manter a calma. Claro que o peregrino se enganara. – Mas ele já tem uma esposa em Troyes.

— *Non*. Eu tenho certeza de que a mulher disse que era esposa dele. Ouvi dizer que é comum os mouros e judeus de lá terem mais de uma esposa – disse o padre com um tom mais de inveja que de crítica.

Atordoada, Raquel só conseguiu perguntar como era a aparência da "esposa" de Eliezer.

— Era uma mulher incomum, mais alta que muitos homens, e com a pele escura como a fuligem. Por isso me lembro dela com tanta nitidez. – Ele fechou os olhos e balançou a cabeça com um ar de admiração. – Mesmo assim, bem atraente... realmente muito atraente.

Raquel voltou para casa aturdida, a fúria aumentando, à medida que cresciam as suspeitas do que se escondia por trás do súbito interesse de Eliezer por novas posições na cama. Quando a noite caiu, ela estava determinada a se divorciar daquele cachorro traidor e mentiroso, logo que ele colocasse o pé em Troyes. Pela manhã, no entanto, já se acalmara o suficiente para perceber que precisava de mais provas, além das palavras de um padre lascivo.

Ela então tratou de cumprir os serviços na Sinagoga Nova, mais próxima da feira e onde era mais provável encontrar um mercador de Toledo. Lá, solicitou a ajuda de Simão e Nissim, mencionando apenas o atraso de Eliezer e que queria saber se ele estava bem. Depois de uma breve consulta, eles apontaram para dois homens morenos, um com barba espessa e o outro com malha vermelha.

Com o estômago apertado de ansiedade, Raquel aproximou-se do barbudo e perguntou que cor de tecido combinaria melhor com a nova esposa de Eliezer. O sujeito coçou a cabeça e admitiu que nunca vira a concubina de Eliezer, e disse que era melhor perguntar para Yusef. Apontou para o compatriota que vestia a malha vermelha.

Uma parte dela queria voltar para casa, trancar-se no quarto e chorar todas as lágrimas do mundo. Mas a outra parte impeliu-a a falar com Yusef para descobrir a verdade, por mais amaldiçoada que fosse. Ela então respirou profundamente e disse com a expressão mais inocente do mundo.

– Eu gostaria de comprar alguns cortes de bons tecidos para a nova concubina de Eliezer. – Era mais fácil dizer concubina que esposa. – Que cor o senhor me recomendaria?

– Deixe-me pensar.

Yusef olhou para ela como se não houvesse nada mais natural no mundo do que uma esposa comprar tecidos para a outra esposa do mesmo marido. Mas, de onde ele viera nenhum homem assumia uma outra esposa ou uma concubina sem a permissão da primeira esposa.

– Vermelho combinaria perfeitamente com Gazelle, mas para uma concubina não recomendo o escarlate kermes. – Ele balançou a cabeça. – É luxo demais. Mas certamente a senhora encontrará excelentes panos tingidos com garança. E não se esqueça de que ela é alta, e talvez a senhora precise de um terço a mais de tecido do que precisaria para uma mulher comum.

– *Merci*. O senhor disse tudo que eu precisava saber.

Raquel apressou-se em sair dali. Não se importou de parecer mal-educada. Precisava encerrar a conversa e fugir daquele homem que confirmara seus piores temores.

– O prazer foi todo meu em ajudá-la – gritou Yusef enquanto ela se afastava.

Querendo desesperadamente evitar encontrar qualquer conhecido, Raquel se dirigiu para o Portão de Paris e saiu da cidade. Enquanto vagava pelos campos de trigo, vozes conflitantes duelavam em sua mente.

Meu marido diz que me ama e arrumou uma outra esposa. Como pôde me trair dessa maneira? Mas não é uma esposa, é só uma concubina, uma criada. *Não me interessa o que ela é; ela vive com ele e divide a cama com ele.* Ele é um homem, com as necessidades normais de um homem – eu ia preferir que se valesse de prostitutas? *Como ele se atreve a fazer isso comigo? Eu vou me divorciar dele.* Non! Faça-o se divorciar dela. *Ninguém precisa se divorciar de ninguém. Depois que eu contratar um pisoteador, nunca mais Eliezer terá de viajar para Toledo.*

A raiva foi cedendo aos poucos. Em vez de confrontá-lo quando ele chegasse, esperaria que ele dissesse alguma coisa. E redobraria os esforços para encontrar um pisoteador competente.

Raquel teve a primeira oportunidade quando na semana seguinte Simão apareceu à procura de Eliezer.

– Espero que ele esteja aqui em breve. – O tintureiro se apoiava com nervosismo ora num pé ora no outro. – O índigo acabou e estou praticamente sem alúmen.

– Tenho certeza de que não tardará a chegar – disse Raquel com mais confiança do que sentia.

Mas Simão não estava com a menor vontade de ir embora. Continuou andando de um lado para o outro no pátio, enquanto Raquel arquitetava um jeito de se livrar do homem sem insultá-lo. Por falta de assunto melhor, ela disse:

– Suponho que o senhor não saiba de algum pisoteador que esteja atrás de emprego.

Simão parou no mesmo instante.

– Já que a senhora tocou no assunto, ouvi um boato que Othon maltratou tanto um aprendiz que o pobre sujeito está pensando em sair.

– Não estou interessada em outro aprendiz, nem mesmo um de Othon. – Se bem que o homem era um dos melhores pisoteadores de Troyes.

– Não seja precipitada. Pelo que ouvi, esse aprendiz sabe tudo o que o mestre sabe, talvez até mais.

Raquel aproximou-se de Simão, colocando-se mais perto do que geralmente ficava na frente de um homem.

– Descubra outras coisas sobre esse aprendiz, e esteja certo de que o avisarei, assim que Eliezer chegar.

Depois que Simão dobrou a esquina, ela pegou o véu e se dirigiu para a casa de Albert e Alette. O salão da casa fervilhava de atividade. Alette e as filhas fiavam às pressas, enquanto Albert e Jehan passavam a lançadeira pela urdidura com tanta rapidez que quase não se viam as mãos com nitidez.

O rosto de Alette iluminou-se de alegria.

– A senhora me poupou uma caminhada. – Ela aproximou-se de Raquel. – Semana que vem não teremos mais lã.

– Não se preocupe, até lá haverá mais da nova tosquia de Ramerupt, e vocês vão ver que a qualidade está bem melhor que a do ano passado.

– E qual é a razão da sua visita, senhora? – disse Jehan, como sempre de um modo educado, mas seus dedos já não paravam quando ele falava.

– Preciso de uma informação sobre Othon, o pisoteador – disse Raquel. – Ou melhor, quero informações sobre um aprendiz dele.

– Othon jamais permitirá que um dos aprendizes dele trabalhe para um concorrente – disse Albert.

– Soube que um deles não está satisfeito – comentou Raquel.

– É bem provável – disse Alette. – Othon não é um homem fácil para se lidar, e está piorando com a idade.

Raquel colocou um punhado de moedas na mesa.

– Encontrem os tecelões que fornecem tecidos para Othon e as mulheres que fiam para ele. Paguem umas rodadas de cerveja para todos na feira e vejam o que conseguem descobrir.

Na semana seguinte, quando Raquel entregou a nova remessa de lã para os tecelões, Jehan lhe disse que um dos mais eficientes aprendizes de Othon praticamente assumira o lugar do mestre, que estava com gota e passava boa parte do tempo na cama. Mas não havia qualquer sinal de que o aprendiz estava descontente, Albert alertou-a. Na verdade, todos achavam que se casaria com a filha de Othon e assumiria o negócio. Em todo caso, garantiram a Raquel que continuariam investigando.

Eliezer chegou alguns dias depois, surpreendendo Raquel, que ainda não elaborara um plano para confrontá-lo. Tão logo descobriu que Raquel se banhara no rio Sena um dia antes, se mostrou tão afetuoso que ela preferiu desfrutar da atenção dele e não dizer uma única palavra sobre Gazelle. Ela se convenceu de que uma briga de nada adiantaria e só serviria para desviá-la da procura pelo aprendiz do astuto pisoteador.

Assim, encontrou um tempo para ir ao encontro do tintureiro, enquanto Eliezer tirava um cochilo.

– Meu marido voltou com um excelente suprimento de tintas – disse para Simão. – Mas é melhor que o senhor espere até amanhã, a fim de que ele tenha um tempo para descansar.

Simão sorriu-lhe com malícia.

– Darei dois dias para ele.

Ela retribuiu com um sorriso forçado.

– Soube algo mais sobre o aprendiz de Othon?

– Agora que Eliezer voltou, terei uma desculpa para procurar os outros tintureiros. – Ele deu uma risadinha. – Quando souberem que tenho acesso às melhores mercadorias do seu marido, eles darão com a língua nos dentes.

Duas semanas se passaram sem nenhuma palavra de Simão, e Raquel agradeceu por ter estado aborrecida demais por conta da história de Gazelle para conversar com Eliezer sobre o aprendiz do pisoteador. Não que os dois tivessem tido tempo para conversar sobre o negócio têxtil dela ou sobre a concubina dele. Eliezer estava obcecado com a ideia de que Shemiah teria de aprender o negócio de tintas e peles e que o noivado do garoto teria de acontecer até o final daquele verão. Afinal, o filho estava com dezesseis anos e precisava definir seu futuro.

Surpreendida ao se dar conta de como o filho já estava mais alto que ela e já não tinha de erguer a cabeça para olhá-la, Raquel se viu forçada a concordar. Logo estava tão atarefada negociando o contrato de noivado do filho, trabalhando na vinícola e emprestando dinheiro para as mulheres, que não conseguia pensar em mais nada. Tal como o pai tinha feito quando ela ficou noiva de Eliezer, Moisés não permitiu o noivado de Glorietta quando soube que Shemiah estaria viajando a negócios. Além disso, exigiu uma pesada sanção financeira caso Eliezer quebrasse o contrato de noivado. Eliezer absorveu o contratempo com mais tranquilidade do que antes.

– Podemos unir *erusin* e *nisuin* no casamento. Não me preocupa que Moisés possa encontrar um par melhor que o nosso Shemiah para a Glorietta – ele confidenciou a Raquel uma noite na cama. – Ela não é tão atraente como você era... e continua sendo.

E assim terminou a conversa seguida por uma outra conversa.

Como se as muitas ocupações de Raquel não bastassem, o verão sempre trazia tanta correspondência para o pai que Simcha não conseguia cuidar dela sozinho. Certa noite, enquanto os outros revisavam a lição do Talmud aprendida durante o dia, antes de retornar para a sinagoga, o pai estendeu-lhe algumas cartas.

– Gostaria que você respondesse a essas perguntas. – Ele arrastou o banco para perto dele para Raquel sentar. – A maioria se refere aos apóstatas e aos *anusim*. Já se passaram quase quatro anos desde o derramamento de sangue, quando é que eles vão parar de falar disso?

Ela passou os olhos pela primeira carta, e sentiu-se aliviada pela simplicidade do conteúdo. Um homem e uma mulher, ambos *anusim*, tinham realizado o *erusin* na época em que se viram obrigados a abandonar a lei de Moisés. As testemunhas também tinham sido forçadas a cometer apostasia. Depois disso, o casal abandonou a região e queria se penitenciar. Seu casamento era legalmente válido?

– Claro que o casamento deles é válido. – Raquel olhou para o pai que assentiu com vigor. – Embora o casal tenha cometido um sério pecado, eles ainda levam Israel em consideração. E continuam fiéis ao Paraíso de coração, sem falar que fugiram na primeira oportunidade... claro que o *erusin* deles é válido.

Salomão balançou a cabeça com tristeza.

– Muita gente do nosso povo deseja punir os *anusim*, mas quem pode saber de que forma reagiria com uma espada à garganta?

Raquel leu a carta seguinte, uma carta bem concisa, e coçou a cabeça como se estivesse confusa.

– Um jovem, cujo único irmão cometeu apostasia, não consegue encontrar uma mulher para se casar.

– Um problema difícil. – Salomão alisou a barba por alguns segundos antes de continuar. – Não sei se tenho uma solução.

– Não entendi.
– Se o jovem em questão casar e falecer antes de ter filhos... – Ele deixou que Raquel terminasse a frase.
– É claro! – O rosto dela se iluminou. – A esposa dele se tornaria então uma *aguná*, amarrada ao cunhado apóstata, o qual não poderia se casar com ela nem libertá-la por meio da *chalitsá*.
– Deve haver alguma esperança para esse pobre sujeito.
– Que esperança? Nenhuma mulher aceitaria assumir esse risco, mesmo porque há muitos homens livres à disposição.
– Talvez ele possa encontrar uma convertida que o aceite. – Salomão não parecia muito seguro da resposta.
– Ou talvez possa ter o primeiro filho com uma criada, caso não seja um tipo santinho – disse Raquel.
Salomão balançou a cabeça.
– A maioria dos pais não deseja que as filhas façam parte de uma família maculada pela apostasia, e menos ainda se o pretendente é um homem carente de moral.

Por volta do final do verão, Raquel e Moisés já estavam para fechar o contrato de noivado dos filhos. Foi um processo amigável, um alívio diante dos pacientes exigentes de Moisés e das devedoras desesperadas de Raquel, um contrato que ambas as partes prolongaram secretamente como um contraste agradável ao resto dos seus negócios. Reconhecendo que não poderia retornar a Toledo sem assinar o documento, Eliezer enfurecia-se com a demora das negociações. Quando os dois acordaram suspender as negociações até o término de *Sucot*, Eliezer mal conseguiu esconder sua irritação.

Raquel não compartilhou seu mau humor; ela estava exultante com a informação que recebera de Alette e Simão. Tudo começou com a visita da tecelã.

– Já estamos quase terminando mais duas peças de casimira. – Alette pousou a mão na de Raquel, que se preparava para pegar a bolsa. – Não precisa nos pagar antes do término da feira, só vim aqui porque não podia esperar para lhe contar o que ouvi sobre o aprendiz de Othon.

Raquel serviu-lhe um copo de vinho.

– E o que ouviu?

Os olhos de Alette brilharam de excitação.

– A senhora deve saber que algumas mulheres das tavernas se aproveitam da época das feiras para faturar algumas moedas extras com os mercadores.

– *Oui.* – As próprias mulheres não gostavam desse subproduto das feiras de Troyes, mas o fato é que não havia prostitutas suficientes para atender todos os visitantes. Os preços se elevavam naturalmente, o que era um suplemento na economia doméstica das amadoras locais.

– A filha caçula da Sibila trabalha numa taverna próxima do Córrego Vienne, e conhece todos os tintureiros e pisoteadores – disse Alette. – Certa noite o aprendiz de Othon foi à taverna e começou a provocar os outros, o que ele não constumava fazer, segundo o filho de Sibila. O taberneiro pediu que ela o acalmasse ou o fizesse sair de lá antes que acontecesse uma briga feia e, como o sujeito é um tipo de não se jogar fora, ela tentou seduzi-lo.

– Já sei o que houve. – Raquel a impediu de se aprofundar em detalhes. – O que ela ouviu dele?

– Para encurtar a história. – Pelo tom da voz, Alette não tinha gostado de ser interrompida. – O sujeito trabalhou por anos a fio com Othon na esperança de que um dia seria recompensado com a mão da filha do patrão e a sociedade no negócio.

Raquel pensou consigo que era uma história parecida com a de Jacó e Labão. E que o tal homem estava prestes a ser igualmente ludibriado.

– Acontece que Othon decidiu casar a filha com outro mestre pisoteador, um sujeito que tem pelo menos o dobro da idade dela – continuou Alette. – Segundo a filha da Sibila, o aprendiz amaldiçoou Othon.

– Talvez queira vender as habilidades dele para outro. A propósito, como ele se chama?

– *Mon Dieu*, eu não sei. – Alette olhou para Raquel esperançosa.

– Mas é óbvio que a senhora pode descobrir.

Raquel não perdeu tempo e logo enviou uma mensagem para Simão, mas alguns dias se passaram até o tintureiro mandar um recado pedindo-lhe que fosse até a loja dele. Ao chegar, Raquel encontrou-o mexendo um tonel onde fervia um líquido azul. O fedor habitual do índigo junto ao da urina de cavalo utilizada para a pasta era insuportável.

– Desculpe-me por fazê-la vir até aqui – disse Simão, enquanto enxugava as mãos. – Mas preciso terminar isso se quiser vendê-lo antes do encerramento da feira.

– Eu é que peço desculpas por interromper o seu trabalho – disse Raquel, sufocando a sensação de vômito causada pela fumaça. – Mas os rumores sobre o aprendiz do Othon parecem verdadeiros.

– Andei fazendo umas investigações bem discretas, e acredito que, se abordado da maneira certa, o aprendiz do Othon pode ser persuadido a usar suas consideráveis habilidades em qualquer outro lugar.

– Nós insistimos em chamar esse rapaz de aprendiz do Othon. Ele não tem um nome?

Simão desviou os olhos.

– Ele se chama Dovid.

– Oh, céus! – Raquel soltou o ar dos pulmões bem devagar. – Eu me pergunto se isso aumenta como diminui minhas chances de contratá-lo.

– Dovid pode ter nascido judeu, mas deixou de sê-lo – disse Simão. – Isso não quer dizer que seja um fiel adorador do Crucificado; só frequenta as missas das principais festas deles.

– Talvez Dovid não seja judeu. Talvez o pai dele gostasse desse nome.

– Eu tenho certeza de que é judeu. Ele é circuncidado.

– Isso não soa nem um pouco como uma investigação discreta. – Raquel sorriu e acrescentou: – *Merci beaucoup*.

A caminho de casa, Raquel avaliava a surpreendente virada nos acontecimentos. Será que Dovid se convertera quando criança ou a conversão se deu mais recentemente? E, caso tenha sido recente, seria ele um dos *anusim*? Ela precisava falar com Dovid, mas, supondo que conseguisse localizá-lo, como e quando poderia se aproximar dele? Uma coisa era certa: se ele estava com tanta raiva do patrão, ela não podia esperar muito tempo.

Com a chegada de *Sucot* e a evidência de que Moisés e Raquel levariam muitas semanas antes de chegar a um acordo, Eliezer engoliu seu ressentimento e decidiu ganhar tempo fazendo uma viagem para comprar peles, acompanhado de Shemiah e Pesach. Parte da raiva era contra si próprio porque ele sabia que fora covarde demais para enfrentar Raquel e partir mais cedo. E cada vez que os dois se deitavam juntos, se sentia ainda menos inclinado a trazer o assunto à baila.

Por fim, ele achou melhor esperar pelo encerramento da Feira de Inverno para só então voltar para Toledo – como de costume. Nesse meio-tempo, poderia pedir que Salomão intervisse em seu favor. Aliviado por ter adiado a partida, Eliezer estava decidido a desfrutar do prazer da companhia do filho e do cenário enquanto os três seguiam para Kiev. Provavelmente nunca mais veria aquelas terras outra vez.

Os olhos de Raquel se encheram de lágrimas quando o marido e o filho viraram a esquina e sumiram de vista. Ao vê-los juntos e montados a cavalo, evidenciou-se de um modo chocante o quanto Shemiah tinha crescido, pois as duas silhuetas eram praticamente idênticas. Quando voltassem, Shemiah ficaria noivo de Glorietta. Raquel enxugou as lágrimas que escorriam pelo rosto e soltou um suspiro.

Ela fora covarde ao não interpelar Eliezer a respeito de Gazelle, mas o verão deles havia sido muito mais agradável por conta disso. O marido ter uma concubina numa terra distante era assim tão terrível? Gazelle não passava de uma criada de Eliezer; por que considerá-la diferente de uma cozinheira? Raquel não estava de todo convencida, mas sabia que uma ferida, enquanto não cicatrizava, só doeria se fosse cutucada.

Talvez fosse melhor abdicar da ambição de ser uma poderosa comerciante de tecidos e viajar com Eliezer para Toledo. Pouco mais de uma semana após o encerramento da Feira de Verão, Dovid abandonara o emprego com Othon, e todos os esforços dela para encontrá-lo falharam. Àquela altura, ele já devia estar a meio caminho de Flandres.

Consumida pela nostalgia e a dor, Raquel não reparou no homem que parou ao seu lado. Uma tosse discreta a fez despertar para a presença dele, e ela rapidamente deu um passo para trás. Mas ele se acercou ainda mais.

– Senhora Raquel? – perguntou.

Ela anuiu atônita enquanto olhava o desconhecido de cabelo castanho-escuro. Um chapéu largo, enfiado até a testa, sombreava-lhe o rosto – o rosto mais lindo que Raquel já tinha visto.

– Meu nome é Dovid. A senhora tem me procurado?

Vinte e oito

Aporta se abriu justo no momento em que Salomão coçava os olhos e recolhia as páginas dos manuscritos espalhadas sobre a mesa. Depois de tê-las guardado, hábito que mantinha apesar dos muitos gatos que agora livravam a *yeshivá* de ratos, esperava tirar um cochilo antes dos serviços.

– Papai, papai! – Raquel entrou esbaforida pelo salão, e correu para abraçá-lo. – Tenho notícias maravilhosas.

Salomão sorriu e sentou-se à mesa. Não via Raquel tão feliz desde... muito, muito tempo.

– Você e Moisés fecharam o contrato de noivado de Shemiah.

– Fechamos sim, mas não é isso que quero contar.

– Então, conte logo.

– Finalmente encontrei o pisoteador que estava procurando. – Raquel notou a expressão desconfiada do pai e se apressou em continuar. – Dovid não é como os outros aprendizes. Faz isso há quinze anos, desde criança. Sabe mais que a maioria dos mestres, e aceitou trabalhar para mim.

Salomão arqueou a sobrancelha.

– Dovid? De onde ele é?

– De Rouen. – Um ar sombrio substituiu o entusiasmo de Raquel. – Quando era criança, malfeitores atacaram o Bairro Judeu e massacraram os habitantes, inclusive os pais dele. As crianças que sobreviveram foram criadas como *minim*, e Dovid cresceu num monastério. Foi lá que aprendeu a pisotear tecidos.

– E também foi lá que aprendeu a cultuar o Crucificado – disse Salomão. – Tem mesmo certeza de que ele não se importa em trabalhar para você?

– Certeza absoluta. Sabe, ele não foi feliz com os monges... e por isso os abandonou e veio para Troyes... e hoje não frequenta mais a Igreja. – Os olhos dela brilharam de excitação. – Papai, talvez eu possa trazê-lo de volta para o judaísmo.

– Dovid já tem seu próprio estabelecimento? – Salomão suspeitava que não, mas perguntou para ver se Raquel estava voltada para as nuvens ou para a terra.

– *Non*, mas isso é ótimo. – Raquel se preparara para o ceticismo do pai. – Construiremos um moinho de pilagem em Ramerupt, igual ao do monastério. Dovid já encontrou o lugar perfeito... um riacho estreito que vai desaguar num dos córregos de Joheved.

Salomão olhou para Raquel com respeito.

– E então?

– Até o moinho ficar pronto, Dovid e seus aprendizes poderão pisotear os tecidos em calhas. Tenho certeza de que Eliezer conseguirá todo o material de que precisamos.

– Por falar em Eliezer, precisamos discutir um outro assunto.

– *Oui*, papai. – Raquel sentou-se ao lado dele.

– Algumas mulheres, talvez a maioria, não se importam em se separar dos maridos quando eles viajam a negócios. Mas percebo que você não faz parte desse rol de mulheres.

Ela assentiu.

– Você deve retornar para Sefarad com Eliezer – aconselhou-a. – O lugar da mulher é com o marido e não com o pai.

Um nó gigantesco apertou o estômago de Raquel.

– Papai, mamãe me pediu que cuidasse do senhor, e não arredarei o pé enquanto não tiver recuperado completamente a saúde. Além do mais, Eliezer não precisa de mim em Toledo. O trabalho que ele faz lá não me inclui.

O pai nunca entenderia como ela abominava as fronteiras que separavam homens e mulheres em Sefarad – os homens estudavam, oravam e faziam negócios, enquanto as mulheres se mantinham ignorantes dentro de casa. Nunca se sujeitaria, ou sua filha, àquela vida. Ele a olhou com um ar intrigado, e ela resolveu apresentar uma razão que o faria entender.

– Não dividirei Eliezer com outra mulher, e sei que ele tem outra esposa lá.

– Foi ele que lhe contou? – Claro que Eliezer não contaria para Salomão.

– *Non*. – Com o queixo a tremer, ela fez uma pausa para controlar a emoção. – Neste verão, andei perguntando para alguns mercadores de Toledo.

– E vai contar para ele que está ciente do caso? – O coração de Salomão se apertou de tristeza. – Determinada a investigar a perfídia do marido, a filha não levara em conta a dor que tal conhecimento traria. Ele abriu os braços para confortá-la, sentindo-se miserável, impotente, logo ele que sempre se desdobrara para fazê-la feliz.

– Ainda não sei. Não contei para ninguém, só para o senhor.

– Você sabe que pode pedir o divórcio sem perder a *ketubá* pelo fato do seu marido ter arranjado uma outra esposa.

Raquel assentiu com a cabeça. *Rabenu* Gershom – a Luz do Exílio – emitira um decreto cem anos antes que proibia o judeu de ter mais de uma esposa, como o haviam feito os patriarcas Abraão e Jacó.

– Papai, não posso me colocar perante o *beit din* e dizer: "Sinto repulsa por este homem e não quero mais viver com ele." Isso não é verdade. – Por mais que o amaldiçoasse, a verdade é que Eliezer continuava atraente aos olhos dela.

– Não precisa fazer isso. Se Eliezer admitir a existência de uma outra esposa, o *beit din* o obrigará a se divorciar de uma das duas.

– Não quero o divórcio – ela insistiu. – Quero que o meu marido viva aqui comigo em Troyes o ano todo. Por isso, tenho trabalhado tanto para estabelecer um negócio de tecelagem.

Salomão soltou um longo suspiro. Geralmente Raquel conseguia o que queria, sobretudo dos homens, mas, neste caso, não via isso acontecer. Eliezer lhe pedira que convencesse Raquel a viajar com ele para Toledo, mas isso também não aconteceria. *Minha filha e meu genro são duas crianças teimosas, duas crianças mimadas pelas famílias.*

No entanto, por mais que o sofrimento da filha lhe doesse, o fato é que era um alívio saber que naquele ano ela continuaria em Troyes com ele.

Raquel respirou profundamente quando se deu conta de que, pela primeira vez no casamento, mentiria de forma deliberada para o marido. *Mas ele não passou o ano inteiro mentindo para mim ao esconder o caso com Gazelle?* Em uma fração de segundo, a culpa se fez ressentimento. Há quanto tempo ele estaria vivendo com aquela mulher, dividindo a cama com ela? Mon Dieu, *talvez ela esteja grávida de um filho dele. Talvez já tenham filhos.* Um sorriso astuto se esboçou nos lábios dela. Naquele ano, Pesach iria para Toledo com Eliezer; quando retornasse, não haveria mais segredos.

Assim, quando a Feira de Inverno terminou, e Eliezer começou a selecionar os itens que levaria para Toledo, ela assumiu um ar profundo de frustração.

– Malditas nevascas! – Deu um murro na parede. – Há semanas que o moinho de pilagem devia estar pronto, e agora descubro que eles só começaram a construir a roda d'água.

Eliezer não tirou os olhos do que fazia.

– Não se preocupe. Estará pronto quando você retornar.

– Você não está entendendo. Não posso partir com você antes que o moinho esteja pronto e funcionando perfeitamente.

– O quê? – Ele a encarou, alarmado. – Pensei que esse moinho era responsabilidade da Joheved.

– *Oui*... está localizado na propriedade de Joheved, mas ela não entende nada do processo de pisotear o pano. – Raquel procurou manter a calma. Precisava parecer desapontada e não podia perder a cabeça, por mais que Eliezer a provocasse. – Sei que isso não é justo, mas preciso ficar aqui para supervisionar os operários.

– Mas isso não é função do Dovid? – perguntou Eliezer com sarcasmo. Com toda a falação de Raquel sobre o novo pisoteador, Dovid isso, Dovid aquilo, qualquer um pensaria que pelo menos o sujeito poderia administrar a obra.

– Por favor, Eliezer, seja razoável. Dovid é apenas nosso empregado. – Ela teve todo o cuidado em dizer "nosso" e não *meu*. – Por mais que eu queira, não posso simplesmente sumir e deixar que ele administre a obra, não até que esteja convencida de que é confiável.

Ele anuiu com relutância.

– E quanto tempo isso vai levar?

– Se a neve abrandar a ponto de podermos produzir uma lã decente, quer dizer, um material que valha a pena tingir com índigo e kermes... – Ela fez uma pausa teatral. – Eu conseguiria partir com os peregrinos e chegar a Toledo por volta de *Pessach*.

Ele não disse nada, e ela se pôs atrás dele e o abraçou.

– Talvez até um pouco antes.

Para seu alívio, ele se virou e começou a beijá-la.

– Realmente é mais sensato não pôr em risco todo o trabalho que você já teve, ainda mais agora que está prestes a alcançar o seu objetivo.

– Morrerei de saudade de você – ela sussurrou. Embora não tivesse a menor intenção de ir para Toledo, isso era verdade.

Infelizmente, as queixas de Raquel em relação ao tempo também eram verdadeiras. Joheved pressionava os aldeões que trabalhavam na construção do moinho e, sempre que a neve atrasava a construção, Dovid lhes ensinava o processo de pisotear o tecido.

Logo que contratou Dovid, Raquel passou a estocar tecidos inacabados. E agora, aquecida com peles, ela assistia enquanto Dovid comandava dois homens que desenrolavam uma peça de casimira no tanque retangular de pilagem contendo uma mistura de água quente, gordura de carneiro, argila e urina. Depois que o tecido submergiu por inteiro, Dovid ordenou que os homens entrassem no tanque fumegante e pisoteassem o pano. Raquel agradeceu outra vez ao Céu por lhe ter dado uma irmã nobre; os aldeões de Joheved lhe destinavam três dias semanais de trabalho exclusivo, executando o que ela quisesse, desde construir um moinho a cavar a argila e coletar urina.

A mistura fedia mais que a tintura de Simão, mas os homens pareciam satisfeitos em caminhar de lá para cá naquele líquido quente num dia tão gelado. Logo uma outra peça de tecido era mergulhada num segundo tanque, para ser pisoteada. Dovid observava atentamente os quatro pisoteadores e, vez por outra, dava ordens para que o pano fosse virado. No final do dia, os tecidos eram lavados com água limpa até que não restassem resquícios do cheiro.

– Por isso, os melhores estabelecimentos de pilagem se localizam perto da água corrente – explicou Dovid para Raquel na manhã seguinte enquanto o tanque era reenchido com água quente. – Nos períodos assim frios, é preciso pisotear por cinco dias para que o tecido fique completamente esticado e firme. Mesmo no verão, o processo exige três dias.

– Por que tanto tempo? – ela perguntou, fingindo ignorância a respeito do processo de pisoteio.

Dovid pareceu feliz por poder explicar-lhe.

– O pisoteio tem três objetivos. Primeiro, livrar o tecido da sujeira e da gordura. Segundo, o mais importante, fazer com que as fibras finas e onduladas da lã se entrelacem. Isso dá ao pano a coesão e a firmeza necessárias.

– E o terceiro?

– Durante o pisoteio, o tecido encolhe e se comprime até se tornar impermeável ao tempo e tão resistente que a roupa feita com ele pode durar a vida inteira. – O rosto de Dovid se iluminou de orgulho.

– E o que acontece depois? – Raquel só queria ouvi-lo falar.

– Terminado o processo de pisoteio, esticamos o tecido para secar, prendendo-o bem firme com ganchos, em grandes molduras de madeira. – Dovid sorriu e acrescentou: – É preciso um homem muito forte para erguer o pano molhado e esticá-lo de maneira a não deixar dobras.

– Estou ansiosa para ver como se faz isso.

– Enquanto o tecido ainda está molhado, fazemos reparos em pequenas perfurações, removemos os nós e as rebarbas e aparamos as pontas.

Raquel piscou com a neve que lhe caiu nos olhos.

– Como vocês conseguem fazer isso com o tempo ruim? O tecido não vai levar uma eternidade para secar?

– Muitos pisoteadores costumam montar uma tenda sobre as molduras, mas o mordomo da sua irmã disse que podemos usar os celeiros.

Celeiros cobertos tornaram-se uma norma depois que Ramerupt passou a ser atingida por muitas tempestades. Dois anos antes, as tempestades tinham feito severos estragos na colheita, e, com apenas o excedente dos grãos colhidos no ano anterior estocados, a propriedade de Joheved começava a prever, com preocupação, colheitas ainda mais sofríveis para o futuro. Mas Raquel estava muito ocupada com o processo do pisoteio, e com o pisoteador, para reparar nisso.

Depois que o tecido abrigado nos celeiros estava totalmente seco, os próximos passos – pentear e aparar as pontas – requeriam mais habilidade que força e resistência. Dovid se empolgou quando descobriu que os pastores de Joheved só precisavam de um treinamento extra.

Ele os reuniu ao redor dos tecidos esticados e mostrou uma pequena armação de madeira com cardos espinhentos. Enquanto a passava cuidadosamente pelo pano, explicou:

– Nosso objetivo é erguer a felpa do pano de modo que todas as pontas das fibras de lã fiquem à mostra para serem aparadas.

Dovid mostrou então como cortar as rebarbas com uma tesoura. Enquanto os homens observavam atentamente, ele repetia o processo de pentear e aparar, até que se deu por satisfeito. Só então pegou a mão de Raquel e a fez escorregar pelo pano pronto.

Extasiada, ela inclinou-se para examinar o material. O trabalho de Dovid eliminara os sinais da tecelagem, e produzira uma textura tão macia quanto a da seda. Não era de estranhar que fosse reconhecido como um mestre na arte de pisotear; se não bastasse a destreza com que tinha aparado o tecido de maneira tão uniforme e sem danos.

Os tosquiadores das ovelhas se aglomeraram para examinar a tesoura de Dovid e ver os resultados que ele conseguira. Sem dúvida alguma, era uma habilidade que valia a pena aprender e que podia ser exercida em Troyes quando se precisasse faturar uma renda extra. As mulheres presentes trocaram acenos entre si. Essa etapa do trabalho não requeria força, e ter mãos leves seria uma vantagem.

Em meados de fevereiro, o tempo melhorou durante a semana que antecedeu *Purim*, e finalmente o moinho pôde ser terminado. Miriam já se encontrava em Ramerupt para os partos das ovelhas, mas Shemiah, Rivka e até Salomão cavalgaram para ver o novo equipamento em operação.

À primeira vista, o moinho de pilagem era uma decepção, já que parecia um moinho comum de grãos, com roda d'água e tudo mais. No entanto, dentro dele, em vez de uma mó, a roda d'água impulsionava grandes martelos de madeira. Debaixo dos martelos, havia os tanques para os tecidos e o líquido de lavagem; as bordas eram ligeiramente arredondadas e se mantinham a certa distância do martelo de modo a permitir um reposicionamento gradual do tecido, assegurando uma pilagem uniforme.

– Veja isso, papai – disse Raquel entusiasmada. – O moinho de pilagem multiplica nossa eficiência por três, e isso se soma ao impulso obtido com o tear horizontal.

– É um completo sucesso – ele disse admirado. – Logo você será uma mulher muito rica.

Raquel passou os olhos pela sala, onde Joheved, Meir e Isaac conversavam.

– Agora, minha irmã e eu controlamos todo o processo de tecelagem, desde a lã crua até o tecido tingido. Quando o nosso empreendimento crescer, o futuro de nossos filhos e netos estará garantido.

De repente, Salomão se deu conta de algo mais que Raquel conseguira.

– Com a produção de vinho e tecidos, nenhum membro da família precisará sair de Troyes para o seu sustento. E todos poderão se tornar eruditos da Torá.

Shemiah juntou-se à conversa.

– Mas papai quer que eu vá para Sefarad para ajudá-lo a importar tintas.

Raquel não podia exigir que o filho escolhesse entre ela e o pai, mas Salomão só tinha uma coisa em mente – a Torá.

– E o que você quer? – ele perguntou.

– Quero ficar aqui e estudar o Talmud com o senhor, vovô – respondeu Shemiah de pronto.

Raquel se orgulhou ao ver o filho e o pai se abraçando. Não eram apenas os filhos das irmãs dela que seriam eruditos; Shemiah também seria um *talmid chacham*. E ele também não precisaria se separar da futura esposa.

Raquel e os filhos retornaram a Troyes para *Purim*, e lá uma outra tempestade a manteve dentro de casa por uma semana. Certa noite, foram jantar com a família de Moisés haCohen, o que a fez perder a visita de Guy de Dampierre.

Em casa, Salomão puxou uma cadeira para o cônego, mas Guy desculpou-se.

– Lamento não poder ficar. Amanhã é a festa de São Matias o Apóstolo, e hoje tenho que jejuar.

– O que posso então fazer por você? O bispo precisa de mais vinho? – perguntou Salomão. – Ou você veio me trazer notícias?

– Tenho algumas novas, mas vim aqui à procura da sua filha Raquel. – Guy passou os olhos pelo aposento, visivelmente decepcionado pela ausência dela. – Os últimos peregrinos estão partindo para Compostela, e ela sempre envia uma carta para o marido por eles.

– Transmitirei sua mensagem para ela. – Salomão procurou dissimular a surpresa. Certamente Raquel não se esquecera de escrever para Eliezer.

– Talvez já tenha enviado pelo grupo anterior. – Guy fez menção de sair.

– Você disse que tinha novidades – Salomão o lembrou.

– É claro. – Guy sentou-se. – Estão pedindo reforços agora que a maioria dos cavaleiros retornou de Jerusalém. O papa Pascal está clamando por uma nova peregrinação, exortando, em particular, os que fizeram os votos do peregrino anteriormente, mas nunca os cumpriram.

– Isso se aplica ao conde Étienne de Blois – disse Salomão. – Ou o nosso conde Hugo decidiu ir?

Guy inclinou-se para ser ouvido melhor.
– Se dependesse das esposas, os dois nobres irmãos já teriam ido. Mas, pelo que parece, apenas o mais velho resolveu empreender a jornada. Ouvi dizer que a condessa Adèle está tão envergonhada que não permitirá que Étienne permaneça na casa. Ele partiu para a Terra Santa com Hugo de Vermandois, com o duque Odo da Borgonha e outros que tinham retornado.
– Então, apesar do desejo da princesa francesa, o conde Hugo continua em casa? – perguntou Salomão.
– Por enquanto – respondeu Guy, pegando a capa de arminho.
– Espere um pouco, Guy – gritou Shmuel, parando o clérigo à porta. – Você tem notícias para mim?
– Temo que sim. Embora concorde que a tradução da *Vulgata* seja imprecisa se comparada à *Hebraica veritas*, não há nada que eu possa fazer para mudar isso.
– Pelo menos, você tentou – disse Shmuel, enquanto eles caminhavam até o portão.

Preocupado com o comportamento de Raquel, Salomão pouco falou durante a ceia, deixando para Shmuel a incumbência de lidar com as perguntas dos alunos. Tão logo ela entrou em casa, ele transmitiu a mensagem de Guy e esperou pela reação.

– Não é necessário desperdiçar o precioso pergaminho com uma carta para Eliezer – ela retrucou. – O senhor e as crianças estão bem, que o Eterno os proteja, e o moinho de pilagem está funcionando. Ele sabe que só escrevo quando alguma coisa está errada.

Salomão arqueou a sobrancelha com ceticismo. Se Raquel deliberadamente deixava Eliezer sem notícias, isso significava que queria deixá-lo preocupado.

– Você poderia aumentar a ansiedade dele, se escrevesse uma carta cheia de elogios ao novo pisoteador – ele disse.

Para a decepção do pai, Raquel ruborizou-se.

– Desse jeito, Eliezer vai se torturar pensando em todas as possíveis razões que me levaram a não escrever. – *E que me levaram a não ter ido para Toledo.*

Shmuel interrompeu a conversa.

– Vovô apostou que Guy não encontraria a tradução *minim* do sexto mandamento modificado, e estava certo.

– Do que está falando? – perguntou Raquel.

– Eles traduziram "Não assassinarás" como *Non occides* – disse Shmuel. – Eu destaquei o fato de que o verbo latino *occidere* se refere a matar em geral, ao passo que o termo hebraico *tirtza* se refere a "assassinar, matar sem justificativa". Logo, se o Eterno tivesse simplesmente querido dizer "matar", Ele teria usado o termo hebraico *hereg*, e se quisesse denotar "tornar morto", Ele teria dito *mot yumat*.

– Guy admitiu um descuido na tradução? – Raquel arqueou a sobrancelha em sinal de surpresa, se perguntando se também não poderia pedir que ele lhe ensinasse o latim.

– Não só ele, como outros *notzirim* eruditos que estudam comigo em Paris – disse Shmuel. – Mas eles argumentam que não faz mal que os homens acreditem que é proibido matar uns aos outros.

– Não que isso os impeça de matar ou assassinar quem quer que seja – acrescentou Salomão com um tom de amargura.

Ao primeiro sinal de melhora no tempo, Raquel voltou depressa para Ramerupt, onde Dovid, orgulhoso, presenteou-a com os rolos de tecidos terminados, prontos para serem tingidos.

Deixando de lado o habitual receio em relação a homens desconhecidos, Raquel se pôs a dançar com alegria.

– Isso é maravilhoso. Mal posso esperar para saber quanto valem.

– Estou certo de que valerão muito. – Ele esfregou as mãos com satisfação. – Mal posso esperar para que Othon me veja agora, um comerciante de tecidos bem-sucedido.

Ela retribuiu o sorriso.

– Mal posso esperar para ver a cara dele quando se der conta do terrível engano que cometeu.

A expressão de Dovid endureceu.

– E para ver a cara da filha dele quando perceber o que perdeu.

– A menos que ela seja uma completa idiota, já percebeu isso. Afinal, onde ela vai achar um homem bonito, inteligente e habilidoso como você? – disse Raquel com veemência.

Dovid não disse nada, e Raquel de repente se perguntou se não falara demais.

– Você a ama? – perguntou suavemente.

– Amá-la? Não diga esse absurdo. – Ele fez uma careta. – Ela é atraente o suficiente para se casar, mas o que eu amava mesmo era o estabelecimento do pai dela.

– Eu não entendo. Você é um pisoteador habilidoso, um dos melhores de Troyes. Por que Othon não iria querê-lo para genro?
– E a senhora nem desconfia do que teria me impedido? – Ele fixou os olhos nela. – A senhora mais do que ninguém deveria saber, porque está marcado na minha carne.

A alegria dela se dissipou.

– Porque você nasceu judeu.

– Não sei a quem amaldiçoo mais... se aos meus pais que me fizeram com esse defeito ou aos homens que os assassinaram.

Horrorizada, Raquel elevou o tom da voz.

– Ser judeu não é um defeito. Somos o povo eleito pelo Eterno.

– Ela se pôs ao lado dele. – Olhe para mim. Sou defeituosa? Minha família é defeituosa? Somos melhores em todos os sentidos se comparados com os *minim*.

Ele olhava para o rosto dela, mas sem vê-la.

– *Minim*... Lembro-me dessa palavra. Significa "herege".

– Claro que eles são hereges. Pegaram a Torá que nos foi dada no monte Sinai e a interpretaram de modo a fazê-la apoiar as mentiras de que o Eterno não é Uno e sim Tríplice, de que Ele nos abandonou e os elegeu para nos substituir e de que o Crucificado que cultuam como o Messias é o filho de Deus, nascido de uma mulher humana e, o maior absurdo, que ela era virgem.

Ela bateu o pé no chão com tanta força que a neve tombou das calhas do moinho.

– E, se não aceitamos essas mentiras, eles nos assassinam e roubam nossos filhos.

Dovid arregalou os olhos, enquanto Raquel descarregava a raiva. Até que ela se calou.

– Desculpe-me – ele disse delicadamente. – Eu não queria aborrecê-la.

– Eu é que lhe devo desculpas – ela disse, horrorizada por ter revelado o que pensava sobre os *notzrim* para um deles, sobretudo para um apóstata. Seu estômago se apertou de medo. *E se ele não quiser trabalhar mais para mim?* – Por favor, desculpe-me.

Ambos esperavam que o outro falasse primeiro, quando Joheved surgiu à porta. Uma expressão de alívio surgiu em seu rosto, ao ver a irmã.

– Que bom que você está aqui, Raquel.

Quando Joheved se aproximou, Dovid se retirou para os tanques de pilagem, deixando as irmãs a sós para conversar.

– Estou tão feliz por você ter envolvido a nossa propriedade no negócio de pilagem – disse Joheved, se bem que Raquel percebeu que a irmã não parecia particularmente feliz. – Esse tempo maluco arruinou a lavoura de trigo e, se continuar assim, as sementes para a lavoura da primavera ou irão apodrecer ou não irão germinar.

Notando a expressão consternada da irmã, ela continuou:
– Não se preocupe. Teremos cereais suficientes para nos alimentar; Milo guardou um pouco da colheita do ano passado. Mas não teremos muita coisa para vender neste verão, exceto os carneiros.

Raquel balançou a cabeça.
– Por isso, é bom que você tenha lã crua e os tecidos para substituir.

– Além disso, o processo de pisoteio mantém os aldeões ocupados e afastados das confusões em que se envolvem quando não podem trabalhar na lavoura.

– Quando estive com Simão em Troyes, ele sugeriu que você cultivasse pastel-dos-tintureiros ou então garança – disse Raquel. – Com essas substâncias, poderemos tingir a lã crua.

Joheved parou para pensar.
– Poderíamos cultivar o pastel-dos-tintureiros em algum campo no pousio. Essa erva não precisa de fixador e amadurece em uma estação.

– E a garança? Faria uma boa base para o escarlate.
– Marona me disse que eles costumavam cultivar garança, mas que levava anos para que as raízes estivessem grandes o bastante para se extrair a tinta. – Joheved deu uma risadinha. – Ela achou que, se as ovelhas comessem as folhas, ficariam com a lã cor-de-rosa, mas, no fim, o leite é que ficou cor-de-rosa.

– Acho então que deveríamos cultivar o pastel-dos-tintureiros.
Joheved hesitou e desviou os olhos para os tanques de pilagem.
– Eu estava pensando em convidar o Dovid para celebrar *Pessach* conosco.

Raquel quase se engasgou.
– Aqui? Com nossa família?
– E por que não? – disse Joheved. – Agora, ele está vivendo em Ramerupt.

– Porque ele não é judeu, só por isso. – Mal acabou de falar, Raquel se deu conta de que não era verdade. Salomão sempre dizia que, mesmo quando um judeu pecava, ele não deixava de ser judeu.
– Mas você me disse que ele era...
– Tudo bem, ele é judeu – admitiu Raquel. – Mas agora é um apóstata.
– Que tal trazê-lo de volta para a lei de Moisés? – perguntou Joheved. – Se Dovid ainda tem alguma lembrança feliz da infância com os pais, é bem provável que inclua *Pessach*.
– Mas o nosso *seder* cai na Sexta-Feira Santa deles. Ele terá que escolher uma coisa ou outra.
– Eu não tinha pensado nisso. – Joheved deteve-se, o queixo pousado na mão. – Tive uma ideia: por que não joga umas indiretas para ver como ele reage? Se parecer interessado, você o convida.
– Tentarei fazer isso – disse Raquel, sabendo que não se esforçaria muito nas tentativas. Dovid estava provocando fortes sentimentos nela, sentimentos que ainda não conseguira analisar, e não queria correr o risco de ostentá-los diante da família.

Eliezer olhou com surpresa para os muitos amigos ricamente trajados que vieram para o seu casamento. Antes que tivesse tempo de perguntar o que faziam ali, soou a música e o puxaram para a dança. Duas pequenas rodas de pessoas moveram-se para a esquerda, diante da roda onde ele estava, e três rodas maiores se moveram na frente dele com Gazelle sentada ao centro. Observar todos aqueles dançarinos girarem ao seu redor, cada qual com um ritmo diferente, deixou-o tonto, mas ele não podia parar.

Os músicos aceleraram o ritmo, e, de repente, Abraham bar Hiyya o pegou pelo braço e os fez girar ao redor de si mesmos na roda, enquanto eram seguidos pelos outros. Eliezer se sentiu caindo, mas Abrahan o puxou para cima. A vertigem aumentou, à medida que os dançarinos giraram cada vez mais depressa, até que ele não conseguia mais identificar quem era quem. Tudo se tornou uma única mancha colorida.

A certa altura, a música desacelerou, mas, quando a visão dele clareou, os dançarinos tinham desaparecido. Cada roda continha agora apenas uma esfera brilhante. Até mesmo Abraham e Gazelle tinham sido transformados. De um jeito insólito, a cena lhe parecia familiar, embora não conseguisse se lembrar de onde ou quando a tinha visto. Mas pressentia que era algo importante.

– Eliezer – Abraham o chamou.

Eliezer sacudiu a cabeça e fitou o amigo, que bocejava e esfregava os olhos.

– Já é quase de madrugada. Durma aqui, se quiser, mas eu vou para casa. Se Mercúrio e Vênus fazem uma órbita em torno do Sol, continuarão fazendo depois que eu acordar.

Subitamente desperto e tentando desesperadamente interpretar o sonho, Eliezer deu boa-noite para Abraham.

– Ficarei mais um pouco. – E se ele fosse a Terra, Abraham, a Lua, e Gazelle, o Sol? Neste caso, as cinco esferas que a circulavam seriam os planetas. Todos fazendo uma órbita em volta do Sol. Inclusive a Terra! Mas como isso seria possível?

– Você tem certeza? Estava roncando ainda há pouco.

– Estou pensando num algoritmo diferente que quero experimentar, e, se parar agora, vou perder o fio do raciocínio. – Ele se esticou para pegar uma folha de pergaminho.

– Então o vejo mais tarde. – Abraham caminhou até a porta e se deteve. – A propósito, creio que você gostaria de passar a *Pessach* comigo em Barcelona outra vez.

– Já está chegando *Pessach*? – *Como o tempo passou com tanta rapidez?* – Minha esposa disse que estaria aqui para *Pessach*.

– Tem tido notícias dela?

– Não. Mas escreveria, se não viesse. – Eliezer tentou dissimular uma súbita ansiedade.

– Estão dizendo que o inverno está muito rigoroso em Ashkenaz. Talvez o tempo ruim a tenha impedido de viajar e atrasado uma mensagem dela.

Eliezer suspirou. O tempo ruim significava um outro ano de colheita fraca. Seria melhor conseguir cereais para levar quando voltasse, mesmo que com o preço que pediria para obter algum lucro se ampliaria o número de edomitas que o odiavam.

– Duvido muito que sua esposa esteja vindo – continuou Abraham. – Mas você pode avisar a seu sócio que você foi para Barcelona e, se ela chegar, pode se juntar a nós lá.

Abraham fechou a porta atrás de si, e Eliezer retomou o trabalho. Uma vã tentativa. Conjecturas sobre o que teria acontecido com Raquel e sobre o que poderia acontecer se uma nova onda de fome inflamasse os sentimentos antijudaicos em Ashkenaz o impossibilitaram de se concentrar na astronomia. Os cálculos terão de esperar, pensou consigo mesmo, enquanto trancava os manuscritos e saía.

A lua quase cheia era um lembrete visível de que de fato *Pessach* se aproximava. Se Raquel não viesse, ele poderia celebrar *Pessach* com Abraham. Mas se não estava para vir, e o instinto lhe dizia que isso era verdade, por que ela não lhe escrevera? Teria saído de Troyes e o mau tempo a obrigara a retornar? Estaria Salomão novamente doente? Ou então, um dos seus filhos? Talvez ela tivesse escrito, e a carta se extraviara. Eliezer podia cogitar um sem-número de razões para justificar a ausência de Raquel, algumas terríveis, outras nem tanto.

    Só não lhe passou pela cabeça que a esposa nunca tivera a menor intenção de viajar para Toledo.

Vinte e nove

aquel esperou passar um mês depois que os homens retornaram para a Feira de Verão, para fazer perguntas a Pesach sobre a segunda esposa de Eliezer. Mesmo assim, abordou o assunto cautelosamente enquanto caminhavam, primeiro, discutindo o tipo de mercadorias disponíveis em Toledo, o preço delas, e que impressão o rapaz tivera das condições econômicas em Sefarad.

– Não é nem um pouco difícil para Eliezer encontrar compradores para as peles e os tecidos, os clientes aguardam com ansiedade a chegada dele – disse Pesach orgulhoso. – E o agente dele de Maghreb leva as tintas mais requintadas na caravana de inverno. Sinceramente, não vejo razão para ele precisar de mim.

– Levando em conta que ele termina as negociações com tanta rapidez, fico imaginando o que meu marido faz o dia inteiro em Toledo. – Ela falou alegremente, como se a ideia a divertisse.

– Pelo que sei, passa o dia dormindo.

– É claro. Fica acordado a noite inteira para estudar os astros.

– Não consigo entender o que ele vê de tão interessante nisso.

– Pesach meneou os ombros. – Quer dizer, que diferença faz se os planetas giram em torno da Terra ou do Sol?

– Para ele, isso faz muita diferença – disse Raquel. Eliezer sempre desejara desesperadamente saber mais que os outros homens; antes, sobre o Talmud; e agora, sobre a astronomia.

Pesach abaixou a voz.

– Ouvi dizer que o amigo dele, Abraham, sabe quando o Messias virá.

– Bobagem. Ninguém sabe isso.

– Eliezer diz que Abraham talvez esteja certo.

Raquel hesitou antes de jogar a rede.

– E como é a segunda esposa de Eliezer?
Como esperava, Pesach se constrangeu com a pergunta.
– Por favor, senhora Raquel, não me pergunte isso.
– Entendo – ela falou calmamente. – Meu marido lhe disse para não falar uma palavra sobre ela. Mas você não precisa falar nada. Faço algumas perguntas, e você me responde sim ou não com a cabeça.
Os olhos de Pesach se arregalaram de medo, mas ele anuiu.
– Ele tem filhos com ela? – Raquel prendeu o fôlego à espera da resposta que mais temia.
Pesach balançou a cabeça em negativa e a fez suspirar de alívio. Se em três anos Eliezer ainda não tinha engravidado a mulher, talvez o infértil fosse ele.
– Uma outra coisa. Ela estava grávida quando você partiu?
Ele deu de ombros, o que era a melhor resposta que ela podia esperar.
– Viu? Não foi tão ruim – disse. – Agora, se Eliezer lhe perguntar, você pode dizer que não me falou uma única palavra sobre ela e não estará mentindo.

Pesach se manteve em silêncio até que eles chegaram ao estabelecimento de Simão. Felizmente, o tintureiro estava trabalhando na loja e não naquele tonel fedorento.

Simão abriu um largo sorriso ao vê-la.

– Senhora Raquel, sua última leva de tecidos é de longe muito melhor que as primeiras, a qualidade é surpreendente. Vou mostrar para a senhora.

– A qualidade desses tecidos teria que ser mesmo excepcional – ela disse, enquanto caminhava ao lado de Pesach e Simão para ver os tecidos brilhantes e coloridos que secavam estendidos nos varais. – A lã é da tosquia deste verão.

Simão mostrou o trabalho dele.

– Conforme a senhora autorizou, escolhi pessoalmente as tintas de acordo com a qualidade dos tecidos. Ficará feliz em saber que todos os tecidos fizeram jus às tintas importadas. O trabalho de David para a senhora supera tudo o que já fez para Othon.

– Excelente. Eu já esperava por isso. – Raquel reprimiu a alegria que sentia por ouvir elogios ao seu pisoteador.

– Já que o nosso amigo aqui trouxe bastante vermelho kermes – Simão inclinou a cabeça em direção a Pesach –, procurei utilizá-lo ao máximo. Usei índigo e açafrão nos tecidos ligeiramente inferiores.

Apontou para os tecidos vermelhos, azuis e amarelos cujas cores eram vívidas apesar da luz forte do sol. A tonalidade de cada tecido não apresentava qualquer variação.

– Estão maravilhosos. – Pesach não dissimulou o deslumbramento. – Mas por que alguns são pretos?

– A abadessa de Notre-Dame-aux-Nonnains quis saber dos tecidos, então pedi a Simão que preparasse alguns para ela – disse Raquel. Embora as freiras fizessem voto de pobreza, a abadessa local vinha de uma família nobre e se recusava a se vestir de qualquer maneira, a não ser com os mais finos tecidos.

Simão se voltou para Pesach.

– O genuíno preto é uma das tonalidades mais difíceis de serem obtidas. Cada tintureiro tem uma fórmula secreta própria, a minha emprega fuligem de lamparina. – Conduziu a dupla de volta ao interior da loja, e lá desenrolou lentamente uma pequena peça de tecido roxo brilhante.

Raquel perdeu o fôlego.

– Isto está deslumbrante. – Ela não resistiu e apalpou o material.

– E eu que achava que Eliezer não encontraria o roxo de Tiro, ou foi o senhor que misturou vermelho com índigo?

Simão deixou que Pesach respondesse.

– Fui eu que encontrei um pouco da tinta, embora Eliezer a tenha considerado muito cara. Ouvi os mercadores de tinta de Toledo dizendo que o roxo de Tiro deste ano estaria particularmente escasso e decidi apostar e comprar um pouco a crédito.

– Uma aposta bem-sucedida, devo confessar – comentou Simão.

– Diversos mercadores estão interessados, cada um cobrindo a oferta do outro.

– Agiu muito bem, Pesach – disse Raquel, enquanto ele sorria radiante com o elogio deles. *Melhor que Eliezer que, pelo que parece, está mais interessado no céu que em nossos lucros.*

Eliezer, por sua vez, passou o verão fervilhando numa raiva disfarçada, enquanto aguardava o final de *Sukot* para poder retornar a Toledo. Raquel retribuía os abraços dele com o entusiasmo de sempre, mas não demonstrava o menor interesse pelo que ele dizia. Quando ele tentava explicar que provar que o universo não girava em torno da Terra era muito importante e revolucionário, ela praticamente bocejava na cara dele. E, afora isso, dispensava os cálculos que ele exibia com um aceno de mão, dizendo que os examinaria mais tarde, mas sem nunca encontrar tempo para isso.

Ela se concentrava de corpo e alma nos tecidos. Sumia, passando horas e horas em Ramerupt, e até pernoitava lá quando estava *nidá*.

Mas quando ele se oferecia para acompanhá-la para ver o moinho, para finalmente conhecer o novo pisoteador, ela sempre encontrava uma desculpa para dissuadi-lo, alegando que ainda não era a hora certa. Irritado com as desculpas, e desconfiado do que poderia estar por trás disso, ele resolveu que iria a Ramerupt sem avisá-la, saindo uma hora depois que ela saísse.

A propriedade que deveria estar efervescente com a colheita parecia moribunda. Os pastores pastoreavam preguiçosamente o rebanho, e as espigas esparsas pelos campos eram um triste testemunho da crueldade do clima. A essa altura, Joheved e Meir estavam na Feira de Verão em Troyes, de modo que ele foi recebido por Milo e Judita, a esposa grávida de Isaac.

Ambos pareceram alarmados quando o viram.

– Gostaria de se refrescar um pouco enquanto mando alguém até o moinho para chamar sua esposa? – perguntou Judita com alguma aflição.

– *Merci, non*. Eu mesmo vou vê-la.

Milo e Judita se entreolharam, e Milo então disse:

– O moinho fica um pouco distante; posso levá-lo até lá.

Eliezer pensou com seus botões que bastaria que Milo indicasse a direção. O moinho de pilagem estaria em algum riacho da propriedade, e ele podia muito bem seguir o afluente sozinho. Mas não disse nada e acompanhou o mordomo.

O moinho ainda não tinha surgido à vista quando ele ouviu o ressoar do bater dos pilões que reverberavam pelas árvores. Franziu ligeiramente a testa quando Raquel desceu a escada com os cabelos sob o véu e acenou. Ele se esforçara tanto para pegá-la desprevenida com Dovid – isso se o rapaz ainda estivesse lá.

E estava, seguindo Raquel a uma distância respeitosa. Um belo jovem demônio. Quando Raquel se aproximou com um largo sorriso estampado na face, Eliezer a observou com atenção. Conhecia a mulher, e a irritação nos olhos ligeiramente apertados e nos lábios contraídos não lhe passou despercebida.

– Eliezer, pensei que você e Shemiah estivessem estudando com papai. – Sua crítica muda era evidente; ele estava deixando a Torá de lado.

– Já o ouvi comentando a mesma *sugia* pelo menos duas vezes, e resolvi dar uma cavalgada para desfrutar o excelente tempo. – Ele se voltou para o pisoteador e estendeu a mão.
– Você deve ser Dovid, o melhor pisoteador de Troyes, o homem que está por trás do sucesso do nosso negócio têxtil. – Os dois podiam jogar o jogo da dissimulação.
Dovid apertou a mão de Eliezer e em seguida o pegou pelo ombro.
– Venha ver nosso novo moinho. Os pisoteadores da cidade devem estar arrancando os cabelos; estamos terminando os tecidos pelo menos três vezes mais rápido que eles. – Ansioso, ele guiou Eliezer até a escada.
Como não havia malícia na voz de Dovid, Eliezer se deixou levar.
– Excelente.
Com Raquel a seu lado, Eliezer seguiu Dovid pelo moinho, passando por alguns tanques fedorentos e depois, graças aos céus, saíram rapidamente para o ar livre, onde metros e metros de panos esticados secavam ao sol. Era uma visão impressionante.
– É bom ver para onde vão todas as tintas que trago. – Eliezer voltou-se para Raquel. – Já está quase na hora da ceia. Cavalgamos de volta ou comemos aqui?
Raquel hesitou por um momento.
– Vamos para casa.
Eles cavalgaram pela floresta quase sem falar, trocando poucas palavras. A tensão era crescente em torno deles, ambos cientes de que havia uma discussão a caminho, mas fazendo de tudo para não instigá-la.

Afinal, o filho do casal precipitou o confronto ao dizer que se recusava partir para Toledo no outono, o que fez Eliezer sair no meio de uma sessão noturna de Talmud e disparar como um louco para casa. Bastou uma olhada em sua expressão furiosa para os criados debandarem. Mas o alvo de sua fúria encontrava-se no segundo andar.
– Como ousa contrariar os meus desejos para o Shemiah? – Eliezer bateu a porta atrás de si.
Raquel largou cuidadosamente as folhas do *Nedarim* que estava lendo e se levantou para enfrentá-lo.
– Se nosso filho quer estudar o Talmud com o avô, minha obrigação é incentivá-lo e não desencorajá-lo. – Ela tentou aparentar calma, mas tremia por dentro.

– É o próprio Talmud que afirma que o pai deve ensinar o comércio para o filho, o que pretendo fazer em Toledo.

– Ele é perfeitamente capaz de ganhar o próprio sustento como comerciante de tecidos em Troyes. – Ela apertou os olhos. – E você também pode fazer isso.

– E se eu não quiser ser um comerciante de tecidos em Troyes? – ele a desafiou. As cartas estavam na mesa.

– Como pode dizer isso? – O queixo de Raquel começou a tremer. – Depois de todo o trabalho que tive para montar um negócio têxtil para nossa família.

– Não pedi que você fizesse isso. Você nunca me perguntou se eu queria ou não esse negócio.

– Mas fiz tudo isso para que pudéssemos viver juntos em Troyes. – As lágrimas rolavam no rosto dela. – Para que não ficássemos separados.

– Já cansei de lhe dizer que não tenho a menor intenção de viver na França. Os judeus nunca estarão seguros aqui como estão em Sefarad – ele retrucou, ignorando os soluços dela. – Você não está interessada em nossa união, se estivesse, teria ido comigo para Toledo.

Raquel piscou os olhos para afastar as lágrimas, e a raiva tomou o lugar da dor.

– Você pensa que viverei em Toledo para dividi-lo com outra mulher? Nunca! – ela sibilou.

Eliezer emudeceu, o rosto rubro.

– Não culpe Pesach. Ele não me disse uma só palavra – ela se apressou em explicar, antes que ele falasse. – Já sei dela há anos. Você não é o único mercador de Toledo que frequenta nossas feiras.

– Tenho todo o direito de ter uma outra esposa em Sefarad, isso é costume deles – ele disse por fim. – O edito do Rabi Gershom não se aplica lá.

– Se está tão orgulhoso por ter duas esposas, por que não me falou sobre ela? Acha mesmo que eu aceitaria uma rival na cama do meu marido?

É claro que Eliezer não achava, e por isso mesmo não lhe contara nada.

– E se eu me divorciar dela? Você se mudaria para Toledo?

Era a vez de Raquel emudecer. Ela balançou a cabeça bem devagar.

– Não posso abandonar o meu pai, não com a idade que ele tem. Não suportaria se ele morresse enquanto eu estivesse fora.

Era a oportunidade de Eliezer para uma reaproximação, para mostrar a própria vulnerabilidade. Em vez disso, ele rosnou.

– Tem certeza de que não é o novo pisoteador que você não pode abandonar?

Raquel deu um passo à frente e o esbofeteou.

– Como ousa desconfiar de mim? Logo você que manteve em segredo uma outra esposa.

– A mulher tem a obrigação de deixar os pais e seguir o marido.

– Eliezer citou o Gênesis com a voz impregnada de sarcasmo.

– Não cite a Torá para mim – ela retrucou. – Você sabe muito bem que o homem não pode obrigar a esposa a se mudar para outra cidade contra a vontade dela.

– E se a primeira esposa se recusa a viver com o homem, é permitido que ele assuma outra.

– Na França, não.

– Não tenho a mínima intenção de viver na França.

– Mas eu tenho. – Ela o olhou de maneira desafiadora.

– Porque você não me ama o bastante para se mudar para Toledo.

– Pelo contrário. Você é que não me ama o bastante para ficar em Troyes.

Eliezer retribuiu-lhe o olhar, desafiando o rosto inflamado e os olhos faiscantes de Raquel. A veia do pescoço pulsava a olhos vistos, e uma gota de suor escorreu-lhe lentamente pela pele e sumiu por entre a fenda dos seios. O desejo irrompeu com fúria. Num salto, ele diminuiu a distância entre ambos.

Ela reconheceu aquela expressão no seu olhar e tentou recuar, mas a cama estava atrás. Antes que pudesse escapar, ele a tomou nos braços, puxando-a para si. Os lábios dele grudaram-se nos seus, e o corpo dela colou-se com firmeza no dele. Abruptamente, uma das mãos dele começou a acariciar-lhe o seio, em busca do mamilo oculto sob o tecido fino da blusa.

Quando finalmente encontrou o que procurava, Raquel incendiou-se de desejo. Sufocando de paixão, puxou-o para a cama. Mas, enquanto se abria para as carícias de Eliezer, uma voz dentro dela dizia aos gritos que o odiava, odiava o jeito com que ele sempre provocava o corpo dela e odiava desejá-lo com tanta intensidade. Mas embora sua mente conseguisse voltar-se contra ele, o corpo não conseguia... não queria fazer o mesmo. O que o traiçoeiro corpo queria era senti-lo duro e pulsante dentro dela, comprimindo-lhe a carne até que uma grande explosão lhe drenasse todo o desejo.

Mesmo assim, ela nunca se mudaria para Sefarad.

Apesar de ser um momento de celebração, a aproximação do Ano-Novo encheu Raquel de melancolia. Uma vez que *Sucot* terminaria em menos de um mês, Eliezer partiria para Toledo e só voltaria para o casamento de Shemiah no verão seguinte. Depois daquela estafante e terrível noite, as brigas cessaram, e ambos aceitaram a inexorabilidade um do outro.

Na véspera do *Iom Kipur*, ambos buscaram e receberam o perdão do outro. Mas, apesar do mandamento do Eterno de celebrar o *Sucot* com alegria, a festa acabou sendo tristemente sombria. Eliezer concordara em adiar a partida até que Raquel ficasse *nidá* novamente, o que a fez orar com um fervor nunca visto, rogando por um filho. Mas as flores chegaram regurlarmente no final de setembro, e ela mal conteve as lágrimas enquanto Eliezer preparava a bagagem.

– Você tem certeza de que não pode ficar em Troyes e estudar astronomia aqui? – perguntou pela última vez. Era inútil esperar que ele abandonasse os estudos seculares.

– Eu preciso do observatório de Toledo. – A voz de Eliezer soou com uma firmeza resignada. – E preciso trabalhar com outros astrônomos e matemáticos.

– Da mesma forma que preciso do meu pai e das minhas irmãs para estudar a Torá – ela retrucou. – Eu nunca conseguiria estudar o Talmud fora de Troyes.

Ele olhou para ela com tristeza. Entendia a poderosa atração que o Talmud exercia, pois já fora sua grande paixão. Mas agora ansiava por conhecimentos novos.

– Você poderia ensinar o Talmud para outras mulheres em Toledo.

Ela balançou a cabeça.

– Como você, prefiro aprender a ensinar. – *Enquanto papai estiver vivo para me ensinar.* – Além do mais, as mulheres não estudam a Torá em Sefarad. – *E eu quero que nossos dois filhos sejam eruditos.*

– Da mesma forma que os homens não estudam astronomia em Troyes.

– Pesach partirá com peles e tecidos para Toledo quando a Feira de Inverno terminar – ela assegurou. – E Shemiah irá depois da *Pessach* para conhecer os seus camaradas e voltar com você para o casamento.

— Se já está tudo acertado, preciso ir dormir. Amanhã tenho uma longa cavalgada pela frente.

Eles se deitaram juntos, cada qual enrolado na sua própria roupa de cama e, aos olhos de Raquel, separados por um abismo. Sem poder tocá-lo, ela evocou para si mesma as palavras do primeiro capítulo do tratado *Sanhedrin*.

> Diz Rav Huna: a discórdia é como um fio d'água deixado por uma enchente. Quando ele começa a alargar, ele continua a alargar... Quando o nosso amor era forte, nós podíamos deitar juntos no fio de uma espada; e agora que se debilitou, uma cama de seis cúbitos não é larga o bastante.

Durante todo o outono, Raquel tentou apagar Eliezer da mente, mas a lembrança das aulas sobre o cálculo do calendário tornou-se inevitável porque tanto *Heshvan* como *Kislev* tinham sido cheios naquele ano. Como previra Joheved, a colheita de outono foi uma pobreza, o que obrigou o conde Hugo a liberar os cereais das lojas da cidade. A colheita de uvas de Salomão não passou de medíocre, e em *Hanucá* ninguém se surpreendeu com a nova safra também medíocre. Pelo menos a carne estava mais barata, pois ninguém assumiria o alto custo de alimentar os animais no inverno seguinte.

Por outro lado, os negócios de Raquel foram proveitosos. Muitos novos clientes pegaram dinheiro emprestado a vencer na colheita da primavera, e Pesach chegou com peles felpudas que havia muito tempo ninguém via. Além disso, aumentou o número de compradores para os novos tecidos, uma clientela que reclamava das velhas roupas que não aqueciam o bastante e não protegiam da chuva. O tecido roxo de Tiro foi negociado por um preço excelente, depois de um sem-número de lances de inúmeras casas reais. Ela então pôde conceder um crédito para Pesach pagar o empréstimo assumido e comprar as tintas que quisesse, quando ele retornou para Toledo no final da Feira de Inverno.

Contudo, não enviou uma carta para Eliezer. Todos na casa gozavam de boa saúde, e isso Pesach poderia dizer pessoalmente para o marido dela.

Raquel mantinha o corpo ocupado com a poda das videiras e a mente ocupada com o estudo do tratado *Nedarim* junto com Miriam. Ao chegarem ao sexto capítulo, ela teve a agradável surpresa de encontrar uma outra narrativa da história do Rabi Akiva e sua adorada esposa Raquel, bem mais longa e mais detalhada do que a apresentada no tratado *Ketubot*.

– Sabia que tinha isto aqui? – perguntou para Miriam. As duas irmãs de Raquel sabiam que ela gostava de ler sobre as xarás da Bíblia e do Talmud.

– *Non*, papai nunca mencionou esta seção.

– Então vamos pedir que nos explique – disse Raquel, convencida de que o pai faria isso.

Assim, Salomão deixou os *kuntres* de lado por algum tempo, para ensinar essa obscura peça do Talmud às filhas.

Tal como no *Ketubot*, a *sugia* iniciava com o noivado de Akiva, um pastor simplório, e Raquel, filha do patrão dele, o rico Kalba Savua. Ela é logo deserdada e faz Akiva ir para longe para estudar a Torá, apesar da pobreza do casal. Doze anos depois, ele retorna para casa como um grande erudito, seguido por milhares de discípulos, só para ouvir um dos vizinhos dela desmerecê-lo.

> O seu pai agiu com você de maneira adequada. Primeiro, o seu marido não é igual a você. Além disso, ele a deixou viver como uma viúva por todos esses anos.

Salomão fechou o livro.

– É melhor explicar isso antes de continuar. Kalba Savua amava a filha e a pressionava para se divorciar e se casar com alguém mais rico. Afinal, além de ser bem mais velho, Akiva tinha um filho da primeira mulher e era tão ignorante que nem conhecia o alfabeto.

Miriam e Raquel anuíram. Elas também ficariam indignadas se as filhas fugissem com um homem assim.

– E o pior – continuou Salomão –, essa expressão "não é igual a você" denota que Rabi Akiva descendia de convertidos.

Eles seguiram a leitura.

> Ela [Raquel] então replicou: "Se o meu marido me ouvisse, ele ficaria na *yeshivá* por mais doze anos." [Ao ouvir isso] Rabi Akiva disse: "Já que ela permitiu, retornarei."
> E ele então estudou por mais doze anos.

Na continuação do texto, Rabi Akiva retorna, dessa vez com vinte e quatro mil discípulos. Mas, quando a esposa sai para recebê-lo em andrajos, é repelida pelos discípulos que pensam que se trata de uma mendiga. Rabi Akiva os detêm e diz que tudo o que ele tinha adquirido, e por consequência também eles, se devia a ela. Em seguida, o final feliz, conhecido por Raquel e Miriam. Kalba Savua, depois de ouvir que um grande erudito chegara à cidade, implora a remissão do voto que fizera para empobrecer a filha. Rabi Akiva revela então a sua identidade, e Kalba Savua, em agradecimento, concede à filha e ao genro metade de sua fortuna.

No *Ketubot*, a narrativa termina com a filha de Rabi Akiva e Raquel casando-se com Ben Azzai e mandando-o estudar, mas o *Nedarim* não faz menção posterior nem à filha nem à neta de Kalba Savua. Em vez disso, a *Guemará* faz uma lista enigmática de seis fontes de onde Rabi Akiva se nutriu para enriquecer.

> Rabi Akiva obteve a sua fortuna de seis fontes: de Kalba Savua, da figura de proa de um navio, de um baú de tesouro, de uma dama nobre, da esposa de Turnus Rufus e de Ketia bar Shalum.

– Eu nunca soube disso. – E logo Raquel que achava que sabia tudo sobre Rabi Akiva.

Salomão explicou como Rabi Akiva encontrou moedas de ouro na figura de proa de um navio e um baú de tesouro em certa praia. Além disso, Rabi Akiva lucrou com um empréstimo de uma mulher da nobreza e de Ketia, um romano convertido, que lhe deixou metade da sua propriedade.

A lenda segundo a qual ele enriquecera por intermédio da esposa de Turnus Rufus era mais complicada e, para Raquel, mais problemática.

– Turnus Rufus era o governador romano do Eretz Israel, e ele desafiava Rabi Avika com frequência para debater o sentido da Torá – disse Salomão. – Até que Rabi Akiva vence o debate e deixa Rufus embaraçado perante a corte.

Como nenhuma das filhas se manifestou, ele continuou.

– Um dia, Rufus voltou para casa de muito mau humor, e a esposa quis saber por que ele estava tão aborrecido. Ele então se queixou de Rabi Akiva, que o ridicularizara, e a esposa arquitetou um plano para humilhar o erudito.

– O que ela fez? – perguntou Raquel.

– Ela disse ao marido: "O Deus dos judeus odeia a lascívia. Se me permitir, eu o farei pecar." A mulher de Rufus, que era muito bonita, se arrumou com esmero e foi visitar Rabi Akiva. Lá, ergueu a saia para mostrar as pernas e seduzi-lo. Percebendo o que ela queria, ele cuspiu, chorou e riu.
– Que estranho – comentou Miriam. – O que ele pretendia com isso?
– A mulher de Rufus lhe fez a mesma pergunta – disse Salomão. – Ele disse que explicaria os dois primeiros gestos, mas não o terceiro. Raquel e Miriam se debruçaram na mesa para ouvir melhor.
– Rabi Akiva cuspiu de nojo porque a mulher, apesar de sua estonteante beleza, fora gerada de uma pútrida gota de sêmen. Ele chorou porque um dia seu adorável corpo apodreceria debaixo da terra. – Salomão fez uma pausa e sorriu. – O que Rabi Akiva não explicou é que uma visão divina o fez ver que ela se converteria ao judaísmo e se casaria com ele.
– Casar-se com ele? – disse Raquel desapontada. – E o que aconteceu com a outra mulher, a filha de Kalba Savua? – Claro que Rabi Akiva não arranjaria uma segunda esposa além da sua adorada Raquel.
– Não sei. O Talmud não diz nada sobre ela. Rabi Akiva viveu por 120 anos: 40, como pastor; 40, como estudante; e 40, como líder. Talvez a filha de Kalba Savua já estivesse morta nessa época.
– E o resto da história? – perguntou Miriam.
– Pois bem, quando a esposa de Rufus se deu conta de que o plano estava óbvio para Rabi Akiva, ela lhe perguntou se haveria um jeito de se arrepender. Ele anuiu, e ela começou a estudar para se converter. Até que Rufus morreu, e Rabi Akiva finalmente explicou-lhe o motivo da risada.
– E já que ela se tornara judia, eles se casaram. – Raquel terminou a história de cara amarrada. – E dessa maneira ele enriqueceu por intermédio da esposa de Turnus Rufus.

Naquela noite, Raquel custou a dormir, terrivelmente desapontada porque o romance de Rabi Akiva com Raquel, a filha de Kalba Savua, resultara em nada. Como os Sábios podiam ter recontado a terna história do casal sem explicar o que acontecera com ela? Rabi Akiva foi o maior erudito da sua geração – os seus confrades deviam saber o que o destino reservara a ela. Será que Rabi Akiva se divorciou de Raquel? Será que ela teve um final infeliz, como Beruria, a esposa de Meir, e por isso haviam omitido a sua morte? Raquel se consolou por saber que o pai não sabia nada, de bom ou ruim, sobre a outra Raquel, embora soubesse do suicídio de Beruria.

Na manhã seguinte, ela resolveu ir até Ramerupt, onde a visão dos carneirinhos saltitando sobre a grama recém-brotada nunca deixava de animá-la. Ainda não estava pronta para admitir que a visão de Dovid, o pisoteador, também melhorava seu humor; no entanto, preferiu não parar na casa principal e cavalgou direto até o moinho. Embora os pilões trabalhassem a pleno vapor, o lugar parecia deserto. Lutando contra a decepção, tocou o cavalo até os fundos do moinho, convencida de que lá também estaria deserto. O coração deu um salto quando ela viu Dovid sozinho, aparando as rebarbas de um tecido.

Enquanto ele a ajudava a desmontar, ela perguntou:
– Onde está todo mundo?
Dovid não demonstrou qualquer sinal de ressentimento.
– Agora que o solo descongelou, os aldeões estão preparando a terra e semeando para a colheita da primavera.
– Joheved não lhe deixou nem ao menos um ajudante?
– Não hoje. É a festa da Anunciação.
Raquel revirou os olhos. Os hereges tinham tantos dias de festa que era quase impossível conhecer todos.
– Que festa é essa? E por que você não está na igreja?
– A festa da Anunciação celebra a revelação à Virgem Maria de que conceberia um filho sem pecado, uma criança que seria o Filho de Deus. Essa Encarnação ocorreu no nono mês antes de Jesus nascer, razão pela qual é observada em 25 de março. – Dovid ignorou a segunda pergunta de Raquel.
– Como pode acreditar que uma virgem, que não teve relações com um homem, concebeu uma criança? – ela perguntou. A simples ideia de que o Eterno fertilizara uma mulher era repugnante.
– Porque o profeta Isaías afirma claramente: *"Ecce virgo concipiet, et pariet filium, et vocabitur nomen ejus Emmanuel."* – Ele enfatizou a palavra *virgo*.
– Isso não pode ser o que Isaías disse – ela retrucou. – Isaías falava hebraico, não latim; se ele quisesse dizer uma virgem, teria dito *betula*, uma palavra hebraica que aparece muitíssimas vezes na Torá e que sempre indica uma virgem.

Surpreendentemente, Dovid reagiu com curiosidade e não com raiva.

– E qual foi a palavra empregada por Isaías? A senhora poderia traduzir o versículo?
– Isaías disse *almah*, um termo que significa uma jovem mulher – ela disse. – A tradução certa seria: "Vejam, uma jovem mulher concebeu e criará um filho homem. E ela o chamará Immanuel."
– Uma jovem mulher... – Dovid parou para pensar.
– Não simplesmente uma jovem mulher, que poderia ser virgem ou não. – Raquel acrescentou a explicação do pai. – Mas uma jovem esposa, uma mulher recém-casada, alguém que ninguém espera que seja uma virgem.
– Como é que a senhora sabe disso?
Ela deteve-se para lembrar uma outra passagem da escritura onde aparecia a palavra *almah*.
– No Cântico de Salomão, o rei se refere a sessenta rainhas, oitenta concubinas e inúmeras *alamot* do harém dele. Certamente essas mulheres não eram virgens e sim jovens mulheres.
– Ainda que a senhora esteja com a razão, a Igreja jamais admitiria isso.
Raquel assentiu. Isso abalaria a heresia de que o Crucificado tinha sido concebido sem um pai carnal.
– Suponha que eu admita que Isaías se referiu a uma virgem – ela continuou. – Ainda assim, o verso não pode se referir a Maria, já que o termo *harah* está no passado. Isso implica que a jovem mulher em questão já havia concebido um filho na época de Isaías. Se Isaías estivesse se referindo ao futuro, ele diria *tahar*, "ela conceberá".
– O que a senhora acaba de dizer faz sentido – disse Dovid depois de pensar por alguns instantes. – Pois também no latim não é *virgo* e sim *puella* e *virginem*, que significam virgem. *Virgo* poderia significar uma jovem mulher.
– Como sabe tão bem o latim? – perguntou Raquel.
– Fui educado num mosteiro, lembra?
– E lá lhe ensinaram a arte de pisotear e o latim, ambos muito úteis.
– Como a Bíblia foi escrita em hebraico, seria muito mais útil aprender essa língua.
– Tive uma ideia! – Raquel bateu palmas, excitada. – Eu lhe ensinarei hebraico, e você me ensina latim.
O sorriso de Dovid iluminou todo o seu rosto.
– Com todo prazer.

Trinta

Tão logo a irmã caçula atravessou o portão, Miriam parou de capinar a horta e correu para recebê-la.

– Que bom que você chegou. Papai passou a tarde inteira perguntando por você.

– Eu estava em Ramerupt – disse Raquel, como se isso explicasse tudo.

– Sei onde estava, e papai também. Ele quer saber o que você tanto faz por lá.

– Por quê? – Raquel não se preocupou em esconder a irritação. – Por acaso ele está pensando que estou negligenciando as minhas obrigações daqui?

– Não reclamei de nada, se é isso que você está querendo dizer – disse Miriam. – Só quis avisá-la.

Embora os frequentes sumiços de Raquel não tivessem passado despercebidos à Miriam, ela não podia negar que a irmã administrava suas responsabilidades familiares a contento. Assim como não podia negar que os tecidos de Raquel traziam mais lucro para a família do que sua atividade como parteira. Mas o pai não era tão tolerante.

Miriam apontou para a porta com um meneio de cabeça, onde Salomão a esperava.

– *Merci* – disse Raquel, pegando a irmã pela mão. Pelo menos, não enfrentaria o pai sozinha.

A cozinha estava vazia, então sentaram-se à mesa. Miriam serviu um copo de vinho para cada um dos três.

– Vocês precisam provar este queijo. – Raquel desembrulhou o pacote que trazia. – Acabou de ser feito com o leite das cabras de Joheved.

– É isso que você anda fazendo em Ramerupt? – O tom de Salomão soou com certo ceticismo. – Queijo?

Raquel respirou fundo. Não esconderia o que andava fazendo; não havia motivo para se envergonhar.

– *Non*, papai. Estou ensinando hebraico para o Dovid, e ele está me ensinando latim.

Salomão e Miriam se surpreenderam com a resposta imediata e orgulhosa.

– Ensinar hebraico para ele é mais fácil do que ensinar para o Guy e para o Étienne Harding – acrescentou Raquel.

– Como assim? – perguntou Miriam.

– É verdade. Dovid teve que aprender o alfabeto hebraico como qualquer criancinha. – Seu rosto iluminou-se de entusiasmo, enquanto prosseguia. – E a facilidade com que fala o hebraico me convenceu de que devia ouvir muito a língua com a família. – Ela se encontrava na mesma situação em relação ao latim; as letras eram desconhecidas, mas, a língua se parecia com seu próprio francês vernacular.

Por enquanto, o pai não fizera qualquer objeção e ela então se virou para ele e acrescentou:

– Já que usamos a escritura como texto, também lhe ensino os comentários do senhor.

– E como ele reage? – perguntou Salomão, a curiosidade, mais forte que sua desaprovação. – Discute com você da mesma maneira que Guy e Étienne faziam com Shmuel?

Raquel balançou a cabeça em negativa.

– Dovid acha interessante. Ele diz que sua exegese é bem diferente da dos monges.

Salomão alisou a barba, olhando atentamente para Raquel. Ela sentiu como se ele estivesse tentando perscrutar-lhe o coração.

– *Ma fille*, você é uma mulher casada cujo marido está longe. Tome muito cuidado com seu próprio *ietzer hara*.

Miriam afagou o ombro do pai, como se ele fosse uma criança.

– Raquel é mestra em frustrar o *ietzer hara* dos homens.

– Não se preocupe, papai. Nós sempre estudamos ao ar livre, onde podemos ser vistos por todos – asseverou-lhe Raquel. Embora não pudessem ser ouvidos, graças aos céus.

Ele sorriu palidamente.

– Não espere que um pai não se preocupe com a filha só porque está envelhecendo. – Era com o *ietzer hara* de Raquel que estava preocupado. Mesmo assim, não podia negar ao pisoteador a oportunidade de se arrepender da apostasia, apesar da reputação da filha correr um risco com isso.

Intimamente, Raquel suspirou aliviada. Ainda que o pai não estivesse feliz por ela estar ensinando a Dovid, ele não iria proibi-la.

Para evitar que o pai continuasse sua preleção, Miriam tratou de anunciar algo que certamente mudaria o assunto.

— Por falar em velhice, Avram, o *mohel*, me pediu que considerasse a ideia de arranjar um novo aprendiz. Ele está preocupado porque seus dedos perderam agilidade e levará anos para treinar um outro *mohel*.

Raquel resmungou. Encontrar o último aprendiz de *mohel* anterior fora tão difícil que Troyes se viu forçada a aceitar Miriam. Na ocasião, a comunidade se dividira e só agora se recuperava.

— Não podemos importar um?

Miriam balançou a cabeça tristemente.

— Há menos *mohels* agora do que quando comecei a treinar.

Raquel empalideceu pela própria estupidez. *É claro que há menos mohel que antes — os mohels alemães estão mortos.*

Mas Salomão tinha um brilho nos olhos.

— Você já escolheu um aprendiz, não é mesmo?

— *Oui*. Como o negócio têxtil já está estabelecido, não é necessário que Elisha saia de Troyes, a não ser para visitar o irmão em Paris.

Raquel ofegou de prazer.

— Meu futuro genro será nosso próximo *mohel*? Que honra para Rivka. — Assim, não seria necessário que nenhum dos seus filhos se mudasse para longe.

— Presumo que o meu neto tenha concordado — disse Salomão.

— Elisha mal pode esperar para iniciar o treinamento de circuncisão — disse Miriam. — Judá está todo orgulhoso.

— Isso é um alívio. — Raquel disse em voz alta o que todos estavam pensando. — Pessoalmente, prefiro que a circuncisão seja feita por uma mulher, mas os judeus de Troyes não precisam de mais problemas do que já temos.

Dividida entre o trabalho de primavera na vinícola, os estudos com Dovid e a preparação dos tecidos para a Feira de Verão, Raquel se mantinha ocupada do amanhecer à noite. Dovid aceitara o convite de Joheved para o *seder* de *Pessach* da família, ocasião em que permaneceu calado como uma criança nova demais para fazer perguntas. Recusou-se a comparecer aos serviços de *Shavuot* em Troyes, mas, ainda assim, Raquel estava feliz com os progressos dele.

Com o pressentimento de que Eliezer relutaria em deixar os cálculos astronômicos de lado e se atrasaria de novo naquele verão, ela se surpreendeu quando Shemiah adentrou pelos serviços da tarde, dez dias antes da abertura da Feira de Verão. Graças aos céus, eles retornavam em segurança, mas maldito azar o dela: as flores já tinham começado.

Naquele dia, Raquel estava conduzindo os serviços para as mulheres, e esperava que Eliezer se demorasse desfazendo a bagagem, sem perceber que ela não tinha corrido para casa a fim de recebê-lo. Se bem que não teriam o que celebrar com ela estando *nidá*. Shemiah zanzava de um lado para o outro ao pé da escada da galeria das mulheres e, quando a olhou com um ar preocupado, ela se deu conta na mesma hora de que alguma coisa estava errada. Ao terminar os serviços, em vez de se apressar em abraçá-la, o filho puxou-a para um beco próximo à sinagoga. – O que houve? – O coração de Raquel batia descompassado. – Por que não vamos para casa e nos encontramos logo com Eliezer?

Shemiah engoliu em seco.

– Ele não está lá em casa, mamãe. Não voltou comigo e Pesach.

As pernas de Raquel bambearam, e ela teria caído se o filho não a amparasse.

– Por que não? O que houve com ele?

– Não houve nada com ele. – A voz de Shemiah soou com amargura. – Gazelle terá um bebê no próximo mês, e ele não quis deixá-la sozinha. Disse que a senhora entenderia.

Tomada pela humilhação e a dor, Raquel se manteve calada nos braços do filho. Como Eliezer podia ter colocado uma concubina acima dela? Só porque ela nunca se esquecera de como ele a deixara passar sozinha pela experiência de parir um natimorto, ele imaginava que ela gostaria que ele não permitisse que sua outra mulher enfrentasse o mesmo destino?

– Eu entendo que ele seja um cachorro egoísta – ela vociferou. – Que coloca os interesses próprios acima de toda a família, a ponto de se esquecer do casamento do próprio filho...

– Ele estará aqui para o casamento – Shemiah interrompeu-a. – Sairá de Toledo assim que o bebê nascer.

– E quanto tempo ficará aqui se não chegar até agosto? – Ela começou a chorar.

– Mamãe, por favor, não chore tão alto. Já tem gente parando para ver o que há de errado.

Uma parte dela quis berrar a plenos pulmões. *Eles que me vejam chorar! Eles que vejam com que tipo de demônio eu me casei.* Mas logo ela se recompôs. O atraso de Eliezer para o casamento já seria um bom prato para as fofocas, o que diriam então se soubessem que ele tinha uma outra mulher em Sefarad? Que o Céu não permitisse que o vil comportamento dele fizesse dela objeto de piadas e piedade.

Raquel reprimiu os soluços e assoou o nariz.

– Não podemos deixar que pensem que o atraso dele me pegou de surpresa. – Ela fez uma pausa para clarear a mente. – Que eles pensem que uma oportunidade comercial o atrasou.

– E o vovô?

– A menos que faça uma pergunta direta, não diremos nada – decidiu. Então, ela deu o abraço que o filho merecia, e seguiram de braços dados. – E aí, gostou da viagem? O que achou de Toledo? Conte-me tudo.

Eles caminharam a esmo pelas ruas, partilhando histórias de Sefarad, até chegar ao portão do pátio. Raquel correu ao poço e lavou o rosto com água fria. Seja como for, sobreviveria aos dois meses que antecederiam à chegada de Eliezer. *E se ele não aparecer para o casamento?* Só de pensar nisso o sangue gelou. Se ele fizesse isso, ela pegaria o *guet* condicional e o levaria até o *bet din* e se divorciaria.

A semana do casamento chegou sem sinal de Eliezer, e Raquel fez Shemiah e Pesach entenderem que deviam falar o mínimo possível sobre a ausência dele. Ainda bem que não seria uma inverdade dizer que o esperaram para a cerimônia e que agora estavam preocupados com o que o teria atrasado. Mas ela não precisava se atormentar. O fato é que a população de Troyes, na verdade, toda a região de Champagne, estava mais preocupada com a política que envolvia a sucessão do lorde feudal.

Depois de uma outra viagem à Terra Santa, o conde Étienne havia morrido lá em maio. Só que dessa vez ele chegara a Jerusalém, de modo que em vez de ser a esposa de um covarde, agora a condessa Adèle era a orgulhosa viúva de um cavaleiro que tombara defendendo a Cidade Santa. O ato seguinte da condessa para consolidar a posição da família foi o de enviar Thibault, o filho do casal de dez anos de idade, para a corte de Troyes, como um possível herdeiro de Hugo e Constança, o casal sem filhos.

Contudo, Raquel estava ocupada demais com os detalhes do casamento para poder prestar atenção nas fofocas. Segundo a tradição, a família do noivo é que fornecia a comida e a diversão, mas ela, na esperança de que Eliezer cuidaria disso, acabou por negligenciar o planejamento. Raquel entrou em pânico e consultou as irmãs que, graças aos céus, tinham passado pela experiência de casar quatro filhos.

– Posso fornecer os carneiros de que precisarmos – disse Joheved enquanto voltavam da sinagoga. – Mas teremos que providenciar fornos para assá-los.

– Há pelo menos quinhentos judeus que vivem em Troyes, nenhum deles deixará a cidade antes dos Dias Temíveis. – Miriam começou a calcular o número dos possíveis convidados. – E também há centenas de mercadores que ainda estarão aqui quando a feira terminar.

Raquel parou no meio da rua.

– *Mon Dieu*, teremos que alimentar mil pessoas?

– Não só isso, mas vamos precisar de bancos para todo mundo se sentar, de mesas para colocarmos toda a comida e de mais gente para cozinhar e servir – enfatizou Joheved. Obviamente, os banquetes teriam de ocorrer nas ruas do Bairro Judeu, nem mesmo o pátio da sinagoga era grande o bastante.

– E se adiarmos o casamento por um mês? – perguntou Raquel, tomada pelo desespero. – Os mercadores já teriam ido embora, e meu marido poderia chegar a tempo.

Miriam balançou a cabeça em negativa.

– Não podemos. Será *Rosh Hashaná*. E se esperarmos duas semanas, Glorietta poderia estar *nidá*.

Joheved deu a palavra final no assunto.

– Não podemos adiar nem uma única semana, senão correremos o risco de interromper a colheita das uvas.

Os ombros de Raquel tombaram derrotados.

– Isso dará um trabalho enorme. – *E meu marido não estará presente.*

– O casamento do Shemiah não será mais difícil que o do Isaac. – A voz de Joheved soou confiante. – Moisés e Francesca são ótimos para se lidar.

Miriam puxou Raquel pelo braço, para voltarem a caminhar.

– Não se preocupe. A comunidade toda contribuirá com pratos, e provavelmente vai acabar sobrando comida.

Raquel suspirou de alívio. Pelo menos, não teria de comprar roupas novas nem uma casa para os recém-casados. Negociara uma peça de lã vermelha com Giuseppe em troca de uma maravilhosa seda de Palermo para as roupas do casamento, e oferecera o próprio quarto para Shemiah e a noiva.

Afinal, ela dormia com frequência no seu velho quarto na casa do pai, desde que o demônio o atacara pela primeira vez. É, se Eliezer não viesse, a suntuosa cama do casal não passaria de mais uma dolorosa lembrança. Mas bastava de autopiedade. Ela precisava contratar os músicos, atendentes e todos os outros profissionais necessários. Um pensamento deixou-a animada: entre os presentes de núpcias, Shemiah poderia escolher algumas joias que ela e Miriam haviam arrematado em penhor.

Joheved tossiu discretamente, tirando Raquel dos devaneios.

— Como Eliezer não está presente para orientar Shemiah, devo pedir a Meir que partilhe uma cópia do tratado *Kallah* e responda às questões que ele tiver? Ou seu filho prefere falar com Isaac?

— Eliezer já deu uma cópia para Shemiah — disse Raquel. Pelo menos, o marido não renunciara de todo às obrigações paternas. — Mas, por via das dúvidas, talvez seja bom Isaac conversar com ele.

O tratado *Kallah* dos sábios judeus abordava as relações maritais e continha todas as instruções para que o noivo desse prazer carnal à esposa. Isso era necessário não só porque o homem judeu era obrigado a satisfazer as necessidades sexuais da esposa, mas também para que tomasse conhecimento de que, para conceber um filho homem, a mulher teria de ser a primeira a liberar a semente. Meir ganhara uma cópia do tratado *Kallah* do pai pouco antes de se casar com Joheved, e repetira o gesto com os filhos e os sobrinhos.

— É melhor Shemiah começar a dormir com os outros no quarto vizinho ao do Elisha — disse Miriam. — Pedirei a Judá que retire alguns dos seus alunos mais fervorosos do sotão.

Raquel assentiu. Em geral, duas pessoas eram suficientes na proteção contra os *mazikim*, mas os noivos se tornavam particularmente vulneráveis, à medida que o casamento se aproximava. Eram presas especiais de Lilit, que atacava o rapaz durante a noite para roubar o sêmen e assim aumentar a prole de demônios. Eliezer admitira ter estado com prostitutas antes do casamento: uma precaução contra Lilit que ele não deixou de lado.

Que a varíola o pegue. Como poderia planejar a *simchá* sem que Eliezer se intromettesse nos pensamentos dela? E como poderia enfrentar aquele casamento sem que sua ausência retirasse todo o prazer da festa?

A correria sem trégua deixou Raquel tão ocupada que durante dois dias ela quase não teve tempo de usar a privada, o que a fez lembrar que não podia se esquecer de dizer aos criados que deviam manter as privadas abastecidas com musgo fresco. Quando ouviu o primeiro canto do galo na manhã da sexta-feira, bem antes de o céu clarear, as preocupações não a deixaram retomar o sono.

Logo o *shamash* estaria batendo no portão do pátio, chamando Shemiah e acompanhantes para a sinagoga. Quem ficou responsável pelas tochas? Felizmente, não ela. E se os músicos contratados não saírem da cama? Como encontrar outros na última hora? Ontem estava claro, e se desabar uma súbita tempestade de final de verão? Ela espiou de supetão pela janela, mas ainda estava muito escuro para se ver o céu.

As janelas das casas do pátio estavam acesas e, aliviada, ela viu Anna passar debaixo da janela rumo ao poço. Alvina e Rivka, que tinham cedido as camas para os primos de Paris, dormiam aconchegadas como gatinhos na mesma cama que um dia ela dividira com Joheved e Miriam. Ela entrou na ponta dos pés no corredor e quase colidiu com Meir e Isaac, ambos vestidos para o casamento.

O reconfortante aroma do mingau de aveia veio da cozinha lá embaixo, mas, com o estômago embrulhado demais para comer, Raquel se dirigiu ao quarto de Joheved. A irmã ainda dormia, e Judita amamentava o seu recém-nascido, Raquel então se retirou sem fazer barulho. Queria muito atravessar o pátio e ir ao aposento onde Shemiah estaria se vestindo, cercado pelos amigos e parentes masculinos, mas não era lugar para uma mulher. Na hora certa eles o levariam até ela.

Ela desceu a escada devagar, remoendo os detalhes dos próximos dois dias e pensando em mil coisas que poderiam dar errado. Respirou profundamente antes de entrar na cozinha, morrendo de medo da hora em que seria tragada pelo redemoinho do casamento do filho. Mas apenas o pai estava ali. Os criados deviam estar lá fora, preparando os detalhes do primeiro banquete.

Ele sorriu e bateu de leve no assento ao lado dele.

– Não se preocupe. Suas irmãs tratarão de assegurar que tudo dê certo. É o casamento do seu filho mais velho... você devia se alegrar.

– Não sei se consigo isso, papai. – Ela se surpreendeu com a própria sinceridade. – Sei que ficarei esperando o tempo todo que Eliezer chegue.

– Olhe, coma um pouco de mingau e fruta. – O pai serviu-lhe um prato. – E um pedaço desse excelente queijo da sua irmã.

Ele tentava animá-la e, para agradá-lo, ela engoliu uma colherada de cereal.

– Não consigo comer tudo isso. Não estou com fome.

– Precisa manter suas forças – ele insistiu, empurrando o prato de volta. – Não terá tempo para comer mais tarde.

– Papai está certo. Talvez você só tenha chance de se sentar de novo quando for dormir, portanto, aproveite agora – disse Joheved entrando na cozinha com Judita. Alvina e Rivka vinham atrás, esfregando os olhos.

Raquel se esforçou para engolir o alimento diante dela, mas o queijo picante e as doces compotas de frutas pareceram ter o mesmo sabor insosso da *matzá*. De repente, houve uma agitação lá fora, quando um grupo de homens barulhentos vestidos como pavões, em seus trajes coloridos como o arco-íris, cruzaram o pátio em direção à porta aberta da cozinha. No centro, ela sabia, estava o filho.

Salomão se levantou para recebê-los. Cada neto, cada genro e cada bisneto receberam um forte abraço ao passar por ele. Quando finalmente Shemiah entrou na cozinha, todo queijo acabara e restava só um pouco de fruta. Miriam, a última a entrar, carregava uma cesta de costura.

O enorme grupo se dividiu para que Shemiah se sentasse perto de Raquel. Ele estendeu um braço de cada vez para que ela fechasse as mangas com uma costura. Ele estava resplandecente no *bliaut* de seda amarela que Giuseppe assegurara ter sido tingida com o mais puro açafrão. A camisa laranja de algodão estampava formosas folhas de outono bordadas em fio de ouro. Raquel sabia que a sua incapacidade de bordar nunca faria justiça a uma fibra tão valiosa, mas Miriam usara os fios dourados com destemor, manipulando-os como se fossem de linho.

Sabendo que Raquel não manteria a mão firme em meio a tanta emoção, Miriam enfiou a linha na agulha por ela. Os pontos não precisavam ser perfeitos, pois ao pôr do sol Raquel os removeria para que Shemiah se despisse sem dificuldade antes de se deitar com a noiva.

Raquel ficou surpresa ao olhar para o filho. Onde estava aquele menininho que ela ninava na hora de dormir? Como se tornara com tanta rapidez um belo rapaz? E logo, logo se casaria. Ela suspirou ao se lembrar da sua própria noite de núpcias, mas logo a ausência de Eliezer apunhalou-a uma vez mais.

Felizmente, Raquel não teve tempo para se entregar às emoções, pois o som dos músicos e o vozerio dos homens já eram ouvidos a distância. Mal acabara de costurar quando o grupo se postou no portão, e só teve tempo de dar um beijo apressado em Shemiah, antes que ele saísse com os homens. Correu até o portão para um aceno de despedida, mas só conseguiu avistar um grande aglomerado de pessoas que seguravam as tochas a caminho da sinagoga.

Já era hora de as mulheres se vestirem, o que trouxe para Raquel uma outra lembrança do marido ausente. Enquanto durou a esperança de que ele viria, ela planejou vestir o traje de seda esmeralda do próprio casamento. Mas agora simplesmente não conseguia olhar para a roupa.

– Miriam, você pode me emprestar o seu *bliaut* de seda vermelho? – perguntou como se fosse um capricho. – Estou cansada de sempre vestir o verde.

Miriam não vestia o traje do seu casamento desde a morte da mãe de Judá, e duvidava que coubesse na irmã rechonchuda.

– Por que não veste aquele *bliaut* maravilhoso que era da irmã de Meir e que ganhei de Marona?

– Seu bordado também lembra as folhas de outono – disse Joheved. – Combinará com a festa de casamento.

– Use esse, mamãe, por favor – rogou Rivka enquanto Raquel experimentava a roupa. – Assim, nossa família ficará todinha igual.

Embora achando que o amarelo lhe empalidecia a tez, Raquel cedeu às súplicas da filha. Lembrando-se do quanto se frustrara no casamento de Miriam por vestir lã enquanto os outros vestiam seda, comprara uma veste para Rivka que combinava com a de Shemiah. Rivka estava com treze anos e não corria mais o risco de crescer e perder o dispendioso *bliaut*. Para a surpresa geral, Alvina coube perfeitamente na veste de seda azul que Joheved usara em seu noivado.

Em seguida, a tarefa que até então Raquel mais gostava: a escolha das joias. Um casamento na família, sobretudo durante o *Shabat*, exigia as melhores peças da coleção da mulher. Rivka e Alvina olharam em êxtase quando as mais velhas abriram a caixa de joias. Raquel rejeitou tudo o que ganhara de Eliezer, mas também não mostrou entusiasmo pelas outras bugigangas cintilantes. Para a surpresa das irmãs, deixou-as escolher primeiro, limitando-se a usar ouro e pérolas em vez de pedras preciosas. Joheved e Miriam foram sábias e evitaram as esmeraldas.

A casa do médico ficava no caminho da sinagoga, então as mulheres esperavam lá pelos músicos e os homens das tochas para acompanhar Glorietta aos serviços matinais. Daquele ponto em diante o dia passou como um borrão. Raquel acompanhou Francesca e a noiva até o pátio da sinagoga, depois do que Salomão esfregou cinzas no ponto da testa de Shemiah onde os *tefilim* eram usados como um símbolo da destruição do Sião. Embora sabendo que Shemiah colocara o anel de noivado no dedo de Glorietta, dissera a bênção do *erusin* e bebera a primeira taça de vinho, a única lembrança que lhe vinha à mente era o espatifar da taça contra a parede e o alvoroço de um grupo de meninas, inclusive Rivka, que se apressaram em catar os cacos da taça que assegurariam a felicidade dos seus futuros casamentos.

Isso e as galinhas que cacarejaram enquanto eram balançadas sobre as cabeças de Shemiah e Glorietta – será que alguém ainda encontraria alguma galinha? Ela devia ter comprado todas as que havia em Troyes. No resto do dia se viu em meio a um redemoinho de congratulações e preocupações com o reabastecimento de comida e vinho dos convidados.

Sábado, o Dia do Descanso, foi ainda mais agitado. Não se espera que a dança recomece até que o *Shabat* termine, mas os músicos edomitas apareceram depois do *disner*, e todos começaram a dançar. Por fim, era hora da *Havdalá*, cerimônia que marca o encerramento oficial do *Shabat*, e depois as testemunhas assinaram a *ketubá* a ser oferecida a Glorietta. Raquel crispou a testa confusa; onde é que ela estava quando a *ketubá* foi lida em público no dia anterior?

Logo chegou a hora que ela tanto temia – a dança de casais iniciada pelos noivos e seguida por seus pais. Raquel teve um ímpeto de se esconder na adega e depois alegar que estava verificando o suprimento de vinho, mas, quando a música começou, já era tarde demais. Uma muralha humana cercava a área dançante, e o que ia parecer se ela tentasse forçar a passagem? De repente, alguém a pegou pelo cotovelo e a conduziu até o centro, e ela então ergueu os olhos e lá estava o adorável rosto do pai.

– Papai, eu não sabia que o senhor era capaz de dançar – foi tudo o que conseguiu dizer.

– Não há de quê – ele replicou com um sorriso longo. – Não se lembra que nós dançamos no seu casamento?

– Claro que me lembro. Eu não sabia que o senhor ainda era capaz de dançar.

Ele deteve-se e a fez rodopiar com maestria para o deleite de todos os convidados.

– Pelo visto, ainda sou capaz.

– Eu amo o senhor, papai. – Ela apertava-lhe a mão quando se juntaram aos convidados ao final da dança.

Como por encanto, a área vazia encheu-se de rodas, umas formadas por homens, e outras por mulheres, que dançavam em direções opostas. De quando em quando, mudava a música, e as rodas trocavam de direção, dando ensejo ao homem de fazer uma breve reverência para a mulher à sua frente, e à mulher de responder com uma outra reverência. Quando era uma dupla de parentes, eles davam os braços e giravam. Raquel, que não comera o *souper*, já estava zonza de tanto rodopiar, quando subitamente a música terminou e iniciou-se uma nova. Ela deteve-se à espera do próximo par, os olhos cheios de assombro diante do homem incrivelmente bonito que se pôs à sua frente.

Dovid, o pisoteador, vestia um magnífico *bliaut* azul curto que deixava à vista um quase indecente par de pernas cobertas por uma malha de seda vermelha. Abriu-lhe um largo sorriso, inclinou a cabeça em reverência e, à medida que o ritmo da música acelerava, girou para longe dela desaparecendo nas sombras.

Trinta e um

Sete meses depois do casamento de Shemiah, as duas lembranças mais claras de Raquel eram a de estar dançando com o pai e depois estar em pé, atônita e muda por ter identificado Dovid entre os convidados. Mais tarde, ele disse que tinha estado nos dois dias de celebração, mas não na cerimônia propriamente dita.

A família mal se recuperara do casamento, quando o conde Hugo anunciou a colheita das uvas, levando-os a uma frenética fabricação de vinho, a fim de obter a safra antes do *Rosh Hashaná*. No início, Dovid estava ansioso por ajudar. Mas depois de Raquel explicar o que aquilo significaria – já que os não judeus eram proibidos de manipular o vinho *kosher*, a participação dele confirmaria sua condição de judeu – ele retirou sua oferta.

Raquel disse a si mesma que aquilo não era motivo para se sentir tão infeliz, mas então, tudo começou a piorar. Embora não tivesse nenhum motivo para esperá-lo, ficou profundamente decepcionada quando Eliezer não só não apareceu na Feira de Inverno, como não lhe enviou sequer uma carta pelos mercadores espanhóis. *Como pôde não ter escrito algumas míseras linhas para o Shemiah depois de faltar ao casamento do filho?* Então, quando Pesach partiu para Toledo com o habitual carregamento de peles e tecidos, ela o fez prometer que escreveria tão logo chegasse.

Nas duas semanas seguintes, a cada manhã Raquel acordava com Zippora que vomitava no urinol do quarto ao lado. Uma conversa aos cochichos com Miriam confirmou que a esposa de Shmuel estava novamente grávida e que, se a gravidez se mantivesse, daria à luz antes de *Shavuot*. Pelo que Raquel sabia, Zippora abortara duas vezes, dois meninos, e tudo indicava que era amaldiçoada como Brunetta. Era tarde demais para se rezar por uma menina, não havia nada a fazer senão esperar com apreensão que o bebê nascesse.

Em meados de janeiro, Raquel recebeu a pior notícia. A fim de encorajar a lealdade dos vassalos após a morte de Adelaide, Hugo empreendera uma grande jornada pela Champagne, visitando cada castelo, cada abadia e cada propriedade que lhe deviam fidelidade. Mas o que deveria ser uma extravagância converteu-se num grande desastre.

A família de Joheved foi uma das primeiras a saber dos detalhes depois que Milo retornou de uma visita a Emeline. Na ocasião, Raquel estava em Ramerupt e também ficou a par da história.

– Você voltou cedo! – exclamou Meir quando Milo adentrou pelo grande saguão da casa. – Achávamos que ficaria fora pelo menos por um mês.

Milo engoliu em seco.

– Eu pretendia ficar mais tempo, mas as circunstâncias me impediram.

– Espero que tudo esteja bem com Emeline – disse Joheved, aflita.

– Minha madrasta não poderia estar mais feliz – disse Milo com um tom que desmentia qualquer felicidade. – Já fazia tempo que estava ansiosa para retornar ao convento, e está agradecida por meu pai lhe dar permissão para entrar em Avenay enquanto estava vivo.

– O que há de errado então, Milo? – Raquel não esperou pelo fim das amenidades. – Claro que aconteceu alguma coisa que o forçou a voltar mais cedo.

Milo empalideceu, e rapidamente Joheved lhe serviu um copo de vinho.

– Enquanto eu estava de visita a Avenay, trouxeram o conde Hugo seriamente ferido à enfermaria.

A audiência guardou silêncio, olhando com espanto para Milo que esvaziou o copo e pediu mais.

– Um dos servos tentou cortar a garganta dele à noite. – Ele balançou a cabeça como se não pudesse acreditar.

– *Mon Dieu!* – exclamou Joheved, cobrindo a boca.

– Lady Emeline, que cuidou dos ferimentos, disse que os cortes eram tão profundos que era um verdadeiro milagre ele estar vivo.

– Quem teria cometido tamanha atrocidade? – perguntou Raquel.

– O séquito de Hugo incluía Alexander, um jovem forasteiro que o conde tinha resgatado pessoalmente do cativeiro – respondeu Milo. – Hugo gostava demais do sujeito, tanto que o deixava dormir e comer nos aposentos dele com frequência. Os dois pernoitavam em Dontrien, e, em dado momento, os guardas ouviram um grito terrível vindo do quarto do conde e, quando encontraram Alexandre tentando matá-lo, eles o mataram.

– Isso quer dizer que não se soube dos motivos de Alexander – comentou Meir.

Segundo as fofocas que Raquel ouvira dos Ganimedes de Troyes, Hugo gostava mais de homens que de mulheres e provavelmente por isso não tinha filhos. Na opinião de Raquel, que ela sabiamente guardara consigo mesma, os ferimentos do conde se deviam a uma briga entre amantes. Joheved, entretanto, vislumbrou um motivo mais sinistro.

– Obviamente, o traidor foi pago pelos inimigos do conde – disse. – Com Étienne e Adelaide mortos, todas as terras um dia governadas pelo conde Thibault estariam disponíveis com Hugo morto... Blois, Chartres, Meaux e Champagne.

– Receio que a senhora esteja certa – disse Milo em tom grave. – Qualquer nobre ganancioso poderia atacar quando quisesse, já que não teríamos um soberano para nos proteger.

Raquel olhou horrorizada enquanto a enormidade dos perigos se delineava à sua frente.

– As feiras de Champagne tornam Troyes e Provins atrativas – ela sussurrou. – Cada conde e cada duque das nossas fronteiras devem cobiçá-las.

– O rei Filipe não permitirá que seus vassalos nos molestem – disse Meir. – A filha dele é nossa condessa, portanto Champagne fica para a coroa se Hugo morrer.

– O rei está enfraquecido – retrucou Milo. – Até sua excomunhão ser revogada, os vassalos se sentirão desobrigados de apoiá-lo.

– E certamente não o apoiarão – acrescentou Joheved. – Não se acharem que podem ficar com as terras de Hugo.

– Mas a viúva do conde Thibault é irmã do rei da Inglaterra – argumentou Meir. – Ninguém gostaria de ser perseguido pelo rei Henrique por atacar as terras da família dela.

Milo balançou a cabeça em negativa.

– Pelo que ouvi, Henrique está muito ocupado nos combates com seu irmão Robert na Normandia para se dar ao luxo de desperdiçar homens a fim de nos proteger.

– Então, nós estamos indefesos? – perguntou Raquel em desespero.

Ninguém pôde refutá-la e a conversa encerrou-se com aquela nota infeliz no ar.

Naquela noite, ela mal pôde dormir, perguntando-se quem e quando atacaria primeiro – o conde de Anjou, o duque da Borgonha, o conde de Flandres, o duque de Lorraine? Ou será que o número de nobres ambiciosos e ainda mais assustadores era menor? E se o conde André apoiasse um dos usurpadores? O que aconteceria com Meir e Joheved?

Será que o negócio têxtil estaria arruinado logo depois de ter sido montado?

Durante três meses, Raquel se juntou aos outros judeus de Troyes nas preces pela paz e a pronta recuperação do soberano. A cada noite, ao se deitar para dormir, agradecia por Troyes não ter sido atacada pelo inimigo naquele dia e recitava o Salmo 88 para invocar os seus mágicos poderes de proteção para a cidade. A gravidez de Zippora tornara-se óbvia, e a lembrança de Eliezer perdera importância diante das preocupações mais imediatas de Raquel. O que não queria dizer que ela tivesse alguma coisa a fazer além de ter esperança, rezar e aguardar.

O estudo do Talmud com as irmãs trazia uma trégua para as preocupações dela, mas os colóquios com Dovid é que realmente lhe davam prazer. A batida contínua dos pilões desencorajava qualquer conversa no interior do moinho e, como fazia muito frio lá fora, eles estudavam na cabana que Joheved reservara para ele, mas sempre com a porta que dava para a casa principal aberta.

O propósito inicial de aprender o hebraico e o latim com as explicações de Salomão como base se ampliou consideravelmente. Dovid explanava os argumentos da Igreja, desafiando-a a refutá-los, e do seu lado Raquel o questionava a respeito das heresias dos *minim*.

– Por que os *notzrim* se recusam a observar o *Shabat*? – Ela tomou o cuidado de não incluí-lo entre os hereges. – Como eles podem ignorar um dos dez mandamentos?

Um gracioso anfitrião sempre cortês, Dovid estendeu uma tigela de sopa para Raquel.

– Essa é fácil. Porque Jesus ressuscitou dos mortos no domingo, eles observam o *Shabat* nesse dia.

Raquel ficou contente por ele ter evitado o uso do pronome *nós* para os que seguiam a Igreja.

– Ainda assim, eles trabalham no dia que deveria ser de descanso.
– Mas o Gênesis diz "no sétimo dia Deus terminou a obra", o que implica dizer que Ele ainda estava trabalhando no *Shabat* – disse Dovid.
– E a linha seguinte diz: "Ele descansou no sétimo dia... e o fez santo" – ela disse triunfante. – De qualquer forma, nós dois sabemos que o quarto mandamento proíbe explicitamente que se trabalhe no *Shabat*, a despeito do dia em que ele é celebrado.

Mostrando-se mais divertido que zangado com a vitória de Raquel, Dovid citou alguns versos de Isaías em hebraico, que segundo a Igreja se referiam à forma pela qual Jesus sofrera para expiar os pecados dos homens.

> Ele foi desprezado e rejeitado pelos homens... Por certo, ele tomou para si a nossa dor e o nosso sofrimento... ele foi ferido pelos nossos pecados, esmagado pelas nossas iniquidades; ele assumiu o castigo que nos fez completos, e com suas feridas fomos curados. Nós andávamos desgarrados como ovelhas, cada qual pelo próprio caminho; e Adonai fez cair sobre ele a culpa de todos nós.

– Segundo papai, esse texto se refere ao povo de Israel, que pecou durante o tempo de Isaías e é sempre mencionado pelos profetas como um homem – retrucou Raquel. – Israel teve então que sofrer o exílio por causa dos pecados do povo.

Dovid balançou a cabeça, não muito impressionado, e levou a tigela de sopa de Raquel até o fogo para servir mais. Ela observou-o disfarçadamente admirando-lhe os belos traços e se perguntou quantos anos ele teria. Seguramente, era mais jovem que ela, mas estaria no início ou no final dos vinte?

– Talvez você prefira uma resposta mais contundente. – Ela tomou um gole de sopa e sorriu para ele. – Se a Igreja diz que Isaías se refere ao perdão dos pecados, os pecados não teriam sido então perdoados antes do nascimento de Jesus? Por que os infindáveis trechos da Bíblia em que o Eterno é descrito como "aquele que perdoa a iniquidade"? E por que tantos sacrifícios pelo pecado, se isso não traz a expiação?

– A Igreja diria que, embora os pecados tenham sido perdoados, isso não salva o homem do inferno – contra-argumentou Dovid. – Somente o sofrimento de Jesus faria isso.

O sorriso sumiu do rosto de Raquel.
– Se a Igreja diz que a morte dele expia os pecados daqueles que acreditam nele e os salva do inferno, os seus fiéis ficam livres de todos os mandamentos e podem roubar, matar, cometer adultério ou qualquer outro crime. Isso não significaria outra coisa senão amaldiçoar o mundo.
Dovid limitou-se a encolher os ombros.
– Além do mais, como pode entrar na cabeça de alguém que o Eterno, Aquele que para todos é misericordioso com todas as Suas criaturas, condena ao inferno todas as almas nascidas antes do advento de Jesus? – A voz dela se elevou ultrajada. – Inclusive as criancinhas e bebês recém-nascidos que sem dúvida alguma são inocentes de pecados? – *Inclusive o meu pobre Asher.* O único conforto que a morte do seu bebê lhe trazia era a certeza de que descansava no *Gan Eden*.
– Chega. – Dovid ergueu as mãos. – Humildemente, declaro-me vencido pelos seus vigorosos argumentos.
Raquel viu o brilho nos olhos dele e sorriu.
– Você precisa treinar mais pesado se quiser me vencer.
– Nem me passa pela cabeça vencer tal *femme formidable* – ele disse com doçura.
Ela se deu conta de que ruborizava sob o olhar dele, no entanto, quanto mais tentava uma réplica, sem êxito, mais o rosto ruborizava. No fim, só conseguiu dizer:
– Estou impressionada por ver que um homem é capaz de preparar uma sopa tão saborosa.
– Outra coisa útil que aprendi com os monges.
Depois disso não só tratavam de temas religiosos como passaram a trocar experiências. Raquel aprendeu mais do que podia imaginar como era a vida nos monastérios e, em troca, dividiu com ele a sua experiência numa família talmúdica sem irmãos homens. A aconchegante cabana de Dovid, sempre com alguma apetitosa iguaria a cozinhar no fogo, tornou-se para ela um refúgio diante de todas as preocupações do mundo lá fora. Mas, apesar da crescente intimidade entre os dois, ele nunca falava da própria família, e ela quase não mencionava o nome de Eliezer.

Pessach trouxe um pouco de alívio para a ansiedade de Raquel. Dovid se saiu bem no *seder* da família, e o conde Hugo estava se recuperando. Reconhecendo que sua sobrevivência se devia mais à intervenção dos santos da abadia que aos médicos, Hugo demonstrou sua gratidão doando terras para as freiras de Avenay. Entre as muitas testemunhas da transação estavam Thibault, o sobrinho do conde, o conde André de Ramerupt, a freira Emeline e o clérigo Guy. Foi por meio de Guy que a família de Salomão recebeu a notícia.

– Acho que a condessa Adèle merece os nossos agradecimentos pela continuidade da paz – disse-lhes Guy quando passou por Ramerupt ao regressar de Avenay.

– Como assim? – perguntou Salomão em tom cético. A viúva de Étienne estava beirando os trinta anos e era muito jovem para ter tal influência.

– Ela é filha de um rei, e irmã de outro – disse Guy –, e também grande amiga de muitos bispos e arcebispos proeminentes cujas igrejas recebem polpudas doações dela.

Meir assentiu com a cabeça.

– Levando em conta que se educou na corte inglesa e desde a infância vivenciou a política e as intrigas, não é de se admirar que manipule os vassalos e os inimigos com tanta maestria.

– Felizmente, os adversários só enxergam nela uma jovem mulher sem marido e a subestimam – comentou Guy.

– Felizmente para ela e para nós – disse Joheved em nome de todos.

– Então, Troyes está fora de perigo? – perguntou Raquel.

– Talvez não fora de perigo, mas pelo menos corre menos perigo que antes. – Isso foi tudo que Guy disse, até abruptamente antes de bater na própria coxa. – Oh, *non*. – Voltou-se para Raquel. – Os peregrinos lhe trouxeram uma carta, mas toda essa excitação em torno do conde Hugo me fez esquecer e só lembrei agora que a vi.

O coração de Raquel quase saiu pela boca.

– Você está com ela?

– Mil desculpas, a carta ficou em Troyes.

Impedida de sair de Ramerupt até o término do feriado, Raquel estava prestes a chorar de frustração, quando Milo veio em seu socorro.

– Para mim será um enorme prazer cavalgar com o senhor Guy até Troyes – ofereceu-se. – Assim terei notícias da minha lady Emeline e depois retorno para cá com a carta.

Raquel agradeceu a Milo com entusiasmo e, como não queria mais falar com ninguém, retirou-se para o quarto. No entanto, a cabeça fervilhava demais para estudar ou para ler, e ela não ousaria sair à procura de Dovid com toda a família na casa. Já estava prestes a se deitar, quando ouviu uma batida à porta.

Era Shemiah.

– A senhora gostaria de caminhar um pouco, mamãe? Não aguento mais ficar esperando aqui sentado.

Ela se levantou de imediato. Era óbvio que Shemiah estava ansioso por notícias de Eliezer, o filho partiria para Toledo em uma semana. Juntos, caminharam pelas trilhas da floresta que margeava a estrada de Troyes, enquanto debatiam algumas passagens do Talmud que ele acabara de aprender. Mas a concentração dela se desfazia a cada vez que ouvia um tropel de cavalo.

Ao menor movimento de uma criatura da floresta, Raquel saía em disparada para a estrada, seguida por Shemiah. Por fim, já não fazia mais sentido estar em qualquer outro lugar senão na estrada rumo a Troyes. A conversação descambou para o casamento de Shemiah e de como ele estava apreciando o seu novo status. Mais do que as palavras, a expressão ruborizada e risonha do filho revelava que tudo corria bem com o casal, e ela se pôs a perguntar a si mesma quando se tornaria avó. Joheved dizia que ser avó era bem mais agradável que ser mãe.

O dia não estava quente, mas ela suava em bicas, quando notaram um movimento ao longe. Agora que alguém finalmente se aproximava, as pernas bambearam, e ela teve de se apoiar em Shemiah. Juntos, ficaram observando o cavaleiro que se aproximava e logo o identificaram: Milo.

Ele desmontou e entregou-lhe uma carta amassada e manchada, quase aberta. A caligrafia não era de Eliezer, então só podia ser de Pesach. Raquel queria ler a carta a sós, mas a ansiedade não a deixou esperar nem um segundo a mais.

A mensagem era curta, e ela passou a carta para Shemiah depois de lê-la. Depois das usuais saudações e votos de que todos gozassem de boa saúde, Pesach continuava: "Mestre Eliezer manda o seu amor para a família e lamenta pela sua ausência no casamento do filho. Foi um parto difícil, que resultou na morte do bebê logo após o nascimento e numa lenta recuperação da mãe. Tenho esperança de que ele retornará comigo para a Feira de Verão."

Pesach continuava dizendo que conseguira um bom preço para os tecidos de Raquel e que esperava ver Shemiah no próximo mês. Acabava a carta com felicitações para os pais e para Dulcie e desejando uma boa *Pessach* para todos.

Raquel fechou os olhos e soltou a respiração. *Graças aos céus, Eliezer ainda está vivo.*
Shemiah enlaçou-a pelos ombros.
– São boas notícias... quer dizer, não em relação ao bebê. – Embora ele realmente se referisse ao bebê.
Mãe e filho caminharam vagarosamente de volta para a casa. Ao chegarem, o alívio agradecido de Raquel cedia lugar ao ressentimento. Se o marido estava vivo e bem, parecia despreocupado em relação à família a ponto de não escrever do próprio punho. Ou será que ainda estava irritado porque ela não lhe escrevera no ano anterior?
– Só quero saber por que papai deixou de escrever para nós – disse Shemiah, chutando uma pedra do chão.
– Estou feliz porque você logo o verá – ela disse. – E estou preocupada.
– Eu também. Foi muito ruim ele não ter comparecido ao meu casamento, mas o pior é que já faz dois anos que não estuda o Talmud.
– Ele deve estar revendo o que já estudou em Toledo.
– *Non.* – A voz de Shemiah endureceu. – Ele diz que o estudo do Talmud está condenado e que, com todas as outras *yeshivot* destruídas, a do vovô é muito pequena para fazer diferença. E que os únicos remanescentes da lei judaica serão os códigos, cada qual mais rigoroso que o outro.
Os olhos de Raquel se incendiaram.
– O Eterno não deixará que o estudo do Talmud acabe. Os *kuntres* do papai o salvarão. Você verá.

A Feira de Maio de Provins ocorreu sem incidentes, mas nem por isso os habitantes de Troyes deixaram de se preocupar com o fato de que a Feira de Verão seria uma época oportuna para uma investida contra a cidade porque a pilhagem seria maior. A irritação de Raquel aumentava, à medida que cresciam o temor e a ansiedade por um reencontro com Eliezer. Agredia os criados e vivia às turras com Rivka, que resolveu passar a maior parte do tempo na casa de Miriam.
Por fim, Salomão sugeriu que ela o ajudasse na vinícola, na esperança de que o trabalho ao ar livre poderia acalmá-la ou pelo menos exauri-la. Lá, longe dos olhares curiosos, Raquel descontava toda a frustração arrancando com a enxada as que brotava em meio às videiras e em seguida partindo-as vigorosamente ao meio.
Foi um trabalho frenético durante a semana que sucedeu *Shavuot*. Todos estavam conscientes de que as flores das videiras logo se

abririam e que toda a atividade teria de ser paralisada para assegurar uma completa polinização. Raquel se apressava para terminar uma fileira antes do pôr do sol, quando os chamados insistentes de Miriam interromperam o seu trabalho.

Com o coração descompassado, ela largou a enxada com o coração prestes a sair pela boca e correu em direção à irmã. Shemiah e Eliezer teriam voltado? Ou um exército invadira Troyes? *Non*. Zippora é que tinha entrado em trabalho de parto.

– Preciso que você cavalgue até Ramerupt para chamar Joheved – disse Miriam, empurrando Raquel para o caminho de casa. – A bolsa d'água de Zippora arrebentou.

Raquel correu até os estábulos, agradecendo pela aquisição de uma nova égua, e saiu a pleno galope voltando com a irmã antes de escurecer. Os homens recitavam os Salmos no salão de Salomão, e Shmuel abraçou Joheved às pressas quando a viu subindo para o segundo andar. Raquel hesitou à soleira da porta, rezando para que não tivesse que aguentar por horas a fio, talvez até dias, o doloroso processo do trabalho de parto de Zippora.

Mas viu que as preces tinham sido atendidas tão logo entrou no quarto. Zippora estava dando à luz, o suor escorrendo pelo rosto, enquanto fazia força para expelir o bebê. Estava ladeada por Brunetta e Joheved, que se revezavam na recitação obrigatória dos versos de proteção da Torá no ouvido da parturiente. Três *tefilin* estavam atados às colunas da cama, e Raquel presumiu pertencerem ao pai, Meir e Shmuel. Ou um deles era de Joheved?

Por força do hábito, ela inspecionou o círculo de giz traçado no chão, mas não havia um corte sequer no anel protetor que circundava Zippora. As quatro paredes e a porta estavam com riscos visíveis contra os demônios e estampavam a inscrição mágica: "Sanvi, Sansanvi, e Semangelaf, Adão e Eva, exceto Lilit." Nada mais restava a fazer senão rezar o Salmo 120, e, só por precaução, também sussurrou o Salmo 126 para uma mulher cujos filhos morreram.

A aplicação dos salmos foi bem-sucedida, pois os sinos da igreja ainda não tinham badalado completas, quando Zippora deu à luz uma saudável menininha.

– *Mazel tov!* – Raquel juntou-se às congratulações das mulheres.

O soar das vozes altas e felizes chegou aos homens no primeiro andar, os quais, em circunstâncias normais, teriam achado que tamanha alegria indicava o nascimento de um menino. Brunetta se pôs a chorar e os olhos de Joheved se encheram de lágrimas, enquanto recitava a bênção *Baruch ata Adonai... Hatov Vehametiv*, "Aquele que é bom e faz o bem".

Joheved olhou de forma desafiadora para Miriam e Raquel, como se avisando que não ousassem corrigi-la por ter dito uma bênção tradicionalmente dita pelo pai quando nasce um filho homem. Se os filhos de Zippora estavam sob uma maldição, o Eterno realmente fazia uma coisa muita boa ao dar uma filha para ela.

Shmuel também devia pensar o mesmo, porque se juntou a Meir para oferecer um banquete tão rico quanto os que se davam após um *brit milá* no dia da nomeação do bebê, um gesto especialmente generoso porque a Feira de Verão começaria na semana seguinte, e Troyes estava apinhada de mercadores. Foi então com muita alegria que o mundo recebeu a pequena Marona, nome dado em homenagem à mãe de Meir.

Não havia quem discordasse de que o futuro da menina estava assegurado. Nascida numa sexta-feira, ela cresceria pia; sob o domínio de Vênus, estava destinada a gozar de riqueza e prazeres físicos. Isso não queria dizer que alguém precisava de conhecimentos astrológicos para prever que a filha de Shmuel e Zippora seria pia e rica.

Contudo, Raquel não estava fadada a se divertir no banquete de nomeação de Marona. No meio dos serviços matinais, Rivka puxou-a pela manga e apontou para Shemiah que zanzava de lá para cá no saguão de entrada da sinagoga no primeiro andar. Raquel tentou sair discretamente, mas a pressa a fez tropeçar num banco com tanta violência que o pé ainda latejava ao chegar à base da escada, misturando dor física e agitação emocional.

Shemiah retornara sem Eliezer – de novo.

– Eu trouxe uma carta do papai para a senhora – disse Shemiah.

– Deixei na sua cama para que possa lê-la a sós.

Raquel se amparou no braço do filho e segurou a mão de Rivka enquanto caminhavam de volta para casa.

– Você leu a carta, Shemiah?

– *Non*, eu não li. Mas papai conversou comigo a respeito.

Ela podia ter perguntado sobre a situação dos negócios em Toledo ou comentado alguma coisa sobre a menininha de Zippora, mas a língua parecia estar colada no céu da boca. Rivka e Shemiah também ficaram calados até o instante em que chegaram à porta do quarto dela.

– Vou esperar lá embaixo – disse Shemiah com um tom sombrio que aumentou ainda mais o desespero da mãe.
– Eu também – disse Rivka. – Também quero saber o que papai escreveu.

Raquel beijou os filhos, agradecida pelo apoio deles, depois entrou no quarto e fechou a porta. A folha de pergaminho dobrada jazia sobre a cama com uma palidez que contrastava com o cobertor escuro. Hesitou em tocá-la, como se a folha estivesse envenenada, mas afinal afastou o medo e pegou a carta. Fazia quase dois anos que Eliezer estava longe de casa e sem dizer uma só palavra, o que poderia dizer agora para magoá-la ainda mais?

Abriu a folha abruptamente. "Querida Raquel", começava a carta. "Não passo um só dia sem que deseje ver você. Soube da precária situação em que Troyes se encontra enquanto o soberano se recupera dos ferimentos, e mais do que nunca acredito que não há futuro para o nosso povo em Ashkenaz. Por isso, lhe rogo mais uma vez que se junte a mim em Toledo, pois não tenho a menor intenção de retornar para a França."

Raquel enxugou as lágrimas que lhe inundavam os olhos. "Você ainda tem o *guet* condicional que escrevi há muitos anos. Se não quiser viver comigo aqui, o melhor é levá-lo até a corte, obter o divórcio e se livrar de mim. A casa e as joias de Troyes são um fundo suficiente para pagar a sua *ketubá*. Para mim não há problema em continuar casado com você, já que para a minha vida em Sefarad uma esposa na França não faz diferença. No entanto, você é muito jovem para viver uma vida de viúva."

A carta terminava de supetão com essa frase, sem votos de boa saúde para ela, sem mais uma palavra. Raquel deixou-a cair na cama, deitou-se ao seu lado e irrompeu em lágrimas.

Divórcio! Finalmente, a coisa chegou a esse ponto – Eliezer nunca mais voltará para casa.

Queria ficar para sempre dentro daquele quarto. Como poderia suportar a vergonha de ter sido abandonada pelo marido? Como poderia suportar a dor de ter sido rejeitada por ele?

Algum tempo depois, ouviu uma leve batida à porta, seguida pela voz de Shemiah.

– Por favor, mamãe, deixe a gente entrar.

Sem dizer uma palavra, ela entregou a carta de Eliezer para o filho que, depois de lê-la, passou-a para Rivka. Nenhum deles verteu uma só lágrima.

– A senhora vai se mudar para Toledo? – A voz de Rivka soou trêmula de medo. – Não quero que vá.

Raquel se aconchegou à filha, sem saber ao certo quem confortava quem.

– Não vou me mudar para lugar algum.

– Não ligo se o papai nunca mais voltar – disse Rivka. – Tio Judá tem sido muito melhor comigo do que papai jamais foi, e estou feliz porque será o meu sogro.

Raquel suspirou ao ouvir o desastrado esforço de Rivka para lhe dar apoio. O que ela mais queria no mundo era que Eliezer voltasse, mas não podia demonstrar fraqueza perante os filhos.

– A senhora vai se divorciar? – Shemiah pareceu mais zangado que amedrontado com essa perspectiva.

– Não sei, simplesmente não sei. Preciso pensar.

Trinta e dois

Raquel manteve a carta de Eliezer em segredo durante seis meses. Ela bem que tentou extrair mais detalhes de Shemiah e Pesach, mas, para a sua surpresa nenhum dos dois tinha passado muito tempo com o seu marido. Ambos relataram que Eliezer parecia possuído, passando quase todo o tempo no observatório.

– Nem seu próprio filho conseguiu arrancá-lo dos cálculos para ter uma conversa decente – reclamou Shemiah. – Papai só falava de como acabaria provando que os planetas giram em torno do Sol.

– E como está a aparência dele? – perguntou Raquel. – Ele parece bem?

Shemiah balançou a cabeça em negativa.

– Ele perdeu peso e está pálido, como alguém que nunca pega sol.

– E o que acha que devo fazer?

– Divorciar-se dele – disse Shemiah em tom resoluto. – Ele tem uma outra esposa e deixou bem claro que não pretende voltar para Troyes. E, levando em conta o tempo que passa observando as estrelas, a senhora nunca o veria, mesmo que se mudasse para Toledo.

Raquel estava convicta de que Joheved pensaria igual a Shemiah, e ainda mais quando soubesse da segunda esposa de Eliezer. Miriam, por outro lado, talvez a ajudasse a se decidir; afinal, a irmã se recusara a se divorciar de Judá, mesmo com ele se negando a ir para cama com ela. Mas não foi fácil encontrar tempo para ter uma conversa privada com Miriam. Raquel teve de esperar, até que, em certa ventosa tarde de outono, foi recolher as estacas das videiras com a irmã.

– Miriam, preciso conversar com você sobre algo importante. – Olhou ao redor para se certificar de que não havia ninguém próximo o bastante para ouvi-la. – A sós.

Miriam arqueou as sobrancelhas e se pôs na fileira de videiras atrás de Raquel.

Ela não perdeu tempo.
– Por que você não deu o divórcio para Judá quando ele pediu?
– Isso foi há dez anos. Por que só agora você quer saber?
– Por favor, responda.
– Não me arrependo da minha decisão. – Miriam se protegeu com o manto, quando uma lufada de vento levantou um redemoinho de folhas de parreira em volta. – Eu teria perdido os meus filhos para Judá e, se ele mudasse para longe, talvez nunca mais os visse.
– Foi o único motivo? – perguntou Raquel, surpreendida.
– Em praticamente todos os sentidos, Judá era e ainda é um marido exemplar. Conviver com ele não era tão repulsivo a ponto de eu preferir viver sozinha. – Miriam esperou que a irmã dissesse algo, mas, como ela não disse, prosseguiu: – Você ainda não respondeu à minha pergunta. Por que quer saber?
Raquel respirou fundo.
– Eliezer me propôs o divórcio, e preciso do seu conselho. – Diante da surpresa de Miriam, acrescentou: – Ele quer viver em Toledo e eu, em Troyes. – Ela queria a opinião da irmã, sem mencionar a segunda esposa dele.
Miriam hesitou com uma expressão que fez Raquel se lembrar do pai quando alisava a barba.
– Como você e Eliezer já vivem separados, só vejo uma vantagem que o divórcio poderá trazer-lhe. E isso se você pretender se casar de novo.
– Casar de novo? – Raquel puxou uma estaca com tamanha violência que quase caiu. – O que está querendo dizer?
– Seus filhos estão crescidos e, portanto, ele não poderá levá-los embora, e você não precisa do dinheiro dele para viver com conforto – disse Miriam. – Ou seja, não há desvantagem em se divorciar dele.
– A não ser vergonha e fofoca – interrompeu Raquel.
– E desde quando você se preocupa com vergonha e fofoca? – perguntou Miriam. – Francamente, a única diferença legal que existe em estar casada ou não com Eliezer é poder se casar com um outro homem.
– Então, você acha que devo aceitar o *guet* condicional dele?
A voz de Miriam se fez mais doce.
– Isso depende dos seus sentimentos. Você quer continuar casada mesmo que nunca mais viva com ele?

– Eu quero continuar casada com ele e viver com ele, mas quero viver aqui. – Tão logo disse isso, Raquel se deu conta de que Miriam poderia achar que ela ainda era a mesma menina mimada de outrora que batia o pé quando não obtinha o que queria.

Miriam falou suavemente:
– Mas Raquel, parece que não é isso que Eliezer quer.

Raquel suspirou.
– Você acha que papai ficará desapontado se eu me divorciar? Eu seria a primeira na família a fazer isso.
– Mesmo que fique desapontado, tenho certeza de que a principal preocupação dele será a sua felicidade.
– Então, se não tenho a intenção de me casar novamente, que razão haverá para me divorciar? – perguntou Raquel. *Exceto que Eliezer tem outra mulher quando só pode ter uma.*

Miriam assentiu com a cabeça, e Raquel tomou uma decisão.
– Então, por enquanto, posso continuar casada.

Raquel passou grande parte do inverno em Ramerupt, prosseguindo os estudos com Dovid. Já tinham completado a leitura da Bíblia por duas vezes, e ambos já se sentiam confiantes por entender a língua um do outro. Ela esperava se concentrar nos comentários de Salomão durante o ciclo seguinte, mas Dovid a surpreendeu.

– Já estive em duas festas de *Pessach* na sua família – ele disse. – E, embora ainda tenha vagas lembranças da minha infância, a maior parte do ritual era um mistério para mim. Pelo que sei da Torá, os judeus deveriam levar as oferendas de *Pessach* para o Templo em Jerusalém e lá realizar os sacrifícios. Não se faz menção a uma cerimônia dentro de casa.

– Você está certo – disse Raquel devagar. Será que deveria explicar como o *seder* era descrito na *Mishna*?

Salomão a aconselhara enfaticamente, e também a Shmuel, a nunca mencionar o Talmud para os *minim*. Enquanto os *notzrim* acreditassem que partilhavam o mesmo texto sagrado com os judeus, olhariam para eles de maneira benévola e não como um irmão caçula ignorante que se tornaria educado com o tempo. Eles se chocariam se descobrissem que os judeus possuíam obras pós-bíblicas que solidificavam as crenças e as tradições judaicas e que haviam sido compiladas depois da morte do Crucificado e, portanto, heréticas.

– Mas está claro que todos os judeus celebram *Pessach* da mesma maneira e até com as mesmas palavras – continuou Dovid. – E pelo que ouvi nos debates da sua família durante a festa, eu poderia jurar que tudo isso vem de outro livro.

Raquel limitou-se a assentir com a cabeça, despreparada para confirmar a conclusão dele.

– Eu quero estudar esse livro em hebraico – disse Dovid.

– Por quê?

– Para me preparar para o *Pessach* deste ano e não ficar sentado lá como um palerma.

Impressionada com o raciocínio do interlocutor, Raquel considerou o pedido dele, apesar das advertências do pai. Afinal, Dovid era judeu, e o Talmud era um patrimônio dele. Além disso, com um número tão grande de conversos forçados, alguns dos quais não retornaram ao judaísmo, o Talmud não permaneceria secreto. Mas foi o próprio desejo expresso de Dovid de estudar em hebraico que lhe deu uma saída. Ela poderia lhe ensinar a *Mishna* a partiu do último capítulo do tratado *Pesachim*, o único a descrever o *seder*. Ele não precisaria saber tudo o mais que havia no Talmud.

– Há outro livro que apresenta o ritual – admitiu. – Está escrito em hebraico e não é muito longo, e talvez possa comentá-lo para você antes de *Pessach*.

Dovid sorriu triunfante.

– Eu sabia que estava certo.

– Para começar, você escreverá as palavras que eu ditar – ela disse.

– Então, poderá estudá-las e preparar as perguntas. – Ela lhe ensinaria a *Mishna* da mesma maneira que havia aprendido.

> Na véspera de *Pessach*, não se deve comer desde a hora de oferenda da tarde até a noite cair. Nem ao mais pobre de Israel é permitido comer, a menos que se incline, e a ele devem ser dados não menos que quatro copos de vinho, mesmo que sejam provenientes da caridade.

– O que é e quando é a hora de oferenda da tarde? – perguntou Dovid, conforme Raquel esperava.

– É a nona hora depois do nascer do sol, ocasião em que os sacerdotes do Templo Sagrado sacrificavam os animais – ela respondeu.

– Não comemos nada durante a tarde e ficamos tão famintos que na hora da ceia de *Pessach* comemos a *matzá* com grande apetite.

– Eu me lembro de quando o seu pai explicou por que o pobre se inclina – disse Dovid com orgulho. – Inclinar-se à mesa é o signo de um homem livre, e *Pessach* celebra essa liberdade.

– Segundo papai, há duas maneiras de se interpretar a parte que se refere ao vinho – disse Raquel. – Pode ter o sentido de que aqueles que distribuem o vinho não devem dar aos pobres menos que quatro copos. Outros argumentam que isso se aplica para todo o Israel, e que ninguém deve beber menos que quatro copos de vinho durante o *seder*, mesmo que tenha que recorrer à caridade para isso.

– Certamente nenhum judeu em Champagne é tão pobre assim.

– Talvez não hoje. Mas Joheved me contou que, quando papai estava fora, estudando em Mayence, eles só podiam dispor de vinho suficiente para *Pessach* porque a família era de vinicultores.

– De acordo com três dos quatro evangelhos, a última ceia de Jesus aconteceu na véspera de *Pessach* – disse Dovid. – Nessa ocasião, Jesus explica que o vinho representa o sangue dele, e a *matzá*, o corpo.

Raquel estremeceu com a ideia, e Dovid rapidamente acrescentou:
– Só estou reproduzindo o que aprendi com os monges.

Os dois já vinham estudando por algumas semanas, quando Joheved deteve Raquel a caminho do moinho.

– Você não me disse que estava ensinando a *Mishna* para o Dovid. – A voz de Joheved não soou com um tom de repreensão, mas Raquel preferia manter a boa notícia em segredo.

– Ele queria se aperfeiçoar no hebraico, e achei que poderia recorrer ao último capítulo do tratado *Pesachim*. – Raquel fez de tudo para não se mostrar uma criança culpada. – Como soube?

– Dovid me fez uma pergunta sobre o *seder*. – Os olhos de Joheved cintilaram de excitação. – Mas não se preocupe. Já que está lhe ensinando o *Pesachim*, se importaria se Jacó Tam se juntasse a vocês? Ele não estuda desde que Shlomo começou a estudar com Meir na *yeshivá*.

De repente, Raquel se deu conta de que se importaria muito, mas não podia recusar um pedido da irmã.

– De maneira alguma. Assim Dovid terá alguém para acompanhá-lo na revisão das lições. – Se Joheved pensava que ela e Dovid precisavam de um acompanhante, eles poderiam agir pior que o jovem Jacó.

Raquel e os dois alunos prosseguiram lentamente a leitura da *Mishna*, às vezes estudando na cabana de Dovid e, como o tempo esquentara, com mais frequência em uma das mesas ao ar livre. Para o alívio dela, Dovid não se importava em parecer mais ignorante que um garotinho de oito anos, até porque o sobrinho dela era um prodígio.

Eles lhe trouxeram *matzá*, alface e *haroset*, e dois pratos de biscoitos, embora o *haroset* não seja obrigatório. Rabi Elazar, filho de Rabi Zadok, diz que é obrigatório. No Templo, eles lhe trouxeram a oferenda de *Pessach*.

– Depois das entradas, os criados trazem os alimentos especiais da festa – disse Raquel. – A *matzá*, claro, segundo a Torá é explicitamente obrigatória. A alface é o *maror*, a erva amarga também obrigatória segundo a Torá.

– Mas o *haroset* não está na Torá – destacou Jacó. – De onde vem então?

Raquel hesitou. Se Jacó fosse o único aluno, ela lhe daria uma resposta do Talmud. Mas relutou em fazer isso na frente de Dovid.

– Há outros escritos sobre *Pessach,* além dos que apresentei para você, mas não estão em hebraico. – Ela se voltou para Jacó. – Nesses escritos, se faz a mesma pergunta que você faz.

Por que o *haroset* é obrigatório? Rabi Levi diz que ele simboliza a macieira, mas Rabi Yohanan diz que ele simboliza a argamassa.

– Presumo que Rabi Yohanan se refere à argamassa utilizada pelos hebreus para fazer tijolos para o faraó – disse Dovid. – Mas não me lembro de nada referente a macieiras no *seder*.

– As macieiras não são mencionadas no *seder*, mas era debaixo delas que as mulheres hebreias davam à luz, sem dor, lá no Egito, longe dos homens do faraó que queriam matar os bebês meninos – explicou Raquel. – Como diz o Cântico dos Cânticos:

Debaixo da macieira eu te despertei; lá tua mãe te concebeu; lá ela te deu à luz.

Dovid olhou aturdido para Raquel, mas, antes que ela respondesse, Jacó perguntou.

– É por isso que o *haroset* é feito com maçãs, para nos lembrar das bravas hebreias que, apesar do perigo, desafiaram o faraó e continuaram a ter filhos?

Raquel assentiu com a cabeça. Seus olhos se cravaram na curva dos lábios de Dovid e, de súbito, se deu conta de que Jacó poderia perceber a fraqueza dela.

– Além disso, o *haroset* contém especiarias como a canela e o gengibre porque suas formas se assemelham à palha usada nos tijolos.

A outra preocupação de Raquel, a descoberta do Talmud por parte de Dovid, se concretizou quando Jacó perguntou:

– Sua resposta vem da *Guemará* sobre essa *Mishna*?

– O que é *Guemará*? – perguntou Dovid ainda mais confuso.

Jacó Tam o olhou como se ele tivesse perguntado o que é pão.

– A *Guemará* e a *Mishna*, juntas, formam o Talmud, a Lei Oral, que foi transmitido a Moisés no Monte Sinai junto com a Torá escrita.

Não restou outra alternativa a Raquel senão interromper.

– Dovid, os judeus só discutem o Talmud com outros judeus. Dessa forma, os *notzrim* não podem nos criticar com a acusação de que o Talmud distorce a Torá, impedindo-nos de perceber a verdade sobre... – Ela se conteve antes de dizer "O Crucificado" e disse "Jesus".

– Vovô diz que o Dovid é judeu. – Jacó se voltou para o pisoteador. – Mas, se você é judeu, por que não é casado? Só os *notzrim* não se casam.

Raquel pensou que morreria de tanto constrangimento, mas, para sua surpresa, Dovid sorriu e amavelmente despenteou o cabelo do garoto.

– Seu avô não é casado.

– Mas vovô está velho – retrucou Jacó. – E ele já foi casado por muito tempo.

– E com quem eu poderia me casar? – perguntou Dovid. – Os judeus me consideram judeu, e a Igreja me considera cristão.

Jacó olhou atentamente para Dovid.

– E você se considera o quê?

Raquel cogitou repreender Jacó pela pergunta pessoal, mas estava curiosa em ouvir a resposta de Dovid.

– Não sei, ainda não decidi. – Ele se calou por alguns instantes e depois acrescentou: – Talvez seja por isso que ainda não me casei.

– Vamos voltar aos nossos estudos. – Raquel cortou o assunto, dizendo em seguida para Dovid. – O Talmud é uma cerca ao redor da Torá. Como todos os mandamentos estão espalhados pelos vinte e quatro livros da Bíblia, um pouco aqui, um pouco acolá, quem aprende uma determinada lei pode esquecê-la antes de chegar à próxima. Por isso, nossos sábios estabeleceram tratados e organizaram e reuniram todas as leis da *Pessach* no tratado *Pesachim*, assim como todas as leis do *Shabat* são explicadas no tratado *Shabat*.

– A *Mishna* contém as leis – acrescentou Jacó. – E a *Guemará* responde às questões que os sábios fizeram sobre a *Mishna*.

– Respondendo a sua pergunta, Jacó Tam – disse Raquel com um tom sério. – Aquilo que expliquei sobre a macieira e as especiarias foi extraído da *Guemará* sobre a *Mishna* que estamos tratando.

Estudar a *Mishna* com Dovid e Jacó era ao mesmo tempo agradável e frustrante. Por um lado, Dovid e Jacó apresentavam as mais intrigantes questões. Por outro lado, porém, Raquel sonhava com as horas idílicas que desfrutara com Dovid quando os dois estudavam a sós na cabana, sem testemunhas que pudessem flagrá-la admirando-o secretamente enquanto ele falava. Nas semanas que se seguiram à *Pessach*, os sentimentos dela se fizeram mais conflitantes. Shemiah partira para Sefarad, e ela aguardava com ansiedade as notícias que ele traria.

A Festa da Liberdade judaica foi como uma mensagem de que nem ela nem Dovid eram livres para se casar. Ele não encontraria uma noiva enquanto não assumisse uma religião ou outra, ao passo que ela estaria ligada a Eliezer enquanto não aceitasse o *guet* que recebera dele. À medida que o tempo esquentava, ela era presenteada cada vez mais pela visão estonteante do corpo musculoso de Dovid, claramente delineado sob a camisa molhada quando ele trabalhava no tanque de pilagem. De noite, quando se via atormentada pela insônia e deslizava a mão para o centro das coxas para se aliviar, era sempre Dovid que imaginava em sua cama, e não o marido.

Mas, quando cogitava a hipótese de se divorciar de Eliezer, não se via contando a novidade para o pai, enquanto ele não recuperasse a saúde. O fato é que logo depois de regressar de Ramerupt, onde passara *Pessach*, o pai foi atacado por *Kadachas*, o demônio da febre. Moisés haCohen recomendou uma dieta rica em vinho e carne vermelha para fortalecer o sangue, mas Salomão teimou em seguir uma dieta encontrada no final do sexto capítulo do tratado *Shabat* do

Talmud, um tratamento baseado na recitação dos versos do Êxodo que descrevem o encontro de Moisés com a sarça ardente.

> Disse Rabi Yohanan: para uma febre inflamatória, ele pegará uma faca de ferro, irá até um espinheiro, e nele amarrará um fio do próprio cabelo. Depois, ele fará um entalhe no espinheiro e recitará os versos: *o anjo do Eterno apareceu para Moisés... e este disse, "eu preciso me virar de lado para ver"*. No segundo dia, ele deve fazer um outro entalhe e recitar o seguinte verso: *e quando o Eterno viu que ele tinha se virado de lado para olhar...* No terceiro dia, ele fará um outro entalhe e terminará com o seguinte verso: *e Ele disse, "não chegue tão perto"*.

Os alunos de Salomão vasculharam a vizinhança à procura da roseira mais próxima, e encontraram-na a uma distância que a Raquel pareceu muito difícil de ser alcançada pelo pai que teria de caminhar em péssimas condições. De qualquer forma, a cada dia ele se esforçava mais um pouco, com o corpo apoiado pesadamente no braço da filha, e por duas vezes invocou o milagre da sarça ardente que o fogo não consumia. No terceiro dia, o mais difícil, Salomão conseguiu recitar o último verso que avisava ao demônio da febre para não se aproximar.

Depois, suando em bicas, ele fez um corte no galho e entoou o encantamento do Talmud.

– Da mesma forma que o fogo na fornalha fugiu quando se viu diante de Hanania, Mishael e Azaria, que o fogo que aflige Salomão ben Lea também fuja.

O mágico remédio pareceu a princípio surtir bom efeito, mas a febre retornou algumas semanas mais tarde. Dessa vez, o médico recomendou infusões de ervas e aumentou a frequência de sangrias, mas nada detinha *Kadachas*, e a cada novo ataque Salomão enfraquecia ainda mais.

Até onde Raquel se lembrava, era a primeira vez que o pai não visitava a vinícola uma única vez durante as seis semanas entre *Pessach* e *Shavuot*. Ele não acordava mais ao amanhecer e sim duas horas depois; além disso, ia para a cama logo após a ceia e tirava cochilos durante a semana, inclusive no *Shabat*. Apesar das muitas preces pela recuperação de Salomão, a saúde dele deteriorava a cada dia. Alguns eruditos recém-chegados na Feira de Verão recomendaram os tratamentos detalhados no sétimo capítulo do tratado *Gittin*, mas outros consideravam isso muito perigoso porque ninguém mais sabia prepará-los com exatidão.

– Papai precisa de um tratamento contínuo – disse Raquel enquanto voltava da sinagoga com Miriam. – Não de remédios usados ora sim, ora não.

Miriam balançou a cabeça em negativa.

– Mas ele não pode ingerir nem beber regularmente qualquer remédio, e todas as preces têm um início e um fim.

– Seria tão bom se houvesse um amuleto contra a febre. – Raquel parou para pensar. – Espere. O topázio não protege contra a febre?

– Você está certa. – Miriam acelerou o passo, deixando Raquel para trás. – Como esquecemos isso?

Em casa, Raquel e Miriam vistoriaram as joias e acabaram encontrando um enorme topázio de um broche que estava guardado para ser incrustado em algum anel. E, graças aos Céus, depois que Salomão passou a usá-lo, sua saúde estabilizou-se.

Ainda assim, Raquel abordou Miriam e Judá para propor o casamento de Rivka e Elisha após o encerramento da Feira de Inverno.

– Acho que papai gostaria muito de ver o casamento dos dois netos. – Ela não conseguiu dizer que, se esperassem muito, talvez o pai não estivesse vivo para ver o casamento.

– Também acho que não devemos esperar até que Eliezer se decida a voltar para casa – disse Judá. – Elisha logo fará dezoito anos.

– Rivka já me disse que não liga se o pai não comparecer ao casamento. – Raquel não se preocupou em dissimular o tom amargo da voz.

Com Salomão fora de perigo, Raquel queria conversar com ele sobre Eliezer, mas, toda vez que tentava, ou ele estava descansando ou estava em conversas sérias com Shmuel ou Judá. Frustrada, ela então cavalgava até Ramerupt.

As sobrinhas de Meir tinham escrito que Meshullam não precisava mais fazer viagens longas até Ramerupt porque havia uma abundância de lãs de excelente qualidade em Flandres.

– Tem certeza de que quer ficar com toda a minha lã deste ano, agora que o meu cunhado já não precisa dela? – perguntou Joheved.

– Dovid disse que consegue os pisoteadores, se eu encontrar mais fiandeiras e tecelões – respondeu Raquel, tanto para acalmar a própria ansiedade como a da irmã. – Fiandeiras há de sobra, e atrairemos um bom número de tecelões, se os suprirmos com teares horizontais.

Jehan havia se casado com a filha de Alette e estabelecido uma tecelagem. Ele e Albert tinham aprendizes, e Albert vivia dizendo que poderia treinar outros se tivesse mais teares.

– Isso vai demandar um grande investimento – Joheved alertou-a.

– Que vai trazer uma grande recompensa. – Raquel tentou demonstrar segurança. – Não se preocupe.

– Como posso ficar despreocupada se papai pediu que Shmuel lidere a *yeshivá* neste verão? – retrucou Joheved. – Ele mal completou vinte e quatro anos.

Enquanto estivera confinado na cama, Salomão consultara tanto Meir como Judá quanto à possibilidade de um deles o suceder. Ambos pediram para continuar fazendo o que faziam; Meir, dando aulas para os alunos mais novos, e Judá, editando os *kuntres* do sogro. Restou Shmuel.

– Se os mercadores estrangeiros fizerem objeção em relação à idade do seu filho, papai certamente lhe fará lembrar que era apenas um ano mais velho que Shmuel quando fundou a *yeshivá*. E que Shmuel conhece o Talmud tanto quanto ele conhecia àquela época.

Joheved sorriu.

– Não estou certa de que isso seja verdade, mas é um ótimo argumento para papai usar.

Seria um bom momento para sondar a opinião de Joheved a respeito do divórcio, mas Raquel não conseguiu se convencer a abordar o assunto de maneira que a irmã emitisse seu julgamento, como de costume. Assim, preferiu fazer uma visita a Dovid, dizendo para si mesma que decidiria quando Shemiah e Pessach retornassem.

Mas as notícias trazidas pelo filho na semana seguinte tiraram-lhe todas as esperanças que ainda nutria pelo seu casamento. A concubina de Eliezer estava grávida novamente.

No entanto, Raquel esperou até o encerramento da Feira de Verão, até que a safra estivesse fermentando na adega, até que chegasse a semana antes de *Rosh Hashaná*, para levar o *guet* condicional de Eliezer ao *bet din* e aceitá-lo oficialmente perante as testemunhas. Ela começaria o Ano-Novo como uma mulher livre.

Seus temores quanto à vergonha e às fofocas mostraram-se exagerados, sobretudo porque todos tinham tópicos mais escandalosos para alardear. Nos arredores de Tours, o arcebispo Ralph persuadira o rei Filipe a nomear, como bispo de Orleans, um jovem chamado John. Em outras ocasiões, um assunto mundano como esse não despertaria tanto interesse em Troyes, exceto pelo fato de que Ivo de Chartres tinha tomado para si a tarefa de protestar junto ao representante do papa como ao próprio papa, alegando que atualmente John era o amante do arcebispo, assim como dividira antes a cama com o rei francês.

Pior, John só tinha vinte e dois anos e provavelmente agiria mais como um fantoche de Ralph do que como um bispo independente.

Contudo, por mais que Pascoal, o novo papa, estivesse de acordo com Ivo, não ousou desafiar a escolha do rei, considerando que finalmente Filipe retornara às boas graças da Igreja, deixando Bertrade de lado.

Nas proximidades de Troyes, Constança, a esposa do conde Hugo, o abandonara e pedira o divórcio, a bem da verdade, anulação do casamento, baseada na consanguinidade. Circulavam rumores de que Constança tinha sido fisgada por Bohemond, príncipe de Antioquia, que retornara à França em busca de reforços e encantava quem o ouvia com narrativas de heroísmo e presentes de relíquias da Terra Santa.

Alguns diziam que Constança queria um homem másculo e valente, e que Hugo falhara por não lhe ter dado um filho e por não ter tido a coragem de combater os infiéis. Outros diziam que o pai dela, o rei Filipe, usaria a nova disponibilidade da filha, quer dizer, o estado de solteira, para recrutar outros aliados poderosos para Champagne.

Guy, que passou a fazer visitas regulares a Salomão desde sua doença, tinha uma opinião própria.

– A inclinação natural do conde Hugo está voltada para a vida contemplativa. Infelizmente, só agora percebemos que ele devia ter sido escolhido para a Igreja.

– Mas quem podia adivinhar que o conde Eudes morreria tão cedo e desfrutaria tão pouco da soberania? – disse Salomão. – Se ele não tivesse morrido, é bem provável que Hugo tivesse se tornado bispo.

Raquel estremeceu ao pensar no que mais teria ocorrido se não tivessem assassinado o irmão mais velho de Hugo.

– Você acha que Hugo se casará de novo? – perguntou Miriam.

– Sinceramente, não sei – respondeu Guy. – Adèle de Blois deve estar torcendo para que ele não se case, e Thibault, o filho dela, permaneça como herdeiro de Hugo.

– Você tem alguma notícia de Robert? – perguntou Salomão. – Será que está satisfeito por ter voltado para Molesme ou pretende desafiar o papa e retornar para Cîteaux?

– Parece que dessa vez os monges de Robert aceitaram a disciplina dele – disse Guy.

Salomão suspirou.

– Espero que Robert finalmente encontre a paz que ele busca em Molesme.

– Robert é grato a você por ter ajudado Étienne Harding com a *Hebraica Veritas* – disse Guy. – Étienne está confiante de que será capaz de fazer uma tradução apurada da Bíblia em latim.

– E poderei entendê-la junto com meu neto e minhas filhas – comentou Salomão, bocejando em seguida.

– Já o cansei. – Guy levantou-se e fez uma reverência. – Só me resta me despedir de você e voltar outro dia.

Raquel acompanhou Guy até o portão, onde ele lhe fez uma pergunta esquisita.

– Será que o seu marido sabe latim?

– Acho que não. Mas por que a pergunta?

– Ouvi dizer que o rei de Toledo está à procura de eruditos que saibam latim, hebraico e árabe – ele disse. – Ele quer traduzir os textos gregos antigos da biblioteca do árabe para o latim para que a Igreja possa estudá-los.

– Com toda certeza, Eliezer conhece o árabe – disse Raquel. – Ele estudou diversas obras dos mestres gregos nessa língua, suponho então que poderia traduzi-los para o hebraico e que um outro judeu poderia traduzi-los para o latim.

– Mas é justamente isso o que o rei pretende! – disse Guy com um suspiro. – Ah, o que eu não daria por uma versão latina da *Metafísica* ou da *Ética* de Aristóteles. A voz dele soou sonhadora. – Ou melhor do que tudo, uma versão do *De Anima*, o grande tratado de Aristóteles sobre a alma.

Dovid achou que o divórcio de Hugo e Constança era uma grande hipocrisia.

– Os judeus, pelo menos, são honestos quando se divorciam – ele resmungou, enquanto os dois estudavam a *Mishna* do tratado *Sukah* antes do início do festival. – Enquanto isso, a nobreza da nossa tão renomada cristandade troca de esposas a seu bel-prazer, embora a Igreja proíba o divórcio.

– Quer dizer que você desaprova o divórcio? – perguntou Raquel cautelosamente. Ela só dissera que aceitara o *guet* de Eliezer para os filhos e as irmãs. Se os vizinhos viessem a saber, não seria por meio de nenhum membro da família.

– Aprendi com os monges que o casamento é um sacramento, e que um casal deve permanecer unido até que a morte o separe.

Raquel empalideceu com a resposta imediata.

– E se o marido abandonar a esposa ou tratá-la com crueldade? Segundo a lei judaica, ninguém é obrigado a dividir um cesto com uma serpente.

– Não sei. Não sou um erudito. – Ele a olhou com uma expressão de súplica. – Não podemos debater um tema mais agradável, como a passagem do tratado que estávamos estudando, por exemplo?

– Você é, sim, um erudito, ou, pelo menos, está se tornando. – Ela sorriu. – E também acho mais agradável debater a construção da *sucá* que o divórcio.

A entusiástica explicação de Dovid sobre a diferença entre uma *sucá* válida e uma inválida fez nascer uma ideia ousada na cabeça de Raquel. Ela o encorajaria a estudar, tal como a Raquel do Talmud encorajara Rabi Akiva. E depois que ele se tornasse um *talmid chacham*, os dois se casariam. E o melhor é que, ao contrário de Rabi Akiva, Dovid não teria de partir para estudar. E, ao contrário da esposa de Rabi Akiva, Raquel não teria de viver na pobreza.

Trinta e três

Troyes, França
29 Tamuz 4865 (13 de julho de 1105)

Raquel olhava da janela o céu escuro e sem lua. No andar de baixo, os últimos alunos da *yeshivá* se dirigiam para o sótão. Ela se deitara cedo, logo após o pôr do sol, mas de novo o sono lhe fugira. Aventurou-se até o corredor na expectativa de que o pai também estivesse acordado.

E pensar que durante o casamento de Rivka e Elisha, poucos meses antes, estava tão feliz... Agora, o mundo se convertera em cinzas.

O relacionamento com Dovid progredira à medida que estudavam juntos, com e sem Jacó Tam, e ele se portara muitíssimo bem no *seder* da família. Duas semanas depois, certa manhã de domingo, ela cavalgou até Ramerupt, prevendo que Dovid estaria sozinho no moinho, enquanto os aldeões iam à igreja.

Quando lá chegou, ela o encontrou do lado de fora, inspecionando um tecido molhado que acabara de ser estendido no varal. Ele se deteve para saudá-la e, quando estavam a uma pequena distância um do outro, ela ouviu um ruído surdo. Ao primeiro tremor sob os pés, ela diminuiu o passo para ouvir melhor. Disse para si mesma que era apenas um pequeno tremor de terra como muitos outros e que logo passaria, mas alguma coisa dentro dela gritou de pavor. Foi então que o chão sacudiu abruptamente, e Raquel foi projetada para frente – nos braços de Dovid.

Alguns segundos depois, o tremor de terra parou, mas os dois continuaram abraçados como duas estátuas. O coração de Raquel batia descompassado e os olhos de Dovid estavam arregalados de terror, até que o canto de um pássaro cortou aquele silêncio sobrenatural. Soltaram o fôlego ao mesmo tempo, e Raquel se deu conta de que fazia muito tempo que não era abraçada por um homem.

Dovid se afastou na mesma hora, pedindo desculpas.
– Eu não deveria ter segurado a senhora como segurei. É uma mulher casada.

Mais tarde Raquel pensou que devia ter sido possuída por algum demônio porque em vez de ajeitar o véu, que se soltara com o tremor de terra, ela o retirou e lhe disse:
– Eu não sou uma mulher casada. Aceitei o divórcio de Eliezer no último verão.

Dovid olhou para os cachos soltos de Raquel em êxtase, e o rosto dela se incendiou. Ela jamais sairia à rua com a cabeça descoberta, mas expor os cabelos ao ar era admitir sua nova condição de descasada.

Depois disso, ela começou a fazer confidências para Dovid sobre Eliezer, o namoro, os primeiros anos que tinham vivido juntos. Ele estava fascinado pelas viagens do casal e a enchia de perguntas sobre as terras estrangeiras. Raquel não conseguia tirar da cabeça o abraço de Dovid no dia do terremoto, e aparentemente uma afeição crescia entre os dois. Assim, ela se pôs a sonhar com o futuro com sofreguidão.

Até que chegou aquele dia infeliz, bem antes de *Shavuot*, que fez tudo mudar.

Como de costume, depois que as questões eruditas se esgotaram, eles enveredaram para as questões pessoais.

– Sei que as minhas irmãs me invejam porque sou a preferida do meu pai – ela disse. – Mas não é culpa minha se ele estava estudando fora enquanto elas eram pequenas e voltou para casa enquanto eu estava crescendo.

Dovid lembrou-se dos pais com os olhos anuviados.

– Por ser o caçula, eu era o preferido da minha mãe. Já o meu pai preferia o meu irmão mais velho.

Raquel levou um instante para se dar conta do que ele tinha dito.

– Quantos irmãos você tinha?

– Dois irmãos e uma irmã – ele respondeu sem se dar conta de que algo estava errado.

– O que aconteceu com eles? – Ela se controlou para manter a voz firme. O que a tinha feito pensar que ele era filho único?

A expressão dele endureceu.

– A mesma coisa que aconteceu comigo, espero. Fomos separados, depois que os nossos pais foram mortos.

– Quer dizer que você nunca mais os viu nem soube para onde foram? – Raquel prendeu o fôlego à espera da resposta. *Por favor, tomara que os irmãos dele estejam mortos.*

– Non. Os homens que nos capturaram cuidaram disso – disse Dovid, suspirando. – Minha irmã deve estar casada ou então trancada em algum convento. Suponho que nunca saberei. *Assim como pode estar num bordel,* pensou Raquel. Mas era com os irmãos de Dovid que ela se preocupava.

– Acha que seus irmãos também foram para um monastério?

– Talvez. No entanto meu irmão mais velho era crescido demais para aprender um ofício útil, talvez o tenham vendido como escravo.

O sangue de Raquel congelou nas veias. Dovid tinha dois irmãos com paradeiros desconhecidos, ambos criados como hereges. Se ela se casasse com ele, e ele morresse, se tornaria uma *aguná* e não poderia se casar de novo. Primeiro, porque seria impossível localizar os irmãos dele para realizar a *chalitsá*, e depois, mesmo que encontrassem um deles, um apóstata não poderia realizar o ritual. Eliezer engravidara a segunda esposa duas vezes e, portanto, a estéril era Raquel.

O estômago pesou como se estivesse cheio de pedras. Será que desejaria tanto assim se casar com Dovid a ponto de se arriscar a se amarrar ao cadáver dele? Disse a si mesma que não precisava se afobar para se decidir; continuaria estudando com ele e veria mais tarde como se sentia. Lá no fundo, porém, sabia a resposta, uma resposta terrível demais para ser olhada.

O melhor seria parar tudo imediatamente, porque, quanto mais durasse, mais doloroso seria ao final. A essa altura, a dor já era tanta que fazia uma semana que ela implorava para dormir.

Quando a Feira de Verão terminou, Raquel deixou com certa relutância que Dovid e Jacó Tam estudassem sem ela. Quando estava com o pisoteador, a conversa girava em torno dos negócios, cujo sucesso já não lhe trazia tanto prazer. Dovid nunca questionava a ausência de Raquel e, se isso o desapontava, ele tratou de esconder muito bem.

Ela esperava angustiada pela volta de Shemiah, para se assegurar de que tudo estava bem com ele e para receber notícias do seu agora ex-marido. No entanto, um novo golpe atingiu-a, quando Pesach retornou de Sefarad sozinho, sem Shemiah. Tão logo o viu se lavando no pátio, ela correu para questioná-lo.

– Seu filho está bem – disse Pesach. – Mas Eliezer está mal, tão mal que Shemiah não teve coragem de deixá-lo sozinho.
– Sozinho? – perguntou Raquel. – O que houve com Gazelle?
– Morreu no parto faz alguns meses. – Pesach enxugou as mãos com uma toalha que estava dependurada perto do poço. – E a criança também.
Raquel se deixou afundar no banco ao lado. Não sabia ao certo se queria saber a resposta, mas teve de perguntar.
– E a doença de Eliezer é grave? – *Será que Shemiah planeja ficar lá até que ele melhore, ou até que morra?*
Pesach fora orientado a não preocupar Raquel.
– Seu filho acha que a recuperação de Eliezer será mais rápida, se ele estiver lá para orientar os médicos.
– E quanto tempo isso vai levar?
– Shemiah me garantiu que estará de volta no Ano-Novo. – O rosto de Raquel se crispou, e ele acrescentou: – Mas ele fará tudo para chegar antes.

Fazia um mês que a Feira de Verão tinha começado sem nenhum sinal de Shemiah, e a cada noite a insônia de Raquel piorava de tanta preocupação com o filho e o marido. Estranhamente, o pai também passava mais tempo acordado. Ele se retirava para a cama após a ceia, mas se levantava quando os alunos voltavam para casa, a fim de saber de Shmuel como tinham sido os estudos do dia. Já desperto, ele se juntava a Judá para trabalhar nos *kuntres*.
Raquel descobriu essa atividade do pai quando uma noite desceu para pegar um copo de vinho para conseguir dormir e viu a sala dele iluminada. Ele acolheu de bom grado a companhia da filha, que por sua vez encontrou algumas horas de alívio durante a noite, enquanto escutava sonolenta a explicação de Salomão para uma complicada seção da *Guemará* do terceiro capítulo do tratado *Makot*.
Nessa noite, os Sábios estavam discutindo o castigo, *makot* era a palavra hebraica para "chicotadas", que devia ser dado a quem ingeria o alimento dos dízimos ou dos sacrifícios fora dos limites de Jerusalém. Quem ingerisse certos dízimos, estando *tamei* ou "ritualmente impuro", também deveria ser punido.
Raquel sentou-se, quando o pai repetiu a explicação para Judá.
– Quando a Torá ordena ao fazendeiro que declare que ele não ingeriu alimento do dízimo estando *tuma*, "em impureza", isso sig-

nifica duas coisas: que ele não o ingeriu quando estava *tamei*, e o alimento estava *tahor*, "puro", nem quando o alimento estava *tamei*, e ele estava *tahor*.

Em seguida, Salomão se calou. Raquel pensou, a princípio, que o pai estava esperando que Judá acabasse de escrever. Mas ele estava de boca aberta e com os olhos fixos no vazio. Alguma coisa estava errada, e ela se levantou para olhar melhor. No entanto Salomão não esboçou reação alguma para acompanhar o movimento feito por Raquel e, quando ela chegou mais perto, notou que escorria uma saliva pelos lábios dele.

– Papai – ela disse com aflição, sem obter resposta. – Papai, o senhor está bem?

Judá largou a pena e o pergaminho com uma expressão assustada.

– Papai – disse em voz alta.

Salomão continuou calado, sem olhar para nenhum dos dois.

Judá agitou a mão na frente do rosto de Salomão e, como não houve reação, inclinou-se para ouvir o peito dele.

Só então Raquel começou a suspeitar do que estava acontecendo. Tomada pelo medo, saiu em disparada até a cozinha, e voltou com uma faca de aço brilhante, colocando-a debaixo do nariz do pai, enquanto Judah aproximava a lamparina. Eles esperaram em vão que a lâmina se turvasse com a respiração de Salomão até que Raquel deixou a faca de lado, soltou um grito e caiu em prantos.

Judá tentou freneticamente captar a pulsação de Salomão, primeiro no pulso e depois no pescoço, e de nada adiantou. As lágrimas escorriam-lhe pelo rosto, quando ele fechou a boca e os olhos de Salomão.

– *Baruch Dayan Emet* – sussurrou. Abençoado seja o verdadeiro juiz. Voltou-se então para Raquel. – Espere aqui, enquanto acordo os outros.

Com a voz trêmula, Raquel sussurrou a mesma bênção, a bênçao dita pelos judeus ao tomar conhecimento de uma morte. Mas ela protestava por dentro, o pai não podia estar morto; ele estava apenas dormindo e acordaria de manhã, como sempre.

Judá abriu a porta e se deparou com Shmuel.

– Ouvi um grito. Aconteceu alguma coisa? – Shmuel tentou enxergar a sala debilmente iluminada.

O pranto de Raquel e os olhos fechados de Salomão lhe deram a resposta, e logo Shmuel também chorava. Algum tempo depois, Joheved e Miriam juntaram-se a eles e tentaram encorajar a irmã a recitar os salmos com elas para velar o corpo do pai. Mas Raquel só conseguiu balbuciar algumas palavras, e logo o sofrimento a emudeceu.

Também foi difícil se concentrar nas orações com tanta gente subindo e descendo a escada, abrindo e batendo portas, e com o incessante tumulto no salão. Vozes ansiosas insistiam em perguntar se a água da casa tinha sido jogada fora, enquanto outras perguntavam se Salomão tinha morrido sorrindo, olhando para cima ou para as pessoas, sinais de bom augúrio para uma boa entrada no outro mundo.

Ao amanhecer, terminaram as preces das irmãs, e os parentes masculinos do pai iniciaram a *tahará*, preparando o corpo para o funeral. Os alunos desmontaram a mesa de estudo de Salomão para construir o caixão, enquanto outros providenciavam as esteiras de palha para que os enlutados se sentassem nos sete dias seguintes. Não restavam outras tarefas para as filhas de Salomão porque a responsabilidade de tomar conta dos enlutados era da comunidade. Então, as três irmãs subiram para descansar antes do funeral.

Raquel acabou adormecendo e despertou surpresa com Rivka lhe dizendo que era hora de sair. Entorpecida, ela se vestiu e dirigiu-se ao pátio, cautelosamente passando por cima da poça de lama formada à soleira da casa, onde a água fora arremessada para impedir a entrada do fantasma do pai ou de algum *ruchot* no cadáver dele. Simcha, Samuel e um bom número de alunos do pai juntaram-se bravamente a Meir e Judá à frente do cortejo, uma barreira de proteção para Raquel e as irmãs contra o possível ataque de um demônio enquanto elas acompanhavam o caixão. Muita gente carregava o caixão, inclusive um grupo de seis que era composto pelos netos mais velhos de Salomão e os maridos das netas. Raquel suspirou, lamentando que nem Shemiah nem Eliezer estivessem presentes para representar a família dela.

Lá fora, uma multidão aguardava na rua. Raquel piscou várias vezes os olhos com a luz do sol, mas não conseguiu ver onde terminava a longa fila de pessoas. Pareceu levar uma eternidade, até que aquela massa atingisse o cemitério, e houve então um pequeno tumulto para se saber quem seriam os sete homens que recitariam o Salmo 91, enquanto o corpo de Salomão abaixasse à cova. Obviamente, todos os parentes eram qualificados, mas, para que ninguém se sentisse ofendido, os escolhidos para receber esta honra foram sete mercadores estrangeiros que haviam estudado com Salomão, cada qual representando um diferente país.

Naquele pesadelo que era o funeral do pai, voltar para casa levou muito mais tempo do que chegar ao cemitério, pois, segundo o costume, o cortejo devia parar sete vezes ao longo do caminho. Durante o percurso, a congregação rezou o Salmo 91 contra os demônios até o décimo primeiro versículo, composto por sete palavras. A cada parada, eles acrescentavam uma palavra desse versículo para impedir que o *ruchot* os seguisse desde o cemitério, até que, na última parada, eles entoaram todas as sete palavras:

Seus anjos o guardarão por todo o caminho.

Alguém deve ter pensado que aquela gente toda não caberia no pátio da casa de Salomão e dispôs bancos e mesas nas ruas adjacentes. Raquel não fazia a menor ideia de quantas pessoas tinham se dirigido a ela – centenas que queriam mostrar sua estima ao pai dela. Raquel sentou-se sozinha e infeliz na esteira de palha sobre o chão, sem qualquer consolo, a não ser um abraço, vez ou outra, da filha. A solidão aumentava, ameaçando sufocá-la, quando via Miriam sendo consolada por Judá e pelas famílias dos seus filhos, todos reunidos em Troyes, e quando via Joheved cercada por Meir e pelos muitos filhos e netos.

O dia que se seguiu ao funeral era uma sexta-feira – a primeira de *Av* – e Raquel animou-se por alguns instantes, antes de se dar conta de que o dia anterior não tinha sido um sonho terrível. Seu pai estava morto. Ela passou o dia infeliz, sentada junto às irmãs na esteira de palha, na casa quente e abafada, enquanto a procissão de estranhos e conhecidos lhe oferecia condolências que serviam apenas para lembrá-la do quanto estava sozinha. Temerosa de viver mais quatro dias como aquele, agradeceu por poder comparecer aos serviços do *Shabat*.

A atmosfera na sinagoga estava contida, apesar do *Shabat*. Além do luto pela perda do seu *rosh yeshivá*, a comunidade observava a semana final de semiluto que antecedia o *Tishá Be Av*. Nessa semana, nenhum judeu de Troyes podia tomar banho, cortar cabelo, beber vinho ou ingerir carne, e não apenas a família de Salomão. Raquel não encontrou qualquer consolo nisso, ressentindo-se de que seu papel de destaque no luto do pai seria diluído.

Como era costume para os enlutados, Raquel, Joheved e Miriam não puderam caminhar desacompanhadas até a sinagoga, e, uma vez lá dentro, tiveram de se sentar em lugares diferentes dos habituais. Lá embaixo, na área masculina, os enlutados de Salomão também se sentaram em lugares diferentes. Nenhum deles retomaria os antigos lugares até que o *shloshim*, os primeiros trinta dias de luto, terminassem.

Durante o resto da semana da *shivá*, parecia a Raquel que cada dia não terminaria nunca; mas logo chegou o *Shabat* outra vez. Como o Nove de *Av* caiu num sábado, o dia de jejum teria de ser observado no domingo, e com isso aquele *Shabat* seria uma outra experiência sem alegria. Mas, quando ela chegou à sinagoga para os serviços, a congregação estava em rebuliço.

O fantasma de Salomão tinha sido visto na sinagoga na noite anterior.

O espírito de quem acaba de morrer sempre leva um tempo para deixar o corpo para trás, e assim os mais pios se reuniam na sinagoga na noite da sexta-feira para um culto fantasmagórico. Por isso mesmo, cuidava-se para que ninguém ficasse sozinho na sinagoga ao terminar as preces obrigatórias da liturgia noturna das sextas-feiras. E por isso também a hospitalidade do *Shabat* era compulsória na comunidade. Nas outras noites, os viajantes podiam hospedar-se na sinagoga, mas não na sexta-feira. Coitado daquele que estivesse sozinho na sinagoga se a congregação fantasmagórica necessitasse de mais uma pessoa para um *minian*.

Apesar do perigo, dois alunos da *yeshivá* – ninguém soube dizer quem eram – acharam que juntos poderiam visitar a sinagoga à noite em relativa segurança, uma vez que estavam na cidade grande. Por via das dúvidas, esperaram que a lua estivesse alta no céu para entrar sorrateiramente no pátio e olhar o espírito dos fiéis pela janela.

Segundo os rumores, os alunos testemunharam luzes e formas que brilhavam lá dentro, sendo que reconheceram duas delas. Uma de um mercador de panos flamengo que adoecera e falecera logo depois de chegar à feira, e a outra de *rabenu* Salomão. Joheved rejeitou de imediato a história, mas Raquel, não. Acreditar que o espírito do pai estava por perto e velava por ela amenizava-lhe o desespero.

Ao voltar para casa, ela entrou pela primeira vez no quarto do pai após sua morte, na esperança de sentir a sua presença. As roupas já tinham sido retiradas porque dava azar quando um familiar vestia as roupas de um morto. Mas as notas de Judá estavam em cima do baú e, curiosa, ela pegou-as. Debaixo da explicação do pai sobre o motivo de os alimentos dízimos terem de ser ingeridos em pureza, estava escrito:

> O corpo do *Rabenu* era puro e daqui a alma dele partiu em pureza. Ele deixou de explicar; estas linhas são do seu *talmid*, Rabi Judá ben Natan.

Raquel se pôs a planejar o dia seguinte, o *Tishá Be Av* propriamente dito, ocasião em que poderia passar uma tarde tranquila no túmulo do pai. Mas parece que todos em Troyes pensaram o mesmo, e o túmulo estava apinhado de gente que se engalfinhava para ficar mais perto. Embora ela tenha se recusado a sair de lá antes do poente, a cada hora que passava o desgosto e a tristeza aumentavam.

Aqueles desconhecidos lamentavam a perda do professor, mas, no dia seguinte, teriam outros professores. Já Raquel perdera o pai, e ninguém nunca a amaria tanto quanto ele.

Na manhã seguinte, arrasada demais para sair da cama, instruiu a criadagem que não queria ser perturbada. Assim, quando ouviu uma batida à porta depois que os sinos badalaram o meio-dia, gritou irritada:

– Sai daqui. Não estou com fome.

Mas, a porta se abriu e, num instante, ela soluçava nos braços de Shemiah. Sentira tanto a sua falta e se preocupara tanto com ele, mas agora, finalmente, seu filho estava em casa.

– Peço desculpas por não ter vindo ao funeral do vovô. – Shemiah tentava sufocar as lágrimas, enquanto os dois seguiam em direção ao cemitério.

– Sei que você não podia voltar antes – disse Raquel, a dor agora mais suportável com a presença do filho. – Seu pai precisava de você, e você fez a coisa certa ao esperar pela recuperação dele.

– Papai ainda está muito doente.

Raquel se deteve e olhou para o filho.

– O quê? Você deixou Eliezer para que ele morresse sozinho?

– Eu nunca faria isso. Só vim aqui para mandá-la de volta para ele.

Raquel olhou chocada para o filho.

– Mas ele não é mais meu marido. Você sabe disso.

– A senhora se casou com outro?
Ela pensou em Dovid e suspirou.
– *Non*.
A voz de Shemiah soou ansiosa.
– A senhora estará casada de novo, se tiver relações com ele.
– Como eu poderia ter relações, se ele está no leito de morte?
– A doença se deve a todo o sofrimento que ele passou. Tenho certeza de que se recuperaria, se a senhora estivesse lá.
– Se Eliezer está tão angustiado por causa da morte da concubina dele, não vejo como poderei curá-lo. – *Ou por que iria querer isso*.
Eles chegaram ao cemitério, e Shemiah abriu o portão.
– Desculpe-me, mamãe. Eu expliquei mal toda a situação.
Ela resolveu ouvir com toda a paciência.
– Conte-me tudo outra vez, por favor.
– É claro que papai sofreu pela morte de Gazelle e dos bebês. Mas só adoeceu depois que os astrônomos rejeitaram o trabalho dele.
Raquel encontrou o túmulo de Salomão e sentou-se na grama.
– Como eles puderam fazer isso? Eliezer é um grande erudito.
– Sei que não entendo a maior parte do que papai comenta sobre o cálculo dos movimentos das estrelas e dos planetas no céu – disse Shemiah com tristeza. – Mas sempre acreditei que ele sabia o que estava falando.
Raquel suspirou.
– E os outros não acreditaram nele?
Shemiah balançou a cabeça.
– No início, ele ficou bastante excitado e orgulhoso com a descoberta que tinha feito. Ele me mostrava páginas e mais páginas de cálculos; são provas, dizia, de que não apenas os planetas internos fazem uma órbita em torno do Sol como também os planetas externos.
– Abraham bar Hiyya, amigo dele, também acreditava nisso; aliás, isso partiu de uma ideia de Abraham.
– Abraham desistiu dessa teoria para provar que o Messias chegará em 250 anos.
Raquel ficou boquiaberta.
– Ele calculou a data exata?
– Segundo Abraham, o Messias chegará no ano de 5118. Mas isso não interessa. Os problemas de papai começaram quando ele declarou que a Terra e os planetas giram em torno do Sol.
Raquel emudeceu de assombro. *Impossível – todos sabem que a Terra é o centro do universo e que o Sol e os astros giram em torno dela.*

– Todos os seus companheiros disseram que ele estava errado, inclusive Abraham. Ninguém quis examinar as provas dele – disse Shemiah. – Quanto mais papai tentava chamar a atenção dos outros astrônomos para o seu trabalho, mais o rejeitavam. Alguns o chamaram até de herege.
– Pobre Eliezer. Ele deve ter ficado arrasado.
– Mas o golpe final foi quando cheguei lá e lhe disse que a senhora tinha aceitado o *guet* dele e que se casaria com o pisoteador.
– O quê? Eu nunca tive a menor intenção de me casar com Dovid ou com qualquer outro. – Raquel fulminou o filho com os olhos. – Como pôde dizer uma coisa dessas?
– Presumi que seu casamento fosse iminente pelo que vi em *Pessach*. – O tom suave da voz de Shemiah acalmou-a. – Então eu estava errado em relação a Dovid. Mas sei que papai ainda ama a senhora, e achei que voltaria correndo para casa, se eu mencionasse um rival.
– Eliezer lhe disse que ainda me ama? – *Será que isso é verdade?* Shemiah hesitou antes de responder.
– Não explicitamente. Mas sempre pergunta pela senhora quando chego lá... se está bem, o que está fazendo, se planeja visitá-lo; enfim, perguntas do gênero.
– Talvez só pergunte por polidez – ela disse em tom cético.
– Não é só polidez – ele insistiu. – Pelo modo como fala da senhora, pela expressão do seu rosto e pelo tom de voz, posso lhe garantir que papai nutre uma enorme afeição pela senhora. Por favor, volte para ele, mamãe. Ele morrerá sem a senhora.
– Não sei, Shemiah. Estou em pleno *shloshim* pelo meu pai. – Claro que o filho exagerava sobre a doença de Eliezer e mais ainda sobre o seu amor por ela.
– A origem dos problemas do meu pai é ele ter abandonado a Torá pela astronomia e pelos outros estudos seculares de grande popularidade em Sefarad. Como disse Rabi Yohanan no tratado *Berachot*:

> Para aquele que tem meios para estudar a Torá, mas não o faz, o Eterno traz aflições que o atingem profundamente.

Shemiah olhou no fundo dos olhos da mãe.
– A senhora precisa trazer o papai de volta a Troyes para que ele retome o estudo da Torá. Só isso poderá salvá-lo.

Raquel balançou a cabeça em negativa.

– Já tentei fazer isso alguns anos trás, mas não deu certo.

– Talvez porque papai ainda não tivesse sofrido o bastante.

– Preciso pensar no assunto. – Será que Eliezer tinha perdido mesmo a proteção da Torá? Pois também é dito no *Berachot*:

> Disse Reish Lakish: ele que estuda a Torá afasta os sofrimentos mais dolorosos de si.

– Não fique muito tempo pensando, mamãe, por favor – ele implorou. – O estado de papai é tão deplorável que cavalguei no *Shabat* para chegar mais rápido.

Shemiah não falou mais de Eliezer durante duas semanas, mas o seu olhar de reprovação era como uma flechada no peito de Raquel. Ela sabia que o filho acreditava no que tinha dito para ela, do contrário jamais teria viajado durante o *Shabat*. Mas Eliezer estaria mesmo tão doente ou manipulara Shemiah para forçá-la a ir para Toledo contra a própria vontade? Conseguiria ela convencê-lo a voltar para Troyes e retomar os estudos da Torá?

Contudo, Raquel estava plenamente consciente de que a única pergunta que lhe importava era se Eliezer realmente a amava, e isso ela só saberia se ficasse cara a cara com ele. Mas como poderia se decidir sem o aconselhamento do pai? E precisava resolver-se o mais rapidamente possível porque, não decidir, já seria uma decisão. O final do *shloshim* coincidiria com o encerramento da Feira de Verão, e nessa ocasião ela poderia viajar em segurança com os muitos mercadores que retornavam para os seus lugares de origem.

O trigésimo dia após a morte de Salomão caiu numa sexta-feira, e Raquel acompanhou solenemente as irmãs até a casa de banhos para encerrarem juntas o período de luto. A partir desse dia, elas poderiam retomar grande parte da vida normal, restando apenas algumas poucas restrições impostas para o luto dos pais. Enquanto, dando graças aos céus, retirava a sujeira que se acumulara nos cabelos por um mês, Raquel desejava com ardor que acontecesse alguma coisa que a tirasse da indecisão.

A Feira de Verão terminaria em cinco dias.

Ela bem que cogitou dar uma passada na sinagoga naquela noite para se consultar com o fantasma do pai, mas não teve coragem. No cemitério, rogara diariamente ao espírito do pai, que, a essa altura, conhecia o futuro dela, que lhe desse algum sinal, mas não viu nem ouviu nada de extraordinário. Assim, enquanto as irmãs celebravam o *Shabat* com os maridos, Raquel foi para a cama com o coração apertado.

Quando se deu conta, já era de manhã, e ela se viu lá fora observando Miriam que capinava a horta. Mas espere, era a mãe dela, não Miriam – era sua mãe com a aparência que tinha quando jovem. A mãe se virou quando Raquel se aproximou e abriu os braços para abraçá-la.

– Você foi uma filha obediente e cuidou do seu pai com muito carinho. – A mãe estava radiante. – Ele está profundamente agradecido a você.

Sem conseguir falar, Raquel esperou, enquanto a mãe prosseguia.

– Ele me pediu que a liberasse do meu pedido final para que possa cuidar do seu marido. Você tem a obrigação de cuidar de Eliezer, de satisfazer as necessidades dele para que ele possa estudar a Torá sem se preocupar com problemas mundanos.

Raquel abriu a boca para dizer que Eliezer não era mais o marido dela, mas a mãe fez um gesto para que se calasse.

– Toda mãe conhece o coração da filha e, no fundo do seu coração, ele ainda é o seu marido. Da mesma forma que no fundo do coração de Eliezer você continua sendo a esposa dele.

– Então ele está vivo? – ela conseguiu perguntar.

A mãe assentiu com a cabeça.

– Seu pai disse que a doença de Eliezer não é tão grave a ponto de você precisar violar o *Shabat* por ele.

– Deixe-me ver o papai. Deixe-me falar com ele – Raquel implorou.

– Agora ele está nos serviços do *Shabat*, não posso interrompê-lo.

– Mas preciso me despedir dele – ela rogou.

Era tarde demais. A mãe e a horta se desvaneciam na neblina.

– Ele recomendou que você rezasse os Salmos 138 e 140 na sua viagem – disse a mãe, antes de desaparecer por inteiro.

Ao acordar, Raquel se lembrou de que aqueles salmos eram invocados para reativar o amor entre um homem e uma mulher.

Na noite de sábado, o primeiro de Elul, Raquel estava prestes a apagar a lamparina da cabeceira da cama, quando Miriam a chamou da porta.

– Raquel, espero que não esteja dormindo.
Raquel se apressou em fazer a irmã entrar no quarto.
– Non... estava só me preparando para deitar.
– Elizabeth está precisando da minha ajuda para fazer o parto de gêmeos, por isso quis me despedir de você esta noite, porque dificilmente estarei aqui amanhã de manhã.
– Fico muito feliz por você ter vindo. – Raquel abraçou a irmã com carinho.
– Shemiah me disse que você não quis que ele fosse junto. – Miriam pareceu preocupada.
Antes que Raquel respondesse, Joheved espiou pela porta entreaberta.
– Pensei ter ouvido vozes. – Entrou na ponta dos pés e fechou a porta. – Também acho que você não deve viajar sozinha.
– Não se preocupem. Estarei segura com os mercadores. – A voz de Raquel soou determinada. – Meu filho já passou muito tempo longe da esposa, e quero que fique aqui com ela, ainda mais porque posso demorar alguns meses, até Eliezer estar em condições de cavalgar.
Joheved arregalou os olhos, surpreendida.
– Você quer dizer...?
Raquel sorriu, balançando a cabeça.
– Rivka me disse que Glorietta não mergulhou no lago com ela durante todo o verão.
– Fico feliz por você trazer Eliezer de volta. – A expressão de Miriam se anuviou. – Judá ficou muito abalado com a morte de papai, e não sei se poderá terminar os *kuntres* sem a ajuda de Eliezer.
– Não sei se Eliezer e eu ficaremos em Troyes durante o ano inteiro. – Ao notar o desapontamento das irmãs, ela apressou-se em acrescentar: – Claro que ficaremos aqui a maior parte do tempo, para acompanhar o progresso da *yeshivá* e para visitar nossos netos. Mas eu gostaria de viajar entre as feiras, porque há muitos lugares que ainda não vimos juntos.
– E se Eliezer ainda insistir em residir em Toledo? – perguntou Miriam.
Raquel se preparara para essa possibilidade.
– Poderíamos passar parte do ano lá, e Eliezer poderia abrir uma pequena *yeshivá*.
Quem sabe até não trabalhariam juntos nas traduções para o rei. Afinal, por que desperdiçar todo aquele latim que havia aprendido?

E se ela, uma mulher, pôde aprender o Talmud, por que não poderia estudar Ptolomeu e Aristóteles?
– É uma boa ideia – disse Joheved. – Meir e eu estamos preocupados por só ter restado uma *yeshivá* na França. – Ela hesitou e abaixou a voz. – Se as coisas correrem mal para os francos em Jerusalém, temo que se vinguem nos judeus daqui.
Raquel suspirou. Então, Eliezer não era o único que temia o que aqueles que cultuavam o Crucificado fariam no futuro.
– Precisamos ter fé no Eterno, Ele nunca nos abandonará, enquanto continuarmos estudando a Torá.
– Você está certa – disse Joheved, enquanto Miriam assentia com a cabeça. – E precisamos enviar os comentários do papai para todas as comunidades estrangeiras para que as palavras dele não se percam, aconteça o que acontecer.
Miriam deu um passo à frente e abraçou Raquel por um longo tempo.
– Não posso deixar Elizabeth esperando. Por favor, tome cuidado e nos escreva assim que chegar lá.
– Minha irmãzinha caçula precisa de uma boa noite de sono antes da longa viagem – acrescentou Joheved antes de seguir Miriam, fechando a porta atrás delas sem fazer barulho.

Na manhã seguinte, Raquel acordou com o ressoar de um *shofar* após o outro, ecoando por todo o Bairro Judeu, e percebeu que o chamado rouco se mesclava com as badaladas dos inúmeros sinos das igrejas de Troyes. A bagagem já estava arrumada, mas, de repente, ela se deu conta de que esquecera algo. Destrancou o baú ao lado da cama e pegou o *guet* que Eliezer lhe dera um dia. Notou as mãos trêmulas e respirou fundo para se acalmar. Logo que estivesse com Eliezer, ela lhe entregaria o edito do divórcio, para que ele o destruísse.

Não se preocupe, disse Raquel para si mesma, enquanto cavalgava pelas ruas estreitas que davam no terreno da feira onde estavam reunidos os mercadores que tomariam o rumo de Sefarad. Onde quer que houvesse judeus no mundo, haveria o estudo da Torá. E a despeito do que acontecesse com Eliezer, e a despeito de onde ela residisse, o espírito do pai estaria sempre velando por ela.

E que o espírito de *rabenu* Salomão ben Isaac continue a velar por todas as filhas de Israel que estudam o Talmud.

Epílogo

legado de Salomão Ben Isaac seguiu em frente por intermédio dos onze netos e inúmeros bisnetos. Quando Joheved faleceu, em 1135, tendo sobrevivido às irmãs e aos cunhados, seu filho Jacó, então chamado Rabenu Tam, tornou-se o líder reconhecido e incontestável dos judeus de Ashkenaz. Curiosamente, foi um filho de Hannah que se tornou um renomado erudito e líder da geração seguinte, não um dos filhos dos netos de Salomão, da mesma forma que a grandeza da família perpetuou-se por meio da linhagem feminina.

Infelizmente, a erudição, a tolerância e a criatividade da renascença do século XII perduraram por pouco tempo. Como Raquel e Eliezer temiam, as Cruzadas abriram o Levante para os mercadores cristãos e, por volta do século XIII, as grandes cidades-estados italianas superaram os judeus no tráfego comercial.

No limiar de 1171, ocorreu a primeira acusação de assassinato ritualístico na França contra os judeus de Blois, resultando em morte na fogueira de trinta e um judeus – inclusive da amante judia do conde Thibault que se recusou a abandonar o próprio povo. Nesse último ano de sua vida, Rabenu Tam se valeu de sua grande influência para desencadear tal onda de protestos diante dos fatos ocorridos em Blois que até mesmo o rei Luis proclamou publicamente o seu repúdio ao imperdoável castigo impingido aos judeus.

Em 1187, porém, quando o exército de Saladino se uniu ao dos egípcios e dos turcos para retomar Jerusalém, ninguém pôde salvar os judeus.

A derrota da Terceira Cruzada desmoralizou a França e, depois do desastre da Quarta Cruzada, que terminou com a queda de Constantinopla e com cristãos lutando contra cristãos, a Igreja voltou os olhos para a Europa.

O Quarto Concílio de Latrão, em 1215, decretou que os judeus deviam usar determinadas insígnias que os distinguissem do resto da população, um edito acatado na Inglaterra e na França real, mas ignorado na Provença, Espanha e Champagne. O século XIII assistiu à crescente preocupação com a heresia, o que terminou por desencadear a queima do Talmud em 1242. Mas o pior ainda estava por vir. Em 1267, estabeleceu-se a Inquisição para punir os cristãos hereges, bem como os judeus que "induzissem" os cristãos a se converter. Champagne não era mais um porto seguro. Em 1268 o conde tristemente confiscou todos os bens dos judeus para financiar uma cruzada que culminou com a morte do rei Luis na Tunísia. As acusações de assassinato ritualístico chegaram a Troyes em 1288, ocasião em que treze judeus caíram nas garras da Inquisição, foram julgados culpados e queimados vivos.

O golpe final se deu com a expulsão de toda a população de judeus da França em 1306, o que levou mais de vinte mil judeus a abandonarem Champagne. Dessa forma, duzentos anos depois da morte de Salomão ben Isaac, muitos de seus descendentes deixaram suas casas e se espalharam por toda a Europa: Alemanha, Boêmia, Hungria, Provença, Itália e Espanha. Outras expulsões se seguiram, espalhando ainda mais a descendência de Salomão. Segundo uma estatística realizada em Stanford, indivíduos de hoje que tenham uma ancestralidade judaica europeia provavelmente descendem de Rashi.

À medida que os descendentes de Salomão se espalharam pela Europa e o Levante, eles levavam consigo os comentários do Rashi sobre a Torá e o Talmud. Eliezer podia estar certo ao prever o efeito devastador das cruzadas sobre Ashkenaz, mas errou ao dizer que as palavras de Salomão morreriam com ele.

Atualmente, cada vez mais judeus estudam diariamente os comentários de Rashi, bem mais do que aqueles que estudam todos os outros eruditos judeus juntos – nas sinagogas, nas *yeshivot* e nas casas do mundo inteiro. Alguns dizem que sem os *kuntres* de Rashi talvez o Talmud estivesse perdido para o judaísmo e a religião judaica seria bem diferente, se é que ainda existiria.

Da mesma maneira que o estudo do Talmud continua a prosperar na nossa geração, e o tema começa a se abrir para as mulheres, um novo futuro se abre para os judeus de Troyes. Sem a presença de judeus por quinhentos anos, a cidade foi repovoada por uma comunidade de *sefardim* expulsos da Argélia muçulmana, quando o Estado de Israel foi estabelecido, em 1948. Na rua da sinagoga, situa-se o Instituto Rashi, fundado em 1989, para promover o estudo da história dos judeus franceses.

Na verdade, parte da minha pesquisa se fez lá.

Posfácio

ma das questões que mais intrigam os meus leitores é saber o que é fato e o que é ficção na obra *As filhas de Rashi*. Salomão ben Isaac realmente existiu, e seus comentários e *responsa* contêm milhares de palavras sobre sua vida, sua comunidade e suas opiniões. Quanto a ele, esforcei-me por manter a exatidão histórica e, quando me vi obrigada a ser criativa, recorri à riqueza de informações dos seus próprios escritos para me manter fiel à personalidade dele.

Suas filhas, genros e netos também são figuras históricas, bem como diversos clérigos e lordes feudais que estão neste livro, com os nomes verdadeiros, quando conhecidos. Tive de inventar um nome para a esposa de Rashi e para algumas de suas netas, porque, no transcorrer do tempo, grande parte dos nomes de mulheres judias se perdeu. Também inventei uns poucos netos que podem ter morrido muito cedo, para que a narrativa refletisse essa triste realidade do século XI.

No meu primeiro livro, apoiei-me em duas lendas populares em torno das filhas de Rashi: que elas tinham estudado o Talmud e que oravam com o *tefilim*. Mas, segundo uma outra lenda bem menos conhecida, elas é que escreveram o comentário do tratado *Nedarim* que chegou aos nossos dias e cuja autoria é atribuída ao Rashi, um comentário sem o estilo lapidar e conciso dele. Embora o autor desse texto continue desconhecido até hoje, ao estudá-lo atentamente, me vi levada a acreditar que se trata de uma visão feminina.

Nem tudo o que foi escrito sobre as filhas de Rashi é lenda. Existem muitos registros escritos sobre Joheved e Meir, inclusive a data da morte de ambos e as palavras ditas por Meir no funeral da esposa. Miriam e Judá, por outro lado, não são tão conhecidos. Sabemos os nomes dos filhos do casal e também sabemos que Yom Tov, o filho mais velho, tornou-se *rosh yeshivá* em Paris. Além disso, encontramos as palavras de Judá escritas por ocasião da morte do sogro no comentário do tratado *Makkot 19a*.

Há, no entanto, tão poucas referências a Raquel e Eliezer, que alguns eruditos duvidam que Rashi tenha tido mais de duas filhas. A principal evidência encontra-se em uma carta que Rabenu Tam escreveu para o seu primo Yom Tov, onde menciona o divórcio da tia Raquel, de Eliezer, e ainda a existência de um neto de Rashi chamado Shemiah, que não era filho nem de Joheved nem de Miriam.

Sem dúvida, não muito para escrever um romance histórico.

O meu primeiro desafio consistiu em elaborar uma trama que envolvesse o divórcio de Raquel e Eliezer, e que tivesse o cuidado de torná-los ao mesmo tempo simpáticos e heroicos. Não poderia haver vilões na família de Rashi. Levando em conta que alguns dos melhores alunos das Academias rabínicas do século XVIII abandonaram os estudos do Talmud quando o Iluminismo lhes abriu as portas das grandes universidades europeias, resolvi criar um Eliezer igualmente tentado pelo antigo conhecimento grego, redescoberto na Espanha em sua época. Para a minha surpresa, em seguida descobri que os astrônomos árabes tinham postulado um sistema planetário heliocêntrico, centenas de anos antes de Copérnico.

Com Eliezer engajado nos estudos seculares, Raquel seria forçada a optar entre os dois homens que ela mais amava: o pai e o marido. Ela teria de escolher entre deixar a família e se mudar para a Espanha com Eliezer, onde as mulheres se escondiam dentro de casa e certamente não estudavam o Talmud, ou cuidar de um cada vez mais enfraquecido Rashi, ficando em Troyes, onde os massacres da Primeira Cruzada ameaçavam a existência dos judeus.

Ah, sim... a Primeira Cruzada. Já que eu havia planejado que a minha trilogia acabaria com a morte de Rashi em 1105, não havia como evitar a Primeira Cruzada e suas desastrosas consequências para os judeus das terras do Reno. Assim, temperei com cuidado os dois primeiros volumes com personagens imaginários que estariam vivendo em cidades diferentes no terceiro volume: Catarina e Samson, Elazar, o filho de tia Sara, Daniel e Elisha, antigos parceiros de estudo de Judá. Em seguida, selecionei descrições históricas dos judeus sobre os terríveis eventos e fiz com que meus personagens os vivenciassem, usando, sempre que possível, o linguajar original. Peço desculpas pela violência descrita, mas queria me manter fiel aos relatos das testemunhas. Foi uma época realmente terrível.

Da mesma forma que as mortes dos mártires de Mayence, Worms e Colônia são acontecimentos reais, o destino dos homens de Emicho e dos seguidores de Peter o Eremita também é real. No entanto, a lenda de um moribundo Rabi Amnon escrevendo *Unetanah Tokef*, uma das preces mais poderosas dos Dias Temíveis, é totalmente infundada. De fato, a prece parece ter sido composta não no século XI, em Mayence, e sim em Eretz Israel, centenas de anos antes. Mas é uma lenda tão penetrante e pungente que procurei elaborar uma versão verossímil, ou o menos inverossímil possível.

Minhas descrições da vida na Tunísia e em Sefarad foram extraídas de documentos da Geniza do Cairo, mas não há evidências de que Eliezer e Raquel tenham saído algum dia de Troyes. As viagens de ambos são produtos da minha imaginação, bem como as ocupações deles. Mas sabemos que, além de serem vinicultores, alguns membros da família de Rashi tiravam o sustento da lã. De acordo com as pesquisas, a descrição que Rashi faz do tear horizontal nos seus *kuntres* é uma das primeiras menções a esse artefato, e o primeiro moinho de pilagem surgiu no Norte da França na época em que ele vivia.

Também durante o século XII, surgiram ricos empreendedores de tecidos que empregavam todos os trabalhadores envolvidos na produção têxtil de luxuosos tecidos, por fim tornando obsoleto o antigo sistema em que os trabalhadores compravam matéria-prima e equipamentos e em seguida vendiam os produtos para um outro artesão da cadeia. Surpreendentemente, 80% do comércio internacional na Idade Média constituíam em ricas casimiras e sedas.

Para outros eventos da vida de Raquel e Eliezer, tomei a liberdade de recorrer à literatura medieval de *responsa*. O incidente no qual Joheved coloca a colher de leite na panela de carne é de uma *responsa* do próprio Rashi, embora ele não declare qual filha foi responsável. Rashi também respondeu a muitas perguntas sobre conversos forçados após a Primeira Cruzada, e utilizei a *responsa* de um homem com um irmão apóstata para complicar a vida de Raquel. O sequestro de Eliezer e o plano de pagamento do resgate do próprio sequestrado na floresta aconteceram com um outro mercador, mas era uma história boa demais para ser ignorada. Na época, as mulheres judias não tinham muita dificuldade para obter o divórcio dos maridos – ao contrário do que acontece hoje – e me vali de Brunetta para demonstrar o procedimento.

Procurei inserir muitos eventos políticos locais. O jovem conde Eudes morreu misteriosamente no Ano-Novo de 1093, seu sucessor Hugo quase não sobreviveu a uma tentativa de assassinato por parte do seu criado predileto, e a investida de Érard de Brienne se deu pouco tempo depois. O escândalo do rei Filipe que abandonou a sua rainha pela linda Bertrade é célebre, bem como a influência da condessa Adèle nos casos de Champagne.

Incorporei Eliezer ao meio cultural e histórico da Espanha, onde os judeus prosperaram apesar (ou por causa) das constantes batalhas entre espanhóis e mouros. A conquista de Toledo pelo rei Afonso foi um ponto de virada na Reconquista, e não pude resistir à tentação de inserir El Cid e também o poeta Moisés ibn Ezra, o astrônomo e filósofo Abraham bar Hiyya e o matemático árabe Ibn Bajjah (a concentração de gigantes intelectuais em Sefarad no limiar do século XII era extraordinária). Trabalhei muito para assimilar as ideias de Ptolomeu, Aristóteles e Philo, e espero ter passado a essência dessas ideias para os meus leitores.

Como nos primeiros dois volumes, os remédios medicinais e da magia, como a astrologia e a demonologia, foram extraídos ou do próprio Talmud ou de outras fontes medievais. Jamais conseguiria inventar coisas tão bizarras.

Por falar no Talmud, as passagens citadas são: Berachot 10a e Shabat 23b e 34a (capítulo 2); kidushin 29b, Rosh Hashaná 33a, e Nidá 31b (capítulo 4); Berachot 55b (capítulo 6); Eruvin 100b e Shabat 73a (capítulo 7); Ketubot 51b (capítulo 8); Shabat 21 (capítulo 9); Berachot 55a (capítulo 10); Avodah Zarah 18a (capítulo 14); Shabat 66b e Kiddushin 33 (capítulo 15); Shabat 75a (capítulo 16); Avodah Zarah 18a e Moed Katan 20b e 22 b (capítulo 17); Berachot 55a e Sucá 29a (capítulo 18); Tanit 30b (capítulo 20); Rosh Hashaná 20-21 (capítulo 24); mais Rosh Hashaná 21 (capítulo 25); Sanhedrin 38b (capítulo 26), Nedarim 20b (capítulo 27); Nedarim 50a e Sanhedrin 7a (capítulo 29); Shabat 67a (capítulo 32); e Makkot 19a e Berachot 5a (capítulo 33). Todas as traduções são minhas.

Aos leitores interessados nas minhas diversas fontes bibliográficas, sugiro uma bibliografia na página da Internet www.rashidaughters.com, no link "historical info".

Agradeço por terem compartilhado essa jornada comigo. Espero que vocês tenham se divertido e aprendido ao ler as histórias de Joheved, Miriam e Raquel da mesma forma que me diverti e aprendi ao escrevê-las.

Glossário

Adar – décimo segundo mês lunar do calendário hebraico a contar de *Nissan*, mês do Êxodo, ou sexto mês a contar da festa do Ano-Novo.
Aguná – "mulher amarrada", ou seja, uma mulher que está comprometida e não pode casar-se.
Am Haaretz – gente da terra. Palavra usada na literatura rabínica para indicar camponeses rústicos, que não pagam os dízimos agrícolas e se recusam a se alimentar segundo as leis de pureza ritual.
Anusim – conversos forçados.
Arayot – seções do Talmud que tratam das relações sexuais.
Ashkenaz – nome da Alemanha na Idade Média. Os *ashkenazistas* eram os judeus de origem alemã.
Av – quinto mês lunar do calendário hebraico a contar de *Nissan*, o mês do Êxodo, ou décimo primeiro mês a contar da festa do Ano-Novo. É o mês mais triste do ano porque nele foram destruídos o Primeiro e o Segundo Templos. Corresponde ao mês de agosto.
Averah – termo hebraico que significa "pecado". Pecado cometido pelo homem contra Deus. Transgressão de um dos mandamentos.
Azmil – faca especialmente usada na circuncisão.
Baraita (pl. baraitot) – ensinamento tanaítico não encontrado na Mishna.
Baruch ata Adonai – bênção judaica que se traduz como "Bendito sejas, Tu, Ó Deus".
Baruch Daian Emet – "Bendito seja o verdadeiro juiz." Bênção proferida pelo enlutado quando rasga as roupas.
Bashert – alma gêmea, parceiro espiritual; destino.
Ben Yochai – um dos grandes rabinos do século II que debatem e explicam no *Zohar* os segredos dos cinco livros de Moisés (a Torá). Ele é tido como o autor do *Zohar*.
Bênção de gomel – bênção de graças proferida depois que alguém se salva de um perigo.
Berachot – bênçãos litúrgicas.
Bet Din – tribunal judaico.
Bimá – plataforma elevada de onde se lê a Torá.

Bliaut – túnica, vestimenta externa usada por homens e mulheres sobre uma camisa.
Braises – calças curtas masculinas.
Brit milá – circuncisão ritual, realizada quando o bebê do sexo masculino completa oito dias de vida.
Chacham – erudito judeu.
Chalá – pão trançado, consumido no *Shabat* e nas outras festas judaicas, exceto em *Pessach*.
Chalitsá – ritual judaico que libera uma viúva sem filhos do levirato, o casamento com o cunhado.
Chamets – migalhas de pão fermentado.
Completas – última das sete horas canônicas.
Denier – moeda de prata.
Disner – refeição do meio-dia, usualmente a maior refeição do dia.
Drash – prédica ou pregação.
Edomita – não judeu europeu (termo talmúdico para "romano")
Elul – sexto mês lunar do calendário judaico.
Eretz Israel – Terra de Israel.
Erusin (ou kidushin) – compromisso matrimonial formal, que não pode ser anulado sem um divórcio.
Flores – termo medieval referente à menstruação.
Gad – fundador da tribo de Gad e filho de Jacó.
Gan Eden – "Jardim do Éden".
Ganimedes – mítico príncipe de Troia, seduzido por Zeus, e termo medieval usado para o homossexual masculino.
Geniza do Cairo – coleção de milhares de documentos de mercadores judeus do século IX até o XIII, encontrados numa sinagoga do Cairo.
Guemará – comentários e interpretações rabínicas das leis da *Mishna*.
Guet – documento de divórcio concedido pelo marido.
Haftará – leitura do Livro dos profetas que se segue à do *Sefer Torá*, no *Shabat*.
Hagadá – termo hebraico que se refere à "história de *Pessach*". O texto da *hagadá* contém a liturgia recitada durante o *seder*.
Halachá – tradição legalista do judaísmo que por vezes se confronta com a teologia, a ética e o folclore de Hagadá.
Halitza (ou chalitzá) – cerimônia na qual à viúva tira o sapato do cunhado e cospe diante dele. Depois disso, ela está livre para casar-se com outro.
Haman – vilão do Livro de Ester, que recebeu permissão de Assuero, rei persa, para exterminar todos os judeus do império persa. Os planos de Haman não lograram êxito por causa de Ester, rainha judia. Quando se lê a história na sinagoga durante a festa de *Purim*, o nome de Haman é vaiado.
Hanucá (ou chanucá) – festa judaica da consagração ou das luzes, celebrada no fim de dezembro, comemorativa da reconstrução do Templo de Jerusalém.
Haroset – creme de maçã, nozes e especiarias.

Havdalá – cerimônia que ocorre na noite de sábado para marcar o final do *Shabat*.
Hazan (ou *chazan*) – "cantor". Funcionário da sinagoga que conduz as orações, sobretudo no *Shabat* e nas demais festividades. Também faz a leitura do *Sefer Torá* e ensina as crianças da congregação.
Herem (ou Cherem) – excomunhão, anátema. Exclusão da comunidade judaica.
Heshvan – oitavo mês do calendário judaico, sucede os Dias Temíveis.
Hilel – sábio do início do período rabínico, conhecido como Hilel, o Velho.
Ietzer – impulso, inclinação que tanto pode ser positivo (*ietzer hatov*) como negativo (*ietzer hara*).
Iom Kipur – Dia de Expiação.
Iom Tov – "dia bom" em hebraico, feriado.
Issachar – recompensa. Chefe de uma das tribos judaicas (de mesmo nome) que se destacava pela devoção ao estudo da Torá.
Iyar – segundo mês do calendário judaico.
Kavaná – termo hebraico que significa "direção interior", "intenção". Vontade de realizar um ritual ou de se concentrar em oração.
Ketubá – contrato de casamento judaico, dado pelo noivo à noiva, que estabelece as responsabilidades do marido durante o casamento e garante o sustento da mulher em caso de divórcio ou morte do marido.
kidush – (hebraico) "santificação". É a bênção recitada sobre o vinho para santificar o *Shabat* ou qualquer outra festa judaica.
Kinot – elegias.
Kislev – nono mês do calendário judaico.
Klaf – pergaminho.
Kol Nidrei – termo aramaico que expressa "todos os votos" ou "todos os juramentos". Proclamação da anulação de votos, entoada em melodia melancólica.
Kosher – termo hebraico que significa apropriado. Usado para indicar o alimento que é permitido ingerir, segundo as leis dietéticas judaicas.
Kriá – rasgar a roupa em sinal de luto.
Kuntres – notas e comentários explicativos do texto talmúdico.
Lag Ba Omer – trigésimo terceiro dia do *Omer*.
Laudes – segunda das sete horas canônicas, aproximadamente 3 horas da manhã.
Lilit – demônio feminino que provoca a morte de recém-nascidos e mulheres em trabalho de parto; primeira mulher de Adão; noiva de Samael, senhor das forças do mal.
Maror – termo hebraico que significa "ervas amargas". Ervas, como a raiz-forte, consumidas durante o *seder* de *Pessach*, para lembrar a amarga escuridão dos israelitas no Egito.
Matinas – primeira hora canônica, meia-noite.
Matzá – pão não fermentado consumido em *Pessach*.
Mazel Tov – expressão usada em ocasiões alegres; "boa sorte".

Mazikim – demônios, espíritos do mal.
Meguilá – termo hebraico que significa "rolo". Nome dado a cinco livros da Bíblia hebraica (Rute, Cântico dos Cânticos, Lamentações, Eclesiastes e Ester) porque em certa época eram lidos em rolos separados, escritos por escribas.
Menorá – termo hebraico que significa "candelabro".
Mezuzá – pergaminho confeccionado por um escriba, contendo os dois primeiros parágrafos do *Shemá*. A *mezuzá* é colocada dentro de um estojo que depois é fixado no batente direito da porta de entrada.
Midrash – tipo de comentário rabínico que expande e explica o texto bíblico, sendo usado, em geral, para referir-se a assuntos não legais.
Mikve – piscina ou outro local com água para uso no banho ritual de purificação, especialmente pelas mulheres após o período menstrual.
Minian – *Quorum* de dez judeus do sexo masculino com mais de treze anos de idade que constitui a comunidade mínima necessária para atos públicos de culto e para a leitura do *Sefer Torá*.
Minim – herege; palavra jocosa que os judeus usavam quando se referiam aos cristãos.
Mishkav zachur – pecado do homossexualismo.
Mishná – a mais antiga das obras remanescentes da literatura rabínica, editada por Judá Há-Nassi e completada por membros do seu círculo após a sua morte, no início do século III.
Mitsvá (pl. mitsvot) – mandamento divino; também, boa ação.
Mohel (fem.*mohelet*) – termo hebraico para quem realiza a circuncisão ritual.
Mokh – espécie de tampão usado durante e após o coito, funcionando como um absorvente.
Molad – lua nova.
Monte Moriá – lugar onde Abraão ofereceria o filho, Isaac, para Deus.
Motzitzin – drenagem do sangue após a circuncisão, para facilitar a cicatrização do ferimento.
Nachat ruash – expressao hebraica: "Eu estou satisfeito."
Naftali – uma das tribos judaicas.
Nidá – o período da menstruação.
Nisuin – cerimônia que completa o casamento e é seguida pela coabitação.
Nona – sexta das oito horas canônicas, aproximadamente 3 horas da tarde.
Notzrim – termo polido para "cristãos"; literalmente "aqueles que cultuam o homem de Nazaré".
Nove de Av – dia mais triste do ano judaico, marcado por um jejum, pela destruição do Primeiro e do Segundo Templos de Jerusalém. É um dia de semiluto.
Omer – contagem dos dias a partir do segundo dia de *Pessach*. Durante as sete semanas seguintes, conta-se cada dia até *Shavuot*, o qual cai no quinquagésimo dia.
Onicha – líquido perfumado extraído de conchas encontradas nas profundezas do mar Vermelho e do oceano Índico.

Parnas – líder laico da comunidade judaica.

Peixe shibuta – o Talmud contém referências a um peixe chamado *shibuta*, descrito como saboroso e popular, com carne de gosto semelhante à do porco. Sua identificação se perdeu com o tempo, mas estudos recentes apontam para o *Barbus grypus*, um tipo de carpa.

Pessach – uma das festas de peregrinação, ou festas de colheita; Páscoa judaica.

Pidion ha-ben – termo hebraico que significa "resgate do filho".

Pirkei Avot – tratado da *Mishna* composto de máximas éticas dos rabinos. "Ética dos Pais".

Priah – membrana fina entre o prepúcio e o pênis do bebê.

Prima – alvorada, terceira das sete horas canônicas, aproximadamente 6 horas da manhã.

Purim – Festa que comemora a história do Livro de Ester.

Rabenu – (hebraico) "nosso rabino", título de respeito dado a um judeu erudito.

Responsa – questões enviadas para um rabino onde é solicitada uma decisão legal, e a respectiva resposta dele.

Rosh Hashaná – termo hebraico que significa "cabeça do ano". Festa de Ano-Novo.

Rosh Yeshivá – líder de uma academia talmúdica.

Ruchot – (singular: *ruach*) fantasmas, espíritos dos mortos recentes.

Seder – cerimônia e refeição ritual observadas nos lares judaicos nas duas primeiras noites de *Pessach*.

Sefarad – Espanha e, por extensão, Península Ibérica. Os judeus naturais desta região eram chamados de sefaradim.

Selichot – orações de arrependimento que visam ao perdão.

Sexta – ou sexta hora, hora fixada para as orações.

Shabat – dia de descanso obrigatório, que se estende do anoitecer da sexta-feira à noite de sábado.

Shalom aleichem – saudação judaica assim traduzida: "Que a paz esteja convosco."

Shamai – sábio mishnaico. Construtor por profissão, Shamai travou alguns debates importantes com seu colega Hilel.

Shavuot – Pentecostes. Uma das três festas de peregrinação, ou festas da colheita.

Shehecheyanu – bênção de graças pela preservação de nossas vidas.

Shemá – o *Shemá* afirma o monoteísmo e solicita que o homem ame a Deus com todo o coração, com toda a alma e com toda a força.

Shevat – décimo primeiro mês lunar do calendário judaico.

Shivá – os sete dias de luto após a morte de um parente.

Shloshim – primeiros trinta dias de luto por um parente.

Shofar – instrumento musical feito do chifre do carneiro.

Simchat Torá – "alegria da Torá". Rituais associados ao término do ciclo anual de leitura da Torá.

Sinar (ou *Shinar*) – vestes usadas pelas mulheres judias para cobrir as partes íntimas.

Sivan – terceiro mês do calendário judaico.
Souper – ceia; jantar.
Sucá – cabana em que os judeus vivem durante o *Sucot*, a festa da colheita.
Sucot – tabernáculos. Uma das três festas de peregrinação, ou festas da colheita.
Taanit – "jejum".
Tahará – preparação do cadáver para o sepultamento.
Talmid Chacham – importante erudito judeu.
Tamuz – quarto mês lunar do calendário judaico, o mês do Êxodo.
Tefilá – a *tefilá* é fundamental na vida dos judeus porque é uma oportunidade de louvar a Deus pelo mundo criado e pelos milagres cotidianos.
Tefilin – pequenos estojos de couro que contêm passagens bíblicas e são usados pelos homens judeus (presos ao braço esquerdo e à testa) durante as orações matinais.
Tekufá – solstício ou equinócio, um dos quatro pontos de virada do Sol no ano judaico.
Terça – quarta das oito horas canônicas, 9 horas da manhã.
Tevet – quarto mês do calendário judaico.
Tishá Be-Av – (hebraico) "nove de Av".
Tishri – primeiro mês do calendário judaico.
Toseftá – segunda compilação da lei oral no período da redação da *Mishna* (cerca de 200 d.C.).
Tzitzit – franjas do *talit*, que servem para lembrar os mandamentos.
Vésperas – sexta das sete horas canônicas, aproximadamente às 18:00h.
Vidui – confissão. Parte de suma importância na liturgia de *Iom Kipur* que relaciona todo tipo de pecado, alguns até impensáveis, mas, ainda assim, solicita-se o perdão a Deus por eles, tanto os individuais como os da coletividade. Ao citar cada confissão, deve-se bater levemente sobre o coração com o punho direito fechado.
Yeshivá (pl. yeshivot) – nome dado às instituições para o estudo da Torá e do Talmud.
Yevamot (tratado) – um dos sete tratados da *Mishna*. É o primeiro dos sete porque, em grande parte, se refere a um preceito obrigatório: o casamento de levirato.
Zebulun – irmão de Isaachar, retratado como o "homem de negócios" que sustenta os estudos da Torá do irmão.

Impressão e Acabamento:
GRÁFICA STAMPPA LTDA.
Rua João Santana, 44 - Ramos - RJ